오너러블 스쿨보이

오너러블 스쿨보이

1

존 르카레 장편소설
허진 옮김

이 책은 실로 꿰매어 제본하는 정통적인 사철 방식으로 만들어졌습니다.
사철 방식으로 제본된 책은 오랫동안 보관해도 손상되지 않습니다.

가장 거센 바람을 맞으면서도
나의 존재와 부재를 똑같이 견디며
모든 것을 가능하게 만들어 준 제인을 위해

모든 학생이 배우는 것을
나도 사람들도 알고 있다
악행을 당한 인간은
악행으로 보복한다

W. H. 오든

감사의 말

시간을 내서 이 소설의 자료 조사를 도와준 친절하고 너그러운 많은 이들에게 따뜻한 감사의 말을 전한다.

싱가포르에서는 『데일리 메일』 특파원 올원 (밥) 테일러, UPI 통신사의 맥스 밴지, 『멜버른 헤럴드』의 브루스 윌슨에게 도움을 받았다.

홍콩에서는 『뉴스위크』의 시드니 류, 『타임』의 빙 윙, 『워싱턴 포스트』의 H. D. S. 그린웨이, BBC의 앤서니 로런스, 당시 『선데이 타임스』에 재직했던 리처드 휴스, UPI의 도널드 A. 데이비스와 빅 밴지, 『파 이스턴 이코노믹 리뷰』의 데릭 데이비스와 그의 직원들, 특히 리오 굿스태드의 도움을 받았다. 또한 로열 홍콩 경마 클럽의 펜폴드 소장과 팀원들의 각별한 협조에도 감사를 드리지 않을 수 없다. 그들은 해피밸리 경마 코스를 안내해 주었고 내 목적이 무엇인지 단 한 번도 묻지 않고 크나큰 친절을 베풀어 주었다. 곤혹스러운 일이 생길지도 모르는

데도 나에게 문을 열어 주었던 홍콩 정부의 여러 관리와 왕립 홍콩 경찰의 경찰관들의 이름도 언급할 수 있으면 좋겠지만 아쉬울 뿐이다.

프놈펜에서 발터 폰 마샬 남작은 나를 아주 훌륭하게 보살펴 주었고, 수이신도 선박 및 무역 회사의 직원이자 지금은 방콕에서 지내고 있는 쿠르트 퓌러와 이베트 피에르파올리 부인의 지혜가 없었다면 나는 해내지 못했을 것이다.

그러나 내가 특별히 감사를 드려야 할 사람은 나를 가장 오래 견뎌 준 『워싱턴 포스트』의 내 친구 데이비드 그린웨이다. 그는 라오스, 태국 북동부, 프놈펜까지 내가 그의 뛰어난 그림자 속에서 따라다니도록 허락해 주었다. 데이비드에게, 빙 웡에게, 그리고 익명으로 남기를 원할 홍콩의 중국계 친구들에게 나는 아주 큰 빚을 졌다.

마지막으로 위대한 딕 휴스가 있다. 나는 염치없게도 그의 외향적인 성격과 특징을 과장하여 크로 영감의 일부로 넣었다. 어떤 사람들은 한번 만나고 나면 소설로 밀고 들어와서 작가가 그들에게 자리를 찾아 줄 때까지 앉아서 기다린다. 딕이 그런 사람이다. 자신의 명예를 철저하게 훼손하라는 그의 집요한 권고를 따를 수 없어서 미안할 따름이다. 내가 아무리 잔인하게 노력해도 원래 인물의 따뜻한 천성을 이길 수는 없었다.

내가 언급한 이 선량한 사람들은 당시 나와 마찬가지

로 어떤 책이 나올지 몰랐으므로, 내가 잘못한 점이 있다면 그들과는 상관없음을 분명히 밝힌다.

영국 가라테 팀의 베테랑 테리 메이어스는 몇 가지 놀라운 기술에 대해서 조언을 해주었다. 놀랄 만큼 많은 양의 원고를 타자기로 작성해 준 넬리 애덤스 씨에게는 그 어떤 칭찬도 충분하지 않다.

1977년 2월 20일

콘월에서

존 르카레

서문

어느 재치 있는 영국 작가는 노년에 읽을 것이 필요해서 글을 쓴다고 말했다. 지금 쉰일곱 살인 나는 아직 노년이라고 생각하지 않지만, 내가 이 책의 집필을 시작한 후 13년 동안 역사가 눈에 띄게 나이 든 것은 분명하다. 13년 전에 소련은 나태하고 부패한 소수 독재 정치라는 얼음에 아직도 갇혀 있었고, 청교도 정신을 가진 중국의 새로운 지도자들은 옛 동맹이자 스승인 소련을 경멸하며 등을 돌렸다. 그러나 오늘날 위대한 프롤레타리아 혁명 — 그런 것이 정말 존재한다면 — 을 새롭게 정의하려고 필사적인 노력을 기울이는 나라는 소련이고, 천안문 광장에는 이와 비슷하게 정치적 정체성을 다시 정의하자고 평화롭게 요구하던 중국의 영웅적인 남녀 젊은이들의 피가 두껍게 깔려 중국군이 물대포로 아무리 씻어 내도 씻기지 않는다.

그러므로 이 책을 읽는 사람은 주의하기 바란다. 당신

이 읽고 있는 것은 급하게 쓴 역사 소설이고, 풍조가 너무나 크게 바뀌었기 때문에 만약 지금 똑같은 이야기를 회상하여 들려줘야 한다면 나 자신도 어떻게 상기해야 할지 모르겠다.

내가 노년에 이 책을 다시 읽고 싶을지도 모르는 또 다른 이유가 있는데, 당시 나라는 사람이 어땠는지 흐릿하게 알아볼 수 있기 때문이다. 『오너러블 스쿨보이』는 내가 현장에서 쓴 첫 소설이고, 경험과 정보를 얻기 위해서 현지 기자를 따라다닌 첫 소설이다(물론 마지막 소설은 아닐 것이다). 이 책은 내가 전투의 열기 속에서 오가는 총격을 처음 봤을 때, 부상당한 군인을 처음으로 구조했을 때, 전장의 오래된 피 냄새를 처음으로 맡았을 때를 기념한다. 그러므로 이 책은 성장에 대한 이야기이지만 어려지는 것에 대한 이야기이기도 하다. 전쟁은 다름 아닌 어린 시절로 돌아가는 것이기 때문이다.

그러므로 나의 주인공 제리 웨스터비가 프놈펜에서 몇 킬로미터 떨어진 전장에 택시를 타고 갔다가 본의 아니게 크메르 루주[1] 전선을 넘어갔음을 깨달았을 때, 나역시 금방이라도 튀어나올 듯한 심장을 안고 같은 택시의 같은 자리에 앉아 있었고, 같은 대시보드를 손가락으로 두드렸으며, 나를 만드신 존재에게 같은 기도를 드리

1 프랑스에서 교육을 받은 마르크스주의자들이 1960년대에 결성한 캄보디아의 혁명파 조직. 이하 모든 주는 옮긴이의 주이다.

고 있었다. 제리가 아편굴에 찾아가거나 고물 경매장에서나 받아 줄 법한 비행기에 타서 약에 취한 중국인 아편 비행사의 조종 실력에 자신을 내맡긴 것은 내가 위험을 무릅쓰고 소심한 모험을 한 덕분이다. 이는 훌륭한 기자라면 반나절만에 겪어 낼 위험한 모험을 나 역시 몇 달에 걸쳐서 해냈다는 뜻이다.

내 기억에 정말로 겁을 먹은 적은 한 번밖에 없었지만, 내가 편리하게도 잊어버린 상황들이 빠진 기억일 것이다. 나는 당시 『워싱턴 포스트』의 기자였던 H. D. S. 그린웨이와 함께 태국 북동부의 나콤페놈에서 방콕으로 돌아갈 때 기차를 타고 가자고 제안했다. 우리 두 사람은 라오스에서 넘어와 그곳에서 일주일 동안 고생을 한 참이었다. 우리는 폭동 지역에서 불안하지만 다양한 만남을 함께했는데, 그중에는 미국에서 훈련을 받은 태국 특수부대 대령도 있었다. 그 이전이든 이후든 내가 본 그 누구보다도 더 많은 무기를 가지고 다니던 대령은 이 책의 후반부에서 만날 수 있다. 기차표를 끊기 위해 매표소로 갈 때 그린웨이가 자료 조사를 하려면 가장 열악한 칸에 타야 하느냐고 지친 듯이 나에게 물었다. 내가 아직 망설이고 있을 때 그가 해답을 내놓았다. 「내가 가르쳐 줄까. 우리는 일등칸에 타고 스마일리는 삼등칸에서 고생하라고 하는 건 어때.」 그래서 우리는 그의 말대로 했고, 덕분에 괜찮은 상태로 방콕에 도착해서 『팅커, 테일러, 솔저,

스파이』의 출간을 축하할 수 있었다.

내가 10년 후에 이 책을 집어 드는 또 다른 이유는 무엇일까? 그 대답은 내 기억 속의 슬픈 미소와 같다. 이제는 없어져 버린 캄보디아를 위해서. 악마를 쫓아갔던 조지프 콘래드의 마지막 남은 하항(河港), 사라진 프놈펜을 위해서. 이제 곧 그 도시를 파괴할 약탈자들로부터 고작 몇 킬로미터 떨어진 곳에 앉아서 어처구니없을 만큼 근사한 프랑스-크메르식 식사를 할 때 느꼈던 식용유 냄새와 밤에 피는 꽃들의 향기와 황소개구리의 시끄러운 울음소리를 위해서. 뜨거운 어둠 속에서 우리를 스쳐 지나가는 시클로 뒷좌석에 앉아 유혹적인 말을 중얼거리던 밤거리의 여자들을 위하여. 간단히 말하자면 옳든 그르든 끔찍한 폴 포트와 크메르 루주의 보복이 모든 것을 휩쓸기 전, 프랑스 식민주의가 죽어 가던 시절의 기억을 위해서.

홍콩의 경우에는 — 역시 전부 역사가 되었을까? 내가 이 서문을 쓰고 있는 바로 지금도 대처 정권의 외무부 장관은 식민지 홍콩에 가서 영국이 왜 150년 동안 먹어 치운 민족을 위해 아무것도 할 수 없는지 용감하게 설명하고 있다. 시간을 초월하는 것은 배신밖에 없는 듯하다.

1989년 7월
존 르카레

차례

1부
시계태엽 감기

1
서커스는 어떻게 마을을 떠났는가

모든 일이 끝난 후, 런던 정보부 비밀 요원들이 모여서 술을 마시던 먼지 낀 작은 구석에서 돌핀 작전의 진정한 시작이 언제인지 논쟁이 벌어졌다. 오만하고 보수적인 도청 기록 담당자를 위시한 무리는 심지어 〈대(大)무뢰한 빌 헤이든〉이 배반의 별자리 아래 태어난 60여 년 전이라고 주장했다. 그들은 헤이든이라는 이름만 들어도 등골이 오싹했다. 사실은 지금까지도 그렇다. 옥스퍼드에 다닐 때 러시아의 카를라에게 〈두더지〉, 〈슬리퍼〉, 그러니까 침투 요원으로 발탁되어 방해 공작을 펼친 바로 그 헤이든이었기 때문이다. 헤이든은 카를라의 지시에 따라 영국 정보부에 들어와서 30년 넘게 그들을 염탐했다. 결국 그의 정체가 탄로 나면서 — 합리적으로 생각하면 그럴 수밖에 없었다 — 영국 정보부는 완전히 몰락했고, 기이한 전문 용어로 〈사촌〉이라고 부르는 미국 정보부에게 의존할 수밖에 없는 치명적인 결과를 맞이했다.

사촌이 게임을 완전히 바꾸었지. 도청 담당자가 거친 테니스 경기나 크리켓에서 위협구를 볼 때처럼 한탄했다. 게다가 게임을 아예 망쳤어. 동조자들이 말했다.

덜 호들갑스러운 사람들이 보기에 진정한 기원은 조지 스마일리가 헤이든의 정체를 밝힌 다음 배신당한 정보부의 책임자로 임명된 1973년 11월 말이었다. 그들의 말에 따르면 일단 조지가 카를라에게 집착하기 시작하자 무엇도 그를 막을 수 없었다. 그 뒤에 일어난 일은 불가피했다. 불쌍한 조지. 하지만 그 모든 부담감을 견디다니 얼마나 대단한 사람인가!

심지어 학구적인 어느 조사원 — 전문 용어로는 〈버로어〉[2] — 은 당연히 영국 해군 대령 엘리엇이 전투 부대와 함께 주장강 어귀의 안개 자욱한 섬 홍콩에 상륙하고 며칠 뒤 홍콩을 영국 식민지로 선포했던 1841년 1월 26일이 시작이라고 술에 취해 말했다. 그의 말에 따르면 엘리엇이 상륙하면서 홍콩은 영국의 대(對)중국 아편 무역의 본부가 되었고, 따라서 대영 제국 경제의 기둥이 되었다. 영국이 아편 시장을 만들지 않았다면 — 전적으로 진지하게 한 말은 아니었다 — 사건도, 계략도, 이익도 없었을 것이고, 따라서 반역자 빌 헤이든의 파괴 행위 이후 서커스의 부활도 없었을 것이다.

반면에 강경분자들 — 휴식 중인 현장 요원, 훈련 교

---

2 burrower. 정보를 수집하는 조사원을 가리키는 서커스 은어.

관, 항상 자기들끼리 중얼중얼 토의하는 작전 지휘관들
― 은 이 문제를 오로지 작전의 관점에서 보았다. 그들은
스마일리가 비엔티안에서 카를라의 자금 관리인을 밝혀
낸 능숙하고 교묘한 솜씨를, 그 여자의 부모를 다룬 수법
을, 화이트홀[3]에서 작전의 돈줄을 쥐고 첩보계의 사용권
과 접근권을 좌지우지하는 복지부동의 남작들을 움직이
고 다룬 솜씨를 지적했다. 무엇보다도, 그가 작전을 되찾
아온 그 놀라운 순간을 지적했다. 이 전문가들에게 돌핀
작전은 기술의 승리일 뿐이었다. 그들이 보기에 사촌과
의 강제 결혼은 길고 까다로운 포커 게임에서 쓰는 또 하
나의 능숙한 기술에 지나지 않았다. 최종 결과야 무슨 상
관이랴. 왕은 죽었다, 그러니 차기 왕 만세.

  어디서든 옛 동지들이 만날 때마다 토론이 계속되지
만 제리 웨스터비의 이름은 거의 언급되지 않는다. 그럴
만도 하다. 가끔 누군가 무모함이나 감상, 단순한 건망증
때문에 그 이름을 떠올리는 것은 사실이고, 그러면 잠시
분위기가 이상해진다. 그러나 지나가면 그뿐이다. 예를
들어 얼마 전에만 해도 새러트에 서커스가 다시 문을 연
훈련소 ― 역시 전문 용어를 쓰자면 〈보육원 nursery〉―
를 갓 나온 젊은 신참이 서른 살 이하만 모이는 자리에서
그 이름을 입 밖에 냈다. 얼마 전 새러트에서 돌핀 작전
을 약간 순화하여 집단 토론에, 심지어는 모의 연습에 쓴

3 영국 정부 기관들이 모여 있는 런던 중심부의 거리.

적이 있었기 때문에 그 불쌍한 풋내기는 자기도 안다는 생각에 흥분해서 얼굴을 반짝반짝 빛냈다. 「하지만 세상에.」해군 장교실에서 멋모르고 나불대는 사관생도처럼 그가 항변했다. 「세상에, 그 사건에서 웨스터비가 한 역할은 왜 아무도 인정하지 않지? 짐을 떠맡은 사람이 있었다면 그건 바로 제리 웨스터비였어. 그 사람이 선봉이었다고. 안 그래? 솔직히 말해서?」물론 그는 〈웨스터비〉라는 이름도 〈제리〉라는 이름도 말하지 않았고 — 몰랐기 때문이기도 하다 — 작전 기간 동안 제리에게 주어진 암호명을 썼다.

빗나간 공을 잡은 사람은 피터 길럼이었다. 첫 발령을 기다리는 신참들은 키가 크고 강인하고 우아한 그를 그리스 신처럼 우러러보곤 한다.

「웨스터비는 불을 키우는 불쏘시개였지.」그가 침묵을 깨고 쏘아붙였다. 「현장 요원이라면 누구나 그 정도는 했을 거야, 아니 훨씬 더 잘하는 요원도 있었겠지.」

그래도 신참이 힌트를 알아차리지 못하자 길럼이 일어나서 다가가더니 아주 창백한 얼굴로 그의 귀에 대고 마실 수 있으면 가서 술이나 한 잔 더 가져오라고, 그리고 며칠 동안, 아니 몇 주 동안 말조심하는 게 좋을 거라고 쏘아붙였다. 그러자 대화의 주제는 사랑스러운 조지 스마일리로 돌아갔다. 사람들은 그가 〈진정한〉 최후의 위인이라고, 다시 은퇴한 지금은 무엇을 하고 있을까 이야기를 나누었다. 너무나 많은 삶을 살았으니 조용히 회상할 일도 너무 많을 것이라고 모두가 의견을 모았다.

「우리가 달을 한 바퀴 돌았다면 조지는 다섯 바퀴는 돈 거지.」 누군가가 충성스럽게 선언했다. 여자였다.

열 바퀴겠지. 모두가 입을 모았다. 스무 바퀴야! 〈쉰 바퀴〉야! 이 과장법과 함께 다행히도 웨스터비의 그림자는 물러났다. 어떤 의미에서는 조지 스마일리의 그림자도 멀어졌다. 음, 조지의 활약은 대단했지. 사람들이 말했다. 〈그 나이〉에 뭘 기대하겠어?

어쩌면 더욱 현실적인 시작점은 1974년 중반 태풍이 몰아치던 어느 토요일 오후 3시, 홍콩이 다음 맹공에 대비하여 몸을 낮추고 있던 순간이었을 것이다. 해외 특파원 클럽에서 주로 옛 영국 식민지 — 오스트레일리아, 캐나다, 미국 — 출신 기자 스무 명 정도가 주역 없는 코러스처럼 한없이 나른하게 농담 따먹기를 하며 술을 마시고 있었다. 13층 아래의 낡은 노면 전차와 이층 버스 들은 주룽의 높다란 굴뚝에서 쏟아져 나온 검댕과 건축 현장 먼지 때문에 진흙 같은 갈색 땀을 뒤집어쓰고 있었다. 느릿하지만 위험한 비가 고층 호텔 앞 작은 연못에 따끔따끔 찌르듯 쏟아졌다. 클럽에서도 항구 풍경이 가장 잘 보이는 남자 화장실에서 캘리포니아 청년 루크가 세면대에 고개를 푹 숙이고 입에서 흐르는 피를 씻어 내고 있었다.

그는 제멋대로 구는 성격에, 키가 크고 테니스를 즐겨 쳤고, 미군이 철수하기 전까지는 그가 일하는 잡지사의 사이공 종군 기자들 중에서 제일 인기가 많았던 스물일 곱 살의 노장이었다. 루크가 테니스를 친다는 사실을 알고 나면 다른 일을 하는 모습을, 심지어는 술 마시는 모습조차도 상상하기 힘들었다. 네트 앞에서 몸을 쭉 뻗고 스매시로 끝장을 내거나 서브에 두 번 다 실패해서 점수를 잃었다가 상대편이 받아칠 수 없는 서브로 득점하는 모습밖에 떠오르지 않았다. 그는 입 안을 빤 다음 침을 뱉었다. 취기와 가벼운 뇌진탕 때문에 생각이 여러 개의 반짝이는 조각으로 부서졌다 — 루크라면 아마 전쟁 용어로 〈파편 수류탄처럼 산산조각 났다〉고 표현했을 것이다. 조각 하나는 완차이의 술집 종업원 엘라가 차지하고 있었는데, 루크는 그녀를 위해서 돼지 같은 경찰의 턱에 주먹을 날렸고 그 당연한 결과가 지금 이 꼴이었다. 바로 그 경찰 록허스트 경정, 즉 〈로커〉는 최소한의 힘으로 루크를 쓰러뜨리고 갈비뼈를 세게 걷어차며 격렬하게 몸을 움직인 끝에 지금은 바 구석에서 쉬고 있었다. 루크의 다른 생각의 조각에는 오늘 아침 중국인 집주인이 축음기 소리가 너무 크다고 항의하러 왔다가 맥주를 마시며 했던 말이 담겨 있었다.

무슨 특종이었던 것은 분명했다. 뭐였을까?

루크가 다시 헛구역질을 하고 창밖을 내다보았다. 비가 방벽 뒤 쓰레기를 세차게 때렸고 스타 페리는 운항을 멈췄다. 전장에서 돌아온 영국 프리깃함이 정박 중이었는데, 클럽에 도는 소문에 따르면 화이트홀은 프리깃함을 팔려고 내놓았다.

「바다로 내보내야 하는데.」 루크가 어딘가에서 주워들은 군함에 대한 지식을 상기하며 정신없이 중얼거렸다. 「태풍이 불면 프리깃함은 항구 밖으로 피신시킨다. 네, 알겠습니다.」

검은 제방 같은 층층의 구름 아래에서 산들은 청회색의 슬레이트 같았다. 6개월 전이었다면 루크는 이 광경을 보며 무척 즐거워했을 것이다. 항구, 소음, 바닷가에서 빅토리아피크까지 기어오르는 허름한 고층 건물들까지도 말이다. 당시 사이공에서 막 돌아온 그는 이 모든 풍경을 탐욕스럽게 바라보았다. 그러나 오늘 루크의 눈에 보이는 것은 목이 벌겋고 인식의 지평이 불룩 나온 배를 넘지 못하는 상인들이 지배하는 부유하고 잘난 척하는 영국령 섬뿐이었다. 이제 그가 보는 식민지 홍콩은 다른 기자들이 보는 홍콩과 정확히 똑같았다. 즉, 군용 비행장, 전화기, 세탁소, 침대였다. 그리고 가끔은 — 절대 오래 만나지 않는 — 여자. 경험조차도 수입해야 하는 곳. 그가 너무나 오랫동안 중독된 전쟁 역시 홍콩에서는 런던이나 뉴욕에서만큼 멀었다. 겉보기나마 그럴듯한 것은 증권 거래소밖에 없었지만, 어쨌거나 토요일에는 닫았다.

「죽진 않겠어?」털이 부숭부숭한 캐나다 카우보이가 그의 옆 세면대로 와서 물었다. 두 남자는 구정 대공세[4]를 함께 즐긴 사이였다.

「고마워, 아주 괜찮아.」루크가 더없이 고귀한 영국식 억양으로 대답했다.

오늘 아침 집주인 제이크 추가 맥주를 마시면서 했던 이야기를 꼭 기억해 내야겠다고 다짐하던 차에 갑자기 하늘에서 내려온 선물처럼 그 기억이 떠올랐다.

「기억났다!」루크가 외쳤다. 「세상에, 카우보이, 기억났어! 루크, 기억해 냈군! 장하다, 내 머리! 잘하고 있어! 다들, 루크의 말을 잘 들으라고!」

「그만둬.」카우보이가 충고했다. 「오늘은 황무지야. 뭔지 모르겠지만 그만둬.」

그러나 루크는 문을 발로 차서 열고 양팔을 벌린 채 돌진했다.

「어이! 어이! 〈여러분!〉」

누구 하나 고개를 돌리지 않았다. 루크가 양손을 모아 입가에 대고 말했다.

---

4 베트남 전쟁에서 북베트남 인민군과 남베트남 민족해방전선이 미군과 그 동맹군에 맞서 기습적으로 개시했던 작전. 1968년 1월 30일 남베트남 전역에서 벌어졌다.

「들어 봐, 이 주정뱅이들아, 〈뉴스〉가 있어. 대단한 뉴스야. 하루에 스카치위스키를 두 병씩 마시면 머리가 면도날처럼 예리해진다니까. 누가 종 좀 줘봐.」

그러나 종이 없어서 루크가 큰 컵으로 바 난간을 내리치자 맥주가 쏟아졌다. 그래 봤자 난쟁이만 약간 관심을 보일 뿐이었다.

「무슨 일이야, 루키?」 난쟁이가 그리니치빌리지의 동성애자같이 느릿한 말투로 콧소리를 냈다. 「빅 무가 또 딸꾹질이라도 시작했어? 정말 싫다.」

빅 무는 홍콩 총독을 가리키는 기자 클럽의 은어였고, 난쟁이는 루크가 소속된 잡지사의 지국장이었다. 그는 뒤룩뒤룩하고 음침한 사람으로, 헝클어진 검은 머리가 얼굴을 살짝 가렸고, 옆에서 소리 없이 불쑥 나타나곤 했다. 1년 전, 난쟁이가 베트남 전쟁의 원인에 대해서 스치듯 한 말 때문에 여기서는 좀처럼 보기 힘든 프랑스인 두 명이 그를 반쯤 죽여 놓았다. 그들은 난쟁이를 엘리베이터로 끌고 가서 턱과 갈비뼈 몇 대를 부러뜨린 다음 지상층[5]에 내팽개치고 돌아와 술을 마저 마셨다. 그로부터 얼마 안 지나서 난쟁이가 이번에는 어리석게도 오스트레일리아는 참전하는 시늉만 한다고 비난하는 바람에 오스트레일리아인들에게도 똑같이 당했다. 난쟁이는 오스트레

---

5 영국과 홍콩에서는 첫 층을 지상층이라고 부르고 두 번째 층부터 1층으로 계산한다.

일리아와 존슨 대통령의 거래 덕분에 오스트레일리아 군인들은 붕따우에서 소풍이라도 온 것처럼 편하게 지냈다고, 그동안 미군은 다른 데서 진짜 전쟁을 치렀다고 말했다. 프랑스인들과 달리 그들은 난쟁이를 굳이 엘리베이터까지 데리고 가지도 않았다. 그들은 그 자리에서 난쟁이를 흠씬 두들겨 팬 다음, 쓰러지자 몇 대 더 팼다. 그때 이후 난쟁이는 홍콩에서 특정 사람들을 피해야 할 때를 배웠다. 예를 들어 안개가 좀처럼 가시지 않을 때. 또는 수돗물이 하루 네 시간만 공급될 때. 아니면 태풍이 치는 토요일.

그런 때가 아니면 클럽은 거의 텅 비었다. 일류 특파원들은 명성 때문에 이곳에 얼씬도 하지 않았다. 기자들 특유의 분위기가 좋아서 오는 사업가 몇 명, 남자를 구하러 오는 여자 몇 명. 모의 전투 훈련이라도 보러 오는 전쟁 관광객 두세 명. 그리고 늘 같은 구석 자리에 앉아 있는 무시무시한 로커 경정. 팔레스타인, 케냐, 말라야, 피지를 거쳐 온 이 무자비한 백전노장은 맥주와 『사우스 차이나 모닝 포스트』 주말판 한 부를 들고 앉아 있었고, 손가락 관절이 약간 불긋했다. 사람들은 로커가 고급스러운 분위기를 찾아서 이곳에 온다고 했다. 주중에는 UPI의 지정석인 커다란 중앙 테이블에 지금은 상하이 주니어 뱁티스트 컨서버티브 볼링 클럽 회원들이 모여 있었다. 이들은 피부가 얼룩덜룩하고 나이가 많은 오스트레일리아인 크로를 주축으로 평소처럼 토요일 토너먼트를 즐기고 있었다. 시합의 목표는 둥글게 뭉친 냅킨을 던져서 맞은편 포도주 선반에 안착시키는 것이었다. 실패한 사람이 성공한 사람에게 포도주를 한 병 사 주고 같이 마신다. 크로 영감이 으르렁대는 목소리로 던지라고 외쳤고, 그가 제일 좋아하는 나이 많은 상하이 출신 웨이터가 표적 옆에 지루해하며 서 있다가 상품을 주었다. 그날은 경기가 별로 달아오르지 않았고 몇몇 회원은 던지지도 않았다. 그러나 루크는 이들을 자기 청중으로 선택했다.

「빅 무의 〈부인〉이 딸꾹질을 하는군!」 난쟁이가 주장했다. 「빅 무의 아내의 〈애마〉가 딸꾹질을 하는군! 빅 무의 아내의 애마의 〈마부〉가 딸꾹질을 하는군! 빅 무의 아내의 애마의 ──」

루크가 테이블로 성큼성큼 걸어가서 훌쩍 뛰어오르다가 잔을 여러 개 깨뜨리고 천장에 머리를 부딪쳤다. 액자 같은 남쪽 창 앞에 몸을 반쯤 구부리고 선 그는 다른 사람들과 균형이 맞지 않을 만큼 컸다. 검은 안개, 빅토리아피크의 검은 그림자, 그리고 전경을 가득 채운 거인. 그러나 사람들은 그가 안 보인다는 듯이 계속 던지고 마셨다. 로커만이 루크 쪽을 흘깃 보더니 커다란 엄지를 핥고 시사만화란으로 시선을 돌렸다.

「3라운드.」 크로가 짙은 오스트레일리아 억양으로 명령했다. 「캐나다 형제, 투구 준비. 〈잠깐〉, 멍청아. 이제 던져.」

똘똘 뭉쳐진 냅킨이 높다란 호를 그리며 선반을 향해 천천히 날아가더니 공중에 잠시 멈춰서 틈을 찾다가 바닥으로 툭 떨어졌다. 난쟁이가 부추기자 루크가 테이블 위에서 발을 구르는 바람에 유리잔들이 또 떨어졌다. 마침내 그가 청중의 관심을 끌었다.

「예하 여러분.」 크로가 한숨을 쉬며 말했다. 「우리 아들을 위해 잠시 조용히 해주시죠. 우리와 할 이야기가 있는 것 같군요. 루크 형제, 자네는 오늘 벌써 몇 번이나 분란을 일으켰으니 한 번만 더 그러면 크게 눈 밖에 날 거야. 간결하고 명확하게, 아무리 작은 내용도 빠뜨리지 말고 말하게. 그런 다음 기다리시게.」

지칠 줄도 모르고 서로에 대한 신화를 만들어 내려는 기자들 사이에서 크로 영감은 늙은 수부[6]였다. 대부분의 기자들이 걸어 다닌 모래밭보다 크로가 바지에서 털어낸 모래가 훨씬 많다고들 했고, 그 말은 사실이었다. 크로는 항구 도시 상하이에서 유일한 영자 신문사의 잔심부름꾼 겸 사회부 기자로 기자 생활을 시작했다. 그때부터 그는 장제스와 싸우는 공산주의자들, 일본과 싸우는 장제스, 사실상 모두와 싸우는 미국에 대한 기사를 썼다.

6 새뮤얼 테일러 콜리지Samuel Taylor Coleridge(1772~1834)의 장편시 「늙은 수부의 노래The Rime of the Ancient Mariner」에서 길고 긴 항해를 끝내고 돌아와 자신이 겪은 일을 들려주는 화자를 암시한다.

뿌리 없는 이 도시에서 크로는 그들에게 역사라는 감각을 선사했다. 태풍이 불 때는 아무리 무신경한 사람도 귀찮게 할 법한 크로의 말투는 진정한 1930년대의 유물이었는데, 당시 동양에 와 있는 기자 태반은 오스트레일리아 출신이었고 그들끼리 쓰는 은어는 어째서인지 바티칸에서 쓰는 말투 같았다.

루크가 크로 영감에게 감사하며 마침내 말을 시작했다.

「여러분! ─ 난쟁이, 이 빌어먹을 폴란드인 같으니, 내 발 좀 놔요! ─ 여러분!」그가 잠시 말을 멈추고 손수건으로 입을 닦았다. 「하이헤이븐이라는 집이 매물로 나왔고 터프티 세싱어 예하께서는 도망을 치셨답니다.」

아무 반응도 없었지만 어차피 별로 기대하지도 않았다. 기자는 원래 놀랍다거나 믿을 수 없다고 외치지 않는다.

「하이헤이븐이 모두에게 열려 있습니다.」루크가 낭랑하게 반복했다. 「유명한 인기 부동산 사업가이자 여러분께는 저의 성난 집주인으로 더 익숙하실 제이크 추 씨가 여왕 폐하의 위대한 정부로부터 하이헤이븐을 〈처분〉하라는 명령을 받았습니다. 즉, 팔라는 거죠. 뇨, 폴란드 악당 같으니, 죽여 버린다!」

난쟁이가 그를 끌어 내렸지만 루크는 팔을 휘두르며 재빨리 뛰어내린 덕에 다치지 않았다. 바닥으로 내려온 루크가 공격자에게 욕을 더 퍼부었다. 그때 크로의 커다란 머리가 루크를 향해 돌아가더니 촉촉한 눈이 영원히 계속될 것 같은 불길한 눈빛으로 그를 빤히 보았다. 루크는 자신이 크로의 수많은 법 중에서 무엇을 어겼는지 생각하기 시작했다. 수많은 위장 신분을 가진 크로는 이 자리에 둘러앉은 모두가 알고 있듯 복잡하고 고독한 인물이었다. 일부러 거칠게 꾸민 행동 밑에는 동양에 대한 애정이 자리 잡고 있었는데, 때로 그것이 크로를 견딜 수없을 만큼 단단히 옭아맸기 때문에 그는 가끔 몇 달 동안 모습을 감추고 다른 사람들과 다시 어울릴 만한 상태로 돌아올 때까지 부루퉁한 코끼리처럼 혼자만의 길을 가곤했다.

「헛소리는 그만두시지, 예하.」 마침내 크로가 이렇게 말하며 커다란 머리를 고압적으로 젖혔다. 「이 고귀한 물에 더러운 오수를 뱉는 건 참아 달라고, 그래 주겠나? 하이헤이븐은 스파이 본부야. 몇 년 전부터 그랬지. 과거에는 여왕 폐하의 라이플 연대 소속이었고 지금은 홍콩 경찰국의 레스트레이드 경감인 살쾡이 눈 터프티 세싱어 소령의 은신처라고. 터프티는 도망치지 않을 거야. 멍청이가 아니라 스파이거든. 우리 아들한테 술 한 잔 주시죠, 몬시뇰.」 상하이인 바텐더에게 한 말이었다. 「헛소리를 하고 있군요.」

크로가 다시 던지라고 외치자 클럽은 그 지적인 놀이

를 다시 시작했다. 사실, 루크의 어마어마한 스파이 특종
은 새로울 것이 없었다. 그는 오래전부터 실패한 스파이
감시자로 유명했고, 그의 실마리는 하나같이 틀린 것으
로 판명되었다. 이 멍청한 녀석은 베트남에서 돌아온 다
음부터 어디서든 스파이를 보았다. 그는 스파이가 세상
을 지배한다고 믿었고, 술에 취하지 않았을 때면 여가 시
간의 대부분을 홍콩의 수많은 중국 감시자들과 어울리는
데 썼다. 전부 위장도 얄팍할 뿐 아니라 언덕 위 거대한
미국 영사관에 툭하면 드나드는 자들이었다. 그러므로
그렇게 지루한 날이 아니었다면 이 일은 아마 여기서 끝
났을 것이다. 그러나 한가한 날이었기 때문에 난쟁이가
농담할 기회를 엿보다가 얼른 잡았다.

「말해 봐, 루키.」 그가 양손을 이상하게 꼬아 올리며 말
했다. 「하이헤이븐을 〈설비까지 끼워서〉 판다던가, 〈원
래 상태〉로 판다던가?」

그러자 박수가 한 차례 쏟아졌다. 하이헤이븐은 비밀
을 그대로 가지고 있을 때와 그렇지 않을 때, 언제 더 가
치가 있었을까?

「세싱어 소령도 끼워서 판대?」 남아공 사진 기자가 유
머 감각이 느껴지지 않는 단조로운 목소리로 끈질기게
물었고, 그러자 웃음이 또 터졌지만 그다지 진심은 아니
었다. 짧은 스포츠머리에 어딘가 굶주려 보이는 이 사진
기자는 무척 짜증 나는 인물로, 그가 즐겨 출몰하는 전장

처럼 얼굴이 움푹움푹 패였다. 그는 케이프타운 출신이었지만 사람들은 그를 데스위시 더 훈,[7] 즉 죽음을 동경하는 독일 놈이라고 불렀다. 그는 전문 조문객처럼 사람들을 따라다녔기에 사람들은 그가 여기 있는 모두의 장례식을 치르고 마지막까지 살아남으리라고들 했다.

몇 분 동안 크로를 제외한 모두가 합세해서 세싱어 소령에 관한 일화를 홍수처럼 쏟아 내고 그를 흉내 내느라 루크가 하려던 말이 완전히 묻혔다. 사람들의 회상에 따르면 소령은 수입업자로 식민지 홍콩에 처음 등장했고, 항구에 어수룩한 은신처를 만들었다. 그러나 6개월 후, 정말 특이하게도 정보부 명단에 올랐고 파리한 사무원들과 말랑하고 행실 바른 비서들과 함께 누군가의 후임으로 스파이 본부에 들어갔다. 특히 소령이 누군가와 〈단둘이 만나는〉 은밀한 오찬 이야기가 나왔는데, 알고 보니 사실상 이야기를 듣고 있던 기자 전원이 그러한 오찬에 한두 번 초대받았었다. 소령은 오찬이 끝날 때쯤 브랜디를 마시면서 〈강 건너에서 넘어온 흥미로운 중국인을 만나면 ─《넘어갈 수 있는》 사람 말이야, 무슨 말인지 알지? ─ 하이헤이븐을 꼭 기억하라고!〉라며 부자연스러운 제안을 했다. 그런 다음 마법의 전화번호를 알려 주면서 〈내 책상 위에서 바로 울리고, 중간에 받는 사람도 없고, 녹음기도 뭐도 없어, 알지?〉라고 말했는데, 지금 이

7 특히 제1, 2차 세계 대전 중에 독일인을 경멸적으로 가리키던 말.

야기를 나누는 기자 중 족히 여섯 명의 다이어리에 그 번호가 적혀 있었다. 「자, 셔츠 소매에 적어, 데이트 약속이나 여자 친구 전화번호인 척하고. 준비됐나? 홍콩 사이드 5024…….」

기자들은 입을 모아 번호를 읊은 다음 조용해졌다. 어디선가 시계가 3시 15분을 알렸다. 루크가 천천히 일어나 청바지의 먼지를 털었다. 나이 많은 상하이 출신 웨이터가 선반 옆자리를 포기하고 누가 뭘 좀 먹을지도 모른다는 희망에 메뉴판으로 손을 뻗었다. 잠시 망설이는 분위기가 흘렀다. 오늘 하루는 몰수당했다. 맨 처음에 진을 한 잔 마신 다음부터 계속 그랬다. 뒤쪽에서 로커가 낮은 목소리로 으르렁거리며 넉넉한 오찬을 주문하는 소리가 들렸다.

「그리고 차가운 맥주도 한 잔 줘, 차가운 거, 알겠어? 아아주 차아갑게. 빨리 빨리.」 경정은 홍콩 사람들을 대하는 특유의 태도가 있었고 매번 이런 식으로 말했다. 정적이 돌아왔다.

「아, 거기 있었군, 루키.」 난쟁이가 이렇게 외치면서 멀어졌다. 「그걸로 퓰리처상을 탈 건가 봐? 축하해. 올해의 특종이군.」

「아, 전부 다 가서 뒈지시든가.」 루크가 무심하게 말하더니 혈색 나쁜 두 여자, 남자를 찾아 헤매는 군부대의 딸들이 앉아 있는 바를 향해 걸어가기 시작했다. 「제이크 추가 나한테 그 빌어먹을 훈령을 보여 줬다고. 여왕 폐하의 기관이 내린 훈령을 말이야. 맨 위에 빌어먹을 문장(紋章)도 있었다고, 염소랑 사자 말이야. 안녕, 아가씨들, 나 기억해? 축제 때 막대사탕 사 줬던 마음씨 좋은 아저씨잖아.」

「세싱어가 전화를 안 받는군.」데스위시가 전화를 하고 돌아와서 음산하게 말했다.「아무도 안 받아. 세싱어도, 당직도. 전화선을 끊어 버렸어.」흥분 때문에, 또는 지루함 때문에, 데스위시가 전화하러 빠져나가는 것을 아무도 눈치채지 못했었다.

지금까지 오스트레일리아 노인 크로는 도도새처럼 죽은 듯 가만히 있었다. 그가 날카롭게 시선을 들었다.

「다이얼을 다시 돌려 봐, 이 멍청아.」그가 훈련 부사관처럼 엄하게 명령했다.

데스위시는 어깨를 으쓱하고 세싱어에게 한 번 더 전화를 걸었고, 두어 명이 따라가서 그를 지켜보았다. 크로는 자기 자리에 그대로 앉아서 가만히 지켜보았다. 전화기는 두 대였다. 데스위시가 두 번째 전화기로 걸어 보았지만 결과가 더 좋지는 않았다.

「교환원한테 전화해.」클럽 저편에서 크로가 그들에게 명령했다.「배 불룩한 밴시[8]처럼 그렇게 서 있지 말고, 교

8 아일랜드 민화에 나오는 여자 유령. 구슬픈 울음소리로 가족 중 누

환원한테 걸어 보라고, 아프리카 유인원 같은 놈!」

해지된 번호입니다. 교환원이 말했다.

「언제부터요?」 데스위시가 송화구에 대고 물었다.

정보가 없습니다. 교환원이 말했다.

「그럼 새 번호라도 받아 갔겠지, 안 그래요?」 데스위시
가 수화기에 대고 운 나쁜 교환원을 심문했다. 그가 이렇
게 열심인 모습은 다들 처음 보았다. 데스위시에게 삶이
란 뷰파인더 너머에서 일어나는 일이었다. 저렇게 열심
인 것은 태풍 때문이라고밖에 설명할 수 없었다.

정보가 없습니다. 교환원이 말했다.

「샐로 스로트한테 전화해 봐.」 크로가 이제 화를 내며
명령했다. 「홍콩의 빌어먹을 외교관들한테 전부 전화를
돌려!」

데스위시가 길쭉한 머리를 자신 없이 흔들었다. 샐로
스로트는 정부 공식 대변인인데 다들 그를 싫어했다. 무
슨 용건이든 그에게 접근하는 것은 반갑지 않은 일이
었다.

「이리 바꿔 줘봐.」 크로가 자리에서 일어나 사람들을
헤치고 다가가 수화기를 받더니 샐로 스로트를 향해 가
련한 구애를 시작했다. 「당신의 충실한 크로입니다. 성하
의 몸과 마음은 요즘 어떠신지요? 대단히 기쁘군요, 대단
히 기뻐요. 부인과 자제분은요? 다들 잘 드시고 계시겠지

군가의 죽음이 임박했음을 알려 준다고 한다.

요? 괴혈병이나 티푸스에 걸리진 않았고요? 잘됐군요. 아, 외람된 말씀이지만 혹시 터프티 세싱어가 대체 왜 둥지를 버리고 달아났는지 알려 주실 수 있으실까요?」

사람들이 크로를 지켜보았지만 그의 얼굴은 바위처럼 아무 움직임이 없었고 아무것도 읽을 수가 없었다.

「성하께서도요!」 마침내 크로가 큰 소리로 외치더니 테이블 전체가 흔들릴 만큼 수화기를 세게 내려놓았다. 그런 다음 나이 많은 상하이 출신 웨이터를 향해 고개를 돌렸다. 「몬시뇰 고, 석유 당나귀를 불러 주겠는가! 예하들, 얼른 일어나게, 전부 다!」

「도대체 뭐 때문에?」 난쟁이가 이 명령에 자신도 포함되기를 바라며 말했다.

「기사 때문이지, 이 건방진 추기경 같으니. 호색하고 술이나 좋아하는 성하들께서 읽으실 기사를 위해서. 부와 명성, 여자, 장수를 위해서!」

다들 크로의 험악한 분위기를 이해할 수 없었다.

「샐로 스로트가 얼마나 안 좋은 이야기를 했기에 그래요?」 영문을 알 수 없었던 캐나다 카우보이가 물었다.

난쟁이가 그의 말을 그대로 따라 했다. 「그래, 그가 뭐라던가, 크로 형제?」

「〈노코멘트〉라더군.」 크로는 이 말이 전문가로서 자신의 명예에 대한 가장 지독한 비방이라도 되는 것처럼 아주 위엄 있게 대답했다.

그래서 일동은 말 없는 술꾼들이 평화를 즐기도록 놔두고 빅토리아피크를 올랐다. 고집 센 데스위시, 꺽다리루크, 멕시코 혁명파 같은 코밑수염이 아주 인상적인 털북숭이 캐나다 카우보이, 언제나처럼 따라붙는 난쟁이 그리고 마지막으로 크로 영감과 군부대 여자 두 명이었다. 즉, 상하이 주니어 뱁티스트 컨서버티브 볼링 클럽 전원에 여자들까지 더해졌다. 클럽 회원들은 금욕을 맹세했지만 말이다. 놀랍게도 유쾌한 광둥 출신 기사가 전원을 한 차에 태워 주었다. 흥분이 물리학을 이겼다. 기사는 심지어 요금 전액에 대한 영수증을 신문사당 하나씩, 총 세 장이나 써 주기로 했다. 홍콩의 택시 기사로서는 전무후무한 일이었다. 모든 전례가 깨지는 날이었다. 크로는 리본에 이튼 깃발이 달린 유명한 밀짚모자를 쓰고 앞좌석에 앉았다. 옛 동지가 그에게 유산으로 남긴 모자였다. 난쟁이는 기어 위에 끼어 앉았고 나머지 세 남자는 뒷좌석에, 두 여자는 루크의 무릎에 앉았기 때문에 그는 입을 닦기가 힘들었다. 로커는 동행하지 않는 것이 낫겠다고 생각했다. 그는 구운 양고기와 민트 소스와 어마어마한 양의 감자를 먹으려고 냅킨을 칼라에 끼운 참이었다.

　「맥주 한 잔 더! 이번에는 〈차갑게〉, 알겠나? 아아주 차아갑게. 빨리빨리 가져와.」

　그러나 기회가 생기자 로커 역시 안전을 기하기 위해

당국의 누군가와 통화했다. 그러나 딱히 할 일이 없다는 의견 일치에 다다랐다.

택시는 붉은 메르세데스였고 비교적 새 차였지만 에어컨을 최강으로 틀고 빅토리아피크를 느릿느릿 올라가는 것만큼 차를 빨리 죽이는 방법은 없었다. 날씨는 변함없이 끔찍했다. 콘크리트 절벽을 헐떡헐떡 천천히 올라가자 질식하고도 남을 만큼 짙은 안개가 그들을 감쌌다. 차에서 내리자 더욱 끔찍했다. 정상에 뜨겁고 꼼짝도 하지 않는 커튼이 펼쳐져 있었다. 기름 냄새는 지독했고 골짜기에서 올라오는 소음이 가득했다. 뜨겁고 미세한 습기가 모여들었다. 맑은 날이었다면 양쪽이 다 보였을 텐데, 그것은 세상에서 가장 사랑스러운 풍경이었다. 북쪽으로는 주룽반도와 영국의 지배라는 특권을 누리지 못하는 중국인 8억 명을 보이지 않게 감추는 신제의 푸른 산들이, 남쪽으로는 리펄스 베이와 딥워터 베이, 탁 트인 중국해가 있었다. 어쨌든 하이헤이븐은 1920년대에 영국 해군이 군대 특유의 순진함으로 권력 의식을 느끼기 위해서, 또 과시하기 위해서 지은 곳이었다. 그러나 하이헤이븐이 나무들 사이에, 그것도 하늘에 닿으려고 애를 쓰며 크게 자라는 나무들 사이의 공터에 서 있지 않았다면, 나무들이 안개를 물리쳐 주지 않았다면, 그날 오후 그들의 눈에 보이는 것이라고는 각각 〈주간〉, 〈야간〉이라고 적힌 초인종이 달린 하얀 콘크리트 기둥 두 개와 그 사이의 쇠사슬이 칭칭 감긴 대문밖에 없었을 것이다. 그러나 나무들 덕분에 최소 45미터는 떨어진 집이 똑똑히 보였다. 배수관과 대피용 사다리, 빨랫줄도 또렷하게 보였고 일본군이 4년 동안 이곳을 차지했을 때 증축한 초록색 돔을 멍하니 감탄하며 바라볼 수 있었다.

난쟁이는 인정받고 싶은 생각에 얼른 앞으로 나서서 〈주간〉이라고 적힌 초인종을 눌렀다. 스피커가 기둥에 박혀 있었기 때문에 일동은 스피커가 무슨 말을 하기를, 또는 루크의 표현을 따르자면 대마초 연기가 피어오르기를 기다리며 뚫어지게 바라보았다. 도롯가의 광둥 출신 기사가 최대 음량으로 켜놓은 라디오에서 애처로운 중국어 사랑 노래가 끊임없이 흘러 나왔다. 다른 기둥에는 세싱어의 엉성한 위장 신분 〈군부 간 연락원〉이라고 적힌 동판밖에 없었다. 데스위시가 카메라를 꺼내서 고국의 전장에라도 온 것처럼 더없이 체계적으로 사진을 찍었다.

「토요일에는 쉬나 보지.」 다들 기다리고 있을 때 루크가 이렇게 말하자 크로가 멍청하게 굴지 말라고 쏘아붙였다. 스파이는 일주일에 7일, 하루 24시간 일해. 그가 말했다. 게다가 터프티만 빼면 식사도 하지 않는다.

「안녕하십니까.」 난쟁이가 말했다.

그는 야간 초인종을 누른 다음 붉고 뒤틀린 입술을 스

피커에 대고 영국 상류층의 억양을 흉내 냈는데, 놀랄 만큼 잘한다는 것은 인정해 줘야 했다.

「저는 마이클 핸버리스테들리히무어라고 하는데요, 빅 무의 개인 심부름꾼이죠. 제가 정말 급한 일로 세싱어 소령님께 드릴 말씀이 있는데요, 소령님은 아직 못 보셨겠지만 버섯구름이 피어올랐거든요, 주장강에 구름이 끼어서 빅 무의 골프를 망치고 있는 것 같습니다. 감사합니다. 부디 대문을 좀 열어 주시겠어요?」

금발 여자가 킥킥 웃었다.

「스테들리히무어인 줄은 몰랐네요.」 그녀가 말했다.

여자들은 루크를 버려두고 털북숭이 캐나다인의 품에 매달려서 귓가에 연신 뭐라고 속삭였다.

「이 사람, 완전히 라스푸틴이라니까.」 여자 하나가 그의 허벅지 뒤쪽을 쓸면서 감탄하듯 말했다. 「영화에서 봤어. 진짜 똑같아. 안 그래요, 캐나다 씨?」

이제 다 같이 루크의 술병을 돌려 마시면서 어떻게 할지 생각했다. 택시에서는 기사가 틀어 놓은 중국어 사랑 노래가 굴하지 않고 계속 흘러나왔지만 기둥의 스피커는 아무 말도 없었다. 난쟁이가 초인종 두 개를 동시에 누르더니 알 카포네처럼 위협했다.

「이봐, 세싱어, 안에 있는 거 다 알아. 외투 벗고 양손 들고 밖으로 나와서 단도를 버려 — 야, 조심해 이 멍청아!」

마지막 욕은 캐나다인이나 크로 영감이 아니라 — 크로는 볼일을 보려는지 나무들 쪽으로 옆 걸음 치고 있었다 — 루크에게 한 말이었다. 루크는 쳐들어가기로 했다. 입구는 물이 뚝뚝 떨어지는 나무들 사이에 가려진 진흙 투성이 하역장 쪽에 있었다. 한쪽에 쓰레기 더미가 있었는데, 일부는 얼마 안 된 것이었다. 반짝이는 단서를 찾아 그쪽으로 어슬렁어슬렁 걸어간 루크는 S 자 모양으로 생긴 선철 조각을 찾아냈다. 루크가 13킬로그램이 넘는 그 덩어리를 두 손으로 잡아서 머리 위로 번쩍 들고 빗장을 향해 돌진하자 대문이 망가진 종처럼 울렸다.

데스위시가 한쪽 무릎을 꿇고 셔터를 누르면서 홀쭉한 얼굴을 찌푸리고 순교자 같은 미소를 지었다.

「다섯까지 센다, 터프티.」루크가 다시 한번 세게 내리치며 소리쳤다. 「하나…….」다시 대문을 내리쳤다. 「둘…….」

아주 커다란 새를 비롯해서 각종 새들이 나무에서 날아올라 느릿한 나선을 그렸지만 저 아래 골짜기에서 들려오는 우레 같은 소리와 대문을 쿵쿵 치는 소리가 새들의 비명을 삼켰다. 택시 기사는 사랑 노래를 잊고 박수를 치고 웃으며 춤을 추었다. 위협적인 날씨를 생각하면 정말 이상하게도 중국인 가족 하나가 유아차를 한 대도 아니고 두 대나 끌고 나타났는데, 제일 어린아이까지 다 같이 손을 입에 대고 이를 가린 채 웃기 시작했다. 갑자기 캐나다 카우보이가 소리를 지르더니 여자들을 떨쳐 내고 대문 안을 가리켰다.

「빌어먹을, 도대체 크로는 뭘 하는 거야? 저 추잡한 영감이 철조망을 넘어갔잖아.」

그나마 남아 있던 평형 감각이 이제 전부 사라지고 다들 집단 광기에 사로잡혔다. 술, 음산한 낮, 폐소 공포증이 그들의 머리를 지배했다. 여자들은 캐나다인을 거리낌 없이 어루만졌고 루크는 대문을 계속 내리쳤으며 중국인들은 야유를 보내며 낄낄거렸다. 마침내 절묘한 시점에 안개가 걷히고 검푸른 구름 신전이 눈앞에서 치솟더니 억수 같은 비가 나무들을 때렸다. 잠시 후 비가 일행을 때리면서 단번에 홀딱 적셨다. 갑자기 반라가 된 여자들은 비명을 지르고 웃으며 메르세데스를 향해 달려갔지만 남자들은 ─ 난쟁이까지도 ─ 자리를 지키며 빗물의 얇은 막 너머 틀림없는 오스트레일리아인 크로의 형체를 빤히 보았다. 그는 이튼 모자를 쓰고 조악한 포치 아래에서 피를 피하고 있었다. 포치는 자전거를 대놓기 위해 만든 것처럼 보였지만 자전거를 타고 빅토리아피크를 오르는 사람은 미친놈밖에 없을 것이다.

「크로!」 그들이 외쳤다. 「몬시뇰! 저 자식이 우리를 따돌렸어!」

빗소리는 귀가 먹먹할 듯 시끄러웠고 빗줄기에 나뭇가지들이 부러지는 것 같았다. 루크가 어이없는 망치를 옆으로 던졌다. 털북숭이 카우보이가 앞장서고 난쟁이가 그 뒤를 따랐고, 카메라를 들고 미소를 띤 데스위시는 무턱대고 계속 사진을 찍느라 몸을 구부리고 발을 절며 맨 뒤에서 따라갔다. 한껏 퍼붓는 비가 작은 개울을 만들어서 크로의 흔적을 따라 비탈을 오르는 그들의 발목을 적셨고, 황소개구리가 소음을 보탰다. 고사리 언덕을 오른 다음 주르륵 미끄러지자 철조망 울타리 앞이었다. 그들은 철조망이 벌어진 곳으로 기어 들어가서 낮은 도랑을 건넜다. 일행이 도착했을 때 크로는 초록색 돔을 물끄러미 보고 있었고, 밀짚모자를 썼음에도 불구하고 빗물이 턱에서 부지런히 떨어지면서 깔끔한 황갈색 정장을 검고 형체를 알 수 없는 튜닉으로 바꾸어 버렸다. 그는 홀린 듯 위를 올려다보고 있었다. 크로를 제일 좋아하는 루크가 먼저 입을 열었다.

「예하? 어이, 정신 차려요! 나야, 로미오. 세상에, 왜 그렇게 초조하게 굴어요?」

갑자기 걱정이 된 루크가 그의 팔을 부드럽게 건드렸다. 그러나 크로는 여전히 말이 없었다.

「선 채로 죽었나 봐.」 난쟁이가 이렇게 말하자 데스위시는 씩 웃으며 이 기회를 놓치지 않고 그를 찍었다.

크로는 상금을 노리고 시합에 나간 늙은 권투 선수처럼 천천히 정신을 차렸다. 「루크 형제, 우리가 자네한테 심심한 사과를 해야겠군.」 그가 중얼거렸다.

「택시로 데려가자.」 루크가 이렇게 말하고 길을 터주

려고 했지만 크로 영감은 움직이려 하지 않았다.

「터프티 세싱어. 좋은 녀석이지. 도망치는 놈이 아니야, 도망칠 만큼 교활하지가 못해. 하지만 좋은 녀석이지.」

「터프티 세싱어에게 편안한 안식이 있기를.」 루크가 조바심 내며 말했다. 「가요. 난쟁이, 움직여.」

「취해서 제정신이 아니군.」 카우보이가 말했다.

「단서를 잘 생각해 보라고, 왓슨.」 크로가 잠시 생각에 잠겼다가 다시 입을 열었다. 루크가 그의 팔을 당겼고 비는 더 세차게 내렸다. 「먼저 창가의 텅 빈 거치대를 봐, 에어컨을 급하게 처분했다는 뜻이지. 절약은 칭찬할 만한 미덕이라네, 스파이에게는 특히 그렇지. 저기 돔 보이나? 주의해서 잘 봐. 긁힌 자국이 있어. 아, 거대한 사냥개의 발자국이 아니라 당황한 백인이 무선 안테나를 뜯어낸 자국이야. 무선 안테나 없는 스파이 본부를 들어봤나? 매춘굴에 피아노가 없다는 소리나 똑같지.」

빗줄기가 최고조에 이르렀다. 커다란 빗방울이 총알처럼 그들을 때렸다. 크로의 얼굴에 드러난 뒤섞인 감정을 루크는 짐작만 할 뿐이었다. 마음 깊은 곳에서 크로가 정말로 죽어 가는지도 모른다는 생각이 들었다. 루크는 자연사(自然死)를 거의 보지 못했기 때문에 무척 신경이 쓰였다.

「브루셀라병이라도 걸려서 해산했을지도 모르잖아

요.」 루크가 그를 달래서 자동차로 데리고 가려 애쓰며 말했다.

「참도 그렇겠군, 예하, 정말 그럴듯해. 그거야말로 무모하고 억누를 수 없는 행동의 이유겠지.」

「돌아가죠.」 루크가 이렇게 말하면서 그의 팔을 잡아당겼다. 「거기 좀 비켜 줘. 들것 좀 지나갑시다.」

그러나 노인은 여전히 고집스럽게 머뭇거리며 폭풍 속에서 주춤거리는 영국 스파이 본부를 마지막으로 한 번 더 보았다.

제일 먼저 기사를 송고한 사람은 캐나다 카우보이였는데, 사실 그 기사는 더 나은 운명을 맞이했어야 했다. 그는 그날 밤 여자들이 자기 침대에서 잠든 사이에 기사를 썼다. 그는 객관적인 기사보다 잡지 기사 형식이 낫겠다고 생각했기 때문에 세싱어를 시작으로 삼아 빅토리아피크 전체를 중심으로 이야기를 짰다. 그는 빅토리아피크가 홍콩의 전통적인 올림푸스산이며 ─〈더 높은 곳에 살수록 사회적 지위가 높다〉─ 홍콩의 창시자인 부유한 영국 아편상들이 도시의 열병과 콜레라를 피해 그곳으로 달아났고 몇십 년 전에만 해도 중국인이 그곳에 발을 들이려면 허가를 받아야 했다고 설명했다. 그는 하이헤이븐의 역사를 설명하고 맨 마지막에는 중국 언론이 키운 하이헤이븐의 명성 ─ 영국 제국주의가 마오쩌둥에 맞설 음모를 세우는 마녀의 부엌 — 을 서술했다. 하룻밤 새 그 부엌이 문을 닫고 요리사들이 사라졌다.

〈또 다른 회유의 제스처일까?〉 그가 의문을 제기했다. 〈유화 정책일까? 이 모든 것이 중국 본토를 향한 영국의 보이지 않는 정책의 일부일까? 아니면 세계 어디에서나 그렇듯 동남아시아에서도 영국이 산꼭대기에서 내려와 야 한다는 또 다른 신호에 불과할까?〉

그의 실수는 가끔 그의 기사를 실어 주는 진지한 영국 일요 신문을 선택한 것이었다. 그의 기사보다 이 사건에 대한 언급을 전면 금지하는 기사화 금지 공문이 먼저 도 착했다. 〈유감스럽게도 뛰어난 헤이븐 기사를 싣지 못하 게 됨.〉 편집장은 전보를 보낸 다음 곧장 거절 원고함으 로 치워 버렸다. 며칠 뒤, 집으로 돌아온 카우보이는 누 군가가 집을 뒤졌음을 깨달았다. 또 몇 주 동안 전화기에 서 후두염에 걸린 듯한 소리가 났기 때문에 그는 통화를 할 때마다 반드시 빅 무와 그 일당에게 원색적인 욕을 퍼 부었다.

루크는 넘치는 아이디어를 안고 집으로 돌아가서 목 욕을 하고 블랙커피를 잔뜩 마신 다음 기사를 쓰기 시작 했다. 그는 항공사, 정부 연줄, 미국 영사관에 모이는 창 백하고 단정한 수많은 지인에게 전화를 돌렸는데, 미국 지인들은 델포이 신탁같이 애매하고 장난스러운 대답으로 화를 돋우었다. 루크는 정부와 계약한 가구 전문 처리 업체들을 끈질기게 괴롭혔다. 그날 밤 10시가 되자 루크는, 그가 난쟁이에게 여러 번 전화를 걸어서 한 말에 따르면, 세싱어와 아내, 모든 하이헤이븐 직원이 목요일 아침 일찍 런던행 전세기를 타고 홍콩을 떠났음을 〈다섯 가지 방법으로 증명〉할 수 있었다. 운 좋게도 루크는 세싱어의 복서 개가 같은 주에 조금 늦게 항공 화물로 따라가게 되어 있음을 우연히 알게 되었다. 그는 몇 가지 메모를 한 다음 타자기 앞에 앉아서 요란하게 몇 줄을 쳤지만 이미 예상했듯이 쓸 이야기가 말라 버렸다. 처음에는 다급하게, 아주 유창하게 시작했다.

〈오늘, 딱 하나 남은 영국의 아시아 식민지에서 궁지에 몰린 비선출 정부의 머리 위로 새로운 스캔들의 구름이 드리워졌다. 경찰과 공무원이 뇌물을 수수했다는 최근 폭로가 뜨거운 화제로 떠오르는 가운데, 홍콩섬에서 가장 극비에 부쳐진 기관 하이헤이븐, 즉 중공에 맞서는 영국 첩보 활동 본부가 황급히 문을 닫았다는 소문이 흘러나왔다.〉

루크는 여기까지 쓴 다음 무력감에 욕이 섞인 한숨을 내쉬며 잠시 멈추고 양 손바닥으로 얼굴을 눌렀다. 악몽이라면 견딜 수 있다. 수많은 전쟁을 겪은 후, 땀을 흘리고 벌벌 떨며 형언할 수 없는 환영 속에서 콧속 가득 네이팜탄이 인간의 살을 태우는 냄새를 느끼다가 잠에서 깨는 것은 참을 수 있다. 억누르고 또 억누르던 감정이 일제히 터져 나오는 것이 어떤 면에서는 위안이었다. 그런 경험을 하면서 사람들을 증오할 여유를 되찾고 싶을 때도 있다. 다시 평범한 사람이 되기 위해서 악몽이 필요하다면 기꺼이 받아들일 수 있다. 그러나 가장 끔찍한 악몽에서도 전쟁에 대한 기사를 썼으니 평화에 대한 기사는 쓰지 못하리라는 생각을 한 적은 없었다. 루크는 날이 밝을 때까지 여섯 시간 동안 이 끔찍한 무감각과 싸웠다. 가끔 크로 영감이 아까 비를 흠뻑 맞으며 서서 추도 연설을 하던 모습을 떠올렸다. 어쩌면 〈그것〉이 기사가 아닐까? 그러나 동료의 이상한 농담을 근거로 기사를 쓰는 기자가 어디 있을까?

난쟁이가 힘들게 쓴 기사 역시 반응은 영 신통치 못했고, 그래서 그는 신경이 곤두섰다. 얼핏 보기에 그의 기사에는 그들이 바라는 것이 전부 담겨 있었다. 영국을 놀렸고, 〈스파이〉라고 대문짝만하게 적혀 있었으며, 미국이 동남아시아의 사형 집행인이라는 생각과 전혀 관계없는 기사였다. 그러나 닷새나 기다린 끝에 돌아온 대답은 요란하게 나서지 말고 자기 분야나 지키라는 엄격한 지시였다.

이제 크로 영감만 남았다. 현역 기자들의 맹공에 비하면 곁다리에 지나지 않았지만 그가 한 일과 하지 않은 일의 타이밍은 지금까지도 인상적이다. 그는 3주 동안 아무것도 송고하지 않았다. 처리해야 하는 사소한 일이 있었지만 크로는 굳이 신경 쓰지 않았다. 그를 크게 걱정하는 루크가 봤을 때 처음에 크로는 이유를 알 수 없이 계속 이상해지는 것 같았다. 그는 활기와 동료애를 완전히 잃었다. 사람들에게 딱딱거리고 가끔은 대놓고 불친절했으며 웨이터들, 심지어는 제일 좋아하는 고에게까지 엉터리 광둥어로 화를 냈다. 상하이 볼링 클럽 회원들을 철천지원수처럼 대했고, 그들이 벌써 잊었지만 본인은 무례했다고 주장하는 행동들을 자꾸 끄집어냈다. 크로는 늘 앉는 창가 자리에 혼자 앉아서 카페에 진을 치고 앉아 있는 퇴락한 늙은이처럼 심술궂고, 비밀스럽고, 게으르게 굴었다. 그러던 어느 날 그가 모습을 감추었고, 루크가 걱정하며 아파트로 찾아가자 나이 많은 가정부가 〈위스키 파파는 런던에 빨리빨리 갔다〉고 말했다. 가정부는 신기하고 작은 생명체였고, 루크는 그녀가 의심스러웠다. 북독일 출신의 둔한 『데어 슈피겔』 특파원이 비엔티안의 콘스텔레이션 호텔 바에서 흥청망청 마시고 노는 크로를 봤다고 말했지만 루크는 그 말도 믿지 않았다. 크로를 관찰하는 것은 기자들 사이에서 일종의 게임이었고, 새로운 사실을 발견하면 평판이 높아졌다.

그러다가 어느 월요일 정오 즈음, 크로가 새로 산 베이지색 양복에 아주 멋진 꽃을 꽂고 클럽으로 어슬렁어슬링 걸어 들어왔다. 다시 만면에 미소를 띠고 이야기를 잔뜩 안고 온 그는 하이헤이븐 이야기를 들려주었다. 크로는 신문사가 평소에 허용하는 것보다 훨씬 많은 돈을 썼다. 별로 중요하지 않은 미국 기관의 잘 차려 입은 미국인들과 즐거운 점심 식사를 여러 번 같이 했는데, 몇몇은 루크도 아는 사람이었다. 크로는 그 유명한 밀짚모자를 쓰고 자신이 엄선한 조용한 식당으로 미국인들을 따로따로 데리고 갔다. 클럽 사람들은 외교관들에게 굽실거리다니 중대한 범죄라고 그를 욕했고, 그래서 크로는 즐거워했다. 그런 다음 그는 도쿄에서 열린 중국 관측통 회의에 불려갔다. 지금 생각해 보면 크로가 도쿄 방문을 이용해서 점점 형체를 갖추어 가던 이야기의 다른 부분들을 확인했다고 생각하는 것이 옳을 것이다. 회의에 참석한 그는 오랜 친구들에게 방콕이나 싱가포르, 타이베이 등 주재지로 돌아가면 이러저러한 사실을 좀 캐달라고 주문했고, 친구들은 크로 역시 그렇게 해주리라는 사실을 알았기에 시키는 대로 했다. 오싹한 이야기지만 크로는 친구들이 알아내기도 전에 자신이 무엇을 찾고 있는지 이미 아는 듯했다.

그 결과물이 영국과 미국의 검열이라는 길쭉한 팔이 닿지 않는 시드니의 어느 조간신문에 빠짐없이 실렸다. 그것은 대가(大家)의 전성기를 회상하는 내용이었다. 기사는 자그마치 2천 단어에 달했다. 대체로 크로는 하이

헤이븐이 아니라 방콕 영국 대사관의 〈이상하게도 비어 있는 별채〉 이야기로 기사를 끌고 갔다. 한 달 전까지만 해도 2등 서기관이 여섯 명이나 있는 비자 발급부뿐 아니라 〈시토[9] 조정실〉이라 불리는 이상한 기관이 차지하고 있던 건물이다. 오스트레일리아 노인 크로는 비자 신청을 처리하는 데 2등 서기관이 여섯 명이나 필요할 만큼 태국인들이 영국에 끌리는 것은 소호의 마사지 가게 때문일까, 라고 유쾌하게 물었다. 또한 직원들이 떠나고 해당 건물이 문을 닫았지만 여행을 떠나고 싶은 사람들이 대사관 앞에 행렬을 이루지 않은 것도 이상하다고 말했다. 점차—크로는 여유롭게 기사를 썼지만 빈틈은 전혀 없었다—독자 앞에 놀라운 그림이 펼쳐졌다. 그는 영국 첩보기관을 〈서커스〉라고 불렀다. 크로의 설명에 따르면 첩보부의 비밀 본부가 런던의 유명한 교차로를 내려다보는 곳에 있기 때문에 여러 도로가 만나는 광장이라는 뜻의 서커스라는 이름이 붙었다. 그는 서커스가 하이헤이븐에서 짐을 뺐을 뿐 아니라 방콕, 싱가포르, 사이공, 도쿄, 마닐라, 자카르타에서도 철수했다고 말했다. 서울에서도 마찬가지였다. 독립 타이완 역시 예외는 아니라서 기사가 발표되기 겨우 일주일 전에 알려지지 않은 영국 주재원이 사무원 겸 운전기사 세 명과 비서 두 명을 해고했음이 밝혀졌다.

9 동남아시아 방위 조약 기구.

크로는 이것을 〈켄트의 낚싯배 대신 전세기 DC-8을 동원한 스파이들의 됭케르크〉라고 불렀다.

무엇 때문에 이러한 대탈출이 시작되었을까? 크로는 여러 가지 눈치 빠른 이론을 제시했다. 이 역시 영국 정부의 지출 삭감 때문일까? 기자는 회의적이었다. 영국은 힘든 시절이면 스파이에게 더욱 의지하는 경향이 있었다. 대영 제국 역사 전체가 그렇게 하도록 만들었다. 영국의 통상로가 적을수록 그것을 보호하려는 은밀한 노력은 더욱 치밀하다. 영국은 식민지 통치가 약해질수록 통치를 완화하려는 자들을 필사적으로 타도했다. 아니, 영국의 수입이 빠듯하다 할지라도 스파이는 제일 마지막으로 처분하는 사치품이 될 것이다. 크로는 다른 가능성들을 제기한 다음 차례로 반박했다. 본토 중국을 향한 긴장 완화의 제스처일까? 그가 카우보이의 주장에 따라 물었다. 분명 영국은 마오쩌둥의 반식민지주의가 홍콩에 얼씬하지 못하게 막을 수만 있다면 태양 아래 못 할 일이 없었다. 스파이를 포기하는 것만 빼면 말이다. 드디어 크로 영감은 제일 마음에 드는 이론에 다다랐다.

그는 이렇게 썼다. 〈극동이라는 체스판 바로 건너편에서 서커스는 스파이 업계에서 잠수라고 부르는 행동을 하고 있다.〉

하지만 왜일까?

기자는 여기서 〈아시아 첩보 전투라는 교회의 미국 고

위 참사 회원들〉의 말을 인용했다. 그의 말에 따르면 미국 첩보원들은 아시아뿐만 아니라 전 세계에서 〈영국 정보기관의 느슨한 안보 때문에 길길이 날뛰고〉 있었다. 특히 최근 서커스의 런던 본부에서 고위 러시아 스파이 — 그는 〈두더지〉라는 전문 용어를 제대로 썼다 — 가 발각되었다는 사실에 가장 분노했다. 고위 참사 회원들은 러시아 스파이의 이름을 밝히기 거부했지만 〈지난 20년 동안 영국-미국의 모든 기밀 작전 중에서 약간이라도 가치가 있는 것은 모조리 훼손한〉 영국의 변절자라고 했다. 기자는 취재원들에게 두더지가 지금 어디에 있는지 물었다. 그러자 그들은 마찬가지로 울분을 터뜨리며 대답했다. 〈죽었거나. 러시아에 있거나. 둘 다면 제일 좋겠지만요.〉

크로는 용두사미 기사를 쓴 적이 한 번도 없었지만 루크의 애정 어린 눈으로 보기에 이번 기사의 결말에는 정말 대단한 의식(儀式) 같은 느낌이 있었다. 그것은 생의 주장 그 자체였다. 비록 비밀스러운 생이라 할지라도.

〈그렇다면 소년 스파이 킴[10]은 동양 신화에서 영영 사라지는 걸까?〉 그가 물었다. 〈영국의 대학자가 자기 피부를 물들이고 원주민의 옷을 입고 마을의 모닥불 앞에 조용히 한 자리를 차지하는 일은 두 번 다시 일어나지 않을

---

10 러디어드 키플링Rudyard Kipling(1865~1936)의 소설 『킴Kim』의 주인공 소년.

까? 두려워할 것 없다.〉 그가 주장했다. 〈영국은 돌아올 것이다! 스파이 찾기라는 오랜 스포츠가 다시 시작될 것이다! 스파이는 죽지 않았다. 잠들었을 뿐이다.〉

기사가 세상에 나왔다. 클럽의 기자들은 이 기사를 읽고 찬탄하다가, 시샘하다가, 곧 잊었다. 미국과 연줄이 두터운 홍콩 영자지가 전문을 게재했고, 그 결과 하루살이는 삶을 하루 더 즐겼다. 사람들은 노인의 자선 행위라고 말했다. 무대에서 내려가기 전에 모자를 들어 인사한 것이라고 말이다. 그런 다음 BBC 해외 방송국이 이 기사를 보도했고, 결국 식민지 홍콩의 무기력한 방송국이 BBC 방송의 또 다른 버전을 내보내자 빅 무가 지역 뉴스 방송국들에 재갈을 물리기로 했는지 아닌지를 놓고 온종일 논쟁이 벌어졌다. 그러나 흥행이 이렇게 오래 지속되었지만 아무도, 루크도, 심지어는 난쟁이마저도 그때 크로 영감이 하이헤이븐으로 들어가는 뒷길을 대체 어떻게 알고 있었는지 의문을 갖지 않았다.

그것은 기자가 자기 코앞에서 벌어지는 일을 다른 사람들보다 더 빨리 알아차리는 것은 아니라는 증거일 뿐이었다. 그런 증거가 애초에 필요하다면 말이다. 어쨌거나 그날은 태풍이 치는 토요일이었다.

크로가 영국 정보부의 소재지라고 정확히 짚었던 서커스의 사람들은 얼마나 알고 있느냐에 따라 크로의 기사에 대한 반응이 무척 달랐다. 예를 들어 그 당시 서커스가 모을 수 있는 돈을 여기저기서 조금씩 끌어오는 일을 담당하는 하우스키핑[11]부의 노장들은 억눌린 분노를 크로 영감에게 터뜨렸는데, 맹공을 당하는 비밀 부서의 분위기를 맛본 자들만이 이해할 수 있는 것이었다. 평소에는 관용적인 사람들조차 포악하게 반응했다. 배반이다! 계약 위반이다! 연금을 중단하라! 감시자 명단에 넣어라! 영국으로 돌아오는 즉시 기소다! 그보다 조금 밑으로 내려가서 보안 문제에 썩 민감하지 않은 사람들은 더욱 너그럽긴 했지만 여전히 진상은 몰랐다. 그들은 약간 슬픈 듯 이렇게 말했다. 뭐, 그럴 수밖에 없지. 가끔 뚜껑이 안 열리는 사람이 어디 있겠어, 게다가 불쌍한 크로 영감은 그렇게 오랫동안 아무 얘기도 못 들었으니 더 그렇지. 어쨌든, 전체적으로 이미 알려진 것 말고는 아무것도 폭로하지 않았잖아, 안 그래? 정말이지 하우스키퍼들은 적당히들 좀 해야 돼. 며칠 전만 해도 쓰레기통에 아무것도 안 적힌 편지지 한 장 버렸다고 마이크의 여동생이자 아직 리본도 안 뗀 몰리 미킨을 그렇게 닦달했잖아!

가장 깊숙한 곳의 내부자들만이 이 사태를 다르게 보았다. 그들에게 크로 영감의 기사는 신중하게 작성한 최고의 오보였다. 조지 스마일리가 최고의 솜씨를 발휘했군. 그들은 말했다. 기사는 나올 수밖에 없었고, 그 언제

11 housekeeping. 재무 담당 부서를 뜻하는 서커스 은어.

라도 검열은 안 된다고 다들 동의했다. 그러므로 그들이 선택한 방식으로 이야기가 흘러나오는 것이 훨씬 나았다. 적절한 타이밍에, 적절한 양이, 적절한 어조로. 그들은 필치 하나하나에 평생의 경험이 녹아 있다고 입을 모았다. 그러나 이는 외부에서는 취할 수 없는 관점이었다.

홍콩에서 — 상하이 볼링 클럽 멤버들은 크로 영감이 죽음을 앞둔 사람처럼 본능적으로 이를 예감했다고들 말했다 — 크로의 하이헤이븐 기사는 백조의 노래였던 것으로 드러났다. 기사가 나오고 한 달 뒤, 크로는 식민지뿐만 아니라 기자라는 직업에서도, 홍콩섬에서도 물러났다. 그는 신제에 작은 주택을 빌렸고 동양인의 천국 밑에서 일생을 마치겠다고 선언했다. 볼링 클럽 회원들에게는 그가 알래스카로 떠난 것이나 마찬가지였다. 회원들은 술을 마시고 나서 차를 타고 돌아오기에는 너무 먼 곳이라고 말했다. 예쁜 중국 청년을 파트너로 삼았다는 소문도 돌았지만, 크로의 취향은 그쪽이 아니었으므로 사실이 아니었다. 이 소문은 난쟁이의 작품이었다. 그는 늙은이에게 특종을 빼앗기는 것을 좋아하지 않았다. 루크만이 크로를 잊지 않으려 했다. 어느 날 루크는 야근을 끝낸 늦은 아침에 차를 타고 크로를 만나러 갔다. 별다른 이유는 없었고 이 심술궂은 영감이 그에게는 무척 큰 의미였기 때문이다. 루크는 크로가 더없이 명랑했다고 전

했다. 심술궂은 모습은 예전 그대로였지만 루크가 예고
도 없이 쳐들어가서 약간 놀랐다. 그는 친구와 함께였는
데, 중국 청년이 아니라 중요한 손님이었다. 크로는 손님
을 조지라고 소개했다. 땅딸막하고 동그란 안경을 쓴 눈
이 나쁜 사람으로, 역시 불쑥 찾아온 듯했다. 크로는 이
조지라는 친구가 자신이 암울한 시절에 근무했던 영국
신문사의 비밀 고문이었다고 루크에게 설명했다.

「늙은이 전문이지, 예하. 아시아를 순방 중이야.」

그가 누구였든 크로가 〈성하〉라고까지 부르는 것을 보
아 이 땅딸막한 남자를 경외하는 것은 분명했다. 루크는
방해하는 기분이 들어서 술도 마시지 않고 나왔다.

그랬다. 세싱어의 야반도주, 빈사 상태에 이르렀다가
부활한 크로 영감, 수없이 많고 은밀한 검열을 뚫고 발표
된 그의 백조의 노래, 끊임없이 스파이 세계에 집착하는
루크, 필요악을 정확하게 이용한 서커스. 그 무엇도 미리
계획한 것은 아니었지만 삶이 원래 그렇듯 그 뒤에 일어
난 수많은 일의 전조였다. 태풍이 몰아치는 토요일, 온갖
것들이 뛰어들어 우글거리는, 냄새가 고약한 불모의 웅
덩이 홍콩, 여전히 주역 없이 지친 코러스. 신기하게도
몇 달 뒤, 셰익스피어극의 전령처럼 주인공이 오는 중이
라고 알리는 역할이 다시 루크에게 떨어졌다. 루크가 대
기 중일 때 사내 전화를 통해 소식이 전해졌고, 그는 언

제나처럼 열정적으로 지루함에 지친 청중에게 소식을 발표했다.

「여러분! 들어 봐! 뉴스야! 제리 웨스터비가 돌아온대! 다시 동양으로 온대, 같은 신문사 소속으로!」

「〈귀족〉 각하께서!」 난쟁이가 황홀한 척하며 외쳤다. 「서민의 목소리를 드높이기 위해서 〈귀족의 푸른 피〉를 약간 더한단 말이군! 〈고귀하신 분 만세.〉」 그가 심한 욕설을 하며 포도주 선반을 향해 냅킨을 던졌다. 「이런.」 난쟁이가 이렇게 말하고 루크의 잔을 비웠다.

2
위대한 부름

전보가 도착한 오후, 제리 웨스터비는 황폐한 농가 발코니의 그늘에서 타자를 마구 치고 있었고 그의 발치에는 헌책 자루가 놓여 있었다. 봉투를 가져온 사람은 검정 제복을 입은 여자 우체국장으로, 원래 험상궂고 사나운 농민이었지만 전통의 힘이 약해지는 바람에 작고 초라한 토스카나 마을의 우두머리가 되었다. 그녀는 교활한 사람이었지만 오늘은 극적인 상황에 압도당해서 무척 더운 날씨임에도 불구하고 황폐한 길을 허둥지둥 올라왔다. 나중에 그녀의 장부에 이 전보를 전달한 역사적인 순간은 5시 6분으로 기록되었는데, 거짓이었지만 그 편이 더 힘이 있었다. 실제로 전달한 시간은 5시 정각이었다. 집 안에서는 마을 사람들이 고아라고 부르는 웨스터비의 말라빠진 여자가 질긴 염소 고기를 두드리고 있었는데, 무엇에 달려들든 늘 그렇듯이 맹렬했다. 아직 상당히 멀었지만 우체국장의 탐욕스러운 눈은 열린 창문 너머로 그

녀를 발견했다. 팔꿈치를 이리저리 내밀며 윗니로 아랫
입술을 깨물고 있었다. 언제나처럼 얼굴을 찌푸리고 있
는 것이 분명했다.

〈창녀 같으니.〉 우체국장이 분개하며 생각했다. 〈드디
어 네가 기다리던 게 왔다고!〉

라디오에서 베르디의 곡이 울려 퍼지고 있었다. 고아
는 클래식 음악만 들었다. 어느 날 밤 선술집에서 대장장
이가 주크박스로 록 음악을 틀려고 하자 그녀가 소동을
벌였기 때문에 온 마을 사람들이 알게 된 사실이었다. 그
녀는 대장장이에게 물 주전자를 던졌다. 베르디의 곡에
타자기 소리, 염소 고기를 두드리는 소리까지 더해져서
어찌나 시끄럽던지, 이탈리아인에게도 시끄럽게 들릴 정
도였다고 우체국장은 말했다.

제리는 나무 바닥에 메뚜기처럼 앉아 있었고 ── 어쩌
면 쿠션은 하나 있었는지도 모른다 ── 책 자루를 발 받침
으로 쓰고 있었다고 그녀는 회상했다. 그는 다리를 벌리
고 앉아서 무릎 사이에 놓인 타자기를 치고 있었다. 주변
에는 더럽혀진 원고가 흩어져 있었는데, 이 타는 듯한 언
덕 꼭대기를 괴롭히는 뜨거운 바람 때문에 돌을 얹어 놓
았다. 바로 옆에 이 지역에서 나는 적포도주가 담긴 고리
버들 술병이 놓여 있었다. 위대한 예술가에게도 찾아오
는, 자연스러운 영감이 떠오르지 않는 순간을 위한 것이
분명했다. 나중에 우체국장은 제리가 독수리처럼 타자를

쳤다고 말하면서 대단하다는 듯 웃었다. 한참 동안 공중을 선회하다가 급강하한다는 뜻이었다. 복장은 평소와 똑같았다. 아무 소득도 없이 본인 소유의 방목지를 어슬렁거릴 때든, 불량배 프랑코한테 속아서 산 쓸모없는 올리브 나무 열두 그루를 돌볼 때든, 고아와 함께 물건을 사러 마을로 내려올 때든, 집으로 가는 긴 오르막길을 오르기 전 선술집에 앉아서 센 술을 마실 때든 늘 똑같았다. 고아가 절대 닦아 주지 않아서 구두코가 반짝거릴 때까지 신는 사슴 가죽 부츠, 고아가 절대 빨아 주지 않는 발목 양말, 한때 흰색이었던 더러운 셔츠, 사나운 개들이 물어뜯은 것처럼 엉망인, 제대로 된 여자라면 벌써 오래전에 고쳐 주었을 회색 반바지 차림이었다. 그는 언제나처럼 수줍으면서도 열정적인, 귀를 찌르는 속사포 같은 말로 우체국장을 맞이했다. 그녀는 그의 말을 자세히는 이해하지 못하고 뉴스 방송을 볼 때처럼 전체적으로만 알아들었지만 썩은 이의 검은 틈을 드러내면서 부분 부분은 놀라울 만큼 비슷하게 흉내낼 수 있었다.

「마마 스테파노, 어이쿠, 최고네요, 정말 덥지요. 여기, 목 좀 축이세요.」 제리가 그녀에게 줄 포도주를 한 잔 들고 벽돌 계단을 내려오면서 학생처럼 씩 웃었다. 학생, 즉 스쿨보이는 이 마을에서 그를 부르는 별명이었다. 스쿨보이, 스쿨보이한테 전보가 왔어, 런던에서 온 급보야! 지난 9개월 동안 그에게 온 우편물이라고는 수많은 문고

판 책들과 그의 아이가 매주 보내는 서툰 편지밖에 없었는데 마른하늘에서 난데없이 이 기념비적인 전보가 도착한 것이다. 무슨 명령인 듯 짧은 전보였지만 50단어짜리 답신 요금을 미리 지불했다! 50단어라니, 그 요금만 해도 얼마인가! 마을 사람들이 그 전보를 읽으려고 애를 쓴 것도 당연했다.

처음에 그들은 〈각하〉[12]라는 말을 보고 숨을 컥컥거렸다. 「제럴드 웨스터비 〈각하〉.」 뭐라고? 버밍엄에서 포로 생활을 했던 제빵사가 낡은 사전을 꺼냈다. 〈귀족의 자제에게 경의를 표하는 칭호.〉 당연하다. 골짜기 건너편에 사는 시뇨라 샌더스는 이미 스쿨보이가 귀족 혈통이라고 공언했었다. 신문 왕의 차남, 지금은 세상을 떠난 신문사 사주 웨스터비 〈경〉의 아들이라고 했다. 신문사가 먼저 죽고, 그다음에 사주가 죽었죠, 라고 재치 넘치는 시뇨라 샌더스가 말했고, 이 농담이 마을에 퍼졌다. 그런 다음 〈유감 regret〉, 이건 쉬웠다. 〈통지한다 advise〉는 말도 마찬가지였다. 우체국장은 영어가 타락하긴 했지만 의외로 좋은 라틴어를 얼마나 많이 흡수했는지 깨닫고 무척 만족했다. 〈후견인〉이라는 말은 〈보호자〉라는 말로 이어졌기 때문에 더 어려웠고, 그래서 당연히 남자들 사이에 불미스러운 농담이 오갔지만 우체국장이 화를 내며 입을

---

12 각하 Honourable는 백작의 부인 및 차남 이하의 아들, 또는 자작, 남작에게 쓰는 경칭이다.

다물게 했다. 마침내 암호가 서서히 해독되고 내용이 밝혀졌다. 스쿨보이에게는 후견인, 즉 아버지의 대리인이 있었다. 이 〈후견인〉이 중병에 걸려 입원했고, 죽기 전에 스쿨보이를 보고 싶다는 것이었다. 다른 누구도 필요 없다. 오직 웨스터비 각하뿐이다. 사람들은 금세 남은 그림을 직접 채웠다. 병상에 모여 흐느끼는 가족들, 위로할 길 없는 미모의 아내, 병자 성사를 주는 고상한 사제들, 어딘가에 넣어져 자물쇠가 채워지는 귀중품들 그리고 복도와 부엌, 집 전체에서 속삭이는 소리들. 웨스터비, 웨스터비 각하는 어디 있지?

마지막으로 전보에 서명한 사람을 해석해야 했다. 세 사람의 서명이 있었는데, 〈사무 변호사〉들이라고 했다. 이 단어를 두고 묘한 해석이 한 차례 더 오갔지만 드디어 〈공증인〉이라는 뜻에 다다르자 사람들의 얼굴이 갑자기 굳었다. 아, 성모 마리아님. 공증인 세 명이 붙었다면 당연히 큰돈이 얽힌 일이다. 세 사람이 고집을 부려서 전부 서명을 한 데다가 답신 비용으로 50단어짜리 요금까지 선지급했다면 그냥 큰돈이 아니라 어마어마하게 큰돈이다! 엄청난 땅! 수많은 돈! 고아가 그렇게 들러붙었던 것도 당연하다, 창녀 같으니! 갑자기 다들 언덕을 올라가겠다고 아우성이었다. 귀도는 오토바이를 타고 물탱크가 있는 곳까지 올라갈 수 있다고 했고, 마리오는 여우처럼 빨리 달릴 수 있다고 했으며, 잡화상의 딸 마누엘라는 눈빛이 상냥하니까 조의를 표하기에 딱 좋다고 했다. 그러나 우체국장은 자원하는 이들을 전부 뿌리치고 — 또 뻔뻔한 마리오를 찰싹 때리고 — 금전 등록기를 잠근 다음 멍청한 아들에게 가게를 맡겼다. 20분 동안 땀을 뻘뻘 흘리고 — 저 위에서 그 빌어먹을 용광로 같은 바람이 불고 있다면 — 입 안 가득 붉은 먼지를 마셔야 한다는 뜻이었는데도 말이다.

처음에 마을 사람들은 제리를 충분히 이해하지 못했다. 지금 올리브 덤불 사이를 힘들게 오르는 우체국장은 그것을 후회했지만, 그때는 그럴 만한 이유가 있었다. 첫째, 그는 보잘것없는 사람들만 집을 사러 오는 겨울에 도착했다. 제리는 혼자 왔지만 자식, 아내, 어머니 등 짐스러운 인간을 최근에 저버린 사람 특유의 엉큼한 표정을 짓고 있었다. 우체국장은 젊었을 때 그런 남자들을 알았고, 상처받은 듯한 그 미소를 너무나 자주 보았기 때문에 제리의 얼굴에서도 알아보지 않을 수 없었다. 그 미소는 〈난 결혼했지만 자유예요〉라고 말했지만, 사실은 둘 다 아니었다. 둘째, 제리를 데리고 온 사람은 향수 냄새를 풍기는 영국인 소령이었는데, 부동산을 운영하면서 농민을 착취하는 유명한 돼지 새끼였다. 그러나 스쿨보이를 멀리한 이유가 하나 더 있었다. 향수 냄새를 풍기는 소령은 제리에게 괜찮은 농가를 여러 채 보여 주었는데, 그 중에는 우체국장이 소유권을 가진 — 그리고 우연히도 가장 괜찮은 — 농가도 한 채 있었지만 스쿨보이는 그녀가 지금 오르고 있는 이 적막한 언덕 위 남색가 프랑코의 오두막집으로 결정했다. 사람들은 이곳을 악마의 언덕이라고 불렀다. 악마는 지옥이 너무 서늘하다 싶으면 이 언덕에 올랐다. 하고많은 사람 중에서 우유와 포도주에 물을 타서 팔고 일요일이면 마을 광장에서 요란하게 꾸민 멋쟁이들과 어울리며 싱글싱글 선웃음을 짓는 교활한 프랑코라니! 부풀린 가격은 50만 리라였는데, 향수 냄새를 풍기는 소령은 계약을 성사시켰다는 이유만으로 3분의 1을 가로채려 했다.

「소령이 교활한 프랑코를 왜 좋아하는지 다들 알지.」 우체국장이 잇새로 피어오르는 거품 사이로 씩씩거리며 말했고, 동조하는 사람들이 알 만하다는 듯 서로 〈쯧쯧〉거렸지만 그녀가 화를 내며 닥치라고 명령했다.

게다가 날카로운 여자인 우체국장은 제리가 짐짓 꾸민 모습이 어딘가 믿음이 가지 않았다. 후한 척하지만 그 안에 냉담함이 숨어 있었다. 우체국장은 예전에도 영국인들에게서 그런 모습을 보았지만 스쿨보이는 그야말로 독보적이었고, 그래서 그를 믿지 않았다. 우체국장은 그가 활기찬 매력이 있지만 위험하다고 생각했다. 물론 이제는 처음 생각했던 그러한 단점들이 영국 귀족 출신 작가의 독특함 때문이구나 생각할 수 있었지만, 당시 우체국장은 제리에게 그렇게 관대하지 않았다. 「여름만 돼

봐.」제리가 우물쭈물하며 그녀의 가게에 다녀간 뒤 ─
파스타, 빵, 파리약 ─ 우체국장이 손님들에게 가시 돋친
목소리로 경고했다. 「여름이 되면 저 백치도 자기가 뭘
샀는지 깨닫겠지.」여름이면 교활한 프랑코의 쥐들이 침
실로 달려들고, 프랑코의 벼룩들이 그를 산 채로 먹어 치
우고, 프랑코의 남색이나 하는 말벌들이 정원에서 그를
쫓아다니고, 악마의 뜨거운 바람이 그의 사지를 불태워
너덜너덜하게 만들 것이다. 물이 마를 테고 그는 어쩔 수
없이 짐승처럼 밭에다 똥을 싸야 할 것이다. 그런 다음
다시 겨울이 오면 향수 냄새를 풍기는 돼지 새끼 소령이
그 집을 또 다른 바보에게 팔 것이고, 소령만 빼고 모두
가 손해를 볼 것이다.

처음 몇 주 동안 스쿨보이는 명성을 조금도 티 내지 않
았다. 그는 절대 흥정을 하지 않았고, 할인이라는 말은
들어 본 적도 없었으며, 그에게 바가지를 씌워 봤자 기분
이 좋지도 않았다. 그리고 우체국장이 가게에서 그가 아
는 처참한 식당용 이탈리아어 몇 마디 이상으로 몰아붙
이자 그는 진짜 영국인처럼 목소리를 높여 고함을 치는
대신 어깨를 으쓱하고 원하는 것을 직접 가져갔다. 〈작
가〉라, 마을 사람들이 말했다. 흠, 작가 아닌 사람이 어디
있어? 좋다, 그는 그녀에게서 풀스캡 인쇄용지[13] 몇 묶음
을 샀다. 그녀는 더 주문했고, 그가 그것을 샀다. 브라보.

13 대형(303×200밀리미터) 인쇄용지.

그에게는 책도 있었다. 보아하니 곰팡이가 핀 책들을 밀렵꾼처럼 회색 마대 자루에 넣어 왔고, 고아가 오기 전에는 그가 그 자루를 어깨에 메고 책을 읽으러 아무 데나 성큼성큼 걸어가는 모습을 볼 수 있었다. 귀도가 콘테사의 숲에서 그를 본 적이 있었는데, 두꺼비처럼 통나무 위에 자리를 잡고 앉아서 마치 전부 다 한 권의 책인데 어디까지 읽었는지 잊어버린 것처럼 책을 차례로 들어서 한 장 한 장 넘기고 있었다. 그에게는 지저분한 커버에 낡은 수하물 라벨이 덕지덕지 붙은 타자기도 하나 있었다. 다시 한번 브라보. 자칭 화가라며 물감을 사는 장발 남자들이나 마찬가지였다. 〈그런〉 작가였다. 봄이 되자 고아가 왔는데, 우체국장은 그녀도 싫었다.

빨간 머리였는데, 그러면 일단 절반은 창녀라는 소리다. 가슴은 토끼한테 먹일 젖도 없을 만큼 빈약했고, 제일 나쁜 것은 계산에 밝은 매서운 눈이었다. 마을 사람들 말로는 그가 시내에서 그녀를 발견했다. 역시나 창녀다. 첫날부터 여자는 제리에게서 눈을 떼지 않았다. 아이처럼 그에게 달라붙었다. 그와 함께 식사를 하고, 삐졌다. 그와 함께 술을 마시고, 삐졌다. 그와 함께 물건을 사면서 도둑처럼 언어를 조금씩 훔쳤고, 마침내 두 사람은 동네의 명물이 되었다. 골풀 바구니를 들고 언덕을 내려가는 영국 거인과 툭하면 삐지는 유령 같은 그의 창녀, 누덕누덕한 반바지를 입고 누구에게나 웃어 주는 스쿨보이와 창녀처럼 속옷도 없이 삼베옷을 입고 얼굴을 찌푸리는 고아. 그녀는 전갈처럼 평범했지만 남자들은 천 너머에서 흔들리는 단단한 엉덩이를 보려고 그녀를 빤히 바라보았다. 그녀는 열 손가락으로 그의 팔을 꽉 붙들고 그의 어깨에 뺨을 붙인 채 걸어 다녔고, 제리가 지금은 그녀가 관리하는 지갑을 꺼내 소박한 돈을 지불할 때에만 놔주었다. 익숙한 얼굴을 마주치면 제리는 자유로운 팔을 파시스트처럼 세차게 흔들어 두 사람 몫의 인사를 했다. 아주 드물게도 여자가 혼자 외출했을 때 능글맞게 말을 걸거나 휘파람이라도 불었다가는 얼마나 불쌍한 꼴을 당하는지. 그녀는 휙 돌아서서 하수구에 사는 고양이처럼 침을 뱉었고, 그녀의 눈은 악마의 눈처럼 번득였다.

「이제 왜 그런지 우리도 알지!」여전히 언덕을 올라가던 우체국장이 얼핏 꼭대기인 것 같지만 사실은 그렇지 않은 곳에서 아주 크게 외쳤다. 「고아가 남자의 유산을 노리는 거야. 아니면 창녀가 뭐 하러 지조를 지키겠어?」

마마 스테파노가 스쿨보이의 가치를 그리고 고아의 동기를 극적으로 재검토하게 된 계기는 시뇨라 샌더스의 방문이었다. 부유한 샌더스는 골짜기 위쪽에서 말을 키웠고 짧은 머리에 체인 벨트를 하고 다니는, 사내아이라고 불리는 여자랑 살았다. 그들이 키우는 말은 어디에 내놓아도 상을 받았다. 샌더스는 이탈리아인이 좋아하는 검소하고 날카롭고 지적인 사람이었고, 산지 여기저기 흩어져 사는 시대에 뒤떨어진 영국인들 중에서 알아서 좋을 사람은 다 알았다. 한 달쯤 전에 샌더스가 가게에 왔는데, 명목은 햄을 사는 것이었지만 진짜 목적은 스쿨보이였다. 그녀는 정말이냐고 물었다. 「시뇨르 제럴드 웨스터비가 이 마을에 살아요? 덩치가 크고, 머리는 희끗희끗하고, 운동을 잘하고, 에너지가 넘치고, 수줍음 많은 그 귀족이요?」 샌더스는 자기 아버지가 장군이었고 영국에서 그의 가족과 아는 사이였다고 했다. 스쿨보이의 아버지와 그녀의 아버지가 시골에서 이웃에 살았던 적도 있다. 샌더스는 웨스터비를 한번 찾아갈까 하는데 그의 상황이 어떠냐고 물었다. 우체국장은 고아에 대해서 중얼거렸지만 샌더스는 아랑곳하지 않았다.

「아, 웨스터비가의 남자들은 〈항상〉 여자를 바꿔요.」 그녀가 웃으며 말하고 문 쪽으로 돌아섰다.

말이 나오지 않을 만큼 크게 놀란 우체국장이 그녀를 붙잡고 질문을 퍼부었다.

그 남자가 도대체 누군데요? 젊었을 때는 뭘 했죠? 샌더스는 그가 젊을 때는 기자였다고 말한 다음 그의 가족사를 자신이 아는 대로 들려주었다. 그의 아버지는 눈부신 인물로, 아들처럼 머리카락 색이 옅고 경주마를 키웠고, 세상을 떠나기 얼마 전 다시 만났을 때도 여전히 남자다웠다. 그는 아들과 마찬가지로 절대 가만히 있는 법이 없었다. 여자와 집을 항상 바꾸었고, 늘 누군가에게 — 자기 아들이나 길 건너의 어떤 사람에게 — 소리를 질렀다. 우체국장이 더욱 몰아붙였다. 하지만 본인은요, 스쿨보이 본인도 유명해요? 샌더스는 음, 확실히 유명한 신문사에서 일했다고 할 수 있겠지요, 라고 대답했고 왠지 모르지만 더욱 활짝 미소를 지었다.

「원칙적으로 기자를 유명세로 평가하지 않는 것이 영국의 관습이거든요.」그녀가 로마인처럼 우아한 말투로 설명했다.

그러나 우체국장은 더, 훨씬 더 많이 원했다. 글을 쓴다니, 책을 쓴다니, 〈그건〉 도대체 무슨 소리지요? 너무 오래됐어! 써서 다 버린다니까! 쓰레기통 한가득이라고 쓰레기 치우는 사람이 말했었다 — 제정신이라면 여름에 저 언덕 위에서 불을 피우지는 않을 테니 말이다. 베스 샌더스는 고립된 사람들의 강렬한 호기심을 이해했고, 불모의 땅에서는 사람들이 사소한 일에 집중할 수밖에 없음을 알았다. 그래서 그녀는 애를 썼다. 최대한 맞춰 주려고 노력했다. 샌더스가 카운터로 돌아와 꾸러미를 내려놓으며 말했다. 음, 웨스터비가 끊임없이 〈여행〉을 다닌 건 분명하죠. 물론 요즘 기자들은 전부 여기저기 돌아다녀요. 아침은 런던에서, 점심은 로마에서, 저녁은 델리에서. 하지만 시뇨르 웨스터비는 그중에서도 특별했어요. 그러니 여행서를 쓰는지도 모르죠. 샌더스가 추측했다.

하지만 〈왜〉 여행을 다녔죠? 우체국장이 끈질기게 물었다. 그녀에게 목적 없는 여행은 없었다. 〈왜요?〉

샌더스는 전쟁 때문이라고 침착하게 대답했다. 전쟁, 전염병, 기근 때문에. 「인생의 불행을 보도하는 것 말고 요즘 기자가 할 일이 뭐가 있겠어요?」 그녀가 물었다.

우체국장이 현명하게도 고개를 저었고, 지금까지 밝혀진 사실에 온 정신을 집중했다. 승마를 좋아하며 큰 소리로 고함을 치는 금발 귀족의 아들, 정신 나간 여행자, 유명한 신문에 글을 쓰는 작가! 특정 분야가 있나요? 그녀가 물었다. 신이 만드신 이 세상에서 그가 전문가라고 할 수 있는 한구석이 있어요? 샌더스가 잠시 생각에 잠겼다가 웨스터비는 주로 동양에서 지냈지, 생각했다. 그는 어디든 다녔지만, 동양만을 집처럼 느끼는 영국인들 중 하나였다. 웨스터비가 이탈리아에 온 것도 분명 그 때문일 것이다. 어떤 남자들은 태양이 없으면 둔해진다.

그건 여자들도 마찬가지예요. 우체국장이 새된 목소리로 외쳤고, 두 사람은 한바탕 웃었다.

아, 동양이라. 우체국장이 슬프게 고개를 갸웃거리며 말했다. 꼬리에 꼬리를 물고 이어지는 전쟁, 도대체 교황님께서 왜 막지 않으실까요? 마마 스테파노가 이런 이야기를 하자 샌더스에게 어떤 기억이 떠오른 듯했다. 처음에는 슬쩍 미소를 지었지만 점점 환해졌다. 망명자의 미소야. 우체국장이 그녀를 보면서 생각했다. 그녀는 바다를 떠올리는 선원 같다.

「책을 한 자루씩 가져 다니곤 했어요.」 그녀가 말했다. 「다들 커다란 집들에서 훔쳤나 보다 했죠.」

「지금도 들고 다녀요!」 우체국장이 이렇게 소리치면서 귀도가 콘테사의 숲에서 통나무에 앉아 책을 읽는 스쿨보이를 우연히 마주쳤다고 말해 주었다.

「〈소설가〉가 되고 싶었던 것 같아요.」 샌더스 역시 회상에 잠겨 말을 이었다. 「그의 아버지한테 들은 기억이 나요. 〈무시무시하게〉 화를 냈죠. 온 집이 울리도록 고함을 쳤어요.」

「스쿨보이가요? 〈스쿨보이〉가 화를 냈어요?」 마마 스테파노가 믿을 수 없다는 듯이 소리쳤다.

「아니, 아니요. 그의 아버지가요.」 샌더스가 소리 내어 웃었다. 그녀는 영국의 사회적 계급을 따지자면 소설가는 기자보다 아래라고 설명했다. 「그림도 아직 그리던가요?」

「그림이요? 그림도 그려요?」

샌더스는 스쿨보이가 그림을 그리려 했지만, 아버지가 그것 역시 금지했다고 말했다. 그녀는 다시 한번 웃음을 터뜨리며 화가는 〈모든〉 사람 중에서 최하위라고 말했다. 그나마 성공한 화가는 그럭저럭 참아줄 만했다.

이렇게 여러 개의 폭탄이 터진 직후에 대장장이 ─ 고

아가 던진 물 주전자가 겨냥했던 바로 그 대장장이 — 가 샌더스의 말 사육장에서 제리와 여자를 보았다고, 일주일에 두 번, 그다음엔 세 번이나 봤는데 거기서 식사도 같이 했다고 알려 주었다. 그리고 스쿨보이가 말을 무척 잘 탄다고, 말을 무척 잘 알아서 고삐도 잘 잡고 구보도 잘 시킨다고, 제일 거친 말도 잘 다룬다고 말했다. 대장장이의 말에 따르면 고아는 말을 타지 않았다. 그녀는 사내아이와 그늘에 앉아서 자루에 든 책을 읽거나 질투심에 불타는 눈으로 깜빡이지도 않고 제리를 보았다. 이제 마을 사람들 모두가 알고 있듯이, 후견인이 죽기만을 기다리면서 말이다. 그리고 오늘 전보가 왔다!

제리는 마마 스테파노를 멀리서부터 알아보았다. 그에게는 그런 본능이 있었고, 그의 일부는 절대 감시를 멈추지 않았다. 검은 형체가 절름발이 딱정벌레처럼 발을 절면서 줄지어 늘어선 삼나무 그림자 사이를 누비며 올라왔다. 그녀는 교활한 프랑코의 올리브 덤불 사이 메마른 수로를 따라서 제리가 그들만의 이탈리아라고 부르는 곳에 들어섰다. 2백 제곱미터밖에 안 되지만 운동이 하고 싶은 시원한 저녁에 테니스공을 기둥에 묶어 놓고 치기에는 충분했다. 제리는 그녀가 휘두르는 파란색 봉투를 일찌감치 보았고, 심지어는 람브레타 스쿠터 소리나 나무를 켜는 띠톱 소리 등 골짜기에서 올라오는 각종 소리 중에서 그녀가 구부정하게 올라오며 헥헥거리는 소리까지 알아들었다. 그가 타자 치는 손을 멈추지도 않고 제일 먼저 한 행동은 고아가 열기와 벌레가 들어오지 않도록 부엌 창문을 닫아 놓았는지 집 쪽을 흘깃 보는 것이었다. 그런 다음, 나중에 우체국장이 설명한 것처럼, 그녀가 너무 가까이 오기 전에 막으려고 포도주 잔을 손에 들고 재빨리 계단을 내려갔다.

제리는 전보에 그림자가 질 정도로 몸을 깊이 숙이고 천천히 한 번 읽었다. 마마 스테파노가 지켜보는 앞에서 그의 얼굴이 수척하고 비밀스러워졌고, 크고 푹신푹신한 손을 그녀의 팔에 올렸을 때 목소리가 더 허스키해졌다.

「La sera(저녁).」 제리가 그녀를 길 쪽으로 데려가며 말했다. 오늘 저녁에 답장을 보내겠다는 뜻이었다. 「Molto grazie(정말 고마워요), 마마. 최고예요. 정말 고마워요. 훌륭해요.」

두 사람이 헤어질 때 마마 스테파노는 택시, 짐꾼, 공항과의 통화 등 태양 아래 존재하는 모든 서비스를 제안하며 정신없이 떠들었고, 제리는 큰돈인지 작은 돈인지를 찾아서 반바지 주머니를 살짝 더듬었다. 돈을 관리하는 사람은 고아라는 사실을 잠시 잊은 듯했다.

우체국장은 스쿨보이가 소식을 침착하게 받아들였다고 마을 사람들에게 알렸다. 돌아가는 길까지 그녀를 배웅할 만큼 정중했고, 세상을 잘 아는 여자만이 — 그리고 영국인을 잘 아는 여자만이 —— 그 밑에 숨겨진 가슴 아픈 슬픔을 알 수 있을 만큼 씩씩했으며, 그녀에게 줄 팁을 잊을 만큼 다른 데 정신이 팔려 있었다. 아니면 벌써부터 부자들의 극단적인 인색함이 몸에 배기 시작한 것일까?

〈고아〉는 어땠냐고 사람들이 물었다. 훌쩍이면서 성모님을 소리 높여 부르고 그의 고통을 나누는 척하지 않았느냐고 말이다.

「스쿨보이가 아직 말을 안 했어.」 우체국장은 잠시 흘깃 본, 고기를 두드리는 여자의 옆모습을 떠올리며 속삭였다. 「여자를 어떻게 할지 아직 생각 못 한 거야.」

마을은 저녁을 기다리며 조용해졌고, 제리는 말벌이 날아다니는 들판에 앉아서 바다를 물끄러미 바라보며 책자루를 빙빙 돌렸다. 한계에 다다른 자루가 혼자서 다시 풀렸다.

우선 계곡이 있고, 그 위로 다섯 개의 산이 반원을 그리며 서 있고, 그 위로 바다가 보였다. 하루 중 이 시간에는 바다가 하늘의 평평한 갈색 얼룩으로밖에 보이지 않았다. 그가 앉아 있는 말벌 들판은 바위가 지탱하는 길쭉한 계단식 대지로, 한쪽 구석의 망가진 헛간은 두 사람이 사람들의 눈에 띄지 않게 일광욕을 하고 소풍을 즐기는 피난처였다. 그러던 어느 날 말벌이 벽에 집을 지었다. 여자가 빨래를 널다가 말벌을 발견하고 제리에게 달려가 알렸고,

그는 무모하게도 교활한 프랑크의 집에서 회반죽 양동이를 가져다가 벌집 안에 부었다. 그런 다음 고아를 불러서 자기 솜씨를 자랑했다. 내 남자가 이렇게 나를 보호해 주다니, 하며 감탄할 줄 알았다. 기억 속에서 그녀의 모습이 정확히 떠올랐다. 제리 옆에 서서 자기 몸을 끌어안고 덜덜 떨었다. 그녀는 새로 바른 시멘트를 빤히 보고 벌집 안에서 발광하는 말벌 소리를 들으며 〈세상에, 세상에〉라고 속삭였고, 너무 겁이 나서 꼼짝도 못 했다.

어쩌면 날 기다려 줄지도 몰라. 그가 생각했다.

제리는 그녀를 만났던 날을 떠올렸다. 스스로에게 벌써 몇 번이나 되뇐 이야기였다. 제리는 지금까지 살면서 여자에 관해 운이 좋은 적이 무척 드물었고, 운 좋은 일이 생기면 그의 표현대로 입 안에서 굴리기를 좋아했기 때문이다. 목요일이었다. 제리는 물건을 사러, 또는 새로운 얼굴들을 보면서 소설을 잠시 잊기 위해서, 그것도 아니면 종종 감옥, 그것도 외로운 감옥처럼 느껴지는 텅 빈 풍경의 단조로움에서 달아나기 위해서 차를 얻어 타고 시내로 나갔다. 아니면 여자를 만나기 위해서였을지도 모른다. 그는 가끔 여행자들이 묵는 호텔 술집에서 어슬렁거리다가 여자를 하나 건지곤 했다. 그래서 제리가 마을 광장의 트라토리아[14]에 앉아서 — 물 한 병, 햄 한 접시, 올리브 몇 개 — 책을 읽고 있을 때 팔다리가 길고 빼

14 간단한 음식을 제공하는 이탈리아 식당.

빼 마른 여자애가 문득 눈에 들어왔다. 빨간 머리에 시무룩한 얼굴, 수도복 같은 갈색 원피스 차림에 양탄자 천으로 만든 숄더백을 들고 있었다.

〈기타가 없으니 뭔가 빠진 것 같군.〉 그가 생각했다.

그녀를 보니 자기 딸 캣 — 캐서린의 애칭 — 이 어렴풋이 떠올랐지만, 10년 전 첫 번째 결혼이 끝난 이후로 보지 못했기 때문에 정말 어렴풋했다. 그동안 왜 딸을 만나지 않았는지 지금도 정확히 말할 수 없었다. 별거 직후의 충격 속에서 혼란스러운 기사도 정신은 캣이 그를 잊는 것이 나으리라 말했다. 「나를 지우는 게 제일 좋아. 자기 가정에 마음을 붙여야지.」 캣의 엄마가 재혼하자 자기 부정의 근거가 훨씬 더 강해졌다. 그러나 가끔 제리는 캣이 정말 보고 싶었고, 아마 이 여자가 그의 관심을 끈 것도 그 때문일 것이다. 캣도 저렇게 피로를 덕지덕지 묻힌 채 혼자서 돌아다닐까? 아직도 주근깨가 있고 턱이 조약돌 같을까? 나중에 여자는 도망쳐 나왔다고 말했다. 피렌체의 어느 부잣집에서 가정 교사로 일했는데, 아이들의 어머니는 연인들을 만나느라 바빠서 아이들에게 신경 쓸 시간이 없었지만 남편은 가정 교사에게 내줄 시간이 아주 많았다. 그녀는 현금을 눈에 띄는 대로 챙겨 도망쳐서 여기까지 왔다. 짐도 없고, 경찰에 신고당했고, 구깃구깃한 마지막 지폐로는 파멸 직전 최후의 한 끼를 든든하게 사 먹었다.

그날 광장에는 매력적인 사람들이 별로 없었기 때문에 — 사실 있었던 적이 없었다 — 그녀가 자리에 앉았을 때는 이미 웨이터부터 시작해서 이 마을의 건장한 남자 모두가 〈아름다운 아가씨〉부터 훨씬 더 거친 표현까지 써가며 찬사를 보낸 뒤였다. 제리는 그들의 말을 알아듣지 못했지만 다들 그녀를 웃음거리로 삼고 있었다. 그러다가 어떤 남자가 그녀의 가슴을 움켜쥐려 하자 제리가 일어나서 그녀의 테이블로 갔다. 제리는 대단한 영웅이 아니었고 사실 본인은 마음속으로 그 반대라고 생각했다. 그러나 그의 머릿속에서는 많은 일이 일어나고 있었고, 마치 캣이 궁지에 몰린 것처럼 느껴졌다. 맞다, 그것은 분노였다. 제리는 한 손으로는 여자에게 달려드는 키 작은 웨이터의 어깨를, 다른 한 손으로는 박수를 치며 부추기던 키 큰 웨이터의 어깨를 탁 친 다음, 서툰 이탈리아어지만 충분히 합리적인 말투로 장난은 그만두라고, 아름다운 아가씨가 평화롭게 식사를 하게 놔두라고 말했다. 안 그러면 번들거리는 목을 꺾어 버리겠다고 했다. 그러자 분위기가 꽤 험악해졌다. 키 작은 웨이터가 손을 자꾸 뒷주머니로 가져가며 재킷을 펄럭거리는 것을 보니 싸울 태세를 취하는 듯했지만, 마지막으로 제리를 흘깃 보더니 생각을 바꿨다. 제리는 테이블에 돈을 던지고 여자의 가방을 집어 든 다음 책 자루를 챙겨 와서 그녀의 팔을 잡고 일으켰고, 여자를 거의 들어 올리다시피 해서 광장 건너편 아폴로로 갔다.

「영국인이에요?」 가는 길에 여자가 물었다.

「뼛속까지, 완전히.」 제리가 화난 사람처럼 콧바람을 불며 말했고, 그때 그녀의 미소를 처음 보았다. 확실히 노력한 보람이 있는 미소였다. 앙상하고 작은 얼굴이 검댕을 묻힌 개구쟁이처럼 환해졌다.

이제 화가 좀 가라앉은 제리는 그녀에게 음식을 시켜주었고, 평정을 되찾아 조금씩 말을 했다. 이렇다 할 일도 없이 몇 주나 보냈으니 기분 전환하려는 것도 당연했다. 그는 퇴직한 신문 기자이며 소설을 쓰고 있다고, 처음 써보는 거라고, 오래전부터 하고 싶던 일을 이제야 시작했다고, 신문사에서 받은 퇴직금이 점점 줄어들고 있다고 말했다. 어차피 그 전에도 퇴직한 것이나 다름없었다며 껄껄 웃었다.

「조기 퇴직금이죠.」 제리가 말했다. 집을 사는 데 약간 쓰고, 빈둥거리면서 약간 쓰고, 이제 소중한 돈이 얼마 남지 않았다. 이때 그녀가 두 번째로 미소를 지었다. 이에 용기를 얻은 제리가 글 쓰는 삶이 본질적으로 얼마나 외로운지 이야기했다. 「하지만 정말이지, 〈진짜로〉 다 털어놓는 게 얼마나 힘든 일인지 모를 거예요, 그건 ─」

「아내들은요?」 그녀가 끼어들었다. 순간적으로 제리는 그녀가 소설에 관해서 묻는 줄 알았다. 그러나 여자가 의심스러운 눈으로 기다리는 것을 보았고, 그래서 마치 아내들이 화산이라도 되는 것처럼 〈활동 중인 사람은 없어요〉라고 조심스럽게 대답했다. 사실 제리의 세상에서 아내들은 화산이었다. 그들은 점심 식사를 마친 다음 술에 약간 취해서 내리쬐는 햇살을 받으며 텅 빈 광장을 돌아다녔다. 그때 그녀가 자기 생각을 딱 하나 말했다.

「내가 가진 건 전부 이 가방에 들어 있어요, 무슨 말인지 알겠어요?」 그녀가 물었다. 양탄자 천으로 만든 숄더백이었다. 「계속 그렇게 할 생각이에요. 그러니까 내가 가지고 다닐 수 없는 건 아무것도 주면 안 돼요. 무슨 말인지 알겠어요?」

두 사람이 버스 정류장에 도착하자 그녀가 근처에서 어슬렁거렸고, 버스가 오자 제리를 따라 타서 버스표를 사게 했으며, 마을에 도착하자 같이 내려서 함께 언덕을 올랐다. 제리는 책 자루를, 여자는 숄더백을 들고 있었다. 사흘 동안 그녀는 밤 내내, 낮 동안도 대부분 잠을 잤고, 나흘째 밤에 그를 찾아왔다. 제리는 그녀를 맞이할 준비가 전혀 안 돼 있었기 때문에 사실 침실 문을 잠가 놓았다. 그는 문과 창문에, 특히 밤에 예민했다. 그래서 그녀가 문을 쾅쾅 두드리며 〈빌어먹을 당신 침대에 들어가고 싶다고요, 제길!〉이라고 외친 다음에야 그가 문을 열어 주었다.

「나한테 거짓말만 하지 마요.」 그녀가 기숙사 만찬을 같이 즐긴 사이처럼 침대 안으로 기어들어 오며 말했다.

「아무 말도 하지 말아요, 거짓말은 안 돼요, 알겠어요?」

침대 안에서 그녀는 나비 같았다고 그는 기억했다. 중국 여자 같았다고도 할 수 있다. 무게도 없고, 한시도 가만히 있지 않고, 너무나도 무방비하다고 생각했다. 반딧불이가 나오자 두 사람은 창가에 무릎을 꿇고 앉아서 구경했고, 제리는 동양을 떠올렸다. 매미가 비명을 지르고 개구리가 트림을 했고, 반딧불이의 불빛이 가운데 검은 웅덩이에서 밑으로 내려앉았다가 휙 날아올랐다. 두 사람은 알몸으로 한 시간 정도 무릎을 꿇고 앉아서 바깥을 보며 귀를 기울였고, 산마루 너머로 뜨거운 달이 졌다. 그때 두 사람은 아무 말도 하지 않았고 제리가 아는 한 어떤 결론도 내리지 않았다. 그러나 그는 더 이상 문을 잠그지 않았다.

음악과 고기 두드리는 소리가 멈췄지만 교회 종이 크고 시끄럽게 울리기 시작했다. 저녁 기도 시간을 알리는 듯했다. 골짜기는 원래 조용할 때가 없었지만 이슬 때문에 종소리가 더 묵직하게 들렸다. 그는 테니스공을 매달아둔 철 기둥 근처를 서성이면서 밧줄을 툭툭 쳤고, 그런 다음 낡은 사슴 가죽 부츠를 신은 발로 풀을 걷어차면서 그녀가 공을 칠 때마다 흔들리던 그녀의 나긋나긋하고 작은 몸과 펄럭거리는 수도복 같은 옷을 떠올렸다.

「〈후견인〉이라고 보내면 큰 건이라는 뜻이네.」 그들이 말했었다. 「〈후견인〉은 복귀하는 길이라는 뜻이야.」 제리는 잠시 망설이면서 파란 평원에 도시와 공항 쪽으로 운하처럼 반짝이며 쭉 뻗은, 은유가 아닌 진짜 길을 내려다보았다.

제리는 스스로 생각이 많다고 여기지 않았다. 아버지의 호통을 들으며 자란 어린 시절에 그는 대단한 생각과 대단한 말의 가치를 일찌감치 배웠다. 애초에 이 여자와 같이 살게 된 것도 그래서였을지 모른다고 그는 생각했다. 그녀는 이렇게 말했었다. 「내가 가지고 다닐 수 없는 건 주면 안 돼요.」

어쩌면. 어쩌면 아닐지도. 그녀는 다른 사람을 찾을 것이다. 여자는 항상 다른 사람을 찾아낸다.

〈때가 됐군.〉 그가 생각했다. 돈은 없고, 소설은 사산했고, 여자는 너무 어렸다. 자. 〈때가 됐어.〉

뭘 할 때일까?

〈때가 됐다!〉 여자가 늙은 황소를 지치게 하는 대신 젊은 황소를 찾을 때. 방랑벽을 깨울 때. 천막을 거둬라. 낙타를 깨워라. 출발이다. 제리는 이미 한두 번 그렇게 한 적이 있었다. 낡은 텐트를 치고 잠시 머물다가 다시 움직인다. 미안, 친구.

이건 명령이야. 제리가 생각했다. 우리가 따질 문제는 아니지. 호루라기를 불면 집합하는 거야. 토론 끝. 〈후견인〉이다.

이렇게 되리라는 느낌이 있었다니 정말 묘하군. 그가 흐릿한 평원을 여전히 바라보며 생각했다. 대단한 육감이라든가 뭐 그런 허튼소리가 아니다. 그냥, 그렇다, 시간에 대한 감각. 때가 됐다. 계절 감각. 그러나 즐거운 활기가 솟는 대신 나태함이 그의 몸을 감쌌다. 제리는 갑자기 너무 피곤하고 너무 뚱뚱하고 너무 졸려서 다시는 움직이지 못할 것만 같았다. 지금 서 있는 바로 이 자리에 누울 수도 있을 것 같았다. 여자가 깨우거나 어둠이 내릴 때까지 거친 풀밭에서 잘 수도 있었다.

허튼소리야. 그가 스스로에게 말했다. 순전히 허튼소리. 제리가 주머니에서 전보를 꺼낸 다음 그녀의 이름을 부르며 힘차게 집 안으로 성큼성큼 들어갔다.

「어이! 이봐! 어디 숨었어? 안 좋은 소식이야.」 그가 그녀에게 전보를 건넸다. 「올 것이 왔어.」 제리는 이렇게 말한 다음 전보를 읽는 여자를 지켜보는 대신 창가로 갔다.

그는 종이가 탁자에 내려앉는 소리가 들릴 때까지 기다렸다. 그런 다음에는 어쩔 수 없이 돌아섰다. 그녀는 아무 말도 하지 않았지만 팔짱을 끼고 있었다. 가끔 그녀의 몸짓은 귀가 멀 것처럼 시끄러웠다. 무언가를 꽉 잡으려고 미친 듯이 움직이는 손가락이 보였다.

「잠시 베스한테 가 있으면 어때?」 그가 제안했다. 「베스라면 주저 없이 당신을 받아 줄 거야. 당신을 무척 생각해 주잖아. 베스라면 원하는 만큼 있어도 된다고 할 거야.」

　그녀는 제리가 전보를 보내러 언덕을 내려갈 때까지 팔짱을 풀지 않았다. 그가 돌아왔을 때 그녀는 그의 양복을, 그들이 항상 웃음거리로 삼던 파란 양복 ― 그녀는 죄수복이라고 불렀다 ― 을 꺼내 놓았지만 덜덜 떨고 있었고 얼굴은 창백하고 아파 보였다. 제리가 말벌집에 시멘트를 채웠을 때와 똑같았다. 그는 입을 맞추려 했지만 그녀가 대리석처럼 차가웠기 때문에 그냥 놔주었다. 밤이 되자 두 사람은 같이 잤지만 혼자인 것보다 더 나빴다.

　마마 스테파노가 점심때 숨을 헐떡이며 소식을 알렸다. 스쿨보이 각하가 떠났다고 했다. 그는 양복을 입었다. 그리고 여행 가방과 타자기, 책 자루를 가져갔다. 프랑코가 밴으로 공항까지 데려다주었다. 고아도 동행했지만 고속 도로 진입로까지만이었다. 그녀는 차에서 내린 다음 작별 인사도 없이 쓰레기처럼 길가에 앉아만 있었다. 두 사람이 그녀를 버린 후 스쿨보이는 한동안 말없이 생각에 잠겨 있었다. 그는 프랑코의 독특하고 정곡을 찌르는 질문을 거의 알아듣지 못했고 황갈색 앞머리만 계속 잡아당겼다. 샌더스는 그의 머리를 희끗희끗하다고 표현했다. 공항에 도착하자 비행기가 출발할 때까지 한 시간이 남았기 때문에 두 사람은 휴대용 술병을 꺼내 술을 나눠 마시고 도미노 게임도 했다. 그러나 프랑코가 바가지

요금을 씌우려 하자 스쿨보이는 평소와 달리 깐깐하게
굴면서 드디어 진정한 부자처럼 값을 흥정했다.

프랑코한테 들었어. 마마 스테파노가 말했다. 그녀의
소꿉친구이자 남색가로 잘못 알려진 프랑코. 그녀는 그
를, 기품 있는 프랑크를 늘 옹호하지 않았던가? 그녀의
백치 아들의 아버지인 프랑코를? 서로 의견 차이가 있긴
했지만 — 안 그런 사람이 어디 있을까? — 골짜기 전체
에서 그녀의 친구이자 연인인 프랑코보다 더 정직하고,
부지런하고, 우아하고, 옷을 잘 입는 남자가 있으면 어디
이름을 한번 대보라!

스쿨보이는 유산을 받으러 돌아갔어. 그녀가 말했다.

3
조지 스마일리 씨의 말〔馬〕

난파선 선장을 자진해서 맡을 사람은 조지 스마일리 밖에 없지. 외무부의 뚱뚱한 재담가 로디 마틴데일이 말 했다. 동시에 가끔 불륜을 저지르는 미모의 아내를 버리 겠다는 선택으로 그 고통을 가중할 수 있는 사람도 스마 일리뿐이야. 그가 덧붙였다.

마틴데일은 눈치 빠르게 알아차렸지만 사실 처음 흘 깃 보면, 아니 한 번 더 봐도, 조지 스마일리는 두 역할 모 두에 어울리지 않았다. 그는 땅딸막했고 사소한 면에서 안쓰러울 만큼 조심스러웠다. 타고난 수줍음 때문에 가 끔 오만해 보였는데, 마틴데일처럼 화려한 사람들은 그 처럼 삼가는 태도를 항상 경멸했다. 게다가 그는 근시였 다. 대참사 이후 몇 주 동안 동그란 안경을 쓰고 공무원 상복을 입은 그가 입을 꽉 다문 날씬한 시중꾼 피터 길럼 을 데리고 화이트홀이라는 정글의 습한 샛길을 신중하게 걸어가는 모습을 보았다면, 또는 이제 그가 지배하게 된 케임브리지 서커스의 거대한 무덤 같은 에드워드 양식 건물 5층의 지저분한 알현실[15]에서 밤이고 낮이고 몇 시가 됐든 서류 더미 위로 몸을 숙인 모습을 보았다면, 러시아 스파이였던 죽은 헤이든이 아니라 스마일리야말로 〈두더지〉라는 은어에 어울린다고 생각했을 것이다. 반쯤 버려진 동굴 같은 건물에서 그렇게 오랫동안 일하고 나면 불룩한 눈 밑 살은 멍든 것처럼 까매졌고, 유머 감각이 없는 사람이 절대 아닌데도 거의 미소를 짓지 않았으며, 가끔 의자에서 일어나기만 해도 휘청거렸다. 그는 똑바로 서서 잠시 멈추고 입을 약간 벌려 〈어〉라고 작게 말한 다음에야 움직였다. 또 다른 버릇은 딴생각을 하면서 타이의 뚱뚱한 끝부분으로 안경을 문질러 닦는 것이었는데, 그럴 때면 불안할 정도로 무방비한 표정을 지었기 때문에 아주 나이 많은 비서 — 은어로는 〈마더mother〉였다 — 중 하나는 자기도 모르게 다가가서 그가 떠맡기로 결심한 불가능한 임무로부터 그를 숨겨 주고 싶다는, 정신과 의사들이라면 엄청나게 확대 해석할 억누르기 힘든 충동을 느낀 적이 한두 번이 아니었다.

「조지 스마일리는 단순히 마구간을 치우고 있는 게 아니야.」바로 그 로디 마틴데일이 개릭 클럽에서 오찬을 들며 말했다. 「말을 언덕 위로 끌고 가는 중이지. 하하.」

무너진 정보기관의 특권을 노리던 부서들은 스마일리

15 throne-room. 조지 스마일리의 집무실을 가리키는 서커스 은어.

의 노고를 별로 인정하지 않는 다른 소문을 선호했다.

「조지를 먹여 살리는 건 명성이야.」 몇 달 뒤, 그들이 말했다. 「빌 헤이든을 잡은 건 요행이었는데 말이야.」

그들은 어쨌든 조지의 〈한 방〉이 아니라 미국의 기밀 정보 덕분이었다고 말했다. 사촌이 공을 가져가야 했지만 외교적인 이유로 포기했다고 말이다. 다른 사람들은 아니, 그렇지 않다고, 네덜란드 덕택이라고 했다. 네덜란드가 모스크바 센터의 암호를 해독해서 연락책을 통해 전달했다, 로디 마틴데일에게 물어봐라. 물론 서커스에 대해서 잘못된 정보를 퍼뜨리는 것은 마틴데일의 전문 분야였다. 이렇게 사람들이 티격태격하는 동안 스마일리는 그런 상황을 전혀 모르는 듯 아무 말도 없이 아내를 버렸다.

모두 믿지 못했다.

다들 깜짝 놀랐다.

평생 여자를 한 번도 사랑한 적 없는 마틴데일이 특히 분노했다. 그는 개릭 클럽에서 이 문제로 〈요란하게〉 법석을 떨었다.

「뻔뻔하긴! 스마일리는 별 볼 일 없지만 부인은 솔리 자작의 친척이잖아! 파블로프 같군, 내 생각을 말하자면 그래. 파블로프처럼 아주 잔인해. 아주 건전하고 가벼운 실수를 몇 년 동안이나 참더니 — 오히려 그렇게 몰아갔다는 사실을 잊지 말게 — 이제 와서 그 땅딸보가 뭐 하는 짓이지? 〈나폴레옹처럼〉 잔인하게 돌아서서 부인을 이렇게 심하게 욕보이다니! 치욕이야. 누구에게든 말할 수 있네, 이건 치욕이라고. 신처럼 너그럽지는 않아도 나름 관대한 내가 보기에도 스마일리가 도를 지나쳤어. 암, 그렇고말고.」

가끔 있는 일이지만, 이번만큼은 마틴데일의 눈이 정확했다. 누가 봐도 뻔했다. 헤이든이 죽으면서 과거가 묻히자 스마일리 부부는 화해했고, 작은 재결합 의식을 치른 다음 첼시 지역 바이워터 스트리트의 작은 집으로 다시 들어갔다. 부부는 다른 사람들과 어울리려고 노력도 했다. 외출도 했고, 조지가 새로 얻은 지위에 맞게 손님도 초대했다. 사촌들, 별난 정무 차관, 화이트홀의 남작들이 저녁 식사를 배불리 하고 집으로 돌아갔다. 심지어 몇 주 동안은 고위 관료 사교계에서 적당히 특이한 부부 노릇도 했다. 그러던 어느 날 조지 스마일리는 아내가 불편해하는 것이 분명한데도 그녀의 눈앞에서 모습을 감추고 서커스 알현실 뒤쪽 변변찮은 다락방에 캠프를 차렸다. 죄수의 얼굴에 때가 끼듯이 곧 다락방의 어둑함이 그의 얼굴에 자리를 잡았다. 그동안 첼시에서는 점점 초췌해지는 앤 스마일리가 버림받은 아내라는 낯선 역할을 힘들게 받아들이고 있었다.

헌신이야. 눈치 빠른 사람들이 말했다. 수도사처럼 금욕하는 거지. 조지는 성인(聖人)이야. 게다가 〈그 나이〉

에 말이야.

헛소리. 마틴데일파가 쏘아붙였다. 〈무엇〉을 위한 헌신인데? 붉은 벽돌로 만든 그 끔찍한 괴물 안에 그 정도의 자기희생을 강요할 것이 남아 있기나 한가? 빌어먹을 화이트홀이든, 빌어먹을 〈잉글랜드〉든, 그런 희생을 강요할 만한 것이 〈그 어디에든〉 남아 있나?

일이지. 눈치 빠른 사람들이 말했다.

도대체 〈무슨〉 일? 서커스 관찰자를 자처하는 사람들의 가느다란 항변이 들려왔다. 이들은 고르곤 자매[16]처럼 자기들이 보고 들은 작은 조각들을 사람들에게 나눠 주었다. 직원을 4분의 3이나 빼앗기고, 남은 인원이라고는 차를 끓여 줄 나이 많은 여자 몇 명밖에 없고, 정보망은 산산조각 났는데 스마일리가 저 위에서 대체 뭘 한단 말인가? 해외 지부도 철수했고, 재무부가 비자금 — 그의 활동 자금이라는 뜻이었다 — 도 중지시켰고, 화이트홀이나 워싱턴에 진짜 친구라고 부를 사람이 하나도 없는데? 성큼성큼 걸어다니는 국무 조정실의 까다로운 레이컨을 친구로 치지 않는다면 말이다. 그는 기회가 있을 때마다 항상 스마일리를 전적으로 지지했다. 〈레이컨〉은 당연히 스마일리를 위해 싸울 것이다. 그야 그럴 수밖에 없지 않은가? 레이컨에게 서커스는 권력의 기반이었다.

16 그리스 신화에 나오는 괴물 세 자매로, 머리카락은 뱀으로 되어 있고 보는 사람을 돌로 만든다.

서커스가 없으면 그는 — 음, 이미 그렇겠지만 — 거세한 수탉이었다. 레이컨은 당연히 전쟁을 마다하지 않을 것이다.

「치욕이야.」마틴데일이 저민 살코기와 콩팥을 넣은 파이와 훈제 뱀장어 그리고 한 병에 20페니가 또 오른 개릭 클럽만의 클라레 포도주를 마시면서 화를 내며 선언했다. 「누구한테든 그렇게 말할 수 있네.」

화이트홀 주민과 토스카나 주민은 때로 놀랄 만큼 다를 것이 없다.

시간이 지나도 소문은 사라지지 않았다. 반대로 더욱 늘어나면서 스마일리의 고립까지 더해져 집착이라는 수군거림까지 들려왔다.

빌 헤이든이 조지 스마일리의 동료였을 뿐 아니라 앤의 사촌이자 그 이상이었다는 기억도 더해졌다. 헤이든은 죽었지만 그를 향한 스마일리의 분노는 멈추지 않았다고들 했다. 스마일리는 정말로 빌의 무덤 위에서 춤을 추고 있었다. 예를 들어, 조지는 채링크로스 로드가 내려다보이는 헤이든의 전설적인 사무실, 천장이 높은 후추통 모양의 사무실을 비우고 빌이 직접 그린 서툰 유화부터 책상 서랍에 남아 있던 마지막 물건 한 점까지 헤이든의 모든 흔적을 없앨 때 직접 감독했다. 책상까지 톱으로 잘라서 태우라고 명령했다. 〈그런 다음에〉 서커스 잡일

꾼을 불러서 칸막이 벽을 부수었다고들 했다. 아, 그랬지. 마틴데일이 말했다.

또 다른 예를 들자면, 솔직히 가장 거슬리는 부분인데, 스마일리의 칙칙한 알현실에 걸려 있는 사진을 생각해 보자. 생긴 것은 여권 사진 같지만 부자연스러울 만큼 확대를 해서 입자가 거칠었고, 몇몇은 유령 같다고 말했다. 어느 재무부 직원이 활동 자금 계좌 폐지에 대한 특별 회의에 참석했다가 그 사진을 보았다.

「저건 컨트롤의 사진인가요?」 그가 순전히 가벼운 잡담 삼아 피터 길럼에게 물었다. 사악한 의도를 숨긴 질문은 아니었다. 확실히 물어볼 수는 있는 일 아닌가? 아직 다른 이름들이 밝혀지지 않은 컨트롤은 서커스의 전설이었다. 그는 30년 동안 스마일리의 안내자이자 스승이었다. 스마일리가 실제로 컨트롤의 장례를 치러 주었다고들 말했다. 비밀이 많은 사람은 돈이 많은 사람과 마찬가지로 죽어도 애도하는 사람이 별로 없기 때문이다.

「아니, 컨트롤은 절대 〈아니〉죠.」 시중꾼 길럼이 특유의 퉁명스럽고 거만한 말투로 쏘아붙였다. 「카를라예요.」

카를라는 도대체 누구인가?

빌 헤이든을 애초에 포섭해서 계속 조종했던 소비에트 작전 지휘관의 암호명 아닌가. 「두 사람은 전혀 다른 전설이지.」 마틴데일이 부들부들 떨며 말했다. 「진짜 복수가 시작된 것 같군. 자네는 도대체 어디까지 유치해질 수 있나?」

레이컨마저도 그 사진이 약간 거슬렸다. 「저 사진은 대체 왜 걸어 놨나, 조지?」 어느 날 저녁, 그가 국무 조정실에서 나와 집으로 가는 길에 스마일리에게 잠시 들러서 학생회장처럼 대담한 목소리로 물었다. 「자네에게 카를라는 대체 어떤 의미인가? 생각은 해봤나? 좀 소름 끼친다고 생각하지 않나? 자네를 패배시킨 적의 사진을 걸다니 말이야. 저렇게 고소하다는 듯 자네를 내려다보고 있으면 기가 꺾일 것 같은데.」

「음, 빌은 〈죽었습니다〉.」 가끔 논쟁을 하기보다 논쟁의 실마리를 던지는 버릇이 있는 스마일리가 말했다.

「그리고 카를라는 살아 있다, 그런 뜻인가?」 레이컨이 도발했다. 「죽은 적보다는 살아 있는 적을 노리고 싶다고? 그런 뜻인가?」

그러나 조지 스마일리에게 던지는 질문은 어느 순간부터 그를 그냥 스쳐 지났고, 그러면 심지어 심술궂은 질문처럼 느껴지기도 했다고 동료들은 말했다.

화이트홀이라는 시장에 더욱 실질적인 재료를 제공했던 사건은 〈페럿 ferret〉, 즉 도청 장치 탐지반과 관련된 것이었다. 사람들이 기억하는 한 이보다 더 심한 편애는 어디에도 없었다. 〈세상에〉, 스파이들은 가끔 정말 뻔뻔했다! 〈자기〉 사무실을 탐지하려고 1년이나 기다린 마틴 데일은 차관에게 항의서를 전달했다. 그것도 인편으로. 혼자서 열어 보라면서. 국방부의 그의 형제도 똑같이 했고, 재무부의 해머도 그렇게 할 뻔했지만 깜빡 잊었는지 아니면 마지막 순간에 생각을 바꾸었는지 결국은 항의서를 보내지 않았다. 이것은 우선순위의 문제가 아니었다, 절대 아니었다. 심지어 원칙의 문제도 아니다. 〈돈〉이 관련된 문제였다. 그것도 〈공적인〉 돈이. 재무부는 이미 조지의 고집에 따라 서커스 절반의 배선을 바꾸었다. 도청에 대한 스마일리의 과대망상은 끝이 없는 듯했다. 게다가 페럿은 인력이 부족했고, 업계 내에서 업무 외 노동에 대한 논쟁도 있었다. 아, 의견이 정말 분분했다! 이 문제 자체가 다이너마이트였다.

하지만 결국 어떻게 되었는가? 마틴데일은 깔끔하게 손질한 손가락으로 자세한 사정을 쥐고 있었다. 조지가 레이컨을 찾아간 것이 목요일 — 기억하겠지, 이상 기온으로 너무 더워서 개릭 클럽에서조차 사람들이 전부 〈죽을〉 뻔했던 그날 — 이었는데 토요일이 되니까 — 토요일이야, 초과 근무를 얼마나 했을지 상상이 되나? — 그 사나운 사람들이 서커스로 몰려가서 이웃 사람들이 화를 낼 정도로 시끄럽게 굴면서 완전히 해체했지. 그보다 더 맹목적인 차별을 잘 보여 주는 〈역겨운〉 사건은 없었네 — 음, 스마일리가 그 볼품없는 러시아 조사원을 다시 불러오도록 허락한 이후로 말이야. 색스, 코니 색스, 그 옥스퍼드 교수의 딸 말이야. 말도 안 되는 일이지만 마더도 아니면서 마더라고 불렸지.

마틴데일은 신중하게, 아니 그로서는 나름대로 신중하게, 페럿들이 정말로 뭔가를 발견했는지 알아내려고 애썼지만 빈 벽에 부딪쳤다. 첩보의 세계에서는 정보가 돈이고, 적어도 그 기준으로 보면 본인은 몰랐지만 로디 마틴데일은 거지였다. 이것은 내부자들끼리의 이야기였는데, 그 내부자를 아는 사람은 정말 극소수였기 때문이다. 스마일리가 목요일에 세인트제임스 파크가 내려다보이는, 패널을 덧댄 방으로 레이컨을 찾아간 것은 사실이었고 그날이 가을치고는 드물게도 더웠던 것도 맞았다. 풍성한 햇살이 상징적인 무늬의 양탄자에 쏟아졌고 작은 먼지 입자들이 작은 열대어처럼 떠다녔다. 레이컨은 재킷까지 벗었지만 물론 타이는 풀지 않았다.

「코니 색스가 유사한 사건들에서 카를라의 필적을 좀 알아봤습니다.」 스마일리가 말했다.

「〈필적?〉」 레이컨은 필적이 규칙 위반이라도 되는 것처럼 따라서 말했다.

「수법 말입니다. 카를라가 습관적으로 쓰는 수법. 그는 가능할 경우 두더지와 소리 도둑을 같이 썼던 것 같습니다.」

「알아듣게 좀 말해 주겠나, 조지?」

99

카를라는 가능한 경우 도청기로 요원의 활동을 보강하는 것을 좋아했다고 스마일리가 설명했다. 스마일리는 건물 안에서 〈현재 계획〉을 위태롭게 할 수 있는 이야기가 전혀 오가지 않은 것에 만족했지만, 어떤 영향이 있을지 아직 확실하지 않았다.

레이컨은 스마일리의 필적도 슬슬 알 것 같았다.

「좀 원론적인 이론 같은데, 증거라도 있나?」그가 양쪽 검지 사이에 자처럼 끼우고 있던 연필 위로 스마일리의 표정 없는 얼굴을 살피며 물었다.

「저희는 보유 중인 음향 장비 목록을 만들고 있었습니다.」스마일리가 이마에 주름을 만들며 털어놓았다.「관내 장비 중에 사라진 게 많아요. 1966년 건물 개조 당시 많이 사라진 것 같습니다.」레이컨은 스마일리가 말을 계속하기를 기다렸다.「개조 공사를 실행하는 건설 위원회에 헤이든이 소속되어 있었지요.」스마일리가 마지막 한마디를 덧붙이며 이야기를 마무리했다.「사실 그가 주축이었습니다. 그러니까 — 음, 이 사실이 사촌의 귀에 들어가면 아마 더 이상 참지 않을 겁니다.」

레이컨은 바보가 아니었다. 모두가 사촌을 달래려고 애를 쓰는 지금, 사촌이 분노를 터뜨리는 것만큼은 무슨 일이 있어도 막아야 했다. 그의 방식대로 했다면 그날 당장 페럿들을 불러 모았을 것이다. 토요일은 타협안이었고, 레이컨이 단독 결정으로 열두 명의 팀원 전체를 〈해충 박멸〉이라고 적힌 회색 밴 두 대에 태워서 보냈다. 그들이 건물을 샅샅이 뒤진 것은 사실이었다. 그래서 후추통 사무실을 무너뜨렸다는 바보 같은 소문이 나온 것이다. 페럿들은 주말이었기 때문에 화가 났고, 아마도 그래서 불필요하게 거칠었을 것이다. 초과 근무 수당은 세금이 엄청나게 붙었다. 그러나 첫 번째 청소에서 무선 마이크 여덟 개를 회수하자 분위기가 급변했다. 여덟 개 전부 서커스 음향 장비실의 규격 품목이었다. 직접 시찰하러 왔던 레이컨도 동의했듯이 헤이든은 고전적인 방식으로 마이크를 설치했다. 하나는 마치 나쁜 의도 없이 놔두었다가 잊어버렸다는 듯이 사용하지 않는 책상 서랍에 들어 있었지만, 문제는 그 책상의 위치가 암호실이라는 점이었다. 하나는 5층 회의실 — 은어로는 오락실rumpus room — 의 낡은 철제 벽장 꼭대기에서 먼지를 뒤집어쓰고 있었다. 하나는 간부용 화장실 옆 물탱크 뒤쪽에 끼워져 있었는데, 헤이든의 전형적인 수법이었다. 두 번째 청소에서 내력벽까지 샅샅이 뒤지자 건물 개조 당시 직물에 심어 둔 세 개가 더 나왔다. 소리를 모으기 위해서 플라스틱 스노클 관을 부착한 탐사 마이크였다. 페럿들이 탐사 마이크를 포획물처럼 늘어놓았다. 물론 다른 장치들과 마찬가지로 이미 꺼져 있었지만 헤이든이 설치했고 서커스에서는 쓰지 않는 주파수에 맞춰져 있었다.

「게다가 재무부의 돈으로 관리했겠지, 물론.」 레이컨

이 더없이 건조한 미소를 띠고 한때 건물 전원 장치와 탐사 마이크를 연결했던 선을 만지작거리며 말했다. 「조지가 배선을 바꿀 때까지는 그랬겠지. 해머에게 확실히 말해야겠어. 아주 좋아하겠군.」

웨일스인 해머는 레이컨의 최대 숙적이었다.

이제 스마일리는 레이컨의 조언에 따라 적당한 연극을 한 편 꾸몄다. 그는 페럿들에게 오락실의 무선 마이크를 다시 켜고 서커스의 얼마 남지 않은 감시 차량 중 한 대의 수신기를 고치라고 명령했다. 그런 다음 웨일스인 해머를 포함해서 가장 융통성 없는 화이트홀 사무직원 세 명을 초대해 감시 차량에 태운 다음 건물 반경 8백 미터 안쪽을 뱅뱅 돌면서 오락실에서 누구인지 알 수 없는 스마일리의 조수 두 명이 주고받는, 미리 짠 대화를 들었다. 한 마디도 빠짐없이 대본 그대로였고, 단 한 음절도 어긋나지 않았다.

그런 다음 스마일리가 세 사람에게서 절대 입 밖에 내지 않겠다는 맹세를 직접 받아 냈을 뿐 아니라 일부러 겁을 주려고 하우스키퍼들이 특별히 작성한 각서에 서명까지 받았다.

피터 길럼은 이제 그들이 한 달은 조용하리라 생각했다. 「비라도 내리면 그보다 짧겠지만.」 그가 심술궂게 덧붙였다.

그러나 마틴데일과 화이트홀 변경의 동료들이 스마일리가 사는 세상의 현실을 전혀 모른 채 살고 있었다면, 왕좌와 가까운 이들 역시 똑같은 거리감을 느꼈다. 스마일리에게 가까워질수록 주변 사람은 더 적어졌고, 초기에 그 한가운데까지 갈 수 있는 사람은 극소수에 불과했다. 스마일리는 경계심 많은 문지기[17]들이 임시 방벽이 되어서 지키고 있는 서커스의 음침한 갈색 문 안으로 들어간 후에도 은밀한 습관을 버리지 않았다. 그의 자그마한 사무실로 통하는 문은 한 번에 며칠씩 밤낮없이 닫혀 있었고, 그의 곁에는 피터 길럼과 항상 주변을 맴도는 검은 눈의 잡역부 폰밖에 없었다. 폰은 호리호리하고 몸집이 작은 사람으로, 헤이든을 잡으려고 연기를 피웠던 작전 당시 길럼과 함께 스마일리의 베이비시터[18]였다. 가끔 스마일리는 고개만 까딱한 다음 능숙하고 자그마한 폰을 데리고 뒷문으로 사라졌고, 길럼은 뒤에 남아서 전화를 받다가 긴급 상황이 닥치면 그에게 연락했다. 마더들은 스마일리의 행동을 물러나기 직전의 컨트롤과 비교했다. 컨트롤은 헤이든 때문에 상심하여 순직했다. 폐쇄된 사회의 유기적 과정에 따라 새로운 단어가 업계 은어에 추가되었다. 이제 헤이든의 정체가 탄로 난 사건을 〈몰락〉이라고 불렀고, 서커스의 역사는 〈몰락 이전〉과 〈몰락 이

---

17 janitor. 서커스 보안 담당자를 가리키는 서커스 은어.
18 babysitter. 경호원을 뜻하는 서커스 은어.

후)로 나뉘었다. 직원의 4분의 3이 빠지고 페럿들이 다녀간 이후 완전히 엉망이 되어버린 서커스 건물의 물리적인 〈몰락〉은 스마일리가 드나드는 모습에 폐허와 같은 느낌을 더했고, 이 상황을 견딜 수밖에 없는 사람들은 우울할 때마다 그 모습을 상징적으로 느꼈다. 페럿은 망가뜨린 것을 다시 복원해 놓지 않는다. 사람들은 카를라를 보면서도 똑같은 느낌을 받았을 것이다. 무슨 생각을 하는지 알 수 없는 그들의 수장이 직접 벽에 걸어 놓은 카를라의 흐릿한 얼굴은 간소한 알현실의 그늘 속에서 그들을 계속 지켜보았다.

그들이 아는 얼마 안 되는 정보는 전부 오싹했다. 예를 들어 인사 관리처럼 지루한 일이 어마어마하게 중요해졌다. 스마일리는 직원들을 해고하고 해외 지부들을 해체했다. 우선, 불쌍한 터프티 세싱어의 지부는 홍콩에 있었는데, 반(反)소비에트 현장과 꽤 멀었지만 마지막까지 남아 있다가 해체되었다. 스마일리와 마찬가지로 깊은 불신을 사고 있었던 화이트홀 주변에서 그가 직원들의 해직과 복직 조건을 두고 기이하고 지독한 논쟁을 벌였다는 이야기가 들려왔다. 이미 지쳐서 절대 독자적으로 작전을 주도하지 않을 것이 분명한 직원들을 빌 헤이든이 일부러 과도하게 승진시킨 것으로 보이는 사례들이 있었는데, 홍콩의 불쌍한 터프티 세싱어가 이번에도 제일 알기 쉬운 예였다. 이러한 직원들에게 퇴직금을 줄 때 원래 가치에 따라야 할까, 빌 헤이든이 마음대로 갖다 붙인 부풀려진 평가에 따라야 할까? 헤이든이 스스로를 보호하기 위해 일부러 사유를 만들어서 해고한 경우도 있었다. 그렇게 해고된 직원들은 연금을 전액 받아야 할까? 그들에게 복직을 주장할 권리가 있을까? 선거를 통해 새로 권력을 잡은 젊은 장관들은 어찌할 바를 몰라 용감하고 모순적인 판결들을 내렸다. 그 결과 남녀를 불문하고 헤이든에게 속은 서커스 현장 지휘관들이 슬픈 행렬을 이루며 스마일리의 손에서 빠져나갔고, 하우스키퍼들은 보안상의 이유로 그리고 아마도 미적인 이유로, 해외 지부에서 돌아온 요원 누구도 주요 건물에 발을 들이지 못하게 하라는 명령을 받았다. 스마일리도 쫓겨난 자들과 돌아온 자들의 접촉을 용인하지 않았다. 이에 따라 하우스키퍼들은 웨일스인 해머로부터 재무부의 마지못한 지원을 받아서 블룸즈버리의 주택을 하나 빌려 어학원 ― 〈예약자만 입장 가능〉 ― 으로 위장한 다음 임시 접수처를 만들었고, 인사 및 급여 담당 직원의 4분의 1을 그곳에 배치했다. 이들에게는 당연히 〈블룸즈버리 그룹〉[19]이라는 별명이 붙었고, 알려진 바에 따르면 스마일리는 가끔 여유가 있으면 한 시간 정도 그곳에 가서 병문안을 하는 것처럼 대부분 알지 못하는 사람들에게 위로의 말을 건넸

---

19 원래는 버지니아 울프, E. M. 포스터 등으로 구성된 20세기 초의 작가, 지식인 집단을 가리킨다.

다. 또 가끔 기분에 따라서 먼지 쌓인 면회실 구석에 부처처럼 가만히 앉아서 아무 설명도 없이 한마디도 하지 않을 때도 있었다.

무엇이 스마일리를 그렇게 만들었을까? 그는 무엇을 찾고 있었을까? 그 원인이 분노였다면, 그것은 그 당시 모두가 느끼던 분노였다. 기나긴 하루 일을 끝내고 서까래가 보이는 오락실에 둘러앉아서 농담이나 잡담을 나눌 때도 있었다. 그러나 누가 카를라나 두더지 헤이든의 이름을 무심코 내뱉으면 침묵이 내려앉았고, 노련한 모스크바 관측통 코니 색스도 이 주문만큼은 깨뜨릴 수 없었다.

부하들이 보기에 더욱 감동적인 것은 난파선에서 정보망의 요원들을 조금이라도 구해 내려는 스마일리의 노력이었다. 헤이든이 체포되고 하루 만에 소비에트와 동유럽 내 서커스 정보망 아홉 개가 멈춰 버렸다. 무선 통신은 끊겼고 운반책도 말라 버렸으며 그들 중에 진정한 서커스 요원이 있었다 해도 밤새 사라져 버렸다고 생각할 이유가 충분했다. 그러나 스마일리는 그런 안이한 생각에 맹렬하게 반대했고, 카를라와 모스크바 센터가 꺾을 수 없을 만큼 효율적이거나 조직적이거나 논리적이라는 생각을 거부했다. 그는 레이컨을 괴롭혔고, 그로브너 광장의 드넓은 별관[20]에 지내는 사촌들을 괴롭혔으며,

20 annexe. 미국 정보부 런던 지부 건물을 가리키는 서커스 은어.

요원들의 무선 주파수를 계속 감시해야 한다고 주장했다. 또 외무부의 지독한 항변에도 불구하고(늘 그렇듯 로디 마틴데일이 선봉이었다) BBC 해외 지국을 통해서 살아남은 요원이 방송을 듣고 있다면 그리고 암호를 알고 있다면, 즉시 배를 버리고 돌아오라는 메시지를 내보냈다. 그러자 놀랍게도 작은 생명의 움직임이 다른 행성에서 들려오는 이해할 수 없는 메시지처럼 조금씩 전해져 왔다.

우선, 그로브너 광장의 사촌들은 의심스러울 만큼 솔직한 런던 지부장 마텔로의 입을 빌려서 영국의 남녀 요원 두 명이 미국의 탈출 노선을 통해 흑해 소치의 옛 리조트로 이동 중이라고 알려왔다. 그곳에서는 마텔로의 말 없는 부하들이 〈적진 탈출 임무〉를 위해 작은 배를 준비 중이었다. 마텔로의 설명을 들으니 조지아와 우크라이나를 담당했던 〈콘템플레이트〉 정보망의 주요 인물 추라예프 부부였다. 스마일리는 재무부의 허가를 기다리지도 않고 정보망의 지휘관이었던 전 마르크스주의 논리학자이자 가끔 현장 요원으로 일하는 로이 블랜드를 불러들였다. 또한 몰락 당시 큰 타격을 입은 블랜드에게 역시 헤이든의 부하였으며 역시 퇴직한 러시아 담당 사냥개[21] 드실스키와 카스파르를 맡겨 예비 팀을 꾸렸다. 그들이 아직 영국 공군 수송기를 타고 있을 때 부부가 항구에서

---

21 leashdog. 공작원을 가리키는 서커스 은어.

출발하다가 총에 맞아 사망했다는 소식이 전해졌다. 사촌은 적진 탈출 임무가 실패했다고 알려 왔다. 위로의 의미에서 마텔로가 스마일리에게 직접 전화를 걸어 소식을 전했다. 그는 나름대로 친절한 사람이었고, 스마일리와 마찬가지로 구식이었다. 비가 세차게 내리는 밤이었다.

「자, 이 사건을 너무 힘들게 받아들이지 말자고, 조지.」 그가 친척 아저씨처럼 경고했다. 「알겠나? 이 세계에는 현장 요원과 사무 요원이 있는 법이고, 그 구분을 지키는 게 자네와 나의 일이야. 그렇지 않으면 우리 모두 미치고 말 거야. 한 사람 한 사람 전부 챙길 순 없어. 지휘관이란 그런 거지. 그것만 기억하게.」

스마일리가 마텔로의 전화를 받았을 때 바로 옆에 서 있던 피터 길럼은 나중에 스마일리가 어떤 반응도 보이지 않았다고 맹세했다. 길럼은 그를 잘 알았다. 그럼에도 불구하고 10분 뒤 스마일리는 못에 걸려 있던 큼직한 레인코트와 함께 아무도 모르게 사라졌다. 그는 새벽이 지나서야 레인코트를 팔에 걸치고 온몸이 흠뻑 젖은 채 돌아왔다. 스마일리는 옷을 갈아입고 책상 앞에 다시 앉았다. 그러나 부탁받지도 않은 차를 들고 살금살금 다가간 길럼이 발견한 것은 당황스럽게도 낡은 독일 시집 한 권을 앞에 두고 뻣뻣하게 앉아서 시집 양옆에 꽉 쥔 주먹을 놓고 소리 없이 울고 있는 상사였다.

블랜드, 카스파르, 드실스키는 복직을 간청했다. 그들

은 복직을 허락받은 자그마한 헝가리인 토비 이스터헤이스를 들먹이며 똑같은 처우를 요구했지만 소용없었다. 세 사람은 해고되었고, 두 번 다시 입에 오르지 않았다. 불공정에는 불공정으로. 그들이 때가 묻긴 했어도 유용할 수 있었지만, 스마일리는 그들의 이름을 들으려 하지 않았다. 그때도, 나중에도, 영영 듣지 않았다. 몰락 직후 그때가 최악의 시기였다. 영국 정보부의 심장이 멈추는 소리를 들었다고 진지하게 믿는 사람들이 — 서커스 외부뿐 아니라 내부에도 — 정말 존재했다.

이 재난이 일어나고 며칠 후, 행운이 스마일리에게 작은 위안을 건넸다. 바르샤바에서 도주 중이던 서커스 요원 한 명이 BBC의 메시지를 듣고 벌건 대낮에 영국 대사관으로 걸어 들어온 것이다. 레이컨과 스마일리가 힘껏 손을 쓴 덕분에 그는 마틴데일의 반대에도 불구하고 같은 날 밤 외교 전서사[22]로 위장하여 런던으로 돌아왔다. 요원의 말을 믿지 않았던 스마일리는 그를 서커스 심문관들에게 넘겼고, 다른 건수가 없었던 심문관들은 그를 거의 죽일 뻔했지만 결국 깨끗하다고 선언했다. 요원은 오스트레일리아로 파견되었다.

다음으로, 이제 막 통치를 시작한 스마일리는 정체가 탄로 난 영국 내 서커스 시설들을 어떻게 할지 결정을 내

22 정부와 외교 사절단 사이 또는 자국의 다른 사절단과 영사 기관 사이에 외교 행낭을 전달하는 사람.

려야만 했다. 그의 본능은 모든 시설을 포기하는 것이었다. 이제 전혀 안전하지 않은 안전 가옥, 일반 요원과 신입 요원에게 지령을 내리고 보고를 받던 새러트 보육원, 할로의 도청기기 훈련소, 아가일의 가스 및 폭탄 연구소, 왕년의 해군들이 잃어버린 종교의 의식처럼 소형 선박 항해술이라는 흑마술을 연습하는 헬퍼드 어귀의 해양 기술 훈련소, 캔터베리의 장거리 무선 송신 기지. 그는 심지어 지금도 암호를 해독 중인 바스의 암호 해독 본부마저 없애려 했다.

「전부 버리죠.」그가 레이컨을 찾아가서 말했다.

「그런 다음에는?」레이컨이 소치 사건 실패 이후 더욱 강렬해진 스마일리의 열의에 깜짝 놀라며 물었다.

「다시 시작해야지요.」

「알겠네.」레이컨이 말했는데, 물론 모르겠다는 뜻이었다. 그는 각종 수치가 적힌 재무부의 서류들을 앞에 놓고 열심히 보면서 말했다.

「이유는 나도 모르겠지만 새러트 보육원은 〈군대〉 예산으로 운영되고 있네.」그가 생각에 잠겨 말했다. 「자네의 비자금이 아니야. 할로는 외무부가 돈을 대고 있는데, 아마 그 사실을 오래전부터 잊고 있겠지. 아가일은 국방부의 품속에 있지만 국방부에서는 그 존재를 모르겠지. 캔터베리는 우체국, 헬퍼드는 해군 소속일세. 바스 역시 다행히 외무부 예산으로 운영되고 있는데, 마틴데일이

6년 전에 서명했지만 역시 공식적인 기억에서는 희미해졌지. 전부 돈이 하나도 안 든다는 뜻이야. 안 그런가?」

「다 이미 죽은 나무입니다.」 스마일리가 고집을 부렸다. 「기존 시설들이 존재하는 한 대체할 수 없습니다. 새러트는 이미 예전에 타락했고, 헬퍼드는 빈사 상태고, 아가일은 소극(笑劇)이지요. 암호 해독 본부는 지난 5년 동안 사실상 카를라를 위해서 풀타임으로 일했고요.」

「카를라라면, 모스크바 센터라는 뜻인가?」

「담당 부서 말입니다, 헤이든과 여러 명을…….」

「무슨 말인지 아네. 하지만 내 생각에는 자네만 괜찮다면 시설을 유지하는 게 더 안전해. 그러면 인사 문제로 골치를 썩일 필요도 없고. 어쨌든 시설은 원래 그런 걸 위한 곳이잖나, 안 그런가?」 레이컨이 연필 뒤꼭지로 책상을 리듬감 있게 톡톡 두드렸다. 마침내 그가 고개를 들더니 무언가를 묻는 눈빛으로 스마일리를 보았다. 「음, 요즘 들어 철저해졌군, 조지. 자네가 〈내〉 정원에서 도끼를 휘두르면 어떻게 될까 생각하니 무서울 정도야. 국내 시설들은 우량주라네. 지금 없애면 절대 되찾지 못해. 나중에 자네가 다시 궤도에 올랐을 때 팔아서 더 좋은 걸 살 수 있어. 자네도 알겠지만 시장이 침체됐을 때는 팔면 안 돼. 수익이 날 때까지 기다려야지.」

스마일리는 마지못해 그의 조언에 따랐다.

이 모든 골칫거리로도 충분하지 않다는 듯, 어느 황량

한 월요일 아침에 재무부 감사 결과가 나왔는데 몰락으로 서커스 비자금이 동결될 때까지 5년 동안 비자금 운용에 심각한 모순이 있었음이 밝혀졌다. 스마일리는 일종의 인민재판을 열어야 했고, 그 자리에서 이미 은퇴한 재무과의 나이 많은 직원이 눈물을 터뜨리더니 부끄럽게도 기록 보관실의 여직원에게 푹 빠져서 휘둘렸다고 고백했다. 격심한 후회에 빠진 노인은 집으로 가서 목을 매달았다. 길럼의 조언에도 불구하고 스마일리는 고집을 부려 장례식에 참석했다.

그러나 이처럼 음울한 출발점부터, 정보부 수장이 되고 몇 주 뒤부터, 조지 스마일리가 공격으로 돌아섰다는 것은 확실히 기록된 사실이다.

이러한 공격의 기반은 처음에는 철학적이었고, 두 번째는 이론적이었으며, 마지막에 지독한 도박꾼 샘 콜린스가 극적으로 등장한 후에야 인간적인 것이 되었다.

철학은 단순했다. 정보기관의 임무는 쫓아다니는 것이 아니라 고객에게 정보를 전달하는 것이라고 스마일리는 단호하게 선언했다. 그렇게 하지 못하면 고객은 별로 꼼꼼하지 못한 다른 판매자에게 기대거나 최악의 경우 아마추어 수준밖에 안 되는 자력에 만족하게 된다. 그럴 경우 정보기관 자체도 쇠퇴한다. 이어서 그는 화이트홀이라는 시장에 모습을 드러내지 않는 것은 바람직하지 않다고 말했다. 아니, 더욱 나쁘다. 서커스가 정보를 생산하지 못하면 사촌과, 또 전통적으로 상호 거래가 원칙인 다른 자매기관들과 물물교환을 할 물건이 없어진다. 생산하지 않는다는 것은 교환하지 않는다는 뜻이고, 교환하지 않는다는 것은 죽는다는 뜻이다.

아멘. 그들이 말했다.

자원 없이 정보를 생산하는 방법에 대한 스마일리의 이론 — 본인은 〈전제〉라고 말했다 — 은 그가 취임한 지 두 달이 채 되지 않았을 때 오락실에서 열린 비공식 회의의 주제였고, 스마일리와 대략 그의 측근들만으로 구성된 핵심층이 회의에 참석했다. 총 다섯 명이었다. 스마일리 본인, 시중꾼 피터 길럼, 몸집이 크고 말솜씨가 유창한 모스크바 관측통 코니 색스, 검정 운동화를 신고 러시아식 구리 찻주전자를 살펴며 비스킷을 나눠 주는 검은 눈의 잡역부 폰, 마지막으로 서커스의 중국 관찰 팀 팀장이자 〈미친 예수회 수사〉라는 별명을 가진 독 디샐리스. 짓궂은 사람들은 신이 코니 색스를 만들고 나서 잠시 쉬고 싶어서 남은 재료로 독 디샐리스를 대충 만들었다고 말했다. 독은 어딘가 불균형하고 지저분하고 체구가 작아서 코니의 적수라기보다 그녀의 원숭이 같았고, 더러운 칼라 위로 비죽비죽 흐트러진 은빛 머리카락부터 닭부리처럼 주변 모든 것을 쿡쿡 찌르는 축축하고 보기 흉한 손가락에 이르기까지 외모가 볼품없는 것은 분명한

113

사실이었다. 삽화가 비어즐리가 그를 그렸다면 사슬에 묶여서 코니의 거대한 카프탄 뒤에 숨어 살짝 엿보는 털 북숭이로 그렸을 것이다. 그러나 디샐리스는 탁월한 동양통이자 학자, 일종의 영웅이었다. 전쟁 당시 중국에서 서커스 요원을 모집했고 한동안은 싱가포르의 창이 감옥에서 일본인들의 놀잇감이 되었기 때문이다. 이들은 한 팀, 총 다섯 명의 그룹이었다. 시간이 지나면서 늘어났지만 처음에는 이 다섯 명이 유명한 간부회를 구성했고, 디샐리스가 나중에 말했듯이 여기에 속한다는 것은 〈한 자릿수의 당원 번호가 적힌 공산당 당원증을 가진 것〉과 같았다.

스마일리는 우선 잔해를 살펴보았다. 도시를 약탈하거나 수많은 사람들을 제거하는 데 시간이 걸리듯이 그 일은 시간이 좀 걸렸다. 그는 서커스의 뒷골목을 하나하나 돌아다니면서 어떻게, 어떤 방법으로, 또 종종 정확히 언제 헤이든이 서커스의 비밀을 소비에트의 주인님들에게 바쳤는지 가차 없이 증명했다. 물론 그에게는 헤이든을 직접 심문했다는 장점이 있었고, 헤이든의 발각으로 이어진 최초의 조사를 실시했다는 장점이 있었다. 그는 길을 알았다. 그럼에도 불구하고 그의 마지막 말은 가차 없는 분석의 역작이라고 할 수 있었다.

「그러니 환상은 없어.」 그가 간결하게 끝맺었다. 「이 기관은 이제 절대로 예전 같아질 수 없을 거야. 더 나아질지도 모르지만, 어쨌든 다를 걸세.」

그들은 역시 아멘, 이라고 말했고 침울한 분위기로 다리를 펴며 잠시 쉬었다.

나중에 길럼은 참 이상하게도 처음 몇 달의 중요한 장면들이 전부 밤이었던 것처럼 느껴진다고 회상했다. 오락실은 서까래가 얹힌 길쭉한 방이었고, 주황색 밤하늘과 잡목림처럼 얽힌 녹슨 라디오 안테나들, 아무도 없앨 필요성을 느끼지 못했던 전쟁의 유물인 높은 지붕창들이 있었다.

일동이 다시 자리에 앉자 스마일리는 헤이든이 서커스에서 한 일은 전부 지령에 의한 것이며 지령은 단 한 사람, 카를라가 직접 내렸다는 것이 〈전제〉라고 말했다.

그의 전제는 카를라가 헤이든에게 지령을 내리면서 모스크바 센터가 무엇을 모르는지 그 틈새를 드러냈다는 것이었다. 카를라는 헤이든에게 서커스 쪽으로 오는 특정 정보를 저지하라고 명령함으로써, 즉 정보를 폄하하고 왜곡하고 비웃고 심지어는 유포 자체를 부인하라고 명령함으로써 폭로되기 바라지 않는 비밀이 무엇인지 드러냈다.

「역추적하면 된다는 거죠?」 코니 색스가 중얼거렸다. 언제나처럼 이해 속도가 빨랐기 때문에 다른 사람들을 크게 앞질렀다.

「맞아, 코니. 바로 그렇게 하면 되는 거야.」 스마일리가 엄숙하게 말했다.「역추적하면 돼.」그는 강의를 다시 시작했고, 그래서 길럼은 그 어느 때보다도 어리둥절했다.

헤이든의 파괴 경로(스마일리는 발자국이라고 불렀다)를 세밀하게 정리하고, 그가 선택한 파일을 철저하게 기록하고, 필요한 경우 서커스 지부들이 몇 주 동안 힘들게 조사하여 성실하게 추린 정보를 재조합해서 헤이든이 화이트홀 시장의 서커스 고객들에게 배포한 정보와 세세하게 대조하여 (코니가 제대로 이름을 붙였듯이) 역추적을 하면, 헤이든의 출발점, 즉 카를라의 출발점을 확보할 수 있을 것이다. 스마일리는 그렇게 말했다.

올바른 방법으로 역추적하면 놀라운 기회의 문이 열릴 것이고, 서커스는 겉으로 보이는 가망성과 달리 주도권을 쥐는 위치를 차지할 것이다. 스마일리의 표현을 따르자면 〈대응만이 아니라 행동을 할 수 있는〉 위치 말이다.

후일 코니 색스가 기뻐하며 늘어놓은 설명을 인용하자면 이 전제는 〈또 다른 투탕카멘을 찾아서 조지 스마일리가 등불을 높이 들고 불쌍한 우리 멍청이들은 무덤을 판다〉는 뜻이었다.

물론 이때까지만 해도 작전을 세우던 이들의 눈에 제리 웨스터비는 깜빡임조차 아니었다.

다음 날, 그들은 전투를 시작했다. 한쪽 코너에는 거대한 코니, 반대쪽 코너에는 괴팍하고 자그마한 디샐리스가 있었다. 디샐리스가 비난조의 콧소리 — 이 목소리는 어마어마한 힘이 있었다 — 로 말했듯이, 〈적어도 우리가 여기 있는 이유는 드디어 알게〉 되었다. 각각의 창백한 버로어 일족은 기록 보관실을 둘로 나누었다. 코니와 그녀가 〈나의 볼시[23]들〉이라고 부르는 부하들은 러시아와 위성 국가들을 맡았다. 디샐리스와 그의 〈황화(黃禍)〉[24]들은 중국과 제3세계를 맡았다. 그 사이의 것들 — 예를 들어 이론상으로는 영국의 동맹인 국가에 대한 보고서 — 은 나중에 평가하기 위해 특별 대기 상자에 넣었다. 그들은 스마일리처럼 말도 안 되는 시간에도 일했다. 식당은 불평을 늘어놓았고 문지기들은 그만두겠다고 위협했지만 버로어들의 순수한 에너지가 점차 전염되어 협력 직원들도 입을 다물었다. 장난스러운 대결 구도가 탄생했다. 지금까지 웃는 모습을 거의 보인 적 없는 비밀 부서의 남녀 직원들은 코니의 영향을 받아 갑자기 서커스 바깥 세상에서 쓰는 무척 친밀한 언어로 서로를 놀리기 시작했다. 제정 러시아의 주구(走狗)들이 분열적이고 편향적이고 광신적인 스탈린주의자들과 맛없는 커피를 마셨고, 그것을 자랑스러워했다. 그러나 그중에서도 디

---

23 볼세비키를 뜻한다.

24 원래는 19세기 백인에 대한 황인종의 위협을 가리키는 말로, 여기서는 서커스의 중국 관찰 팀을 가리킨다.

샐리스의 변화가 가장 인상적이었다. 그는 야근 중간중간에 탁구대로 가서 잠깐이지만 힘차게 탁구를 쳤고, 어떤 도전에든 응하며 드문 표본을 쫓는 나비 연구자처럼 이리저리 뛰어다녔다. 곧 최초의 결실들이 맺히면서 이들에게 새로운 힘을 주었다. 한 달도 되지 않아서 세 건의 보고서가 극소수의 사람들에게만 배포되었는데, 회의적이었던 사촌조차도 무척 좋아했다. 한 달 뒤, 「나토(NATO) 해대공(海對空) 공격 능력 관련 소비에트의 정보 공백에 대한 임시 보고서」라는 장황한 제목의 하드커버 보고서가 버지니아 랭글리에 위치한 마텔로의 모(母)기관에서 마지못한 갈채를 받자 마텔로가 크게 기뻐하며 직접 전화를 걸었다.

「조지, 내가 말했었다니까!」 마텔로가 외쳤다. 그 소리가 어찌나 컸는지, 전화선 따위는 불필요한 낭비가 아닐까 싶을 정도였다. 「그쪽에 말했었다네, 〈서커스는 다시 일어날 거야〉라고. 그들이 믿었을 것 같나? 어림도 없는 소리!」

한편 스마일리는 때로는 길럼과 함께, 때로는 말없는 폰의 경호를 받으면서 암울한 편력을 이어 갔고, 지쳐서 초주검이 될 때까지 계속 행진했다. 성과가 없었지만 멈추지 않았다. 그는 낮마다, 또 밤에도 종종 런던 인근 카운티들과 그 너머까지 찾아가서 퇴직한 서커스 지휘관들과 전 요원들에게 이것저것 물었다. 스마일리는 치즈윅의 특가 여행사 사무실에 얌전히 앉아서 그곳에 재취업한 옛 폴란드 기병대 대령과 중얼중얼 이야기를 나누다가 무언가를 얼핏 보았다고 생각했다. 그러나 스마일리가 자세히 묻자 희망은 신기루처럼 사라졌다. 세븐오크스의 중고 라디오 가게에서는 수데텐 체코인이 그에게 같은 희망을 주었지만, 스마일리와 길럼이 서둘러 돌아와서 서커스 기록을 확인해 보니 주요 관계자들이 이미 사망하여 그들을 이끌어 줄 사람이 하나도 남아 있지 않았다. 뉴마켓의 종마 사육장에서 스마일리가 전임자 앨럴라인의 부하인 시골 상류 계급 출신의 독단적인 스코틀랜드인에게 모욕을 당했을 때는 화가 치민 폰이 폭력을 행사할 뻔했는데, 이 역시 아직 알 수 없는 그 일 때문이었다. 런던으로 돌아온 스마일리가 서류를 가져오라고 했지만 불은 다시 꺼져 버렸다.

이것이 스마일리가 오락실에서 설명한 전제 중에서 말하지 않은 마지막 하나였다. 즉, 스마일리는 헤이든이 걸린 덫이 절대 독특한 것이 아니라는 확신이 있었다. 최종 분석에서 밝혀진 헤이든의 몰락 원인은 문서 작업도, 보고서 조작도, 불리한 기록 〈분실〉도 아니었다. 헤이든이 허둥댔기 때문이었다. 그가 현장 작전에 즉흥적으로 개입했기 때문이었다. 헤이든이나 다른 카를라 요원에 대한 위협이 갑자기 너무 커졌기 때문에 그는 위험하지만 그 위협을 억누를 수밖에 없었다. 스마일리가 찾는 것은 이와 똑같은 수법이었다. 스마일리와 블룸즈버리 접수처 직원들은 바로 이 문제를 면밀히 조사하고 있었지만, 절대 직접적으로 묻지 않고 빙 돌려서 물었다.

「현장에서 일할 때 어떤 단서를 쫓다가 불합리하게 제지당한 적이 있다고 생각하나?」

어느 날 디너 재킷을 입고, 갈색 담배를 입에 물고, 깔끔한 코밑수염에 미시시피의 멋쟁이 같은 미소를 지은 말쑥한 샘 콜린스가 차분하게 이야기를 나누자며 불려왔다가 이렇게 대답했다. 「생각해 보니, 맞아, 그런 적이 있어요.」

그러나 이 질문과 샘의 중요한 대답 뒤에는 러시아의 금맥을 쫓던 미스 코니 색스라는 만만찮은 인물이 있었다.

그리고 코니의 뒤에는 언제나처럼 안개에 싸인 카를라의 사진이 있었다.

「〈코니가 잡았어, 피터.〉」어느 늦은 밤, 코니가 내선전화로 길럼에게 속삭였다. 「〈확실하게 잡았지.〉」

그것은 첫 번째 발견도, 열 번째 발견도 아니었지만 코니의 약삭빠른 직감은 즉시 그것이 〈진짜〉라고, 〈코니 말을 잘 들으라니까〉라고 말해 주었다. 그래서 길럼이 소식을 전하자 스마일리는 파일을 잠그고 책상을 치운 다음 이렇게 말했다. 「좋아, 들여보내.」

코니는 거대하고 다리가 불편하고 약삭빠른 여자였다. 아버지도 오빠도 대학교수였고 자신도 일종의 학자였으며 고참 요원들에게는 〈마더 러시아〉로 알려져 있었다. 전해지는 이야기에 따르면 네빌 체임벌린 수상이 〈우리 시대의 평화〉를 약속한 날 밤, 코니가 상류 사교계에 갓 나왔을 때 컨트롤이 브리지 게임을 하다가 그녀를 채용했다. 헤이든이 후원자 앨럴라인의 뒤를 이어 권좌에 올랐을 때 더없이 신중하게 취한 첫 번째 움직임은 코니를 퇴직시키는 것이었다. 코니는 모스크바 센터에서 일하는, 그녀의 표현에 따르자면, 한심한 짐승들 대부분보다 모스크바 센터의 뒷길을 잘 알았고, 카를라가 개인적으로 부리는 두더지와 스카우터 군단은 항상 그녀의 특별한 즐거움의 근원이었다. 예전에는 소비에트 이탈자들뿐 아니라 그들의 심문 보고서까지 마더 러시아의 관절염 걸린 손가락을 거치지 않는 것이 하나도 없었다. 카를라의 스카우터로 밝혀진 사람과 같이 작전을 수행한 위장 이탈자 중에서 코니가 그 움직임을 탐욕스럽고 세세하게 캐내지 않은 사람은 하나도 없었다. 그녀가 서커스에서 약 40년 동안 일하면서 들은 풍문 중에서 그녀의 아픈 몸으로 들어와 하찮은 기억들 사이에 간략하게 저장되어 있다가 그녀가 찾을 때 나타나지 않은 것은 하나도 없었다. 컨트롤은 코니의 머릿속이 뭐든 끄적거려 두는 어마어마한 봉투의 뒷면과 같다고 체념하듯 말한 적이 있었다. 코니는 서커스에서 해고되자 옥스퍼드로 돌아가서 타락했다. 스마일리가 그녀를 다시 불렀을 때 코니의 유일한 오락은 『더 타임스』의 십자말풀이였고, 그녀는 위안 삼아서 진을 하루에 한 병씩 마셨다. 그러나 그날 밤, 어느 정도는 역사적이었던 그 밤, 5층 복도에서 거대한 몸을 이끌고 조지 스마일리의 골방을 향해 걸어가는 그녀는 깨끗한 회색 카프탄 차림에 자기 입술 색과 별로 다르지 않은 장밋빛으로 입술을 칠했고, 종일 역겨운 박하 코디얼보다 강한 것은 하나도 마시지 않은 상태였으며 ─ 그녀가 지나간 자리에 코디얼의 지독한 냄새가 떠돌았다 ─ 나중에 사람들이 내린 결론에 따르면 그녀가 이 상황을 잘 이해하고 있다는 사실이 처음부터 얼굴에 드러나 있었다. 코니는 가죽을 절대 용납하지 않기 때문에 무거운 비닐 쇼핑백을 들고 있었다. 아래층에 위치한 그녀의 은신처에서는 그 전에 키우다가 죽은 개에 대한 자책 때문에 키우게 된 트롯[25]이라는 이름의 잡종견이 그녀의 책상 밑에서 쓸쓸하게 낑낑거리고 있었고, 그래서 화가 난 그녀의 룸메이트 디샐리스는 종종 개를 몰래 발로 찼다. 기분이 좀 좋을 때에는 중국에서 개를 요리하는 수많은 군침 도는 방법을 코니에게 읊는 것으로 만족했다. 그녀가 차례차례 지나치는 에드워드 양식의 천창 밖에서

25 Trot. 〈trot〉은 트로츠키주의자를 뜻하는 동시에 종종거리며 걷는 것을 뜻한다.

긴 가뭄을 끝내는 늦여름 비가 억수같이 쏟아졌다. 코니는 — 나중에 모두에게 그렇게 말했다 — 이 비가 성서적이지는 않더라도 적어도 상징적이라고 생각했다. 슬레이트 지붕에 빗방울이 총알처럼 요란하게 떨어져 쌓여 있던 낙엽을 납작하게 만들었다. 대기실에서는 코니의 성지 순례에 익숙해졌지만 그렇다고 해서 그것이 더 좋아지지는 않은 마더들이 냉랭하게 각자의 일을 계속했다.

「〈여러분.〉」 코니가 왕족처럼 손을 흔들며 중얼거렸다. 「정말 충성스럽네. 정말 〈아주〉 충성스러워.」

알현실은 한 단 아래였기 때문에 — 빛바랜 경고문이 붙어 있었지만 신입들은 여기에서 발을 헛디디곤 했다 — 관절염을 앓는 코니는 길럼의 부축을 받으며 계단 한 단이 사다리라도 되는 것처럼 힘들게 내려갔다. 스마일리는 통통한 손을 책상에 올리고 코니가 엄숙하게 가방에서 선물을 꺼내는 모습을 바라보았다. 도롱뇽의 눈알이나 태어나자마자 목 졸려 죽은 아기의 손가락 — 역시 길럼의 말이었다 — 이 아니라 여기저기 표시하고 주석을 단 파일이 줄줄이 나왔다. 코니가 몇 번의 열정적인 소규모 접전 끝에 모스크바 센터의 기록 보관실에서 얻은 전리품이었다. 몇 달 전 그녀가 죽은 자들 가운데에서 돌아올 때까지 이 서류들은 헤이든 때문에 3년이라는 기나긴 세월 동안 먼지만 모으고 앉아 있었다. 그녀는 파일을 꺼내 토끼 사냥 놀이에서 토끼 역의 술래가 뿌린 종잇조각을 만지듯 파일에 표시해 둔 메모를 가다듬으며 특유의 넘칠 듯한 미소를 지었고 — 역시 호기심 때문에 일손을 놓고 보러 온 길럼의 말이었다 — ⟨아, 거기 있었구나, 이 장난꾸러기⟩라든지 《넌》어디 갔었니, 이 꼬맹아?⟩라고 중얼거렸다. 물론 스마일리나 길럼이 아니라 서류를 향해서 하는 말이었다. 코니는 무엇이든 살아 있고 다루기 힘든 것처럼 대하는 경향이 있었다. 그것이 애견 트롯이든, 길을 가로막는 의자든, 모스크바 센터든, 카를라든 말이다.

「⟨가이드 투어⟩야, 여러분.」 그녀가 말했다. 「코니도 가이드 투어를 하고 왔지. ⟨최고로⟩ 재밌어. 부활절이 생각나네, 어머니가 집 근처에 색칠한 달걀을 숨겨 놓고 우리 자매들한테 찾아보라고 했었지.」

그로부터 약 3시간 동안 길럼은 음울한 폰이 고집스럽게 가져다주는 커피와 샌드위치, 원하지도 않는 간식을 가끔 먹으면서 코니가 안내하는 놀라운 여행의 굴곡과 충동을 부지런히 따라가려고 애를 썼다. 그녀의 조사가 든든한 기초를 제공했다. 코니는 카드 게임이라도 하는 것처럼 스마일리가 서류를 미처 읽기도 전에 쭈글쭈글한 손으로 치워 버리거나 홱 낚아챘다. 그러면서 코니는 길럼이 ⟨5급 마법사의 은어⟩라고 부르는 것, 즉 강박적인 버로어의 주문을 계속 읊었다. 길럼이 파악한 바에 따르면 코니의 발견의 핵심은 그녀가 모스크바 센터의 〈금맥〉이라고 부르는 것, 즉 비밀 자금을 공개적인 채널로 옮기는 소비에트의 돈세탁 작전이었다. 지도가 완전하지는 않았다. 일부는 이스라엘 연락 기관이, 일부는 사촌이, 일부는 현재 사망한 파리 주재 요원 스티브 매클보어가 제공했다. 경로는 파리에서 인도차이나 은행을 거쳐 동양을 향했다. 또한 비슷한 시기에 보고서가 헤이든의 런던 본부, 즉 작전 본부로 모여들었는데, 지금은 폐지된 서커스 소비에트 조사과에서 해당 사건을 현지에서 전면적으로 조사하라는 권고를 덧붙였다. 런던 본부는 그 권고를 완전히 무시했다.

〈무척 민감한 정보원이 불리해질 가능성이 있음.〉 헤이든의 앞잡이 중 하나가 이렇게 적었고, 그것으로 끝이었다.

「파일로 만든 다음 잊어라, 인가.」 스마일리가 멍하니 페이지를 넘기며 중얼거렸다. 「파일로 만든 다음 잊어라. 아무것도 하지 않을 핑계는 항상 있지.」

바깥에서는 세상이 깊이 잠들어 있었다.

「그렇죠.」 코니가 세상을 깨울까 봐 두렵다는 듯 나지막이 말했다.

알현실 사방에 각종 파일과 폴더가 흩어져 있었다. 승리보다는 재난에 훨씬 가까워 보이는 광경이었다. 그 뒤로도 한 시간 동안 길럼과 코니는 이 공간을, 또는 카를라의 사진을 말없이 응시했고, 그동안 스마일리는 그녀의 발자국을 성실하게 좇았다. 그가 불안한 표정으로 독서등 쪽을 향해 고개를 숙이자 불빛에 통통한 윤곽이 강조되었고, 그의 손은 서류를 넘기면서 가끔 입까지 올라가 엄지에 침을 묻혔다. 한두 번 정도 스마일리가 코니를 흘끔 보거나 입을 열어 뭐라 말하려 했지만, 그가 묻기도 전에 대답이 준비되어 있었다. 코니는 마음속으로 그와 함께 걷고 있었다. 스마일리가 다 읽은 다음 의자에 기대어 앉더니 안경을 벗어서 닦았다. 이번에는 타이의 뚱뚱한 부분이 아니라 검은 재킷 윗주머니에 들어 있던 새 실크 손수건이었다. 또 다른 울타리를 고치느라 거의 온종일 사촌들과 틀어박혔을 때 넣어 둔 손수건이었다. 그가 안경을 닦는 동안 코니가 얼굴을 빛내며 길럼에게 〈정말 사랑스럽지 않아?〉라고 입 모양으로 말했다. 코니가 상관인 스마일리에 대해 이야기할 때 즐겨 쓰는 표현이었는데, 이 말을 들으면 길럼은 미칠 듯이 화가 치밀었다.

스마일리가 가볍게 이의를 제기했다.

「코니, 하지만 런던 본부가 비엔티안의 주재원에게 공식 조사를 〈실제로〉 요청했잖아.」

「빌이 짓밟기 전에 요청이 나가 버린 거죠.」 그녀가 대답했다.

스마일리는 이 말을 못 들은 것처럼 파일을 집어 들고 책상 맞은편에 앉은 그녀를 향해 내밀었다.

「그리고 비엔티안에서 장문의 답장을 확실히 보냈어. 인덱스에 기록되어 있군. 여기에는 없는 것 같은데. 어디 있지?」

코니는 스마일리가 내민 파일을 굳이 받지 않았다.

「〈파쇄기〉에 들어갔죠.」 그녀가 이렇게 말하고 만족스럽다는 듯 길럼을 향해 얼굴을 빛냈다.

아침이 왔다. 길럼은 건물 안을 돌아다니며 불을 껐다. 같은 날 오후, 그는 조용한 웨스트엔드의 도박장에 들렀다. 그곳에서 샘 콜린스는 직접 선택한 영원한 밤의 세계에서 퇴직 생활의 혹독함을 견디고 있었다. 길럼은 콜린스가 평소처럼 오후에는 슈맹드페르 게임을 감독하고 있을 줄 알았기 때문에 〈지배인실〉이라고 적힌 호화로운 방으로 안내를 받아서 깜짝 놀랐다. 샘은 근사한 책상 앞에 앉아 그가 늘 피우는 갈색 담배의 연기 뒤에서 여유롭게 미소를 지었다.

「어떻게 된 거지, 샘?」 길럼이 초조하게 주변을 살피며 들으라는 듯 혼잣말을 했다. 「마피아라도 접수했나? 세상에!」

「아, 그럴 필요도 없었지.」 샘이 평소처럼 저속한 미소를 지으며 말했다. 그는 디너 재킷 위에 레인코트를 걸치더니 복도를 지나 방화문을 통해 바깥 거리로 길럼을 안내했고, 두 사람은 길럼을 기다리던 택시 뒷좌석에 올라탔다. 길럼은 갑자기 고귀해진 샘을 보며 감탄했다.

현장 요원이 감정을 숨기는 방법은 여러 가지인데, 샘의 경우에는 미소를 지으며 담배를 더욱 천천히 피우고, 상대방에게 시선을 고정한 채 특히 즐겁다는 듯 눈을 검게 빛내는 것이었다. 샘은 구(舊) 서커스에서 아시아를 담당했고 현장에서 많은 시간을 보냈다. 보르네오에서 5년, 버마에서 6년, 태국 북부에서 5년, 그리고 라오스의 수도 비엔티안에서 마지막 3년을 보냈는데, 항상 본업인 무역상을 위장 신분으로 이용했다. 그는 태국에서 두 번이나 지독한 심문을 받았지만 풀려났고, 거의 맨몸으로 보르네오 사라왁을 떠나야 했다. 샘은 기분이 내키면 버마와 북부 산악 지역 부족들 사이를 돌아다닌 이야기를 늘어놓았지만, 기분이 내킬 때가 드물었다. 샘은 헤이든의 피해자였다. 5년 전, 샘은 느긋한 명석함 덕분에 5층으로 승진할 뻔했었다. 심지어 몇몇 사람들은 헤이든이 어리석은 퍼시 앨럴라인에게 압력을 가하지 않았다면 샘이 정보부 수장 자리에 올랐을 것이라고까지 말했다. 결국 샘은 권좌 대신 현장에 남겨져 점차 쇠퇴했고, 결국 헤이든이 그를 다시 불러들이더니 누명을 씌워서 쫓아냈다.

「샘! 아주 잘 지내나 보군! 자리에 앉지.」스마일리가 무척 명랑하게 말했다. 「뭘 좀 마시겠나? 요즘 어디서 지내지? 아침 식사라도 들겠나?」

샘은 케임브리지에 다닐 때 눈부신 1등을 따내서 그때

까지 그가 백치에 가깝다고 생각했던 스승들을 혼란에 빠뜨렸다. 나중에 교수들은 샘이 무턱대고 전부 외웠을 것이라며 서로를 위로했다. 그러나 더욱 세속적인 혀들은 다른 이야기를 했다. 샘이 이그재미네이션 스쿨스[26]에서 못생긴 여자애를 사귀었고 그녀가 그에게 온갖 친절을 베풀었는데, 시험 문제를 봐주는 것도 그중 하나라는 것이었다.

26 학생들이 시험을 치고 시험과 성적 관련 행정 업무가 이루어지는 옥스퍼드의 건물.

4
성이 깨어나다

먼저 스마일리가 샘의 의중을 떠보았고, 포커를 좋아했던 샘도 스마일리의 의중을 떠보았다. 몇몇 현장 요원, 특히 영리한 요원은 전체 그림을 모른다는 사실에 비뚤어진 자부심을 갖는다. 그들의 기술은 느슨한 끝부분을 능숙하게 처리하는 것이고, 거기에서 고집스럽게 끝냈다. 샘이 바로 그런 유형이었다. 스마일리는 샘 콜린스의 신상명세서를 살펴본 다음 아무 문제도 없어 보이지만 샘의 현재 성향에 대한 단서를 제공하는 옛날 사건들에 대해서 그를 시험해 보았고, 정확한 기억력을 확인했다. 그는 샘을 혼자서 만났다. 다른 사람이 동석하면 전혀 다른 게임이 되기 때문이었다. 긴장감이 커지든 작아지든, 아무튼 달라질 것이다. 나중에 샘이 이야기를 다 끝내고 추가 질문만 남았을 때 스마일리가 아래층에서 코니와 독 디샐리스를 불러왔고 길럼도 동석시켰다. 그러나 그 것은 나중 일이었고, 스마일리는 사건 관련 문서가 모두 파괴되었고 매클보어 역시 죽었으므로 현재 몇 가지 주요 사건의 증인은 샘밖에 없다는 사실을 숨긴 채 한동안 혼자서 그의 마음을 간파해 나갔다.

「자, 샘.」마침내 때가 되었다고 판단한 스마일리가 물었다. 「자네가 비엔티안에 있을 때 파리에서 전달되는 자금과 관련해서 런던 본부로부터 요청이 왔던 것을 기억하나? 〈출처가 불분명한 현지 조사이니 진위를 확인 바람〉이라는 통상적인 요청이었을 거야. 짐작 가는 바 있나?」

스마일리는 메모가 적힌 종이를 앞에 놓고 있었으므로 이것은 느긋하게 흘러가는 또 하나의 질문일 뿐이었다. 그는 말을 하면서 샘을 전혀 보지 않고 무언가에 연필로 표시를 했다. 그러나 눈을 감으면 더 잘 들리듯이, 스마일리는 샘이 주의를 집중하는 것을 느꼈다. 즉, 샘이 다리를 약간 폈다가 다시 꼬았고 손짓이 서서히 느려지더니 거의 완전히 멈추었다는 뜻이다.

「인도차이나 은행으로 매달 돈이 들어왔죠.」샘이 적당한 간격을 두고 말했다. 「고액이었어요. 파리에 계열사를 둔 캐나다 기업의 해외 계좌에서 왔습니다.」그가 계좌 번호를 댔다. 「매달 마지막 금요일에 들어왔죠. 시작 날짜는 73년 1월 즈음이었고, 네, 생각납니다.」

스마일리는 샘이 긴 게임을 시작할 태세임을 즉시 간파했다. 기억은 뚜렷했지만 정보는 부족했다. 솔직한 대답이라기보다 카드 게임에서 처음으로 내민 패에 가까웠다.

스마일리가 여전히 종이 위로 몸을 숙인 채 말했다. 「그럼 여기서 잠깐 확인을 좀 해볼까, 샘? 파일에 약간 모순이 있어서 말일세, 기록 중에서 자네와 관련된 부분을 확실히 하고 싶군.」

「물론이죠.」 샘이 다시 말하고 갈색 담배를 편안하게 빨았다. 그는 스마일리의 손을 보고 있었고, 가끔은 일부러 아무렇지도 않은 척 그의 눈을 보았지만 절대 오래 보지는 않았다. 한편 스마일리는 현장 요원을 바른 길에서 벗어나게 만드는 각종 선택지를 생각해 보려고 애를 썼다. 샘이 엉뚱한 것을 숨기고 있을 가능성도 컸다. 예를 들어 경비로 약간 장난을 쳤다가 걸렸을까 봐 걱정하고 있을지도 몰랐다. 그럴 경우 잘릴 위험을 무릅쓰고 솔직하게 털어놓기보다는 보고서를 거짓으로 작성했을 것이다. 어쨌든 샘 정도 나이가 되면 현장 요원은 자기 몸부터 사리게 된다. 또는 정반대로 본부가 허락한 것보다 조사의 폭을 넓혔을지도 몰랐다. 빨리 결과를 내놓으라는 압박에 시달리다가 백지 보고서를 내는 것보다 낫다는 생각으로 정보 장사꾼을 찾아갔을 가능성도 있었다. 현지 사촌들과 따로 합의를 했을지도 모른다. 아니면 현지 정보기관으로부터 협박을 받자 — 새러트의 은어로는 〈천사로부터 화상을 입자〉 — 살아남아서 미소를 지으

132

며 서커스 연금을 받기 위해 양쪽 모두의 구미를 맞췄을지도 몰랐다. 스마일리는 샘의 행동을 파악하기 위해서 이러한 가능성들뿐만 아니라 그 밖에 무수히 많은 선택지를 염두에 두어야 했다. 사무실 책상 앞에 앉아서 세상을 지켜보는 것은 위험하다.

그래서 두 사람은 스마일리의 제안에 따라 이리저리 돌아다녔다. 샘은 스마일리의 설명처럼 런던 본부의 현장 조사 요청은 통상적인 형식이었다고 말했다. 파리에 배치되기 전까지 비엔티안 대사관에서 서커스 연락책으로 근무했던 매클보어가 샘에게 그것을 보여 주었다. 안전 가옥에서 열린 저녁 회의였다. 통상적이었지만 러시아와의 연관성이 처음부터 눈에 띄었고, 샘은 실제로 매클보어에게 이렇게 말했던 기억이 있었다. 「런던에서는 모스크바 센터의 비자금이라고 생각하는 게 분명해.」 통신문에 서커스 소비에트 조사과의 암호명이 섞여 있는 것을 보았기 때문이었다(스마일리는 매클보어가 샘에게 통신문을 보여 줄 이유가 없다고 메모했다). 샘은 또한 자기 말에 매클보어가 뭐라고 대답했는지도 기억했다. 「코니 색스를 해고하지 말았어야 했어.」 샘은 진심으로 동의했다.

샘의 말에 따르면 사실 무척 쉬운 요청이었다. 샘은 이미 인도차이나 은행에 꽤 괜찮은 협력자가 있었다. 이름은 조니였다.

「보고서에 적었나, 샘?」 스마일리가 예의 바르게 물었다.

샘은 직접적인 대답을 회피했고, 스마일리도 그가 꺼리는 것을 이해했다. 자기 협력자를 본부에 전부 보고하거나 그 존재를 밝히는 현장 요원은 어디에도 없었다. 마술사가 자기 트릭을 꽉 움켜쥐고 놓지 않듯이, 현장 요원은 원래 여러 가지 이유로 정보원들에 대해 비밀스러웠다.

조니는 믿을 만한 협력자였다고 샘이 강조했다. 그는 무기 거래와 여러 마약 사건에서 뛰어난 실적이 있었고, 샘은 그를 전적으로 믿을 수 있었다.

「아, 그쪽 일도 했었군, 샘?」 스마일리가 정중하게 물었다.

스마일리는 샘이 현지 마약 단속국에서 부업을 했다고 적었다. 많은 현장 요원이 그렇게 했고, 몇몇은 본부의 승인도 받았다. 그들의 세계에서는 이 부업을 산업 폐기물을 파는 일에 비유했다. 일종의 특전이었다. 따라서 별로 극적인 정보는 아니었지만 아무튼 스마일리는 적어 놓았다.

「조니는 괜찮았어요.」 샘이 경고를 담아 한 번 더 말했다.

「물론 그랬겠지.」 스마일리가 여전히 예의 바르게 말했다.

샘은 이야기를 계속했다. 그는 인도차이나 은행의 조니에게 연락해서 의심을 사지 않도록 적당히 둘러대며 물었고, 별 볼 일 없는 창구 직원이었던 조니가 장부를 조사해서 며칠 뒤 출납 기록을 찾아냈다. 샘은 자금이 흐르는 경로의 첫 단계를 확실히 파악했다. 샘의 설명에 따르면 통상적인 절차는 다음과 같았다.

「매달 마지막 금요일에 파리에서 텔렉스로 우편환이 와서 비엔티안 호텔 콘도르에 지내는 무슈 들라쉬스의 계좌로 입금되었고, 그가 여권을 제시하고 번호를 대서 돈을 지불받았습니다.」 다시 한번 샘은 별 어려움 없이 계좌번호를 댔다. 「은행에서 소식을 알리면 들라쉬스가 월요일에 은행 문을 열자마자 현금으로 찾아서 서류 가방에 넣어서 가지고 갔지요. 그걸로 끝이었습니다.」 샘이 말했다.

「얼마였지?」

「소액으로 시작해서 금방 커졌어요. 계속 늘어나다가 조금 더 늘었습니다.」

「얼마에서 끝났지?」

「많을 때는 미화 2만 5천 달러.」 샘이 망설임 없이 말했다.

스마일리의 눈썹이 약간 올라갔다. 「한 달에?」 그가 유머러스하게 놀라는 척 말했다.

「크지요.」 샘이 동의하더니 느긋한 침묵에 빠졌다. 똑똑하지만 머리를 별로 안 쓰는 사람들에게는 특유의 강렬함이 있는데, 때로는 그 강렬함을 스스로 제어하지 못한다. 그런 의미에서 밝은 조명 밑에서는 똑똑한 요원이 멍청한 요원보다 훨씬 더 위험하다. 「내 이야기랑 보고서를 대조하는 겁니까?」 샘이 물었다.

「아무것도 대조 안 해, 샘. 가끔 이런 식이라는 거 잘 알잖아. 지푸라기라도 붙들고 바람 소리에도 귀를 기울이는 거지.」

「그럼요.」 샘이 공감하듯 말했고, 다시 한번 서로 신뢰한다는 시선을 주고받은 다음 이야기를 이었다.

그래서 샘은 호텔 콘도르를 조사했다. 그 호텔의 벨보이는 스파이 업계의 재고품이나 다름없는 하급 정보원으로, 누구에게나 정보를 제공했다. 그는 들라쉬스라는 숙박객은 없었지만 프런트에서 약간의 대가를 받고 임시 주소를 제공하고 있다고 거리낌 없이 인정했다. 바로 다음 주 월요일에 ─ 샘의 말에 따르면 마침 마지막 금요일 다음 월요일이었다 ─ 샘은 조니의 도움을 받아 시간 맞춰 은행으로 가서 〈여행자 수표를 현금으로 바꾸는 것 등등〉을 하면서 무슈 들라쉬스라는 사람이 당당하게 들어와서 프랑스 여권을 건네고, 서류 가방에 돈을 넣고, 기다리던 택시에 다시 타는 모습을 특별석에 앉아서 전부 다 보았다.

샘의 설명에 따르면 비엔티안에는 택시가 별로 없었

다. 힘깨나 쓰는 사람은 기사 딸린 자가용 차가 있었으므로 들라쉬스는 힘깨나 쓰는 사람처럼 보이고 싶지 않은 듯했다.

「여기까지는 괜찮지요.」 샘이 메모하는 스마일리를 흥미롭게 바라보면서 말했다.

「여기까지는 〈아주〉 괜찮군.」 스마일리가 그의 말을 정정했다. 스마일리는 전임자인 컨트롤과 마찬가지로 절대 수첩을 쓰지 않고 종이를 한 번에 한 장씩만 썼고, 폰이 하루에 두 번씩 닦는 유리판으로 고정시켰다.

「제 이야기가 기록이랑 똑같아요, 달라요?」 샘이 물었다.

「제대로 가고 있네, 샘.」 스마일리가 말했다. 「나는 〈세세한 내용〉이 재미있어서 말이야. 기록이 어떤지 자네도 알잖아.」

그날 밤, 샘은 맥을 다시 비밀리에 만났고, 비엔티안 현지에서 활동하는 러시아인의 사진첩을 한참 동안 냉정하게 살펴본 끝에 소비에트 대사관 이등 서기관(통상 담당)의 못생긴 얼굴을 지목할 수 있었다. 군인다운 분위기를 풍기는 50대 중반의 남자로, 전과는 없었고, 이름이 적혀 있지만 발음할 수가 없었기 때문에 외교 관계자들은 〈통상 담당 보리스〉라고 불렀다.

그러나 샘은 물론 발음 불가능한 이름을 기억하고 있었고, 스마일리는 그가 천천히 불러 주는 철자를 인쇄체 대문자로 받아 적었다.

「적었습니까?」 그가 도와주려는 듯 물었다.

「고맙군, 적었네.」

「누가 카드 인덱스를 버스에 놓고 내렸나 봅니다?」 샘이 물었다.

「맞아.」 스마일리가 웃으면서 말했다.

샘이 이야기를 이어 갔다. 한 달 뒤, 문제의 월요일이 돌아왔을 때 샘은 신중하게 행동하기로 했다. 그래서 통상 담당 보리스를 직접 쫓는 대신 미행 전문 현지 사냥개 둘에게 임무를 맡기고 집에서 기다렸다.

「고상한 일이죠.」 샘이 말했다. 「나무를 흔들 필요도 없고, 추가로 할 일도 없고, 아무것도 없으니까. 라오스 인들이었죠.」

「우리 쪽이었나?」

「3년 동안 우리 쪽에서 일했죠.」 샘이 말했다. 「게다가 참 〈잘〉했어요.」 그의 내면에 남아 있는 현장 요원이 덧붙였다. 현장 요원에게 자기가 키우는 오리는 전부 백조 였다.

라오스인 사냥개들은 서류 가방을 주시했다. 한 달 전 과는 다른 택시가 보리스를 태우고 시내를 한 바퀴 돌더니 30분 뒤 인도차이나 은행에서 멀지 않은 광장 근처에 내려주었다. 통상 담당 보리스는 잠깐 걸어서 라오스 은행 안으로 사라졌고, 창구에서 전액을 다른 계좌에 넣었다.

「짜잔, 그렇게 된 거죠.」샘이 이렇게 말하고 새 담배에 불을 붙였다. 그는 기록이 다 남아 있는 사건을 스마일리가 굳이 이렇게 자세히 말하도록 시키는 것이 흥미로우면서도 당황스럽다는 기색을 굳이 숨기려 하지 않았다.

「그래, 짜잔이군.」스마일리가 열심히 적으며 중얼거렸다.

사냥개 둘은 무사히 돌아왔다. 샘은 먼지가 가라앉을 때까지 2주 정도 몸을 낮추고 있다가 여성 요원의 도움을 받아 최후의 일격을 날렸다.

「이름은?」

샘이 이름을 댔다. 본부 소속의 고참 요원으로, 새러트에서 훈련을 받았고 샘 콜린스처럼 상인으로 위장했다. 그녀는 보리스보다 먼저 라오스 은행에 가서 기다렸다가 보리스가 예금 전표를 작성하고 나자 작은 소동을 일으켰다.

「어떻게 했길래?」스마일리가 물었다.

「자기 건을 먼저 처리해 달라고 했죠.」샘이 싱긋 웃으며 말했다. 「보리스 동지는 남성 우월주의자 돼지였기 때문에 자기도 동등한 권리가 있다며 양보하지 않았지요. 그래서 말다툼이 났어요.」

예금 전표가 창구에 그대로 놓여 있었기 때문에 여자 요원이 말싸움을 하는 척하며 거꾸로 읽었다. 인도차터

비엔티안 주식회사라는 보잘것없는 항공 회사의 해외 계
좌로 미화 2만 5천 달러를 입금하는 전표였다. 「그 회사
의 자산은 낡아 빠진 DC-3[27] 몇 대, 양철 헛간 하나, 근사
한 편지지 한 묶음, 사무실에서 일하는 멍청한 금발 여자
하나, 성급한 멕시코인 비행사 하나가 전부였는데, 키가
상당해서 다들 타이니 리카르도라고 불렀죠.」 샘이 말했
다. 그런 다음 이렇게 덧붙였다. 「물론 뒷방에는 늘 그렇
듯 이름 없고 부지런한 중국인 몇 명이 있었고.」

이 순간 스마일리가 귀를 얼마나 곤두세웠던지, 나뭇
잎 떨어지는 소리도 들렸을 것이다. 그러나 그가 들은 것
은, 비유적으로 말해서, 장벽이 세워지는 소리였다. 그는
샘의 억양과 긴장된 목소리, 과장되게 무심한 척하는 작
은 표정과 몸짓을 보고 샘이 방어하는 핵심에 다가가고
있음을 즉시 알아차렸다.

그래서 그는 마음속으로 표시를 해두고 보잘것없는
항공 회사 이야기를 조금 더 듣기로 했다.

「아.」 스마일리가 가볍게 말했다. 「그 회사를 이미 알
고 있었다는 뜻인가?」

샘은 별 볼 일 없는 패를 버렸다. 「비엔티안은 이런 거
대한 대도시와는 달라요.」

「그래도 알고 있긴 했고? 그게 중요해.」

27 프로펠러로 추진되는 비행기. 주로 1930~1940년대에 여객기로
쓰였다.

「비엔티안에서 타이니 리카르도를 모르는 사람은 없
었죠.」샘이 그 어느 때보다 활짝 웃으며 말했다. 스마일
리는 샘이 자기 눈에 모래를 뿌리려는 것을 즉시 알아차
렸지만 여전히 장단을 맞춰 주었다.

「리카르도에 대해서 얘기해 보게.」스마일리가 제안
했다.

「원래는 에어 아메리카의 어릿광대였죠. 비엔티안에
는 그런 사람이 수두룩했어요. 라오스에서 비밀전을 치
렀죠.」

「그리고 졌지.」스마일리가 다시 메모하며 말했다.

「단독으로 말이죠.」샘이 그의 말에 동의하며 스마일
리가 메모하던 종이를 치우고 서랍에서 한 장 더 꺼내는
것을 지켜보았다. 「거기서 리카르도는 전설이었어요. 캡
틴 로키나 그런 사람들이랑 비행을 했죠. 사촌 일로 윈난
성까지 비행한 적도 몇 번 있다더군요. 전쟁이 끝나자 한
동안 빈둥거리다가 중국인들이랑 거래를 했죠. 우리는
그런 회사를 아편 항공사라고 불렀어요. 빌이 나를 영국
으로 불러들였을 때 그런 회사들이 잘나가고 있었지요.」

스마일리는 샘이 계속 말하도록 내버려 두었다. 샘은
스마일리를 단서에서 멀리 이끌고 있다고 생각하는 한
끝도 없이 지껄일 것이다. 반대로 스마일리가 단서에 너
무 가까워졌다고 생각하는 즉시 입을 닫을 것이다.

「그렇군.」그러므로 스마일리는 더욱 조심스럽게 메모

를 하면서 친절하게 말했다. 「그럼 샘이 그다음에 어떻게 했는지 다시 얘기해 볼까. 돈도 확인했고, 누구한테 주는지도 파악했고, 누가 처리하는지도 알았지. 그런 다음에는 어떻게 했나, 샘?」

음, 샘의 기억이 맞다면 그는 하루 이틀 정도 곰곰이 생각했다. 여러 〈측면〉이 있었으니까요. 샘이 자신감을 끌어모으며 설명했다. 몇 가지 눈에 띄는 사소한 것들이 있었다. 우선, 통상 담당 보리스라는 수수께끼였다. 샘의 설명대로라면 보리스는 성실한 러시아 외교관이라고 볼 수 있었다. 그런 것이 존재한다면 말이다. 어떤 회사와의 연줄도 알려진 바가 없었다. 그는 독자적으로 움직였고 자기 서명만으로 거액의 돈을 좌지우지할 수 있었는데, 샘의 한정적인 경험에 따르면 두 사실 중 어느 하나만으로도 〈스파이〉라는 뜻이었다.

「그냥 스파이가 아니라 빌어먹을 고위 지휘관이죠. 무자비하고 단호한 자금 관리자 — 대령 이상이겠죠, 안 그래요?」

「다른 〈측면들〉은 뭐지, 샘?」 스마일리가 샘의 목줄을 계속 길게 풀어주며 물었다. 그는 여전히 샘이 핵심이라고 생각하는 것을 추궁하려 들지 않았다.

「그 돈은 주류가 아니었어요.」 샘이 말했다. 「이상한 돈이었죠. 맥이 그렇게 말했고, 나도 그렇게 말했고, 다들 그렇게 말했어요.」

스마일리가 그 어느 때보다도 천천히 고개를 들었다.

「왜지?」그가 샘을 똑바로 바라보며 물었다.

「비엔티안의 소비에트 정보부 공식 지부는 계좌를 세 개 가지고 있었어요. 사촌들이 세 계좌를 전부 감시하고 있었죠. 몇 년 동안 말이에요. 그들은 비엔티안 지부가 얼마를 출금하는지 1센트 단위까지 다 알았고, 계좌 번호를 보면 정보 수집용 자금인지 파괴 공작용 자금인지도 알았죠. 비엔티안 지부에는 독자적인 경비 관리과가 있었고, 천 달러 이상을 인출하려면 세 사람의 서명을 받아야 했어요. 세상에, 조지, 보고서에 다 나와 있잖아요!」

「샘, 보고서가 없다고 생각해 주게.」스마일리가 여전히 메모를 하면서 진지하게 말했다. 「때가 되면 자네한테도 다 말해 주지. 그때까지는 시키는 대로 하게.」

「뭐든지요.」샘이 말했다. 스마일리는 샘의 호흡이 훨씬 편안해졌음을 알아차렸다. 이제 안전해졌다고 생각하는 듯했다.

바로 이때 스마일리가 코니를 불러서 말해 주자고, 아니 독 디샐리스도 부르자고 제안했다. 어쨌든 동남아시아는 독의 담당 지역이었으니 말이다. 전술적으로 스마일리는 샘의 작은 비밀을 캐낼 적당한 때를 기다리는 것에 아무 불만이 없었고, 전략적으로 샘의 이야기는 이미 무척 흥미로웠다. 그래서 두 사람을 불러오라고 길럼을 보냈고, 그동안 잠시 쉬자고 했다. 두 사람은 다리를 뻗었다.

「요즘 업계는 어때요?」샘이 예의 바르게 물었다.

「글쎄, 〈약간〉 침체기지.」스마일리가 인정했다. 「일이 그리운가?」

「저건 카를라군요?」샘이 사진을 유심히 보며 말했다.

스마일리의 말투가 즉시 근엄하고 모호해졌다.

「누구? 아, 그래, 그렇다네. 그렇게 닮지는 않았겠지만 지금 우리가 구할 수 있는 최선이지.」

두 사람은 초기 수채화 작품을 감상하는 것처럼 사진을 보았다.

「저 사람한테 개인적인 원한이 있군요?」샘이 곰곰이 생각하며 말했다.

그때 코니와 디샐리스, 길럼이 줄줄이 들어왔다. 길럼이 제일 먼저 들어왔는데, 폰이 쓸데없이 문을 잡아 주었다.

그래서 샘의 의문은 제쳐 둔 채 회의는 출정식 비슷한 것이 되었다. 이제 사냥 개시였다. 우선 스마일리가 샘 대신 사건을 요약했고, 그러면서 기록이 없는 〈셈 치고〉 이야기하고 있음을 우연인 척 분명히 밝혔다. 새로 합류한 사람들에게 보내는 은밀한 경고였다. 그런 다음 샘이 하던 이야기를 이어 갔다. 〈측면들〉, 즉 눈에 띄는 사소한 것들에 대한 이야기였다. 그러나 샘은 이제 할 이야기가 별로 없다고 주장했다. 인도차터 비엔티안 주식회사 이후로 막다른 길이었다.

「인도차터는 화교 회사였어요.」샘이 독 디샐리스를 흘끔거리며 말했다. 「주로 산터우 사람들이었죠.」

〈산터우〉라는 말에 디샐리스가 반쯤 웃고 반쯤 한탄했다. 「아, 그 사람들은 최악이야.」 그가 선언했다. 비집고 들어가기가 제일 힘들다는 뜻이었다.

「화교 회사였죠.」샘이 다른 사람들을 위해서 한 번 더 말했다. 「동남아 정신 병원에는 화교가 집어삼킨 구린 돈의 행방을 찾아다니던 정직한 현장 요원이 득시글거려요.」그는 주로 산터우나 차오저우 출신 화교였다고 덧붙였다. 이 둘은 서로 다른 민족으로, 태국과 라오스를 비롯한 여러 지역에서 쌀을 독점적으로 거래했다. 샘은 그중에서도 인도차터 비엔티안 주식회사는 전형적이었다고 했다. 그는 상인이라는 위장 신분 덕분에 어느 정도 깊이 있게 조사할 수 있었다.

「첫째, 그 회사는 파리에 등록되어 있었어요.」샘이 말했다. 「둘째, 믿을 만한 정보에 따르면 인도차터 비엔티안은 마닐라에 본사를 두고 신중하게 사업을 다각화한 상하이 화교의 무역 회사 소유였고, 이 무역 회사는 방콕에 등록된 차오저우 회사의 소유였어요. 또 차오저우 회사는 홍콩에 있는 차이나 에어시라는 정체를 전혀 알 수 없는 회사에 돈을 내고 있었는데, 홍콩 증권 거래소에 상장된 이 회사는 정크[28] 선단부터 시멘트 회사, 경주마, 식당까지 없는 게 없는 회사였죠. 홍콩 기준에 따르면 차이나 에어시는 우수한 무역 회사로, 설립된 지도 오래되었고 탄탄했어요. 아마 인도차터와 차이나 에어시의 유일한 연결고리는 누군가의 다섯째 형의 친척 아주머니가 주주 중 하나와 동창인데 그에게 신세를 졌다, 쯤 됐을 겁니다.」

디샐리스는 한 번 더 인정한다는 듯 재빨리 고개를 끄덕인 다음 어색한 양손을 맞잡아서 구부리고 있던 한쪽 무릎을 감싸더니 무릎을 턱까지 올렸다.

스마일리는 눈을 감고 조는 듯했다. 그러나 사실 그는 정확히 예상했던 이야기를 듣고 있었다. 인도차터 비엔티안 주식회사의 직원들에 대해서 이야기할 차례가 되자 샘 콜린스는 어느 한 인물에 대해서만 조심스럽게 말했다.

「회사에 중국인이 아닌 사람이 두 명 있다고 했던 것 같은데, 샘.」 스마일리가 그에게 상기시켰다. 「멍청한 금발 머리랑 조종사라고 했지. 리카르도였나.」

샘은 스마일리의 이의를 가볍게 받아넘겼다.

「리카르도는 무모하고 정신 나간 놈이었어요.」 그가 말했다. 「중국인은 리카르도한테 한 푼도 믿고 맡기지 않았을 겁니다. 진짜 사업은 전부 뒷방에서 이뤄졌어요. 현

28 바닥이 평평하고 네모난 돛이 달린 중국식 배.

금이 들어오면 뒷방에서 처리했고, 거기서 사라졌죠. 러시아 돈이든, 아편으로 번 돈이든, 뭐든지요.」

디셀리스가 한쪽 귓불을 세게 잡아당기면서 즉시 동의했다. 「거기서 사라진 돈은 밴쿠버든 암스테르담이든 홍콩이든 누군가의 아주 중국인다운 목적을 실현시킬 곳에 자유자재로 다시 등장하지.」 그가 이렇게 선언하더니 자신의 뛰어난 통찰력에 기분이 좋아져서 몸을 꼬았다.

스마일리는 샘이 또다시 능숙하게 빠져나갔다고 생각했다. 「자, 자.」 그가 말했다. 「자네 보고서에서는 그다음에 어떻게 됐지?」

「런던이 조사를 중단시켰어요.」

무거운 침묵이 내려앉는 것을 보고 샘은 자신이 신경을 크게 건드렸음을 즉시 깨달은 것이 분명했다. 그의 몸짓도 같은 말을 하고 있었다. 주변 사람들의 얼굴을 살피지도 않고 어떤 호기심도 드러내지 않았으니 말이다. 그 대신 샘은 과장되게 얌전한 태도를 취하며 자신의 반짝이는 정장 구두와 우아한 정장용 양말을 열심히 내려다보면서 생각에 잠겨 갈색 담배를 빨았다.

「그게 언제였나, 샘?」 스마일리가 물었다.

샘이 날짜를 댔다.

「잠시 돌아가 보지. 기록은 생각하지 말고, 알겠지? 자네의 조사에 대해서 런던이 얼마나 알고 있었지? 그걸 말해 보게. 매일 상황 보고서를 보냈나? 맥이 보냈나?」

나중에 길럼은 그때 옆방에서 마더들이 폭탄을 터뜨렸어도 아무도 샘에게서 시선을 떼지 않았을 것이라고 말했다.

뭐, 저도 고참이었으니까요. 샘이 스마일리의 비위를 맞추려는 듯 가볍게 말했다. 현장에서 일할 때 그의 원칙은 일단 행동하고 나중에 사과하자는 것이었다. 맥도 마찬가지였다. 반대로 하다 보면 길을 건널 때도 일일이 런던 본부의 허락을 맡아야 할 것이라고 샘은 말했다.

「그래서?」 스마일리가 참을성 있게 물었다.

그래서 런던에 처음으로 보낸 보고서가 곧 마지막 보고서였다. 맥이 조사를 허락했고, 샘이 알아낸 액수를 보고하고 지시를 내려 달라고 요청했다.

「그랬더니 런던은? 런던이 뭐라고 했지, 샘?」

「맥에게 최우선 지령을 보내서 둘 다 사건에서 즉시 손을 떼라고, 또 내가 명령을 알아듣고 복종하는지 확인해서 즉시 다시 연락하라고 했죠. 그리고 추가로 두 번 다시 단독 행동은 하지 말라고 크게 혼냈습니다.」

길럼이 앞에 놓인 종이에 낙서를 하면서 꽃을 그리고, 꽃잎을 그리고, 꽃에 내리는 비를 그렸다. 코니는 샘의 결혼식 날이라도 되는 것처럼 그를 보며 얼굴을 빛냈고, 어찌나 흥분했는지 아기 같은 눈에 눈물이 고였다. 디샐리스는 늘 그렇듯이 낡은 엔진처럼 건들건들 몸을 흔들었지만 그의 시선 역시 최대한 샘에게 고정되어 있었다.

「화가 났겠군.」스마일리가 말했다.

「별로 안 그랬어요.」

「끝까지 조사하고 싶지 않았나? 크게 한 건 올릴 수 있었을 텐데.」

「물론 기분이 상하긴 했죠.」

「그렇지만 런던의 지시를 따랐다?」

「저는 군인입니다, 조지. 우리는 모두 최전선에 있다고요.」

「대단하군.」스마일리가 샘을 다시 보면서, 디너 재킷을 입은 모습이 아주 매끈하고 매력적이라고 생각하며 말했다.

「명령은 명령이니까요.」샘이 미소를 지으며 말했다.

「그건 그렇지. 궁금하군, 자네가 결국 런던으로 돌아왔을 때 말이야.」스마일리가 생각에 잠겨 차분하게 말을 이었다. 「빌을 만나서 〈잘 돌아왔고 수고했네〉라고 인사를 받을 때 빌에게 그 일을 슬쩍 언급했나?」

「도대체 무슨 생각이냐고 물었죠.」샘이 여전히 여유롭게 인정했다.

「빌이 뭐라고 대답하던가, 샘?」

「사촌들 때문이라더군요. 그쪽에서 우리보다 먼저 조사를 시작했다고요. 사촌의 사건이고 사촌의 영역이라고 했어요.」

「그 말을 믿을 이유가 있었나?」

「물론이죠. 리카르도요.」

「리카르도가 사촌의 앞잡이라고 생각했나?」

「리카르도는 그쪽 일을 맡아서 비행을 다녔어요. 이미 그쪽 명단에 올라 있었죠. 리카르도에게 딱 맞는 일이었으니, 일만 계속 주면 문제없었습니다.」

「리카르도 같은 사람은 회사의 진짜 업무에 끼지 못했을 거라고 했던 것 같은데?」

「그렇다고 이용할 수 없는 건 아니죠. 사촌들은 안 그래요. 그리고 리카르도랑 상관없다고 해도 여전히 사촌의 사건이죠. 어느 쪽이든 손을 뗀다는 약속은 유효합니다.」

「런던에서 조사를 중단시켰을 때로 돌아가 보지. 자네는 〈전부 중단하라〉는 명령을 받았네. 그리고 명령에 따랐지. 하지만 런던으로 돌아온 건 시간이 좀 지난 다음이었어, 그렇지? 그사이에 어떤 뒷일이 있었나?」

「무슨 말인지 잘 모르겠네요.」

다시 한번 스마일리는 샘이 회피했다고 마음속에 꼼꼼히 기록했다.

「예를 들어 인도차이나 은행의 친한 정보원이라든가 말이야. 조니라고 했지. 그 후로도 연락은 계속했겠지?」

「물론이죠.」 샘이 말했다.

「자네가 손을 떼라는 전보를 받은 다음 조니가 다 지난 일이라며 금맥이 어떻게 되었는지 언급한 적 있나? 예전과 똑같이 매달 계속 들어왔다던가?」

「딱 멈췄어요. 파리에서 수도꼭지를 잠갔죠. 인도차터에도 어디에도 아무것도 없었어요.」

「전과가 없는 통상 담당 보리스는? 그 뒤로 오래오래 행복하게 잘 살았나?」

「귀국했어요.」

「임기가 끝난 건가?」

「3년 있었죠.」

「보통은 더 오래 근무하지.」

「스파이는 특히 더 그렇죠.」 샘이 미소를 지으며 동의했다.

「그리고 리카르도는 어떻게 됐지? 자네가 사촌 쪽 요원이 아닐까 의심했던 무모한 멕시코인 비행사 말이야.」

「죽었어요.」 샘이 스마일리에게 시선을 고정한 채 말했다. 「태국 국경에서 추락했죠. 헤로인 과적 때문이라더군요.」

끈질기게 묻자 샘이 그 날짜도 말했다.

「술집이나 뭐 그런 곳에서 사람들이 슬퍼하는 분위기였나?」

「별로요. 대체로 화이트 로즈나 마담 룰루스 천장에다 권총을 쏘는 리카르도가 없어져서 비엔티안이 더 안전해졌다고 생각하는 것 같았어요.」

「어디서 그런 분위기를 느꼈지, 샘?」

「아, 모리스네에서요.」

「모리스?」

「콘스텔레이션 호텔요. 모리스가 경영자죠.」

「그렇군. 고맙네.」

여기서 분명히 틈이 생겼지만 스마일리는 그것을 채울 마음이 없는 듯했다. 샘과 세 명의 부하, 잡역부 폰이 지켜보는 가운데 그는 안경을 만지작거리면서 위아래로 움직였다가 다시 똑바로 쓰더니 유리가 깔린 책상에 손을 올려놓았다. 그러고 나서 샘에게 이야기를 처음부터 다시 해보라고 시킨 다음 전 세계의 숙련된 심문자들이 하듯이 날짜와 이름과 장소를 아주 꼼꼼하게 확인했다. 또 오랜 습관에 따라 작은 오류나 생각지 못한 모순, 누락, 강조점의 변화가 없는지 신경 쓰며 귀를 기울였지만 하나도 찾지 못했다. 샘은 안전하다는 착각 속에서 이 모든 일이 일어나도록 내버려 두었고, 베이즈 천 위로 슬며시 나타나는 카드를 볼 때처럼, 혹은 흰 공이 이 칸 저 칸 왔다 갔다 하는 룰렛 휠을 볼 때처럼 미소를 띠고 있었다.

「샘, 오늘 밤을 우리와 함께 보내겠나?」 다시 단둘이 남았을 때 스마일리가 물었다. 「폰이 침대와 필요한 것들을 마련해 줄 걸세. 클럽에는 대충 둘러댈 수 있겠나?」

「그럼요.」 샘이 관대하게 말했다.

그런 다음 스마일리가 다소 신경 쓰이는 행동을 했다. 그는 샘에게 잡지 한 뭉치를 건네더니 전화를 걸어서 샘의 개인 기록을 전부 가져오라고 했고, 샘을 앞에 앉혀 둔 채 아무 말 없이 처음부터 끝까지 읽었다.

「자네는 여자한테 인기가 많군.」 창가에 황혼이 내릴 때 마침내 스마일리가 말했다.

「가끔 그렇죠.」 샘이 여전히 미소를 지으며 인정했다. 그러나 불안이 그대로 드러나는 목소리였다.

밤이 되자 스마일리는 마더들을 집으로 돌려보내고 하우스키핑부를 통해서 늦어도 8시까지는 버로어를 모두 기록 보관실에서 내보내라고 명령했다. 이유는 설명하지 않았다. 스마일리는 사람들이 원하는 대로 생각하게 놔두었다. 샘은 오락실에 틀어박혀 대기해야 했고, 폰은 옆에서 그가 딴 길로 새지 않게 지켜야 했다. 폰은 이 명령을 문자 그대로 받아들였다. 시간이 한참 지나자 샘이 꾸벅꾸벅 조는 듯했지만 폰은 문간에 고양이처럼 몸을 둥글게 말고 앉아서 눈을 절대 감지 않았다.

네 사람 — 코니, 디샐리스, 스마일리와 길럼 — 은 기록 보관실에 모여서 오랫동안 신중하게 자료를 살폈다. 그들은 우선 동남아시아 구역에 샘이 말한 날짜로 보관되어 있어야 할 작전 문서를 찾았다. 인덱스 카드가 없고 문서도 없었지만 아직은 큰 문제가 아니었다. 헤이든이 이끌던 런던 본부는 작전 문서를 가로채서 기밀 기록 보관실에 숨겨 두는 버릇이 있었다. 그래서 그들은 갈색 리

놀름 타일 위를 터벅터벅 걸어 지하실을 가로질러서 예배당 전실처럼 창살이 쳐진 반침으로 갔다. 옛 런던 본부의 문서들 중 남아 있는 것이 보관된 곳이었다. 역시 카드도, 문서도 없었다.

「전보를 찾아봐.」 스마일리의 명령에 따라 그들은 통신문 기록에서 발신과 수신 항목을 모두 확인했다. 적어도 길럼만은 샘이 거짓말을 한 게 아닐까 생각하려던 순간, 코니가 해당 날짜의 교신 기록표만 다른 타자기로 쳤음을 지적했다. 나중에 밝혀진 바에 따르면 기록표에 적힌 날짜로부터 6개월 후에 하우스키퍼가 구입한 기계였다.

「플로트를 찾아봐.」 스마일리가 명령했다.

서커스에서 플로트란 사건 관련 문서가 여기저기 계속 돌아다닐 경우 기록 보관실에서 만드는 복사본이었다. 플로트는 잡지 과월 호처럼 폴더에 보관하고, 6주마다 인덱스를 작성했다. 한참을 뒤적인 끝에 코니 색스가 콜린스의 조사 요청 직후 6주 분량의 동남아시아 폴더를 찾아냈다. 의심스러운 소비에트 금맥이나 인도차터 비엔티안 주식회사에 대한 내용은 없었다.

「PF(개인 파일)를 확인해 봐.」 스마일리가 드물게도 평소에는 무척 싫어하는 이니셜을 써가며 말했다. 그래서 그들은 기록 보관실의 다른 구역으로 가서 카드가 든 서랍들을 뒤적이며 먼저 통상 담당 보리스의 개인 파일을, 그다음에는 리카르도의 파일을, 그다음에는 샘이 런던 본부로 보냈지만 지금은 운 나쁘게도 사라진 보고서 원본에서 분명히 언급했던, 사망한 것으로 추정되는 타이니라는 가명에 대한 파일을 찾았다. 가끔 길럼을 위층으로 올려 보내서 샘에게 사소한 부분을 물어보았다. 샘은 망부석 같은 폰의 감시하에 『필드』를 읽으며 커다란 스카치위스키를 홀짝이고 있었다. (나중에 길럼이 알게 된 바에 따르면) 폰은 샘을 감시하다가 가끔 팔 굽혀 펴기를 했는데 처음에는 주먹을 쥐고 했고, 나중에는 손가락 끝으로 했다. 리카르도의 파일을 찾을 때는 발음의 변화를 고려해서 다른 이름으로도 인덱스를 찾아보았다.

「기관 파일은 어디 있지?」 스마일리가 물었다.

그러나 기관 인덱스에 인도차터 비엔티안이라는 주식회사의 카드는 없었다.

「연락 기록을 찾아봐.」

헤이든 시절에는 런던 본부의 연락 사무국이 사촌과의 교섭을 모두 담당했는데, 물론 헤이든이 사무국을 직접 지휘했고 사무국은 두 조직 사이에 오간 통신문 복사본을 독자적으로 보관했다. 그들이 예배당 전실로 돌아갔지만 역시 아무것도 없었다. 피터 길럼이 보기에 그날 밤은 점차 초현실적으로 변하고 있었다. 스마일리는 완전히 말이 없어졌다. 그의 통통한 얼굴이 바위처럼 굳었다. 흥분한 코니는 관절염의 고통과 통증도 잊고 무도회에 간 10대처럼 선반들 사이를 뛰어다녔다. 원래 문서를 다루는 일에 서툴렀던 길럼은 그녀를 따라다니며 일행에게 뒤지지 않는 척했고, 가끔 샘에게 가서 물어보고 오라고 하면 속으로 다행이라 생각했다.

「우리가 〈잡았어요〉, 조지.」 코니가 작은 소리로 계속 말했다. 「암, 우리가 그 고약한 두꺼비를 〈잡았어요〉.」

독 디셀리스는 인도차터의 중국인 중역들 ─ 놀랍게도 샘이 두 사람의 이름을 아직 기억하고 있었다 ─ 에 관한 파일을 찾으러 가서 처음에는 중국어로, 그다음에는 로마자로, 마지막으로는 중국어 전보용 약자로 찾느라 애를 먹었다. 스마일리는 기차에서 다른 승객들을 무시하는 남자처럼 의자에 앉아서 무릎에 올려놓은 파일을 읽고 있었다. 가끔 고개를 들었지만, 그에게 들리는 소리는 방 안에서 나는 것이 아니었다. 코니는 누가 시키지도 않았지만 이 사건의 조사 기록과 이론적으로 분명히 연관된 파일의 상호 참조 사항을 찾기 시작했다. 용병과 자유 계약 비행기 조종사들에 대한 파일이 몇 개 있었다. 모스크바 센터가 요원에게 지급하는 보수를 세탁하는 방법에 대한 파일도 있었고, 주요 해외 지부에 알려지지 않은 카를라의 불법 네트워크 비밀 자금 관리자들에 대해서 그녀가 오래전에 작성한 논문도 있었다. 부록에 통상 담당 보리스의 발음 불가능한 성은 없었다. 인도차이나 은행에 대한 배경 자료, 인도차이나 은행과 모스크바 나

로드니 은행의 관계에 대한 배경 자료, 동남아시아에서
점점 규모가 커지고 있는 모스크바 센터의 활동에 대한
통계 파일, 비엔티안 해외 지부에 대한 조사 파일도 있었
다. 그러나 부정(否定)은 늘어나기만 했고, 따라서 긍정
을 증명했다. 헤이든을 쫓는 내내 이처럼 체계적이고 대
규모로 흔적을 지운 사건은 처음 보았다. 지금껏 최고의
역추적이었다.

　게다가 변함없이 동양을 가리켰다.

　그날 밤 범인을 알려 주는 단서가 딱 하나 나왔다. 새
벽이 지나고 아침이 오기 전, 길럼이 선 채로 꾸벅꾸벅
졸고 있을 때 단서가 발견되었다. 코니가 냄새를 맡았고,
스마일리가 단서를 말없이 책상 위에 올려놓았으며, 세
사람은 그것이 파묻힌 보물의 위치를 알려 주는 실마리
라도 되는 것처럼 독서등 밑에서 다 같이 보았다. 그것은
총 열두 장의 문서 파기 허가서로, 허가자의 암호명이 중
간선을 따라서 검은색 사인펜으로 휘갈겨져 있었기 때문
에 목탄 같은 느낌이 났다. 파기된 파일은 〈H/별관과의
일급 기밀 통신〉과 관련된 것이었는데, H/별관이란 사촌
의 지부장, 즉 그때나 지금이나 스마일리의 형제와도 같
은 마텔로였다. 파기 이유는 헤이든이 샘 콜린스에게 비
엔티안의 현장 조사를 중단하라고 지시했을 때 댄 이유
와 같았다. 〈미국의 민감한 작전을 방해할 위험이 있음.〉
파일을 소각로로 보낸 서명은 헤이든의 암호명이었다.

스마일리는 위층으로 돌아가서 샘을 자기 방으로 다시 불렀다. 샘은 나비넥타이를 벗고 흰 셔츠의 목 단추를 풀었고 턱수염이 거뭇하게 올라와서 아까보다 훨씬 덜 매끈해 보였다.

우선 스마일리는 폰에게 커피를 가져오라고 시켰다. 그런 다음 커피가 도착하자 폰이 나갈 때까지 기다렸다가 두 잔을 따랐다. 둘 다 블랙이었고 샘의 커피에는 설탕을, 자기 커피에는 체중 문제 때문에 사카린을 탔다. 그런 다음 샘에게 가까이 다가가려고 책상을 사이에 두고 마주 앉는 대신 샘 옆자리의 부드러운 의자에 앉았다.

「샘, 여자 이야기를 좀 들어야 할 것 같은데.」 스마일리가 슬픈 소식을 전하는 것처럼 무척 조심스럽게 말했다. 「기사도 정신 때문에 빠뜨렸나?」

샘은 다소 재미있어하는 듯했다. 「파일을 잃어버렸군요, 그렇죠?」 그 역시 같이 화장실에 갔을 때처럼 친밀하게 물었다.

때로는 믿음을 얻기 위해서 믿음을 줄 필요가 있다.

「〈빌〉이 잃어버렸네.」 샘이 온화하게 대답했다.

샘은 일부러 깊은 생각에 빠졌다. 그가 도박꾼다운 한쪽 손을 말아서 손끝을 보더니 더러워졌다며 한탄했다.

「요즘은 클럽이 저절로 굴러가요.」 그가 생각에 잠겨 말했다. 「솔직히 말하면 점점 지겨워요. 그놈의 돈, 돈. 이제 변화를 가질 때가 됐어요, 나도 뭔가 해야죠.」

스마일리도 그의 마음을 잘 알았지만 확실히 말해야
했다.

「예산이 없네, 샘. 지금 고용한 사람들도 먹여 살리기
힘들어.」

샘은 깊은 생각에 잠겨 블랙커피를 홀짝이면서 잔에
서 피어오르는 김 너머로 미소를 지었다.

「그 여자는 누구지, 샘? 어떻게 된 일인가? 아무리 지
독한 일이 있었어도 아무도 신경 안 쓸 걸세. 이미 지난
일이잖나, 내가 장담하지.」

샘이 자리에서 일어나더니 주머니에 양손을 찔러 넣
은 채 고개를 저었고, 어슬렁거리면서 벽에 걸린 기이하
고 음울한 것들을 들여다보기 시작했다. 제리 웨스터비
가 할 법한 행동이었다. 전쟁 당시에 찍은 군복을 입은
거물들의 단체 사진, 죽은 총리의 자필 편지 액자, 또다
시 카를라의 사진. 이번에는 아주 면밀하게, 계속해서 꼼
꼼히 보았다.

「〈칩을 함부로 내던지지 마라.〉」그가 말했다. 카를라
의 사진에 어찌나 가까이 붙어 섰는지 그의 숨결 때문에
유리가 흐릿해졌다. 「어머니가 자주 하시던 말씀이죠.
〈자기 재산을 남에게 선물로 주지 마라. 우리가 살면서
받는 일은 거의 없다. 아껴 가며 조금씩 주어야 한다.〉게
임을 하고 있는 거니까요, 그렇죠?」그가 물었다. 샘이 소
매로 유리를 깨끗하게 닦았다. 「이 집에는 굶주린 분위기

가 넘치는군요. 여기 들어오는 순간 느꼈지요. 이건 큰 판이야, 라고 생각했어요. 오늘은 뭐라도 먹겠군, 이라고 말이에요.」

스마일리의 책상 앞에 다다른 샘이 편안한지 시험해 보려는 것처럼 의자에 앉았다. 위아래로 움직일 뿐만 아니라 옆으로도 돌아가는 의자였다. 샘은 두 가지 동작을 모두 해보았다. 「조사 요청서가 필요해요.」 그가 말했다.

「오른쪽 맨 위.」 스마일리가 이렇게 말한 다음 샘이 서랍을 열어 노랗고 얇은 종이를 한 장 꺼내서 유리판에 올려놓는 모습을 지켜보았다.

샘은 몇 분 동안 말없이 뭔가를 적었다. 가끔 예술가처럼 손을 멈추고 생각에 잠겼다가 다시 썼다.

「이 여자를 찾으면 알려 줘요.」 샘이 이렇게 말하고 카를라를 향해 익살스럽게 손을 흔들더니 방에서 나갔다.

스마일리가 책상에 놓인 서류를 집어 들었고, 길럼을 불러서 한마디 말도 없이 그것을 건넸다. 길럼은 가는 길에 계단에 멈춰 서서 그것을 읽었다.

「엘리자베스 워딩턴, 일명 리지, 일명 리지 리카르도.」 이것이 첫 줄이었다. 자세한 내용이 이어졌다. 「나이, 약 27세. 국적, 영국. 기혼. 남편에 대한 세부 사항은 알려지지 않음. 결혼 전 성 역시 알려지지 않음. 1972년부터 1973년까지 지금은 사망한 타이니 리카르도의 내연의 처였음. 마지막으로 알려진 거주지, 라오스 비엔티안. 마지막으로 알려진 직업, 인도차터 비엔티안 주식회사의 타자원 및 접수 계원. 이전 직업들: 나이트클럽 호스티스, 위스키 판매원, 일류 창부.」

기록 보관실은 요즘 늘 정해져 있는 음울한 역할에 따라 3분 뒤에 〈자료 없음, 대상자에 대한 자료 없음〉이라며 유감을 표했다. 게다가 기록 보관실의 여자 실장이 〈일류〉라는 표현을 문제 삼았다. 그런 창부를 설명할 때는 〈고급〉이라는 표현이 더 적절하다고 주장했다.

샘이 입을 다물었지만 이상하게도 스마일리는 단념하지 않았다. 스파이 세계에서 빼놓을 수 없는 부분으로 기꺼이 받아들이는 듯했다. 대신 그는 지난 10년 동안 샘이 비엔티안이나 다른 근무지에서 보낸 보고서들 중에서 헤이든의 예리한 칼날을 피해 남은 모든 보고서의 사본을 요청했다. 그 뒤로 스마일리는 여유가 있을 때마다 이 보고서들을 살펴보았고, 상상력을 발휘해 샘의 비밀스러운 세계를 그려 보았다.

이렇게 애매한 때에 스마일리가 비범한 지혜를 보여 주었다는 것은 나중에 모두가 동의한 사실이었다. 보통 사람이었다면 사촌들에게 호통을 치면서 마텔로에게 당장 파기된 통신문의 미국 쪽 기록을 찾아서 보여 달라고 요청했겠지만 스마일리는 어떤 소동도 일으키고 싶지 않았고 어떤 신호도 주고 싶지 않았다. 그래서 대신 그는 말단의 밀사를 선택했다. 몰리 미킨은 꼼꼼하고 예쁜 대학 졸업생으로, 약간 학구적이고 내성적이었지만 이미 유능한 사무원으로 괜찮은 평가를 받았고, 아버지와 오빠 덕분에 구(舊) 서커스에 들어왔다. 몰락 당시 그녀는 아직 수습이었고 기록 보관실에서 일을 배우는 중이었다. 몰락 이후 최소한의 직원들만 남겨졌을 때에도 그녀는 자리를 지켰고, 조사과로 승진이라면 승진을 했다. 전해지는 이야기에 따르면 여자는 고사하고 어떤 남자도 살아 돌아오지 못한다는 곳이었다. 그러나 몰리는 혈통 때문인지 이쪽 업계에서 타고난 눈이라 부르는 것을 가지고 있었다. 주변 사람들이 헤이든의 체포 소식을 들었을 때 자기가 정확히 어디에 있었는지, 무슨 옷을 입고 있었는지 아직도 이야기하는 동안 몰리는 그로브너 광장 별관에 자신과 같은 위치에 있는 직원과 눈에 띄지 않는 비공식 채널을 만들었다. 몰락 이후 사촌들이 만든 귀찮은 절차를 생략할 수 있는 채널이었다. 몰리에게 최대의 아군은 규칙성이었다. 그녀가 방문하는 날은 금요일이었다. 금요일마다 몰리는 컴퓨터 담당 에드와 커피를 마시고 그와 교대 근무하는 마지와 클래식 음악에 관해서 이야기했다. 때로는 늦게까지 남아서 지하의 트와일라이트 클럽에서 춤을 추거나 셔플보드[29]를 하거나 핀 열 개짜리

29 좁고 길쭉한 코트에서 가늘고 긴 막대로 원반을 밀어서 코트에 그려진 득점 구역에 원반을 넣어 그 점수를 겨루는 경기.

볼링을 치기도 했다. 또 우연히도 금요일은 그녀가 조사 의뢰 목록을 가지고 가는 날이기도 했다. 몰리는 대단한 의뢰 사항이 없어도 채널을 열어 두기 위해서 신중하게 아무거나 만들어 냈고, 바로 그 금요일에는 스마일리의 명령에 따라 목록에 타이니 리카르도의 이름을 넣었다. 「하지만 리카르도가 너무 눈에 띄지 않았으면 좋겠군, 몰리.」스마일리가 걱정스럽게 말했다.

「당연하죠.」몰리가 말했다.

몰리는 그녀의 표현에 따르자면 연막을 치기 위해서 〈R〉로 시작하는 이름을 여러 개 넣었고, 리카르도의 차례가 되자 〈리처즈 또는 리카르드 또는 리카르도, 직업은 교사 또는 항공 교관〉이라고 적어서 진짜 리카르도가 후보에 겨우 포함되게 만들었다. 그런 다음 〈국적은 멕시코 또는 아랍〉이라고 덧붙였고, 아무튼 이미 사망했을 것이라는 추가 정보를 넣었다.

몰리가 서커스로 돌아왔을 때는 다시 늦은 저녁이었다. 길럼은 지쳤다. 마흔은 깨어 있기 힘든 나이야, 라고 그는 결론을 내렸다. 스무 살이나 예순 살이라면 육체가 스스로 알아서 하지만 마흔 살은 청소년기처럼 잠을 자야 성장하거나 젊음을 유지할 수 있었다. 몰리는 스물세 살이었다. 그녀는 곧장 스마일리의 방으로 가서 무릎을 딱 붙이고 새침하게 앉아 핸드백에 든 물건을 꺼내기 시작했다. 코니 색스가 그런 그녀를 열심히 바라보았고 피터 길럼은 더욱 열심히 바라보았는데, 물론 그 이유는 달랐다. 몰리는 너무 오래 걸려서 미안하다고, 하지만 에드가 트와일라이트 클럽에 가서 인기 영화 「진정한 용기」 재상영을 보자고 고집을 부렸다고, 끝난 다음에는 그를 뿌리쳐야 했지만 적어도 오늘 밤만큼은 기분을 상하게 하고 싶지 않았다고 열심히 설명했다. 몰리가 봉투를 건네자 스마일리가 그것을 열어 긴 담황색 컴퓨터 카드를 꺼냈다. 그래서 에드를 뿌리쳤다는 걸까, 안 뿌리쳤다는 걸까? 길럼은 궁금했다.

「어떻게 됐지?」이것이 스마일리의 첫 질문이었다.

「확실해요.」그녀가 대답했다.

「아주 독특한 서체군.」다음으로 스마일리가 이렇게 말했다. 그러나 카드를 읽어 나가면서 표정이 서서히 바뀌더니 드물게도 늑대 같은 미소를 지었다.

코니는 그 정도로 조심하지도 않았다. 그녀는 깔깔 웃으며 길럼에게 카드를 넘겼다.

「아, 〈빌〉! 정말 못됐기도 하지! 전부 엉뚱한 방향을 보게 만들다니! 정말 악마라니까!」

헤이든은 사촌들을 조용히 시키기 위해서 처음에 했던 거짓말을 뒤집었다. 긴 컴퓨터 출력물을 판독하니 다음과 같은 황홀한 이야기가 나왔다.

사촌이 서커스처럼 인도차터 주식회사를 조사할까 봐 우려했던 빌 헤이든은 런던 본부장의 자격으로 두 기관의 상호 협정을 근거 삼아 끼어들지 말라는 공식 통지서를 별관에 보냈다. 그는 런던 정보부가 현재 인도차터 비엔티안 주식회사를 샅샅이 조사하는 중이며 서커스가 요원을 심어 놓았다고 미국 측에 알렸다. 따라서 미국 측은 이 사건에 관심을 끊고 최종 결과만 통지받기로 했다. 그러나 사촌은 영국의 작전을 돕기 위해 비행사 타이니 리카르도와의 관계는 이미 끝났다고 알려 주었다.

간단히 말해서, 그야말로 양측 모두를 이용한 가장 깔끔한 예였다.

「고맙네, 몰리.」 모두가 감탄하고 나서 스마일리가 예의 바르게 말했다. 「정말 고마워.」

「아무것도 아니에요.」 몰리가 보모처럼 새침하게 말했다. 「그리고 리카르도는 확실히 죽었어요, 스마일리 씨.」 그녀가 이렇게 말을 마쳤고, 샘 콜린스가 이야기한 것과 똑같은 사망 날짜를 말했다. 그런 다음 핸드백 쇠를 탁 닫고 치마를 끌어 내려 근사한 무릎을 덮더니 조심스럽게 밖으로 나갔다. 피터 길럼은 이 모습도 지긋이 바라보았다.

이때부터 서커스의 속도감이, 분위기가 전혀 달라졌다. 단서를 미친 듯이 찾던 시기는 끝났다. 이제 사방으로 경중경중 뛰어다닐 필요 없이 목적에 맞춰서 행진할 수 있었다. 볼시와 황화의 우호적인 구분도 대체로 사라져서 두 일족은 각자의 기술을 그대로 간직한 채 코니와 독의 공동 지휘하에 한 팀이 되었다. 그 뒤로 버로어들에게 길고 먼지가 자욱한 길 중간중간에 작은 물웅덩이를 마주치는 것처럼 가끔 기쁜 일이 생겼고, 때로는 모두가 길가에 쓰러지기도 했다. 코니는 일주일도 안 돼서 인도차터 비엔티안 주식회사의 송금을 담당했던 비엔티안의 소비에트 지급 담당자, 즉 통상 담당 보리스의 신원을 밝혀냈다. 그는 군인 출신 지민이라는 자로, 모스크바 외곽에 위치한 카를라의 개인 훈련소를 오래전에 졸업한 인물이었다. 6년 전, 지민이 스위스에서 스미르노프라는 가명으로 동독 〈지하 조직〉의 자금을 담당했다는 기록이 있었다. 그 전에는 비엔나에서 쿠르스키라는 이름으로 등장했다. 부전공은 도청과 함정 수사였고, 서베를린에서 어느 프랑스 상원 의원을 미인계 작전에 빠뜨려서 국가 기밀의 절반을 빼내는 데 성공한 지민과 같은 인물이라는 말도 있었다. 그는 샘의 보고서가 런던에 도착하고 정확히 한 달 후에 비엔티안을 떠났다.

코니는 이 작은 업적을 거둔 후 카를라나 자금 담당자 지민이 중단된 금맥 대신 어떤 수단을 마련했는지 밝혀내는, 불가능해 보이는 임무에 착수했다. 시금석은 여러 개였다. 첫째, 거대한 정보 조직의 익히 잘 알려진 보수주의와 기존 루트에 대한 집착. 둘째, 거액이 관련되어 있으므로 모스크바 센터가 옛 시스템을 새로운 시스템으로 빨리 대체해야 할 필요성. 셋째, 몰락 이전 서커스를 손에 쥐고 있을 때든 몰락 이후 서커스가 이빨이 다 빠진 채 헐떡이며 발치에 누워 있을 때든 변함없는 카를라의 자기만족. 마지막으로, 아주 단순하게도 코니는 이 문제에 대한 자신의 백과사전 같은 지식에 의존했다. 코니의 팀은 그녀가 추방된 사이 고의적으로 방치되어 있던 미처리 정보를 모아서 파일을 대대적으로 정리하고, 수정하고, 의논하고, 도표와 도식을 그리고, 알려진 공작원 개개인의 필적을 좇고, 골치를 앓고, 토론하고, 의견을 주고받고, 가끔은 스마일리의 승인을 얻어서 괴로울 정도로 신중하게 현장 조사를 실시했다. 그리고 시티[30]의 친한 협력자를 설득해서 홍콩의 해외 기업에 대해서 아주 잘 아는 지인을 찾아가기도 했다. 치프사이드의 금융 브로커는 토비 이스터헤이스에게 장부를 보여 주었다. 눈매가 날카로운 헝가리인 이스터헤이스는 한때 눈부시게 빛났던 서커스의 전령 및 거리의 예술가[31] 군단 중에서 유일하게 남은 생존자였다. 이런 식으로 일은 달팽이같이 느릿느릿 진행되었다. 그러나 달팽이는 적어도 자신이 어디로 가고 싶은지 알았다. 독 디샐리스는 특유의 우회적인 방식으로 화교 루트를 이용해서 인도차터 비엔티안 주식회사의 불가사의한 연결 관계들과 실체를 파악

30 런던의 상업, 금융 중심지를 일컫는다.
31 pavement artist. 미행 전문 요원을 가리키는 서커스 은어.

하기 힘든 모회사들을 추적했다. 그의 협력자들은 본인만큼이나 특이한 사람들로, 어학원 학생이거나 나이 많은 중국 전문가였다. 시간이 흐르면서 이들은 눅눅한 신학교에 다니는 학생들처럼 전부 안색이 파리해졌다.

한편, 스마일리 역시 더욱 꾸불꾸불한 길을 무척 신중하게 걸으며 더욱 많은 문을 통과했다.

그는 다시 한번 보이지 않는 곳으로 가라앉았다. 이제는 기다릴 때였으므로 스마일리는 급히 해결해야 하는 수백 가지 다른 업무에 시간을 썼다. 잠시 불타올랐던 팀워크는 끝났고, 그는 자기만의 고독한 세상에 깊숙이 틀어박혔다. 그는 화이트홀에 갔고, 블룸즈버리에도 갔으며, 사촌들에게도 갔다. 그럴 때를 제외하면 알현실은 며칠씩 닫혀 있었고, 운동화를 신은 음울한 잡역부 폰만이 김이 피어오르는 커피 잔과 비스킷이 담긴 접시, 가끔은 그의 주인이 보내거나 받는 메모를 가지고 드나들 수 있었다. 원래도 전화를 무척 싫어하던 스마일리였지만 이제는 길럼이 정말 급하다고 판단한 전화 — 그런 적은 한 번도 없었다 — 외에는 아예 받지 않았다. 길럼의 책상에서 연결되는 직통 전화만은 끊을 수 없었지만, 기분이 내키지 않을 때면 전화벨 소리를 조금이라도 낮추려고 찻주전자 덮개로 덮어 놓았다. 길럼이 전화를 받아서 스마일리는 외출 중이거나 회의 중이라고, 한 시간 내로 다시 전화하겠다고 말하는 것이 한결같은 절차였다. 그런 다음 길럼이 메시지를 써서 폰에게 주면 결국 스마일리가 주도권을 쥐고 다시 전화를 걸었다. 그는 코니와 의논했고, 때로는 디샐리스와, 때로는 두 사람 모두와 상의했지만 길럼은 필요 없었다. 카를라의 파일은 코니의 조사과에서 스마일리의 개인 금고로 영구 이전되었다. 총 일곱 권이었다. 길럼이 서명을 한 다음 파일을 가져다주자, 스마일리가 책상에서 시선을 들어 그것을 보더니 말없이 알아차리곤 오랜 친구를 맞이하듯 손을 뻗었다. 문이 다시 닫혔고, 다시 여러 날이 흘렀다.

「무슨 소식 있나?」 가끔 스마일리가 길럼에게 묻곤 했다. 〈코니한테 전화 왔나?〉라는 뜻이었다.

이즈음 홍콩 지부가 철수했고, 스마일리는 하우스키퍼들이 하이헤이븐 기사를 막기 위해서 얼마나 애를 썼는지 너무 늦게 보고받았다. 그는 즉시 크로의 신상명세서를 꺼내고 코니를 다시 불러서 의논했다. 며칠 뒤, 48시간 동안 런던을 방문한 크로가 직접 모습을 드러냈다. 길럼은 새러트에서 그의 강의를 들었고, 그를 무척 싫어했다. 몇 주 뒤, 크로 영감의 유명한 기사가 마침내 빛을 보았다. 스마일리가 기사를 꼼꼼히 읽은 다음 길럼에게 넘겨주더니 이번만큼은 자기가 왜 이런 조치를 취했는지 설명했다. 카를라는 서커스가 무엇을 하려는지 잘 알고 있을 거야. 그가 말했다. 역추적은 예전부터 즐거운 놀이였다. 그러나 그렇게 큰 전과를 올리고도 한숨자지 않는다면 카를라는 인간이 아닐 것이다.

「나는 그가 사방에서 우리의 숨이 끊어졌다는 이야기를 듣게 만들고 싶네.」스마일리가 설명했다.

곧 부러진 날개 작전은 다른 영역까지 확대되었다. 길럼은 로디 마틴데일이 서커스의 혼란에 대해서 더 비참한 이야기를 충분히 듣게 만드는 더욱 재미있는 임무를 맡았다.

버로어들은 계속 열심히 일했다. 이 시기는 나중에 가짜 평화라고 불렸다. 코니가 후에 말했듯이 지도도 있고 방향도 알았지만 숟가락으로 옮겨야 할 산이 한두 개가 아니었다. 이렇게 기다리는 동안 길럼은 몰리 미킨을 데리고 나가 시간과 돈이 많이 드는 저녁 식사를 대접했지만 흐지부지 끝났다. 그는 몰리와 스쿼시를 치면서 그녀의 눈에 감탄하고 같이 수영을 하면서 그녀의 몸매에 감탄했지만, 몰리는 알쏭달쏭한 미소로 더 이상의 접근을 막았고, 그를 계속 만나면서도 시선은 아래쪽이나 먼 곳을 향했다.

언제까지나 계속되는 무료함의 중압감 때문에 잡역부 폰이 기묘하게 굴기 시작했다. 스마일리가 혼자 사라지면 그는 주인의 귀환을 말 그대로 애타게 기다렸다. 어느 날 밤, 불시에 폰의 작은 방으로 찾아간 길럼은 그가 태아처럼 몸을 말고서 지혈을 하는 것처럼 엄지에 손수건을 단단하게 둘둘 말면서 자해하는 것을 보고 충격을 받았다.

「세상에, 당신 탓이 아니야!」 길럼이 외쳤다. 「지금은 조지한테 당신이 필요하지 않은 것뿐이라고. 며칠 휴가라도 내는 게 어때? 진정해.」

그러나 폰은 스마일리를 국장님이라고 불렀고, 조지라고 부르는 사람들을 삐딱하게 보았다.

놀라운 기계가 5층에 새로 등장한 것은 이 삭막한 시기가 끝나갈 무렵이었다. 머리카락을 짧게 자른 기술자 두 명이 여행용 트렁크에 넣어 와서 사흘에 걸쳐 설치했다. 별관과 직통하는 초록색 전화기로, 스마일리는 전화를 무척 싫어했지만 그의 책상에 놓아야 했다. 전화는 길럼의 방을 거쳐서 정체를 알 수 없는 각종 회색 상자들과 연결되었는데, 이 상자들은 예고도 없이 웅웅 소리를 냈다. 전화를 놓자 전체적으로 초조한 분위기가 더욱 심해졌다. 안에 넣을 게 아무것도 없다면 기계가 무슨 소용이지? 사람들이 서로 물었다.

그러나 뭔가가 있었다.

갑자기 소문이 돌기 시작했다. 코니는 무엇을 발견했는지 말하지 않았지만 그녀가 뭔가를 발견했다는 소식이 건물에 산불처럼 번졌다. 「코니가 〈해냈어〉! 버로어들이 〈해냈어〉! 새로운 금맥을 찾았대! 끝까지 추적해 낸 거야!」

무엇의 끝일까? 누구에게 이어졌을까? 어디에서 끝났

을까? 코니와 디샐리스는 여전히 말이 없었다. 하루 밤낮 동안 그들은 파일을 잔뜩 들고 알현실을 들락날락거렸는 데, 스마일리에게 자신들의 성과를 한 번 더 보여 주려는 것이 분명했다

그 뒤 스마일리가 사흘 동안 사라졌고, 본인의 표현에 따르면 〈모든 볼트를 확실히 조이기 위해서〉 친분이 있 는 저명한 은행가 몇 명과 의논을 하려고 함부르크와 암 스테르담에 다녀왔다는 사실을 길럼은 나중에야 들었다. 은행가들은 스마일리에게 전쟁은 이제 끝났다고, 윤리 강령을 어길 수는 없다고 한참이나 설명했다. 그런 다음 스마일리가 간절히 원하는 정보를 주었는데, 사실은 버 로어들의 모든 추측을 최종적으로 확인하는 절차일 뿐이 었다. 스마일리가 돌아왔지만 피터 길럼은 여전히 아무 것도 알지 못했고, 레이컨의 집에서 열린 저녁 식사 모임 이 아니었다면 자기만의 연옥에 영원히 갇혔을지도 몰 랐다.

길럼이 그 자리에 낀 것은 순전히 우연이었다. 저녁 식 사 모임 자체도 마찬가지였다. 스마일리는 레이컨에게 국무 조정실에서 오후에 만나자고 요청한 다음 코니, 디 샐리스와 함께 몇 시간에 걸쳐서 준비했다. 그런데 약속 시간 직전에 레이컨이 거물 의원들에게 불려가면서 대신 애스콧에 있는 그의 보기 흉한 저택에서 간단히 식사를 하자고 제안했다. 스마일리는 운전을 정말 싫어했는데

하필 관용 자동차가 없었다. 결국 길럼이 외풍이 심하고 낡은 자신의 포르셰로 태워 주겠다고 했고, 혹시 몰리 미킨과 피크닉을 갈 경우에 대비해서 챙겨 두었던 담요를 스마일리에게 덮어 주었다. 차를 타고 가는 동안 스마일리는 잘 하지도 못하는 잡담을 하려고 했지만 너무 긴장했다. 두 사람은 빗속에서 레이컨의 저택에 도착했고, 레이컨과 스마일리는 예정에도 없이 합류한 부하를 어떻게 해야 하는지 문 앞에서 갈팡질팡했다. 스마일리는 길럼이 일단 돌아갔다가 10시 반에 다시 와야 한다고 주장했고 레이컨은 함께 식사를 〈해야 한다〉고, 음식이 〈너무〉 많다고 말했다.

「시키시는 대로 할게요.」 길럼이 스마일리에게 말했다.

「아, 같이 하지. 아니, 진심이네. 당연히 차관님과 사모님만 괜찮다면 말이야.」 스마일리가 퉁명스럽게 말했고 그들은 안으로 들어갔다.

그래서 한 자리가 더 마련되었다. 스테이크는 지나치게 익어서 잘라 놓으니 말라 버린 스튜 건더기 같았다. 레이컨의 딸은 1파운드를 들고 포도주를 한 병 더 사러 자전거를 타고 근처 술집으로 심부름을 갔다. 레이컨 부인은 사슴 같은 미인에 얼굴이 잘 붉어지는, 어린 나이에 결혼해서 어린 나이에 엄마가 된 사람이었다. 식탁은 네 사람이 앉기에는 너무 길었다. 레이컨 부인은 스마일리와 남편을 한쪽 끝에 앉히고 길럼은 자기 옆에 앉혔다. 그런 다음 길럼에게 마드리갈을 좋아하냐고 묻더니 딸이 다니는 사립 학교의 연주회 이야기를 끝도 없이 늘어놓았다. 그녀는 돈 때문에 입학시킨 부유한 외국인 학생들 때문에 학교가 완전히 〈엉망〉이라고 말했다. 그런 학생 중 절반은 서양식 노래를 전혀 못 했다.

「내 말은, 아내를 여섯 명씩 거느리는 페르시아인들 틈에서 자식을 교육시키고 싶은 사람이 어디 있겠어요?」 그녀가 말했다.

길럼은 맞장구를 치면서 식탁 반대편 끝에서 오가는 대화를 들으려고 애썼다. 레이컨이 공격과 수비를 동시에 하고 있는 듯했다.

「우선, 자네가 〈나한테〉 간청하는 거야.」 그가 큰 소리로 말했다. 「자네가 지금 그러고 있지 않나. 지금 이 단계에서는 대략적인 윤곽만 알려 줘야 해. 원래 장관들은 엽서에 적을 수 없을 만큼 길면 좋아하지 않아. 〈그림〉엽서면 더 좋지.」 레이컨이 이렇게 말한 다음 점잔을 빼며 싸구려 적포도주를 새침하게 한 모금 마셨다.

지극히 행복하고 순진해 보일 만큼 편협한 레이컨 부인은 유대인에 대해서 불평하기 시작했다.

「내 말은, 우리랑은 먹는 〈음식〉도 다르잖아요.」 그녀가 말했다. 「페니가 그러는데 유대인은 점심으로 특별한 청어 요리를 먹는대요.」

길럼은 반대편에서 오가는 대화를 다시 놓쳤지만, 잠시 후 레이컨이 다시 목소리를 높여 경고하는 소리는 들렸다.

「〈카를라〉는 빼고 생각하게, 조지. 전에도 얘기했잖나. 대신 〈모스크바〉라고 해, 알겠나? 그들은 개인이 등장하면 좋아하지 않아, 그에 대한 자네의 증오가 아무리 냉정하다고 해도 말일세. 나도 마찬가지고.」

「그렇다면 모스크바라고 해두죠.」 스마일리가 말했다.

「그 사람들이 〈싫다〉는 건 아니에요.」 레이컨 부인이 말했다. 「그냥 다른 거죠.」

레이컨이 하던 이야기를 계속했다. 「〈큰〉 금액이라고 했는데, 얼마나 큰가?」

「아직 말할 처지가 아닙니다.」 스마일리가 대답했다.

「좋아. 더욱 흥미가 당기는군. 패닉 요인은 없나?」

길럼과 마찬가지로 스마일리는 질문을 이해하지 못했다.

「자네가 발견한 것 중에서 가장 놀란 부분이 뭔가, 조지? 감시견으로서 제일 두려운 것이 뭔가?」

「영국 왕령 식민지의 보안일까요?」 스마일리가 잠시 생각한 다음 말했다.

「홍콩 얘기를 하고 있네요.」 레이컨 부인이 길럼에게 설명했다. 「제 숙부는 정무 수석이셨죠. 아버지 쪽 숙부 말이에요.」 그녀가 덧붙였다. 「어머니의 형제들은 머리를 쓰는 일을 전혀 하지 않았어요.」

그녀는 홍콩이 좋지만 냄새가 지독하다고 말했다.

레이컨의 얼굴이 벌겋고 얼룩덜룩해졌다. 「식민지라, 세상에. 들었어, 밸?」 그가 테이블 저편에서 부르더니 일부러 시간을 내서 가르치듯 말했다. 「우리보다 훨씬 부유하고 〈내〉가 앉아 있는 자리에서 보자면 샘이 날 정도로 안전하지. 조약이 끝날 때까지 20년은 남아 있어, 중국이 조약을 내세운다 해도 말이야. 이런 식이라면 우리가 철수할 때 아주 편안하게 배웅하겠어!」

「올리버는 우리가 〈끝장〉날 거라고 생각해요.」 레이컨 부인은 가족의 비밀이라도 털어놓는 것처럼 흥분해서 길럼에게 설명한 다음 남편에게 천사 같은 미소를 보냈다.

레이컨은 아까처럼 비밀스럽게 말을 이었지만 자꾸 엉겁결에 큰 소리로 불쑥 말했다. 길럼은 그가 자기 부인에게 과시하나 보다 생각했다.

「자네는 한 가지 요점을 더 ─ 말하자면 엽서의 그림처럼 ─ 지적하고 싶겠지. 홍콩의 소비에트 정보부가 홍콩 정부와 중국의 관계에서 아주 당황스러운 존재라고 말이야.」

「거기까지 가기 전에 ─」

「홍콩의 존속은 매 순간 중국의 아량에 달려 있다고 말이지, 맞나?」 레이컨이 말했다.

「바로 그런 영향 때문에 ─」 스마일리가 말했다.

「페니, 옷을 안 입었잖니!」 레이컨 부인이 응석을 받아 주듯이 외쳤다.

그녀가 문 앞에 나타난 개구쟁이 딸을 진정시키러 뛰어가자 길럼은 다행히도 잠시 쉴 수 있었다. 레이컨이 숨을 크게 들이마시고 큰 소리로 말했다.

「그러니까 우리는 홍콩을 〈러시아〉로부터 보호하고 있을 뿐 아니라 — 그것도 충분히 나쁘지만, 물론 우리의 고매한 장관님들 중에는 별로 나쁘다고 생각하지 않는 사람들도 있지 — 누구나 끔찍하게 여기는 중국의 화가 미치지 않도록 보호하고 있네. 그렇지 않나, 길럼? 〈하지만 말이야.〉」 레이컨은 〈이야기의 전환〉을 강조하기 위해서 기다란 손으로 스마일리의 팔까지 잡았고, 그래서 그는 잔을 내려놓을 수밖에 없었다. 레이컨이 불안정한 목소리를 낮추었다가 다시 높이며 경고했다. 「〈하지만 말이야〉, 높으신 분들이 이 모든 것을 감내할 것인지는 전혀 다른 문제일세.」

「우리 정보에 대한 확증을 손에 넣기 전까지는 부탁드리지 않을 생각입니다.」 스마일리가 날카롭게 말했다.

「아, 하지만 확증을 얻을 수 없잖아, 안 그런가?」 레이컨이 말투를 바꾸며 경고했다. 「국내 조사 이상은 못 하잖나. 허가가 없으니.」

「정보 조사 없이 —」

「아, 그게 무슨 〈뜻〉인가, 조지?」

「요원을 하나 보낸다는 뜻입니다.」

레이컨이 눈썹을 찌푸리면서 고개를 돌렸고, 그러자 길럼은 어쩔 수 없이 몰리 미킨을 떠올렸다.

「방법은 내 알 바 아니네, 세부 사항도 그렇고. 돈도 수단도 없으니 자네가 엉뚱한 짓을 할 수 없다는 건 분명하지.」그가 포도주를 더 따르다가 조금 쏟았다. 「밸!」그가 외쳤다. 「행주!」

「돈은 〈조금〉 있습니다.」

「하지만 그 목적을 위한 돈은 아니지.」포도주가 식탁보를 물들였다. 길럼이 얼룩에 소금을 부었고 레이컨은 식탁까지 물들지 않도록 식탁보를 들고 냅킨 링을 넣었다.

긴 침묵이 뒤따랐고, 조각 나무 세공 마루에 포도주가 천천히 떨어지는 소리밖에 들리지 않았다. 마침내 레이컨이 말했다. 「자네가 받은 예산을 어떻게 쓸지는 오로지 자네에게 달려 있네.」

「그 말씀을 서면으로 작성해 주시겠습니까?」

「안 되네.」

「정보 확증을 위해서 필요한 조치를 취하도록 허가해 주시겠습니까?」

「안 되네.」

「하지만 방해하지는 않으시겠지요?」

「자네가 무슨 방법을 쓸지 전혀 모르고 알아야 할 필

요도 없어, 자네를 지휘하는 건 내 일이 아니네.」

「하지만 제가 정식으로 착수하면 ─」 스마일리가 말을 시작했다.

「벨, 행주 좀 가져와! 자네가 정식으로 착수하면 나는 자네에게서 완전히 손을 뗄 걸세. 자네의 활동 범위를 정하는 건 내가 아니라 정보부 운영 위원회야. 자네가 설득하게. 끝까지 들어는 주겠지. 그다음부터는 자네와 그들 사이의 문제일세. 나는 산파일 뿐이지. 벨, 행주 가져와. 사방에 묻었다고!」

「아, 걸려 있는 건 제 목이죠, 차관님 목이 아니라.」 스마일리가 거의 혼잣말처럼 말했다. 「차관님은 공정하시죠. 저도 잘 압니다.」

「올리버는 공정하지 않아요.」 머리를 빗고 잠옷을 입은 아이를 업고 돌아온 레이컨 부인이 즐겁다는 듯 말했다. 「올리버는 당신을 지독하게 좋아해요. 안 그래요, 올리?」 그녀가 레이컨에게 행주를 건네자 그가 닦기 시작했다. 「요즘은 완전히 매파가 됐다니까요. 미국인들보다 더해요. 이제 모두에게 인사하렴, 페니. 어서.」 그녀가 아이를 어른들 앞으로 차례차례 데려갔다. 「먼저 스마일리 씨…… 길럼 씨…… 그다음엔 아빠……. 앤은 어떻게 지내요, 조지? 시골로 돌아간 건 아니겠죠, 설마?」

「아, 무척 잘 지냅니다, 고맙습니다.」

「음, 올리버한테 원하는 걸 얻어 내세요. 요즘 〈아주〉

오만하다니까요. 안 그래요, 올리?」

그녀는 아이에게 항상 들려주는 자장가를 부르며 춤을 추듯 나갔다. 「벽 〈너머〉에는 히티 피티…… 벽 〈안쪽〉에도 히티 피티…… 거기에 포티퍼가 〈딱〉!」

레이컨은 식당에서 나가는 부인을 흡족하게 바라보았다.

「미국을 끌어들일 생각인가, 조지?」 그가 경쾌하게 물었다. 「그러면 겉보기는 번드르르하겠지. 사촌을 끌어들이면 총 한 발 쏠 필요 없이 위원회를 손에 넣을 수 있어. 외무부는 자네가 시키는 대로 할 거야.」

「저는 제 결정대로 하고 싶습니다.」

길럼은 초록색 전화기가 애초에 존재하지 않을지도 모른다고 생각했다.

레이컨이 자기 잔을 만지작거리며 곰곰이 생각했다.

「애석하군.」 그가 마침내 말했다. 「애석해. 사촌도 없고, 패닉 요인도 없고 ―」 레이컨이 자기 앞에 앉아 있는 땅딸막하고 인상이 흐릿한 남자를 물끄러미 보았다. 스마일리는 깍지를 끼고 앉아서 눈을 감고 있었기 때문에 반쯤 잠든 것 같았다. 「신용도 없지.」 레이컨이 스마일리의 외모를 직접적으로 평가하듯이 말했다. 「국방부는 자네를 위해서 손가락 하나 까딱하지 않을 걸세, 우선 그건 말해 두겠네. 내무부도 마찬가지야. 재무부는 반반이고, 외교부는 ― 회의에 누구를 보낼지, 아침 식사로 뭘 먹고

올지에 달려 있지.」그가 다시 생각에 잠겼다. 「조지.」

「네?」

「중재자를 보내 주지. 자네 대신 점수를 따고, 청원서를 작성하고, 그걸 전장까지 가져다줄 사람 말이야.」

「아, 감사하지만 제가 어떻게 할 수 있을 것 같습니다.」

「이 사람이 좀 더 쉽게 해주게.」세 사람이 차를 향해서 걸어갈 때 레이컨이 들으라는 듯 아주 커다란 목소리로 길럼에게 속삭였다. 「그리고 그 검은색 양복은 절대 못 입게 하고. 이미 한참 전에 버슬[32]처럼 유행이 지난 옷이야. 잘 가게, 조지! 생각이 바뀌어서 도움이 필요하면 내일 전화하게. 자, 운전 조심하게, 길럼. 술 마셨다는 사실을 잊지 말고.」

그들이 대문을 통과할 때 길럼이 아주 무례한 말을 했지만 스마일리는 담요를 꽁꽁 싸매고 있었기 때문에 듣지 못했다.

「그럼, 홍콩입니까?」길럼이 말했다.

대답은 없었지만 부인도 하지 않았다.

「그 운 좋은 현장 요원은 누구죠?」잠시 후 길럼이 대답을 바라지도 않고 물었다. 「아니면 전부 사촌을 속이려는 수작입니까?」

「속이는 게 아니야.」스마일리가 쏘아붙였다. 「사촌을

32 여자들이 19세기 중후반에 치마 뒤쪽을 부풀리기 위해서 안에 입던 속옷.

끼워 주면 우리가 잡아먹힐 거야. 하지만 사촌을 끼워 주지 않으면 자원이 없지. 균형의 문제일 뿐이야.」

스마일리는 다시 담요 안으로 파고들었다.

그러나 바로 다음 날, 보시라, 그들은 준비가 되었다.

10시에 스마일리는 작전 회의를 열었다. 스마일리가 말했고, 코니가 말했고, 디샐리스는 왕정복고 시대 희극에 나오는 벼룩투성이 진행자처럼 안절부절못하고 온몸을 긁다가 마침내 자기 차례가 되자 능숙하고 갈라진 목소리로 말했다. 그날 저녁, 스마일리가 이탈리아로 전보를 보냈다. 암호문이 아니라 진짜 전보였다. 암호명은 후견인이었고, 빠른 속도로 불어나는 사건 파일에 전보의 복사본이 더해졌다. 스마일리가 전보문을 쓰자 길럼이 그것을 폰에게 주었고, 폰은 채링크로스의 24시 우체국으로 당당하고 재빠르게 달려갔다. 폰이 떠날 때 의식이라도 치르는 듯한 그 모습을 본 사람이라면 그 작은 담황색 종이가 그때까지 폰의 고립되었던 삶에서 일어난 최고의 사건인가 보다 생각했을 것이다. 사실은 그렇지 않았다. 몰락 이전에 폰은 길럼의 밑에서 브릭스턴의 스캘프헌터[33]로 일했다. 그의 진짜 직업은 조용한 킬러였다.

---

33 scalp-hunter. 납치, 협박, 암살 등을 담당하는 요원을 가리키는 서커스 은어.

5
공원 산책

　그때 그 햇살 가득한 일주일 동안 제리 웨스터비가 작별 인사를 하러 돌아다니는 내내 부산하고 흥겨운 분위기는 한 번도 멈추지 않았다. 런던이 여름을 늦게까지 붙잡고 있었다면 제리 역시 그랬다고 생각할 수 있었다. 계모들, 예방 접종, 여행사, 에이전트, 플리트 스트리트[34]의 편집자들. 제리는 런던을 해충처럼 싫어했지만 활기찬 발걸음으로 성큼성큼 돌아다녔다. 그에게는 사슴 가죽 부츠와 어울리는 런던용 인격도 있었다. 그의 양복은 새빌 로[35]의 제품은 아니었지만 분명 양복이었다. 고아가 죄수복이라고 부르던 그의 정장은 세탁 가능한 파란색의 빛바랜 옷으로, 방콕의 폰트샤크 해피 하우스라는 24시 양복점 제품이었고 라벨에는 〈주름 방지〉라는 반짝이는 글자가 비단실로 수놓아져 있었다. 한낮의 가벼운 산들

34 런던의 신문사들이 모여 있는 거리.
35 런던의 고급 양복점 거리.

바람이 불자 양복이 브라이턴 부두에 서 있는 여자의 원 피스처럼 살짝 부풀어 올랐다. 같은 가게에서 산 셔츠는 라커룸의 느낌이 나는 노란색이라서 윔블던 테니스 대회 나 헨리 조정 경기를 떠올렸다. 살갗은 토스카나 지방에 서 탔지만 국기처럼 나부끼는 크리켓 타이와 마찬가지로 영국적이었다. 주의 깊은 태도를 분명히 드러내는 것은 그의 표정밖에 없었는데, 통찰력이 뛰어난 사람만이 알 아볼 수 있었다. 우체국장 마마 스테파노도 그 표정을 알 아보았지만 본능적으로 〈전문가답다〉라고 생각했을 뿐 그 이상 파고들지는 않았다. 가끔 어느 정도 기다려야 할 것 같아서 책 자루를 들고 다닐 때는 시골뜨기 같은 분위 기를 풍겼다. 런던으로 올라온 딕 휘팅턴[36] 같았다.

그에게 근거지가 있다면 계모인 세 번째 레이디 웨스 터비와 함께 지내고 있는 설로 광장이었다. 작고 화려한 아파트에는 버려진 집들에서 구출한 거대한 골동품들이 빽빽하게 들어차 있었다. 계모는 화장이 짙고 암탉 같은 여자였고, 늙은 미녀가 가끔 그렇듯 퉁명스러웠으며, 제 리가 마지막 남은 담배를 훔쳐 피웠다든가 술에 취해 공 원을 돌아다니다가 진흙을 묻혀 왔다는 등 정말로 저질 렀거나 저질렀다고 상상한 잘못을 가지고 그에게 종종 욕을 퍼부었다. 제리는 전부 너그럽게 받아들였다. 가끔

36 Dick Whittington(1354~1423). 시골 출신으로 런던 시장을 여러 번 지낸 중세 시대 상인.

새벽 서너 시쯤 돌아왔는데도 잠이 오지 않으면 제리는
그녀를 깨우려고 방문을 힘차게 두드리곤 했지만, 이미
깨어 있을 때가 많았다. 화려한 장식의 가운을 입은 그녀
가 화장을 마치고 작은 손에 커다란 잔의 크렘 드 망트
프라페[37]를 들고 오면 제리는 그녀를 자기 침대에 앉히고
자신은 짐을 싼다며 잡동사니가 마의 산처럼 쌓인 바닥
에 큰대자로 드러누웠다. 마의 산은 온갖 쓸모없는 것들
로 이루어져 있었다. 오래된 신문 스크랩, 누렇게 변색된
신문지 더미, 초록색 리본으로 묶인 법률 증서, 심지어는
골을 박아 놓았지만 곰팡이 때문에 초록색으로 변한 맞
춤 승마 장화 한 켤레도 있었다. 원칙적으로 제리는 이
잡동사니 중에서 여행에 필요한 물건을 골라야 했지만
자꾸 기념품이나 유품 따위만 발견했고, 그럴 때면 둘은
같이 추억을 줄줄이 떠올렸다. 예를 들어 어느 날 밤에는
제리가 아주 어린 시절의 앨범을 발굴해 냈다.

「펫, 여기 엄청난 게 있어요! 여기서는 웨스터비가 정
말로 가면을 벗어 버렸네요! 심장이 두근거리죠? 예전처
럼 피가 끓죠?」

「넌 숙부 일을 이었어야 해.」 펫이 아주 흡족하게 앨범
을 넘기며 쏘아붙였다. 문제의 삼촌은 자갈 채취 산업의
거물이었고, 그녀는 샘보의 낭비벽을 강조하려고 툭하면

---

37 민트 향의 초록색 칵테일. 잘게 부순 얼음을 채운 유리잔에 술을
따라 만든다.

숙부 이야기를 꺼냈다.

또 한 번은 샘보의 유언장 사본 ── 〈나 새뮤얼, 또는 샘
보, 웨스터비는〉 ── 이 나왔는데, 유언 집행자 제리 앞으
로 온 사무 변호사의 편지들이나 청구서 뭉치와 함께 처
박혀 있는 것을 둘이서 발견했다. 편지와 청구서는 위스
키 얼룩인지 토닉 얼룩이 가득했고 〈유감스럽지만〉이라
는 말로 시작했다.

「이건 좀 놀랍네요.」 유언장을 잡동사니 더미에 다시
파묻기에는 너무 늦었기 때문에 제리가 어색하게 중얼거
렸다. 「이런 건 그냥 버리는 게 좋겠죠?」

그녀의 장화 단추 같은 눈이 맹렬하게 번득였다.

「크게 읽어.」 그녀가 요란하고 과장된 목소리로 명령
했고, 곧 그들은 조카들의 교육비와 손주들에게 준 신탁
기금, 펫이 죽을 때까지 받게 되어 있는 수입, 사망이나
혼인 여부에 따라 이러저러한 사람에게 돌아가게 되어
있는 자산, 호의에 보답하거나 냉대에 보복하기 위한 유
언 보충서 등 이해할 수 없을 만큼 복잡한 내용을 같이
살펴보았다.

「이 사람 누군지 알아요? 끔찍한 사촌 앨드리드예요,
교도소에 들어간 사촌요! 세상에, 도대체 〈이 사람〉한테
왜 돈을 남기려고 한 거지? 하룻밤이면 날려 버릴 텐데!」

게다가 유언이 없다면 살처분당했을 경주마들을 보살
피라는 유언 보충서도 있었다. 「메종 라피트에 있는 나의

186

말 로잘리와 마구간 비용 1년에 2천 파운드……. 현재 더 블린에서 훈련 중인 나의 인트루더를 두 마리 모두 자연사할 때까지 돌보는 조건으로 내 아들 제럴드에게 주고…….」

제리와 마찬가지로 샘보는 말을 끔찍이 사랑했다.

그리고 제리에게 또 남긴 것이 있었으니, 주식이었다. 그는 자기 회사 주식 수백만 주를 제리에게 남겼다. 권위, 권력, 책임. 물려받아서 마음껏 난리를 피울 예정이었던 거대한 세계. 제안받고 약속까지 받았다가 빼앗긴 세계. 〈내 아들은 그룹의 모든 신문사를 내 생전에 확립된 양식과 관행에 따라 운영한다.〉 게다가 사생아까지 인정했다. 내가 인정한 아들 애덤의 친모 초범의 메리 모(某) 씨에게 세금 없이 총 2만 파운드를 지급한다. 유일한 문제는 돈이 없다는 것이었다. 아버지의 제국이 기우뚱거리다가 파산에 들어간 날부터 회계 장부에 적힌 숫자는 꾸준히 줄어들다가 붉은 글씨로 바뀌더니 피를 빨아먹는 벌레들로 자라나서 매년 0을 하나씩 늘렸다.

「맞다, 펫.」 제리가 이른 새벽의 이 세상 같지 않은 고요함 속에서 마의 산에 봉투를 다시 던지며 말했다. 「당신도 이제 해방됐잖아요, 네?」 그가 몸을 굴려 모로 눕더니 변색된 신문지 더미를 잡고 — 아버지가 만든 마지막 신문들이었다 — 기자였던 사람만이 할 수 있는 방식으로 한꺼번에 치워 버렸다. 「아버지도 거기서는 머리 빈 예쁜이들을 쫓아다니지 못할 거 아니에요. 그렇죠 펫?」
신문이 요란하게 부스럭거렸다. 「하지만 습관은 못 버리
겠죠. 분명히 시도는 할 거예요.」 제리는 카펫에 닿지도
않는 발을 공중에 띄운 채 침대 가장자리에 조용히 앉아
있는 자그마한 인형을 흘끔 보면서 더 조용한 목소리로
말했다. 「당신은 늘 아버지의 〈타이타이〉³⁸였어요, 아버
지의 1번이었죠. 항상 당신을 감쌌지요. 나한테 말했어
요. 〈펫은 세상에서 제일 아름다운 여자야.〉 딱 그렇게 말
했어요. 플리트 스트리트에서 길 건너편의 나한테 〈지금
까지 중에서 최고의 아내야〉라고 소리친 적도 있어요.」

「악마 같으니.」 그의 계모가 갑자기 북부 사투리로 조
용히 말했다. 붉은 입술 주변에 외과 의사의 주삿바늘 같
은 주름이 졌다. 「썩을 놈의 악마. 머리끝부터 발끝까지
싫어.」 한동안 두 사람은 그대로 앉아서 한마디도 하지
않았다. 제리는 누워서 자기 잡동사니를 보며 앞머리를
잡아당겼고, 펫은 침대에 앉아서 제리의 아버지에 대한
애정 비슷한 것에 잠겼다.

「넌 폴 숙부 밑에서 자갈이나 팔았어야 해.」 그녀가 한
숨을 쉬면서 크게 배신당한 여자 특유의 통찰력을 가지
고 말했다.

마지막 날 밤, 제리는 펫을 데리고 나가서 저녁 식사를
대접했고, 설로 광장으로 돌아오자 펫은 아껴 두었던 세

38 중국어로 사모님, 부인이라는 뜻으로, 정부인을 가리킨다.

브르 도자기 세트로 그에게 커피를 대접했다. 이 배려는 재난으로 이어졌다. 제리가 아무 생각 없이 커피 잔 손잡이에 두꺼운 검지를 끼워 넣자 희미한 퍽 소리와 함께 손잡이가 부러졌던 것이다. 다행히도 계모는 알아차리지 못했다. 그는 손바닥으로 부서진 부분을 솜씨 좋게 숨기고 부엌으로 가서 잔을 바꾸었다. 아아, 그러나 신의 분노를 피할 길은 없었다. 비행기가 타슈켄트에 도착했을 때 — 그는 시베리아 횡단을 허가받았다 — 제리는 놀랍게도 러시아 당국이 대기실 끝에서 운영 중인 술집을 발견했다. 제리가 보기에는 러시아가 얼마나 자유화되었는지 보여 주는 놀라운 증거였다. 그가 커다란 보드카 한병을 사려고 돈을 찾아 주머니를 뒤졌을 때 그의 손끝에 닿은 것은 부러진 가장자리가 거칠거칠한 작고 예쁜 물음표 모양의 도자기 조각이었다. 그는 보드카를 포기했다.

사업적으로도 제리는 똑같이 순종적이고 똑같이 유순했다. 그의 에이전트는 오랜 크리켓 동료로, 멩켄이라는 태생을 알 수 없는 속물이었지만 보통 밍이라 불렸다. 그는 영국 사회, 특히 출판계에 아주 편안하게 적응하는 타고난 멍청이 중 하나였다. 멩켄은 화통하고 원기 왕성했고, 자기가 파는 책을 직접 썼다는 분위기를 풍기려고 그러는지 희끗희끗한 수염을 길렀다. 두 사람은 제리가 회원으로 소속된 클럽에서 점심 식사를 했다. 더 초라한 클럽과 합병을 하거나 회원들에게 우편물을 보내 여러 번 호소해서 살아남은 웅장하고 지저분한 곳이었다. 그들은 반쯤 빈 식당에 앉아서 제국 건설자들의 대리석 눈동자가 지켜보는 가운데 랭커셔에 빠른 투수가 없다며 한탄했다. 제리는 켄트가 〈그 빌어먹을 공을 쪼는 게 아니라 쳤으면〉 좋겠다고 했다. 두 사람 모두 미들섹스에 괜찮은 젊은 선수들이 들어오고 있다고 생각했다. 그러나 밍이 고개를 젓고 요리를 한꺼번에 다 자르며 말했다. 「하지만 공을 어떤 식으로 고르는지 좀 〈보라고〉.」

「기운이 다 빠졌다니 안타깝군.」 밍이 제리에게 말했지만 듣고 싶은 사람은 누구나 들을 수 있었다. 「내 생각이지만, 요즘 동양이 배경인 소설을 써서는 아무도 성공 못 해. 그레이엄 그린은 그럭저럭 괜찮았지, 자네가 그린을 좋아한다면 말이야. 난 별로 안 좋아해, 너무 가톨릭적이거든. 철학을 좋아한다면 앙드레 말로가 있지만, 난 별로야. 서머싯 몸은 괜찮지만, 그 전에 콘래드가 있지. 건배. 한마디 해도 되겠나?」 제리가 밍의 잔을 채웠다. 「헤밍웨이 같은 분위기는 조심하는 게 좋아. 압박 속에서도 품위를 지킨다느니, 불알이 총에 맞아 아작이 났는데도 사랑한다느니. 내 생각이지만, 사람들은 그런 걸 안 좋아해. 다 했던 이야기니까.」

제리가 밍을 택시에 태워 주었다.

「한마디 해도 될까?」 멩켄이 다시 말했다. 「문장을 더 길게 써. 저널리스트는 소설만 썼다 하면 문장이 너무 짧아져. 문단도 짧고, 문장도 짧고, 장도 짧다고. 페이지가 아니라 칼럼 단위로 본다니까. 헤밍웨이도 똑같았지. 항상 성냥갑 뒷면에다가 소설을 쓰려고 했잖아. 내 생각이지만, 좀 더 장황하게 써봐.」

「잘 가게, 밍. 고마워.」

「잘 가게, 웨스터비. 자네 아버지에게 안부 전해 주고. 이제 나이도 있으시잖아. 우리도 언젠가는 다 그렇게 되겠지만.」

제리는 스텁스를 상대할 때도 똑같이 밝은 분위기를 유지했지만 스텁스는 코니 색스라면 〈누구나 다 싫어하는 놈〉이라고 말할 법한 부류였다.

많이 돌아다니는 사람들이 다 그렇듯 신문 기자는 어딜 가든 주변을 엉망으로 만들었고, 그룹의 주필인 스텁스도 예외는 아니었다. 그의 책상에는 차 얼룩이 진 교정지와 잉크로 얼룩진 컵들, 노환으로 사망한 햄 샌드위치의 유해가 흩어져 있었다. 스텁스는 그 한가운데 앉아서 제리가 자기한테서 이 모든 것을 빼앗으러 온 사람이라도 되는 것처럼 그를 노려보았다.

「스텁시. 신문업계의 자랑이지.」 제리가 문을 밀어젖혀 열면서 중얼거리더니 앞으로 나가려는 손을 막기라도 하듯이 양손을 몸 뒤로 감추고 벽에 기대어 섰다.

스텁스는 혀끝의 딱딱하고 고약한 무언가를 깨물더니 책상에 흩어진 잡동사니들 맨 위에 놓고 검토하던 파일로 돌아갔다. 그는 편집장에 대한 지루한 농담을 전부 합쳐서 인간으로 빚어 놓은 듯한 인물이었다. 화를 잘 냈고, 턱밑에는 회색 살이 축 늘어져 있었으며, 눈꺼풀은 검댕을 문지른 것처럼 까맸다. 그는 궤양이 생길 때까지 일간지에서 일하다가 주간지로 이동했다. 또 어떤 해에는 여성지로 보내져서 만기가 될 때까지 꼬맹이들의 지휘를 받았다. 그는 속임수도 잘 썼기 때문에 특파원으로부터 전화가 오면 자기가 받았다는 티를 내지 않고 가만히 들었다.

「사이공.」 스텁스가 투덜거리며 말하더니 잘근잘근 씹은 볼펜 끝으로 여백에 뭐라고 적었다. 캐나다식 영어가 플리트 스트리트의 주요 억양이었던 시절의 느릿한 콧소리가 런던 억양에 뒤섞여 있었다. 「3년 전 크리스마스. 기억나나?」

「어떤 기억 말이지?」 제리가 여전히 벽에 딱 붙어 서서 물었다.

「〈홍겨운〉 기억.」 스텁스가 교수형 집행자처럼 미소를 지으며 말했다. 「지국의 친목과 격려, 그룹이 멍청하게도 그런 곳에 지국을 두고 있을 때였지. 크리스마스 파티. 자네가 주최했네.」 그가 파일을 읽었다. 「〈크리스마스 오찬, 사이공 콘티넨탈 호텔.〉 우리의 요청에 따라 손님 명단을 작성했지. 비상근 통신원, 사진 기자, 운전기사, 비서, 심부름꾼, 내가 뭘 알겠어? 아무튼 홍보와 흥겨운 격려를 위해서 70파운드라는 거액의 주인이 바뀌었지. 기억나?」 그가 곧장 말을 이었다. 「네가 손님 명단에 스무디 스톨우드를 넣었지. 그가 〈거기〉 왔어, 안 그래? 스톨우드가? 평소처럼 굴었지? 제일 못생긴 여자들한테 듣기 좋은 말로 알랑거리면서?」

스텁스는 대답을 기다리면서 혀끝에 있던 알 수 없는 것을 다시 갉아 먹었다. 그러나 제리는 벽에 기대어 서서 종일이라도 기다릴 태세였다.

「우리는 좌익 그룹이야.」 스텁스가 제일 좋아하는 설교를 시작했다. 「여우 사냥에 반대하고, 무식한 백만장자 한 명의 관대함에 우리의 생존이 달려 있다는 뜻이지. 기록에 따르면 스톨우드는 크리스마스 점심을 프놈펜에서 먹었어. 가엾게도 캄보디아 정부 고위 관리들을 접대 중이었지. 스톨우드랑 얘기해 봤는데, 본인도 거기 있었다고 생각하는 것 같아. 프놈펜에 말이야.」

제리가 창문 쪽으로 몸을 숙이고 낡은 검은색 라디에이터에 엉덩이를 올렸다. 바깥을 내다보니 분주한 보도 위로 1.8미터도 안 되는 거리에 더러운 시계가 걸려 있었는데, 창립자가 플리트 스트리트에 바친 선물이었다. 늦은 아침이었지만 시곗바늘은 다섯 시와 여섯 시 사이에 걸려 있었다. 길 건너 문 앞에 남자 두 명이 서서 신문을 읽고 있었다. 모자를 쓰고 신문으로 얼굴을 가렸는데, 제리는 미행자들이 실제로도 저렇게 잘 보이면 삶이 얼마나 즐거울까 생각했다.

「모두가 이 코믹[39]을 망치고 있어, 스텁시.」그가 또다시 긴 침묵 끝에 생각에 잠겨 말했다. 「당신도 포함해서. 그건 빌어먹을 3년 전 이야기잖아. 그만둬. 그게 내 충고야. 그런 건 똥구멍에나 처넣으라고. 거기가 제일 잘 어울려.」

「코믹이 아니라 삼류 신문이겠지. 코믹은 컬러 부록이고.」

「나한테는 코믹이야. 항상 그랬고, 항상 그럴 거야.」

「환영하네.」스텁스가 한숨을 쉬며 읊조렸다. 「회장님에게 선택받은 거 축하해.」그가 인쇄된 계약서 서식을 집어 들었다. 「이름: 클라이브 제럴드 웨스터비.」그가 계약서를 읽는 척하며 말했다. 「직업: 귀족. 영광스러운 샘보의 아들.」그가 계약서를 책상에 다시 던졌다. 「일간지도 주간지도 자네가 맡아. 일주일 내내, 전쟁부터 스트립 쇼까지 전부. 종신 재직권도 연금도 없고, 경비는 최저 수준이지. 세탁비는 현지에 있을 때만 지급하고, 그것도 일주일분 전부 나가진 않아. 전보용 카드는 주겠지만 쓰면 안 돼. 원고를 화물편으로 보내고 화물 운송장 번호를 전보로 보내, 원고가 도착하면 우리가 받아서 거절 기사

39 제리가 신문사를 지칭하는 말.

194

함에 넣을게. 결과에 따라서 추가 지불하고. 황공하옵게도 BBC도 자네의 인터뷰를 평소와 같은 어이없는 요율로 기꺼이 쓸 거야. 회장님은 명성에 좋을 거라는군, 그게 무슨 뜻인지는 모르겠지만. 다른 회사에 기사를 파는 건 ―」

「할렐루야.」 제리가 긴 한숨을 내쉬며 말했다.

그가 책상으로 천천히 걸어가서 스텁스가 빨아서 아직도 축축하고 잇자국이 난 볼펜을 들고서 볼펜 주인이나 계약서 내용은 보지도 않고 마지막 장 맨 끝에 천천히 지그재그로 서명하며 만면에 웃음을 지었다. 바로 그때 이 신성한 사건에 끼어들라는 지시라도 받은 것처럼 청바지 차림의 여자가 예의도 차리지 않고 문을 발로 차서 열더니, 새로 나온 교정쇄 한 묶음을 책상에 던졌다. 전화 여러 대가 울렸고 ― 조금 전부터 울리고 있었는지도 모른다 ― 여자가 높다란 플랫폼 힐 위에서 우스꽝스럽게 균형을 잡으며 나갔으며, 모르는 얼굴이 문밖에서 쑥 들어오더니 〈노친네의 기도회야, 스텁시〉라고 소리쳤다. 말단 직원이 하나 나타났고 곧 제리는 그에게 끌려 회사 안을 돌아다녔다. 관리부, 외신 데스크, 사설부, 일지부, 스포츠부, 여행부, 무시무시한 여성지까지. 안내인은 수염을 기른 스무 살짜리 대학 졸업생으로, 제리는 이 의식을 치르는 내내 그를 〈세드릭〉이라고 불렀다. 바깥 보도로 나온 제리는 걸음을 멈추고 뒤꿈치에서 발가락 끝으로 무게를 옮겼다가 다시 뒤꿈치로 옮기며 술에 취하거나 흠씬 두들겨 맞은 사람처럼 몸을 살짝 흔들었다.

「〈최고야.〉」 그가 중얼거렸다. 목소리가 어찌나 컸던지 지나가던 여자 두 명이 고개를 돌려 그를 빤히 보았다. 「근사해. 대단해. 멋져. 완벽해.」 그는 이렇게 말하면서 가장 가까운 술집으로 뛰어들었다. 주로 경제와 정치 쪽 간부인 고참 기자 한 무리가 바에 기대어 서서 5페이지 짜리 주요 기사를 쓸 뻔했다며 자랑하고 있었다.

「웨스터비! 백작님이 행차하셨군! 저 〈양복〉! 똑같은 양복이잖아! 세상에, 일찍 일어나는 새[40]가 그 안에 있네!」

제리는 〈폐점 시간〉까지 있었지만 조지 스마일리와 공원 산책을 할 때 맑은 머리를 유지하고 싶었기 때문에 술은 아껴 가며 마셨다.

모든 폐쇄 사회에는 내부와 외부가 존재하는데, 제리는 외부인이었다. 당시 조지 스마일리와 공원을 산책하려면 — 또는 업계 은어를 빼고 말하자면 그와 비밀리에 만나려면, 혹은 절대 그럴 일은 없겠지만 제리가 이 일생일대의 사건을 표현한다면 〈더 나은 또 다른 인생에 뛰어들려면〉이라고 말했을 텐데, 아무튼 이를 위해서는 —

---

40 영어로 〈백작earl〉과 발음이 비슷한 〈일찍 일어나는 새early bird〉라는 말로 제리를 지칭하고 있다.

우선 정해진 출발점 — 막 조명이 꺼진 코번트 가든처럼 보통 사람이 적은 지역 — 에서부터 어슬렁어슬렁 걸어가서 6시 조금 전에 정해진 목적지에 도착해야 했다. 그때쯤이면 서커스의 얼마 안 남은 거리의 예술가 팀이 그에게 따라붙었다가 깨끗하다고 보고할 것이라고 제리는 생각했다. 첫날 저녁, 그의 목적지는 채링크로스 지하철역 — 그해에는 아직 그렇게 불렸다[41] — 템스강 변 쪽이었는데, 분주하고 어지러웠고 항상 교통 문제가 생기는 듯했다. 마지막 날 저녁에는 그린 파크와 맞닿은 피카딜리 남쪽 보도의 버스 정류장이었다. 제리는 총 네 번 불려갔는데 두 번은 런던, 두 번은 〈보육원〉이었다. 새러트에 간 것은 실질적인 이유 — 현장 요원이 주기적으로 받아야 하는 필수 연수 — 때문이었고, 전화번호와 암호, 연락 절차 등 외워야 할 것이 많았다. 코믹에 보낼 일상어로 된 텔렉스 메시지에 넣을 공개 암호 문구, 돌발 상황에 대비한 예비 수단과 비상 행동도 외워야 했다. 운동선수들이 대부분 그렇듯 제리는 사실을 또렷하게 기억했기 때문에 그를 시험한 조사관들은 만족했다. 또한 몸싸움이 벌어질 경우에 대비한 예행연습도 했기 때문에 낡은 매트에 너무 많이 부딪쳐서 등에서 피가 흘렀다.

런던에서의 만남은 아주 간단한 작전 지시와 아주 짧은 작별 인사였다.

41 나중에 임뱅크먼트 역으로 이름이 바뀌었다.

제리를 데리러 오는 방법은 다양했다. 그린 파크에서 그는 식별 신호인 포트넘 앤드 메이슨 쇼핑백을 들고서 버스를 기다리는 줄이 아무리 길어져도 미소를 짓거나 발을 절뚝이면서 맨 뒤로 가서 섰다. 강가를 서성일 때는 『타임』과월 호를 들고 있었는데, 우연히도 마오쩌둥 주석의 넉넉한 얼굴이 표지를 장식하고 있었고 기울어지는 햇살 속에서 흰색 바탕의 붉은 글자와 테두리가 눈에 잘 띄었다. 빅벤이 6시를 알리기 시작하자 제리가 종소리를 셌지만, 이런 종류의 만남은 정각이나 30분에 딱 맞추지 않고 눈에 덜 띄도록 그 사이의 모호한 시간에 이뤄지는 법이었다. 가을의 6시는 마녀의 시간이라서 나뭇잎 떨어진 축축한 잉글랜드 교외 크리켓 경기장 냄새가 흠뻑 젖은 황혼과 함께 강 위쪽으로 밀려왔다. 제리는 왼쪽 눈을 감고 아무 생각 없이 그 냄새를 맡으면서 무아지경에 빠져 기다렸다. 육중하게 다가온 밴은 지붕에 사다리를 실은 낡은 초록색 베드퍼드였는데, 옆면의 글자가 벗겨지긴 했지만 〈해리스 시공〉이라고 알아볼 수 있었다. 요즘은 할 일이 없어진 감시용 차량으로, 차창은 철제 덮개로 가려져 있었다. 밴이 멈추고 제리가 타려는 순간 차를 몰던 심술궂은 언청이 청년이 열린 창문으로 삐죽삐죽한 머리를 내밀었다.

「윌프는 어디 있죠?」 소년이 무례하게 물었다. 「윌프랑 같이 있을 거라던데.」

「나 하나로 만족해.」제리가 활기차게 쏘아붙였다.「윌프는 일하는 중이거든.」그가 뒷문을 열고 차에 오른 다음 문을 닫았다. 앞자리 조수석에는 그가 앉지 못하도록 일부러 길쭉한 합판을 실어 놓았다.

두 사람의 대화는 거기서 끝났다.

서커스에 부사관 계급이 자연스럽게 형성되어 있었던 예전에는 제리도 호의적인 잡담을 믿었지만 이제는 아니었다. 새러트에 갈 때에도 절차는 비슷했지만 덜컹거리는 차를 타고 24킬로미터 정도 가야 했고, 운이 좋으면 운전하는 청년이 제리의 엉덩이가 작살나지 않도록 쿠션을 던져 주었다. 운전석은 제리가 웅크리고 앉은 짐칸과 분리되어 막혀 있었고, 손잡이를 잡고 나무 벤치에서 이리저리 미끄러지는 동안 보이는 것이라고는 철제 창문 덮개 가장자리의 틈밖에 없었다. 그 사이로 바깥이 점점이 보일 뿐이었지만 제리는 재빨리 랜드마크를 읽어 냈다.

새러트에 갈 때는 회칠이 벗겨지고 1920년대 영화관 같은 구식 공장이 늘어선 지역과 〈결혼식 피로연 케이터링〉이라는 빨간 네온사인이 달린 벽돌 식당을 지나갔다. 그러나 제리의 감정이 가장 격해진 것은 서커스를 방문한 첫날 저녁과 마지막 날 저녁이었다. 첫날 저녁에 그는 전설적인 탑들로 다가가면서 ― 그 순간은 그를 절대 실망시키지 않았다 ― 혼란스럽지만 숭고한 감격을 느꼈다. 〈나랏일을 한다는 건 바로 이런 거지.〉얼룩 같은 붉은 벽돌 다음으로 시커먼 플라타너스가 지나갔고, 색색의 빛이 비친 다음 밴이 대문을 지나 난폭하게 멈췄다. 대문이 닫히는 소리가 들리는 동시에 밖에서 밴 자동차 문이 활짝 열리더니 어떤 남자가 선임 하사관처럼 외쳤다. 「자, 빨리빨리 움직여.」 길럼이 장난을 치는 소리였다.

「어이, 피터. 일은 좀 어때? 〈세상에〉, 진짜 춥군!」

피터 길럼은 대답 대신 경주의 시작을 알리듯 제리의 어깨를 기운차게 때렸고, 자동차 문을 재빨리 닫고 위쪽과 아래쪽을 다 잠근 다음 열쇠를 주머니에 넣고 복도를 따라 제리를 종종걸음으로 이끌었다. 페럿들이 맹렬하게 뒤진 것이 분명했다. 회반죽이 뭉텅이로 떨어져 나가서 아래의 욋가지가 드러났고 문은 경첩이 떨어져 나갔으며 들보와 상인방이 덜렁거리고 먼지를 막는 커버와 사다리, 쓰레기가 사방에 놓여 있었다.

「아일랜드인들이 왔었나 보군, 응?」 제리가 외쳤다. 「아니면 다 같이 댄스파티라도 했나?」

그의 질문이 덜컹거리는 소리에 묻혔다. 두 남자는 경주를 하듯이 빠르게 계단을 올라갔다. 길럼이 앞서고 제리가 바로 뒤를 따르며 둘이서 숨이 차도록 웃었고, 아무것도 깔지 않은 나무 계단이 쿵쾅쿵쾅 삐걱거렸다. 잠긴 문 앞에 도착하자 길럼이 잠금장치를 푸는 동안 제리가 기다렸고, 안으로 들어가서 잠금장치를 다시 잠그는 동안 또 기다렸다.

「환영하네.」길럼이 조용하게 말했다.

5층에 도착했다. 두 사람은 정숙하라고 명령받은 하급 장교처럼 조용히 걸음을 옮겼다. 복도를 왼쪽으로, 다시 오른쪽으로 꺾은 다음 좁은 계단을 몇 단 올랐다. 금이 간 어안 거울을 지난 다음 다시 계단을 두 단 올랐다가 세 단 내려가자 드디어 아무도 없는 문지기의 책상에 도착했다. 왼쪽이 오락실이었는데, 사람은 아무도 없고 의자가 대충 둥글게 놓여 있었으며 난롯불이 활활 타올랐다. 그 앞을 지나자 갈색 카펫이 깔린 긴 방이 나왔는데, 〈비서실〉이라고 적혀 있지만 사실은 대기실이었다. 트윈 세트와 진주 목걸이 차림의 마더 세 명이 독서등 불빛 아래에서 조용히 타자를 치고 있었다. 제일 안쪽 끝에는 칠도 없고 손잡이 주변이 지저분한 문이 닫혀 있었다. 문에 손때가 묻지 않도록 손잡이 주위에 댄 금속판도, 열쇠 구멍을 보강하는 철판도 없었다. 나사 구멍 몇 개와 금속판이 있었던 흔적뿐이었다. 길럼이 노크도 없이 문을 밀어서 열더니 문틈으로 고개를 들이밀고 안에다 뭐라고 조용히 알렸다. 그런 다음 다시 나와서 재빨리 제리를 먼저 안내했다. 제리 웨스터비 입장.

「아, 최고군요. 조지, 안녕하세요.」

「부인에 대해서는 묻지 마.」길럼이 얼른 나지막이 경고했다. 이 말이 한참 동안 제리의 귓가를 떠나지 않았다.

아버지와 아들? 그런 관계였을까? 아니면 몸과 머리? 어쩌면 양아버지와 아들 관계라는 것이 더욱 정확했을 텐데, 이 업계에서는 가장 강력한 유대관계였다.

「조지.」 제리가 이렇게 중얼거리더니 쉰 목소리로 웃었다.

영국에는 친구들끼리 인사를 나누는 이렇다 할 방법이 없고, 게다가 침울한 관공서에서 중요한 일 이야기보다 더 좋은 인사법은 없었다. 제리는 크리켓 선수다운 주먹을 스마일리의 주저하는 부드러운 손바닥에 아주 잠깐 얹었다가 멀찍이 거리를 두고 그를 따라 난롯가를 향해 육중하게 걸어갔다. 안락의자 두 개가 그들을 기다리고 있었다. 워낙 많은 사람들이 앉아서 다 갈라진 낡은 가죽 의자였다. 변덕스러운 계절이라 빅토리아 양식 난로에서 불이 타오르고 있었지만 오락실의 불과 비교하면 아주 작았다.

「루카[42]는 어땠나?」 스마일리가 디캔터를 들어 잔 두 개를 채우며 물었다.

「아주 좋았습니다.」

「아, 이런. 그렇다면 떠나기 싫었겠군.」

「세상에, 아니에요. 최고네요. 건배.」

「건배.」

두 사람이 자리에 앉았다.

42 토스카나의 도시.

「왜 최고지, 제리?」 스마일리가 〈최고〉라는 말이 익숙하지 않은 사람처럼 물었다. 책상에 서류도 없고 방에 아무것도 없었기 때문에 그의 집무실이 아니라 남는 방 같았다.

「난 끝난 줄 알았거든요.」 제리가 설명했다. 「영영 은 퇴하는 줄 알았죠. 전보를 받고 깜짝 놀랐어요. 빌이 나를 완전히 날려 버렸다고 생각했으니까요. 다른 사람들도 다 날려 버렸으니 나라고 왜 아니겠나, 했죠.」

「그렇지.」 스마일리가 제리의 의구심에 공감한다는 듯 말한 다음 잠시 그를 빤히 보며 대놓고 관찰했다. 「그래, 그래, 그렇지. 하지만 결국 임시 요원까지는 날리지 못한 것 같군. 우리가 추적해 보니 기록 보관실 구석구석 빌의 손이 닿지 않은 곳이 없었지만 임시 요원 파일은 지방 요원 중에서 〈우호적인 협력자〉 항목에 정리되어 있었네. 빌이 접근할 수 없는 완전히 다른 자료지. 빌이 자네를 중요하지 않게 여겼다는 뜻은 아닐세.」 그가 황급히 덧붙였다. 「다른 일이 우선이었을 뿐이지.」

「괜찮아요.」 제리가 싱긋 웃으며 말했다.

「다행이군.」 스마일리가 농담을 알아듣지 못하고 말했다. 그가 자리에서 일어나 잔을 다시 채우고 난롯가로 가서 놋쇠 부지깽이를 집어 들더니 생각에 잠겨 석탄을 들쑤시기 시작했다. 「루카. 그래. 앤과 함께 갔었지. 아, 11년인가 12년 전이었을 거야. 비가 왔었네.」 그가 작게 웃었다. 제리가 사무실 제일 끝 움푹 들어간 비좁은 곳에 있는, 머리맡에 전화기가 몇 대 놓인 좁고 앙상해 보이는 접이식 침대를 흘깃 보았다. 「〈바뇨〉[43]에 갔던 기억이 나는군.」 스마일리가 말을 이었다. 「그때 유행하던 치료법이었지. 뭘 치료했는지는 모르겠지만.」 그가 불을 다시 들쑤시자 이번에는 불길이 살아나서 그의 둥근 얼굴 윤곽을 주황색으로 물들였고, 두꺼운 안경은 금색 웅덩이가 되었다. 「알고 있나? 시인 하이네가 그곳에서 멋진 모험을 했지. 로맨스 말이야. 생각해 보니 우리가 거길 간 것도 그래서였던 것 같군. 그의 로맨스가 우리한테도 옮을 거라고 생각했지.」

제리가 하이네에 대해서 뭐라고 웅얼웅얼 중얼거렸다.

「하이네는 〈바뇨〉에도 가고 광천수도 마시다가 어떤 귀부인을 만났지. 그녀의 이름만으로도 큰 인상을 받아서 그때부터 자기 아내에게 그 이름을 쓰게 했어.」 불꽃이 그를 잠시 더 붙들었다. 「자네도 거기서 모험을 했겠지, 안 그런가?」

「그냥 좀 흔들린 거죠. 그다지 특별할 건 없었어요.」

제리는 자동적으로 베스 샌더스를 떠올렸고, 그의 세상이 흔들렸다가 다시 자리를 잡았다. 베스가 말한 것이 틀림없었다. 그녀의 아버지는 퇴역 장성으로, 카운티의 명예 고위직이었다. 베스라면 화이트홀의 온갖 비밀 부

43 이탈리아어로 〈목욕탕〉이라는 뜻.

204

서에 친척 아주머니가 있을 것이다.

스마일리가 다시 몸을 굽히고 화관이라도 내려놓는 것처럼 조심스럽게 부지깽이를 한구석에 내려놓았다. 「우리가 자네의 애정을 두고 경쟁하려는 건 아니라네. 그저 자네의 마음이 어디 있는지 알고 싶을 뿐이지.」 제리는 아무 말도 하지 않았다. 스마일리가 어깨 너머로 그를 흘깃거렸고 제리는 스마일리의 비위를 맞추려고 웃음을 지었다. 「하이네가 사랑했던 귀부인의 이름은 어윈 마틸드였네.」 스마일리가 다시 말을 이었고 제리의 웃음이 어색해졌다. 「음, 독일어 발음은 조금 더 근사하지만. 참, 소설은 어떻게 되어 가나? 우리가 자네의 뮤즈에게 겁을 줘서 쫓아 버린 건 아니었으면 좋겠군. 그러면 나 자신을 용서 못 할 것 같아, 확실히.」

「문제없습니다.」 제리가 말했다.

「끝냈나?」

「음, 아시잖아요.」

잠시 마더들이 타자를 치는 소리와 저 아래 거리의 자동차 소리밖에 들리지 않았다.

「이 일이 끝나면 보상을 하겠네.」 스마일리가 말했다. 「꼭 하지. 스텁스 쪽은 어떻게 됐나?」

「문제없습니다.」 제리가 다시 말했다.

「그 외에 우리가 또 해야 할 일은 없나?」

「그럴 겁니다.」

알현실 너머에서 일제히 같은 방향으로 향하는 여러 명의 발소리가 들렸다. 제리가 생각했다. 출정식이군, 일족이 다 모였어.

   「그러면 다 됐군?」 스마일리가 물었다. 「음, 〈준비〉가 되었나? 의지가 있나?」

   「문제없습니다.」 다른 대답은 못 해? 제리가 스스로에게 물었다. 빌어먹을 생각이 멈춰 버린 것 같군.

   「요즘은 없는 사람들이 많거든. 의지 말이야. 영국은 특히 그렇지. 〈의심〉이 정당한 철학적 태도라고 생각하는 사람이 많아. 그런 사람들은 자신이 중간에 서 있다고 생각하지만 사실은 어디에도 없어. 구경꾼이 전쟁에서 이긴 적은 없어, 안 그런가? 우리 조직 사람들은 잘 알지. 우리는 운이 좋아. 우리의 전쟁은 1917년 볼셰비키 혁명과 함께 시작됐지. 아직 아무것도 바뀌지 않았어.」

   스마일리가 제리의 맞은편, 침대에서 멀지 않은 곳에 다시 자리를 잡았다. 그의 뒤에 걸려 있는 낡고 흐릿한 사진이 불빛을 받아 번쩍였다. 제리는 여기 들어올 때 사진을 보았다. 이 긴장된 순간, 제리는 두 사람이 자신을 빤히 바라보는 느낌이 들었다. 스마일리와 액자 유리 뒤에서 불빛을 받아 춤추는 초상화의 흐릿한 눈. 준비 소리가 더욱 커졌다. 목소리와 웃음소리, 삐걱거리는 의자 소리가 들렸다.

   「어디선가 읽었는데 말이야.」 스마일리가 말했다. 「역사학자였을 거야, 아무튼 미국인이었지. 그 사람은 채무자 감옥에서 태어나 자유를 사는 데 일생을 바친 세대에 대해서 이야기했네. 내 생각에는 우리가 바로 그런 세대인 것 같아. 안 그런가? 나는 아직도 빚을 지고 있다는 느낌이 강하게 들어. 안 그런가? 난 항상 우리 조직에 고마워했지, 나에게 갚을 기회를 줬으니까. 〈자네〉도 그렇게 느끼나? 우리는…… 헌신을 두려워하면 안 된다고 생각하네. 내가 너무 구식인가?」

제리의 얼굴이 딱딱하게 긴장되었다. 스마일리와 떨어져 있을 때는 그의 이런 면을 늘 잊었고, 그와 함께일 때는 너무 늦게 기억해 냈다. 조지의 내면에는 실패한 성직자 같은 부분이 있었고 나이가 들수록 더욱 눈에 띄었다. 그는 패씸한 서구 세계 전체가 자신과 같은 걱정을 한다고, 잘 설득해서 사고방식을 바로잡아야 한다고 생각하는 듯했다.

「그런 의미에서, 우리가 좀 구식이라는 건 자축해도 되는 일이 아닐까 생각하는데 ―」

제리는 이제 지긋지긋했다. 「조지.」 그가 달아오르는 얼굴로 어색하게 웃으며 충고했다. 「제발요. 가라고 하면 갈게요. 알겠어요? 현명한 올빼미는 내가 아니라 당신이에요. 뭘 해야 할지 알려 주면 그대로 할게요. 이 세상에는 빌어먹을 코 푸는 방법에 대해서도 열다섯 가지 상충하는 이론으로 무장하고 나서는 시시한 지식인이 한가득이에요. 우리까지 보탤 필요는 없잖아요. 네? 제발요.」

날카로운 노크 소리가 길럼의 재등장을 알렸다.

「준비 다 됐습니다.」

소란스럽게 이야기가 끊긴 사이에 제리는 놀랍게도 〈호색한〉이라는 말을 들은 것 같았지만 자기 이야기인지 하이네의 이야기인지 알 수 없었고, 딱히 신경 쓰지도 않았다. 스마일리가 망설이다가 얼굴을 찌푸렸고, 이제야 주변 상황이 눈에 들어오는 것 같았다. 그가 길럼을 흘끔 보고 제리를 한 번 더 보았고, 그의 시선이 영국 학자들의 전문 분야인 중간에 자리를 잡았다.

「그런가, 그래. 그럼 이제 시계태엽을 감자고.」그가 기어들어 가는 목소리로 말했다.

방을 나갈 때 제리는 사진 앞에 멈춰 서서 주머니에 손을 넣은 채 싱긋 웃으며 감상했다. 그가 바라던 대로 길럼도 걸음을 멈추었다.

「마지막 남은 6펜스짜리 동전을 삼킨 듯한 얼굴이군.」제리가 말했다. 「누구야?」

「카를라.」길럼이 말했다. 「빌 헤이든을 채용했지. 러시아 요원이야.」

「여자 이름 같군. 안녕하십니까?」

「이 사람이 처음으로 꾸린 정보망의 암호명이야. 유일한 애인의 이름이라고 주장하는 자들도 있지.」

「멋지군.」제리가 가볍게 말한 다음 여전히 웃는 얼굴

로 길럼과 나란히 오락실을 향해 걸었다. 스마일리는 일부러 그러는지 두 사람의 대화가 들리지 않을 만큼 앞서 걸었다. 「그 철없는 여자 아직도 만나? 플루트 연주자 말이야.」 제리가 물었다.

「이제 철이 좀 들었어.」 길럼이 말했다. 두 사람은 몇 걸음 더 걸었다.

「도망갔나?」 제리가 안됐다는 듯이 물었다.

「뭐 그렇지.」

「〈괜찮으신〉 거지?」 제리가 그들 앞의 외로운 남자를 고갯짓으로 가리키며 아무렇지 않게 물었다. 「잘 챙겨 드시고, 옷도 잘 챙겨 입고, 맞지?」

「더할 나위 없지. 왜?」

「그냥 물어봤어.」 제리가 무척 만족하며 말했다.

공항에서 제리는 캣에게 전화를 걸었다. 좀처럼 없는 일이었지만 이번만큼은 꼭 해야 했다. 그는 돈을 넣기도 전에 실수임을 알았지만 그냥 밀고 나갔고, 전 부인의 끔찍할 만큼 익숙한 목소리도 그를 막지 못했다.

「어이, 안녕! 그래, 나야. 최고지. 어, 필리는 잘 지내?」

필리는 그녀의 남편으로, 조금 있으면 연금을 받을 나이의 공무원이었지만 세상사에 시달린 경험으로 따지자면 제리가 서른 번은 더 산 셈이었다.

「아주 잘 지내, 고마워.」 그녀가 새로운 배우자를 감싸는 아내들 특유의 얼음장 같은 목소리로 쏘아붙였다. 「그거 물어보려고 전화했어?」

「음, 사실은 캣이랑 통화나 좀 할까 싶어서. 동양에 잠깐 다녀오게 됐거든, 예전에 하던 일을 다시 하게 됐어.」 제리가 말했다. 왠지 사과를 해야 할 것만 같았다. 「코믹에서 그쪽에 보낼 사람이 필요하대서.」 그가 이렇게 말하자 수화기를 복도의 서랍장에 내려놓는 소리가 들렸다. 오크 서랍장이었던 것이 기억났다. 꼬인 모양의 다리. 역시 샘보의 유산이었다.

「아빠?」

「안녕!」 소리가 잘 안 들리는 것처럼, 캣이 받을 줄 몰랐던 것처럼 제리가 소리를 질렀다. 「캣? 안녕. 있잖아, 내가 보낸 엽서랑 다 받았니?」 받았다는 사실을 이미 알고 있었다. 캣이 매주 보내는 편지에서 항상 고맙다고 인사했다.

캣이 아무 대답 없이 뭔가를 묻는 듯 〈아빠〉라는 말만 반복하자 제리가 유쾌하게 물었다. 「너 요즘도 우표 모으지? 그냥, 내가 그쪽에 가게 됐거든. 동양에.」

탑승 안내 방송이 나오고, 비행기들이 착륙하고, 온 세상이 자리를 바꾸고 있었지만 딸과 통화 중인 제리 웨스터비는 꼼짝도 하지 않았다.

「우표라면 사족을 못 썼잖아.」 제리가 캣에게 상기시켰다.

「저 이제 열일곱 살이에요.」

「그렇지, 그래. 요즘은 뭘 수집하니? 말하지 말아 봐. 남자애들이군!」 그는 더없이 유쾌하게 대화를 이어 가며 춤을 추듯 사슴 가죽 부츠를 신은 양쪽 발을 번갈아 움직였고, 자기 농담에 자기가 웃었다. 「있잖아, 돈을 좀 보냈어. 블랫 앤드 로드니 은행에서 수속 중이야. 생일 선물이랑 크리스마스 선물을 합쳐서 준다고 생각해. 쓰기 전에 엄마한테 말하는 게 좋을 거다. 아니면 필리랑 얘기하든지, 알겠지? 필리는 착실한 사람이야, 그렇지? 필리한테 부탁하면 분명히 아주 좋아할 거야.」 제리는 서두르는 척 공중전화 부스의 문을 열었다. 「탑승 안내 방송이 나오는 것 같구나, 캣.」 그가 소음에 지지 않게 목소리를 높이며 말했다. 「그럼 잘 지내고, 알았지? 조심하고. 널 너무 쉽게 내주면 안 된다. 무슨 말인지 알지?」

그는 바에서 잠깐 줄을 섰지만 술을 사기 직전에 내면의 동양 정보 요원이 깨어났기 때문에 카페테리아로 자리를 옮겼다. 당분간 신선한 우유를 마실 기회가 없을지도 몰랐다. 줄을 서서 기다리던 제리는 누가 지켜보고 있다는 느낌이 들었다. 놀랄 일은 아니었다. 공항에서는 모두가 모두를 지켜본다, 그러니 무슨 상관인가? 그는 고아를 떠올리면서 나쁜 뒷맛을 지우기 위해서라도 떠나기 전에 여자를 안을 시간이 있었더라면 좋았겠다고 생각했다.

스마일리는 걸었다. 레인코트를 입은 작고 둥글둥글한 남자. 제리보다 우수하고 사교적인 기자라면 채링크로스 로드 주변을 돌아다니는 스마일리를 날카롭게 지켜보면서 그가 어떤 부류인지 금방 결론을 내렸을 것이다. 매킨토시 레인코트 군단의 표본, 혼성 사우나와 야한 책을 파는 서점의 호구. 이처럼 긴 방황은 스마일리의 습관이 되었다. 활기를 되찾자 런던의 절반을 횡단하고도 아무렇지도 않았다. 이제 뒷길을 다 파악했기 때문에 케임브리지 서커스에서 스무 개의 경로 중 아무 경로나 택해도 똑같은 길을 두 번 지나지 않을 수 있었다. 출발점을 정하고 나면 운과 본능에 자신을 맡겼고 그의 생각은 영혼의 더욱 깊숙한 곳으로 뛰어들었다. 그러나 오늘 저녁 산책은 그를 남쪽과 서쪽으로 이끌었고 스마일리는 순순히 따랐다. 공기는 축축하고 차가웠고, 태양을 한 번도 보지 못한 짙은 안개가 끼었다. 스마일리는 자기만의 섬을 짊어지고 산책을 했는데, 그의 섬에는 사람들이 아니라 이미지가 가득했다. 또 하나의 외피 같은 흰 벽이 생각에 잠긴 그를 가두었다. 어느 문 앞에서 가죽 외투를 입은 살인자 두 명이 속삭였고 가로등 밑에서는 검은 머리 소년이 화난 사람처럼 바이올린 케이스를 난폭하게 끌어안았다. 극장 앞에서 기다리던 사람들은 머리 위 차양에서 쏟아지는 조명을 뜨겁게 쬐고 있었고 안개가 화재 연기처럼 그들을 감쌌다. 스마일리는 이렇게 아무것도 모른 채 큰 기대를 안고 전투를 시작한 적이 한 번도 없었다. 앞에서는 유인당하고 뒤에서는 추적당하는 느낌이었다. 그러나 지쳐서 잠시 멈추고 자신이 하려는 일의 논리를 생각하면 잘 모르겠다는 생각이 들었다. 뒤를 돌아보면 실패가 입을 벌리고 그를 기다리고 있었다. 앞을 보면 김 서린 안경 너머로 안개 속에서 춤추는 크나큰 희망의 유령이 보였다. 그는 눈을 깜빡이고 주변을 둘러보며 지금 서 있는 곳에 아무것도 없음을 깨달았다. 그러나 그는 절대적인 확신도 없이 앞으로 나아갔다. 그를 여기까지 데려온 단계들 — 러시아 금맥, 카를라 사병(私兵)의 흔적, 그 흔적을 지우려는 헤이든의 철두철미한 노력 — 을 전부 되짚어 보아도 답은 나오지 않았다. 이러한 외적인 이유 외에도 스마일리는 더욱 어둡고 훨씬 더 모호하며 그의 이성이 계속 거부하는 동기가 자기 내면에 있음을 알고 있었다. 그는 그것을 카를라라고 불렀다. 한 남자를 향한 증오의 불씨가 그의 내면 어딘가에서 전설의 찌꺼기처럼 타오르는 것은 사실이었다. 그 남자는 스마일리의 내밀한 믿음의 신전 — 그가 사랑했던 조직, 친구들, 조국, 인간사의 합리적인 균형이라는 관념 — 을, 어쨌든 그중에서 남아 있는 부분들을 파괴하려 했다. 그리고 전생이나 전생의 전생처럼 느껴지는 까마득한 옛날에 무더운 인도의 감옥에서 두 남자가, 스마일리와 카를라가, 철제 책상을 사이에 두고 실제로 얼굴을 마주했던 것도 사실이었다. 그러나 당시 스마일리는 자신이 숙명과 마주하고 있음을 꿈에도 몰랐다. 카를라의 머리는 모스크바의 단두대에 올라가 있었다. 스마일리는 그를 서방으로 꾀어내려 애썼지만 카를라는 손쉬운 변절보다 죽음이나 그보다 더한 것을 고집하며 침묵을 지켰다. 그리고 스마일리가 간이침대에서 잠을 설치며 뒤척일 때 작은 방의 어둠 속에서 가끔 그 만남의 기억이, 수염을 깎지 않은 카를라의 얼굴과 주의 깊고 은밀한 눈빛에 대한 기억이 유령처럼 나타나는 것도 사실이었다.

그러나 증오는, 그것이 사랑의 뒷면이 아니라면, 스마일리가 오래 품을 수 있는 감정이 아니었다.

스마일리는 첼시의 킹스 로드에 가까워지고 있었다. 강 근처라서 안개가 더욱 짙었다. 머리 위로 둥근 가로등이 헐벗은 나뭇가지에 매달린 중국식 제등처럼 걸려 있었다. 지나가는 자동차는 드물고 조심스러웠다. 스마일리는 길을 건너 인도를 따라 걷다가 바이워터 스트리트로 들어갔다. 정면이 평평하고 테라스가 달린 작고 깔끔한 주택이 늘어선 막다른 골목이었다. 이제 그는 도로의 서쪽에 붙어 주차된 자동차들의 그림자 속에서 조심스럽게 나아갔다. 칵테일을 마시는 시간이었고, 길 건너 창문들 너머로 이야기를 하는 사람들, 들리지는 않지만 뭐라고 외치는 입들이 보였다. 몇몇은 아는 얼굴이었고, 앤이 이름을 붙여 준 사람들도 있었다. 고양이 펠릭스, 맥베스 부인, 복어. 그는 집 앞에 다다랐다. 재결합 이후 그녀가 덧문을 파란색으로 칠해서, 아직도 파란색이었다. 그녀는 갇히는 것을 싫어했기 때문에 커튼이 젖혀져 있었다. 그녀는 책상 앞에 홀로 앉아 있었다. 그에게 보이려고 일부러 이 장면을 꾸민 것만 같았다. 아름답고 성실한 아내가 하루를 끝내며 집안일을 돌보고 있다. 음악을 듣고 있는지 안개 속으로 새어 나오는 울림이 들렸다. 시벨리우스였다. 스마일리는 음악을 잘 몰랐지만 그녀의 레코드는 전부 알았고, 예의상 시벨리우스를 여러 번 칭찬했다. 축음기는 보이지 않았지만 바닥에 놓여 있다는 것을 알았다. 그녀가 빌 헤이든과의 관계를 질질 끌 때 그를 위해 축음기를 놓아두었던 바로 그곳에. 스마일리는 그 옆에 독일어 사전이, 또 그녀의 독일 시선집이 놓여 있을까 생각했다. 지난 10년, 20년 사이에, 주로 두 사람이 화해했을 때, 그녀는 스마일리가 시를 소리 내어 읽어 줄 수 있도록 여러 번 독일어를 배우는 척했다.

스마일리가 지켜보는 가운데 그녀가 자리에서 일어나 방을 가로지르더니 아름다운 도금 거울 앞에 서서 머리 모양을 가다듬었다. 그녀가 본인에게 쓴 쪽지가 거울 틀에 끼워져 있었다. 이번에는 뭐라고 썼을까. 그가 생각했다. 〈자동차 수리 공장 폭파하기.〉〈매들린과의 점심 식사 취소하기.〉〈정육점 부수기.〉 가끔 상황이 나빠지면 그녀는 그런 식으로 그에게 메시지를 전했다. 〈조지를 억지로 웃기기, 건성으로 사과하기.〉 상황이 극도로 나빠지면 그에게 본격적인 편지를 써서 저곳에 붙여 두고 그가 가져가게 했다.

놀랍게도 그녀가 불을 껐다. 현관문에 빗장을 지르는 소리가 들렸다. 체인을 걸어. 그가 무심코 생각했다. 배넘 자물쇠도 이중으로 잠가야지. 빗장은 그것을 지탱하는 나사만큼이나 약하다고 몇 번이나 말해야겠어? 하지만 이상했다. 그가 돌아올지도 모르니 그녀가 빗장을 열어 놓을 줄 알았다. 이제 침실 불이 켜졌고, 액자 같은 창문 속에 커튼을 향해 천사처럼 팔을 뻗는 그녀의 실루엣이 보였다. 그녀가 커튼을 거의 다 치다가 멈추었기 때문에 들킨 게 아닐까 잠시 생각했지만, 곧 근시인 그녀가 안경을 쓰지 않는다는 사실을 기억해 냈다. 외출하려나 보군. 그가 생각했다. 예쁘게 차려입을 거야. 누가 이름이라도 부른 것처럼 그녀가 고개를 반쯤 돌렸다. 그녀가 입술을 움직여 장난꾸러기 같은 미소를 짓더니 팔을 다시 올려서 목 뒤로 가져갔고, 실내복 맨 위 단추를 풀기 시작했다. 그와 동시에 또 다른 손이 불쑥 나와서 커튼 틈새를 불쑥 닫았다.

오, 〈안 돼〉. 스마일리가 절망에 빠져 생각했다. 제발! 내가 가버릴 때까지 기다려!

잠시, 또는 그보다 조금 더 오래, 스마일리는 인도에 서서 깜깜해진 창문을 믿을 수 없다는 듯이 바라보았다.

마침내 분노가, 수치심이, 결국에는 자기혐오가 육체적인 고통처럼 피어오르자 그는 몸을 돌리고 킹스 로드를 향해서 미친 듯이 서둘러 걸어갔다. 이번에는 누구일까? 또 나르시시즘에 빠져 춤을 추는 철없는 발레 무용수일까? 그녀의 비천한 사촌인 정치가 마일스일까? 아니면 근처 술집에서 데려온 하룻밤짜리 아도니스?

외선 전화가 울렸을 때 피터 길럼은 술에 약간 취해 오락실에 혼자 앉아서 몰리 미킨의 육체와 조지 스마일리의 귀환을 똑같이 갈망하고 있었다. 그가 즉시 수화기를 들자 화가 난 폰이 숨을 헐떡이며 말했다.

「놓쳤어! 나를 따돌렸어!」

「그렇다면 네가 빌어먹을 멍청이지.」 길럼이 만족스럽게 쏘아붙였다.

「멍청이는 무슨! 집으로 갔다고, 알겠어? 항상 똑같아. 내가 약간 떨어진 곳에서 기다리고 있었는데 큰길로 다시 나오더니 나를 봤어. 쓰레기라도 보는 듯한 눈빛으로. 진짜 〈쓰레기〉 말이야. 정신을 차려 보니 나밖에 없었어. 어떻게 그럴 수가 있지? 어디로 간 거야? 난 같은 편이잖아, 안 그래? 도대체 자기가 뭐라고 생각하는 거야? 뚱뚱한 돼지 새끼 같으니, 죽여 버릴 거야!」

길럼은 전화를 끊으면서도 껄껄 웃고 있었다.

6
프로스트 태우기

홍콩은 다시 토요일이 되었지만 태풍은 잊혔고 날이 뜨겁고 맑고 숨 막히게 타올랐다. 홍콩 클럽에서 평온하고 차분한 시계가 11시를 알리자 패널이 대어진 조용한 실내에서 시계 종소리가 멀리 떨어진 주방 바닥에 숟가락을 떨어뜨리는 소리처럼 울렸다. 좋은 자리는 지난 목요일 자 『텔레그래프』를 읽은 사람들이 이미 차지했다. 신문은 본국의 도덕적, 경제적 고난을 어둡게 그렸다.

「파운드가 또 떨어졌어.」굳은 목소리가 파이프를 문 채 투덜거렸다. 「전기도 파업. 철도도 파업. 조종사도 파업.」

「파업을 안 하는 데가 어딘데? 그게 중요하지.」마찬가지로 딱딱하게 굳은 또 다른 목소리가 말했다.

「내가 소련 정부라면 우리가 최고로 잘하고 있다고 말하겠지.」처음 말했던 사람이 말끝에 분노를 담아 군대 조로 대꾸하더니 한숨을 쉬면서 드라이 마티니를 두 잔 주문했다. 두 사람 다 스물다섯 살을 넘지 않았지만 해외에서 일확천금을 노리는 애국자는 빨리 늙는 법이다.

반대로 외국인 기자 클럽은 일반인이 기자보다 훨씬 많아서 교회 같은 분위기였다. 상하이 볼링 클럽은 그들을 하나로 묶어 줄 크로 영감이 없었기 때문에 뿔뿔이 흩어졌고 홍콩 식민지를 아예 떠난 사람도 여럿이었다. 사진 기자들은 우기가 끝났으니 대규모 전투가 다시 시작되겠다 싶어서 프놈펜으로 떠났다. 카우보이는 학생들이 다시 폭동을 일으키리라 예측하며 방콕으로 갔고, 루크는 지국을 지켰으며, 그의 상사인 난쟁이는 술집에서 짜증을 내며 구부정하게 앉아 있었다. 검은 바지와 흰 셔츠 차림의 소란스러운 영국인 교외 주민들은 난쟁이를 둘러싸고 1100cc 자동차의 기어 박스에 대해서 토론을 벌였다.

「하지만 이번에는 〈차가운〉 걸로. 들었나? 〈훨씬 더 차가운〉 걸로, 빨리빨리 가져와!」

로커조차도 목소리가 작았다. 오늘 아침에 그는 아내와 함께 왔다. 보르네오 성경 학교 교사였던 그녀는 단발머리에 발목까지 올라오는 양말을 신었고, 몸은 말라비틀어졌지만 입은 험했으며, 죄를 저지르기도 전에 알아보았다.

30센트 균일 요금 시내버스를 타고 클라우드뷰 로드를 따라 동쪽으로 3킬로미터 정도 가면 노스포인트가 나왔는데, 지구에서 인구 밀도가 가장 높다는 빅토리아피크를 향해 도시가 부풀어 오르는 지점이었다. 제리 웨스터비는 노스포인트 7A 블록의 높다란 건물 16층에서 짧고 꿈도 없는 깊은 잠에서 깬 매트리스에 누운 채「마이 애미 선라이즈」의 멜로디에 가사를 마음대로 붙여 부르면서 아름다운 여자가 옷을 벗는 모습을 지켜보고 있었다. 210센티미터 길이의 매트리스는 원래 가로로 놓고 중국인 가족 전원이 같이 쓰도록 만들어진 것이었는데, 제리는 발이 비어져 나오지 않는 침대가 평생 거의 처음이었다. 펫의 침대보다 훨씬 길고 토스카나에서 쓰던 침대보다도 길었다. 토스카나에서는 끌어안고 잘 여자가 있었고, 여자랑 같이 잘 때는 몸을 쭉 펴지 않았으므로 별문제는 없었다. 그러나 지금 보고 있는 여자는 맞은편 창문 너머 10미터, 아니 10킬로미터쯤 떨어져 있었다. 제리는 9일 동안 여기서 아침에 잠을 깰 때마다 그녀가 이런 식으로 옷을 벗고 씻었기 때문에 무척 흥분해서 박수까지 쳤다. 운이 좋을 때는 여자가 고개를 옆으로 기울여 검은 머리카락을 허리까지 늘어뜨리는 순간부터 시트로 몸을 얌전히 감싸고 가족 열 명이 다 같이 사는 옆방으로 돌아갈 때까지 의식 전체를 지켜볼 수 있었다. 제리는 그녀의 가족을 속속들이 알았다. 씻는 습관, 음악이나 요리 혹은 섹스에 관련된 취향, 축하 의식, 요란하고 위험한 다툼. 딱 하나 확실하지 않은 것이 있었는데, 여자가 하나냐 둘이냐는 것이었다.

여자가 사라졌지만 제리는 계속 노래했다. 힘이 솟는 기분이었다. 매번 그랬다. 프라하 뒷골목의 어느 문 앞에서 겁에 질린 요원을 만나 작은 꾸러미를 교환하려고 조용히 걸어갈 때도, 또—제리에게는 최고의 순간이자 임시 요원에게는 전례가 없는 일이었던—카스피 해변 근처에서 무선 통신원을 구출하기 위해 검게 칠한 고무보트를 타고 약 5킬로미터를 노 저어 갈 때도 그랬다. 제리는 사방에서 조여오자 똑같이 놀라운 자기 제어력을, 똑같은 활기와 똑같은 기민함을 발견했다. 그리고 똑같이 미친 듯한 두려움도 느꼈지만, 반드시 모순이라고 할 수는 없었다. 오늘이야. 제리가 생각했다. 이제 본격적인 시작이다.

작은 방이 세 개 있었는데, 전부 조각 나무 세공 마루였다. 그것이 매일 아침 제일 먼저 눈에 띄는 사실이었다. 가구라고는 하나도 없고 매트리스와 부엌 의자, 타자기가 놓인 식탁, 재떨이 역할을 하는 큰 접시 한 장, 헐벗은 미인이 실린 달력뿐이었기 때문이다. 1960년 달력이었는데, 빨강 머리 미녀의 매력은 이미 때가 지난 지 오래였다. 그는 이런 여자를 아주 잘 알았다. 녹색 눈, 급한 성미, 너무 예민해서 손가락으로 건드리기만 해도 전쟁터 같아지는 피부. 여기에 전화기 한 대, 78개의 회전판만 돌릴 수 있는 낡은 전축 하나, 벽에 박힌 실용적인 못에 걸린 진짜 아편 파이프 두 개까지 데스위시 더 훈의 관심사와 전 재산이 여기 있었다. 데스위시는 지금 캄보디아에 있었고, 제리가 그의 아파트를 빌렸다. 매트리스 옆에는 제리의 책 자루가 있었다.

전축이 멈췄다. 제리는 기분 좋게 일어서서 사롱[44]을 허리에 두르고 대충 묶었다. 그때 전화가 울려서 매트리스에 다시 앉아 전화선을 잡아끌자 마룻바닥 위로 전화기가 끌려왔다. 늘 그렇듯이 카드 게임을 하자는 루크였다.

「미안, 루크. 기사 쓰는 중이야. 혼자 휘스트 게임이나 해.」

제리는 시간 안내 번호로 전화를 걸어서 중국어 안내 다음으로 나오는 영어 안내를 들으며 시계를 초침까지 정확하게 맞췄다. 그런 다음 전축으로 가서 「마이애미 선라이즈」를 다시 최대한 크게 틀었다. 레코드는 이것 한 장밖에 없었지만 쓸모없는 에어컨 소리를 묻을 수 있었다. 그는 여전히 흥얼거리면서 옷장을 열고 낡은 가죽 손잡이가 노랗게 변한 아버지의 테니스 라켓을 집어 들었다. 1930년 즈음의 빈티지로, 자루 끝에 잉크로 〈S.W.〉라고 적혀 있었다. 제리가 손잡이를 돌리더니 안쪽에서

---

44 말레이시아, 인도네시아, 스리랑카, 인도 등지에서 남녀 구분 없이 허리에 두르는 면·명주 등을 염색한 민속 의상. 색상이 고운 세로줄 무늬의 평직 면포를 말한다.

초소형 카메라 필름 용기 네 개, 지렁이 같은 회색 충전
재, 체인 자가 달린 낡은 초소형 카메라를 꺼냈다. 제리
안의 보수주의자는 새러트가 그에게 강요했던 화려한 모
델보다 이 카메라를 더 좋아했다. 그는 카메라에 필름을
넣고, 감도를 설정하고, 조도를 시험하기 위해서 빨강 머
리의 가슴을 세 장 찍었다. 그런 다음 샌들을 신고 부엌
으로 걸어가서 냉장고 앞에 경건하게 무릎을 꿇고 냉장
고 문을 고정하는 프리 포레스터스[45] 넥타이를 풀었다.
그가 오른쪽 엄지손톱을 부식된 고무 패킹 사이로 밀어
넣자 요란하게 찢어지는 소리가 났다. 제리는 달걀 세 개
를 꺼낸 다음 넥타이를 묶어 문을 다시 고정했다. 달걀이
삶아지는 동안 그는 창가로 가서 창틀에 양쪽 팔꿈치를
올리고 방범 철조망 틈 사이를 흥미롭게 내다보았다. 그
가 무척 좋아하는 옥상들이 거인의 디딤돌처럼 점점 낮
아지면서 해안까지 이어졌다.

옥상은 그 자체로 문명이었고, 맹렬한 도시에 맞서는
숨 막히는 생존 투쟁을 보여 주는 극장이었다. 철조망으
로 둘러싸인 구역 안에서 노동을 착취하는 공장은 아노
락을 생산했고, 종교 의식이 거행되었으며, 마작도 했고,
점쟁이가 선향을 피우고 커다란 갈색 책을 뒤적였다. 그
의 앞에는 몰래 들여온 흙으로 만든 어엿한 텃밭이 있었
다. 그 밑에서는 노파 세 명이 식용 차우차우 새끼들을

45 영국의 유명한 아마추어 크리켓 클럽.

살찌우고 있었다. 춤, 낭독, 발레, 레크리에이션, 격투기 학교가 있었고, 교양과 마오쩌둥의 기적을 가르치는 학교도 있었다. 오늘 아침에는 제리의 달걀이 익는 동안 어느 노인이 유연 체조에 대한 일장 연설을 끝낸 다음 작은 접이식 의자를 펴서 매일 똑같은 일과에 따라 위인의 사상에 대한 책을 읽었다. 가난한 이들 중에서 그래도 형편이 되는 사람들은 옥상이 없으면 자기 집 거실 바닥과 연결되는 골조를 직접 만들어서 가로 60센티미터, 세로 2.4미터 정도 되는 아찔한 망대 같은 테라스를 꾸몄다. 데스위시는 사람들이 항상 자살하기 때문에 여기가 마음에 든다고 말했다. 그는 여자를 안을 때만 빼면 니콘 카메라를 들고 창가를 지키면서 자살 장면을 포착하려 했지만 성공한 적은 한 번도 없었다. 오른쪽 밑에 묘지가 있었기 때문에 데스위시는 재수가 없다며 집세를 몇 달러 깎았다.

제리가 달걀을 먹고 있는데 전화가 다시 울렸다.

「무슨 기사?」루크가 말했다.

「완차이 창녀들이 빅 무를 유괴했어.」제리가 말했다. 「스톤커터스섬으로 데려가서 인질로 잡고 몸값을 요구하고 있지.」

루크 외에는 주로 데스위시의 여자들이 전화를 걸어왔지만 제리를 대신 만나려고 하지는 않았다. 샤워실에 커튼이 없었기 때문에 제리는 욕실이 물바다가 되지 않도록 타일 발린 구석에 권투 선수처럼 몸을 쭈그리고 앉아서 씻어야 했다. 그는 침실로 돌아와 양복을 입고 빵칼을 들고서 방구석에서부터 마룻바닥의 나뭇조각을 열두 개 헤아린 다음 칼날로 열세 번째 조각을 들어 올렸다. 타르 같은 바닥을 움푹하게 파낸 공간에 비닐봉지가 하나 있었다. 고액과 소액이 섞인 미국 지폐 한 뭉치, 탈출용 여권, 운전면허증, 하청업자 워렐이라는 이름으로 발급된 여행자 신용 카드, 권총 한 자루가 들어 있었다. 서커스는 엄격하게 금지했지만, 여행을 다닐 때 권총을 가지고 다니기 싫어하는 데스위시에게서 제리가 입수한 총이었다. 그는 이 보물 창고에서 백 달러짜리 지폐 다섯 장만 꺼낸 다음 나뭇조각을 다시 끼웠다. 제리는 카메라와 여분 필름 두 개를 주머니에 넣고 휘파람을 불면서 작은 층계참으로 나갔다. 현관문에 흰색으로 칠한 창살문이 달려 있었으므로 평범한 강도가 들 경우 90초 정도 시간을 끌 수 있었다. 제리가 한가할 때 자물쇠를 따보니 시간이 딱 그 정도 걸렸다. 엘리베이터 버튼을 누르자 중국인이 가득 들어찬 엘리베이터가 도착하더니 전부 내렸다. 매번 그랬다. 중국인들이 보기에 제리는 너무 크고, 너무 못생기고, 너무 외국인이었다.

제리는 시내버스의 칠흑 같은 어둠 속으로 뛰어들면서 이런 곳에서도 성 조지의 아이들은 제국을 구하기 위해 나아가는 것이라고 짐짓 쾌활하게 생각했다.

〈준비에 할애하는 시간은 절대 쓸모없는 시간이 아니다〉라는 것은 역감시에 대한 보육원의 투박한 금언이었다.

가끔 제리는 더도 덜도 아닌 새러트의 인간이었다. 일반적인 논리에 따르면 목적지로 곧장 갈 수도 있었다. 그럴 이유가 충분했다. 게다가 어젯밤에 같이 흥청망청 술도 마셨으므로, 일반적인 논리에 따르면 문 앞까지 택시를 타고 가서 노크도 없이 기분 좋게 들어가 새로 찾은 죽마고우를 만나서 일을 끝내지 않을 이유가 하나도 없었다. 그러나 지금은 일반적인 논리를 따를 때가 아니었다. 새러트식으로 보자면 바야흐로 제리는 작전의 결정적 순간에 다가가고 있었다. 즉, 등 뒤에서 뒷문이 쾅 닫히고 이제 앞으로 나아갈 수밖에 없는 순간이었다. 그의 안에서 지난 20년간의 스파이 활동 경험이 전부 깨어나 〈조심해〉라고 외치는 순간이었다. 만약 제리가 덫을 향해 걸어가고 있다면 지금이 바로 덫이 튀어나올 순간이었다. 적이 제리의 경로를 미리 알고 있다 해도 가는 곳마다 고정 감시조가 자동차 안이나 창문 뒤에서 잠복하고 있을 것이고 실수나 엇갈림에 대비해서 미행 팀이 붙어 있을 것이다. 제리가 본격적으로 시작하기 전에 상황을 살필 마지막 기회가 있다면 바로 지금이었다. 어젯밤에는 평소 자주 다니는 동네에서 홍콩 보안 기관원 백 명에게 감시를 당했다 해도 그들의 목표가 제리인지 확신

할 수 없었다. 그러나 여기에서는 제리가 움직임을 바꿔 상대방의 그림자를 셀 수 있었다. 적어도 이론상으로는 알아낼 기회가 있었다.

제리가 손목시계를 흘긋 보았다. 정확히 20분 남았는 데, 서양인이 아닌 중국인의 걸음으로도 7분이면 충분하 다. 그래서 제리는 어슬렁거렸지만 절대 빈둥대지는 않 았다. 다른 나라였다면, 홍콩을 제외한 세계 어디였던들 그는 여유를 더 가졌을 것이다. 새러트에서 배운 바에 따 르면 철의 장막 너머에서는 반나절, 가능하면 그 이상 여 유를 두는 것이 좋다고 했다. 제리는 길 중간까지 걸어갔 다가 돌아오려고 일부러 자기 앞으로 편지를 부치곤 했 다. 우체통 앞에 멈췄다가 다시 돌아오면서 비틀거리는 사람이나 황급히 얼굴을 숨기는 사람을 확인하고 전형적 인 미행 팀 — 도로를 사이에 두고 같은 편에 두 명, 건너 편에 세 명, 조금 앞서가는 사람 한 명 — 을 찾는 것이다.

그러나 역설적이지만 오늘 아침 제리는 확인 순서를 열심히 따르면서도 마음 한구석으로는 시간 낭비임을 이 미 알고 있었다. 동양에서 백인은 평생 같은 블록에 살면 서도 자기 집 문 앞에서 비밀리에 주고받는 손짓을 전혀 눈치채지 못할 수 있었다. 제리가 모퉁이를 돌아 분주한 거리로 들어설 때마다 남자들이 기다리고, 빈둥거리고, 쳐다보고, 애를 써서 아무것도 하지 않는 중이었다. 거지 가 별안간 기지개를 켜면서 하품을 했고, 다리를 저는 구두닭이 소년이 제리의 발을 향해 돌진하다가 그가 얼른 발을 빼자 솔 등을 맞부딪쳐 딱딱 소리를 냈다. 다인종 포르노를 팔던 노파가 손을 동그랗게 말고 위쪽 대나무 비계를 향해 빽 소리를 질렀다. 제리는 이들의 행동을 머릿속에 기록했지만 20년 전, 아니 자그마치 25년 전 동양에 처음 왔을 때와 다름없이 오늘도 잘 모르겠기는 매한가지였다. 포주인가? 도박꾼일까? 색색의 사탕 껍질로 마약을 싸서 돌아다니며 파는 장사꾼 —「노란색 2달러, 파란색 5달러, 어때요? 아니면 헤로인을 찾아요?」— 일까? 아니면 길 건너 노점에서 밥을 한 그릇 주문하는 사람일까? 동양에서 살아남으려면 자신이 아무것도 모른다는 사실을 알아야 한다.

그는 가게 대리석 외벽에 비친 모습을 보고 있었다. 호박이 늘어선 선반, 옥이 늘어선 선반, 신용 카드를 사용할 수 있다는 표지판, 전기 기기들, 아무도 가지고 다닐 것 같지 않은 검은색 여행 가방으로 쌓은 피라미드. 카르티에 매장에서 아름다운 여자가 벨벳 트레이에 진주 제품을 넣으며 가게를 닫을 준비 중이었다. 그녀가 제리의 존재를 느끼고 시선을 들어 그를 보았다. 그러자 다른 일에 신경을 곤두세우고 있었음에도 불구하고 그의 안에 숨어 있던 남자의 본능이 잠시 요동쳤다. 그러나 우물쭈물하는 미소와 낡은 양복, 사슴 가죽 부츠를 흘깃 본 것만으로 여자는 알아야 할 것을 모두 알았다 — 제리 웨스터비는 잠재적인 고객이 아니었다. 신문 가판대를 지나치면서 흘깃 보니 새로운 전투 소식이 실려 있었다. 중국어 신문 1면에는 떼죽음을 당한 아이들, 비명을 지르는 어머니들, 미국 헬멧을 쓴 군대의 사진이 실려 있었다. 베트남인지 캄보디아인지 한국인지 필리핀인지 알 수 없었다. 헤드라인의 붉은 글자가 사방으로 튄 핏자국 같았다. 데스위시는 운이 좋을지도 몰랐다.

제리는 어젯밤에 마신 술 때문에 목이 말라서 만다린 오리엔탈 호텔로 들어가 어둑한 캡틴스 바에 뛰어들었지만 남자 화장실에서 물만 마셨다. 그는 호텔 로비로 다시 나와서 『타임』을 샀지만 사복 경비원들이 자신을 보는 눈빛이 마음에 들지 않아서 호텔을 나섰다. 군중 사이로 다시 들어간 제리는 우체국 쪽으로 어슬렁어슬렁 걸어갔다. 1911년에 세워졌다가 나중에 철거되었는데, 당시에는 보기 드물고 추하고 낡은 건물이었지만 주변의 지저분한 콘크리트 건물들 때문에 아름다워 보였다. 그런 다음 제리는 아치길을 다시 돌아가서 페더 스트리트로 접어들었고, 우편물 자루들이 도살장의 칠면조처럼 질질 끌려가는 녹색 물결무늬 다리 밑을 통과했다. 그런 다음 다시 돌아서 길을 건너 코노트 센터 건물로 들어갔는데, 적의 미행을 속아 내기 위해서 육교를 이용했다.

철강재가 반짝이는 로비에서 시골뜨기 여자가 멈춰 선 에스컬레이터의 톱니를 강철 솔로 문질러 닦았고, 복

도에서는 중국 학생들이 공손한 침묵 속에서 헨리 무어
의 조형 작품 「점이 있는 타원」을 바라보고 있었다. 제리
가 뒤를 돌아보니 벌집 같은 힐튼 호텔 때문에 오래된 법
원의 갈색 돔이 왜소해 보였다. 《웨스터비 형사 재판.》
그가 생각했다. 〈피고는 협박, 부패, 거짓 애정 그리고 날
이 저물기 전에 우리가 꾸며 낼 몇 가지 혐의를 받고 있
습니다, 재판장님.〉 항구는 선박들로 활기가 넘쳤는데,
대부분 작은 배였다. 항구 너머 군데군데 움푹 팬 신제의
산들이 우중충한 구름 같은 스모그를 밀어내려 애를 쓰
고 있었지만 소용없었다. 산발치에 새로 지은 창고와 공
장 굴뚝들이 갈색 연기를 뱉어냈다.

　제리는 왔던 길을 되돌아가 스코틀랜드계 대형 회사
들 앞을 지났다. 자딘스, 스와이어, 전부 문이 닫혀 있었
다. 휴일인가 보군. 그가 생각했다. 우리의 휴일일까, 저
들의 휴일일까? 동상 광장에서 느긋한 카니발이 열렸고
분수, 파라솔, 코카콜라 장수들이 보였다. 50만 명쯤 되
는 중국인들이 떼를 지어 서 있거나 맨발의 군대처럼 지
나치면서 덩치 큰 제리를 흘끔거렸다. 확성기 소리, 공사
장의 드릴 소음, 울부짖는 음악. 제리가 잭슨 로드를 건
너자 소음이 약간 작아졌다. 앞쪽의 완벽한 영국식 잔디
밭에서 흰옷 차림의 남자 열다섯 명이 쉬고 있었다. 종일
걸리는 크리켓 경기가 이제 막 시작했다. 수비 진영 끝에
서 마르고 거만해 보이는 남자가 유행 지난 모자를 쓰고

배팅 글러브를 만지작거리고 있었다. 제리는 잠시 멈춰
서서 기분 좋은 익숙함 때문에 씩 웃으며 경기를 지켜보
았다. 투수가 공을 던졌다. 구속은 보통, 안쪽으로 휜 투
구, 데드 위켓.[46] 타자가 우아하게 배트를 휘둘렀지만 공
을 맞추지 못하고 느린 동작으로 공에 맞았다. 제리는 박
수도 나오지 않는 길고 지루한 경기가 되겠다고 예상했
다. 그는 어느 팀과 어느 팀의 대결일까 생각하다가 늘
그렇듯 빅토리아파크의 마피아들끼리 하는 경기인가 보
다 생각했다. 외야 너머 길 건너편에 중국은행이 우뚝 솟
아 있고 마오쩌둥을 찬양하는 진홍색 슬로건이 이 거대
한 기념비를 장식했다. 그 밑에서 화강암으로 만든 사자
들이 보이지도 않는 눈으로 주변을 바라보았고 흰 셔츠
차림의 중국인들이 그 옆에서 서로 사진을 찍어 주었다.

　그러나 제리가 눈여겨보고 있는 은행은 투수의 팔 바
로 뒤에 서 있었다. 꼭대기에 영국 국기가 걸려 있고 밑
에는 현금 수송차 한 대가 국기보다 더 당당하게 서 있었
다. 자동차 문이 열려 있고 반들반들한 내부가 황동광처
럼 반짝였다. 제리가 은행 쪽으로 우물쭈물 다가갈 때 갑
자기 캄캄한 은행에서 헬멧을 쓴 경비원들이 코끼리 사
냥총을 든 키 큰 인도인들의 호위를 받으며 나타나서 검
은 현금 상자 세 개를 성체라도 되는 것처럼 조심스럽게
들고 넓은 계단을 내려왔다. 현금 수송차가 출발했고, 그

46 공이 잘 튀지 않는 구장.

런 다음 은행 문이 닫히는 환영이 보여서 제리는 속이 좋지 않았다.

논리적인 생각은 아니었지만 신경질적인 상상도 아니었다. 정원사가 가뭄을 예상하거나 운동선수가 중요한 시합 전날 밤에 바보같이 발을 삘 것 같다고 생각하듯, 혹은 20년 동안 근무한 현장 요원이 예측 불가능한 실패를 예견하듯, 비관주의로 훈련된 제리는 실수를 예상했다. 그러나 문은 그대로 열려 있었고, 제리는 왼쪽으로 방향을 틀었다. 그는 경비원들에게 한숨 돌릴 시간을 주자고 생각했다. 지금은 현금 상자를 호위하느라 신경이 곤두서서 지나칠 만큼 날카롭게 관찰하고 여러 가지를 기억할 것이다.

제리는 뒤로 돌아서서 생각에 잠긴 듯 천천히 홍콩 클럽 쪽으로 걸어갔다. 웨지우드의 주랑 현관, 줄무늬 블라인드, 문 앞에서 풍기는 퀴퀴한 영국 요리의 냄새. 위장(僞裝)은 거짓이 아니라고들 한다. 위장이란 스스로도 그렇게 믿는 것이다. 위장은 자신의 정체이다. 〈토요일 아침, 별로 유명하지 않은 기자 제럴드 웨스터비 씨는 단골 술집으로 향하고…….〉 제리는 클럽 계단에서 걸음을 멈추고 주머니를 어루만진 다음 빙글 돌아서 목적지를 향해 단호하게 출발했다. 그는 걸음을 바꾸는 사람은 없는지, 시선을 돌리는 사람은 없는지 마지막으로 살피면서 광장의 길쭉한 두 변을 따라 걸었다. 〈제럴드 웨스터비 씨는 주말에 쓸 현금이 부족하다는 사실을 깨닫고 은행에 잠깐 들르기로 한다.〉코끼리 사냥총을 아무렇게나 멘 인도인 경비원들이 별 관심 없이 그를 빤히 보았다.

〈하지만, 제럴드 웨스터비 씨는 들어가지 않는다!〉

제리는 바보 같은 자신을 욕하며 12시가 넘었음을 기억해 냈다. 은행의 일반 업무 구역은 12시 정각에 닫는다. 12시 이후에는 위층만 열었는데, 애초에 제리는 그쪽으로 갈 생각이었다.

진정해, 그가 생각했다. 넌 생각이 너무 많아. 생각하지 말고 움직여. 〈맨 처음에 행위가 있었다.〉누가 해준 말이었더라? 빌어먹을. 조지다, 조지가 괴테를 인용했다. 하필이면 그가 한 말이라니!

안으로 들어가자마자 당황스러운 느낌이 별안간 그를 덮쳤고, 제리는 그것이 공포임을 깨달았다. 그는 배가 고팠다. 피곤했다. 조지는 왜 제리를 이렇게 혼자 내버려두었을까? 왜 제리는 혼자서 모든 일을 해야 했을까? 몰락 이전이었다면 만일의 경우에 대비해서 제리보다 먼저 베이비시터들을 — 심지어는 은행 내부인을 — 배치했을 것이다. 제리가 건물을 나서기도 전에 전리품을 받아갈 접수 팀과 제리가 급히 도망쳐야 할 때를 대비한 탈출용 차량도 있었을 것이다. 하지만 그 대신 런던에서 — 제리가 스스로를 납득시키며 달콤하게 생각했다 — 친애하는 빌 헤이든이 이 모든 사실을 러시아에 알리고 있었겠지, 안 그래? 제리는 이런 생각을 하면서 억지로 멋진 환영을 떠올렸다. 카메라 플래시처럼 순간적이었지만 천천히 사라졌다. 신께서 내 기도에 응답하셨잖아. 그가 생각했다. 어쨌든 예전과 같은 나날이 돌아왔고, 거리는 호화로운 조역들로 활기가 넘쳤다. 그의 뒤에서 파란색 푸조가 멈췄고, 차 안에 앉은 황소 같은 백인 두 명이 해피밸리 경마 일정표를 살펴보았다. 라디오 안테나, 작업. 제리의 왼쪽에서 카메라와 관광 안내서를 든 미국인 부인들이 구경해야 한다는 의무감 때문에 어슬렁거렸다. 그리고 제리가 입구를 향해 빠르게 다가갈 때 근엄한 금융가 두어 명이 은행에서 나왔는데, 감시자가 호기심 많은 시선을 꺾을 때 쓰는 그런 무서운 눈빛이었다.

늙었군. 제리가 속으로 생각했다. 너도 한물갔어, 분명해. 노망과 두려움에 압도당한 거야. 그는 뜨거운 봄날의 수컷 울새처럼 경쾌한 걸음으로 계단을 올라갔다.

로비는 기차역처럼 크고 음악도 웅장했다. 일반 업무 구역은 잠겨 있었다. 누가 숨어 있는 기색도 없고 멍하니 서성이는 경비원도 보이지 않았다. 금빛 새장 같은 엘리베이터에는 담배꽁초를 버릴 수 있도록 모래가 채워진 재떨이가 있었다. 그러나 9층으로 올라가니 아래층의 웅장함은 모두 사라졌다. 공간은 곧 돈이었다. 좁은 크림색 복도가 텅 빈 안내 데스크로 이어졌다. 제리는 편안하게 어슬렁거리면서 비상구와 업무용 엘리베이터를 눈여겨보았다. 그가 몸을 피해야 할 때를 대비해서 가정 교사[47]들이 이미 약도에 그려 주었다. 그토록 적은 자원을 가지고 이렇게 많이 알아 냈다니, 제리는 참 이상하다고 생각했다. 어딘가에서 건축 도면을 찾아낸 것이 분명했다. 카운터의 티크재 표지판에 〈신탁부 문의〉라고 적혀 있었다. 또 점성술에 대한 더러운 문고판 책이 펼쳐져 있었는데, 메모가 많이 적혀 있었다. 그러나 토요일이라서 접수 담당자는 없었다. 토요일에 작업하기가 제일 좋다고들 했다. 그는 양심의 거리낌 없이 활기차게 주변을 둘러보았다. 두 번째 복도가 건물 끝까지 이어졌는데 왼쪽에는 사무실 문들이, 오른쪽에는 비닐을 씌운 축축한 칸막이가 있었다. 칸막이 너머에서 누군가 법률 문서를 작성하느라 전기 타자기를 느릿하게 치는 소리와 점심 식사와 자유로운 오후 시간을 기다리는 것 말고는 별로 할 일이 없는 중국인 비서들의 느긋한 토요일의 대화가 들려왔다. 광택이 반들반들한 문은 총 네 개였고, 안을 들여다보거나 밖을 내다볼 수 있는 동전 크기의 구멍이 있었다. 제리는 양손을 주머니에 넣고 약간 정신이 나간 듯한 미소를 떠올린 채 취미 생활이라도 하는 것처럼 흘끔거리며 복도를 따라 느긋하게 걸어갔다. 왼쪽 네 번째, 문 하나 창문 하나짜리 방이라고 했다. 직원 한 명이 제리를 지나쳤고

47 bearleader. 작전 지휘관을 지칭하는 서커스 은어.

딸깍이는 멋진 힐을 신은 비서도 한 명 지나쳤지만 제리
는 초라하긴 해도 유럽인인 데다가 양복 차림이었기 때문
에 아무도 그를 의심하지 않았다.

「안녕하세요, 여러분.」 그가 중얼거리자 그들이 〈좋은
하루 보내세요〉라고 인사했다.

복도 끝에도 창문에도 철창이 있었다. 제리는 천장의
푸른 상야등을 보고 보안 때문이겠거니 생각했지만 정확
한 이유는 몰랐다. 화재, 방범, 또는 무엇 때문인지 그는
몰랐고, 가정 교사들도 아무 말 하지 않았으며, 과학은 그
의 특기가 아니었다. 첫 번째 방은 사무실이었는데, 창가
의 먼지 쌓인 스포츠 트로피 몇 개와 페그 보드 벽에 꽂힌
은행 육상 클럽의 로고 자수만 빼면 아무도 없었다. 그는
〈신탁〉이라고 적힌 사과 상자 더미를 지나쳤다. 증서와
유언장이 가득 든 것 같았다. 옛날 중국 회사의 쩨쩨한 전
통이 쉽게 사라지지 않는 듯했다. 〈출입 금지〉라고 적힌
표지판과 〈예약 필수〉라는 표지판이 붙어 있었다.

두 번째 문은 복도와 역시 아무도 없는 작은 기록 보관
실로 이어졌다. 세 번째 문은 〈임원 전용〉 화장실이었고,
네 번째 문은 바로 옆에 직원 게시판이 걸려 있고 문설주
에 빨간 전등이 달려 있었으며 커다란 문패에 레터링 스
티커로 〈J. 프로스트, 신탁국 부국장, 예약 필수, 전등이
켜져 있으면 들어오지 마시오〉라고 적혀 있었다. 그러나
전등은 꺼져 있었고 동전 크기의 구멍 너머로 책상 앞에

혼자 앉아 있는 남자가 보였다. 동석자라고는 서류 더미와 영국 법률 문서 양식에 따라 돌돌 말아서 녹색 실크 리본으로 묶은 비싼 종이, 지금은 꺼져 있지만 원래는 주가를 보여 주는 폐쇄 회로 텔레비전 두 대뿐이었다. 고급 중역의 이미지에 필수적인 항구 전망이 역시 필수적인 베니션 블라인드 때문에 연필 같은 회색 선으로 잘게 나뉘어 있었다. 로빈 후드 같은 초록색의 말쑥한 리넨 양복을 입은, 번들거리고 땅딸막하고 유복해 보이는 남자가 토요일치고는 너무나 성실하게 일하고 있었다. 이마에서 땀이 흐르고 겨드랑이 쪽은 검은 초승달 무늬가 생겼고 ― 사정을 잘 아는 제리의 눈에는 ― 폭음에서 아주 서서히 회복 중인 남자답게 둔하고 움직임이 없었다.

코너 사무실이군. 제리가 생각했다. 문도 하나뿐이고, 분명 여기야. 이제 밀기만 하면 시작이다. 그가 텅 빈 복도를 마지막으로 살폈다. 제리 웨스터비가 나가신다. 그가 생각했다. 대사가 떠오르지 않으면 춤을 추면 되지. 곧 문이 열렸다. 제리는 최대한 수줍은 미소를 지으며 경쾌하게 들어갔다.

「프로스티, 안녕. 〈최고군.〉 내가 늦은 거야, 너무 빨리 온 거야? 참, 저기서 진짜 〈놀라운〉 일이 있었어. 복도에 말이야, 법률 서류로 가득한 사과 상자가 잔뜩 쌓여 있더군 ― 걸려 넘어질 뻔했지 뭐야. 그런 생각이 들었지. 〈프로스티의 고객은 누굴까? 콕스 오렌지 피핀? 아니면 뷰

237

티 오브 배스?⟩[48] 자네를 아니까 뷰티 오브 배스겠구나, 생각했지. 어젯밤에도 그렇게 야단법석이었으니 참 웃기다 싶더라고.」

깜짝 놀란 프로스트에게는 이 모든 말이 어설프게 들렸겠지만 어쨌거나 제리는 사무실로 들어가서 재빨리 문을 닫을 수 있었다. 그는 넓은 등으로 유일한 외시경을 가렸다. 마음속으로는 연착륙 성공에 대해 새러트에게 감사 기도를 보냈고 조물주에게는 이제부터 보살펴 달라고 기도 드렸다.

제리가 안으로 들어가자 잠시 연극 같은 순간이 이어졌다. 프로스트는 햇빛 때문에 눈이 아프다는 듯 눈을 반쯤 감은 채 천천히 고개를 들었는데, 진짜 아팠을지도 몰랐다. 그는 제리를 발견하고 움찔 시선을 피했다가 진짜인지 확인하려고 다시 보았다. 그런 다음 손수건으로 이마를 닦았다.

「세상에.」 프로스트가 말했다. 「높으신 분 아니신가. 밉살스러운 귀족께서 여기는 대체 무슨 일이지?」

아직 문 앞에 서 있던 제리는 환한 웃음으로 답했고, 아메리카 인디언식으로 한 손을 들어 인사하면서 주의해야 할 부분을 정확히 파악했다. 전화기 두 대, 회색 인터

48 둘 다 사과 품종 이름이다. ⟨뷰티 오브 배스⟩는 ⟨배스의 미녀⟩라는 뜻도 된다.

폰 상자, 열쇠 구멍은 있지만 번호 자물쇠는 달려 있지 않은 금고였다.

「어떻게 들어왔지? 작위를 들먹였나 보군. 여기까지 찾아오다니, 무슨 꿍꿍이야?」하는 말과 달리 썩 기분이 나빠 보이지 않는 프로스트가 책상 앞에서 일어나 건들 건들 방을 가로질렀다. 「알겠지만 여긴 매춘굴이 아니라고. 어엿한 은행이지. 일단은 말이야.」

프로스트가 덩치 큰 제리의 바로 앞까지 다가와서 허리에 양손을 얹고 놀란 표정으로 고개를 저으며 그를 물 끄러미 보았다. 그런 다음 제리의 팔을 툭툭 치고 계속 고개를 저으며 그의 배를 쿡 찔렀다.

「알코올 중독에다가 방종하고 색정적이고 여자나 좋아하는──」

「신문 기자지.」제리가 알려 주었다.

프로스트는 아직 마흔을 넘기지 않았지만 자연은 이미 그에게 소심한 사람의 표지 ── 백화점 매장 지배인처럼 소매와 손가락에 지나치게 신경 쓰고 입술을 적시면서 꼭 다무는 버릇 ── 를 잔인하게 새겨 놓았다. 프로스트는 그 대신 즐거움을 숨김 없이 드러냈는데, 그래서 지금도 축축한 뺨이 햇살처럼 빛났다.

「그럼.」제리가 말했다. 「독이나 한 모금 할까.」그가 이렇게 말하며 담배를 권했다.

「세상에.」프로스트가 이렇게 말하더니 열쇠고리에 달

린 열쇠로 고풍스러운 호두나무 목재 벽장을 열었다. 안에는 거울이 붙어 있고 가짜 체리가 달린 칵테일 스틱, 핀업 걸이나 분홍색 코끼리 그림이 그려진 장난스러운 술잔 등이 늘어서 있었다.

「블러디 메리?」

「그거라면 잘 넘어가겠군.」 제리가 동의했다.

열쇠고리에 놋쇠로 만든 처브 열쇠가 하나 달려 있었다. 금고 역시 처브 제품이었는데, 낡아서 상표의 금칠이 벗겨지고 초록색 페인트가 드러났지만 좋은 금고였다.

「자네처럼 방탕한 귀족한테 할 말이 있어.」 프로스트가 화학자처럼 재료를 따르고 섞으며 큰 소리로 말했다. 「자네들은 유흥가를 아주 잘 알지. 눈가리개를 하고 솔즈베리 평원[49]에다가 던져 놔도 30초 만에 매춘굴을 찾아낼 거야. 여자도 모르고 성격이 예민한 나는 어제 깜짝 놀랐다고. 작고 연약한 마음이 흔들렸다니까, 정말로 — 그만 따를까? — 충격에서 회복되면 자네한테 주소나 몇 개 받아야겠어. 회복을 한다면 말이지만. 그럴 것 같지가 않아.」

제리는 프로스트의 책상으로 다가가서 서류를 대충 넘겨본 다음 인터폰 스위치를 만지작거렸다. 그는 커다란 검지로 스위치를 하나씩 올렸다가 내렸지만 아무도

49 잉글랜드 윌트셔주의 평원. 신석기 시대의 거석(巨石) 기념물인 스톤헨지로 유명하다.

받지 않았다. 〈사용 중〉이라고 적힌 버튼이 있었다. 제리가 그것을 누르자 복도의 램프가 켜지면서 구멍이 장밋빛으로 빛났다.

「어젯밤 여자들 말이야.」 프로스트가 여전히 등을 돌린 채 병을 달그락거리며 말했다. 「정말 대단했어. 충격적이었지.」 프로스트가 즐겁게 웃으면서 양팔을 활짝 벌린 채 잔을 들고 방을 가로질렀다. 「이름이 뭐였더라? 이런, 이런!」

「7번이랑 24번.」 제리가 건성으로 말했다.

그는 몸을 숙이고 책상 어딘가에 분명히 있을 비상벨을 찾고 있었다.

「7번이랑 24번!」 프로스트가 기뻐하며 되풀이했다. 「완전 시 한 편이군! 자네는 기억력도 좋아!」

제리는 서랍 기둥의 무릎 높이 부근에 나사로 고정된 회색 상자를 발견했다. 꺼진 상태로 열쇠가 꽂혀 있었다. 그가 열쇠를 빼서 주머니에 넣었다.

「기억력은 진짜 좋다니까.」 프로스트가 신기하다는 듯이 다시 말했다.

「신문 기자가 다 그렇지, 뭐.」 제리가 몸을 펴며 말했다. 「기억력이라면 마누라보다 기자가 더하지.」

「자. 이리 와. 거긴 성역이야.」

제리가 프로스트의 커다란 탁상용 다이어리를 집어 들고 오늘 일정을 유심히 살폈다.

「세상에.」 그가 말했다. 「아주 바쁘군그래? N은 누구지? N, 8시부터 10시까지? 설마 장모님은 아니겠지?」

프로스트가 잔에 입술을 대고 술을 탐욕스럽게 마시다가 우습게도 사레가 들려서 괴로워하더니 다시 회복했다. 「장모님은 빼줘, 응? 심장이 멎을 뻔했잖아. 건배.」

「멍청이[50]라는 뜻인가? 아니면 나폴레옹? N이 누구야?」

「내털리야. 내 비서. 아주 근사하지. 다리가 엉덩이까지 쭉 뻗었다고들 하더군. 나야 못 봤으니까 모르지만. 내 원칙이야. 언젠가 그 원칙 좀 깨라고 말해 줘. 건배.」

「내털리 아직 있어?」

「응, 귀여운 발소리를 들은 것 같아. 불러 줄까? 상류층한테는 아주 멋진 모습을 보여 준다고 하던데.」

「아니, 됐어.」 제리가 다이어리를 내려놓고 프로스트의 얼굴을 정면으로 바라보았다. 그러나 제리는 프로스트보다 머리 하나만큼 컸고 훨씬 건장했기 때문에 불공평한 싸움이었다.

「놀라워.」 프로스트가 여전히 제리를 향해 얼굴을 빛내며 겸손하게 말했다. 「놀랍다니까, 진짜로.」 그의 태도는 진심이었고, 심지어는 소유욕까지 느껴졌다. 「놀라운 여자들에다가 놀라운 우정이지. 내 말은, 나 같은 놈이 왜 자네 같은 놈이랑 어울리겠어? 겨우 백작 차남이잖

50 영어로는 〈nuts〉이다.

아? 내 수준은 공작이라고. 공작이랑 매춘부지. 오늘 밤에 또 놀자고. 응?」

제리가 웃었다.

「진심이야. 스카우트의 명예를 걸고. 너무 늙기 전에 죽도록 놀아 보자고. 이번엔 내가 내지, 전부 다.」복도에서 묵직한 발소리가 다가왔다. 「내 계획이 뭔지 알아? 두고 봐. 자네랑 미티어에 다시 가서 마담 어쩌고를 부른 다음 무슨 일이 있어도 꼭 ── 왜 그래?」 그가 제리의 표정을 알아차리고 말했다.

밖에서 발걸음이 느려지더니 멈췄다. 외시경에 검은 그림자가 드리워졌다.

「누구야?」제리가 조용히 물었다.

「밀키.」

「밀키가 누군데?」

「밀키 웨이, 내 상사야.」프로스트가 말했고, 발소리가 멀어졌다. 프로스트는 눈을 감고 경건하게 성호를 그었다. 「사랑스러운 부인이 기다리는 집으로 돌아가는 길이야. 근사한 웨이 부인의 별명은 모비 딕이지. 키가 2미터에 기병대 같은 수염을 길렀어. 남편이 아니라 부인이 말이야.」프로스트가 낄낄 웃었다.

「왜 안 들어오지?」

「고객인 줄 알았겠지.」프로스트가 제리의 조심스러운 태도에 그리고 조용함에 다시 놀라서 아무렇게나 말했다. 「게다가 이 시간에 웨이의 입에서 술 냄새라도 나면 모비 딕이 걷어찰 거야. 홍 좀 내봐. 내가 있는데 무슨 걱정이야. 마저 마셔. 오늘 좀 엄숙해 보이는군. 소름 끼치는데?」

가정 교사들은 말했다. 〈일단 시작하면 돌진해라. 탐색에 너무 시간을 들이지 말고, 상대방을 너무 편하게 만들지 마라.〉

「어이, 프로스티.」 발소리가 거의 안 들릴 즈음 제리가 불렀다. 「부인은 어때?」 프로스트가 제리의 잔을 받으려고 손을 뻗었다. 「자네 부인 말이야. 어때?」

「변함없이 얌전하게 아프지. 고맙네.」 프로스트가 불편한 듯 말했다.

「병원에 전화했나?」

「오늘 아침에? 말도 안 되는 소리. 11시까지 정신을 차리지도 못했어. 11시에도 전화했으면 아내가 술 냄새를 맡았을 거야.」

「다음 문병은 언제지?」

「제리. 닥쳐. 아내 이야기는 하지 말라고. 알겠어?」

프로스트가 지켜보는 가운데 제리가 금고로 다가갔다. 커다란 손잡이를 돌려보았지만 잠겨 있었다. 금고 위에는 묵직한 진압봉이 먼지 쌓인 채 놓여 있었다. 제리가 그것을 두 손으로 잡고 크리켓을 하는 것처럼 건성으로 몇 번 휘두른 다음 돌려놓자 프로스트의 놀란 시선이 경계하며 그를 쫓았다.

「계좌를 열고 싶어, 프로스티.」제리가 여전히 금고 앞에 서서 말했다.

「자네가?」

「내가.」

「어젯밤에는 빌어먹을 돼지 저금통 만들 자산도 없다며. 대단하신 아버지가 매트리스 안에 뭐라도 숨겨 놓지 않은 이상 말이야. 그럴 리는 없겠지만.」프로스트의 세계가 빠르게 멀어지고 있었지만 그는 그것을 붙잡으려고 절박하게 애를 썼다. 「어이, 비 오는 수요일의 보리스 칼로프[51] 같이 굴지 말고 빌어먹을 술이나 마셔, 응? 경마나 하러 가자고. 해피밸리야, 우리가 간다. 점심은 내가 사지.」

「〈내〉계좌를 열겠다는 뜻은 아니었어. 다른 사람의 계좌라는 뜻이지.」제리가 설명했다.

느릿하고 슬픈 코미디처럼 프로스트의 작은 얼굴에서 장난기가 빠져나갔고, 그는 자신이 아니라 제리가 당한 사고를 목격하는 것처럼 〈아, 《안 돼》. 아, 제리.〉라고 숨죽여 중얼거렸다. 다시 한번 발소리가 복도를 따라 다가왔다. 짧고 빠른 여자의 발소리였다. 그런 다음 날카로운 노크 소리. 그리고 침묵.

「내털리인가?」제리가 조용히 물었다. 프로스트가 고

51 Boris Karloff(1887~1969). 공포 영화로 유명한 영국 영화배우. 〈프랑켄슈타인〉시리즈에서 괴물 역을 맡았다.

개를 끄덕였다. 「내가 고객이라면 내털리에게 소개할 건
가?」프로스트가 고개를 저었다. 「들여보내.」

　프로스트의 혀가 겁먹은 분홍색 뱀처럼 입술 사이로
나와 주변을 둘러보더니 사라졌다.

　「들어와요!」그가 쉰 목소리로 말하자 두꺼운 안경을
쓴 키 큰 중국 여자가 그의 발송용 서류함에서 편지를 집
어 들었다.

　「즐거운 주말 보내세요, 프로스트 씨.」그녀가 말했다.

　「월요일에 보지.」프로스트가 말했다.

　문이 다시 닫혔다.

　제리가 방을 가로질러 프로스트의 어깨에 팔을 두르
고 저항하지도 않는 그를 재빨리 창가로 이끌었다.

　「신탁 계좌야, 프로스티. 자네의 청렴한 손에 맡겨졌
지. 서둘러.」

　광장에서는 카니발이 계속되고 있었다. 크리켓 경기
장에서 누군가가 아웃당했다. 유행에 뒤떨어진 모자를
쓴 호리호리한 타자가 쭈그리고 앉아서 송진을 끈질기게
바르고 있었다. 야수들은 여기저기 앉아서 잡담을 나누
었다.

　「날 함정에 빠뜨렸어.」프로스트가 이 생각에 익숙해
지려고 애를 쓰면서 간단하게 말했다. 「마침내 친구가 생
긴 줄 알았는데, 나를 엿먹이려고 하는군. 그것도 귀족이
라는 자가.」

「신문 기자랑 어울리면 안 돼, 프로스티. 거친 놈들이거든. 정정당당한 스포츠맨 정신이 없어. 입을 함부로 놀리지 말았어야지. 기록은 어디 보관하지?」

「친구들끼리는 원래 입을 함부로 놀리는 거야.」프로스트가 항변했다. 「친구는 그러라고 있는 거잖아! 서로 〈이야기〉를 하라고!」

「그럼 나한테 이야기해 봐.」

프로스트가 고개를 저었다. 「난 기독교인이야.」그가 멍청하게 말했다. 「일요일마다 교회에 간다고, 절대 안 빠지지. 미안하지만 안 되겠네. 비밀을 누설하느니 사회적 지위를 잃고 말겠어. 난 그런 사람이야, 알겠나? 안 돼. 미안하게 됐군.」

제리가 창틀을 따라 다가오자 두 사람의 팔이 닿을락 말락 했다. 달리는 자동차들 때문에 커다란 창유리가 흔들렸다. 베니션 블라인드는 얼룩 때문에 붉게 변했다. 프로스트가 자신의 사망 소식을 받아들이려 애를 쓰느라 얼굴이 불쌍하게 일그러졌다.

「이렇게 하지, 친구.」제리가 아주 조용히 말했다. 「잘 들어. 알겠어? 당근과 채찍이야. 자네가 시키는 대로 하지 않으면 폭로 기사를 쓸 거야. 일면에 자네의 상반신 사진과 큰 표제를 싣고, 뒷면까지 이어져서 여섯 단을 전부 채울 거야. 〈이 남자에게서 중고 신탁 계좌를 사고 싶습니까?〉 부패의 쓰레기통 홍콩과 군침을 흘리는 괴물 프로스티, 이렇게 쓸 거야. 자네가 젊은 은행가 클럽에서 상대를 바꿔 가며 얼마나 문란하게 노는지 다 말할 거야, 자네가 말한 그대로 말이지. 최근까지도 주룽에 부도덕한 사랑의 보금자리가 있었다고, 관계가 어긋난 건 여자가 돈을 더 원했기 때문이라고 폭로할 거야. 물론 그 전에 신문사에서 우선 은행 총재한테, 용태가 괜찮으면 자네 부인한테 확인을 하겠지.」

프로스트의 얼굴에서 갑자기 땀이 비 오듯 쏟아졌다. 그러자 혈색 나쁜 얼굴이 순간적으로 기름지고 축축해 보였고, 얼굴이 푹 젖고 땀이 두툼한 턱을 타고 흘러 로빈 후드 같은 양복으로 떨어졌다.

「술 때문이야.」그가 손수건으로 땀을 막으려 애쓰며 멍청하게 말했다. 「술을 마시면 늘 이래. 빌어먹을 기후, 이런 기후에 노출되면 안 되는 거였는데. 아니, 누구라도 마찬가지야. 여기선 전부 썩어 가지. 정말 싫어.」

「지금 말한 건 〈나쁜〉 소식이야.」제리가 말을 이었다. 두 사람은 풍경을 무척 사랑하는 사람처럼 아직도 창가에 나란히 서 있었다. 「좋은 소식은 자네의 뜨겁고 작은 손에 쥐어질 가난한 기자의 선물, 미화 5백 달러지. 아무도 모를 거고, 프로스티는 총재에게 좋은 평가를 받는 거야. 그러니까 얌전히 물러나 앉아서 즐기는 게 어때? 무슨 뜻인지 알겠나?」

「〈문의〉 좀 해도 되겠나.」마침내 프로스트가 어울리

지도 않게 비아냥거리며 말했다. 「애초에 무슨 목적으로 그 서류를 보려는 거지?」

「범죄와 부패 때문이지, 친구. 홍콩 커넥션. 가난한 기자가 범죄자들의 이름을 밝히는 거야. 계좌번호는 442. 여기에 있나?」 제리가 금고를 가리키며 물었다.

프로스트가 입모양으로 〈아니〉라고 말했지만 소리는 나오지 않았다.

「4가 두 개, 그다음에 2. 어디 있어?」

「이봐.」 프로스트가 중얼거렸다. 공포와 실망이 뒤섞여서 얼굴이 엉망이었다. 「부탁 하나만 들어주겠나? 난 빼줘. 중국인 직원 하나를 매수해, 응? 그게 맞아. 난 지위가 있단 말이야.」

「그런 말 알지, 프로스티. 홍콩에서는 데이지 꽃도 말을 한다고. 내가 원하는 건 〈자네〉야. 자네가 지금 여기 있고, 딱 적임자야. 귀중품 보관실에 있나?」

〈잠시도 쉬면 안 된다〉고 했다. 〈계속 문턱을 높여야 한다. 한 번 주도권을 잃으면 영영 되찾을 수 없다.〉

제리는 프로스트가 허둥대자 인내심이 바닥나는 척했다. 그가 아주 커다란 손으로 프로스트의 어깨를 잡고 빙글 돌린 다음 그의 작은 어깨가 금고에 딱 붙을 때까지 뒷걸음치게 만들었다.

「귀중품 보관실에 있냐고.」

「내가 어떻게 알아?」

「어떻게 아는지 말해 주지.」제리가 장담하더니 프로스트를 보며 앞머리가 펄럭일 정도로 크게 고개를 끄덕였다. 「말해 주지, 친구.」그가 다른 손으로 프로스트의 어깨를 가볍게 두드리며 다시 말했다. 「왜냐하면 자네는 마흔 살에 해외 근무 중이고, 아픈 아내도 있고, 먹여 살릴 애들도 있고, 학비도 내야 하는데 모르면 큰일이니까. 둘중 하나야, 지금 선택해. 5분 뒤가 아니라 지금. 무슨 수를 쓰든 상관없지만 최대한 자연스럽게, 내털리는 빼고.」

제리가 책상과 전화기가 놓인 사무실 한가운데로 그를 다시 끌고 갔다. 살다 보면 기품을 지킬 수 없는 순간이 있다. 프로스트에게는 오늘이 바로 그런 순간이었다. 그가 수화기를 들고 어떤 숫자를 돌렸다.

「내털리? 아, 아직 퇴근 전이군. 음, 난 한 시간 정도 더 있다가 갈 거야, 방금 고객한테서 전화가 왔거든. 시드에게 귀중품 보관실 열쇠를 그대로 놔두라고 말해 줘. 내가 갈 때 닫을 테니까, 알겠지?」

그가 의자에 털썩 앉았다.

「머리 정리해.」제리가 창가로 돌아갔고, 두 사람은 기다렸다.

「범죄와 부패라니, 제길.」프로스트가 중얼거렸다. 「좋아, 그 사람이 원칙을 좀 무시했다고 쳐. 중국인 중에 안 그런 사람 있으면 한 명만 대봐. 영국인 중에 안 그런 사람 있으면 한 명만 대보라고. 그런다고 홍콩이 재기할 수 있을 것 같아?」

「중국인이군, 그렇지?」제리가 날카롭게 말했다.

그가 책상으로 돌아가서 내털리의 번호를 직접 돌렸다. 응답이 없었다. 제리가 프로스트를 살며시 일으켜 문으로 데려갔다.

「열쇠는 잠그지 마.」그가 경고했다. 「자네가 퇴근 전에 돌려놔야 하니까.」

프로스트가 돌아왔다. 그가 압지에 폴더 세 개를 내려놓고 책상 앞에 침울하게 앉았다. 제리가 보드카를 따랐다. 그는 프로스트가 보드카를 마시는 동안 옆에 서서 이번 합작이 어떻게 진행될지 설명했다. 제리는 프로스티에게 아무 느낌도 들지 않을 것이라고 말했다. 그가 할 일은 전부 그대로 두고 복도로 나가서 조심스럽게 문을 닫는 것밖에 없다. 문 옆에 직원 게시판이 있는데, 프로스티는 그 앞에 서서 모든 공지를 처음부터 끝까지 꼼꼼하게 읽은 다음 제리가 안에서 똑똑 두 번 두드리면 다시 들어오면 된다. 공지를 읽을 때 외시경을 가리는 각도로 서야 한다. 그래야 프로스트가 자리를 지키고 있는지 제리가 알 수 있고, 지나가는 사람들도 안을 볼 수 없다. 또 프로스트는 어떤 신뢰도 저버리지 않았다고 스스로를 위로할 수 있다. 윗사람이 — 또는 이 일에 대해서는 고객이 — 지적할 수 있는 부분은 고작해야 제리를 사무실에

두고 나옴으로써 엄밀히 말하자면 은행의 보안 규칙을
어겼다는 것뿐이었다.

「폴더에 서류가 얼마나 들어 있지?」

「내가 어떻게 알아?」 예상치 못했던 자신의 결백함에
약간 용감해진 프로스트가 물었다.

「세어 봐, 친구, 응? 잘하네.」

정확히 50장이었고, 제리의 예상보다 훨씬 많았다. 이
렇게까지 조심했는데도 불구하고 누군가 방해할 경우를
대비해 대책이 필요했다.

「신청서가 필요해.」 제리가 말했다.

「무슨 신청서? 난 서식은 안 키워.」 프로스트가 쏘아붙
였다. 「서식을 가져오는 〈여자들〉을 키우지. 아니, 없어.
집에 갔잖아.」

「귀사에 내 신탁 계좌를 열려고 그래, 프로스티. 여기
책상 위에 펼쳐 놔, 고객용 도금 만년필이랑 같이 ─ 알
겠어? 내가 서식을 작성하는 동안 쉬어도 돼. 이게 첫 달
분이야.」 제리가 주머니에서 작은 달러 뭉치를 꺼내서 책
상에 던지자 기분 좋은 탁 소리가 났다. 프로스트가 돈뭉
치를 보았지만 집어 들지는 않았다.

프로스트가 나가자 제리는 재빨리 움직였다. 그는 스
테이플러를 뺀 다음 서류를 두 장씩 늘어놓고 사진을 찍
었다. 팔이 떨리지 않도록 커다란 팔꿈치를 몸에 딱 붙였
고, 크리켓에서 수비를 할 때처럼 커다란 발을 약간 벌려

균형을 잡았으며, 체인 자가 서류에 닿을락 말락 하게 거리를 쟀고, 만족스럽지 않으면 다시 찍었다. 가끔 노출을 조정했다. 그는 종종 고개를 돌리고 로빈 후드 초록색이 비치는 외시경을 흘끔거리면서 프로스트가 자리를 지키고 있는지, 뒤늦게 무장 경비원을 부르는 것은 아닌지 확인했다. 한 번은 초조해진 프로스트가 문을 두드리자 제리가 닥치라고 으르렁거렸다. 가끔 발소리가 다가오면 돈과 신청서 등을 책상 위에 그대로 두고 카메라를 주머니에 넣은 다음 창가로 천천히 걸어가서 인생 최대의 결정을 고민하는 사람처럼 머리카락을 잡아당기며 항구를 내다보았다. 그리고 낡은 카메라가 조금만 더 조용해지기를 바라며 필름도 한 번 교체했는데, 압박감을 느끼는 상황에서 두꺼운 손가락으로 하기에는 꽤 어려운 작업이었다. 제리가 프로스트를 다시 불러들였을 때에는 폴더가 책상에 다시 놓여 있고 돈뭉치가 그 옆에 있었다. 제리는 춥고 아주 약간 흉폭해진 기분이 들었다.

「자네는 빌어먹을 멍청이야.」 프로스트가 튜닉의 단추 달린 주머니에 5백 달러를 넣으면서 선언했다.

「당연하지.」 제리가 말했다. 그는 주변을 둘러보며 자기 흔적을 지우고 있었다.

「진짜 제정신이 아니군.」 프로스트가 말했다. 이상할 만큼 단호한 표정이었다. 「이 남자 같은 사람을 잡을 수 있다고 생각해? 그놈들의 정체를 폭로하겠다니, 차라리

쇠지레 하나랑 폭죽 한 통으로 녹스 요새[52]를 터는 게 낫겠어.」

「거물이란 얘기군. 마음에 들어.」

「아니, 마음에 안 들 거야, 싫어질걸.」

「그자를 아는군, 그렇지?」

「떼려야 뗄 수 없는 관계지.」 프로스트가 심술궂게 말했다. 「난 그 집에 매일 드나든다고. 내가 힘세고 높은 사람들을 얼마나 좋아하는지 알잖아.」

「누가 계좌를 열어 줬지?」

「내 전임자.」

「그 남자가 여기 왔었나?」

「내가 근무할 때는 안 왔어.」

「본 적 있나?」

「마카오 캐니드롬에서.」

「〈어디〉라고?」

「마카오 경견(競犬) 말이야. 그 남자는 다 털렸지. 보통 사람들이랑 어울리더라고. 나는 전전 애인이었던 귀여운 중국 예쁜이랑 갔었고. 애인이 나를 보면서 그 남자를 가리켰지. 내가 그랬어. 〈저 남자? 아, 그래. 음, 내 고객이야.〉 여자가 아주 좋아하더군.」 마음이 누그러진 프로스트의 얼굴에 이전 모습이 얼핏 비쳤다. 「하나 말해 주지. 〈그 남자〉도 보통은 아니었어. 아주 멋진 금발이랑 같이

52 미국 켄터키주의 군용지로, 연방 금괴 저장소가 있다.

왔지. 서양 여자였어. 영화배우처럼 생겼더군. 스웨덴계
인가. 캐스팅되려고 열심히 대주고 다닐 것 같은. 자 ─」

프로스트가 억지로 유령 같은 미소를 지었다.

「서둘러, 친구. 뭔데?」

「화해하자고. 얼른. 멋지게 놀아 보자고. 이 5백 달러
를 다 써버리자. 진심은 아니지? 다 먹고 살려고 하는 거
잖아.」

제리가 주머니 안에서 주먹을 쥐더니 경보기 열쇠를
꺼내서 프로스트의 주저하는 손에 떨어뜨렸다.

「이게 필요할 거야.」 그가 말했다.

그가 건물을 나설 때 짧은 미국식 슬랙스를 입은 날씬
하고 말쑥한 젊은 남자가 넓은 계단에 서 있었다. 내용이
딱딱해 보이는 양장의 책을 읽고 있었지만 제목은 보이
지 않았다. 보아하니 많이 읽지는 않았지만 지성을 닦으
려고 결심한 사람처럼 열심히 읽는 중이었다.

다시 한번 새러트의 인간으로 돌아가자 다른 것은 전
부 텅 비어 버렸다.

가정 교사들은 빙빙 돌아야 한다고, 절대로 곧장 가면
안 된다고 했다. 전리품을 숨길 수 없다면 적어도 냄새는
지워라. 제리는 택시를 여러 번 갈아타면서 항상 구체적
인 목적지를 댔다. 그는 퀸스 부두로 가서 외딴섬들로 향
하는 페리에 짐을 싣는 광경과 정기선들 사이를 미끄러

지듯 지나가는 정크선들을 바라보았다. 애버딘에 가서는 수상 가옥 주민들과 수상 식당을 구경하는 관광객들과 함께 어슬렁거렸다. 그런 다음 스탠리빌리지의 공공 해안으로 갔다. 몸이 창백한 중국인들은 도시가 아직도 어깨를 짓누르고 있다는 듯이 약간 구부정한 자세로 아이들과 함께 순박하게 노를 짓고 있었다. 〈중국인은 중추절 이후에 절대로 수영을 하지 않는다〉는 말이 자동적으로 떠올랐지만, 중추절이 언제였는지 금방 떠오르지 않았다. 제리는 힐튼 호텔의 휴대품 보관소에 카메라를 놓고 올까 생각했다. 야간 금고에 맡길까, 스스로에게 소포를 보낼까, 신문사의 이름을 이용해서 전용 배달부를 통해 보낼까도 생각했다. 그의 눈에는 다 부적절했다. 더욱 구체적으로 말하자면, 가정 교사들의 눈에는 다 부적절했다. 그들은 단독 작전이라고 했다. 혼자서 전부 다 하든지 아예 하지 말아야 한다고 말이다. 그래서 제리는 손에 들고 다닐 것을, 비닐 쇼핑백과 그것을 채울 면 셔츠 두어 장을 샀다. 새러트의 가르침에 따르면 누가 바짝 쫓아올 때는 반드시 상대방의 주의를 돌릴 만한 것을 만들어야 한다. 그러면 베테랑 감시자도 속일 수 있다. 궁지에 몰렸을 때 그것을 떨어뜨리면 의외로 잘 먹힐 수도 있다. 주의를 돌려서 황급히 도망칠 정도의 시간을 벌 수 있을지도 모른다. 제리는 사람들과 거리를 두었다. 우연히 소매치기라도 만나는 것이 제일 걱정이었다. 주룽의 임대

차고에 자동차가 준비되어 있었다. 제리는 침착했지만
— 마음이 차분해지고 있었다 — 경계는 절대 늦추지 않
았다. 승리감이 차올랐고 그 외에 다른 감정은 중요하지
않았다. 때로는 더러운 일도 해야 하는 법이다.

제리는 운전을 하면서 특히 혼다 오토바이를 유심히
봤다. 홍콩 감시전의 빌어먹을 보병 군단이었다. 주룽을
벗어나기 전에 골목길을 몇 번 지났다. 아무 일도 일어나
지 않았다. 정선 로드에서 소풍을 떠나는 사람들과 합류
한 다음 클리어워터 베이를 향해 한 시간이나 더 달리면
서도 극심한 교통 체증에 감사했다. 24킬로미터나 이어
지는 교통 체증 속에서 혼다 삼인조가 눈에 띄지 않게 미
행하는 것보다 더 어려운 일은 없기 때문이었다. 이제 사
이드 미러를 보면서 차를 몰아 목적지에 도착하기만 하
면 된다. 단독 비행이다. 오후의 열기는 가라앉을 줄 몰
랐다. 에어컨을 최대로 틀었지만 바람이 느껴지지 않았
다. 제리는 화분, 세이코 간판, 누비이불 같은 논, 새해가
되면 시장에 내다 팔기 위해서 키우는 어린 복숭아나무
를 지나쳤다. 왼쪽에 좁은 모랫길이 나오자 미러를 보면
서 급히 꺾어 들어갔다. 제리는 차를 세운 다음 엔진을
식히는 척 트렁크를 열고 잠시 서 있었다. 연두색 메르세
데스가 미끄러지듯 지나갔는데, 유리창에 짙은 색이 들
어가 있고 운전석에 한 명, 조수석에 한 명 앉아 있었다.
한동안 그를 쫓아온 차였지만 다시 주요 도로로 나갔다.

제리는 길 건너 카페로 들어가서 전화번호를 돌리고 벨이 네 번 울리자 끊었다. 그런 다음 다시 전화를 걸어서 벨이 여섯 번 울리고 누가 수화기를 들자 다시 끊었다. 다시 운전대를 잡은 그는 버려진 어촌 마을을 몇 군데 지나서 멀리 물속까지 골풀이 자라는 호수 쪽으로 육중하게 나아갔다. 물에 비친 모습 때문에 골풀의 키가 두 배로 커 보였다. 황소개구리들이 큰 소리로 울었고 엷은 안개 속에서 소형 요트들이 보이다 말다 했다. 새하얀 하늘이 바다와 맞닿아 있었다. 제리가 차에서 내렸다. 그때 중국인을 여러 명 태운 낡은 시트로엥 밴이 비틀비틀 달려왔다. 코카콜라 모자, 낚시 도구, 아이들. 여자는 없고 남자만 두 명이었는데, 제리를 못 본 척했다. 제리는 일렬로 늘어선 발코니 달린 판잣집들을 향해 걸어갔다. 무척 황폐했고 영국 해안가 주택처럼 정면에 콘크리트 격자 벽이 세워져 있었지만, 햇볕 때문에 격자 벽의 칠은 더 바래 있었다. 문패는 묵직한 쇠를 달구어서 선박 목재 조각에 글자를 새긴 것이었다. 드리프트우드, 수지 메이, 던로민. 길 끝에 선착장이 있었지만 운영을 하지 않았고 요트들도 다른 곳에 정박 중이었다. 제리는 집들 쪽으로 다가가면서 위층 창문을 흘깃 보았다. 왼쪽에서 두 번째 창가의 요란한 꽃병에 말린 꽃이 꽂혀 있었는데, 줄기가 은박지로 감싸여 있었다. 이상 없음, 이라는 뜻이었다. 들어올 것. 제리가 작은 대문을 밀어 열면서 벨을 눌렀다.

시트로엥이 호숫가에 멈춰 섰다. 자동차 문 닫히는 소리
와 동시에 전자 기기의 잡음이 현관 인터폰 스피커 소리
보다 크게 들렸다.

「어떤 놈이야?」 거슬리는 목소리가 물었다. 잡음 사이
로 심한 오스트레일리아 억양이 울렸지만 이미 현관 잠
금장치가 풀리는 소리가 났고, 제리가 문을 열자 기모노
를 입은 크로의 거대한 형체가 층계참 꼭대기에 서 있었
다. 그는 무척 기뻐하며 제리를 〈몬시뇰〉이니 〈영국의 도
둑 강아지〉라고 부르면서 못생긴 귀족 엉덩이를 들고 이
리 와서 술이나 한잔 마시라고 열심히 권했다.

집에서 선향 태우는 냄새가 났다. 지상층 문 앞 그늘
속에서 이 빠진 중국인 가정부가 그를 보며 웃었다. 크로
가 런던에 가느라 자리를 비웠을 때 루크가 만나서 이것
저것 물었던 바로 그 작고 기묘한 사람이었다. 거실은
1층에 있었고, 더러운 패널에 크로의 옛 친구들, 정신 나
간 동양 역사 50년 동안 그와 함께 일했던 기자들의 사진
이 끝이 돌돌 말린 채 여기저기 붙어 있었다. 거실 가운
데 탁자에는 낡은 레밍턴 타자기가 놓여 있었다. 크로는
회고록을 쓰는 중이었다. 그 외에는 살풍경했다. 크로는
제리와 마찬가지로 과거에 여섯 가지쯤 되는 다른 존재
로 살면서 아내들과 아이들을 두었고, 당장 필요한 생활
비를 제하면 가구 살 돈이 없었다.

화장실에는 창문이 없었다.

　세면기 옆에 현상 탱크와 정착제, 현상액이 담긴 갈색 병들 그리고 음화를 읽기 위해 불투명 유리 스크린이 달린 작은 편집기가 있었다. 크로는 불을 끄고 깜깜한 어둠 속에서 아주 오랫동안 투덜거리고 욕을 하고 교황님께 호소하면서 작업했다. 제리는 그의 옆에서 땀을 흘리며 이 노인의 욕설을 들으며 그의 행동을 짐작하려 애썼다. 이제 크로는 카트리지의 폭 좁은 띠 모양의 필름을 스풀에 감고 있는 듯했다. 제리는 감광 유제에 자국을 남길까 봐 필름을 지나치게 살짝 잡고 있는 그를 상상했다. 잠시 후에는 자기가 필름을 들고 있긴 한 걸까 헷갈리겠지. 제리가 생각했다. 손가락을 억지로 계속 움직여야 할 것이다. 제리는 속이 안 좋았다. 크로 영감이 욕하는 소리가 어둠 속에서 훨씬 더 커졌지만 호수에서 들려오는 물새들의 비명을 덮을 정도는 아니었다. 이 사람은 능숙해. 제리가 마음을 가라앉히며 생각했다. 자면서도 할 수 있는 일이야. 뚜껑을 조이는지 플라스틱이 삐걱거리는 소리가 들리고, 크로가 〈잠이나 자, 이교도 자식아〉라고 말했다. 이상할 만큼 건조하게 들리는 소리는 현상액에서 조심스럽게 기포를 빼는 소리였다. 그런 다음 권총 소리처럼 커다란 딱 소리와 함께 암등이 켜졌다. 불빛 때문에 앵무새처럼 빨갛게 보이는 크로 영감이 꽉 닫은 탱크 위로 몸을 숙이고 하이포를 재빨리 붓더니 자신만만하게 탱크를 뒤집었다가 똑바로 놓으면서 더듬더듬 초를 세는 낡은 주방용 타이머를 주시했다.

제리는 초조함과 열기 때문에 숨이 막힐 듯해서 혼자 거실로 돌아와 맥주를 따르고 등나무 의자에 털썩 앉아서 아무것도 보지 않으며 졸졸 흐르는 수돗물 소리에 귀를 기울였다. 창가에서 와글거리는 중국인들의 목소리가 들려왔다. 호숫가에서 낚시꾼 두 명이 낚시 도구를 조립했다. 아이들은 흙먼지 속에 앉아서 두 사람을 보고 있었다. 화장실에서 뚜껑이 삐걱거리는 소리가 다시 들려서 제리가 벌떡 일어섰지만 크로가 그 소리를 들었는지 〈기다려〉라고 으르렁거리고 문을 닫았다.

〈항공기 조종사, 신문 기자, 스파이는 다 똑같은 부류이다.〉 새러트의 가르침은 경고했다. 〈지독하게 무력하지만 가끔 발작적으로 미친 듯이 열광한다.〉

망치지 않았는지 혼자서 먼저 확인하고 있군. 제리가 생각했다. 망쳤을 경우 런던 본부에 사죄해야 하는 사람은 서열상 제리가 아니라 크로였다. 최악의 사태라면 크로는 제리에게 프로스트를 한 번 더 물라고 명령할 것이다.

「도대체 거기서 뭐 해요?」 제리가 외쳤다. 「어떻게 됐어요?」

오줌을 누고 있을지도 몰라. 제리가 말도 안 되는 생각을 했다.

문이 천천히 열렸다. 크로의 표정이 무척 엄숙했다.

「안 나왔군.」제리가 말했다.

크로에게 그의 말이 전혀 가 닿지 않는 느낌이 들었다. 제리는 다시 한번 크게 말하려고 했다. 펄쩍펄쩍 뛰어다니며 소동을 일으킬 생각이었다. 그러기 직전에 크로가 마침내 대답했다.

「그 반대일세, 제리.」크로가 한 걸음 나왔고, 제리는 분홍색 못에 묶인 작은 빨랫줄에 축축하고 검은 벌레들처럼 매달린 필름들을 이제야 알아보았다. 「반대야.」그가 말했다. 「사진 한 장 한 장이 대담하고 충격적인 걸작이라고.」

7
말들에 대한 더 많은 이야기

제리가 맡은 일의 진척과 관련된 첫 번째 소식이 서커스에 도착한 것은 아주 조용하고 이른 아침이었고, 그래서 주말에는 정신없이 바빠졌다. 길럼은 이렇게 될 줄 알았기 때문에 전날 밤 10시에 잠자리에 들었지만 제리를 걱정하다가 이내 차분한 수영복을 입은 몰리 미킨과 입지 않은 몰리 미킨의 아주 음탕한 모습을 상상하면서 잠을 설쳤다. 제리는 런던 시각으로 오전 4시 넘어서 프로스트를 찾아가기로 했으므로 길럼은 3시 반에 낡은 포르셰를 타고 안개 낀 거리를 덜컹덜컹 달려 케임브리지 서커스로 향했다. 새벽 같기도 하고 황혼 같기도 했다. 그가 오락실에 도착하니 코니는 『더 타임스』의 십자말풀이를 하는 중이었고 독 디샐리스는 토머스 트러헌의 묵상록을 읽으면서 1인 퍼커션 밴드라도 되는 것처럼 귀를 파는 동시에 발을 흔들고 있었다. 언제나처럼 침착성 없는 폰은 다음 식사 예약 고객 때문에 초조한 급사장처럼 두 사람 사이를 오가면서 먼지를 떨고 정리를 했다. 그는 가끔 잇새로 숨을 들이마신 다음 초조함을 억누르지 못하고 한숨을 쉬었다. 담배 연기가 비구름처럼 떠다녔고 언제나처럼 사모바르[53]가 진한 차 향기가 내뿜었다. 스마일리의 집무실 문은 닫혀 있었고 길럼은 그를 방해할 이유가 없었다. 그는 잡지 『컨트리 라이프』를 펼쳤다. 길럼이 빌어먹을 치과 대기 시간 같다고 생각하며 자리에 앉아서 멋진 주택 사진을 무심히 보고 있는데 코니가 십자말풀이를 가만히 내려놓고 똑바로 앉더니 〈잘 들어〉라고 말했다. 그러자 사촌의 초록색 전화기가 울렸고 스마일리가 수화기를 들었다. 길럼은 열려 있는 자기 방 문 너머 한 줄로 늘어선 통신 기기들을 흘깃 보았다. 통화가 이어지는 동안 기기 중 하나에 초록색 불이 켜졌다. 그런 다음 오락실의 팩스 ─ 〈팩스pax〉는 인터폰을 가리키는 은어였다 ─ 가 울렸고, 이번에는 길럼이 폰보다 먼저 받았다.

「지금 은행에 들어갔네.」 스마일리가 수수께끼처럼 말했다.

길럼이 다른 사람들에게 소식을 전했다. 「은행에 들어갔다는군.」 그가 말했지만, 죽은 사람들에게 말하는 것과 다름없었다. 아무도 들었다는 표시를 내지 않았다.

---

53 러시아 전래의 특유한 주전자. 구리, 은, 주석 따위로 만드는데 중앙에 상하로 통하는 관이 있어 그 속에 숯불을 넣어 물을 끓인다.

5시에 제리가 은행에서 나왔다. 여러 가지 선택지를 놓고 초조하게 고민하던 길럼은 정말로 속이 안 좋았다. 태우기는 위험한 게임이었고, 대부분의 베테랑이 그렇듯 길럼은 태우기를 무척 싫어했지만 양심의 가책 때문은 아니었다. 첫째, 사냥감이 문제였고 더 나쁜 경우에는 현지 보안 요원도 문제였다. 둘째, 태우기 자체가 문제였는데, 모두가 협박에 논리적으로 반응하는 것은 아니었다. 영웅도 있고, 거짓말쟁이도 있고, 사실은 자기도 즐기는 주제에 고개를 뒤로 젖히고 야단법석을 떨며 비명을 지르는 신경질적인 여자도 있었다. 그러나 진짜 위험한 때는 지금이었다. 태우기가 끝난 다음 제리가 연기 피어오르는 폭탄을 등지고 달려야 할 때 말이다. 프로스트는 어느 쪽으로 뛸까? 경찰에 전화를 할까? 자기 어머니에게? 상사에게? 아내에게? 「여보, 전부 자백할 거야. 날 구해줘, 우리 새사람이 되자.」 길럼은 프로스트가 고객에게 곧장 달려갈지도 모른다는 무시무시한 가능성도 배제하지 않았다. 「고객님, 우리 은행이 신뢰를 저버리는 어마어마한 죄를 저질러서 용서를 빌러 왔습니다.」

이른 아침의 숨 막히는 으스스함 속에서 길럼은 몸을 떨면서 몰리의 생각에만 정신을 집중했다.

녹색 전화기가 다시 울렸을 때 길럼은 그 소리를 듣지 못했다. 조지가 전화기 바로 앞에 앉아 있었던 것이 분명했다. 갑자기 길럼의 방에서 불빛이 번득이더니 15분 동안 꺼지지 않았다. 드디어 불이 꺼지자 모두 스마일리의 집무실 문에 시선을 고정한 채 그가 나오기를 기다렸다. 폰은 움직임을 딱 멈추고 아무도 먹지 않는 갈색 마멀레이드 샌드위치를 들고 서 있었다. 문손잡이가 돌아가고 스마일리가 특별할 것 없는 조사 의뢰서를 손에 들고 나타났는데, 깔끔한 자필로 이미 다 작성해서 〈스트라이프〉라고 표시해 놓았다. 〈국장에게 긴급 전달〉이라는 뜻이었고, 최우선 순위였다. 그가 길럼에게 조사 의뢰서를 주면서 기록실의 여왕벌에게 곧장 갖다 주고 그녀가 이름을 찾는 동안 지켜 서 있으라고 지시했다. 길럼은 의뢰서를 받으면서 예전에 비슷한 서식을 받았던 때를 떠올렸다. 엘리자베스 워딩턴, 일명 리지, 라는 말로 시작해서 〈일류 창부〉라는 말로 끝났다. 그가 방을 나설 때 스마일리가 코니와 디샐리스에게 알현실로 가자고 조용히 말하는 소리가 들렸고, 폰은 일반 도서관에서 『홍콩 명사록』 최신판을 찾아오라며 쫓겨났다.

여왕벌은 새벽 근무를 위해서 불려 나와 있었다. 길럼이 여왕벌의 벌집에 들어가 보니 철제 침대에다가 복도에 커피 머신이 있는데도 작은 휴대용 스토브까지 가져다 놓아서 「런던이 공습으로 불타던 밤」이라는 제목의 활인화 같았다. 방공복이랑 윈스턴 처칠 초상화만 있으면 되겠군. 길럼이 생각했다. 의뢰서에는 〈코, 이름 드레이크, 이명(異名) 미상, 1925년 상하이 출생, 현주소 홍콩

헤들랜드 로드 세븐게이츠, 직업 홍콩 차이나 에어시 유한 회사 회장 겸 전무 이사〉라고 적혀 있었다. 여왕벌은 멋지게 자료 검색을 시작했지만 결국 내놓은 것은 코가 1966년에 〈홍콩 식민지에서 사회봉사와 자선〉을 펼친 공으로 대영 제국 훈장 수훈자로 지명되었으며, 총독 사무실에서 상부에 훈장 수여 승인을 신청하기에 앞서 서커스에 심사를 요청했을 때 〈문제 될 만한 기록 없음〉이라고 회신했다는 정보밖에 없었다. 길럼은 이 반가운 정보를 가지고 위층으로 서둘러 돌아갈 때 통상 담당 보리스가 돈을 바쳤던 보잘것없는 비엔티안 항공사의 최종 소유주가 홍콩 차이나 에어시 유한 회사라는 샘 콜린스의 설명을 기억할 만큼 확실하게 깨어 있었다. 길럼이 보기에는 가장 깔끔한 연결고리였다. 그가 알현실로 흡족하게 돌아가자 음울한 침묵이 그를 맞이했다. 바닥에는 『홍콩 명사록』 최신판뿐만이 아니라 구판까지 여러 권 흩어져 있었다. 언제나처럼 폰은 도를 넘었다. 스마일리는 책상 앞에 앉아서 자기 메모를 빤히 보았고 코니와 디 샐리스는 스마일리를 보고 있었지만 폰은 없었다. 아마 다른 심부름을 간 듯했다. 길럼이 스마일리에게 조사 의뢰서를 돌려주었다. 의뢰서 정중앙에 여왕벌의 조사 결과가 켄싱턴 코퍼플레이트체로 멋지게 적혀 있었다. 바로 그때 녹색 전화기가 다시 울리자 스마일리가 수화기를 들고 종이에 뭐라 적기 시작했다.

「응. 고맙네, 그건 있어. 계속하지. 응, 그것도 있고.」
이런 식으로 10분이 지난 뒤 스마일리가 말했다. 「좋아.
그럼 오늘 밤에.」 그런 다음 전화를 끊었다.

거리에서 아일랜드인 우유 배달부가 이제 두 번 다시
떠돌이가 되지 않겠다고 열변을 토하고 있었다.

「웨스터비가 서류 전체를 입수했네.」 마침내 스마일리
가 입을 열었지만, 물론 누구나 그렇듯 본명이 아니라 암
호명으로 불렀다. 「숫자도 다 있고.」 그가 여전히 서류를
열심히 보면서 자기 말에 동의하듯 고개를 끄덕였다. 「필
름은 오늘 밤에나 도착하겠지만 형체가 이미 분명하게
드러났어. 비엔티안을 통해서 지불한 돈은 전부 홍콩의
계좌로 모였네. 맨 처음부터. 금맥의 최종 목적지는 홍콩
이었어. 전부 다. 마지막 1센트까지. 공제도 없고, 은행
수수료조차 없었어. 처음에는 소소한 금액이었다가 가파
르게 치솟았는데, 그 이유는 짐작할 수밖에 없지. 전부
콜린스의 설명과 일치해. 한 달에 2만 5천에 도달하자 그
액수가 유지됐어. 비엔티안 루트가 끝난 뒤에도 모스크
바 정보부는 한 달도 빠뜨리지 않았어. 즉시 다른 루트로
바꿨지. 코니, 당신 말이 맞았군. 카를라는 예비 수단 없
이는 절대 아무것도 하지 않아.」

「그 사람은 프로예요.」 코니 색스가 중얼거렸다. 「당신
처럼.」

「나랑은 다르지.」 스마일리가 메모를 유심히 보며 말

했다. 「장기 운용 계좌야.」 그가 여전히 사실적인 어조로 선언했다. 「이름만 하나 적혀 있는데, 그게 신탁 개설자야. 코. 〈수익자 불명〉이라는군. 그 이유는 오늘 밤에 알게 되겠지. 1페니도 인출하지 않았어.」 그가 코니 색스를 향해서 말했다. 그런 다음 한 번 더 되풀이했다. 「송금이 시작된 지 2년도 넘었지만 그동안 계좌에서 1페니도 빠져나가지 않았어. 잔액은 미화로 50만 달러야. 복리니까 당연히 빠르게 불어나고 있지.」

길럼이 듣기에 이 마지막 정보는 말도 안 되는 미친 짓 같았다. 송금받은 사람이 전혀 쓰지 않는다면 50만 달러 짜리 금맥에 도대체 무슨 의미가 있을까? 반대로 코니 색스와 디샐리스에게는 무척 중요한 정보였다. 코니의 얼굴에 악어 같은 미소가 번지고 말없는 황홀경 속에서 아기 같은 눈빛이 스마일리에게 고정되었다.

「아, 〈조지〉.」 머릿속에서 깨달음이 완성되자 코니가 마침내 숨을 내쉬며 말했다. 「〈장기 운용 계좌〉라니! 음, 그럼 이야기가 전혀 달라지잖아요. 당연히 그래야 했겠지, 맞아! 그럴 수밖에 없었어. 〈첫날〉부터 말이야. 뚱뚱하고 멍청한 코니 같으니, 이렇게 시야가 좁고 늙고 나약하고 게으르지만 않았어도 〈한참 전에〉 알아냈을 텐데! 건드리지 마, 피터 길럼. 이 음란하고 새파란 두꺼비 같으니.」 그녀가 불편한 손으로 팔걸이를 꼭 잡고 몸을 일으켰다. 「그런데 도대체 누가 그렇게 비쌀까? 정보망일까? 아니, 아니야, 〈정보망〉에게는 절대 그렇게 안 해. 전례가 없어. 도매가 아니야, 그런 적은 없어. 그럼 누굴까? 뭘 〈조달〉하기에 그렇게 비쌀까?」코니가 숄로 어깨를 감싸고 문을 향해 절룩절룩 걸어갔다. 그녀는 이미 그들의 세계에서 빠져나와 자기만의 세계로 들어가고 있었다. 「〈카를라〉는 그런 식으로 돈을 지불하지 않아.」중얼거림이 그녀를 따라 멀어졌다. 코니는 마더들의 뚜껑 덮인 타자기들, 어둠 속에 말없이 서 있는 파수꾼들 앞을 지났다. 「〈카를라〉는 아주 비열하고 꼼꼼한 사람이야, 요원들이 자기를 위해서 〈공짜로〉 일해야 한다고 생각하지! 자기가 그러니까. 그가 요원들한테 주는 건 〈푼돈〉이야. 아무리 인플레이션이라지만 두더지 한 마리한테 50만 달러라니, 들어 본 적도 없어!」

디샐리스도 독특한 방식으로 코니만큼이나 놀랐음을 드러냈다. 그는 볼품없고 균형도 맞지 않는 상체를 앞으로 숙이고 앉아서 파이프 담배통이 불에 올린 솥이라도 되는 것처럼 은나이프로 열심히 휘젓고 있었다. 구겨진 검은색 재킷의 비듬투성이 옷깃 위로 은발 머리가 볏처럼 괴상하게 서 있었다.

「이런, 이런, 카를라가 숨기고 싶었을 만도 하네요.」말이 제멋대로 튀어나온 것처럼 그가 불쑥 내뱉었다. 「당연한 일입니다. 카를라는 중국통이기도 하니까. 입증됐어요. 코니한테 들었죠.」그가 너무나 많은 것들을 손에 들

고 일어섰다. 파이프, 담배 상자, 펜나이프와 토머스 트
러헌의 책까지. 「당연히 정교하진 않아요. 물론 정교한
걸 기대하지도 않지만. 카를라는 학자가 아니라 군인입
니다. 하지만 장님도 아니지요. 코니도 절대 아니라고 했
습니다. 코.」 그는 여러 가지 어조로 이름을 반복해서 말
했다. 「코. 코. 한자가 뭔지 봐야겠군요. 전부 한자에 달
려 있습니다. 〈높을 고〉도 있고…… 〈나무 목〉도 있군. 그
래, 나무…… 아닌가? …… 그 외에도 몇 개 있어요. 〈드
레이크〉는 당연히 미션 스쿨에서 부르는 이름입니다. 상
하이 미션 스쿨 학생이라. 이런, 이런. 전부 상하이에서
시작됐어요. 최초의 당세포[54]가 상하이에 있었지요. 이
말을 왜 했더라? 〈드레이크 코.〉 본명이 뭔지 궁금하군
요. 곧 전부 알아낼 겁니다. 분명. 그래, 좋아. 음, 책이나
다시 읽어야겠군요. 스마일리, 석탄 좀 받을 수 있을까
요? 난방이 없으면 얼어 죽겠어요. 하우스키퍼들한테 여
러 번 부탁했는데, 사람이 힘들다는데 무례한 대답밖에
안 하잖아요. 나이가 들어서 그런지 몰라도 겨울이 거의
다 된 것 같아요. 자료가 도착하자마자 그대로 보여 줄
거죠? 축약본만 보기는 싫으니까. 이력을 정리해 봐야겠
어요. 내가 제일 먼저 할 일은 그겁니다. 코라고 했죠. 아,
고맙네, 길럼.」

---

54 당의 기층 조직. 흔히 당원들을 조직하고 지도하는 일을 맡은 사람
을 이른다.

디샐리스가 토머스 트러헌을 떨어뜨렸던 것이다. 그가 책을 받으면서 담배 상자를 떨어뜨렸기 때문에 길럼이 그것도 주워 주었다. 「드레이크 코. 물론 상하이 출신이라는 건 아무 의미도 없습니다. 상하이는 진짜 용광로니까. 우리가 아는 것만 가지고 생각하자면 차오저우가 답이에요. 하지만 속단은 금물이죠. 침례교. 음, 차오저우 기독교도는 대부분 침례교예요, 그렇죠? 산터우 출신이 또 어디 있었더라? 그래, 방콕의 중간 회사였죠. 음, 이것도 알겠군요. 아니면 하카족인가. 그 둘은 적대적이지 않거든요, 절대로.」 그가 코니를 따라 복도로 나가자 길럼과 스마일리만 남았다. 스마일리가 일어나 안락의자로 가서 털썩 앉더니 불을 멍하니 보았다.

「이상하군.」 마침내 스마일리가 말했다. 「충격적이지가 않아. 왜일까, 피터? 자네는 나를 알잖나. 왜 그런 거지?」

길럼은 아무 말도 하지 않을 만큼 현명했다.

「거물. 카를라의 돈을 받는다. 장기 운용 계좌, 식민지의 심장부에서 러시아 스파이들이 활동할지도 모른다는 징조. 왜 충격적이지 않을까?」

녹색 전화가 다시 짖었다. 이번에는 길럼이 받았다. 그는 전화를 받다가 샘 콜린스가 작성한 새로운 극동 보고서가 책상 위에 펼쳐져 있는 것을 보고 깜짝 놀랐다.

그것이 주말의 일이었다. 코니와 디샐리스는 각자 틀어박혀서 코빼기도 보이지 않았고, 스마일리는 청원서 작성에 착수했다. 길럼은 이런저런 일들을 정리한 다음 마더들을 불러서 근무 일정을 조정했다. 월요일이 되자 길럼은 스마일리의 신중한 지시에 따라 레이컨의 개인 비서에게 전화를 걸었다. 그는 멋지게 해냈다. 「소란스럽게 굴지 마.」 스마일리가 경고했었다. 「아무렇지도 않은 척해.」 길럼은 그의 말대로 했다. 그는 며칠 전 저녁 식사 자리에서 정보부 운영 위원회를 소환해서 거의 확실한 증거를 검토하자는 이야기가 나왔다고 비서에게 말했다.

「사건도 어느 정도 단단해졌으니 날짜도 정하는 게 좋겠지요. 타순을 알려 주시면 서류를 미리 돌리도록 하죠.」

「〈타순〉이요? 단단해졌다고요? 당신들은 영어를 어디서 배우는 겁니까?」

레이컨의 개인 비서 핌은 뚱뚱한 목소리의 사내였다. 길럼은 만난 적도 없는 그를 무척 혐오했다.

「전해는 드릴게요.」 핌이 경고했다. 「전해 드린 다음 의향을 여쭤보고 다시 연락드릴 순 있습니다. 이번 달은 아주 바쁘셔서요.」

「조금만 신경 써주시면 간단한 문제입니다.」 길럼이 이렇게 말한 다음 화를 내며 전화를 끊었다.

뭐가 날아들지 한번 두고 보라고. 그가 생각했다.

런던 본부가 분만 중일 때 현장 요원이 할 수 있는 일은 대기실에서 서성이는 것밖에 없다고들 한다. 항공기 조종사, 신문 기자, 스파이 — 제리는 다시 무기력해졌다.

「우리는 예비역이야.」크로가 선언했다.「잘했고, 기다리라는군.」

그들은 주로 각자 다른 호텔 로비에서 제3자의 전화기를 사용하는 중간 통화를 통해서 적어도 이틀 전에 연락했다. 두 사람은 새러트 암호와 기자들의 알쏭달쏭한 용어를 섞어서 썼다.

「자네 기사를 상부에서 검토 중이네.」크로가 말했다.「편집부에게 지혜가 있으면 적당한 때에 내보내겠지. 그동안 일단 손을 떼고 가만히 있게. 명령이야.」

제리는 크로가 런던 본부와 어떻게 연락했는지 몰랐지만 안전만 보장되면 아무 상관 없었다. 그는 아무도 건드릴 수 없는 정보 업계 거물 기관에서 새로 뽑힌 관리가 연락책이 되었나 보다 생각했다. 상관없었다.

「자네의 일은 돌아다니면서 다른 기사거리를 찾아서 잘 간직했다가 다음에 또 위기가 닥치면 스텁스 형제에게 내미는 걸세.」크로가 그에게 말했다.「그뿐이야, 알겠나?」

제리는 프로스트와 놀러 다녔던 기억에 의지하여 미군 철수가 완차이의 밤 세계에 끼친 영향에 대한 기사를 대충 썼다. 〈전쟁에 지쳐 두둑한 지갑을 들고 휴식과 오락을 찾아 몰려들던 군인들이 사라지자 수지 웡은 어떻게 되었는가?〉 그는 일본인 고객을 받을 정도로 영락한, 수심에 잠긴 허구의 접대부와의 〈새벽 인터뷰〉를 꾸며 내서 — 또는, 기자들이 쓰는 표현에 따르면 〈조작〉해서 — 항공 화물로 보낸 다음 루크의 지국에서 텔렉스로 화물 운송장 번호를 보냈다. 모두 스텁스가 시킨 대로였다. 제리는 절대 신통치 않은 기자라고 할 수 없었지만 압박은 그에게서 최고의 기사를 끌어냈고 게으름은 최악의 기사를 끌어냈다. 스텁스가 즉시, 심지어는 정중하게 기사를 채택한다는 답전을 보내자(루크가 지국에서 전화를 걸어서 〈대단한 전보〉라며 읽어 주었다) 깜짝 놀란 제리는 더 좋은 기사를 찾아서 돌아다녔다. 세간을 떠들썩하게 만든 서너 건의 부패 재판이 상당한 시선을 끌었고 언제나처럼 오해라고 주장하는 경찰들이 주역이었지만, 제리는 사건을 조사한 다음 영국으로 보낼 정도는 아니라고 결론지었다. 요즘은 영국에도 이 정도 기사는 있었다. 경쟁 신문사가 퍼뜨리고 있는 미스 홍콩의 임신 의혹을 파헤치라는 명령이 내려왔지만 제리가 착수하기도 전에 명예 훼손 소송이 시작되었다. 그는 북아일랜드 일간지의 유머 감각 없는 퇴물 기자였던 샐로 스로트가 브리핑하는 재미없는 정부 기자 회견에 참석했고, 어느 날은 괜찮았던 예전 기사들 중에서 다시 써먹을 수 있는 게 없는지 살피면서 오전 내내 한가롭게 시간을 보냈다. 또 어느 날 오후에는 군대 예산을 축소한다는 소문 때문에 구르카[55] 수비대에 찾아가서 열여덟 살밖에 안 되어 보이는 공보 소령의 안내를 받으며 둘러보았다. 제리가 군인 가족을 네팔로 돌려보내면 부대원들이 섹스를 어떻게 해결하냐고 쾌활하게 문의하자 소령은 그런 건 모르겠다고, 감사하다고 대답했다. 그는 부대원들이 3년에 한 번 정도 고향 마을로 돌아간다고, 누구든 그 정도면 충분하다고 생각하는 듯했다. 제리는 사실을 살짝 과장해서 구르카 수비대에 이미 생홀아비들밖에 없는 것처럼 〈무더운 기후에 찬물 샤워를 하는 영국군 용병들〉이라는 기사를 썼다. 그는 만일에 대비해서 기사를 몇 개 더 써놓은 다음 밤에는 클럽에서 어슬렁거렸지만 속으로는 괴로워하면서 서커스의 출산을 기다렸다.

「세상에.」 제리가 크로에게 항변했다. 「놈은 완전히 공공시설이나 마찬가지라니까요.」

「그래도 안 돼.」 크로가 확고하게 말했다.

그래서 제리는 〈네, 알겠습니다〉라고 말했다. 그러나 며칠 뒤, 그는 순전히 지루함을 못 이겨서 대영 제국 훈장 수훈자이자 왕립 홍콩 경마 클럽의 간사, 백만장자, 그리고 의혹 한 점 없는 시민 드레이크 코 씨의 삶과 사랑을 비공식적으로 조사하기 시작했다. 대단한 일도 아

---

55 영국군 내 네팔인 용병 부대. 홍콩에 주둔하던 구르카 부대는 1976년에 해산했다.

니고 제리의 기준에 따르면 명령 불복도 아니었다. 임무 범위를 조금이라도 어기지 않는 현장 요원은 한 명도 없었다. 그는 금지된 비스킷 상자에 손을 뻗는 것처럼 시험 삼아 움직였다. 마침 스텁스에게 홍콩의 대부호들에 대한 3부작 기사를 제안할까 생각하던 중이었다. 어느 날 오전, 외신 기자 클럽의 참고 도서 책장을 살피던 제리는 무의식적으로 스마일리와 똑같이 『홍콩 명사록』 최신판에서 〈코, 드레이크〉를 찾았다. 기혼, 외아들은 1968년 사망, 런던 그레이스인 법학원에서 수학, 법정 변호사가 되었다는 기록은 없는 것으로 보아 끝까지 마치지는 않음. 그런 다음 이사직을 맡은 스물몇 개쯤 되는 회사들의 명단. 취미: 경마, 크루즈, 비취 수집. 음, 평범하다. 그가 지원하는 자선 단체에는 침례교 교회, 차오저우 사원, 드레이크 코 무료 소아과 병원도 있다. 모든 가능성을 뒷받침하는군. 제리가 재미있어하며 생각했다. 사진 속 인물은 차분한 눈빛을 가진 평범하고 아름다운 20대 청년이었고, 재산만 많은 것이 아니라 공로도 크지만 그 외에는 별다른 특징이 없었다. 죽은 아들의 이름은 넬슨이었다. 드레이크와 넬슨이라, 영국의 제독들이다. 아버지는 중국 영해에 최초로 들어간 영국 선원, 아들은 트라팔가르 해전의 영웅에게서 이름을 따왔다는 생각을 지울 수 없었다.

제리는 홍콩 차이나 에어시와 비엔티안 인도차터를

피터 길럼보다 훨씬 더 쉽게 연관시킬 수 있었다. 차이나 에어시 회사 소개를 보니 흥미롭게도 이들의 사업은 쌀, 생선, 전기 제품, 티크 목재, 부동산, 해운을 포함해서 〈동남아시아 지역에서의 폭넓은 무역과 운송〉이라고 했다.

제리는 루크의 사무실에서 자잘한 조사를 하다가 더욱 대담하게 한 걸음 나아갔다. 드레이크 코라는 이름이 정말 우연히 그의 눈앞에 나타났던 것이다. 그렇다, 제리는 카드 색인에서 코를 찾아보았다. 그러나 식민지 홍콩의 다른 중국인 부호 열두 명인가 스무 명도 같이 찾아보았다. 그리고 중국인 여직원에게 이런 기사를 쓰려고 할 때 가장 눈길을 끄는 중국계 백만장자가 누구냐고 아무 꿍꿍이도 없이 물었다. 드레이크가 절대적인 선두 주자는 아닐지 모르지만 그녀에게서 그의 이름을 그리고 관련 자료를 끌어내기는 아주 쉬웠다. 사실 크로에게 이미 투덜거렸던 것처럼 이렇게 공개적으로 눈에 띄는 인물을 은밀하게 쫓는 것은 비현실적인 일까지는 아니어도 어딘가 김이 빠지는 일이었다. 제리의 한정적인 경험에 따르면 소비에트 정보원은 보통 더욱 평범한 모습이었다. 그에 비하면 코는 킹사이즈였다.

샘보가 떠오르는군. 제리가 생각했다. 두 사람이 비슷하다는 생각이 처음으로 들었다.

가장 자세한 내용은 지금은 절판되었지만 제법 그럴

싸한 잡지『골든 오리엔트』에 실려 있었다. 잡지 최종 호에 실린 삽화 포함 8쪽짜리 기사「난양의 붉은 기사들」은 수익성 높은 중공 무역을 하는 화교, 즉〈뚱보 고양이〉의 수가 점점 많아지는 현상을 다루었다. 제리가 알기로 난양은 중국 남부였고, 중국인들에게는 평화와 부가 넘치는 엘도라도 같은 곳이었다. 기사는 선별된 각 인물에게 기사 한 쪽과 사진 한 장을 할애했는데, 보통 개인 재산을 배경으로 찍은 사진이었다. 홍콩 인터뷰의 주인공 — 그 밖에 방콕, 마닐라, 싱가포르의 기사도 있었다 — 은〈크게 사랑받는 스포츠계 명사이자 경마 클럽 간사〉이며 차이나 에어시 유한 회사 회장 겸 의장, 전무 이사이자 대주주인 드레이크 코 씨였고, 해피밸리에서 성공적인 시즌을 끝낸 자기 소유의 말 러키넬슨과 함께 찍은 사진이 실렸다. 말 이름이 서양인 제리의 눈을 잠시 사로잡았다. 말에게 죽은 아들의 이름을 붙이다니 소름 끼쳤다.

기사 사진은『홍콩 명사록』에 실린 나약한 얼굴 사진보다 훨씬 더 많은 것을 드러냈다. 코는 쾌활하고 심지어는 원기 왕성해 보였고, 모자를 쓰고 있었지만 대머리인 듯했다. 이 사진에서 가장 흥미로운 것은 코의 모자였는데, 제리는 지금까지 이런 모자를 쓴 중국인을 한 번도 본 적 없다고 확신했다. 코는 베레모를 비스듬히 쓰고 있었고, 그래서 영국 군인과 프랑스 양파 장수의 중간쯤 되어 보였다. 그러나 무엇보다도 중국인들에게서는 더없이 드문 느낌을 주었는데, 바로 자조적인 분위기였다. 그는 키가 커 보이고 버버리의 옷을 입고 있었으며 기다란 손이 소매 밖으로 나뭇가지처럼 튀어나와 있었다. 말을 진심으로 좋아하는지 한쪽 팔을 말 등에 편안하게 올린 모습이었다. 일반적으로 돈이 되지 않는다고 하는 정크선을 왜 아직도 운행하냐고 묻자 그는 이렇게 대답했다. 「저는 차오저우 하카족 출신입니다. 우리는 물에서 숨을 쉬고, 물에서 농사를 짓고, 물에서 잠을 자죠. 배는 내 일부입니다.」 그는 또 1951년에 상하이에서 홍콩으로 어떻게 왔는지 즐겁게 설명했다. 당시에는 국경이 아직 열려 있었고 실질적인 이주 제한이 없었다. 그러나 코는 해적과 해상 봉쇄, 악천후의 위험을 무릅쓰고 낚싯배를 선택했다. 적어도 특이한 행동이었다.

「저는 아주 게으른 사람입니다.」 그는 이렇게 말했다. 「가만히 있으면 바람이 데려다주는데 뭐 하러 굳이 걸어가겠습니까? 지금은 1.8미터짜리 크루저를 가지고 있는데, 아직도 바다가 좋습니다.」

기사는 코가 유머 감각이 뛰어나기로 유명하다고 설명했다.

새러트의 가정 교사들은 좋은 요원이라면 재미있어야 한다고 말한다. 모스크바 센터도 같은 생각이었다.

보는 사람이 아무도 없었기 때문에 제리는 카드 색인 쪽으로 다가갔고, 몇 분 뒤 두꺼운 신문 스크랩 폴더를 확보했다. 그중 대부분이 1965년에 코와 산터우인 몇 명이 수상쩍은 역할을 했던 주식 스캔들에 대한 것이었다. 놀라운 일도 아니지만 증권 거래소 조사는 결론 없이 보류되었다. 다음 해에 코는 대영 제국 훈장을 받았다. 〈매수를 하려면 철저히 해라.〉 샘보가 즐겨 하던 말이었다.

루크의 사무실에는 중국인 조사원이 여러 명 있었는데, 그중에서 지미라는 이름의 명랑한 광둥 사람은 클럽에 자주 출입했고 중국인 요금을 받고 중국 관련 문제에 조언을 해주었다. 지미는 산터우인이 〈스코틀랜드인이나 유대인처럼〉 독특한 사람들이라고 했다. 억세고 배타적이고 악명 높을 만큼 구두쇠에다가, 박해받거나 굶주리거나 빚을 질 경우 도망칠 수 있도록 바다 근처에 산다고 했다. 또 산터우 여자들은 아름답고 부지런하고 검소하고 색정적이기 때문에 인기가 많다고 했다.

「또 소설을 쓰는 건가, 각하?」 제리가 뭘 하는지 알아내려고 사무실에서 나온 난쟁이가 친근하게 물었다. 제리는 산터우 사람이 왜 상하이에서 자랐는지 물어보고 싶었지만 덜 예민한 주제로 방향을 바꾸는 것이 현명하겠다고 생각했다.

다음 날, 제리는 루크의 낡은 차를 빌렸다. 평범한 35밀리미터 카메라로 무장한 그는 리펄스 베이와 스탠리 사이에 위치한 백만장자 동네 헤들랜드 로드로 차를 몰고 가서 한가한 관광객처럼 빌라 앞에서 신기한 듯 구경하는 척했다. 그의 커버스토리는 스텁스에게 보낼 홍콩 대부호에 관한 기사였다. 제리는 드레이크 코 때문에 이곳에 왔다고 스스로도 아직 인정하지 않았다.

「그는 타이베이에서 말썽을 피우는 중이네.」 중간 통화를 할 때 크로가 지나가듯 말했다. 「목요일까지는 돌아오지 않을 거야.」 다시 한번, 제리는 크로의 정보망을 의문 없이 받아들였다.

그는 세븐게이츠라고 불리는 저택을 찍지는 않았지만 여러 번이나 멍청하게 한참 동안 바라보았다. 길에서 멀찍이 물러앉은 나지막한 팬타일[56] 빌라였는데, 커다란 베란다가 바다를 향해 나 있고 흰 기둥 정자가 푸른 수평선을 갈랐다. 크로는 오래된 성벽에 일곱 개의 문이 있었던 상하이 때문에 세븐게이츠라는 이름을 선택한 것이 틀림없다고 말했었다. 「감상이지. 감상이 아시아 사람에게 갖는 힘을 절대 과소평가하지 말고 지나치게 믿지도 말게. 아멘.」 제리가 잔디밭을 보았다. 흥미롭게도 크로케 구장까지 있었다. 멋진 진달래와 히비스커스도 보였다. 또 3미터쯤 되는 모형 정크선이 콘크리트 바다에 떠 있고, 야외무대처럼 생긴 둥그런 정원 바도 있었다. 바 위에는 파란색과 흰색 줄무늬 차양이 있고, 흰 상의와 바지에 흰 신발을 신은 청년이 둥글게 놓인 흰 의자들을 살피고 있었다. 코 가족은 손님을 기다리고 있는 것이 분명했다.

56 S 자형의 단면을 가진 영국 동부의 전통적인 지붕 기와.

황갈색 롤스로이스 팬텀 세단을 닦는 다른 일꾼들도 있
었다. 길쭉한 차고는 문이 열려 있고 크라이슬러 스테이
션왜건 한 대, 수리 때문인지 번호판이 떼어진 검은색 메
르세데스 한 대가 보였다. 제리는 용의주도하게 헤들랜
드 로드의 다른 저택들도 똑같은 관심을 기울이며 보았
고, 그중 세 곳의 사진을 찍었다.

그는 딥워터 베이 쪽 해변에 서서 파도가 치는 바다에
닻을 내리고 위아래로 흔들리는 증권 중개인의 정크선들
과 대형 보트들을 물끄러미 바라보았지만 코의 유명한
외양 항행 크루저 넬슨 제독호는 찾지 못했다. 넬슨이라
는 이름이 자꾸 등장하는 것이 무척 신경 쓰이기 시작했
다. 그만 포기하려고 하려는 찰나 저 아래쪽에서 뭐라고
외치는 소리가 들려서 흔들리는 목조 다리를 따라 걸어
갔더니 삼판[57]에 탄 노파가 그를 보고 싱긋 웃으면서 이
도 없이 잇몸으로 빨아 먹고 있던 노란 닭 다리로 자신을
가리켰다. 삼판에 올라탄 그가 배들을 가리키자 노파가
그를 태우고 가서 보여 주었다. 그녀는 노를 젓는 내내
닭 다리를 물고 계속 웃으며 알 수 없는 말을 되풀이했다.
넬슨 제독호는 매끈하고 흘수가 길었다. 흰 슬랙스 차림
의 세 남자가 부지런히 갑판을 닦고 있었다. 제리는 코의
생활비 중에서 살림 인건비만 해도 얼마인지 계산해 보
았다.

57 중국, 동남아에서 쓰는 작은 목조 평저선.

그는 차를 타고 돌아가는 길에 드레이크 코 무료 소아과 병원에 잠깐 들러서 살펴보면서 확실하지는 않지만 역시 꼼꼼하게 잘 유지되고 있음을 확인했다. 다음 날 이른 아침, 제리는 센트럴의 요란한 고층 빌딩 로비에서 입주 회사들의 명판을 읽고 있었다. 차이나 에어시와 자회사들은 꼭대기 세 층을 썼지만 매월 마지막 금요일마다 2만 5천 달러를 송금받는 인도차터 비엔티안의 이름은 없었다. 어느 정도 예측 가능한 일이었다.

루크의 지국에 있던 스크랩 폴더에는 미국 영사관 기록 보관실을 상호 참조한 내용도 있었다. 다음 날 제리는 완차이 미군에 대한 기사 때문에 몇 가지 사실을 확인한다는 핑계로 미국 영사관을 찾아갔다. 그는 지나치게 예쁜 여직원이 지켜보는 가운데 여기저기 돌아다니면서 몇 가지 찾아보다가 가장 오래된 기록 중 일부를 선택했는데, 트루먼이 중국과 북한의 수출입을 금지했던 1950년대 초에 홍콩 영사관이 수출입 금지 위반을 보고하라는 명령을 받아 작성한 기록이었다. 의약품과 전기 제품 다음으로 가장 인기가 많은 상품은 석유였다. 〈미국 기관〉에서 대대적인 작전을 펼쳐서 함정을 파고, 포함(砲艦)을 동원하고, 변절자와 포로 들을 심문하고, 결국 하원 및 상원 소위원회에 엄청난 양의 문서를 제출했다.

문제의 해는 공산당이 중국을 장악하고 2년이 지난 뒤이자 무일푼의 코가 상하이에서 배를 타고 홍콩으로 온

1951년이었다. 지국의 폴더에 코가 언급된 것은 상하이 작전 관련이었고, 애초에 코와의 연결점은 그것이 전부 였다. 당시 수많은 상하이 이민자들이 데뵈 로드의 번잡하고 불결한 호텔에 살았다. 서문에는 그들이 하나의 거대한 가족과 같으며, 공동의 고통과 누추함으로 연결되어 있다고 적혀 있었다. 몇몇은 공산주의자들을 피해 달아나기 전에 일제로부터 같이 도망쳤다.

한 공범이 심문관에게 말했다. 「공산주의자들 때문에 그렇게 고생을 했으니 적어도 그 사람들을 이용해서 돈이라도 좀 벌어야겠다고 생각했습니다.」

다른 사람은 더욱 공격적이었다. 「홍콩의 뚱보 고양이들은 이 전쟁으로 떼돈을 벌고 있어요. 빨갱이들한테 전자 기기, 페니실린, 쌀을 파는 사람이 대체 누군데요?」

보고서에 따르면 1951년에 이들에게는 두 가지 방법이 있었다. 하나는 국경 수비대에게 뇌물을 먹인 다음 트럭에 석유를 싣고 신제를 지나 국경을 넘는 것이었다. 또 하나는 배를 이용하는 것이었는데, 이것은 항만 당국에 뇌물을 준다는 뜻이었다.

정보원의 또 다른 말. 「우리 하카족은 바다를 잘 압니다. 3백 톤짜리 배를 찾아서 빌린 다음 드럼에 석유를 채우고, 선박 적하 목록과 목적지를 거짓으로 적죠. 공해에 도착하면 아모이를 향해 미친 듯이 서둘러 갑니다. 공산당은 우리를 형제라고 불러요, 수익 백 퍼센트죠. 이렇게

285

몇 번 하면 배를 살 수 있습니다.」

「최초 자금은 어디서 나왔지?」심문자가 물었다.

「리츠 볼룸이요.」어이없는 대답이었다. 각주에 따르면 리츠는 킹스 로드 해안가에 있는 상류층 헌팅 클럽이었고 여자는 대부분 상하이인이었다. 같은 각주에 조직원들의 이름이 적혀 있었다. 드레이크 코도 그중 하나였다.

「드레이크 코는 아주 거친 남자였어요.」부록에 작은 활자체로 증인의 진술이 실려 있었다. 「드레이크 코한테는 허튼소리가 안 통했죠. 정치인을 진짜 싫어했어요. 장제스. 마오쩌둥. 다 같은 놈이라고 했죠. 자기는 장쩌둥을 지지한다더군요. 코가 우리 조직을 이끌었습니다.」

수사 결과 아무것도 나오지 않았다. 상하이가 마오쩌둥의 손에 들어간 1949년에 상하이 암흑계의 4분의 3이 홍콩으로 흘러들어 왔다는 것은 역사적 사실이다. 홍콩을 두고 벌어진 홍방과 청방의 세력 다툼은 1920년대의 시카고가 애들 장난처럼 보일 정도로 치열했다. 그러나 홍방과 청방이나 삼합회 등 범죄 조직에 대해서 안다고 말하는 증인은 찾을 수 없었다.

놀랄 것도 없이 토요일이 되어 해피밸리 경마장으로 향했을 때, 제리는 목표물의 꽤 자세한 초상을 파악하고 있었다.

경마가 있었기 때문에 택시 기사가 요금을 두 배로 청구했지만 제리는 그것이 관습임을 알았으므로 달라는 대로 주었다. 그는 크로에게 경마장에 가겠다고 말했고 크로도 반대하지 않았다. 때로는 두 사람이 한 사람보다 눈에 덜 띄므로 루크도 같이 태워 왔다. 홍콩의 백인 사회는 정말 아주 좁았기 때문에 제리는 프로스트를 마주칠까 봐 초조했다. 그가 주 출입구에서 운영 팀에게 전화를 걸어 영향력을 좀 발휘하자 그랜트 대위라는 젊은 담당자가 나왔고, 제리는 그에게 업무차 왔다고, 신문 기사 때문에 경마장을 취재해야 한다고 설명했다. 그랜트는 재치 있고 우아한 남자로, 홀더를 이용해서 터키 담배를 피웠다. 그는 제리가 하는 모든 말이 재미있는 듯했고, 조금 서먹할지 몰라도 호의적인 태도였다.

「그럼 당신이 아드님이시군요.」 마침내 그가 말했다.

「아버지랑 아는 사이셨습니까?」 제리가 씩 웃으며 말했다.

「들어만 봤습니다.」 그랜트 대위가 대답했다. 들었던 이야기가 마음에 든 모양이었다.

그랜트 대위가 두 사람에게 배지를 주었고 나중에는 술을 권했다. 두 번째 경주가 막 끝났다. 세 사람이 이야기를 나누는 동안 군중의 함성이 시작되더니 눈사태처럼 점점 커지다가 다시 가라앉았다. 제리는 엘리베이터를 기다리면서 박스석에 누가 앉았는지 게시판을 확인했다.

빠지지 않는 연간 회원은 빅토리아피크 마피아, 더 뱅크
— 홍콩 상하이 은행은 스스로 이렇게 칭하는 것을 좋아
했다 —, 자딘 매터슨,[58] 총독, 영국군 사령관이었다. 대
영 제국 훈장을 받은 드레이크 코 씨는 클럽의 간사였지
만 박스석 이용자 명단에는 없었다.

「웨스터비! 〈세상에〉, 누가 자네를 여기 들여보내 준
거야? 있잖아, 자네 아버지가 돌아가시기 전에 파산하셨
다는 소문이 사실인가?」

제리는 씩 웃으며 머뭇거리다가 뒤늦게 기억 속에서
카드를 꺼냈다. 클라이브 어쩌고, 마냥 행복한 사무 변호
사, 자택은 리펄스 베이, 고압적인 스코틀랜드인, 겉으로
는 상냥한 척하지만 정직하지 않기로 널리 소문난 성품.
제리는 마카오의 금 사기 사건에 대한 기사를 쓸 때 그를
이용했고, 클라이브도 한몫 차지했다고 결론을 내렸다.

「이런, 클라이브. 최고야, 대단하군.」

그들은 진부한 대화를 주고받으면서 엘리베이터를 기
다렸다.

「자. 카드 줘봐. 얼른! 내가 한재산 만들어 주지.」〈포
턴〉이었지, 제리가 생각했다. 클라이브 포턴. 포턴은 제
리의 손에서 마권 카드를 빼앗아 엄지를 핥더니 중간 페
이지로 가서 볼펜으로 말 이름에 동그라미를 쳤다. 「세
번째 경기의 7번 말이야, 틀릴 수가 없지.」 그가 숨을 쉬

58 홍콩에 본사를 둔 영국의 다국적 기업.

었다. 「전 재산을 다 걸어, 알겠나? 분명히 말해 두지만, 내가 사람들한테 매일 돈을 뿌리는 건 아니라고.」

「저 자식이 무슨 말을 권했어?」 포턴이 사라지자 루크가 물었다.

「오픈스페이스라는 말이군.」

두 사람은 헤어졌다. 루크는 마권을 산 다음 위층 아메리칸 클럽으로 사라졌다. 제리는 충동적으로 러키넬슨에게 백 달러를 걸고 홍콩 클럽의 오찬실로 서둘러 갔다. ⟨잃으면 조지한테 책임지라고 해야지.⟩ 그가 태연하게 생각했다. 쌍여닫이문이 열리자 제리는 곧장 안으로 들어갔다. 촌스러운 부자들이 좋아하는 분위기였다. 비 내리는 주말 서리의 골프 클럽 같았는데, 용감한 사람들이 소매치기의 위험을 무릅쓰고 진짜 보석을 걸치고 있다는 점만 달랐다. 부인들은 아무도 쓰지 않는 값비싼 설비처럼 따로 앉아서 찌푸린 표정으로 폐쇄 회로 텔레비전을 노려보며 하인들과 강도에 대해서 불평하고 있었다. 시가 연기와 땀, 이미 치워 버린 음식 냄새가 났다. 휘청휘청 들어오는 제리 — 끔찍한 양복, 사슴 가죽 부츠, 온몸으로 풍기는 ⟨기자⟩ 분위기 — 를 보고 부인들의 찌푸린 얼굴이 어두워졌다. 홍콩의 일반인 출입 금지 구역은 사람들을 충분히 쫓아내지 않는 것이 문제라고 그들의 얼굴에 쓰여 있었다. 바에 모여든 술고래들은 주로 런던 상업 은행의 뜨내기로, 아직 젊은데도 배가 불룩하고 목이 뚱뚱했다. 그들과 함께 있는 사람들은 자던 매터슨의 2군 직원들로, 아직 회사의 박스석에 들어갈 만큼 출세하지 못한 이들이었다. 말쑥하게 차려입었지만 귀여운 구석이 없는 이 순진한 사람들에게는 돈과 승진이 곧 천국이었다. 제리는 혹시 프로스티가 없는지 걱정스레 흘끔거렸지만 오늘은 경마가 내키지 않았거나 다른 사람들과 함께인 듯했다. 제리는 씩 웃으며 누구를 향해서랄 것도 없이 애매하게 손을 흔든 다음 부지배인을 찾아내서 잃어버렸던 친구를 다시 만난 것처럼 반갑게 인사했다. 그런 다음 경쾌하게 그랜트 대위를 언급하며 규칙에 어긋나지만 20달러를 찔러 주고 입장권을 샀고, 경기 시작까지 아직 18분 남아 있었지만 기분 좋게 발코니로 나갔다. 태양, 말똥 냄새, 중국인 관중의 거친 굉음 속에서 제리의 심장은 〈말이다, 말이야〉라고 속삭이며 점점 빨리 뛰었다.

제리는 싱글거리는 얼굴로 잠시 어슬렁거리며 경마장 풍경을 보았다. 언제 봐도 새로웠다.

해피밸리 경마장 잔디는 세상에서 가장 귀한 작물이 틀림없었다. 거의 없었으니 말이다. 햇살과 사람들의 발길 때문에 딱딱해진 런던 공설 운동장 비슷한 공간의 가장자리를 따라 좁은 트랙이 둥글게 나 있었다. 닳고 닳은 축구장 여덟 개, 럭비장 하나, 하키장 하나는 방치된 분위기였다. 그러나 이 음울한 구장들을 둘러싼 좁은 초록색 트랙은 올 한 해만 해도 합법적인 경마로 1억 파운드는 충분히 끌어들일 수 있었고, 불법적인 베팅으로도 똑같은 금액을 끌어들였다. 밸리[48]라는 이름과 달리 계곡이라기보다는 화로 같았다. 한쪽에는 하얀 경기장이 번득였고 반대쪽에는 갈색 산들이 보였다. 제리의 앞쪽과 왼쪽에는 또 다른 홍콩이 숨어 있었다. 카드로 지은 맨해튼 같은 회색 고층 건물 빈민가는 어찌나 다닥다닥 붙어 있는지 너무 더워서 서로 기대어 서 있는 것 같았다. 작은 발코니마다 구조를 지탱하기 위해서 핀을 꽂은 것처럼 대나무 막대가 튀어나와 있었고, 막대에 검은 빨래가 수많은 깃발처럼 걸려 있었기 때문에 어마어마하게 큰 무언가가 건물을 쓸고 지나가면서 남긴 넝마 같았다. 이날 해피밸리는 바로 그런 곳에서 극소수를 제외한 모든 사람들에게 즉각적인 구원이라는 도박꾼의 꿈을 나눠 주고 있었다.

제리의 오른쪽 저 멀리에서는 더 웅장한 신축 건물들이 번쩍였다. 그는 저곳에서 불법 마권업자들이 사무실을 차리고 수신호, 무선기, 불빛 신호 등 눈에 띄지 않는 수십 가지 방법으로 — 새러트도 매료될 것이다 — 경기장 주변의 연락원과 연락하고 있다는 사실을 기억해 냈다. 더 높은 곳에는 나무가 다 베어진 산 등마루가 보였

59 영어로 〈계곡〉이라는 뜻.

는데, 채석장이 있고 여기저기 전자 도청 장치 구조물이
흩어져 있었다. 제리가 어딘가에서 들은 바에 따르면 저
기에 사촌의 안테나가 있어서 그들이 지원하는 대만
U-2기가 영공을 침범하는 것을 지켜볼 수 있다고 했다.
산 위로는 어떤 날씨에도 절대 사라지지 않는 듯한 만두
같은 흰 구름이 있었다. 그리고 그날 구름 위에서는 표백
된 하늘이 햇살에 아파했고, 매 한 마리가 천천히 빙글빙
글 돌고 있었다. 제리는 이 모든 것을 단번에, 즐거워하
며 파악했다.

관중에게는 할 일 없는 시간이었다. 관심이 집중된 곳
이 있다면 갈퀴를 들고 트랙을 돌면서 날뛰는 말굽에 엉
망이 된 귀중한 잔디를 정리하는, 술 달린 하카족 모자에
검정 파자마 차림의 뚱뚱한 중국인 여자 네 명이었다. 그
들은 아주 무심하고 근엄하게 움직였다. 이들의 몸짓에
중국 소농 전체가 들어 있는 듯했다. 순간적으로 군중 특
유의 집단적인 친밀감이 진동처럼 그들에게 전해졌지만
곧 잊혔다.

클라이브 포턴이 추천한 오픈스페이스는 세 번째로 인
기가 많았다. 드레이크 코의 러키넬슨은 배당률이 40 대
1이었다, 가망이 없다는 뜻이었다. 제리는 흥에 겨운 오
스트레일리아 사람들 한 무리를 지나쳐 발코니 구석으로
가서 줄줄이 늘어선 머리들 저 아래 녹색 철문과 경호원
들이 일반석과 나누고 있는 마주(馬主) 박스석을 목을 쭉

빼고 보았다. 그는 손을 들어 눈가에 그늘을 만들고 쌍안
경을 가져올 걸 그랬다고 생각하면서 양복과 선글라스
차림의 뚱뚱하고 엄격해 보이는 남자를 바라보았다. 그
는 젊고 아주 예쁜 여자와 함께였다. 중국인과 라틴계 혼
혈 같았으므로 제리는 필리핀 사람인가 보다고 생각했
다. 여자는 돈으로 살 수 있는 최상급이었다.

자기 말한테 갔나 보군. 제리가 샘보를 떠올리며 생각
했다. 대기소에서 조련사와 기수에게 지시를 내리고 있
을 가능성이 가장 컸다.

오찬실을 성큼성큼 나와 로비로 간 제리는 넓은 뒷계
단으로 두 층을 내려간 다음 홀을 가로질러 관람석으로
갔다. 생각에 잠긴 중국인들이 가득했는데, 전부 남자였
고 모두 진지하게 침묵을 지키며 지붕이 덮인 모래판을
내려다보고 있었다. 그곳에는 시끄러운 참새들과 각각
전속 마부가 이끄는 말 세 마리가 있었다. 마부들은 초조
해서 속이 안 좋은 것처럼 힘들게 말을 돌보고 있었다.
우아한 그랜트 대위가 지켜보고 있었고, 제리가 좋아하
는 백계 러시아인[60] 조련사 사샤도 있었다. 사샤는 작은
접이식 의자에 앉아서 낚시를 하듯이 몸을 살짝 숙인 자
세였다. 그는 난징 조약 시절에 상하이에서 몽골 조랑말
들을 조련했는데, 제리는 그의 이야기라면 밤새도록 들
을 수도 있었다. 상하이에 영국계, 국제, 중국계, 세 곳의

60 러시아 혁명(1917) 당시 국외로 망명한 러시아인을 가리킨다.

경마장이 있었다든가, 예순 마리 — 심지어는 백 마리 — 의 말을 가진 영국 대상인들이 말을 배에 태우고 해안을 따라 올라가거나 내려가면서 항구에 내릴 때마다 미친 듯이 경쟁했다는 이야기들이었다. 사샤는 꿈꾸는 듯한 푸른 눈에 지친 레슬링 선수 같은 턱을 가진 온화하고 철학적인 친구였고, 러키넬슨의 조련사이기도 했다. 그가 혼자 앉아서 무언가를 보고 있었는데, 제리의 시야에는 들어오지 않는 문 앞의 공간을 보는 듯했다.

관중석이 갑자기 소란스러워지자 제리가 재빨리 햇빛 쪽으로 시선을 돌렸다. 굉음이 나더니 누군가 목이 졸리면서 높은 비명을 질렀고, 어느 줄의 관중들이 웅성거리더니 회색과 검은색 제복을 입은 사람들이 그쪽으로 뛰어들었다. 잠시 후 경찰들이 피를 흘리며 기침하는 불쌍한 소매치기를 끌고 나와 자백 진술서를 받으려고 계단으로 데려갔다. 제리가 대기소로 시선을 돌려 햇빛에 부신 눈을 어둠에 적응시키자 드레이크 코 씨의 흐릿한 윤곽이 보였다.

바로 알아보기는 불가능했다. 제리가 먼저 알아본 사람은 드레이크 코가 아니라 사샤의 옆에 선 젊은 중국인 기수였다. 그는 키가 크고 전선처럼 빼빼 말랐고 기수복을 반바지 안으로 넣어 입고 있었다. 그는 영국 스포츠 잡지에서 본 것처럼 채찍으로 자기 장화를 때리고 있었다. 기수는 드레이크 코의 휘장 — 『골든 오리엔트』 기사에 따르면 〈하늘의 색과 바다의 회색으로 이루어진 4분할 휘장〉이었다 — 을 달고 있었고 사샤와 마찬가지로 제리에게는 보이지 않는 무언가를 보고 있었다. 그때 제리가 서 있는 단 밑에서 지저분한 회색 멜빵바지 차림의 뚱뚱한 마부가 킬킬 웃으면서 거대한 구렁말을 끌고 나왔다. 번호는 담요로 가려져 있었지만 제리는 사진으로 봤기 때문에 이미 알고 있었고, 이제 더욱 잘 알게 되었다. 사실 그는 이 말을 정말 잘 알았다. 가끔 같은 종의 말 중에서도 아주 우월한 말들이 있는데, 제리가 보기에는 러키넬슨이 바로 그런 말이었다. 길고 좋은 고삐, 용맹한 눈, 급이 다르군. 그가 생각했다. 모든 경주에서 여자들의 표를 받는, 밝은 갈기와 꼬리를 가진 매력적인 밤색 말 따위가 아니었다. 기후에 크게 제약을 받는 이 지역의 품종을 생각했을 때 러키넬슨은 제리가 홍콩에서 본 그 어떤 말에게도 지지 않을 만큼 건장했다. 틀림없었다. 잠시 그는 말의 상태가 걱정되었다. 땀을 흘리고 있었고 옆구리와 엉덩이가 지나치게 번들거렸다. 그러다가 용맹한 눈을, 약간 부자연스러운 땀자국을 다시 보았고, 그러자 심장이 되살아났다. 교활하게도 일부러 볼품없어 보이게 물을 뿌렸군. 그가 샘보를 즐겁게 떠올리며 생각했다.

그런 다음 제리는 말에게서 그 주인에게로 뒤늦게 시선을 옮겼다.

대영 제국 훈장의 수훈자, 모스크바 센터로부터 지금

까지 50만 달러를 받은 수취인, 자칭 장쩌둥의 지지자 드레이크 코 씨가 직경 3미터의 하얀 콘크리트 기둥 그늘에 혼자 서 있었다. 얼핏 보면 못생겼지만 거슬리지 않는 사람으로, 키가 크고 치과 의사나 구두 수선공처럼 직업 때문에 자세가 구부정해진 것처럼 보였다. 복장은 영국식이었는데, 헐렁한 회색 플란넬 바지와 허리가 지나치게 긴 검은색 더블브레스트 블레이저 때문에 뻣뻣한 다리가 강조되었고 신체의 나머지 부분은 뒤틀려 보였다. 얼굴과 목은 털이 없고 낡은 가죽처럼 반지르르했고, 수많은 주름은 다림질로 만든 옷 주름처럼 선명해 보였다. 얼굴빛은 제리의 예상보다 어두웠다. 아랍이나 인도 피가 섞였나 싶을 정도였다. 그는 사진 속에서 그랬던 것처럼 어울리지 않는 짙은 파란색 베레모를 쓰고 있었고, 파이 반죽으로 만든 장미 같은 귀가 모자 밑으로 튀어나와 있었다. 모자에 눌려서 가느다란 눈이 더욱 가늘어졌다. 갈색 이탈리아제 구두, 흰 셔츠, 타이를 매지 않은 목. 소품은 없었다, 쌍안경조차 없었다. 그러나 귀에서 귀까지 걸린, 중간중간 금빛으로 번쩍이는 50만 달러짜리 미소는 자신만이 아니라 모두의 행운을 즐거워하는 듯했다.

다만 어떤 느낌이 있었다. 그런 사람들이 있다, 그것은 긴장감과도 비슷하다. 급사장이나 문지기, 기자는 흘깃만 봐도 알아보는 법이다. 샘보도 〈거의〉 가질 뻔했던 것이었다. 바로 무엇이든 당장 누릴 수 있는 자의 느낌이었다.

뭔가 필요하면 숨어 있던 사람들이 황급히 대령할 것이다.

사진이 그대로 살아난 듯했다. 스피커에서 경마장 관리원이 기수들에게 말에 오르라고 안내했다. 마부가 킬킬거리며 담요를 걷자 제리는 드레이크 코가 갈색 암말의 형편없는 상태를 강조하기 위해서 털을 거꾸로 빗었음을 알아보고 기뻐했다. 삐삐 마른 기수가 어색한 걸음으로 한참을 걸어가서 안장에 올랐고, 반대편의 드레이크 코에게 초조하면서도 친근하게 말을 걸었다. 이미 멀어지고 있던 코가 빙글 돌아서 어디를 향해 말하는지, 누가 듣는지 보지도 않은 채 들리지 않는 한마디를 쏘아붙였다. 꾸지람일까? 응원일까? 하인에게 내리는 명령일까? 미소는 여전했지만 목소리는 채찍처럼 가혹했다. 말과 기수가 떠났다. 코도 떠났다. 제리는 계단을 다시 재빨리 올라 오찬실을 가로질러 발코니로 나간 다음 사람들을 헤치고 구석으로 가서 밑을 내려다보았다.

코는 이제 혼자가 아니라 아내와 함께였다.

두 사람이 스탠드에 같이 도착했는지 부인이 잠시 거리를 두고 그를 따라왔는지 제리는 알 수 없었다. 여자는 너무 작았다. 반짝이는 검정 실크와 그 주변에서 인사하는 남자들 — 사람들이 스탠드로 몰려들고 있었다 — 이 보였지만 처음에는 시선을 너무 높이 두는 바람에 그녀를 놓쳤다. 부인의 머리는 남자들의 가슴 높이였다. 제리는 코의 옆에 선 여자를 다시 발견했다. 작고 티 하나 없는 중국인 부인이었다. 당당하고, 나이 많고, 창백하고, 어찌나 말끔하게 단장을 했는지 지금이 아닌 다른 나이의 모습이나 파리에서 맞춘, 유럽 경기병 제복처럼 늑골 장식이 달린 검정 실크 옷이 아니라 다른 옷을 입은 모습은 상상이 안 될 정도였다. 〈부인이 골칫거리야.〉 작은 프로젝터 앞에 멍하니 앉아 있을 때 크로가 떠오르는 대로 말했었다. 〈대형 상점에서 도둑질을 한다는군. 코의 부하들이 미리 들어가서 그녀가 뭘 훔치든 나중에 돈을 내겠다고 약속해야 한다네.〉

『골든 오리엔트』 기사는 부인이 〈초창기 사업 파트너〉였다고 했다. 제리는 리츠 볼룸의 여자들 중 하나인가 보다고 행간을 읽었다.

관중의 함성이 커졌다.

「걸었나, 웨스터비? 걸었냐고, 친구.」 스코틀랜드인 클라이브 포턴이 술에 취해 땀을 잔뜩 흘리며 그에게 소리쳤다. 「오픈스페이스 말이야, 세상에! 배당률은 저래도 1, 2달러는 딸 수 있어! 두고 봐, 확실하다니까!」

〈출발〉 소리 덕분에 제리는 대답할 필요가 없었다. 함성이 잠시 멎었다가 높아지더니 점점 부풀어 올랐다. 사방에서 이름과 숫자를 외쳐 댔고, 말들이 튀어 나가서 관중의 함성에 끌려 앞으로 내달렸다. 느릿느릿 첫 번째 펄롱[61]이 시작되었다. 하지만 이렇게 조용한 분위기가 끝난

61 경마에서 쓰는 길이의 단위로, 약 2백 미터에 해당한다.

직후 광기가 시작되는 법이다. 제리의 기억으로는 새벽에 훈련을 할 때는 주민들이 잠에서 깨지 않도록 발굽 소리가 나지 않게 했다. 예전에 가끔 전쟁 기사를 쓰다가 시간이 나면 아침 일찍 일어나서 새벽 훈련을 보려고 여기까지 왔고, 운 좋게 힘 있는 친구를 우연히 마주치면 에어컨이 설치된 높다란 마사(馬舍)에 같이 들어가서 말을 돌보고 귀여워하는 것을 구경했다. 그러나 낮이 되면 자동차 소리가 경마장의 우레 같은 소리를 완전히 삼켰다. 반짝이는 덩어리처럼 뭉쳐서 너무나도 천천히 다가오는 말들은 아무 소리도 내지 않았고, 좁은 에메랄드빛 강 위를 떠다니는 것처럼 보였다.

「계속 오픈스페이스야.」 클라이브 포턴이 망원경으로 지켜보면서 자신 없이 말했다. 「역시 우승 후보군. 잘한다, 오픈스페이스. 잘하고 있어, 녀석.」 말들이 마지막 구간 직전의 긴 코스로 들어섰다. 「달려, 오픈스페이스, 〈달리라고〉! 채찍을 써, 이 바보 녀석아!」 포턴이 소리쳤다. 하늘색과 회색이 섞인 러키넬슨의 휘장이 앞으로 치고 나가자 다른 말들이 예의 바르게 길을 내주는 것이 이제 맨눈으로도 보였다. 2위 말이 따라잡으려는 척했지만 곧 지쳤다. 오픈스페이스는 이미 세 구간은 뒤처졌고 기수가 허공에 미친 듯이 채찍을 휘둘렀다.

「이의 있습니다!」 포턴이 외쳤다. 「간사들은 도대체 어디 있는 거야? 일부러 지려고 고삐를 잡아당겼잖아! 저렇게까지 잡아당기는 건 평생 처음 본다고!」

러키넬슨이 결승선을 지나 우아하게 성큼성큼 뛰자 제리가 재빨리 오른쪽 아래를 보았다. 드레이크 코는 동요하지 않았다. 동양인의 불가해함이 아니었다. 제리는 그런 신화에 절대 동의하지 않았다. 분명 무관심은 아니었다. 다만 그는 의식이 만족스럽게 진행되는 것을 지켜볼 뿐이었다. 드레이크 코 씨는 자기 군단의 퍼레이드를 지켜보고 있었다. 그의 자그맣고 제정신이 아닌 아내는 온갖 고난을 겪은 끝에 마침내 사람들의 찬사를 받는 사람처럼 그의 옆에 흔들림 없이 서 있었다. 제리는 순간적으로 한창때의 펫이 떠올랐다. 샘보의 자랑스러운 말이 열여덟 번째로 들어왔을 때의 펫 같다고 제리는 생각했다. 당당하게 서서 패배를 견디던 모습이었다.

순위 발표식은 꿈같은 순간이었다.

케이크는 없었지만 햇살은 제일 낙천적인 영국의 마을 축제 기획자의 예상마저 뛰어넘을 정도로 밝았고, 실버 컵은 지방 유지가 이인삼각 경기 우승자에게 수여하는 흠집투성이의 작은 잔보다 훨씬 더 사치스러웠다. 제복 경관 60명은 아마도 약간의 허세였을 것이다. 그러나 1930년대식 터번을 쓰고 긴 흰색 테이블에서 식을 주도하는 우아한 여인은 아주 엄격한 애국자도 만족할 만큼 감상적이고 오만했다. 그녀는 형식을 정확히 알았다. 간사장이 컵을 건네자 그녀는 너무 뜨거워서 도저히 들 수 없다는 듯이 재빨리 수여했다. 드레이크 코와 아내 모두 함박 미소를 짓고 있었고, 베레모를 쓴 코가 기뻐하는 지지자들 사이에서 등장해서 우승컵을 받았다. 그러나 두 사람이 밧줄 친 잔디밭을 너무 빠르고 경쾌하게 지나갔기 때문에 사진사는 그 순간을 놓쳤고, 컵을 수여하는 장면을 다시 연기해 달라고 부탁해야 했다. 그러자 귀부인은 무척 짜증을 냈고, 제리는 구경꾼들 사이에서 느릿하게 흘러나오는 〈지루해 죽겠네〉라는 소리를 들었다. 우승컵이 드디어 코의 손에 들어갔다. 귀부인은 무뚝뚝한 얼굴로 6백 달러어치의 치자꽃 꽃다발을 주었고, 동양인과 서양인은 각자 만족하며 자기 자리로 돌아갔다.

「저 사람 말에 걸었습니까?」 그랜트 대위가 상냥하게 물었다. 그들은 관중석을 배회하고 있었다.

「음, 사실은 그랬습니다.」 제리가 씩 웃으며 고백했다. 「약간 의외의 결과였죠?」

「아, 어차피 드레이크가 이길 경기였죠.」 그랜트가 건조하게 말했다. 두 사람이 조금 걸어갔다. 「그걸 알아보시다니 대단하네요. 만나 보시겠어요?」

「누구를요?」

「코 말입니다. 지금이라면 이겨서 의기양양할 테니까요. 뭔가 얻어 낼 수 있을지도 모르죠.」 그랜트가 예의 상냥한 미소를 지으며 말했다. 「가시죠, 제가 소개해 드리겠습니다.」

제리는 망설이지 않았다. 기자로서는 따르는 것이 당연했다. 스파이로서는 — 음, 새러트의 격언 중에 위험하다고 생각하기 때문에 위험한 것이라는 말이 있었다. 제리와 그랜트는 모여 있는 사람들에게 다가갔다. 코의 일행은 우승컵을 중심으로 대충 둥글게 서 있었고 웃음소리가 무척 컸다. 중심에 코와 가장 가까이 서 있는 사람은 뚱뚱한 필리핀인과 그가 데려온 아름다운 여자였다. 코가 여자와 장난을 치면서 그녀의 양쪽 뺨에 입을 맞춘 다음 입술에 다시 입을 맞추자 코의 부인을 빼고 모두가 웃음을 터뜨렸다. 그의 아내는 일부러 가장자리로 물러나서 같은 나이의 중국 여자와 이야기를 나누기 시작했다.

「저 사람은 아르페고예요.」 그랜트가 제리의 귀에 속삭이면서 뚱뚱한 필리핀 사람을 가리켰다. 「마닐라와 도서 지역 대부분을 가지고 있지요.」

아르페고의 올챙이배가 셔츠 안에 바위를 넣은 것처럼 벨트 위로 튀어나와 있었다.

그랜트는 코에게 곧장 다가가는 대신 번쩍이는 파란색 양복을 입은 우람하지만 온화한 표정의 중국인에게 먼저 갔는데, 일종의 보좌관 같았다. 제리는 떨어져 서서 기다렸다. 통통한 중국인이 그랜트와 함께 다가왔다.

「이분은 티우 씨입니다.」 그랜트가 조용히 말했다. 「티

우 씨, 이분은 웨스터비 씨예요, 유명한 분의 아드님
이죠.」

「코 씨와 이야기하고 싶다고요, 웨스비 씨?」

「상황이 된다면요.」

「물론 되지요.」티우가 무척 기분 좋게 말했다. 그의 배
앞에서 포동포동한 손이 쉬지 않고 떠다녔다. 오른쪽 손
목에 금시계를 차고 있었고, 손가락은 물이라도 뜨는 것
처럼 둥글게 말려 있었다. 그는 매끈하고 반짝거렸고, 서
른 살 같기도 하고 예순 살 같기도 했다. 「코 씨가 경마에
서 이겼으니 뭐든 됩니다. 제가 모셔 오지요. 여기 계세
요. 아버님 성함이 어떻게 되시죠?」

「새뮤얼입니다.」제리가 말했다.

「새뮤얼〈경〉이시죠.」그랜트가 단호하게 말했지만 사
실이 아니었다.

「저 사람은 누굽니까?」통통한 티우가 시끄러운 중국
인 일행에게 돌아가자 제리가 살짝 물었다.

「코의 집사예요. 지배인, 수석 비서, 잡역부, 해결사죠.
처음부터 같이했답니다. 전쟁 때 일본인들을 피해 같이
도망쳤다는군요.」

그리고 최고의 경호원이기도 하지. 티우가 주인과 함
께 건들건들 걸어오는 모습을 보며 제리가 생각했다.

그랜트가 다시 소개를 시작했다.

「코 씨.」그가 말했다. 「이분은 웨스터비라고 합니다,

귀족이었던 아버님께서 유명한 분이신데, 발이 느린 말을 여러 마리 가지고 계셨었죠. 경마장도 여러 개 사셨어요.」

「어느 신문이지요?」 코가 물었다. 그의 목소리는 불쾌하고 강렬하고 낮았지만 놀랍게도 제리는 영국 북부 억양의 흔적을 들었다고 맹세할 수도 있었다. 억양 때문에 펫이 떠올랐다.

제리가 신문사 이름을 말했다.

「여자들이 많이 나오는 그 신문이군요!」 코가 즐겁게 외쳤다. 「런던에서 지내면서 유명한 그레이스인 법학원에서 법률 공부를 할 때 읽곤 했지요. 내가 당신네 신문을 왜 읽었는지 아십니까, 웨스터비 씨? 정치 이야기에 우선해서 예쁜 여자를 싣는 신문이 많을수록 빌어먹을 세상이 더 좋아진다는 것이 저의 굳은 믿음이기 때문입니다, 웨스터비 씨.」 코가 잘못된 숙어와 중역실에서나 쓰는 영어를 마구 섞으며 선언했다. 「부디 당신 신문사에 내 말을 전해 주세요, 웨스터비 씨. 공짜로 조언해 드리는 겁니다.」

제리가 웃으면서 노트를 펼쳤다.

「저도 당신 말에 걸었습니다, 코 씨. 우승을 하니 기분이 어떠십니까?」

「지는 것보다는 나은 것 같군요.」

「지겹지는 않으신가요?」

「매번 더 좋습니다.」

「사업도 마찬가지인가요?」

「당연하지요.」

「부인과 이야기를 나눌 수 있을까요?」

「아내는 바빠서요.」

제리는 간단히 메모를 하면서 익숙한 냄새 때문에 당황했다. 사향처럼 향기가 무척 짙은 프랑스제 비누였는데, 전 부인이 좋아했던 아몬드 향과 장미 향이 섞인 제품이었다. 피부가 반짝이는 티우도 매력을 더하려고 그비누를 쓰는 것이 분명해 보였다.

「이기는 비결이 뭡니까, 코 씨?」

「열심히 노력하는 거죠. 정치에는 관여하지 않고. 많이 자고.」

「10분 전보다 돈이 훨씬 많아졌습니까?」

「나는 10분 전에도 돈이 꽤 많았지요. 그리고 내가 영국식 생활 방식을 대단히 신봉한다고 신문에 써주시오.」

「우리 영국인들은 열심히 노력하지 않는데요? 그리고 정치에도 많이 관여하죠.」

「그냥 그렇게 써요.」 코가 그에게 직설적으로 말했다. 그것은 명령이었다.

「어쩌면 이렇게 운이 좋으십니까, 코 씨?」

코는 이 질문을 듣지 못한 것처럼 보였지만 미소가 서서히 사라졌다. 그는 제리를 빤히 보며 아주 가느다란 눈으로 그를 재고 있었고, 얼굴이 놀랄 만큼 딱딱하게 굳었다.

「어쩌면 이렇게 운이 좋으십니까?」 제리가 다시 물었다.

긴 침묵이 흘렀다.

「노코멘트.」 코가 여전히 제리의 얼굴을 빤히 보며 말했다.

밀어붙이고 싶은 유혹은 불가항력적이었다. 「정정당당하게 말씀해 주시죠, 코 씨.」 제리가 함박웃음을 지으며 독촉했다. 「세상에는 당신처럼 부자가 되기를 꿈꾸는 사람들이 수두룩합니다. 그 사람들한테 힌트를 좀 주시는 게 어때요? 어쩌면 이렇게 운이 좋으신 겁니까?」

「빌어먹을 당신 일이나 신경 쓰시지.」 코가 이렇게 말하고 인사도 없이 돌아서서 걸어갔다. 그와 동시에 티우가 여유롭게 반걸음 나서더니 부드러운 손으로 제리의 팔을 잡고 막아섰다.

「다음에도 이기실 겁니까, 코 씨?」 제리가 티우의 어깨 너머로 멀어지는 등을 향해 외쳤다.

「경주마한테 물어보시죠, 웨스비 씨.」 티우가 제리의 팔을 잡은 채 통통한 미소를 지으며 말했다.

그렇게 하는 것이 나을지도 몰랐다. 코는 이미 필리핀인 친구 아르페고와 다시 합류했고, 두 사람은 아까처럼 웃으며 이야기를 하고 있었다. 〈드레이크 코는 아주 거친

남자였어요.〉제리는 증언을 기억했다. 〈드레이크 코한
테는 허튼소리가 안 통했죠.〉티우 역시 만만치 않다고
제리는 생각했다.

그들이 다시 특별 관람석을 향해 걸어갈 때 그랜트가
혼자 조용히 웃었다.

「지난번 우승 때 코는 경주가 끝난 다음 말을 대기장
으로 끌고 가지도 않았어요.」그가 회상했다. 「손짓으로
보냈죠. 싫어했습니다.」

「도대체 왜요?」

「이길 거라고 생각하지 못했으니까요. 차오저우 친구
들한테 미리 말하지 않은 겁니다. 면목 없는 일이죠. 당
신이 왜 그렇게 운이 좋은지 물었을 때도 같은 기분이었
을 겁니다.」

「어떻게 간사가 되었습니까?」

「아, 티우가 돈으로 표를 샀을 겁니다, 분명해요. 흔한
일이죠. 잘 가세요. 배당금 잊지 마시고요.」

바로 그다음에 그 일이 일어났다. 에이스 기자 웨스터
비의 예상치 못한 특종.

마지막 경주가 끝났을 때 제리는 4천 달러를 땄고 루
크는 보이지 않았다. 아메리칸 클럽, 루시타노 클럽 등
몇 군데에 가보았지만 다들 루크를 못 봤거나 쫓아냈다
고 했다. 출구가 하나밖에 없었기 때문에 제리는 사람들
의 행진에 합류했다. 교통은 엉망이었다. 롤스로이스와

메르세데스 들이 연석 앞 공간을 두고 경쟁을 벌였고 사람들이 뒤에서 밀었다. 제리가 택시 싸움에 끼지 않기로 결정하고 좁은 보도를 따라 걸어가고 있는데 놀랍게도 드레이크 코가 길 건너 대문에서 혼자 나왔다. 제리가 그를 처음 본 이후 미소가 사라진 표정은 처음이었다. 도롯가로 나온 드레이크 코는 길을 건널지 말지 망설이는 듯하더니, 그 자리에 가만히 서서 다가오는 자동차들을 보았다. 롤스로이스 팬텀을 기다리고 있군. 제리가 헤들랜드 로드 차고에서 본 자동차들을 떠올리며 생각했다. 아니면 메르세데스, 아니면 크라이슬러. 갑자기 코가 베레모를 휙 벗더니 적의 포화를 끌어내려는 것처럼 도로를 향해 장난스럽게 모자를 내밀었다. 눈가와 턱에 주름이 생기고 금니가 환영하듯 반짝였다. 다른 차들은 아랑곳하지 않고 그의 앞에 멈춰선 차는 롤스로이스나 메르세데스, 크라이슬러가 아니라 지붕이 열린 길고 빨간 재규어 E 타입이었다. 제리는 놓치고 싶어도 놓칠 수가 없었다. 타이어의 소음만으로도 보도를 걸어가던 모든 사람들의 고개가 돌아갔다. 제리의 눈이 번호를 읽고 머리가 그것을 기록했다. 코는 오픈카를 처음 타는 사람처럼 무척 흥분해서 차에 올랐고, 뭐라고 말을 하며 웃더니 차가 출발했다. 그러나 제리는 차가 떠나기 전에 운전자를, 머리에 두른 펄럭이는 파란 스카프를, 검은 선글라스를, 긴 금발 머리를, 조수석 문을 잠그려고 드레이크 쪽으로 숙인 몸매를 보고 정말 대단한 여자임을 이미 파악했다. 드레이크가 맨살을 드러낸 그녀의 등에 손가락을 쫙 편 손을 얹었고, 반대쪽 손을 흔들면서 경마에서 어떻게 이겼는지 자세히 설명하는 것 같았다. 두 사람이 떠날 때 그가 무척 중국인답지 않게 그녀의 뺨에 입을 맞추더니 두 번 더 입맞춤을 했다. 전부 아르페고의 여자에게 한 것보다 훨씬 진지한 입맞춤이었다.

조금 전 코가 나왔던 길 건너의 철문이 아직 열려 있었다. 제리는 재빨리 머리를 굴리면서 차들을 피해 걸어갔다. 그곳은 오래된 식민지풍 공동묘지로, 무척 푸르고 꽃향기가 났으며 묵직한 나무들이 그늘을 드리웠다. 제리는 처음 와보는 곳이었는데, 생각보다 너무 고즈넉해서 깜짝 놀랐다. 묘지는 경사면에 버려진 채 서서히 무너지고 있는 낡은 예배당을 둘러싸듯 조성되어 있었다. 예배당의 금 간 벽들이 얼룩덜룩한 저녁 빛 속에서 반짝거렸다. 교회 건물 옆 육각형 철조망 견사(犬舍)에 갇혀 있던 야윈 셰퍼드 한 마리가 그를 보고 화를 내며 길게 짖었다.

제리는 자신이 왜 여기에 왔는지, 무엇을 찾고 있는지도 모른 채 주변을 둘러보았다. 무덤의 주인들은 연령도 인종도 교파도 다양했다. 백계 러시아인들의 무덤도 있었는데, 정교회식 묘비는 까맣고 제정 러시아의 장엄한 소용돌이 무늬가 새겨져 있었다. 제리는 폭설이 와도 무늬가 잘 보이겠다고 생각했다. 또 다른 묘비에는 러시아

공주의 불안정한 체류가 설명되어 있었기 때문에 그는 걸음을 멈추고 읽어 보았다. 탈린에서 베이징으로 이주한 날짜, 베이징에서 상하이로 이주한 날짜, 1949년에 홍콩으로 이주한 다음 사망. 비문은 〈스베르들롭스크에 영지가 있다〉라는 도발적인 말로 끝났다. 역시 상하이가 연결 고리였을까?

제리는 산 자들과 다시 합류했다. 파란색 파자마 차림의 노인 세 명이 아무 대화도 없이 그늘진 벤치에 앉아 있었다. 그들은 머리 위 나뭇가지에 새장을 걸어 놓았는데, 자동차와 매미 소리에도 불구하고 서로의 노랫소리가 들릴 만큼 가까이 붙어 있었다. 철제 헬멧을 쓴 무덤 파는 인부 두 명이 새 무덤을 덮고 있었다. 지켜보는 조문객은 없었다. 제리는 자신이 뭘 원하는지 아직도 모른 채 예배당 계단에 도착해서 문 안쪽을 들여다보았다. 해가 져서 안은 깜깜했다. 한 노파가 그를 노려보았기 때문에 제리는 뒤로 물러났다. 셰퍼드가 그를 보고 더욱 크게 울부짖었다. 아주 어린 강아지였다. 〈예배당지기〉라는 표지판이 보이자 그것을 따라갔다. 귀가 멀 듯 시끄러운 매미의 비명에 개 짖는 소리조차 묻혀 버렸다. 꽃향기는 관능적이고 약간 불쾌했다. 어떤 생각이, 거의 암시에 가까운 생각이 불쑥 떠올랐다. 그는 머리에 떠오른 대로 행동하기로 결심했다.

예배당지기는 데면데면하면서도 친절한 남자였고 영

어를 못했다. 장부는 무척 낡았고, 기입란은 아주 예전의 은행 계좌와 비슷했다. 제리는 책상 앞에 앉아서 묵직한 책장을 천천히 넘기면서 이름과 출생일, 사망일, 매장일을 읽어 나갔다. 마지막은 지도였다. 구역, 번호. 찾던 것을 발견한 제리는 다시 바깥으로 나와서 이번에는 다른 길을 따라 구름 같은 나비 떼들을 지나 절벽 쪽으로 올라갔다. 여학생들이 육교에서 그를 보며 킬킬거렸다. 그는 재킷을 벗어 어깨에 걸쳤다. 높다란 관목들 사이를 지나 노란 풀이 비스듬히 난 잡목림으로 들어가자 비석이 무척 작고 둔덕이 30센티미터에서 60센티미터 정도밖에 되지 않는 무덤들이 나왔다. 제리는 번호를 읽으며 옆 걸음을 쳤고, 마침내 728이라고 적힌 낮은 철문 앞에 도착했다. 철문은 직사각형 울타리의 일부였고, 제리가 시선을 들자 헐렁한 빅토리아 시대 반바지에 이튼 재킷을 입은 실물 크기의 소년 동상이 보였다. 헝클어진 석조 고수머리에 장미 봉오리 같은 석조 입술은 펼쳐진 석조 책을 보며 낭독인지 노래인지를 하고 있었고, 진짜 나비들이 석상의 머리를 향해 아찔하게 달려들었다. 어느 모로 보나 영국인 소년이었다. 비문에는 〈사랑스러운 기억 속의 넬슨 코〉라고 적혀 있었다. 그 밑으로 수많은 날짜가 이어졌고, 제리는 잠시 후에야 그 의미를 이해할 수 있었다. 10년이 한 해도 빠짐없이 적혀 있었고, 마지막 해는 1968년이었다. 제리는 소년이 살았던 10년의 세월을 하나하나 음미할 수 있도록 적어둔 것임을 깨달았다. 대좌의 맨 아래 단에 종이로 싼 커다란 난초 한 다발이 놓여 있었다.

코는 경마에서 승리하자 넬슨에게 감사 인사를 했다. 이제 제리는 적어도 코가 왜 운에 대한 질문을 반기지 않았는지 깨달았다.

가끔 현장 요원들만이 이해하는 일종의 피로 증세가 있다. 바로 죽음의 입맞춤이 될 수도 있는, 친절을 베풀고 싶다는 충동이었다. 제리는 잠깐 더 남아서 난초와 석상을 물끄러미 보았고, 머릿속으로 지금까지 코에 대해서 보고 들은 것들과 나란히 두었다. 마치 어떤 가족을 만났는데 알고 보니 자기 가족이었던 것처럼 무언가가 완성된 듯한 압도적인 느낌이 들었다. 잠시일 뿐이었지만 이런 느낌은 항상 위험하다. 드디어 목적지에 도착한 느낌이었다.

여기에 어떤 남자가, 이러한 집에서 살고 저러한 결혼 생활을 하고 제리가 쉽게 이해할 수 있는 방식으로 노력하고 행동하는 남자가 있었다. 특정한 신념은 없는 남자였지만, 제리는 그 순간 그가 자신보다 더 뚜렷하게 보였다. 차오저우의 가난한 소년에서 대영 제국 훈장을 받고 기수 클럽의 간사를 맡고 경기 전에 자기 말에게 물을 뒤집어씌우는 남자가 되었다. 아들을 침례교식으로 매장하고 영국식 석상을 만든 하카족 바다의 집시. 정치를 싫어하는 자본가. 미처 변호사가 되지 못한 남자, 범죄 조직의 두목, 아편 항공을 운영하면서 병원을 짓는 남자. 크로케를 하고 롤스로이스를 타면서 사원을 후원하는 남자. 중국식 정원에 미국식 바를 만들고 신탁 계좌에 러시아 황금을 넣어 둔 남자. 그 순간 제리는 이처럼 복잡하고 상충하는 특징들이 전혀 놀랍지 않았다. 어떤 예감이나 역설의 전조도 아니었다. 오히려 제리는 코가 힘든 노력 끝에 이러한 모든 면을 이어 붙여서 수많은 면을 가진 한 남자, 샘보와 크게 다르지 않은 남자를 만들어 냈음을 알 수 있었다. 그러나 더욱 강렬한 것은 — 몇 초밖에 지속되지 않았지만 — 대단한 상대를 만났다는 저항할 수 없는 느낌이었다. 이런 느낌은 항상 좋았다. 제리는 코가 아닌 자신이 경마에서 이긴 것처럼 침착하고 관대한 기분을 느끼며 대문으로 돌아왔다. 도롯가로 나온 다음에야 현실이 그를 제정신으로 돌려놓았다.

이제 교통 체증이 풀려서 택시가 금방 잡혔다. 백 미터쯤 갔을 때 연석에 혼자 서서 발끝으로 빙 돌고 있는 루크가 보였다. 제리가 그를 구슬려서 택시에 태워 외신 기자 클럽 앞에서 내려 주었다. 그런 다음 푸라마 호텔로 가서 크로의 집으로 전화를 걸어 벨이 두 번 울린 뒤에 끊었다가 다시 전화를 걸자 크로의 목소리가 〈도대체 누구야?〉라고 말했다. 제리가 세비지 씨와 통화하고 싶다고 말하자 걸쭉한 욕과 함께 잘못 걸었다는 대답이 돌아왔다. 그는 크로가 다른 전화기까지 갈 시간을 30분 준 다음 힐튼 호텔로 가서 전화를 받았다.

우리 친구가 직접 모습을 드러냈어요. 제리가 말했다. 어마어마한 승리 덕분에 사람들 앞에 모습을 드러냈죠. 그런 다음 아주 멋진 금발 머리가 스포츠카에 태워 갔습니다. 제리가 번호판을 불러 주었다. 두 사람은 친구가 분명해요. 그가 말했다. 감정 표현도 아주 잘하고 중국인 같지 않더군요. 〈최소한〉 친구예요.

「백인 여자인가?」

「당연히 백인 여자죠! 세상에 금발 머리 ―」

「세상에.」 크로가 조용히 말하더니 제리가 꼬마 넬슨의 사원에 대해서 말하기도 전에 전화를 끊었다.

8
남작들 의논하다

    칼턴 가든에 위치한 예쁜 외교부 회의용 주택 대기실에 사람들이 서서히 들어찼다. 두세 명씩 무리를 지은 사람들은 장례식 조문객들처럼 서로 못 본 척했다. 벽에 걸린 안내문에는 〈주의, 기밀 사항에 대해서 이야기하지 말 것〉이라고 적혀 있었다. 스마일리와 길럼은 안내문 밑 연어색 벨벳 소파에 쓸쓸히 앉아 있었다. 방은 타원형이고 토목부[62]처럼 로코코 스타일이었다. 천장화에서는 바쿠스가 님프들을 쫓고 있었는데, 님프들은 몰리 미킨보다 잡힐 마음이 훨씬 더 많아 보였다. 텅 빈 비상용 소화 양동이들이 벽 앞에 놓여 있고, 정부 사환 두 명이 안으로 들어가는 문을 지키고 있었다. 둥그런 내리닫이창 밖은 공원을 가득 채운 가을 햇살 때문에 나뭇잎 하나하나가 더 선명해 보였다. 솔 엔더비가 외교부 직원들을 이끌

---

62 Ministry of Works. 1940년에 만들어져 제2차 세계 대전 당시 징발을 담당했던 정부 부서. 전쟁 이후에는 공공 건축을 담당했다.

고 성큼성큼 걸어왔다. 길럼은 그의 이름만 알았다. 엔더비는 주인도네시아 대사를 역임했고 지금은 동남아시아 문제의 권위자로 미국의 강경 노선을 열렬히 지지한다고 알려져 있었다. 노조에서 지명한 순종적인 정무 차관과 화려하고 지나치게 차려입은 인물이 따라왔는데, 화려한 남자는 스마일리가 졸고 있는 현장을 딱 잡은 것처럼 발끝으로 서서 양손을 수평으로 들고 그에게 살금살금 다가갔다.

「설마.」그가 원기 왕성하게 속삭였다. 「맞나? 맞는군! 조지 스마일리 아닌가. 세상에, 살이 정말 많이 빠졌군. 이 멋진 청년은 누구지? 말하지 말게. 피터 길럼. 소문은 다 들었지. 실패를 겪어도 본모습을 잃지 않는다고 하던데.」

「아니, 이런!」스마일리가 자기도 모르게 외쳤다. 「세상에. 〈로디!〉」

「무슨 뜻인가? 〈아니 이런. 세상에, 로디〉라니.」마틴 데일이 아랑곳하지 않고 여전히 쾌활하게 중얼거렸다. 「〈아, 그래〉라는 뜻이겠지! 〈그래, 로디군. 만나서 너무 반갑네, 로디!〉라고 말이야. 그래, 별 볼 일 없는 회의가 시작하기 전에 애기 좀 하지. 아름다운 앤은 어떻게 지내나? 직접 듣고 싶군. 자네 부부를 저녁 식사에 초대해도 되겠나? 손님은 자네가 정하게. 어때? 물론 나야 초대 명단에 들어가지, 쥐새끼같이 작은 머리로 그걸 고민하고 있다면 말일세, 피터 길럼 군. 나는 변했다네, 지금은 좋은 사람이야. 새 주인님들도 나를 좋아하지. 내가 그렇게나 치켜세워 주니 당연한 일이지만.」

안으로 들어가는 문들이 탕 열렸다. 사환 하나가 〈들어가시죠!〉라고 외쳤고 예법을 아는 사람들은 뒤로 물러나 여자들을 먼저 들여보냈다. 여자는 두 명이었다. 남자들이 그 뒤를 따랐고 길럼이 맨 마지막에 섰다. 몇 미터까지는 꼭 서커스에 들어갈 때 같았다. 임시로 설치한 출입 통제 시설 앞에서 문지기들이 한 사람 한 사람의 얼굴을 확인했고, 그런 다음 임시 복도가 아무것도 없는 층계참으로 이어졌는데, 그 한가운데에 건축 현장 사무소 비슷한 것이 마련되어 있었다. 다른 점은 창문이 없고 철선에 매달려 있으며 당김줄로 고정되어 있다는 것이었다. 스마일리를 놓친 길럼이 섬유판 계단을 올라 방첩실로 들어가자 푸른 철야등 아래 어른거리는 그림자들밖에 보이지 않았다.

「누가 뭐라도 좀 해봐.」엔더비가 서비스에 대해서 불평하는 식당 손님 같은 목소리로 으르렁거렸다. 「불 좀 켜라고, 세상에. 빌어먹을 놈들.」

길럼의 등 뒤에서 문이 쾅 닫히고 열쇠로 잠기더니 전자 장치의 윙윙 소리가 점점 커지다가 들리지 않게 멀어졌고, 형광등 세 개가 켜져서 모두의 얼굴을 창백하게 비추었다.

「만세.」엔더비가 이렇게 말한 다음 앉았다. 나중에 길럼은 어둠 속에서 외친 사람이 엔더비라고 왜 그렇게 확신했을까 생각했지만, 말하기 전부터 들리는 목소리가 있는 법이다.

회의용 탁자에는 청년 클럽의 당구대처럼 찢어진 초록색 베이즈 천이 덮여 있었다. 외교부 직원들이 한쪽 끝에, 식민부 직원들이 반대쪽 끝에 앉았다. 법적이라기보다는 본능적인 구분이었다. 6년 동안 두 부서는 외무부라는 웅장한 차양 아래에서 정식으로 결혼한 상태였지만 제정신이라면 아무도 이 결합을 진지하게 받아들이지 않았다. 길럼과 스마일리는 어깨를 맞대고 중간에 앉았고, 양옆의 의자는 비어 있었다. 길럼은 출연진을 살피면서 복장을 이상할 만큼 유심히 보았다. 외교부 직원들은 세련된 진회색 양복 차림이었고 특권을 나타내는 비밀 표지를 지니고 있었다. 즉, 엔더비와 마틴데일 모두 이튼 졸업생 넥타이를 매고 있었다. 식민부 사람들은 도시에 놀러 온 시골 사람들처럼 집에서 만든 듯한 옷차림이었고, 타이는 기껏해야 영국 포병대 타이 하나밖에 없었는데, 그들의 우두머리인 정직한 윌브러햄이 매고 있었다. 햇볕에 그을린 뺨에 진홍색 정맥이 드러난 그는 날씬하고 건장한 교장 선생님 같은 인물이었다. 교회 오르간 같은 갈색 복장의 조용한 여자가 그를 보좌했고, 반대편에는 머리카락이 놀랄 만큼 새빨갛고 얼굴에 주근깨가 난 애송이가 앉아 있었다. 위원회의 나머지 인물들은 길럼과 스마일리의 맞은편에 앉아 있었다. 내키지 않는 결투의 입회인을 맡은 듯한 분위기였고, 방어를 위해서 2인 1조로 왔다. 안보부의 음울한 프리토리어스는 이름 없는 여성 보좌관과 함께 왔고, 국방부에서는 창백한 전사 두 명, 재무부에서는 은행가 두 명이 왔는데 그중 하나는 웨일스인 해머였다. 올리버 레이컨은 혼자 뚝 떨어져 앉았기 때문에 아무 관련이 없는 사람 같았다. 각각의 손앞에 〈보류 일급비밀〉이라고 적힌, 분홍색과 빨간색이 섞인 폴더 안에 든 스마일리의 청원서가 프로그램처럼 놓여 있었다. 〈보류〉란 사촌들에게 비밀로 하라는 뜻이었다. 스마일리가 원고를 쓰고 마더들이 타자기로 작성했으며, 길럼이 복사기에서 나오는 열여덟 장의 종이를 직접 확인하고 스물네 부를 철하는 것을 감독했다. 그들의 수공품이 이제 이 커다란 탁자 위 물 잔과 재떨이 사이에 놓였다. 엔더비가 한 부를 탁자 위로 15센티미터 정도 들어올렸다가 탁 떨어뜨렸다.

「다들 읽었습니까?」 그가 물었다. 다들 읽었다고 했다.

「그럼 시작하죠.」 엔더비가 이렇게 말하더니 오만하고 충혈된 눈으로 탁자를 둘러보았다. 「누가 먼저 시작하겠소? 올리버? 당신이 우리를 여기로 불렀으니 먼저 해봐요.」

길럼의 머릿속에 서커스와 서커스 업무에 있어서 크나큰 재앙인 마틴데일이 이상하게 조용하다는 생각이 스쳤다. 마틴데일의 시선은 엔더비를 충실하게 향했고 입은 유감스럽다는 듯 처져 있었다.

레이컨이 항변했다. 「먼저 이 문제에 대해서는 나 역시 다른 사람들만큼 놀랐다는 말을 하고 싶소.」그가 말했다. 「진짜 대단한 한 방이야, 조지. 미리 알려 줬으면 좋았을 텐데. 얼마 전에 모든 연계를 끊은 조직과의 연결 고리 역할을 맡는 것이 나로서는 좀 불편하군.」

월브러햄이 〈옳소, 옳소〉라고 말했다. 스마일리는 중국인처럼 침묵을 지켰다. 적대 관계인 프리토리어스도 동의한다는 듯 얼굴을 찌푸렸다.

「게다가 시기도 좋지 않아요.」레이컨이 불길하게 덧붙였다. 「내 말은, 이 의제 말이네, 자네의 의제〈만〉해도 ─ 음, 중대하지. 삼키기 힘들어. 직시해야 할 문제가 많단 말일세, 조지.」

레이컨은 이렇게 출구를 확보해 둔 다음 침대 밑에 폭탄이 아예 없을 가능성도 있는 척했다.

「요약서를 다시 요약해 보겠소. 그래도 되겠소? 간단 명료하게 말하겠네, 조지. 저명한 홍콩 중국 시민이 러시아 스파이로 의심된다. 이게 핵심인가?」

「러시아로부터 상당한 지원금을 받았음이 밝혀졌습니다.」스마일리가 레이컨의 말을 정정했지만, 자기 손을 보면서 말했다.

「침투 요원에게 자금을 대는 전용 비자금에서?」

320

「네.」

「〈오로지〉 침투 요원에게만 자금을 대나? 아니면 다른 데도 쓰이는 돈인가?」

「저희가 아는 바에 따르면 다른 사용처는 전혀 없습니다.」 스마일리가 앞서와 마찬가지로 아주 정밀하게 말했다.

「예를 들면 프로파간다나 상거래 뒷공작, 정치 자금, 그런 곳에는? 안 쓰이나?」

「저희가 아는 바로는 쓰이지 않습니다.」 스마일리가 반복해서 말했다.

「아, 그래 봐야 얼마나 잘 알겠습니까?」 말석에서 윌브러햄이 외쳤다. 「전에도 그리 대단하진 않았잖아요, 안 그렇습니까?」

「우리가 무슨 말을 하려는지 알겠지?」 레이컨이 물었다.

「확실한 증거가 〈훨씬 더〉 많이 필요합니다.」 교회를 연상시키는 갈색 옷의 식민부 여자가 격려하듯 미소를 지으며 말했다.

「그렇겠지요.」 스마일리가 온화하게 동의했다. 한두 명이 깜짝 놀라 고개를 들었다. 「저희는 확실한 증거를 얻기 위해서 권리와 허가를 요청하는 것입니다.」

레이컨이 다시 주도권을 잡았다.

「자네 주장을 받아들인다고 가정해 보세. 자네는 비밀

첩보 자금이라고만 말했지.」

스마일리가 살짝 고개를 끄덕였다.

「그 사람이 홍콩을 전복하려는 움직임이 있나?」

「아닙니다.」

레이컨이 자기 공책을 흘끔 보았다. 숙제를 많이 해 왔군. 길럼이 생각했다.

「예를 들어 그 사람이 런던에서 자기들 자금을 전부 빼내자고 설파하는 건 아니겠지? 그러면 우리는 9억 파운드 적자가 추가로 생기네만?」

「제가 알기로는 그렇지 않습니다.」

「우리에게 홍콩에서 물러나라고 하는 건 아니겠지? 폭동을 선동하거나 본토와의 합병을 주장하거나 한심한 조약을 우리한테 들이미는 것도 아니고?」

「저희가 알기로는 그렇지 않습니다.」

「평등주의자는 아니겠지? 사실상의 노동조합이나 자유선거, 최저 임금, 의무 교육, 인종 평등, 뭐라고 부르는지 모르겠지만 힘없는 의회 대신 중국인의 독립적인 의회를 요구하는 것도 아니고?」

「입법 의회와 행정 의회라고 부릅니다.」 월브러햄이 쏘아붙였다. 「힘이 없지도 않고요.」

「아니, 그런 요구는 없습니다.」 스마일리가 말했다.

「그럼 그자가 대체 뭘 한다는 겁니까?」 월브러햄이 흥분해서 끼어들었다. 「아무것도 안 하는군. 그게 답이네.

완전히 잘못 짚었어. 헛수고야.」

「내 생각일 뿐이지만, 그 힘이 크든 작든 식민지를 부유하게 만드는 데 힘을 보탠다는 점에서는 그자도 다른 부유하고 존경받는 중국 사업가들과 똑같지 않겠소.」레이컨이 못 들은 척 말을 이었다. 「총독과 함께 식사는 하지만 총독의 금고를 훔치려고 하지는 않겠지요. 사실 겉으로만 보면 그는 홍콩인의 표본이나 마찬가지요. 경마 클럽 간사, 자선 단체 후원자, 차별 없는 사회의 기둥, 성공적이고, 인정 많고, 크로이소스[63]만큼이나 부유하고, 매춘굴 주인 같은 도덕 관념을 가진 자 말입니다.」

「그건 좀 심하군요!」월브러햄이 이의를 제기했다. 「말 조심해요, 올리버. 최근 주택 개발 단지에서 있었던 일을 기억하시죠.」

레이컨은 그를 다시 무시했다. 「빅토리아 십자 훈장, 전쟁 부상 연금, 준남작 지위도 없으니 영국 정보기관이 괴롭히거나 러시아 정보기관이 접근하기에 적절한 대상은 아니지.」

「우리 업계에서는 그것을 훌륭한 위장이라고 부르지요.」스마일리가 말했다.

「한 방 먹었군, 올리버.」엔더비가 흡족하게 말했다.

「아, 요즘은 뭐든지 다 위장이라고 하지.」월브러햄이

---

63 Kroisos(B.C. 560~B.C. 546). 리디아의 최후의 왕으로 큰 부자로 유명함.

음산하게 말했지만 레이컨을 돕기에는 부족했다.

1라운드는 스마일리의 승이군. 길럼이 애스콧에서의 끔찍했던 정찬을 떠올리며 기분 좋게 생각했다. 〈벽 안쪽에도 히티피티, 거기에 포티퍼가 딱!〉 그가 레이컨 부인에게 감사하며 속으로 흥얼거렸다.

「해머?」 엔더비가 말하자 재무부는 빈정거리며 스마일리의 예산 운용을 비난했지만, 재무부 외에는 아무도 스마일리의 잘못이 이번 의제와 관련이 있다고 생각하지 않는 듯했다.

「이러라고 당신한테 비밀 자금을 준 게 아닙니다.」 해머가 웨일스인답게 분노를 터뜨리며 말했다. 「그건 어디까지나 부활 자금으로 —」

「좋아요, 좋아. 그래, 조지가 나쁜 짓을 했다 칩시다.」 결국 엔더비가 끼어들어 입을 다물게 했다. 「그렇다고 해서 돈을 하수구에 흘리길 했습니까, 아무나 죽이길 했습니까? 그게 문제예요. 크리스, 이제 제국에서 한마디 해보지.」

엔더비의 명령을 받은 식민부 윌브러햄이 공식적인 발언을 하려고 일어섰고 교회 같은 갈색 복장의 여성과 빨강 머리 조수가 그를 보조했다. 조수의 풋풋한 얼굴은 상사를 보호하려고 벌써부터 용감한 표정을 짓고 있었다.

윌브러햄은 자신이 생각을 하는 데 시간이 얼마나 걸

리는지 의식하지 못하는 사람 중 하나였다. 「그렇지요.」 한참 후에 그가 말을 시작했다. 「좋아요, 좋아. 우선 레이컨이 그랬던 것처럼 저 역시 돈 문제로 시작하겠습니다.」 그가 스마일리의 청원을 자기 영역에 대한 공격이라고 생각하는 것이 벌써부터 분명하게 보였다. 「우리가 따져야 하는 건 돈이니까요.」 그가 폴더의 서류 한 페이지를 넘기면서 신랄하게 말했다. 「그렇지요.」 또다시 길고 지루한 시간이 흘렀다. 「여기서 당신은 돈이 제일 먼저 파리에서 비엔티안을 통해 흘러왔다고 했습니다.」 정적. 「그런 다음 러시아 쪽에서 말하자면 시스템을 바꾸자 전혀 다른 경로를 통해서 지불되었지요. 함부르크-빈-홍콩의 경로로요. 당신 말을 그대로 받아들인다면 복잡한 과정을 수없이 거쳐서 온갖 핑계를 대면서 말입니다 — 맞습니까? 말하자면 액수는 같지만 형식이 달라졌지요. 그래요. 왜 러시아가 그렇게 했다고 생각합니까, 말을 하자면?」

말버릇에 무척 민감한 길럼이 〈말하자면〉이라고 적었다.

「가끔 루틴을 다양화하는 것은 현명한 습관입니다.」 스마일리가 청원서에 이미 적어 둔 설명을 반복하며 대답했다.

「〈전문 기술〉이지, 크리스.」 은어를 좋아하는 엔더비가 설명했고, 여전히 조용한 마틴데일이 감탄의 눈빛을 슬쩍 보냈다.

월브러햄이 다시 천천히 시동을 걸었다.

「우리는 코의 〈행동〉을 보고 판단해야 합니다.」 월브러햄이 곤혹스러운 표정으로 열정적으로 선언하면서 주먹으로 베이즈 천이 깔린 탁자를 쳤다. 「코의 〈수확〉을 보고 판단하는 것이 아니라요. 저는 그렇게 생각합니다. 어쨌거나, 제기랄, 그건 코의 돈이 아니잖아요, 안 그래요? 법적으로 그 돈은 코와 아무 상관이 없습니다.」 그러자 의아하다는 듯한 침묵이 흘렀다. 「두 번째 페이지 맨 위를 보세요. 지금은 전액 신탁 계좌에 들어 있어요.」 스마일리와 길럼을 제외한 모두가 폴더로 손을 뻗느라 사방에서 부스럭거렸다. 「그러니까 제 말은, 코가 그 돈을 한 푼도 〈쓰지〉 않았을 뿐만 아니라 ─ 그 자체도 정말 이상하지만 이 얘기는 조금 뒤에 하겠습니다 ─ 〈코의 돈도 아니〉라는 겁니다. 돈은 신탁에 들어 있고, 누구든 청구인이 나타나면 그의 돈이 될 겁니다. 그때까지는 신탁의 돈이에요. 말하자면요. 그러니까, 제 말은, 〈코의 잘못이 뭐죠〉? 신탁 계좌를 개설한 거요? 그러면 안 된다는 법은 없습니다. 매일 이뤄지는 일이고요. 홍콩에서는 특히 그렇죠. 신탁 계좌의 〈수익자〉는 ─ 맞습니다, 어디 있을지 모르는 겁니다! 모스크바, 팀북투, 또…….」 세 번째 지명이 떠오르지 않는지 말이 그대로 끝나자 안절부절못하던 빨강 머리 조수가 도전이라도 하듯 길럼을 똑바로 보며 얼굴을 찌푸렸다.「핵심은 이겁니다. 〈코〉의 잘못이 대체 뭡니까?」

엔더비가 성냥을 입으로 가져가더니 앞니 사이에 넣고 굴렸다. 그는 아마도 경쟁자가 좋은 요점을 형편없이 설명하고 있음을 의식하면서 — 그의 전공은 그 반대였다 — 성냥을 다시 빼고서 젖은 끝을 가만히 바라보았다.

「〈지장〉이니 뭐니 게 다 무슨 소린가, 조지?」 그가 윌 브러햄의 성공을 꺾으려는 듯 물었다.「필립스 오펜하임의 소설도 아니고 말이네.」

〈벨그레이비어[64] 런던 사투리〉군. 길럼이 생각했다. 언어적 쇠퇴의 최종 단계였다.

스마일리의 대답에 감정이라고는 현재 시각 안내 번호에서 흘러나오는 목소리와 비슷한 정도밖에 없었다.

「지장을 사용하는 것은 중국 해안 지역에서 오랫동안 사용되어 온 은행의 관습입니다. 문맹률이 높았던 시기에 시작되었지요. 많은 화교가 중국 은행보다 영국 은행을 선호하고, 이러한 형태의 계좌도 절대 특이한 것이 아닙니다. 수익자의 이름은 밝혀져 있지 않지만 찢어진 지폐 반쪽과 같은 시각적인 수단으로, 또는 이 경우에는 왼손의 지장으로 신원을 확인하는데, 오른손보다 왼손 지문이 덜 닳는다고 생각하기 때문이지요. 신탁 개설자가 지불 사고에 대한 수탁자의 면책을 보장했으니 은행 입장

64 외국 대사관이 많은 런던의 고급 주택 지구.

에서는 딱히 못마땅할 것이 없습니다.」

「고맙네.」엔더비가 이렇게 말하고 성냥을 더 열심히 들여다보았다. 「코 〈본인의〉 지장일 수도 있겠군.」그가 말했다. 「그러면 안 된다는 규칙은 없지, 안 그런가? 〈그렇다면〉 그의 돈이겠군. 그가 신탁자인 동시에 수익자라면 〈당연히〉 그자의 돈이지.」

길럼이 보기에 이 문제는 이미 웃음이 날 만큼 잘못된 방향으로 가고 있었다.

「그건 가정일 뿐이지요.」윌브러햄이 늘 그렇듯 2분 동안 침묵한 다음 말했다. 「코가 친구에게 호의를 베풀고 있다고 생각해 봅시다. 그런데 이 친구가 말하자면 사기를 치고 있거나, 여러 단계를 거쳐서 결국 러시아인들이랑 사업을 하고 있다고 말이에요. 중국인은 음모를 〈아주 좋아하죠〉. 제일 착한 사람들도 〈온갖〉 수단과 방법을 가리지 않아요. 코도 다를 것 없겠죠.」

빨강 머리 청년이 처음으로 입을 열고 직접적인 지원에 나섰다.

「이 제안서는 잘못된 생각에 근거하고 있습니다.」그는 스마일리가 아닌 길럼을 향해서 불쑥 말했다. 6학년짜리 청교도군. 길럼이 생각했다. 섹스는 사람을 나약하게 만들고 첩보 활동은 부도덕하다고 생각하지. 「〈당신의〉 주장은 코가 러시아의 돈을 받는다는 겁니다. 〈우리의〉 주장은 그것이 증명되지 않았다는 거고요. 우리 주장은 신탁에 러시아 돈이 들어 있을 〈가능성〉도 있지만, 코와 신탁은 별개라는 겁니다.」 그는 화가 난 나머지 너무 길게 말했다. 「당신은 범죄에 대해서 이야기하고 있습니다. 반면에 〈우리는〉 코가 홍콩 법률하에서 아무런 잘못도 저지르지 않았으며 식민지 시민으로서 마땅한 권리를 누려야 한다는 거예요.」

여러 목소리가 한꺼번에 덤벼들었다. 레이컨의 목소리가 이겼다. 「범죄라고 말하는 사람은 아무도 없네.」 그가 받아쳤다. 「죄에 대한 이야기가 전혀 아니야. 우리는 안보에 대해서 이야기하고 있네. 전적으로 말이야. 안보, 그리고 명백한 위협을 조사하는 것이 바람직한가 아닌가의 문제일세.」

웨일스인 해머의 재무부 동료는 음산한 스코틀랜드인이었는데, 알고 보니 말투가 6학년짜리 청교도만큼이나 꾸밈없었다.

「그리고 식민지 시민으로서 코의 권리를 침해하려는 사람은 아무도 없습니다.」 그가 쏘아붙였다. 「그런 권리는 없으니까. 홍콩 법률에는 총독이 코 씨의 우편물에 김을 쬐어 몰래 열어 보거나, 전화를 도청하거나, 하녀를 매수하거나, 저택에 도청 장치를 설치하면 안 된다는 말이 〈하나도〉 없으니까요. 전혀 없지요. 총독이 원한다면 할 수 있는 일이 그 밖에도 몇 가지 있어요.」

「역시 이론적인 말일 뿐이지.」 엔더비가 스마일리를

흘긋 보며 말했다. 「서커스는 그 정도로 야단법석을 떨 만한 현지 시설도 없고, 어쨌든 지금은 보안이 부족 해요.」

「수치를 당할 겁니다.」 빨강 머리 청년이 현명하지 못 하게도 이렇게 말했고, 그러자 다년간의 오찬으로 노랗 게 변한 식도락가 엔더비의 눈이 그를 향하더니 나중에 적절한 조치를 취하려고 기억해 두었다.

이것이 두 번째 작은 접전이었고, 결론은 나지 않았다. 그들은 이런 식으로 치고받다가 커피를 마시며 잠깐 쉬 기로 했고, 승자도 시체도 없었다. 2라운드는 무승부군. 길럼이 결론을 내렸다. 그는 실망하면서 몇 라운드까지 갈까 생각했다.

「어떻게 된 거죠?」 웅성거림 속에서 그가 낮은 목소리 로 스마일리에게 물었다. 「떠들기만 하고 해결을 안 하잖 아요.」

「자기들에게 맞는 크기로 줄여야 하니까.」 스마일리가 딱히 비판하는 기색도 없이 말했다. 그런 다음 그는 동양 인처럼 겸손하게 뒤로 물러났고, 길럼이 아무리 쿡쿡 찔 러도 흔들리지 않을 것 같았다. 엔더비가 재떨이를 갈아 달라고 요청했다. 정무 차관은 이야기를 진전시켜야 한 다고 말했다.

「우리가 여기 이렇게 앉아 있는 것만으로도 세금이 얼 마나 드는지 생각하시죠.」 그가 당당하게 말했다. 점심시간까지는 아직 두 시간이나 남아 있었다.

3라운드가 시작되자 엔더비는 코에 대한 첩보를 홍콩 정부에 알려야 하느냐는 까다로운 문제로 넘어갔다. 길럼이 보기에 이것은 엔더비의 짓궂은 장난이었는데, 그림자 식민부(엔더비는 소박한 동료를 이렇게 불렀다)의 계속된 주장은 위기가 없으며 따라서 알릴 것도 없다는 것이었기 때문이다. 그러나 솔직한 월브러햄은 덫을 보지 못하고 제 발로 걸어 들어가 이렇게 말했다.

「당연히 알려야지요! 홍콩은 자치 구역입니다. 알릴 수밖에 없어요.」

「올리버?」 엔더비가 좋은 패를 쥔 사람 특유의 침착함으로 말했다. 레이컨이 시선을 들었는데, 싸움에 말려들어 짜증 난 것이 분명했다. 「올리버?」 엔더비가 다시 말했다.

「이건 스마일리의 사건이고 월브러햄의 식민부이니 둘이 알아서 해결하게 두자고 말하고 〈싶네〉만.」 그가 자기 입장을 단단히 지키며 말했다.

이제 스마일리만 남았다. 「아, 총독에게만 알린다면 거부하지 않겠습니다.」 그가 말했다. 「총독에게 너무 큰 부담이 안 된다면 말입니다.」 그가 의심스럽다는 듯이 덧붙였고, 그러자 빨강 머리가 다시 움찔하는 것이 길럼의 눈에 띄었다.

「도대체 왜 총독에게 너무 큰 부담이라는 겁니까?」식민부 윌브러햄이 진심으로 당황해서 물었다. 「총독은 숙련된 행정가, 빈틈없는 협상가예요. 무슨 일이든 헤쳐 나갈 수 있지요. 뭐가 부담이라는 겁니까?」

이번에는 스마일리가 잠시 침묵한 뒤에 말했다. 「총독은 당연히 모든 전보를 직접 암호화하고 해독해야 할 겁니다.」그가 자기도 모르게 모든 가능성을 아직도 살피는 것처럼 생각에 잠겨 말했다. 「부하들에게까지 비밀을 알리라고 할 수는 없습니다, 물론. 누구에게든 그건 지나친 요구지요. 개인 암호첩은 ─ 음, 우리가 그건 마련해 줄 수 있습니다, 그건 확실합니다. 필요하면 암호화 방법을 다시 알려 줄 수도 있습니다. 총독이 코와 계속 어울리면 어쩔 수 없이 공작원 노릇을 해야 한다는 문제도 있습니다. 하지만 코와 어울리지 않을 수는 없지요. 지금 단계에서 사냥감을 놀래면 안 됩니다. 총독이 싫어할까요? 아마 아닐 겁니다. 어떤 사람들은 아주 자연스럽게 받아들이지요.」그가 엔더비를 흘끔 보았다.

윌브러햄은 이미 훈계조였다. 「하지만 세상에, 만약에 코가 러시아 스파이라면, 물론 우리는 아니라고 생각하지만, 총독이 그를 저녁 식사에 초대해서 아주 자연스럽게 솔직한 이야기를 하다가 사소한 말실수라도 한다면, 음, 그건 너무 불공평하지요. 그 사람의 경력을 망칠 수도 있어요. 홍콩에 어떤 영향을 끼칠지는 말할 필요도 없고요! 〈반드시〉 말해 줘야 합니다!」

스마일리는 그 어느 때보다도 졸려 보였다.

「음, 물론 말실수를 잘하는 사람이라면 그렇겠지요.」 그가 미약하게 중얼거렸다. 「어쨌든 사실을 알리기에 적절한 사람은 아니라고 주장할 수도 있겠군요.」

얼음장 같은 침묵 속에서 엔더비가 물고 있던 성냥을 다시 힘없이 뺐다.

「정말 이상할 겁니다, 안 그런가, 크리스?」 그가 월브러햄을 향해 경쾌하게 말했다. 「중국 쪽에서 어느 날 아침에 일어나 보니 여왕의 대리인이자, 그 뭐냐, 군대의 수장이고 기타 등등인 홍콩 총독이 한 달에 한 번 모스크바 최고의 스파이를 초대해서 저녁 식사를 대접했다는 기쁜 소식이 들어와 있다면 말입니다. 〈뿐만 아니라〉 그의 노고를 치하하는 훈장까지 수여하고요. 그자가 지금까지 〈뭘〉 받았죠? 설마 기사 작위는 아니겠지요?」

「대영 제국 4등급 훈장입니다.」 누군가가 소리를 낮춰 말했다.

「안됐군요. 하지만 그게 끝은 아니겠지요. 그자는 조금씩 올라올 겁니다, 우리 모두가 그런 것처럼 말이지요.」

사실 엔더비는 이미 기사 작위를 받았지만 월브러햄은 식민지가 점점 더 부족해지고 있었기 때문에 아직 제자리걸음이었다.

「그건 안 됩니다.」 월브러햄이 용감하게 말하면서 털

이 부숭부숭한 손을 펴서 앞에 놓인 요란한 폴더에 내려 놓았다.

다음으로 이어진 자유 토론이 길럼의 귀에는 간주곡 처럼 들렸다. 조연들이 의사록에 조금이라도 언급되기 위해서 상관없는 문제를 제기하는 것이 암묵적으로 용인 되었다. 웨일스인 해머는 만약 모스크바 센터의 비자금 50만 달러가 영국의 손에 들어오면 어떻게 할 것인지 〈지금 이 자리에서〉 확실히 정하려 했다. 서커스가 다시 사용하는 일은 절대 없어야 한다고 그는 경고했다. 재무 부에게만 권한이 있다. 확실한가?

스마일리가 확실하다고 말했다.

길럼은 입장 차이를 알아보기 시작했다. 마지못해서 일지라도 조사를 기정사실로 생각하는 사람들이 있었고, 또 조사에 반대하며 지연작전을 펼치는 사람들이 있었 다. 길럼은 놀랍게도 해머가 체념하고 조사를 받아들이 고 있음을 알아보았다.

〈합법〉과 〈불법〉 해외 지부에 대한 연이은 질문들은 지겹긴 했지만 적화에 대한 공포를 확고히 하는 역할을 했다. 러프 의원은 둘의 차이를 분명히 설명해 달라고 요 구했다. 스마일리는 인내심을 발휘하며 그 요구에 따랐 다. 그는 〈합법적〉 또는 〈공식〉 현지 요원은 공식적이거 나 반(半)공식적인 보호를 받는 첩보 요원이라고 말했다.

홍콩 정부는 러시아에 대한 중국의 민감함을 존중하여 모든 형태의 소비에트 대표 — 대사관, 영사관, 타스 통신사, 라디오 모스크바, 노보스티, 아예로플로트, 인투어리스트와 전통적으로 합법적인 공작원이 이용하는 온갖 기관들 — 를 추방하는 것이 적절하다고 생각했으므로, 이는 곧 홍콩에서 소비에트의 모든 행위는 〈불법적〉 또는 〈비공식〉 기관을 통한다는 뜻이었다.

스마일리는 서커스 조사원들이 다른 자금 경로를 찾는 것에 노력을 집중한 것도 이러한 가정 때문이라고 〈금맥〉이라는 은어를 피해 설명했다.

「아, 그렇다면 우리가 러시아를 그렇게 몰아간 거군요.」러프가 흡족하게 말했다. 「고마워할 대상은 우리 자신이 아닙니까. 우리가 괴롭히니 러시아가 반격한 거군요. 음, 놀랄 일은 아니지요. 우리가 해결하고 있는 건 지난 정부의 실수입니다. 우리의 실수가 절대 아니지요. 러시아를 괴롭히면 응보가 있다, 이거군요. 당연하지요. 우리는 늘 그렇듯 앙갚음을 당하는 것뿐입니다.」

「그 〈이전〉에는 러시아가 홍콩에서 무슨 볼일이 있었을까요?」내무부의 비밀 기관에서 온 똑똑한 청년이 물었다.

식민부 사람들이 즉시 활기를 찾았다. 윌브러햄이 미친 듯이 폴더를 뒤지기 시작했지만 빨강 머리 조수가 안달하는 모습을 보고 이렇게 중얼거렸다.

「존, 자네가 하겠나? 좋아.」그런 다음 사나운 얼굴로 기대어 앉았다. 갈색 옷의 여인은 찢어진 베이즈 천을 보면서 그 천이 온전하던 때를 떠올리는 것처럼 아련한 미소를 지었다. 6학년짜리 청교도가 형편없는 두 번째 반격에 나섰다.

「우리는 여기서 전례가 아주 많은 것을 말해 준다고 생각합니다.」그가 공격적으로 말을 시작했다. 「지금까지 홍콩에서 발판을 구축하려는 모스크바 센터의 시도는 단 하나의 예외도 없이 전부 실패했고 무척 수준이 낮았습니다.」그가 지루한 예를 줄줄이 읊었다.

그의 설명에 따르면 5년 전, 가짜 러시아 정교회 대수도원장이 홍콩에 남아 있는 백계 러시아인들과 연계하기 위해서 파리에서 비행기를 타고 왔다.

「그는 나이 많은 식당 주인을 모스크바 센터 요원으로 강제 스카우트하려다가 즉각 체포되었습니다. 더욱 최근에는 선박 수리를 위해 홍콩에 상륙한 러시아 화물선 선원들 사건이 있지요. 그들은 좌파 성향으로 보이는 부두 노동자들과 연안 어부들을 매수하려고 서툴게 시도했습니다. 하지만 결국 체포되어서 심문을 받으면서 언론의 놀림감이 되었고, 남은 체류 기간 동안 배에 감금되었지요.」그는 마찬가지로 시시한 예들을 계속 늘어놓았고 다들 점차 꾸벅꾸벅 졸면서 마지막을 기다렸다. 「우리의 정책은 매번 〈정확히〉 똑같았습니다. 잡자마자 공범을 공개했지요. 사진 보도요? 얼마든지요. 텔레비전 출연? 물론입니다. 그 결과 어떻게 되었을까요? 중국은 소비에트의 제국주의 팽창 정책을 잘 막았다며 우리의 등을 두드려 주었습니다. 어땠을까요?」이제 지나치게 흥분한 그는 과감하게도 스마일리에게 직접적으로 말했다. 「아시겠습니까? 솔직히 말해서 우리는 당신의 불법 정보망을 믿지 않습니다. 합법이든 불법이든, 공식적이든 비공식적이든 말입니다. 우리의 생각은 서커스가 재기를 노리고 특별 청원을 하고 있다는 겁니다!」

길럼이 반박하려고 입을 열었지만 팔꿈치를 만지며 만류하는 손길을 느끼고 다시 입을 닫았다.

긴 침묵이 흘렀고, 누구보다도 월브러햄이 가장 당황한 것 같았다.

「나한테는 〈연막〉처럼 보이는데, 크리스.」엔더비가 건조하게 말했다.

「무슨 소립니까?」월브러햄이 초조하게 물었다.

「당신을 위해서 대신 나선 불량배 청년의 주장에 대답하는 걸세, 크리스. 연막. 속임수. 러시아가 당신들이 빤히 보는 앞에서 칼을 흔들면서 엉뚱한 곳으로 시선을 돌린 다음 섬 반대쪽에서 지저분한 일을 하는 거지. 즉, 코동지 말이야. 맞나, 조지?」

「음, 우리는 그렇게 생각하고 있습니다, 네.」스마일리가 인정했다. 「또한 헤이든은 항상 러시아가 홍콩에서 아무엇도 하고 있지 않다고 아주 열렬히 주장했다는 점을 상기시켜 드리지 않을 수 없군요. 사실 청원서에도 적혀 있습니다.」

「점심시간입니다.」마틴데일이 썩 즐거운 기색 없이 선언했다. 사람들은 위층으로 올라가서 케이터링 밴이 싣고 온 플라스틱 접시로 침울하게 식사를 했다. 접시의 칸막이가 너무 낮아서 길럼의 커스터드 소스가 넘쳐 고기에 묻었다.

스마일리는 간단히 요기를 한 다음 오찬이 끝난 후 둔해진 상태를 이용해서 레이컨이 패닉 요인이라고 말했던 문제를 제기했다. 더욱 정확하게 말하자면, 스마일리의 표현에 따르면 코가 아니더라도 홍콩에 소비에트 정보원이 존재할지도 모른다는 논리를 퍼뜨리려고 했다.

홍콩은 본토 중국의 최대 항구로서 대외 교역의 40퍼센트를 처리했다.

홍콩 주민 다섯 명 중 한 명은 매년 합법적으로 중국을 드나든다. 물론 중국과 홍콩을 여러 번 오가는 사람들 때문에 평균이 높아진 것은 사실이다.

중공은 은밀하게, 그러나 당국의 묵인하에 일류 협상가, 경제학자, 기술자 들을 홍콩에 남겨 놓고 무역, 해운, 개발이 중국에게 유리하게 이루어지도록 감시했다. 그리고 그들 하나하나가, 스마일리의 표현에 따르면, 〈유인을 비롯한 기타 비밀스러운 설득)을 위한 자연스러운 첩보 대상이 되었다.

또 홍콩의 어선들과 정크 선단은 홍콩과 중국에 이중으로 등록한 다음 중국 영해를 자유롭게 오갔으며 —

이때 엔더비가 끼어들어 느릿느릿 보충 질문을 던졌다. 「코는 정크 선단을 가지고 있지. 그가 마지막 남은 용사라고 하지 않았나?」

「네, 네, 그렇습니다.」

「하지만 직접 본토에 가지는 않고?」

「네, 절대 가지 않습니다. 우리가 알아본 바에 따르면 조수는 가지만 코는 가지 않습니다.」

「조수?」

「티우라는 관리인이 있습니다. 20년간 함께한 사이지요. 아니, 20년도 넘었습니다. 하카족, 상하이 출신 등 배경이 같습니다. 티우는 여러 회사에서 그의 대리인으로 활동하고 있습니다.」

「그런데 그 티우라는 사람이 본토에 정기적으로 간다고?」

「네, 적어도 1년에 한 번은요.」

「중국 전역에?」

「광둥, 베이징, 상하이에 다녀온 기록이 있습니다. 하지만 기록이 꼭 완전하다고 할 순 없지요.」

「하지만 코는 집에 남아 있단 말이지. 이상하군.」

이 점에 대해서 더 이상의 질문도 언급도 없었으므로 스마일리는 홍콩이 스파이 본부로서 얼마나 매력적인지 다시 대략적으로 설명하기 시작했다. 그는 홍콩이 독특하다고 단언했다. 이 지구상에는 중국에 접근할 수 있는 편의성을 홍콩의 10분의 1만큼 갖춘 곳도 없었다.

「〈편의성〉이라고!」 윌브러햄이 따라서 말했다. 「유혹에 더 가깝겠지.」

스마일리가 어깨를 으쓱하며 동의했다. 「그쪽이 더 좋다면, 유혹이라고 하죠. 소비에트 정보부가 유혹에 강하다고 할 수는 없지요.」 몇몇이 알 만하다는 웃음을 터뜨렸고, 스마일리는 계속해서 지금까지 알려진, 중국 전체를 목표로 삼은 소비에트 센터의 여러 가지 시도를 자세히 설명했다. 코니와 디샐리스가 공동으로 정리한 내용이었다. 그는 소비에트 센터가 소련 내 중국인에 대한 침투와 대규모 요원 모집을 통해 북쪽에서부터 공격하려 했지만 실패로 돌아갔다고 설명했다. 또한 7천2백 킬로미터나 되는 중국-소비에트 국경에 거대한 청음초 망을 구축했지만 효과가 없었다고 말했다. 수확은 군사적이지만 위협은 정치적이었기 때문이다. 또한 스마일리는 소문에 따르면 소비에트가 타이완에 접근해서 중국의 위협에 맞서 협동 작전과 이익 공유를 근간으로 하는 공동 전선을 펼 것을 제안했지만 거절당했는데, 액면 그대로의 제안이라기보다는 중국 측을 짜증 나게 하려는 장난이었을지도 모른다고 설명했다. 그는 러시아가 런던, 암스테르담, 밴쿠버, 샌프란시스코의 화교 공동체에 인재 발굴 팀을 이용했던 예를 들었다. 그리고 스마일리는 몇 년 전 모스크바 센터가 사촌에게 중국의 공동 적대국들이 이용할 수 있는 〈정보 풀〉을 만들자고 은밀하게 제안했던 일도 슬쩍 언급했지만, 아무 소용도 없었다고 말했다. 사촌은 러시아에 놀아나지 않았다. 마지막으로 그는 해외에서 근무하는 중국 관리들에 대한 모스크바 센터의 맹렬한 뇌물 작전의 긴 역사를 언급했다. 성과는 불확실하다고 그가 말했다.

스마일리는 설명을 모두 끝낸 다음 뒤로 기대어 앉아서 이 모든 소동을 일으킨 주장을 다시 반복했다.

「조만간 모스크바 센터는 분명히 홍콩으로 올 겁니다.」 그가 다시 한번 말했다.

그러자 다시 코의 문제로 돌아왔고, 로디 마틴데일은 엔더비의 매서운 시선을 받으며 다음 논쟁을 본격적으로 시작했다.

「음, 〈자네는〉 무엇을 위한 자금이라고 생각하나, 조지? 그 돈의 용도가 무엇이 〈아닌지〉는 실컷 들었고, 아직 쓰지도 않았다고 들었네. 하지만 그 이상은 모르지 않나, 안 그런가? 우리는 〈아는〉 게 하나도 없는 것 같군. 문제는 여전히 하나일세. 돈이 어디서 났으며, 어떻게 쓰이고, 우리가 무엇을 〈해야〉 하는가?」

「문제가 세 가지군.」 엔더비가 작은 목소리로 잔인하게 말했다.

「알지 못하기 〈때문에〉 알아내기 위해서 허가를 요청하는 겁니다.」 스마일리가 뻣뻣하게 말했다.

재무부 쪽에서 누군가가 말했다. 「50만 달러가 큰 금액인가?」

「제 경험으로는 유례가 없는 일입니다.」 스마일리가 말했다. 「모스크바 센터는 충성을 돈으로 사는 것을 항상 싫어했지요.」 그는 충실하게도 〈카를라〉라는 말을 피해 설명했다. 「이렇게 큰돈을 들여서 충성을 사는 것은 전대미문의 일입니다.」

「하지만 〈누구의〉 충성을 사는 거지?」 누군가가 불평했다.

검투사 마틴데일이 다시 돌격했다. 「자네는 우리를 과소평가하고 있어, 조지. 난 알아. 자네는 어렴풋이 알고 있어 — 당연히 알고 있겠지. 이제 우리에게도 알려 주게. 자꾸 숨기지 말고.」

「그래, 우리에게 몇 가지 생각을 알려 줄 수 없나?」 레이컨이 마찬가지로 하소연하듯 말했다.

「〈조금은〉 알려 줄 수 있지 않나.」 해머가 간청했다.

스마일리는 삼면의 공격에도 흔들리지 않았다. 패닉 요인이 마침내 효력을 발휘하고 있었다. 스마일리가 직접 만든 것이었다. 이들은 겁에 질린 환자처럼 그에게 진단을 간청했고, 스마일리는 자료가 부족하다는 이유로 진단을 거부했다.

「정말로 현재 밝혀진 사실 외에는 아무 말씀도 드릴 수 없습니다. 현 단계에서 제가 추측을 입 밖에 내봤자 도움이 안 될 겁니다.」

갈색 옷의 식민부 여성이 회의가 시작한 뒤 처음으로 입을 열고 질문을 했다. 그녀의 목소리는 지적이고 듣기 좋았다.

「그렇다면 전례는 어떨까요, 스마일리 씨?」 스마일리가 고개를 살짝 숙여 고풍스럽게 인사했다. 「러시아의 비밀 자금이 그것을 보관하던 자에게 지급된 전례가 있습니까? 예를 들면 다른 지역에서요?」

스마일리는 즉답하지 않았다. 겨우 몇 센티미터 옆에 앉은 길럼은 마치 에너지가 밀려 나오는 것처럼 갑작스러운 긴장이 지나가는 것이 느껴졌다고 맹세했다. 그러나 침착한 옆얼굴을 흘깃 보았을 때 상사의 얼굴에서 보이는 것은 더욱 깊어진 졸음, 조금 더 내려온 지친 눈꺼풀밖에 없었다.

「우리가 〈이혼 수당〉이라고 부르는 몇 가지 사례가 있었습니다.」 스마일리가 결국 인정했다.

「〈이혼 수당〉이라고요, 스마일리 씨?」 식민부 여자가 반복해서 말했고, 빨강 머리 동료는 이혼 자체도 찬성하지 않는다는 듯 얼굴을 더욱 찌푸렸다.

스마일리는 극도로 조심스럽게 말을 골랐다. 「적대적인 — 소비에트의 입장에서 적대적인 — 국가에서 일하는 요원들은 위장 때문에 현장에서 활동할 때 보수를 받지 못하는 경우가 있습니다.」 갈색 옷의 여자가 고개를 살짝 끄덕여 알겠다는 표시를 했다. 「그런 경우 보통 모스크바의 은행에 돈을 넣어 두었다가 요원이 자유롭게 쓸 수 있을 때 지급하는 것이 관례입니다. 요원의 피부양자들에게 지급하기도 하지요, 만약 —」

「만약 요원이 살해되면 말이지.」 마틴데일이 재미있다는 듯이 말했다.

「하지만 홍콩은 모스크바가 아니잖아요.」 식민부 여인이 미소를 지으며 그에게 상기시켰다.

스마일리는 말을 멈출 뻔했다. 「드문 일이지만 어느 요원이 금전적인 보상 때문에 활동했지만 러시아에 재정착할 배짱이 없는 경우, 모스크바 센터가 어쩔 수 없이 스위스 같은 곳에서 비슷한 금액을 받을 수 있게 해준 것으로 알려져 있습니다.」

「하지만 홍콩에서 그런 적은 없고요?」 그녀가 물고 늘어졌다.

「네. 없습니다. 지난 행적을 봤을 때 모스크바가 이 정도 액수의 이혼 수당을 주는 것은 상상도 할 수 없습니다. 우선, 요원이 현장에서 은퇴하려는 유인이 되겠지요.」

344

웃음이 터져 나왔지만 그 소리가 가라앉자 갈색 옷의 여인은 다음 질문이 준비되어 있었다.

「하지만 처음에는 크지 않은 금액이었지요.」 그녀가 상냥하게 물고 늘어졌다. 「유인이 될 정도의 금액으로 오른 건 비교적 최근 아닌가요?」

「맞습니다.」 스마일리가 말했다.

지나치게 맞는 말이지. 길럼이 깜짝 놀라며 생각했다.

「스마일리 씨, 돌아오는 몫의 가치가 충분하다면 러시아 측도 불만을 삼키고 그 정도 값을 치르지 않을까요? 어쨌거나, 절대적인 관점에서 보면 첩보상 크나큰 이점에 비해서 돈은 사소한 문제에 지나지 않으니까요.」

스마일리는 딱 멈추었다. 어떤 몸짓도 없었다. 정중한 태도를 유지했고, 심지어는 미소도 살짝 지었지만 추측은 더 이상 하지 않았다. 이 문제를 날려 버린 사람은 느릿느릿한 말투로 시들하게 말하는 엔더비였다.

「어이 어이, 이러다가는 온종일 탁상공론만 할지도 몰라요.」 그가 손목시계를 보며 외쳤다. 「크리스, 미국을 이 일에 끌어들일 건가? 총독에게 알리지 않는다면 우리의 용맹한 동맹에게는 어떻게 할 거지?」

조지를 살리는 종소리군. 길럼이 생각했다.

사촌 이야기가 나오자 식민부의 윌브러햄이 성난 황소처럼 달려들었다. 이 문제가 떠오를 것을 예상하고 고개를 들자마자 없애 버릴 작정이었구나. 길럼이 생각했다.

「미안하지만 반대입니다.」그가 언제나처럼 시간을 끌지도 않고 딱 잘라 말했다. 「절대 안 돼요. 이유는 아주 많아요. 우선 경계 획정이 있지요, 홍콩은 우리 구역입니다. 미국인은 홍콩에 대한 어업권이 없어요. 하나도 없죠. 또 다른 이유는, 코는 영국 국민이고 어느 정도는 우리의 보호를 받을 권리가 있습니다. 좀 구식이지만요. 솔직히 저도 크게 신경 쓰지는 않습니다. 하지만 미국은 확실히 도를 넘을 겁니다. 전에도 그랬죠. 어디까지 갈지는 아무도 모릅니다. 셋째, 사소하지만 외교 의례 문제도 있어요.」아이러니한 말이었다. 그는 전직 대사의 본능에 호소하면서 연민을 일깨우려 애쓰고 있었다. 「아주 작은 문제지만 말입니다, 엔더비. 미국에는 알리면서 총독에게는 알리지 않는다니 — 〈내가〉 총독이라면, 그런 입장에 놓인다면, 아마 사직할 겁니다. 제가 할 수 있는 말은 그것밖에 없어요. 당신도 그렇게 하겠지요. 다 알아요. 당신도 그럴 거고, 나도 그러겠죠.」

「사실을 알게 된다면 말이지.」엔더비가 그의 말을 수정했다.

「걱정 마세요, 난 사실을 알아낼 테니까. 우선 도청 마이크를 든 사람들로 총독 관저를 열 겹은 둘러쌀 겁니다. 아프리카 한두 곳에서 그렇게 한 적이 있죠. 난리도 아니에요. 진짜.」그는 탁자에 한 팔을 털썩 내려놓고 그 위로 다른 팔을 포개면서 그것들을 맹렬히 노려보았다.

선외 모터에서 나는 듯한 맹렬한 소리가 전자 방음 장치에 문제가 생겼음을 알렸다. 소리가 잦아들었다가 다시 울리더니 또다시 들리지 않게 되었다.

「자네를 속여서 저런 물건을 팔다니 배짱이 든든한 녀석이군, 크리스.」엔더비가 한참 동안 감탄하는 미소를 지으며 중얼거렸고, 곧 긴장된 침묵이 흘렀다.

「동감일세.」레이컨이 불쑥 내뱉었다.

알고 있군. 길럼이 생각했다. 조지가 그들에게 양해를 구한 거다. 그들은 조지가 마텔로와 거래했다는 사실을 알고 있고, 그가 거짓말을 하기로 굳게 결심했으므로 말하지 않으리라는 사실도 알고 있다. 그러나 그날 길럼은 그 무엇도 확실히 보지 못했다. 재무부와 국방부는 당연해 보이는 문제 ─〈미국을 배제할 것〉─ 에 조심스럽게 동의했고, 스마일리는 이상하게도 꺼리는 것처럼 보였다.

「하지만 원자료를 어떻게 할 것이냐는 골치 아픈 문제가 남아 있습니다.」스마일리가 말했다. 「우리 조직이 그것을 처리하면 안 된다고 결정할 경우에 말입니다.」그가 미심쩍다는 듯 덧붙이자 다들 혼란에 빠져 웅성거렸다.

길럼은 엔더비 역시 당황하는 것을 보고 마음을 놓았다.

「그게 무슨 소린가?」엔더비가 잠시 다른 사람들과 다

를 바 없이 당황하여 물었다.

「코는 동남아시아 전역에 이권을 가지고 있습니다.」 스마일리가 그들에게 상기시켰다. 「청원서 첫 장에 나와 있지요.」 사업 부분이다. 서류를 팔락팔락 넘기는 소리. 「예를 들어 우리의 정보에 따르면 그는 중개인과 앞잡이를 통해서 사이공의 나이트클럽 체인, 비엔티안에 본사를 둔 항공 회사, 태국의 유조선 선단 등 각종 기업들을 관리하고 있는데…… 그중 몇몇은 미국 세력권에 〈확실히〉 들어가는 정치색을 가지고 있다고 여겨집니다. 기존 양자 협정에 명시된 우리 측의 의무를 무시하려면 당연히 여러분의 서면 지시가 필요합니다.」

「계속하게.」 엔더비가 이렇게 명령하더니 앞에 놓인 상자에서 새 성냥을 꺼냈다.

「아, 제가 말하려는 요점은 충분히 설명했습니다, 감사합니다.」 스마일리가 예의 바르게 말했다. 「정말이지, 아주 간단한 일입니다. 우리가 이 일을 진행하지 않는다고 생각해 보세요, 레이컨은 오늘 그렇게 결정이 날 가능성이 크다고 하는데요, 그러면 저는 어떻게 해야 할까요? 정보를 쓰레기 더미에 던져 버릴까요? 아니면 현재의 교환 협정에 따라 동맹국에게 알려야 할까요?」

「동맹국이라.」 윌브러햄이 씁쓸하게 외쳤다. 「동맹국이라고? 자네 우리 머리에 총을 겨누고 있군!」

스마일리의 냉철한 대답은 지금까지의 소극적인 태도

때문에 더욱 놀라웠다.

「저에게 대미 관계를 개선하라는 무기한적 지시를 내린 것은 바로 본 운영 위원회입니다. 제 임명장에 양국의 특수 관계를 조성하고 그 — 헤이든 사건 이전과 같은 상호 신뢰 정신을 회복하기 위해서 최선을 다하라고 적어 넣은 것은 바로 여러분이죠. 〈우리 나라가 제일 높은 자리로 돌아가기 위해서〉라고 하셨지요…….」그는 엔더비를 똑바로 바라보고 있었다.

「〈제일 높은 자리〉라.」누군가가 따라 말했다. 처음 듣는 목소리였다. 「저라면 제물을 바치는 제단이라고 말하고 싶군요. 우리는 이미 중동과 아프리카 절반을 제물로 바쳤습니다. 다 특수 관계를 위해서였죠.」

그러나 스마일리는 듣고 있지 않은 듯했다. 그는 다시 음산하게 망설이는 태도로 돌아갔다. 스마일리의 슬픈 표정은 가끔 그가 맡은 일이 그에게 너무 무거운 짐을 떠안긴다고 말하고 있었다.

오찬이 끝난 후의 부루퉁한 분위기가 다시 자리를 잡았다. 누군가가 담배 연기가 지독하다고 불평했다. 사환이 불려왔다.

「환기 장치가 도대체 어떻게 된 거지?」엔더비가 심술궂게 물었다. 「숨 막혀 죽겠군.」

「부품 때문입니다.」사환이 말했다. 「몇 달 전에 주문했습니다. 크리스마스 전이었는데, 생각해 보니 1년이 다 됐군요. 하지만 늦어진다고 뭐라 할 수는 없지 않습니까?」

「세상에.」엔더비가 말했다.

차를 가져오라고 했다. 종이컵에 담겨 나온 차가 새서 베이즈 천이 젖었다. 길럼은 몰리 미킨의 비길 데 없는 몸매를 생각했다.

4시가 거의 다 되었을 때 레이컨이 사람들 앞으로 오만하게 나서서 스마일리에게 말했다. 「자네가 요청하는 게 무엇인지 구체적으로 말하게, 조지. 다 꺼내 놓고 해답을 찾아보자고.」

여기서 너무 열정적으로 나가면 안 된다. 스마일리는 그것을 이해하는 듯했다.

「첫째, 우리는 동남아시아 지역에서 활동할 권리와 허가가 필요합니다. 다만 겉으로는 부인해야 합니다. 총독이 우리와 관계가 없다고 딱 잘라 말할 수 있도록 말입니다.」그가 정무 차관을 흘깃 보았다. 「그리고 여기 계신 모든 분들도 관계가 없다고 말할 수 있도록 말이지요. 둘째, 국내 조사에 대한 권리와 허가도 필요합니다.」

몇몇이 고개를 번쩍 들었다. 내무부 사람들이 들썩거렸다. 무슨 이유로? 누구를? 어떻게? 〈무슨〉 조사를 한다는 거지? 국내 조사라면 경쟁 부서의 몫이다. 안보부의 프리토리어스는 이미 부글부글 끓고 있었다.

「코는 런던에서 법학을 공부했습니다.」스마일리가 주장했다. 「사교적으로도 사업적으로도 이곳에 연줄이 있지요. 당연히 그들을 조사해야 합니다.」 그가 프리토리어스를 흘긋 보았다. 「조사 결과를 안보부와 전부 공유하겠습니다.」 스마일리가 이렇게 약속한 다음 말을 이었다.

「자금에 관해서는, 우리에게 필요한 자금의 명세와 각종 돌발 사태로 인한 추정 보충액이 제안서에 첨부되어 있습니다. 마지막으로 작전의 전초 기지로서 홍콩 지부를 재개할 수 있도록 현지의 허가뿐만 아니라 화이트홀의 허가 역시 요청합니다.」

마지막 말에 아연한 침묵이 흘렀고, 길럼 역시 깜짝 놀랐다. 서커스에서 회의를 하거나 레이컨과 의논할 때 길럼이 알기로는 누구도, 스마일리 본인조차도 하이헤이븐 재개나 다른 지부 건설 문제를 전혀 꺼내지 않았다. 새로운 소동이 시작되었다.

「그것이 안 된다면, 지부를 갖지 못한다면, 최소한 홍콩에서 비공식 요원들을 쓸 수 있도록 암묵적인 승인을 요청합니다.」 그가 항변을 무시하며 말을 끝맺었다. 「현지에 알릴 필요는 없고, 런던의 승인과 보호만 있으면 됩니다. 현재의 정보원은 소급적으로 합법화하면 됩니다. 서면으로요.」 그가 레이컨을 빤히 보면서 말을 끝맺고 자리에서 일어섰다.

길럼과 스마일리는 대기실로 돌아가서 처음에 앉았던 연어색 소파에 같은 방향으로 가는 승객들처럼 나란히, 울적하게 앉아 있었다.

「〈도대체 왜?〉」길럼이 중얼거렸지만, 그날은 조지 스마일리에게 질문을 해도 소용이 없었다. 그것은 벽에 붙어 있는 신중한 경고문이 분명하게 금지하는 잡담이었다.

온갖 멍청한 무리수 중에서도 하필이면 이런 수라니, 길럼이 우울하게 생각했다. 저질러 버렸군요. 불쌍한 조지, 결국 너무 나갔어. 우리가 복귀할 수 있는 유일한 작전이었는데. 과욕이었다, 바로 그거였다. 늙은 스파이가 허둥대다가 과욕을 부린 것이다. 나는 따라가야지. 길럼이 생각했다. 배와 함께 침몰할 거야. 같이 양계장이라도 하든지. 몰리가 장부를 관리하고 앤은 인부를 관리하면 되겠지.

「기분이 어때요?」그가 물었다.

「기분 문제가 아니야.」스마일리가 대답했다.

참 고맙네요. 길럼이 생각했다.

20분이 흘렀다. 스마일리는 꿈쩍도 하지 않았다. 그의 턱이 가슴까지 내려가고 눈은 감겨 있었다. 기도를 드리고 있는지도 몰랐다.

「야근은 그만두시는 게 좋겠어요.」길럼이 말했다.

스마일리는 얼굴을 찌푸릴 뿐이었다.

사환이 다시 들어오라고 알렸다. 상석에 앉은 레이컨은 퍼블릭 스쿨[65]의 반장 같았다. 엔더비는 두 자리 떨어

65 영국의 명문 사립 중등학교. 일반 시민에게 열려 있다는 의미에서

진 곳에 앉아 웨일스인 해머와 중얼중얼 대화 중이었다. 프리토리어스는 먹구름처럼 불쾌한 표정으로 노려보았고, 이름 없는 여조수는 무의식중에 못마땅함을 나타내며 입을 꾹 다물고 있었다. 레이컨이 노트를 바스락거리며 좌중을 조용히 시켰고, 사람을 놀리는 판사처럼 평결을 내리기 전에 위원회의 자세한 결론을 읽기 시작했다. 기록에 따르면 재무부는 스마일리의 관리 계좌 남용에 대해서 진지하게 항의했다. 스마일리는 국내 활동 권리 및 허가 요청 시 사전에 안보부와 의논해야 하고 〈운영 위원회 정식 회의 중간에 모자에서 토끼를 꺼내듯이 꺼내서는〉 안 된다는 사실을 명심해야 한다. 홍콩 지부 재개는 절대 불가능하다. 시간적으로도 그러한 조치는 불가능했다. 그는 사실 무척 괘씸한 제안이었다고 넌지시 비추었다. 그것은 원칙과 관련된 문제였고, 최고위급에서 의논해야 할 문제였으며, 스마일리가 이미 홍콩 총독에게 알리는 것을 명확하게 반대했으므로 — 여기서 레이컨은 윌브러햄의 낯을 세워 주었다 — 예측 가능한 미래에 지부를 재개하는 정당성을 입증하기가 무척 어려울 것이고, 불쾌하게도 하이헤이븐의 철수가 널리 알려졌다는 사실을 생각하면 더욱 그렇다.

「정말 내키지 않지만 그 의견을 받아들일 수밖에 없군요.」 스마일리가 엄숙하게 말했다.

퍼블릭 스쿨로 불렸으나 주로 상위 중산층 학생이 다닌다.

아 제발. 길럼이 생각했다. 최소한 싸워는 보고 무릎을 꿇자고요!

「어떻게 받아들이느냐는 자네의 자유지.」 엔더비가 말했다. 길럼은 엔더비와 웨일스인 해머의 눈에서 승리의 반짝임을 보았다고 맹세할 수도 있었다.

나쁜 놈들. 길럼이 생각했다. 너희한테는 닭 안 줄 거야. 마음속으로 그는 이미 모두에게 등을 돌리고 나가는 중이었다.

「그 밖에 모든 것은,」 레이컨이 종이 한 장을 내려놓고 다른 종이를 집어 들며 말했다. 「그 밖에 타당성, 예산, 허가 기간에 대한 모든 요청은, 제한 조건과 예방책을 붙이는 조건으로 승인한다.」

공원은 텅 비었다. 일반 통행인들이 전문가들에게 자리를 내주었다. 몇몇 연인들이 전투가 끝난 뒤의 군인처럼 축축한 풀밭에 누워 있었다. 플라밍고 몇 마리가 꾸벅꾸벅 졸았다. 행복에 겨워 스마일리의 뒤를 어슬렁어슬렁 따르는 길럼의 옆에서 로디 마틴데일이 스마일리의 칭찬을 늘어놓고 있었다. 「조지는 정말 대단해. 불멸이라니까. 게다가 그 〈장악력〉. 난 장악력이 정말 좋아. 내가 제일 좋아하는 성격이야. 조지는 확실히 장악력이 있다니까. 사람은 마음을 빼앗기면 이런 일들이 또 다르게 보이는 법이거든. 점점 맞추게 된다니까. 자네 부친이 아라

비아 학자 아니셨나?」

「맞습니다.」 길럼이 말했다. 그의 마음은 다시 몰리를 향했고, 아직 저녁을 같이 먹을 수 있으려나 생각했다.

「『고타 연감』[66] 그대로군. AD, BC 어느 쪽이셨지?」

아주 외설적인 대답을 하려던 길럼은 마틴데일이 아버지의 학문적 애호를 묻고 있을 뿐임을 늦지 않게 깨달았다.

「아, B.C.입니다. B.C. 쭉 그랬죠.」 그가 말했다. 「가능했다면 에덴동산까지 거슬러 올라가셨을 겁니다.」

「언제 저녁 식사를 하러 오게.」

「감사합니다.」

「날짜를 잡지. 자, 누구를 불러야 재미있을까? 누굴 좋아하나?」

그들의 앞쪽에서는 엔더비가 스마일리의 승리를 축하하는 소리가 이슬에 젖은 공기 중에 둥둥 떠다녔다.

「〈멋진〉 회의였네. 얻은 건 많고. 내준 건 없고. 멋진 한 수였어. 이번 일을 잘 해결하면 확장도 할 수 있겠군. 사촌도 협조할 거야, 그렇지?」 그가 아직 안전 가옥에 있는 것처럼 큰 소리로 말했다. 「그쪽 분위기는 알아봤나? 협력은 하되 독주는 하지 않겠다던가? 좀 아슬아슬하다 싶지만 자네는 그래도 하겠지. 마텔로에게 고무 밑창 구두가 있으면 신으라고 하게. 아니면 우리는 곧 식민부와

66 유럽 왕실과 귀족의 인명록.

큰 문제를 겪게 될 거야. 윌브러햄이 안됐어. 인도를 상
대하는 게 더 나았을 텐데 말이야.」

두 사람의 앞쪽에서는 나무들 사이에 가려 거의 보이
지 않는 자그마한 웨일스인 해머가 레이컨에게 힘차게
손짓하며 뭐라 말했고 레이컨은 몸을 숙여 그의 말을 듣
고 있었다.

대단한 음모였어. 길럼이 생각했다. 그는 뒤를 흘깃 보
았다가 베이비시터 폰이 서둘러 쫓아오는 모습에 깜짝
놀랐다. 처음에는 꽤 멀리 떨어져 있는 것 같았다. 다리
가 안개에 완전히 가려져 있고 바다 같은 안개 위로 상체
만 보였다. 그러다가 갑자기 가까워졌다. 폰이 스마일리
의 관심을 끌려고 〈국장님, 국장님〉이라고 애처롭게 부
르는 익숙한 소리가 들렸다. 길럼이 폰을 향해 재빨리 걸
어가서 마틴데일의 귀에 들리지 않는 곳까지 갔다.

「도대체 무슨 일이야? 왜 이렇게 징징거려?」

「여자를 찾았답니다! 그래서 색스 양이 가서 알리라고
특별히 나를 보냈어요.」그의 눈이 밝게, 약간 미친 사람
처럼 반짝였다. 「〈국장님께 여자를 찾았다고 말씀드려.〉
그렇게 말했습니다, 직접 말씀드리라고요.」

「코니가 자네를 여기로 〈보냈다〉는 뜻인가?」

「국장님에게 직접, 지금 당장 알리라고 했습니다.」폰
이 회피하며 대답했다.

「내 질문은 〈코니가 자네를 여기로 보냈나?〉였어.」길

럼은 부글부글 끓어올랐다. 「대답해, 〈아니요, 그건 아닙니다〉라고. 빌어먹을 드라마 퀸처럼 운동화를 신고 온 런던을 뛰어다니다니! 정신이 나갔군.」 그가 폰의 손에서 구겨진 쪽지를 낚아채 대충 읽었다. 「이름부터 다르잖아. 어이없어, 말도 안 되는군. 당장 돌아가, 알겠어? 국장님이 돌아가서 알아볼 테니까. 두 번 다시 이런 식으로 소란을 일으키지 말고.」

「저 사람은 도대체 누군가?」 길럼이 돌아오자 마틴데일이 흥분으로 숨을 헐떡이며 물었다. 「정말 귀엽군! 스파이는 다 저렇게 예쁜가? 베네치아 사람 같아. 당장 지원해야겠어.」

같은 날 밤, 오락실에서 지친 회의가 열렸고, 스마일리가 운영 위원회 회의에서 거둔 승리로 인한 — 코니의 경우에는 술까지 취했다 — 환희에도 불구하고 분위기가 나아지지는 않았다. 지난 몇 달간의 구속과 긴장이 끝나자 코니는 사방으로 돌격했다. 여자! 여자가 실마리야! 코니는 지식의 굴레를 모두 떨쳤다. 토비 이스터헤이스를 홍콩으로 보내서 여자가 사는 곳을 알아보고, 사진을 찍고, 미행하고, 방을 뒤져! 샘 콜린스를 불러와, 〈당장〉! 디샐리스는 조바심을 내며 억지웃음을 짓고, 파이프 담배를 피우고, 다리를 떨었지만, 그날 밤에는 코니의 주문에 완전히 걸려들었다. 그는 심지어 〈모든 일의 핵심에

다다르는 자연스러운 길〉이라는 말까지 했는데, 이 역시
수수께끼의 여자를 뜻하는 것이었다. 폰이 그들의 열정
에 감염된 것도 무리는 아니었다. 길럼은 공원에서 폰에
게 화를 낸 것이 미안해질 지경이었다. 그날 밤에는 분위
기를 진정시킬 스마일리와 길럼이 없었으므로 어리석은
집단행동을 하기가 쉬웠고, 그것이 어떤 결과로 이어졌
을지 아무도 몰랐다. 첩보계에서는 멀쩡한 사람이 그런
식으로 갑자기 난리를 친 전례가 수없이 많았지만 길럼
이 그러한 병폐를 직접 본 것은 처음이었다.

그러므로 크로에게 보낼 지령의 초안이 완성된 것은
10시쯤이었고, 녹초가 된 길럼이 엘리베이터로 가는 길
에 몰리 미킨과 우연히 마주친 것을 10시 반쯤이었다. 이
행복한 우연 — 아니면 몰리가 의도한 것이었을까? 길럼
은 결코 알 수 없었다 — 덕분에 피터 길럼의 인생에 불
이 붙었고, 그 이후 맹렬하게 타올랐다. 몰리는 집까지
태워다 주겠다는 제안에 늘 그렇듯 침묵으로 동의했다.
그녀의 집은 하이게이트였으므로 길럼은 몇 킬로미터나
돌아가는 셈이었지만 말이다. 집 앞에 도착하자 몰리는
언제나처럼 잠깐 커피를 마시고 가라고 했다. 익숙한 좌
절(〈안 돼요 …… 피터 …… 제발 …… 피터 …… 미안해
요〉)을 예상하며 길럼이 거절하려는 순간 몰리의 눈동자
에서 무언가 — 그가 보기에는 차분한 결의 같았다 —
가 반짝였기 때문에 그는 마음을 바꾸었다. 아파트로 들

어가자 몰리가 문을 닫고 체인을 걸었다. 그런 다음 새치름하게 길럼을 침실로 이끌었고, 그곳에서 즐겁고 세련된 음탕함으로 길럼을 놀라게 했다.

9
크로의 거룻배

48시간 뒤, 홍콩은 일요일 저녁이었다. 크로는 뒷골목을 조심스럽게 걸어갔다. 황혼이 안개와 함께 일찍 찾아왔지만 집들이 너무 다닥다닥 붙어 앉아서 끼어들 틈이 없었기 때문에 안개는 널려 있는 빨래와 전선들과 함께 몇 층 위에 머물며 뜨겁고 오염된 빗방울을 뱉었다. 그러자 노점에서 파는 오렌지의 향기가 짙어졌고 크로가 쓴 밀짚모자 가장자리에 빗방울이 똑똑 떨어졌다. 그는 여기 중국에, 해수면과 높이가 똑같은, 그가 가장 사랑하는 중국에 있었고, 중국은 밤의 축제를 위해서 깨어나는 중이었다. 노랫소리, 경적 소리, 우는 소리, 징 소리, 흥정하는 소리, 요리하는 소리, 통곡 소리, 스무 가지 악기로 연주하는 듣기 싫은 음악 소리가 들렸다. 중국인들은 문간에 꼼짝도 하지 않고 서서 고상해 보이는 서양 귀신이 자기들 사이를 얼마나 조심스럽게 지나가는지 지켜보기도 했다. 크로는 이 모든 것을 사랑했지만 가장 아끼고 사랑하는 것은 그의 〈거룻배들〉— 중국인들이 밀고자를 이르는 말이었다 — 이었고, 그중에서도 지금 찾아가는 피비 웨이페어러 양은 평범하고도 전형적인 예였다.

크로는 익숙한 즐거움들을 맛보며 숨을 들이마셨다. 동양은 절대 그를 실망시키지 않았다. 「예하 여러분, 우리는 동양을 식민화하고, 부패시키고, 착취하고, 폭탄을 떨어뜨리고, 도시를 약탈하고, 그들의 문화를 무시하고, 우리의 무수한 종파들로 혼란에 빠뜨리네. 몬시뇰, 우리는 겉모습뿐만 아니라 냄새도 끔찍하지 — 그들은 서양인의 악취라면 질색을 하지만 우리는 너무 둔감해서 그 냄새를 알아차리지도 못한다네. 그러나 우리가 최악의 행동을 해도, 최악보다 더 심한 행동을 해도 아시아인들의 미소에 흠집도 내지 못하지.」

다른 서양인이라면 혼자서 여기까지 오지 못할 것이다. 빅토리아피크 마피아는 이런 곳이 존재하는지도 모를 테고, 해피밸리의 공관 마을에 갇힌 영국인 아내들은 자신들의 거주 구역에서 가장 싫어하는 모든 것들을 이곳에서 발견할 것이다. 나쁜 구역은 아니었지만 유럽도 아니었다. 유럽은 8백 미터 떨어진 페더 스트리트와 센트럴에, 한숨을 쉬며 에어컨이 켜진 건물 안으로 당신을 들여보내는 자동문에 있었다. 다른 서양인이라면 겁에 질려서 무심코 주변을 노려볼 텐데, 그것은 위험한 행동이었다. 크로는 상하이에 있을 때 무심코 기분 나쁜 표정을 지었다가 죽임을 당한 사람을 두 명 이상 알았다. 반면에 크로의 표정은 항상 상냥했다. 그는 중국인들을 존중했고, 무척 겸손했으며, 걸음을 멈추고 무언가를 살 때는 서툴지만 또렷한 광둥어로 노점상에게 예의 바른 인사를 건넸다. 그리고 열등한 자기 종족에게 딱 맞는 바가지요금에 항의하지도 않고 돈을 지불했다.

그는 난초와 양의 간을 샀다. 일요일마다 똑같은 물건을 샀지만 공평하게 여러 상점에서 돌아가며 샀고, 아는 광둥어가 바닥나면 영어로 화려한 말을 늘어놓았다.

그가 초인종을 눌렀다. 크로 영감과 마찬가지로 피비의 집에도 인터폰이 갖춰져 있었다. 본부는 표준 규격 제품을 사용하라고 지시했다. 그녀는 우편함에 행운의 부적 삼아 히스 한 줄기를 꼬아 놓았는데, 안전하다는 신호였다.

「안녕.」 스피커에서 여자 목소리가 말했다. 미국인 같기도 하고 〈네?〉라고 되묻는 광둥인 같기도 했다.

「래리는 나를 피트라고 부르지.」 크로가 말했다.

「올라와요, 마침 래리가 같이 있어요.」

계단은 캄캄하고 토사물 냄새가 났고, 크로의 신발이 돌바닥에 깡통처럼 울렸다. 타임스위치를 눌렀지만 불이 들어오지 않아서 그는 더듬거리며 세 층을 올라갔다. 그녀에게 더 좋은 집을 찾아 주려는 움직임이 있었지만 세싱어가 떠나면서 무산되었고, 이제 희망도 없고 어떤 면에서는 피비도 없었다.

「빌.」그녀가 그의 뒤로 문을 닫으며 중얼거렸고, 마음 씨 좋은 삼촌에게 입을 맞추는 예쁜 소녀처럼 그의 얼룩 덜룩한 양쪽 뺨에 입을 맞췄지만, 피비가 예쁜 것은 아니 었다. 크로가 그녀에게 난초를 건넸다. 그의 태도는 정중 하고 세심했다.

「피비.」그가 말했다.「피비.」

그녀는 떨고 있었다. 요리용 레인지와 세면기가 놓인 침실 겸 거실, 샤워기가 달린 화장실이 전부였다. 크로는 그녀를 지나쳐 세면기로 가서 포장을 풀고 양의 간을 고 양이에게 주었다.

「아, 버릇 나빠진다니까요, 빌.」피비가 꽃을 보고 미소 를 지으며 말했다. 크로가 침대에 갈색 봉투를 올려놓았 지만 두 사람 모두 그것에 대해 언급하지 않았다.

「〈윌리엄〉은 어떻게 지내요?」그녀가 그의 이름으로 장난을 치며 말했다.

크로가 모자와 지팡이를 문에 걸고 스카치위스키를 따랐다. 피비에게는 스트레이트, 자신은 소다를 탄 위 스키.

「피브는 어떻게 지내? 그게 더 중요하지. 길고 추운 일 주일이었는데 어땠어? 어, 피브?」

그녀가 침대를 헝클어뜨리고 프릴 달린 잠옷을 바닥 에 내려놓았다. 이 동네에서 피비는 뚱뚱한 서양 귀신을 상대로 매춘을 하는 반(半)콰일로[67] 사생아로 알려져 있기 때문이다. 흐트러진 베개들 위로 중국 여자라면 누구나 가지고 있는 듯한 스위스 알프스 사진이 걸려 있고 침대 옆 자물쇠 달린 장에는 영국인 아버지 사진이 있었는데, 그녀가 본 아버지의 사진은 이것이 유일했다. 그는 서리의 도킹 출신 사무원으로, 홍콩에 도착한 직후에 찍은 사진이었다. 둥근 칼라, 턱수염, 빤히 바라보는 광기 어린 눈. 크로는 가끔 총을 맞은 후에 찍은 사진이 아닐까 생각했다.

「〈이젠〉 괜찮아요.」 피비가 말했다. 「〈이제〉 아무 일도 없어요, 빌.」

크로의 옆에 서서 꽃병에 꽃을 꽂는 그녀는 손을 심하게 떨고 있었는데, 일요일이면 으레 그랬다. 피비는 베이징을 기념하는 듯한 회색 튜닉 원피스 차림에 서커스를 위해 10년 동안 일한 기념으로 받은 금목걸이를 하고 있었다. 본부는 우스꽝스러운 정중함을 발휘하여 애스프리[68]에 목걸이를 주문한 다음 조지 스마일리의 불운한 전임자 퍼시 앨럴라인이 직접 서명한 친서와 함께 외교 행낭을 통해서 그녀에게 보냈는데, 그녀는 편지를 읽고 나서 바로 처리해야 했다. 피비가 꽃병을 채운 다음 탁자로 가지고 가

67 서양인, 특히 백인을 가리키는 광둥어 속어.
68 보석, 시계, 가죽 제품 등 다양한 제품을 취급하는 런던의 오래된 고급 브랜드.

려다가 물을 쏟자 크로가 꽃병을 잡았다.

「자, 천천히 해, 응?」

그녀는 여전히 그를 향해 미소를 지으며 잠시 서 있다가 천천히 길게 흐느끼며 의자에 털썩 앉았다. 피비는 가끔 울고, 가끔 재채기를 하고, 또 아주 시끄럽게 굴거나 지나치게 웃기도 했는데, 반드시 그가 올 때까지 기다렸다가 했다.

「빌, 가끔 너무 무서워요.」

「알아, 피비, 나도 알아.」 그가 그녀의 옆에 앉아서 손을 잡았다.

「특집 기사부에 새로 온 남자 말이에요. 나를 〈빤히 봐요〉, 빌. 내가 뭘 하는지 전부 지켜봐요. 누군가를 위해서 일하는 게 분명해요. 빌, 누구 밑에서 일하는 걸까요?」

「여자를 좋아하는 거겠지.」 크로가 그녀의 어깨를 두드리며 더없이 부드러운 말투로 말했다. 「당신은 매력적인 여자야, 피비. 그걸 잊지 마. 자기도 모르게 남자를 끌수 있다고.」 이제 그가 아버지처럼 엄하게 말했다. 「그 남자한테 추파를 던진 건 아니겠지? 그건 또 다른 문제야. 당신 같은 여자는 자기도 모르게 남자한테 추파를 던질수 있어. 세상 물정에 밝은 사람은 금방 알아본다니까, 피비. 보면 알지.」

지난주에는 아래층 수위였다. 그녀가 드나드는 시간을 수위가 다 적는다고 말했다. 그 전주에는 자꾸 똑같은 자동차가 눈에 띈다고 했는데, 초록색 오펠이었다. 중요한 것은 경계를 늦추지 않으면서도 두려움을 가라앉히도록 하는 것이었다. 왜냐하면 언젠가 — 크로는 절대 잊지 않았다 — 언젠가는 그녀의 말이 옳을 테니까. 피비가 침대 옆 테이블에서 손으로 적은 메모 한 뭉치를 꺼내 보고를 시작했지만, 너무 갑작스러웠기 때문에 크로가 당황했다. 그녀의 크고 창백한 얼굴은 어느 인종으로 봐도 미인은 아니었다. 몸통이 길고 다리는 짧았고, 손은 색슨족처럼 못생기고 힘이 셌다. 침대 가장자리에 앉은 그녀가 갑자기 나이 지긋한 부인처럼 점잖아 보였다. 그녀는 메모를 읽느라 두꺼운 안경을 썼다. 화요일 간부회에 광둥 학생 인민 위원이 오기로 했기 때문에 목요일 회의는 중단되었고 엘런 투오는 의장이 될 기회를 다시 잃었으며 —

「어이, 천천히 해.」 크로가 웃으며 외쳤다. 「뭘 그렇게 서둘러? 세상에!」

그가 무릎에 공책을 펼치고 그녀의 이야기를 따라가려고 했다. 그러나 피비는 개의치 않았다. 빌 크로가 사실은 대령이라고, 아니, 그보다 더 높다고 들었지만 상관하지 않았다. 그녀는 빨리 다 말해 버리고 싶었다. 그녀의 고정 감시 대상 중 하나는 대학생과 공산주의자 기자가 모인 좌파 지식인 단체였는데, 이들은 표면적으로 그녀를 받아들였다. 피비는 매주 이 단체에 대해 보고했지만 큰 진전은 없었다. 그러다가 무슨 이유에선지 이 단체가 갑자기 활동을 시작했다. 빌리 챈은 쿠알라룸푸르에서 열리는 특별 회의에 참석하라는 지시를 받았고 조니 퐁과 벨린다 퐁 부부는 인쇄기를 사용할 수 있는 안전한 가게를 찾으라는 지시를 받았다고 피비가 보고했다. 밤이 빠르게 다가오고 있었다. 낮이 완전히 물러가고 나서 전깃불을 켜면 피비가 깜짝 놀랄까 봐 크로는 그녀가 보고하는 동안 조심스럽게 일어나서 램프를 켰다.

노스포인트의 푸젠성 사람들과 합류하자는 말도 있었지만 대학생 동지들은 언제나처럼 반대했다. 「그 사람들은 무슨 일이든 〈전부〉 반대해요.」 피비가 차갑게 말했다. 「속물들 같으니. 아무튼 멍청한 벨린다는 회비를 몇 달이나 밀렸고, 도박을 끊지 않으면 당에서 쫓겨날 거예요.」

「암, 그래야지.」 크로가 차분하게 말했다.

「조니 퐁의 말로는 벨린다가 아이를 가졌는데 자기 애는 아니래요. 음, 정말 임신이면 좋겠어요, 그러면 입을 다물겠죠.」 피비가 말하자 크로가 속으로 생각했다. 내 기억이 맞다면 〈당신〉도 몇 번 그런 적이 있었지만 입을 다물진 않았지, 안 그런가?

크로는 잠자코 적었지만 런던이든 누구든 이 메모를 한 글자도 읽지 않을 것을 알고 있었다. 부유했던 시절, 서커스는 때가 되면 베이징-홍콩 셔틀이라는 멍청한 이름으로 불리는 이들에게 침투해서 중국 본토에 발을 디디겠다며 이와 비슷한 단체 수십 군데에 침투했다. 결국 그 계획은 고사(枯死)했고 서커스는 홍콩의 안보를 감시할 권리가 없었다. 그 역할은 특수부가 무척 경계하며 지키고 있었다. 그러나 크로가 아주 잘 알고 있듯이 바람이 바뀌어도 거룻배들은 쉽게 경로를 바꾸지 못했다. 크로는 피비에게 장단을 맞춰 추가 질문을 하고 출처와 2차 출처를 확인했다. 그건 풍문이었나, 피브? 음, 빌리 리는 〈그〉 이야기를 누구한테서 들었지? 빌리 리가 체면 때문에 이야기를 약간 주물렀을 가능성이 있나, 피브? 제리와 크로 자신과 마찬가지로 피브의 또 다른 직업은 기자였기 때문에 그는 기자들의 은어를 썼다. 그녀는 홍콩 영자 신문에 홍콩 거주 중국인 상류층의 라이프 스타일에 대한 소문을 제공하는 프리랜서 가십 기자였다.

크로는 귀를 기울이거나 이야기를 기다리면서 — 배우들 식으로 말하자면 시간을 끌면서 — 피비의 신상을 머릿속으로 되뇌었다. 5년 전 첩보 기술 재교육을 받으러 새러트에 돌아갔을 때 보충 강연을 맡아 그녀의 이야기를 한 적이 있었다. 나중에 사람들은 크로에게 2주 만에 정말 대단한 성과를 거두었다고 말했다. 모든 요원이 반드시 참석해야 하는 강연으로 미리 정해져 있었다. 지휘관들도 그의 강의를 들으러 왔다. 휴식 중인 요원들은 특별 밴을 요청하여 와트퍼드 단지에서 출발해서 아침 일찍 도착했다. 동양 전문가 크로가 개장(改裝)한 도서실의 사슴뿔 밑에 앉아 이 업계에서 보낸 일생을 요약하는 강연을 듣기 위해서였다. 강연 제목은 〈자원하는 요원들〉이었다. 단상에 교탁이 있었지만 크로는 그것을 쓰지 않았다. 그는 재킷을 벗고 수수한 의자에 다리를 벌리고 앉아서 배를 내민 채 땀으로 셔츠를 짙게 물들이며 태풍 치는 토요일, 홍콩에서 상하이 볼링 클럽 회원에게 이야기하듯 강연을 했다.

〈자원하는 요원입니다, 예하 여러분.〉

사람들은 당신보다 잘 아는 사람은 없다고 말했고, 크로는 그 말을 믿었다. 동양이 크로의 집이라면 거룻배는 그의 가족이었고, 크로는 바깥세상에서 출구를 찾지 못했던 모든 애정을 그들에게 쏟아부었다. 그는 아버지와 같은 사랑으로 그들을 기르고 가르쳤다. 터프티 세싱어가 야반도주를 하고 아무 말도 듣지 못한 크로가 잠시나마 어떤 목적이나 생명줄도 없이 방치되었을 때가 나이 많은 그의 인생에서 가장 힘든 순간이었다.

크로가 강연을 들으러 온 사람들에게 말했다. 어떤 사람들은 태어날 때부터 요원입니다, 몬시뇰. 역사적인 시기, 장소, 또는 타고난 성향 때문에 요원이 되지요. 그런 사람들의 경우에는 누가 먼저 다가가느냐가 문제일 뿐입니다, 성하 여러분.

「우리냐, 우리의 적이냐, 아니면 빌어먹을 선교사들이냐.」

웃음.

그런 다음 이름과 장소를 바꾼 사례를 늘어놓았는데, 암호명 수전도 그중 하나였다. 혼돈의 해였던 1941년에 동남아시아에서 태어난 혼혈 여성 거룻배죠, 몬시뇰. 피비 웨이페어러의 이야기였다.

「아버지는 도킹 출신의 가난한 사무원이었습니다, 예하 여러분. 그는 동양으로 와서 일주일에 엿새는 해안을 수탈하고 일곱 번째 날에는 칼뱅에게 기도를 드리는 스코틀랜드 회사에 들어갔지요. 너무 가난해서 유럽인 아내를 얻을 수 없었기 때문에 금지된 중국 여자를 돈 몇 푼으로 손에 넣었고, 그 결과 암호명 수전이 태어났습니다. 같은 해에 일본이 등장했지요. 싱가포르, 홍콩, 말라야, 어디든 똑같습니다, 몬시뇰. 하룻밤 사이에 나타나서 눌러앉았지요. 혼돈 속에서 암호명 수전의 아버지는 아주 고귀한 행동을 했습니다. 〈조심성이 다 뭐야.〉 그가 말했습니다. 〈지금이야말로 선량하고 정직한 사람이 일어나 움직일 때지.〉 그래서 그는 여자와 결혼을 했습니다. 저라면 그런 행동을 추천하지 않겠지만 아무튼 그는 그렇게 했지요. 그는 결혼과 동시에 딸 코드명 수전에게 이름을 지어 준 다음 의용군에 들어갔습니다. 일본 놈들에게 맞서 영웅적인 멍청이들이 만든 국토 방위군 같은 것이었지요. 바로 다음 날, 타고난 군인이 아니었던 그는 엉덩이에 일본 침략군의 총을 맞고 즉사했습니다. 아멘.

도킹 출신 사무원의 안식을 빕니다.」

크로 영감이 성호를 긋자 웃음이 도서실을 휩쓸고 지나간다. 크로는 같이 웃지 않고 진지한 사람을 연기한다. 맨 앞 두 줄에 새로운 얼굴들이 앉아 있다. 흉터도 없고, 주름도 없고, 텔레비전에 나올 듯한 얼굴들이다. 크로는 위대한 스파이의 이야기를 들으러 끌려온 신입이구나, 짐작한다. 그들의 존재가 그의 연기에 더욱 힘을 실어 준다. 이제부터 그는 앞줄을 유심히 본다.

「선량한 아버지가 세상을 떠났을 때 암호명 수전은 아직 어렸지만 그녀는 평생 기억할 겁니다. 상황이 힘들어져도 영국인은 약속을 지킨다고 말이지요. 한 해가 지날 때마다 그녀는 세상을 떠난 영웅을 조금 더 사랑하게 됩니다. 전쟁이 끝난 뒤 아버지가 다니던 무역 회사가 그녀를 기억하고 1, 2년 정도 도와주지만 곧 편리하게도 그녀를 잊습니다. 신경 쓰지 않아요. 암호명 수전은 열다섯 살에 댄스홀에서 일하면서 아픈 어머니를 부양하고 자기 학비를 대다가 병에 걸립니다. 하지만 괜찮습니다. 사회 활동가가 그녀를 도와주었는데, 다행히도 그는 우리의 동지였지요, 그가 그녀를 우리 쪽으로 끌어들입니다.」 크로가 눈썹을 훔친다. 「암호명 수전은 부유하고 경건해지기 시작했습니다, 예하 여러분.」 그가 선언한다. 「우리는 그녀를 기자라는 위장 신분으로 활약하도록 만들지요. 중국 신문 번역을 맡기고, 사소한 심부름을 시키고, 우리

일에 관여하게 만들고, 학교에 보내고, 야간작업을 가르칩니다. 약간의 돈, 약간의 후원, 약간의 사랑, 약간의 인내심을 투자했을 뿐인데 곧 우리의 수전은 기특하게도 중국 본토에 합법적으로 일곱 번이나 다녀올 뿐만 아니라 꽤 힘든 첩보 활동까지 해내지요. 훌륭하게 해냅니다, 예하 여러분. 물건도 전달하고, 한번은 베이징에 있는 인물에게 직접 접근해서 성과를 거두기도 했지요. 반콰일로인 탓에 중국인들의 신뢰를 얻지 못하는데도 이만큼이나 해냅니다.」

「이렇게 활약하는 내내 그녀는 서커스를 뭐라고 생각했을까요?」 크로가 이야기에 빠져드는 청중을 향해 소리쳤다. 「우리를 누구라고 생각했을까요?」 늙은 마법사가 목소리를 낮추고 통통한 검지를 든다. 「바로 자기 아버지입니다.」 정적 속에서 그가 말한다. 「우리는 세상을 떠난 도킹 출신 사무원입니다. 바로 성 조지입니다. 화교 사회에서 〈유해 요소〉를 정화하지요, 그게 뭐든 간에 말입니다. 삼합회와 쌀 카르텔과 아편 조직, 아동 매춘을 해체합니다. 때로는 우리가 베이징의 비밀 동맹이라고 생각하기도 했습니다. 우리 서커스는 모든 〈선량한〉 중국인의 이익을 마음 깊이 새기고 있으니까요.」 크로는 애써 험악한 표정을 짓는 풋풋한 얼굴들을 맹렬하게 바라보았다.

「지금 웃는 사람 있습니까, 예하 여러분?」 그가 천둥

같은 목소리로 물었다. 없었다.

「명심하세요, 각하 여러분.」크로가 말을 맺었다.「그녀는 이게 다 빌어먹을 헛소리임을 마음 한구석으로는 알았습니다. 거기에 〈여러분이〉 파고드는 겁니다. 현장 요원은 항상 그런 준비가 되어 있어야 합니다. 그렇습니다! 우리는 믿음을 지키는 자들입니다, 여러분. 흔들릴 때 우리가 잡아 줘야 합니다. 넘어지려 할 때 우리가 팔을 뻗어서 잡아 주는 겁니다.」이제 정점에 도달했다. 그런 다음 그가 강조하기 위해 목소리를 낮추고 감미롭게 속삭였다.「믿음이 아무리 별난 것 같아도 절대 얕보지 마십시오, 예하 여러분. 요즘 우리가 그들에게 줄 소중한 것은 그것밖에 없습니다. 아멘.」

크로 영감은 이때의 갈채를 부끄러움 한 점 없이 무척 감정적으로 평생 기억하게 된다.

피비는 보고가 끝나자 무릎에 팔을 내려놓고 커다란 양 손등을 서로에게 지겨워진 연인처럼 느슨하게 맞붙인 다음 몸을 숙였다. 크로가 엄숙하게 일어나서 탁자에 놓인 그녀의 메모를 가져가 가스레인지로 태웠다.

「잘했어, 피비.」크로가 조용히 말했다.「훌륭한 한 주였군. 또 없나?」

피비가 고개를 저었다.

「태울 거 말이야.」그가 말했다.

그녀가 다시 고개를 저었다.

크로가 그녀를 유심히 보았다. 「피비.」 그가 중대한 결정이라도 내린 것처럼 마침내 말했다. 「일어나. 밖에 나가서 저녁을 대접하지.」 그녀가 혼란스러운 표정으로 크로를 보았다. 늘 그렇듯이 술기운이 머리로 쏠렸다. 「같은 기자끼리 가끔 우호적인 저녁 식사를 해도 위장이 탄로 나지는 않을 거야. 어때?」

피비는 크로에게 벽을 보고 있으라고 한 다음 예쁜 원피스로 갈아입었다. 그녀는 한때 새를 키웠지만 죽어 버렸다. 크로가 한 마리 더 사 주었지만 너무 빨리 죽었기 때문에 두 사람은 아파트가 새에게 좋지 않은가 보다고 결론을 내리고 포기했다.

「언제 한번 스키장에 데려가 주지.」 피비가 현관문을 잠글 때 크로가 말했다. 그녀의 침대맡에 걸린 눈 덮인 풍경 사진에 대한 두 사람만의 농담이었다.

「한 번만요?」 그녀가 대답했다. 이것 역시 농담이었고, 마찬가지로 늘 주고받는 재담의 일부였다.

크로가 나중에 말하듯이, 그 혼란스러운 해에는 코즈웨이 베이의 삼판에서 식사를 하는 것이 아직 현명한 일이었다. 사교계 명사들이 아직 삼판을 발견하지 못했고, 음식은 저렴하고 다른 어떤 곳의 음식과도 달랐다. 크로는 도박을 걸었고, 그들이 해변에 도착하자 안개가 걷혀 밤하늘이 맑았다. 그가 선택한 삼판은 바다로 가장 멀리

나가 작은 정크선들 무리 깊숙이 들어가 있었다. 요리사가 숯 화로 옆에 쭈그리고 앉아 있었고 그의 아내가 음식을 내왔다. 정크선 선체들이 그들 위로 우뚝 솟아 별들을 가렸고, 수상 가옥에 사는 아이들은 부모가 검은 물 위에서 느릿느릿 우스운 문답을 주고받는 동안 이 갑판에서 저 갑판으로 게처럼 뛰어다녔다. 크로와 피비는 감아올린 차양 아래 해수면 60센티미터 위 의자에 쭈그리고 앉아서 램프 불빛 아래에서 숭어를 먹었다. 선박 대피소 너머에서 대형 선박이 행진하는 불 켜진 건물들처럼 그들을 지나쳤고, 정크선들이 그 뒤를 서툴게 따라갔다. 육지 쪽에서는 홍콩섬이 낑낑대고 쨍그랑거리고 두근거렸고, 거대한 슬럼가는 밤이라는 믿을 수 없는 미녀가 연 보석함처럼 반짝거렸다. 그 위로 우뚝 솟은 것은 손가락 같은 돛대들 사이에 자리를 잡은 검은 봉우리 빅토리아피크였다. 흠뻑 젖은 빅토리아피크의 얼굴은 달빛을 받은 실타래 같은 것들로 뒤덮여 있었다. 그것은 여신이자 자유, 계곡에서 격렬하게 애를 쓰는 모든 이들의 미끼였다.

그들은 예술에 대해서 이야기했다. 피비는 크로가 그녀의 문화적 취미라고 생각하는 이야기를 하고 있었다. 그것은 무척 지루했다. 그녀는 언젠가 〈진정한〉 중국, 〈현실적인〉 중국에 대한 영화를 한 편, 또는 두 편 만들겠다고 졸린 듯이 말했다. 최근에 그녀는 런 런 쇼[69]가 만

69 Run Run Shaw(1907~2014). 홍콩 최대 영화 제작사인 쇼브라더

375

든 역사 로맨스를 보았는데, 전부 궁중 음모에 대한 것이었다. 피비는 그 영화가 대단하지만 약간 지나치게 — 으음 — 〈영웅적〉이라고 생각했다. 그리고 연극. 그녀는 크로에게 케임브리지 플레이어스가 12월에 홍콩에 새로운 시사 풍자극을 공연할지도 모른다는 기쁜 소식을 들었냐고 물었다. 지금은 소문일 뿐이지만 다음 주에 사실로 확인되면 좋겠다고 했다.

「〈그건〉 재미있겠군, 피브.」 크로가 진심으로 말했다.

「아주 재미〈없을〉 거예요.」 비피가 엄격하게 쏘아붙였다. 「플레이어스는 신랄한 사회 풍자 전문이에요.」

어둠 속에서 크로가 미소를 짓고 피비에게 맥주를 더 따라 주었다. 항상 배울 게 있다니까. 그가 속으로 말했다. 몬시뇰, 항상 배울 게 있습니다.

그러다가 피비는 딱히 부추김을 받았다는 인식도 없이 그녀가 상대하는 중국 백만장자들에 대한 이야기를 시작했다. 크로가 저녁 내내 기다리던 화제였다. 피비의 세계에서 홍콩 부자들은 왕족이었다. 그들의 사소한 약점과 방종은 다른 나라에서 여배우나 축구 선수의 이야기가 그런 것처럼 사람들의 입에 오르내렸다. 피비는 그들을 속속들이 알았다.

「그래, 이번 주의 돼지는 누구지, 피브?」 크로가 다정하게 물었다.

스 스튜디오를 설립한 홍콩 영화계의 거물.

피비는 망설이면서 〈누굴 뽑아야 할까요?〉라고 요염하게 말했다. 물론 돼지라 하면 화요일에 예순여덟 번째 생일을 맞이한 PK가 있었다. 나이가 자기 반밖에 안 되는 세 번째 아내와 살고 있는 그가 자기 생일을 어떻게 축하했을까? 스무 살짜리 창녀와 놀러 나갔다.

역겹군. 크로가 동의했다. 「PK라.」 그가 되풀이했다. 「그 문기둥을 세운 사람이 PK였지?」

홍콩 달러로 십만 달러짜리예요. 피비가 말했다. 유리 섬유와 투명 아크릴 수지로 높이가 2.7미터나 되는 용을 만들어서 안에서 불을 켤 수 있게 한 기둥이었다. 아니면 YY가 돼지일 수도 있다고 피비가 마음을 바꿔 신중하게 말했다. YY는 확실히 후보에 들 만했다. 그는 딱 한 달 전에 유조선의 제왕인 호 앤드 챈의 대표 J. J. 호의 얌전한 딸과 결혼하면서 피로연에 바닷가재를 천 마리나 내놓았다. 이틀 전에 YY는 아내의 돈으로 산 새로운 애인과 함께 연회에 나타났는데, 아무도 모르는 여자에게 생로랑을 입히고 네 줄짜리 미키모토 진주 초커를 둘러서 내놓았지만 물론 선물로 준 것이 아니라 빌린 것이었다. 피비의 목소리가 자기도 모르게 떨리면서 부드러워졌다.

「빌.」 그녀가 속삭였다. 「그 아이는 늙은 개구리 옆에서 정말 멋져 보였어요, 당신도 봐야 했는데.」

아니면 해럴드 탠일지도 모른다고 그녀가 꿈꾸듯 말했다. 해럴드는 특히 추잡했다. 해럴드 탠은 축제를 위해

스위스 예비 신부 학교에 다니는 자기 딸들을 제네바발 비행기 일등석에 태워 왔다. 새벽 4시에 술에 취한 딸과 친구 들이 벌거벗고 뛰어다니며 수영장에 샴페인을 부었고, 해럴드 탠은 그 장면을 사진으로 찍으려 했다.

크로는 마음속 문을 활짝 열고 기다렸지만 피비는 들어오려 하지 않았고, 노련한 크로는 재촉하지 않았다. 차오저우가 최고지. 그가 능글맞게 말했다. 「차오저우 사람이라면 그런 말도 안 되는 짓은 저지르지 않을 거야. 안 그런가, 피브? 차오저우 사람들은 아주 구두쇠잖아.」 그가 그녀에게 넌지시 말했다. 「차오저우 사람들에 비하면 스코틀랜드인은 아무것도 아니야. 그렇지, 피비?」

피비에게는 반어법이 통하지 않았다. 「그런 말 믿지 말아요.」 그녀가 새치름하게 쏘아붙였다. 「인정 많고 고결한 차오저우 사람들도 아주 많아요.」

그는 마술사가 카드를 조종하듯이 그녀를 조종하고 있었지만 피비는 여전히 망설이면서 주변만 맴돌고 자꾸 다른 쪽으로 손을 내밀었다. 그녀는 이런저런 사람들을 언급하며 자꾸 맥락을 놓치다가 크로가 거의 포기했을 때 꿈을 꾸듯 말했다.

「게다가 드레이크 코 같은 경우에는 아주 순한 〈양〉이에요. 드레이크 코에 대해서는 〈절대〉 나쁘게 말하지 말아요.」

이제 크로가 한발 물러날 차례였다. 그는 피비에게 앤

드루 퀵의 이혼에 대해서 어떻게 생각하느냐고 물었다. 세상에, 〈그건〉 진짜 비쌌을 거예요! 사람들 말로는 여자가 오래전부터 남편을 떠날 만했지만 남편이 한재산 벌어서 이혼할 가치가 생길 때까지 기다렸대요. 그게 정말이야, 피브? 이런 식으로 세 명, 다섯 명의 이름이 거론된 후에야 크로가 자발적으로 미끼를 물었다.

「드레이크 코한테 백인 애인이 있다는 말 들어 본 적 있나? 저번에 홍콩 클럽에서 그런 얘기를 하더군. 금발에 상당한 미녀라고 말이야.」

피비는 홍콩 클럽에 있는 크로를 상상하는 것이 좋았다. 그러면 식민지인으로서의 갈망이 해소되었다.

「아, 그 얘긴 못 들어 본 사람이 없을걸요.」 피비는 크로가 늘 그렇듯 몇 광년 뒤처졌다는 듯이 지루하게 말했다. 「남자라면 〈누구나〉 백인 여자를 사귀던 시절이 있었죠 — 몰랐어요? 물론 PK는 두 명이었지만. 해럴드 탠은 한 명 있었는데 유스터스 초한테 뺏겼고, 찰리 우는 총독의 디너파티에 애인을 데려가려 했지만 그의 〈타이타이〉가 운전사한테 그녀를 못 태우게 했어요.」

「도대체 어디서 백인 여자를 사귀는 거지?」 크로가 웃으며 물었다. 「레인 크러포드?」[70]

「당연히 항공사죠. 어디겠어요?」 피비가 못마땅하다는 듯 쏘아붙였다. 「항공사 승무원들이 기착지에서 하는

70 홍콩의 유명한 고급 영국계 백화점.

일종의 부업이에요, 백인 여자는 하룻밤에 미화 5백 달러를 벌죠. 잉글랜드 항공사도 똑같아요. 놀라는 척하지 말아요, 영국인들이 최악이니까. 해럴드 탠은 애인이 무척 마음에 들어서 계약을 맺었더니, 동료 승무원들이랑 다 같이 아파트로 몰려 들어와서는 홍콩에 머무는 기간이 나흘만 돼도 공작 부인들처럼 쇼핑을 하러 다녔지 뭐예요, 정말 〈역겨워요〉. 하지만 리제는 전혀 달라요. 기품이 있죠. 아주 귀족적이고, 부모님이 남프랑스에 굉장히 좋은 영지도 가지고 있고 바하마에 섬도 있어요. 리제는 순전히 도덕적인 독립심 때문에 부모님의 재산을 쓰지 않으려는 거예요. 골격을 보면 알아요.」

「〈리제.〉」크로가 되풀이했다. 「〈리제〉라고? 독일 여자인가? 독일인은 믿으면 안 돼. 딱히 인종에 대한 편견은 없지만 난 독일인은 썩 좋아하지 않아. 드레이크처럼 착실한 차오저우 남자가 밉살스러운 훈족 여자를 내연녀로 삼다니, 이유를 모르겠군. 하지만 당신은 알겠지, 피브, 당신은 전문가고 이건 당신 분야잖아. 내가 무슨 말을 얹을 수 있겠나?」

그들은 삼판 뒤쪽으로 자리를 옮겨서 쿠션에 나란히 누워 있었다.

「말도 안 되는 소리 하지 말아요.」피비가 쏘아붙였다. 「리제는 잉글랜드 귀족의 딸이에요.」

「아하.」크로가 이렇게 말한 다음 잠시 별을 올려다보

았다.

「그에게 정말 긍정적이고 세련된 영향을 끼치고 있죠.」

「누가?」 크로가 맥락을 놓친 것처럼 말했다.

피비가 이를 갈며 말했다. 「〈리제〉가 〈드레이크 코〉를 세련되게 만든다고요. 빌, 좀 들어요! 자는 거예요? 이만 집에 데려다줘요. 부탁이에요.」

크로가 낮게 한숨을 쉬었다. 두 사람은 적어도 6개월에 한 번은 이렇게 연인처럼 투닥거렸는데, 둘의 관계를 정화하는 효과가 있었다.

「이런, 피비. 내 말 좀 들어 봐, 응? 잠깐이면 돼. 골격이 멋지든 안짱다리든 간에 독일인의 피가 조금이라도 섞여 있지 않은 이상 영국 명문가 여성이 〈리제〉라는 이름을 가질 수는 없어. 그게 첫 번째야. 성은 뭐지?」

「워스.」

「워스? 그래, 이름이 엘리자베스로군. 줄여서 리지. 아니면 라이자. 램버스의 라이자도 있잖아. 당신이 잘못 들은 거야. 그러면 이제 혈통도 생겼군. 엘리자베스 워스양. 골격도 이제 보이기 시작하네. 리제가 아니라 리지야, 피브.」

피비가 대놓고 화를 냈다.

「나한테 〈뭐〉가 됐든 어떻게 발음해야 한다는 말은 하지 말아요!」 그녀가 퍼부었다. 「그 여자 이름은 리제이고, 〈리이제〉라고 발음하고, 철자는 〈L-I-E-S-E〉예요, 내가 직접 〈물어 보고〉, 〈적고〉, 기사에도 그 이름을 ─ 오, 빌.」 피비가 그의 어깨에 이마를 기댔다. 「오, 빌. 집에 데려다줘요.」

피비가 울기 시작했다. 크로가 그녀를 끌어안고 어깨를 부드럽게 토닥였다.

「자, 자, 기분 풀어. 당신 잘못이 아니라 내 잘못이야. 그 여자가 당신 친구인 줄 몰랐어. 리제 같은 상류 사회 여자가, 아름답고 부유한 여자가 홍콩 신흥 귀족과 사랑에 빠져서 갇혔으니 피비처럼 부지런한 기자가 친구가 되어서 도와주지 않을 리가 없잖아? 내가 미처 몰랐군. 용서해 줘.」 그가 잠시 적당한 간격을 두었다. 「어떻게 된 일이지?」 그가 인자하게 물었다. 「리제를 인터뷰했군, 그렇지?」

피비는 그날 밤 두 번째로 크로의 손수건으로 눈물을 닦았다.

「리제가 나한테 부탁했어요. 친구는 아니에요. 내 친구가 되기에는 너무 대단한 사람이잖아요. 어떻게 친구가 되겠어요? 리제가 자기 이름을 싣지 말아 달라고 했어요. 익명으로 여기 왔다고요. 자기 목숨이 걸려 있대요. 부모님이 리제가 여기 있는 걸 알면 즉시 사람을 보낼 거예요. 리제의 부모님은 영향력이 막강해요. 전용기도 있고, 뭐든 다 있죠. 부모님은 리제가 중국 남자와 살고 있다는 사실을 알아내자마자 어마어마한 힘을 동원해서 데려갈 거예요. 리제가 말했어요. 〈피비, 편협한 그림자 속에서 사는 게 어떤지 모든 홍콩 사람 중에서 당신이 제일 잘 알 거예요.〉 리제가 나에게 호소했죠. 그래서 내가 약속했어요.」

「맞는 말이군.」 크로가 단호하게 말했다. 「그 약속을 절대 깨뜨리지 마, 피브. 약속은 구속이지.」 그가 감탄하며 한숨을 쉬었다. 「내가 항상 하는 말이지만, 인생의 으슥한 뒷골목은 인생의 고속 도로보다 더 이상하지. 당신이 그 이야기를 기사로 쓰면 편집장은 분명 당신 머리가 어떻게 됐다고 생각할 거야. 하지만 그 이야기는 사실이지. 인간의 고귀함을 보여 주는 눈부신 모범이야.」 피비의 눈이 감기자 크로가 그녀를 흔들어 눈을 뜨게 했다. 「그런데 그 한 쌍이 어떻게 탄생했는지 궁금하군. 어떤 별자리가, 어떤 행복한 우연이 그 굶주린 두 영혼을 하나로 맺어 준 거지? 그것도 홍콩에서 말이야.」

「운명이었어요. 리제는 여기 살지도 않아요. 그녀는 불행한 연애 끝에 세상에서 몸을 감추었고, 이 고통스러운 세상에 뭔가 아름다운 것을 선사하고 싶어서 정교한 보석을 만드는 일에 남은 평생을 바치기로 결심했어요. 리제는 금을 사려고 비행기를 타고 하루 이틀 정도 일정으로 홍콩에 왔다가 샐리 케일의 근사한 파티에서 드레이크 코를 우연히 만나 버렸죠.」

「그다음부터는 진실한 사랑이 순조롭게 진행되었군?」

「전혀 아니에요. 그녀는 그를 만났고, 그를 사랑했죠. 하지만 리제는 휘말리지 않기로 결심하고 집으로 돌아갔어요.」

「〈집〉으로?」 크로가 어리둥절하며 따라 말했다. 「그렇게 고귀한 여자의 집이 어디지?」

피비가 웃었다. 「남프랑스는 아니에요, 바보 같긴. 비엔티안으로 갔어요. 아무도 찾아오지 않는 도시로 말이에요. 상류 사회도 없고, 태어날 때부터 익숙한 사치도 없는 도시죠. 그게 리제가 선택한 곳이었어요. 그녀의 섬이죠. 비엔티안에 친구들도 있었고, 리제는 불교와 예술과 고미술품에 관심이 있었거든요.」

「지금은 어디 살지? 아직도 소박한 소작지에서 지내면서 금욕이라는 신념을 지키고 있나? 아니면 코 형제가 개종시켜서 덜 검소한 길로 이끌었나?」

「비꼬지 말아요. 드레이크가 그녀에게 제일 아름다운 아파트를 줬어요, 당연하죠.」

크로는 여기가 자신의 한계임을 바로 깨달았다. 그는 다른 카드로 자기 카드를 감추면서 그녀에게 옛날 상하이 이야기를 해주었다. 피비가 밑천을 파는 수고를 덜어줄 수 있었지만 크로는 요리조리 빠져나가는 리제 워스에게 더 이상 다가가지 않았다.

크로가 즐겨 하는 말이 있었다. 「모든 화가 뒤에는 그리고 모든 현장 요원 뒤에는 항상 동료가 나무망치를 들

고 서서 그가 도를 넘으면 머리를 때릴 준비를 하고 있어
야 합니다.」

집으로 돌아가는 택시 안에서 피비는 침착함을 되찾
았지만 덜덜 떨고 있었다. 크로는 그녀를 문 앞까지 멋지
게 데려다주었다. 그는 피비를 완전히 용서했다. 문 앞에
서 그녀에게 입을 맞추려 했지만 피비가 그를 밀어냈다.

「빌. 내가 진짜 도움이 돼요? 말해 줘요. 도움이 안 되
면 날 쫓아내야 해요. 꼭 그렇게 해요. 오늘 밤에는 아무
것도 없었잖아요. 당신은 상냥하니까 괜찮은 척하지만,
나도 애쓰고 있어요. 하지만 아무것도 없었어요. 내가 달
리 할 수 있는 일이 있으면 할게요. 그렇지 않으면 나를
내쳐야 해요. 무자비하게 말이에요.」

「또 때가 올 거야.」크로가 안심시키자 피비는 그제야
그의 입맞춤을 받았다.

「고마워요, 빌.」그녀가 말했다.

「그렇습니다, 예하 여러분.」크로가 택시를 타고 힐튼
호텔로 가면서 기분 좋게 생각했다. 「암호명 수전은 애를
쓰고 노력했지만 매일 조금씩 쓸모없어졌지요. 요원은
자신이 노리는 목표물과 같은 가치를 가지니까요. 사실
이 그렇습니다. 그녀는 딱 한 번 우리에게 금을, 순금을
주었습니다, 몬시뇰.」크로가 마음속으로 통통한 검지를
들어 올리고 앞줄에 나란히 앉아 넋을 잃은 신참들에게
메시지를 전했다. 「〈딱 한 번〉이었고, 그녀 스스로는 알

지도 못했습니다. 평생 〈절대로〉 알지 못할 겁니다!」

크로는 홍콩 최고의 농담은 너무 진지해서 사람들이
거의 웃지 않는다고 쓴 적이 있었다. 예를 들어, 당시 공
사가 아직 끝나지 않은 고층 빌딩에 튜더 양식의 술집이
있었다. 그곳에서는 진짜 영국 여자들이 어깨를 드러낸
고풍스러운 야회복을 입고 불쾌한 표정으로 영국 온도보
다 20도 낮은 진짜 영국 맥주를 내왔고, 바깥 로비에서는
쿨리[71]들이 헬멧을 쓰고 땀을 흘리면서 엘리베이터 공사
를 끝내기 위해 쉬지도 않고 열심히 일했다. 아니면 이탈
리아식 술집도 있었는데, 나선형 주철 계단이 줄리엣의
발코니로 이어지는 것처럼 보였지만 알고 보면 회칠을
한 텅 빈 천장에서 끝났다. 그것도 아니면 스코틀랜드식
여인숙에서는 킬트를 입은 중국계 스코틀랜드인이 가끔
폭염 때문에, 또는 스타 페리의 요금이 올랐다는 이유로
소동을 피웠다. 크로는 에어컨이 설치되어 있고 배경 음
악으로 「그린슬리브스」가 흐르는 아편굴에 간 적도 있었
다. 그러나 그가 생각할 때 가장 이상하고 불쾌한 곳은
항구가 내려다보이는 이 루프톱 바였다. 4인으로 구성된
중국인 밴드가 노엘 카워드의 곡을 연주했고 가발과 프
록코트 차림의 중국인 바텐더들이 점잔을 빼며 어둠 속
에서 나와서 능숙한 미국식 영어로 〈무슨 음료를 드시고

71 중국, 인도 등의 하층 노동자를 가리키는 말.

싶은지〉물었다.

「맥주.」 크로의 손님이 짭짤한 아몬드를 한 줌 먹으며
으르렁거렸다. 「대신 〈차갑게〉. 알겠어? 〈아아주 차아갑
게.〉 빨리빨리 가져와.」

「요즘 잘 지내시나?」 크로가 물었다.

「쓸데없는 소리는 집어치워 주겠나? 짜증 나니까.」

경정의 호전적인 얼굴에는 표정이 하나밖에 없었는데,
바로 바닥없는 냉소였다. 악의가 가득하고 찌푸린 얼굴
은 사람이 선과 악 중 하나를 택해야 한다면 항상 악을
택할 것이라고 그리고 세상은 이 사실을 알고 받아들이
는 자와 산타클로스를 믿는 화이트홀의 장발 풋내기들로
정확히 나누어진다고 말하고 있었다.

「그 여자 파일은 찾았나?」 크로가 물었다.

「아니.」

「자기 이름이 워스라고 하더군. 몇 음절 잘라 냈어.」

「그 여자가 이름을 뭐라고 말하고 다니는지는 나도 알
아. 자기가 마타 하리라고 말하고 다녀도 난 아무 상관
없네. 어쨌든 그 여자 파일은 없어.」

「하지만 예전에는 있었지 않나.」

「그래, 〈있었지〉.」 로커가 크로의 억양을 흉내 내면서
히죽거렸다. 「예전엔 있었지만 지금은 없어. 내 말 분명
히 알아들었나? 아니면 전서구(傳書鳩) 엉덩이에다가 투
명 잉크로 써줘? 빌어먹을 오스트레일리아 이교도 같

으니.」

크로는 잠시 말없이 앉아서 꾸준히 반복적으로 움직이며 자기 술을 마셨다.

「코가 그랬을까?」

「뭘 그래?」 로커는 일부러 모르는 척하고 있었다.

「그 여자의 파일을 빼돌린 거 말일세.」

「그랬을지도.」

「기록 분실이라는 병이 퍼지고 있는 것 같군.」 크로가 잠시 쉬었다가 다시 말했다. 「런던이 재채기를 하면 홍콩은 감기에 걸리지. 관련된 직업인으로서 동정을 표하네, 몬시뇰. 동지로서의 동정일세.」 그가 목소리를 낮춰 억양 없이 속삭였다. 「샐리 케일이라는 이름은 들어 봤나?」

「처음 들어.」

「뭐 하는 여자지?」

「치치 골동품 유한 회사, 주룽 쪽이야. 약탈한 예술품, 고품질 위작, 불상을 취급하지.」

「어디서 가져오나?」

「진품은 버마에서 비엔티안을 거쳐서. 위작은 국내산이야. 예순 살짜리 레즈비언이지.」 그가 맥주를 한 잔 더 조심스레 마시며 불쾌한 목소리로 덧붙였다. 「셰퍼드와 침팬지를 키워. 자네 집이랑 가깝고.」

「전과는?」

「농담이겠지.」

「여자를 코한테 소개한 사람이 케일이라고 들었네.」

「그래서 뭐? 케일은 백인 여자를 알선해. 그래서 차오 저우 출신들이 좋아하고, 나도 좋아하지. 나도 한 명 알 선해 달라고 했더니 그 건방진 암돼지가 그런 잔챙이는 없다고 하더군.」

「우리 연약한 미녀께서는 금을 사러 여기 왔었다고 하 더군. 말이 되는가?」

로커가 새삼 혐오스럽다는 듯 크로를 보았고 크로는 로커를 보았다. 꿈쩍도 하지 않는 두 물체의 충돌이었다.

「물론 말이 되지.」 로커가 경멸스럽다는 듯 말했다. 「케일이 마카오 금 밀수를 장악했었지, 안 그래?」

「그러면 코는 어디서 끼어든 거지?」

「어이, 모르는 척하지 말라고. 케일은 간판이었어. 진 짜 주인은 코였지. 코의 그 뚱뚱한 불도그가 케일의 파트 너로 같이 일했잖아.」

「티우 말인가?」

로커가 다시 맥주를 마시며 침울함에 젖었지만 크로 는 이에 속지 않고 얼룩덜룩한 얼굴을 로커의 엉망진창 인 귀에 아주 가까이 가져갔다. 「지금 말한 케일에 대한 정보를 전부 모아 오면 우리 조지 삼촌이 아주 고마워할 거야. 안 그래? 넉넉하게 보상하겠지. 조지 삼촌이 특히 관심 있는 건 그 여자가 우리 아가씨를 차오저우 후견인 에게 소개한 운명적인 순간부터 지금까지야. 이름, 날짜,

실적, 자네가 가진 어떤 정보든 좋아. 내 말 알겠나?」

「음, 조지 삼촌한테 나를 스탠리 감옥에서 5년은 썩게 만들고 싶냐고 전해.」

「거기 가면 외롭진 않겠군, 안 그런가?」 크로가 날카롭게 말했다.

이것은 최근에 로커의 세계에게 일어난 슬픈 사건들을 노린 심술궂은 말이었다. 그의 상사 두 명이 각각 몇 년씩 징역형을 받았고, 곧 그들과 합류할 날을 걱정스럽게 기다리는 동료들도 있었다.

「부정행위 말이지.」 로커가 역겹다는 듯 중얼거렸다. 「다음에는 빌어먹을 밀주도 발견하겠지. 빌어먹을 보이스카우트들 때문에 구역질이 나.」

크로는 이미 다 들은 이야기를 다시 들었다. 그는 다른 사람의 이야기를 워낙 잘 들어 주었는데, 새러트에서는 대화 기술보다 더 높이 평가하는 능력이었다.

「유럽인 3만 명에 빌어먹을 아시아인 4백만 명, 빌어먹을 도덕 관념도 다르고 조직력이 세계 최고 수준인 범죄 조직들이 있다고. 내가 어쩌길 바라는 거야? 범죄를 멈출 수가 없는데 어떻게 통제하겠어? 우두머리들을 찾아내고, 거래를 하고, 물론 우리도 다 하지. 〈좋아, 여러분. 우발적인 범죄도 안 되고, 영토 침범도 안 되고, 깨끗하고 착하게 살아, 그래야 우리 딸이 밤이든 낮이든 아무 때나 거리를 돌아다닐 수 있지. 그런데 판사들 비위도 맞추고 얼마 안 되는 연금도 받으려면 체포도 많이 해야 하니까 규칙을 어기거나 당국에 불손한 사람은 어쩔 수 없어.〉그래, 그쪽에서 뭘 좀 준다고 쳐. 이 미개한 섬에서 뇌물 좀 안 쓰는 사람 있으면 한 사람만 대봐. 〈주는〉 사람이 있으면 〈받는〉 사람도 있는 거 아니겠어. 그래야 이치에 맞지. 그리고 받는 사람이 있으면…….」이야기를 하다가 스스로 지루해진 로커가 불쑥 말했다. 「게다가 당신네 조지 삼촌은 이미 다 알고 있다고.」

크로가 사자 같은 머리를 천천히 들더니 시선을 피하는 로커의 얼굴에 무시무시한 눈빛을 똑바로 고정시켰다.

「조지가 〈뭘〉 안다는 거지?」

「빌어먹을 샐리 케일 말이야. 당신들 때문에 벌써 몇 년 전에 그 여자를 탈탈 털었다고. 파운드화의 가치를 떨어뜨릴 계획을 세우고 있다나 어쨌다나 하면서. 취리히의 금 시장에 금괴를 투매했다고 말이야. 내 생각을 묻는다면, 언제나 그렇듯이 다 헛소리였겠지.」

30분이 더 지난 다음 오스트레일리아인 크로가 지친 듯 일어나 로커에게 장수와 행복을 빌어 주었다.

「자네도 몸조심하게.」로커가 으르렁거렸다.

크로는 그날 밤 집으로 가지 않았다. 그의 친구 중에는 2백 채쯤 되는 홍콩의 개인 주택 중 한 채를 가진 예일 출신 변호사와 아내가 있었다. 빅토리아피크 중에서도 높은 폴록스 패스에 위치한 낡고 복잡한 집이었는데, 크로도 열쇠를 하나 받았다. 진입로에 영사관 전용차가 세워져 있었지만 크로의 친구들은 외교관들의 혼란스러운 세계를 탐닉하는 것으로 유명했다. 자기 방으로 들어간 크로는 단정한 미국 청년이 등나무 팔걸이의자에 앉아 묵직한 소설을 읽고 있는 것을 발견했지만 전혀 놀라지 않았다. 말쑥한 금발 청년은 외교관 분위기를 풍기는 깔끔한 정장 차림이었다. 크로는 그와 인사를 나누지도, 어떤 식으로든 그의 존재를 알은척하지도 않고 유리판이 깔린 책상으로 가더니 교황과도 같은 멘토 스마일리가 하듯이 종이 한 장을 꺼내 대문자로 메시지를 그리기 시작했다. 성하 친전, 다른 이교도들은 손대지 말 것. 그런 다음 또 다른 종이에 암호 해독 방법을 적었다. 크로가 두 장을 모두 청년에게 주자 그가 무척 공손하게 주머니에 넣은 다음 한마디 말도 없이 재빨리 떠났다. 혼자 남겨진 크로는 리무진이 으르렁거리는 소리가 들린 후에야 청년이 남긴 메시지를 펼쳐서 읽고, 종이를 태워 재를 개수대에 넣고 물을 틀어 흘려보낸 다음 침대에 누워서 만족스럽게 몸을 쭉 폈다.

기디언의 하루[72] 같은 날이었지만 그래도 런던 본부를

72 존 크리시John Creasey(1908~1973)의 경찰 소설 시리즈 첫 권의 제목으로, 영국 경찰청 범죄수사과 조지 기디언이 하루 동안 여러 가지

놀라게 할 수 있지. 그가 생각했다. 크로는 피곤했다. 세상에, 정말 피곤했다. 그는 빽빽하게 모여 앉은 새러트 아이들의 얼굴을 보았다. 하지만 우리는 나아갑니다, 예하 여러분. 우리는 거침없이 나아갑니다. 어둠 속에서 지팡이를 두드리는 장님의 속도일지라도. 아편을 조금 피우고 싶군. 그가 생각했다. 기운을 차리게 해줄 귀여운 여자가 있으면 좋겠어. 세상에, 그는 정말 피곤했다.

스마일리도 아마 똑같이 피곤했겠지만, 한 시간 뒤에 크로의 메시지를 받고 놀랄 만큼 빨리 움직였다. 마지막으로 알려진 주소지는 홍콩이고, 미술품을 위조하고, 금괴를 불법으로 판매하고, 가끔 헤로인을 밀매하는 샐리 케일 양에 대한 파일이 서커스의 기록 보관실에 무사히 남아 있었기 때문에 더욱 그랬다. 그뿐만이 아니었다. 서커스의 비밀 요원으로 비엔티안에 주재했던 샘 콜린스의 암호명이 오랫동안 기다려 온 승리의 신호처럼 문서 곳곳에서 반짝이고 있었다.

사건을 해결하는 이야기이다.

10
차(茶)와 연민

　돌핀 작전이 끝난 다음, 바로 이 시점에서 조지가 샘 콜린스를 다시 불러서 약한 곳을 세게 한 방 때렸어야 하는 것이 아니냐는 말이 두 번 이상 나왔다. 사정을 아는 사람들은 조지가 그랬다면 일이 훨씬 수월해졌을 것이라고, 귀중한 시간을 아낄 수 있었을 것이라고 말한다.

　그것은 지나치게 단순하고 말이 안 되는 이야기이다.

　애초에 시간은 중요하지 않았다. 러시아 금맥과 그 자금으로 운용되는 작전 — 그것이 무엇이든 — 은 이미 몇 년째 진행 중이었고, 아무 방해도 없다면 수년간 더 진행되었을 것이다. 행동을 요구하는 사람은 화이트홀의 남작들과 서커스 그리고 간접적으로는 제리 웨스터비밖에 없었는데, 그는 스마일리가 다음 수를 꼼꼼하게 준비하는 몇 주 동안 너무 지루해서 투덜거리고 있었다. 또 크리스마스가 다가오고 있었기 때문에 다들 초조해졌다. 코와 그가 지휘하는 미지의 쇼는 어떤 진전의 기미도 보이지 않았다. 스마일리는 나중에 돌핀 작전 최종 보고서에 이렇게 적었다. 〈코와 러시아 자금이 우리 눈앞에 산처럼 우뚝 서 있었다. 우리는 원하면 언제든지 그 사건에 접근할 수 있었지만 그것을 움직일 수는 없었다. 문제는 우리가 어떻게 움직이느냐가 아니라 코를 어떻게 움직여서 우리가 그를 읽을 수 있게 만드느냐였다.〉

교훈은 명확하다. 스마일리는 아마도 코니 색스를 빼면 다른 누구보다도 먼저 그 여자를 잠재적인 수단으로, 가장 중요한 등장인물로 보았다. 말하자면 언제든지 대체 가능한 제리 웨스터비보다 훨씬 더 중요했다. 이것은 스마일리가 보안이 허락하는 범위 내에서 그녀에게 최대한 가까이 접근한 수많은 이유 중 하나였다. 또 다른 이유는 샘 콜린스와 여자의 관계가 정확히 어떤 성격인지 아직 불확실하다는 점이었다. 지금 와서 그때를 돌아보며 〈뻔하잖아〉라고 말하기는 쉽지만 당시에는 그 문제가 전혀 명확하지 않았다. 케일 파일이 방향을 알려 주었고, 샘의 수법에 대한 스마일리의 직감 덕분에 빈칸을 어느 정도 채울 수 있었다. 기록 보관실에서 신속하게 방향을 바꾼 덕분에 몇 가지 단서와 유사한 사건 서류들이 나왔고, 샘의 현장 보고서도 큰 도움이 되었다. 스마일리가 샘과의 접촉을 미루면 미룰수록 여자와 코의 관계, 여자와 샘의 관계를 더욱 잘 이해할 수 있었고, 따라서 샘과 다시 마주 앉았을 때 스마일리의 협상력이 더 강해진 것은 사실이다.

게다가 샘이 추궁당하면 어떻게 나올지 도대체 누가 예측할 수 있었을까? 조사관들은 물론 성공한 적도 있지만 실패도 했다. 샘은 아주 어려운 상대였다.

스마일리는 워낙 신사라서 보고서에서 언급하지 않았지만 그가 중요하게 여기는 문제가 하나 더 있었다. 몰락 직후였던 당시에는 수많은 유령들이 돌아다녔는데, 빌 헤이든이 선택한 후계자가 서커스 어딘가에 숨어 있을지도 모른다는 두려움도 그중 하나였다. 빌이 누군가를 발견해서 자신이 어떤 식으로든 물러나게 되는 날을 대비해 그를 채용해서 교육했을지도 몰랐다. 샘은 원래 헤이든이 추천한 요원이었다. 나중에 헤이든이 샘을 희생양으로 삼은 것은 위장이었을 가능성이 높았다. 의혹이 가득했던 그 당시 분위기에서 복직하려고 애를 쓰던 샘 콜린스가 사실은 배신자 헤이든의 후계자가 아니라고 말할 수 있는 사람이 누구였을까?

이러한 이유들 때문에 조지 스마일리는 레인코트를 입고 거리로 나갔다. 자진해서 나간 것이 분명했다. 그의 마음만은 여전히 현장 요원이었기 때문이다. 스마일리를 비방하는 자들도 그 점만은 인정했다.

런던 이즐링턴 자치구의 유서 깊은 반스버리 지구에 마침내 스마일리가 조심스럽게 나타났던 날, 비는 아침

나절의 휴식을 취하고 있었다. 작은 빅토리아 양식 주택의 슬레이트 지붕에는 물이 뚝뚝 떨어지는 굴뚝 꼭대기 통풍관들이 텔레비전 안테나에 모여 앉은 흙투성이 새들처럼 모여 있었다. 그 뒤에는 자금 부족으로 공사가 중지된 공공 주택의 윤곽이 비계에 받쳐진 채 우뚝 솟아 있었다.

「성함이 —」

「스탠드패스트입니다.」스마일리가 우산 밑에서 정중하게 대답했다.

명예로운 이들은 서로 본능적으로 알아본다. 현관문을 연 피터 워딩턴 씨는 계단에 서 있던 통통하고 비에 흠뻑 젖은 형체 — 검은색 공무원용 서류 가방, 불룩 튀어나온 비닐 덮개에 돋을새김으로 새겨진 〈EIIR〉,[73] 내성적이고 약간 초라한 분위기 — 를 보자마자 상냥한 얼굴을 환하게 밝히며 친근하게 환영했다.

「그렇군요. 여기까지 와 주셔서 감사합니다. 외교부가 지금은 다우닝 스트리트에 있지요? 어떻게 오셨습니까? 채링크로스 역에서 지하철을 타고 오셨습니까? 들어오세요, 차 한잔하시죠.」

그는 퍼블릭 스쿨 출신이었지만 보람을 찾아서 공교육에 투신했다. 그의 목소리는 온화하고 위안을 주며 충직했다. 스마일리는 그를 따라 좁은 복도를 걸어가며 그

73 〈엘리자베스 2세 여왕〉이라는 뜻이다.

의 복장에도 일종의 충직함이 있음을 알아차렸다. 피터 워딩턴은 서른네 살밖에 안 되었을지 모르지만 그의 묵직한 트위드 정장은 주인에게 필요한 만큼 오랫동안 유행에 맞을 — 혹은 맞지 않을 — 것이다. 정원은 없었다. 서재 바로 뒤는 콘크리트 놀이터였다. 튼튼한 쇠창살이 창문을 보호했고, 높다란 철조망이 놀이터를 둘로 나누었다. 그 뒤에 학교 건물이 서 있었는데, 소용돌이 장식이 달린 에드워드 양식의 건물이었으므로 안이 들여다보인다는 점만 빼면 서커스와 썩 다를 것이 없었다. 스마일리는 1층 벽에 아이들의 그림이 걸려 있음을 알아차렸다. 그 위에는 시험관들이 나무대에 꽂혀 있었다. 쉬는 시간이었고, 체육복 차림의 여자애들이 여학생 운동장에서 핸드볼을 쫓아 달리고 있었다. 그러나 철조망 건너편의 남자아이들은 공장 철문의 뾰족한 말뚝처럼 흑인과 백인으로 나뉘어서 말없이 서 있었다. 서재에는 연습장이 무릎 높이까지 쌓여 있었다. 역대 잉글랜드 국왕들에 대한 그림 설명이 벽난로 위 돌출된 벽에 걸려 있었다. 하늘에 먹구름이 잔뜩 끼어서 학교가 빛바래 보였다.

「많이 시끄럽지요.」 피터 워딩턴이 부엌에서 외쳤다. 「저는 이제 들리지도 않는답니다. 설탕 넣을까요?」

「아니, 괜찮습니다. 설탕은 안 넣습니다. 감사합니다.」 스마일리가 비밀을 털어놓듯이 씩 웃으며 말했다.

「칼로리 때문인가 보죠?」

「음, 약간, 좀 그렇습니다.」

스마일리는 새러트에서 얘기하듯 자신을 더욱 과장되게 연기하고 있었다. 아주 약간 더 소박하고, 아주 약간 더 지치고, 나이 마흔에 천장에 부딪혀 그 위로 전혀 올라가지 못하는 온화하고 성실한 공무원.

「필요하시면 레몬도 있습니다!」 피터 워딩턴이 서툰 손길로 접시를 달각거리며 부엌에서 외쳤다.

「아뇨, 아닙니다, 감사합니다! 우유면 됩니다.」

닳아빠진 서재 바닥에는 더 어린 아이의 흔적이 있었다. 장난감 블록, 〈D〉와 〈A〉를 끝없이 갈겨쓴 낙서장. 마분지로 만든 크리스마스 별이 램프에 걸려 있었다. 담갈색 벽에는 동방박사와 썰매, 탈지면. 피터 워딩턴이 쟁반을 들고 돌아왔다. 그는 몸집이 크고 탄탄했고, 뻣뻣한 머리카락은 때 이르게 회색으로 물들었다. 한참 달그락거렸지만 찻잔은 썩 깨끗하지 않았다.

「마침 쉬는 시간에 오셔서 잘됐네요.」 그가 고갯짓으로 연습장들을 가리키며 말했다. 「첨삭할 게 저렇게 많은데도 쉬는 시간이라고 부를 수 있다면 말입니다.」

「저는 당신 같은 교사들이 과소평가 받는다고 진심으로 생각합니다.」 스마일리가 고개를 살짝 저으며 말했다. 「저에게도 교사 친구들이 있어요. 숙제 검사를 하느라 잠을 반밖에 못 잔다더군요. 본인들의 말이니 제가 믿지 않을 이유가 없지요.」

「양심적인 분들이시네요.」

「당신도 마찬가지이신 것 같은데요.」

피터 워딩턴은 갑자기 무척 기뻐하며 싱긋 웃었다.
「그런 것 같습니다. 할 가치가 있는 일이라면 잘해야지
요.」 그가 이렇게 말하며 스마일리가 레인코트를 벗는 것
을 거들었다.

「솔직히 좀 더 많은 사람들이 그렇게 생각하면 좋겠습
니다.」

「당신도 교사가 되셨어야 하는데 말입니다.」 피터 워
딩턴이 이렇게 말하자 두 사람 모두 웃음을 터뜨렸다.

「아들은 어떻게 하셨습니까?」 스마일리가 자리에 앉
으며 말했다.

「이언 말씀이시군요? 아, 이언은 할아버지 집에 있습
니다. 그녀 쪽이 아니라 제 아버지요.」 그가 차를 따르며
덧붙였다. 그런 다음 스마일리에게 찻잔을 건네며 물었
다. 「결혼하셨습니까?」

「네, 네, 했습니다, 아주 행복한 결혼 생활을 하고 있
지요.」

「아이는요?」

스마일리가 고개를 저으며 실망스럽다는 듯 얼굴을
슬쩍 찌푸렸다. 「유감스럽지만.」

「아, 아픈 부분이군요.」 피터 워딩턴이 아주 이성적으
로 말했다.

400

「그렇습니다.」스마일리가 말했다.「갖고 싶었지만 말입니다. 우리 나이쯤 되면 더 아쉬워지지요.」

「전화로 엘리자베스의 소식이 있다고 말씀하셨지요.」피터 워딩턴이 말했다.「꼭 듣고 싶습니다.」

「음, 기쁜 소식은 아닙니다.」스마일리가 조심스럽게 말했다.

「하지만 희망이 있잖아요. 사람은 희망을 가져야죠.」

스마일리가 몸을 숙이고 검은색 공무원용 비닐 서류 가방의 싸구려 걸쇠를 풀었다.

「음, 승낙해 주실지 모르겠군요. 일부러 시간을 끄는 것은 아니지만, 확실히 해야 하거든요. 저는 원래 만전을 기하는 사람이고, 그 사실을 기꺼이 인정합니다. 국외 사망자에 대해서도 마찬가지입니다. 우리는 〈절대적인 확신〉이 서기 전까지는 절대 단정하지 않습니다. 이름, 성, 주소, 파악 가능하다면 생일까지 정확히 확인하지요. 신중을 기하기 위해서입니다. 물론 〈원인〉은 별개입니다, 우리는 〈원인〉까지 따지지는 않아요. 그건 지역 당국의 일이지요.」

「그럼 말씀하시죠.」피터 워딩턴이 성실하게 말했다. 스마일리가 그의 목소리에서 과장을 느끼고 고개를 들어 흘깃 보았지만, 피터 워딩턴은 진솔한 얼굴을 옆으로 돌리고 구석에 쌓여 있는 낡은 보면대 더미를 살펴보고 있는 듯했다.

스마일리는 엄지를 핥은 다음 무릎에 놓인 파일을 부지런히 열어 몇 장을 넘겼다. 〈실종자〉라고 적힌 외교부 파일이었는데, 레이컨이 엔더비를 핑계로 입수한 것이었다. 「처음부터 자세히 확인해도 괜찮으시겠습니까? 미리 말씀드릴 필요도 없겠지만 물론 눈에 띄는 부분, 저에게 말씀하시고 싶은 부분만 하시면 됩니다. 골치 아픈 건, 사실 저는 평소에 이런 업무를 담당하는 사람이 아니거든요. 지난번에 만나셨던 제 동료 웬도버가 아파서요 — 음, 우리가 항상 모든 사항을 기록하는 건 아니지 않습니까? 웬도버는 존경할 만한 친구지만 보고서를 작성할 때는 좀 지나치게 〈간결〉하죠. 대충 한다는 뜻은 아닙니다, 그건 절대 아니죠. 하지만 가끔 인간적인 상을 그려 보기에는 조금 부족해서요.」

「저는 항상 아주 솔직했습니다. 항상요.」 피터 워딩턴이 보면대를 향해 약간 초조하게 말했다. 「저는 솔직함을 믿습니다.」

「〈우리〉도 마찬가지입니다, 우리 외교부는 기밀을 존중합니다.」

대화가 뚝 멈췄다. 지금까지 스마일리는 아이들의 고함 소리가 이렇게나 마음을 달래 주는 줄 몰랐다. 아이들의 고함이 멈추고 운동장이 텅 비자 갑자기 자리를 잘못 찾아온 느낌이 들었고, 잠시 후에야 자신을 되찾았다.

「쉬는 시간이 끝났군요.」 피터 워딩턴이 미소를 지으

며 말했다.

「네?」

「쉬는 시간이요. 빵과 우유를 먹는 시간이죠. 여러분이
낸 세금으로 말입니다.」

「자 우선, 제 동료 웬도버의 메모에 따르면 — 우선 말
해 둘 것은, 웬도버가 잘못했다는 것은 아닙니다 — 워딩
턴 부인은 강제로 떠난 것이 절대 아니고…… 잠시만요.
이게 무슨 뜻인지 설명드리지요. 부인은 자발적으로 떠
났습니다. 혼자 떠났지요. 부당하게 설득당하거나, 꼬임
에 넘어가거나, 어떤 형태로든 비정상적인 압박의 희생
자가 아니었습니다. 예를 들자면 당신이나 다른 사람, 또
는 지금까지 이름이 나오지 않은 제3자에 의한 법적 소
송의 대상이 될지도 모르는 압박 말입니다.」

스마일리는 사람들이 장황한 이야기를 들으면 말을
하고 싶다는 참을 수 없는 충동을 느낀다는 사실을 알고
있었다. 바로 말을 자르고 끼어들지는 않더라도 적어도
에너지를 억누르다가 나중에 반박한다. 교사였던 피터
워딩턴은 남의 말에 귀를 기울이도록 타고난 사람이 절
대 아니었다.

「그녀는 혼자서, 절대적으로 혼자 떠났습니다. 저의 일
관된 입장은 그녀에게 떠날 자유가 있었다는 것입니다.
그게 제 입장입니다, 항상 같았지요. 그녀가 혼자 떠나지
〈않았다〉 해도, 다른 사람이 연루되어 있었다 해도 — 우

리 모두는 어디까지나 인간이니까요 ─ 달라지는 건 없었을 겁니다. 질문에 대한 대답이 되었습니까? 아이들은 양친 모두에 대한 권리가 있습니다.」 그가 금언으로 말을 끝맺었다.

스마일리는 부지런히, 그러나 무척 느릿느릿 적고 있었다. 피터 워딩턴은 손가락으로 무릎을 두드리다가 관절을 하나하나 초조하게 뚝뚝 꺾으면서 마음을 달랬다.

「자, 그건 그렇고 말입니다. 워딩턴 씨, 혹시 양육권과 관련해서 ─」

「우린 그녀가 엇나가리라는 사실을 알고 있었습니다. 알고 있었지요. 저는 그녀의 닻이었습니다. 그녀는 저를 〈나의 닻〉이라고 불렀어요. 아니면 〈선생님〉이라고 불렀죠. 저는 신경 쓰지 않았습니다. 나쁜 뜻은 아니었어요. 그녀는 차마 〈피터〉라고 부를 수 없었던 것뿐입니다. 그녀는 저를 하나의 〈개념〉으로 사랑했지요. 어떤 인물이 아니라, 육체와 정신과 사람이 아니라, 심지어는 파트너가 아니라요. 하나의 개념, 그녀가 인간으로서 완전해지는 데 필요한 하나의 부속품으로 말입니다. 그녀에게는 사람들을 기쁘게 해주고 싶다는 욕구가 있었습니다. 그건 알고 있어요. 불안 때문이었지요, 사람들의 칭찬을 받고 싶어 했어요. 그녀가 다른 사람을 칭찬한다면 그건 그 보답으로 자기도 칭찬을 받고 싶어서였습니다.」

「그렇군요.」 스마일리가 이렇게 말한 다음 그 생각에

404

완전히 동의한다는 듯이 다시 적었다.

「제 말은, 엘리자베스 같은 여자를 아내로 삼아서 독차지할 수 있는 사람은 아무도 없습니다. 자연스러운 일이 아니었어요. 저는 이제 그 사실을 받아들이게 되었습니다. 꼬맹이 이언조차도 그녀를 엘리자베스라고 불러야 했어요. 그것도 이해합니다. 그녀는 〈엄마〉라는 구속을 견디지 못했어요. 〈엄마 엄마〉 부르면서 쫓아다니는 아이라니. 그녀에게는 과했죠. 괜찮아요, 저는 그것도 이해합니다. 자녀가 없으시니 어떻게 된 여자가 아이를 둔 엄마면서, 보살핌과 사랑과 돌봄을 받으며 생계를 꾸릴 필요도 없는데, 말 그대로 아들을 두고 떠나서 지금까지 엽서 한 장 보내지 않을 수 있는지 이해하기 힘드시겠지요. 걱정스럽고 심지어는 역겨울지도 모릅니다. 음, 하지만 저는 다르게 생각합니다. 분명히 말하지만, 네, 당시에는 힘들었습니다.」 그가 철조망이 쳐진 운동장을 힐끗 보았다. 그는 자기 연민의 기색 하나 없이 조용히 말했다. 마치 학생에게 말하는 것 같았다. 「우리는 사람들에게 자유를 가르치려고 노력합니다. 시민권 내에서의 자유 말입니다. 개성을 키우죠. 〈제가〉 뭐라고 〈그녀〉에게 〈그녀〉가 어떤 사람이라고 말하겠습니까? 저는 곁에 있어 주고 싶었어요, 그게 답니다. 엘리자베스의 친구가, 그녀의 롱스톱[74]이 되고 싶었습니다. 그녀가 저를 그렇게 부르기도

74 크리켓 용어. 포수와 유사한 역할을 하는 위킷키퍼의 뒤에서 그가

405

했지요. 〈나의 롱스톱〉이라고요. 요점은, 그녀는 떠날
〈필요〉가 없었어요. 여기서 다 할 수 있었습니다. 여자는
기댈 곳이 필요하잖아요. 기댈 곳이 없으면 ─」

「부인께 직접 연락을 받으신 적은 없고요?」 스마일리
가 조심스럽게 물었다. 「편지도, 이언에게 보내는 엽서
도, 아무것도 없었나요?」

「전혀 없습니다.」

「워딩턴 씨, 당신이 아는 한 부인께서 다른 이름을 쓰
신 적 있습니까?」 무슨 이유에선지 피터 워딩턴은 이 질
문에 무척 화가 난 것 같았다. 그는 수업 중에 학생이 무
례한 행동을 한 것처럼 발끈했고, 손가락을 하나 들며 말
을 막으려 했다. 그러나 스마일리가 서둘러 말을 이었다.
「예를 들면 결혼 전 이름 같은 것 말입니다. 아니면 결혼
후 이름을 줄여서 쓸 수도 있고요. 영어를 쓰지 않는 나
라에서는 성이 발음하기 어려울 수도 있고 ─」

「절대 아닙니다. 절대, 〈절대〉로요. 인간 행동의 기본
심리를 이해하셔야 해요. 그녀는 교과서적인 사례였습니
다. 아버지의 이름을 빨리 떼어 버리고 싶어 했어요. 그
녀가 저와 결혼한 이유 중 하나는 〈새로운〉 아버지와 〈새
로운〉 이름을 갖고 싶어서였습니다. 원하던 것을 손에
넣었는데 왜 포기하겠습니까? 과장된 이야기, 말도 안 되
는 이야기를 꾸며 내는 것도 그래서였지요. 그녀는 자기

놓친 공을 잡아 주는 선수.

환경에서 벗어나려고 애썼어요. 그렇게 했으니까, 성공했으니까, 〈저〉와 제가 대표하는 안정을 찾았으니까 더이상 다른 사람이 〈되고〉 싶어 할 필요가 없었지요. 이미다른 사람이 되었어요. 원하던 것을 얻었어요. 그런데〈왜〉 떠났을까요?」

스마일리가 다시 시간을 끌었다. 그는 잘 모르겠다는듯이 피터 워딩턴을 보고, 다시 파일을 본 다음 마지막으로 기입한 사항을 보면서 안경을 고쳐 쓰고 그 내용을 읽었다. 아무리 봐도 처음 읽는 것 같지는 않았다.

「워딩턴 씨, 저희 정보가 맞는다면 말입니다, 맞다고생각할 이유가 충분한데요 — 줄잡아도 우리의 추측이80퍼센트 정도는 정확하다고 말씀드리겠습니다, 그 정도로 자신이 있어요 — 아내분은 현재 〈워스〉라는 성을쓰고 있습니다. 그리고 정말 이상하지만 이름은 독일식으로 〈L-I-E-S-E〉로 쓰는군요. 제가 들은 바에 따르면 〈라이자〉가 아니라 〈리제〉에 가깝게 발음한다고 합니다. 이 정보를 확인해 주실 수 있는지, 또 부인께서 홍콩을 비롯한 주요 도시로 확장 중인 극동의 보석 산업에 적극적으로 관여하고 있다는 정보를 확인해 주실 수 있는지 궁금합니다. 아내분은 부유하고 세련된 생활을 하면서 상류 사교계에서 활동하고 계시는 것 같군요.」

피터 워딩턴은 이 이야기를 받아들이지 못하는 것 같았다. 바닥에 앉을 자리를 정했지만 무릎을 구부리지 못하는 사람 같았다. 그가 다시 손가락 관절을 뚝뚝 울리면서 방 한구석에 해골들처럼 모아둔 보면대를 초조하게 노려보았고, 스마일리가 말을 끝내기도 전에 말을 하려고 했다.

「이보세요. 제가 뭘 원하는지 말씀드리죠. 누구든 그녀에게 접근하는 사람은 말하는 방법을 잘 선택해야 합니다. 열정적으로 호소해도 안 되고, 양심에 호소해도 안 돼요. 그건 다 틀렸어요. 무엇을 제공할 건지 직설적으로 말하면 받아들일 겁니다. 그게 다예요.」

스마일리는 서류로 도피했다.

「음, 〈그 부분〉을 이야기하기 전에, 사실 확인을 계속하자면 말입니다, 워딩턴 씨 ─」

「사실 같은 건 〈없습니다〉.」 피터 워딩턴이 다시 짜증을 내며 말했다. 「두 사람이 있을 뿐이지요. 음, 이언까지 세 사람이군요. 이런 일에 사실 같은 건 〈없어요〉. 그 〈어떤〉 결혼에도 사실은 없습니다. 그게 바로 인생이 우리에게 가르쳐 주는 거예요. 관계는 〈완전히〉 주관적입니다. 내가 바닥에 앉아 있다. 〈그건〉 사실입니다. 당신은 적고 있다. 〈그건〉 사실이죠. 이 일의 배후에 그녀의 어머니가 있었다. 〈그게〉 사실입니다. 제 말 아시겠어요? 그녀의 아버지는 엄청난 광인이자 범죄자이다. 〈그게〉 사실이에요. 엘리자베스는 시바 여왕의 딸도 〈아니고〉 로이드 조지 전 총리의 서출 손녀도 아닙니다. 그녀가 뭐라고 하든 간에요. 산스크리트 학위도 〈없어요〉. 교장 선생님에게는 그렇게 말했고, 그래서 그녀는 아직도 그렇게 믿고 있지만요. 〈동양을 잘 아는 매력적인 부인을 언제 다시 만날 수 있을까요?〉라면서 말입니다. 엘리자베스는 나만큼이나 보석에 문외한이에요. 〈이게〉 사실입니다.」

「날짜와 장소를 먼저 확인하고 싶은데요.」 스마일리가 파일을 향해 중얼거렸다.

「좋습니다.」 피터 워딩턴이 당당하게 말한 다음 녹색 금속 찻주전자를 들어서 스마일리의 잔을 다시 채웠다. 커다란 손가락 끝에 분필이 묻어 있었다. 그의 머리카락과 똑같은 회색이었다.

「하지만 엘리자베스를 망친 사람은 그녀의 어머니였어요.」 그가 여전히 아주 이성적인 어조로 말을 이었다. 「엘리자베스를 무대에 세우려고 했다가, 발레를 시켰다가, 그다음엔 텔레비전에 출연시키려고 집요하게 애를 썼죠. 그녀의 어머니는 엘리자베스가 사랑받기를 원했어요. 물론 자신의 분신으로서 말이죠. 심리학적으로 아주 자연스러운 현상입니다. 에릭 번을 한번 읽어 보세요. 누구 이론이든 읽어 보세요. 자기 딸을 통해서 〈자신의〉 인격을 정의하는 겁니다. 그런 일이 실제로 일어난다는 사실을 인정해야 합니다. 이제는 저도 다 이해합니다. 그녀도 괜찮고, 저도 괜찮고, 이 세상도 괜찮고, 이언도 괜찮아요. 그런데 갑자기 그녀가 사라졌지요.」

「말이 나왔으니 말인데, 혹시 부인이 어머니와 연락을
하는지 아십니까?」

피터 워딩턴이 고개를 저었다.

「절대 아닙니다. 떠날 때쯤 자기 어머니와 완전히 끝
냈어요. 완전히 절연했죠. 그녀가 저의 도움으로 넘을 수
있었던 장애물이라고 할 수 있지요. 제가 그녀의 행복에
딱 한 가지 기여한 것이 있다면 —」

「여기 부인의 어머니 주소가 없는 것 같군요.」 스마일
리가 서류를 끈덕지게 넘기며 말했다. 「혹시 —」

피터 워딩턴이 약간 큰 소리로, 받아 적을 수 있을 만
한 속도로 불러 주었다.

「이제 날짜와 장소를 확인하죠.」 스마일리가 다시 말
했다. 「부탁드립니다.」

엘리자베스는 2년 전에 그를 떠났다. 피터 워딩턴은
날짜뿐만 아니라 시간까지 말했다. 별다른 소동은 없었
다. 피터 워딩턴은 소동을 좋아하지 않았다. 엘리자베스
는 어머니와 소동을 너무 많이 겪었다. 사실 그들은 즐거
운 저녁을, 〈특히나〉 즐거운 저녁을 보냈다. 피터 워딩턴
이 기분 전환 삼아서 그녀를 케밥 가게에 데려갔다.

「걸어오시면서 보셨을지도 모르겠군요. 크노소스라는
가게인데, 익스프레스 데어리 옆이지요.」

그들은 포도주를 마시면서 정말 즐거운 시간을 보냈

고, 새로 온 영어 교사 앤드루 월트셔가 합류하여 셋이 어울렸다. 엘리자베스는 몇 주 전 앤드루에게 요가를 소개했다. 두 사람은 소벨 센터의 요가 수업에 같이 다녔고 상당히 친해졌다.

「그녀는 요가에 정말 깊이 〈빠졌습니다〉.」 그가 희끗희끗한 머리를 끄덕이며 말했다. 「요가에 진정한 〈흥미〉를 가졌지요. 앤드루는 그녀를 밖으로 끌어내 주는 친구였습니다. 외향적이고, 앞뒤를 생각하지 않고, 격렬하고…… 그녀에게 딱 맞았죠.」 그가 단호하게 말했다.

세 사람은 베이비시터 때문에 10시에 집으로 돌아왔다. 피터, 앤드루, 엘리자베스. 피터가 커피를 만들었고, 세 사람은 음악을 들었다. 11시쯤 엘리자베스가 두 사람 모두에게 입맞춤을 한 다음 어머니가 어떻게 지내시는지 보러 가봐야겠다고 말했다.

「어머니와 관계를 끊은 줄 알았는데요.」 스마일리가 조심스럽게 말했지만 피터 워딩턴은 못 들은 척했다.

「물론 〈입맞춤〉은 그녀에게 아무 의미도 없습니다.」 피터 워딩턴이 사실을 이야기하듯 설명했다. 「그녀는 누구에게나 입맞춤을 했거든요. 학생, 여자 친구들 — 아마 청소부한테도 입을 맞출 겁니다. 〈정말〉 외향적이거든요. 다시 한번 말씀드리지만, 누구도 그냥 내버려 두질 못해요. 그러니까, 그녀에게는 〈모든〉 관계가 정복이어야 한다는 겁니다. 자기 자식과의 관계도, 식당에서 만난

웨이터와의 관계도……. 그러다가 상대방이 넘어오면 지루해하죠. 당연합니다. 그녀는 이언을 들여다보러 위층으로 올라갔는데, 분명 그때 침실에서 여권과 생활비를 챙겼을 겁니다. 그녀는 〈미안해요〉라는 쪽지를 남겼고, 저는 그때 이후로 그녀를 못 봤습니다. 이언도 마찬가지고요.」피터 워딩턴이 말했다.

「어, 혹시 그 앤드루라는 사람은 부인의 소식을 못 들었습니까?」스마일리가 다시 안경을 고쳐 쓰며 물었다.

「어째서요?」

「두 사람이 친구라고 하셨잖아요, 워딩턴 씨. 가끔 제 3자가 중간 다리 역할을 하거든요, 이런 일에서는.」

스마일리는 〈일〉이라고 말하면서 고개를 들어 피터 워딩턴의 솔직하고 비참한 눈을 똑바로 바라보았다. 잠시 두 사람의 가면이 동시에 벗겨졌다. 스마일리는 관찰하고 있었을까? 아니면 관찰당하고 있었을까? 어쩌면 날을 세우고 있던 그의 상상에 불과할지도 몰랐다. 아니면, 맞은편에 앉아 있는 이 나약한 남자와 본인의 내면에서 거북한 동류의식이 생기는 것이라도 느꼈을까? 「배신당해서 자기 연민에 빠진 남편 〈연맹〉이 있어야 한다니까. 다들 지루하고 인정이 어마어마한 사람들이야!」 언젠가 앤이 그에게 이렇게 퍼부었었다. 당신은 당신의 엘리자베스를 전혀 몰랐군요. 스마일리가 여전히 피터 워딩턴을 물끄러미 보며 생각했다. 그리고 나는 나의 앤을 전혀 몰랐군요.

「제 기억은 그게 전부입니다, 정말로.」피터 워딩턴이 말했다.「그 후로는 전혀 기억이 없어요.」

「네.」스마일리가 워딩턴이 되풀이하는 주장으로 무심코 도피하며 말했다.「네, 알겠습니다.」

그가 나가려고 일어섰다. 문 앞에 작은 남자아이가 서 있었다. 눈꺼풀에 가려진 눈빛에 적의가 가득했다. 조용하고 뚱뚱한 여자가 그 뒤에 서서 아이가 머리 위로 올린 양쪽 손목을 붙잡고 있었기 때문에 아이는 혼자 서 있는데도 그녀의 손에 매달린 것처럼 보였다.

「봐, 아빠 저기 계시네.」여자가 애정 어린 갈색 눈으로 워딩턴을 바라보며 말했다.

「제니, 안녕. 이쪽은 외무부에서 오신 스탠드패스트 씨셔.」

「안녕하십니까.」스마일리가 예의 바르게 말했고, 잠시 무의미한 잡담을 나눈 다음 때를 봐서 새로운 소식이 들어오면 알려 주기로 약속하고 조용히 집을 나섰다.

「아, 즐거운 크리스마스 보내십시오.」피터 워딩턴이 계단에서 외쳤다.

「아, 네. 당신도요. 다들 행복한 크리스마스 보내시길 바랍니다.」

그 도로변 카페에서는 차에 설탕을 넣지 말라고 따로

말하지 않으면 기본으로 설탕을 넣었고, 인도 여자가 차를 만들 때마다 작은 부엌에 김이 가득 찼다. 남자들이 두세 명씩 들어와서 아무 대화도 없이 아침이나 점심, 저녁을 먹었다. 여기에도 크리스마스가 다가오고 있었다. 기름때 묻은 색색의 유리 공 여섯 개가 카운터 위에 매달려 축제 분위기를 냈고, 망사 스타킹이 뇌성마비 아이들을 도와 달라고 호소하고 있었다. 스마일리는 석간을 물끄러미 보았지만 읽지는 않았다. 그에게서 3.5미터쯤 떨어진 한쪽 구석에서 폰이 전형적인 베이비시터의 자세를 취하고 있었다. 검은 눈은 식당 손님들과 문 쪽을 보며 기분 좋게 미소 지었고, 왼손은 잔을 들고 오른손은 가슴께에서 쉬고 있었다. 카를라도 이렇게 앉아 있었을까? 스마일리가 생각했다. 카를라 역시 아무 의심도 없는 사람들 사이에서 위안을 얻었을까? 컨트롤은 그랬다. 컨트롤은 웨스턴 애비뉴의 침실 두 개짜리 2층 아파트에 하우스키핑부에 암호명으로 등록되지 않은 매슈스라는 평범한 이름으로 자기만의 두 번째, 세 번째, 네 번째 완전한 삶을 만들었다. 음, 〈완전한〉 삶이라는 말은 과장이다. 그러나 그는 그곳에 옷도 두고, 매슈스 부인이라는 여자도 두고, 심지어는 고양이까지 두었다. 목요일 이른 아침마다 공예가 클럽에서 골프 레슨을 받았지만 서커스의 책상 앞에 앉아 있을 때에는 하층민을, 골프를, 사랑을 그리고 그를 유혹할지도 모르는 인간 세상의 모든 하찮은 오락을 경멸했다. 스마일리는 컨트롤이 철도 대피선 옆 공공 텃밭까지 빌렸음을 떠올렸다. 스마일리가 슬픈 소식을 전하던 날 매슈스 부인은 텃밭을 보여 주겠다고 고집을 피우며 그를 깔끔하게 꾸민 자신의 자동차 모리스에 태워 갔다. 다른 텃밭들과 마찬가지로 아주 엉망진창이었다. 수직으로 세워서 가꾼 장미, 따 먹지도 않은 겨울 채소, 호스와 씨앗 상자들을 아무렇게나 넣어 둔 헛간.

매슈스 부인은 과부였고, 유순하지만 유능했다.

「내가 알고 싶은 건 말이에요.」 그녀가 수표에 적힌 숫자를 읽고 나서 말했다. 「스탠드패스트 씨, 내가 확인하고 싶은 건 그가 〈정말로〉 죽었는지, 아니면 아내에게 돌아갔는지예요.」

「정말로 죽었습니다.」 스마일리가 확실히 말해 주자 그녀는 안도하며 그의 말을 믿었다. 그는 〈컨트롤의 아내는 남편이 석탄청의 간부라고 굳게 믿고 살다가 11년 전에 무덤에 묻혔다〉고 덧붙이려다가 꾹 참았다.

카를라도 위원회에 참석해서 계획을 승인받아야 했을까? 파벌과 싸우고, 멍청한 이들을 속이고, 똑똑한 이들에게 아첨하고, 피터 워딩턴처럼 이미지를 일그러뜨리는 거울을 들여다봐야 했을까? 단지 이 일을 하기 위해서?

그가 손목시계를 흘끔 보고 폰을 보았다. 화장실 옆에 공중전화가 있었다. 그러나 스마일리가 잔돈을 바꿔 달라고 하자 주인이 너무 바쁘다며 거절했다.

「바꿔 줘, 이 나쁜 자식아!」 가죽옷으로 온몸을 감싼 장거리 운전사가 소리치자 주인이 얼른 시키는 대로 했다.

「어떻게 됐어요?」 길럼이 직통 전화를 받고 물었다.

「괜찮은 배후 사정을 알아냈어.」 스마일리가 대답했다.

「잘됐군요.」 길럼이 말했다.

나중에 스마일리에게 퍼부어진 또 다른 비난은 사소한 일들을 부하들에게 시키지 않고 직접 하느라 시간을 낭비했다는 것이었다.

런던 북부 끝 타운앤드컨트리 골프 코스 근처에는 끝없이 가라앉는 배들의 선루 같은 아파트 블록이 여러 개 있다. 아파트는 꽃이 절대 피지 않는 기나긴 잔디밭 끝에 자리 잡고 있는데, 남편들은 아침 8시 반에 허둥지둥 구명보트에 올라타고 여자와 아이 들은 남자들이 집으로 돌아올 때까지 온종일 둥둥 떠 있다. 돌아온 남자들은 너무 지쳐서 어디로도 항해를 떠나지 못한다. 이 건물들은 1930년대에 지어진 이래로 늘 지저분한 흰색이었다. 금속 창틀의 직사각형 창 너머로 골프 코스의 푸릇푸릇한 파도가 내다보이고, 평일이면 고글을 쓴 여자들이 길 잃은 영혼처럼 골프장을 방황한다. 펠링 부부는 이 아파트 블록 중 하나인 아캐디 맨션 7호실에 살았는데, 창밖으로 9번 홀이 살짝 보이지만 너도밤나무에 잎이 나면 사라졌다. 스마일리가 초인종을 울렸지만 가느다란 전기음 외에는 아무 소리도 들리지 않았다. 발소리도, 개 소리도, 음악 소리도 없었다. 문이 열리고 어둠 속에서 갈라진 남자 목소리가 〈네?〉라고 말했지만 알고 보니 목소리의 주인은 여자였다. 키가 크고 구부정했고 손에 담배가 들려 있었다.

「저는 〈오츠〉라고 합니다.」 스마일리가 셀로판지로 감싼 커다란 녹색 명함을 내밀며 말했다. 위장 신분이 바뀌면 이름도 바뀐다.

「아, 당신이군요? 들어와요. 식사도 하고, 쇼도 보고, 마음대로 하세요. 통화할 때는 더 젊은 사람 같았는데.」 그녀가 세련되게 말하려고 애쓰느라 굳어진 목소리로 크게 말했다. 「저 안에 있어요. 그 사람은 당신이 스파이래요.」 그녀가 눈을 가늘게 뜨고 초록색 명함을 보며 말했다. 「설마, 아니죠?」

「아니요, 아닙니다.」 스마일리가 말했다. 「그냥 조사원입니다.」

아파트 안은 온통 복도였다. 그녀가 진 냄새를 비행운처럼 풍기며 길을 안내했다. 한쪽 다리를 끌며 걸었고 오른팔은 뻣뻣했다. 스마일리는 뇌졸중이었나 보다고 짐작했다. 그녀는 큰 키나 여자라는 성별을 아무에게도 인정받은 적 없다는 듯한, 그리고 본인도 신경 쓰지 않는 듯한 복장이었다. 납작한 신발을 신고 남성용 같은 스웨터에 벨트를 하고 있었기 때문에 어깨가 넓어 보였다.

「당신 이름을 들어 본 적이 없대요. 전화번호부에서 찾아봤는데 없더래요.」

「저희는 신중을 기하거든요.」 스마일리가 말했다.

그녀가 문을 밀어서 열었다. 「진짜 있었네.」 그녀가 먼저 들어가며 큰 소리로 알렸다. 「스파이가 아니라 조사원이래.」

한 남자가 방 안쪽 의자에 앉아서 『데일리 텔레그래프』를 읽고 있었는데, 신문에 얼굴이 가려서 스마일리에게는 벗겨진 머리와 실내복, 교차된 짧은 다리와 그 끝의 침실용 가죽 슬리퍼밖에 보이지 않았다. 그러나 그는 펠링 씨가 오직 키 큰 여자와만 결혼하는 키 작은 남자임을 즉시 알아보았다. 방에는 그가 혼자 살아남는 데 필요한 모든 것이 있었다. 그의 텔레비전, 그의 침대, 그의 가스 레인지, 식탁과 이젤이 가지런히 놓여 있었다. 벽에는 색이 지나치게 화려한 아름다운 여자의 사진이 걸려 있었는데, 한쪽 구석에 스타 영화배우가 평범한 팬에게 해준 사인처럼 대각선으로 뭐라 적혀 있었다. 스마일리는 그녀가 엘리자베스 워딩턴임을 알아보았다. 이미 수많은 사진을 보았다.

「오츠 씨, 이쪽은 눙크예요.」 그녀가 이렇게 말하며 거의 무릎을 굽혀 인사했다.

『데일리 텔레그래프』가 성채의 깃발처럼 천천히 내려가자 눈썹이 짙고 경영자가 쓸 법한 안경을 쓴, 공격적이고 반짝이는 작은 얼굴이 드러났다.

「그래요. 정확히 뭐 하는 사람입니까?」펠링 씨가 말했다. 「비밀 정보 요원입니까, 아닙니까? 꾸물거리지 말고 화끈하게 말해 버려요. 조사니 뭐니 하는 건 싫으니까. 그건 뭐야?」그가 물었다.

「이 사람 명함이야.」펠링 부인이 그것을 내밀며 말했다. 「초록색이네.」

「아, 명함을 교환하는 건가? 그럼 〈나도〉 명함이 있어야겠군, 안 그래, 세스? 명함을 좀 만들어야겠어, 여보. 스미스 씨 가게에 좀 다녀와, 응?」

「〈차〉 드시겠어요?」펠링 부인이 고개를 갸웃하고 스마일리를 내려다보며 물었다.

「뭐 하러 차를 줘?」전기 주전자의 플러그를 꽂는 그녀를 보며 펠링 씨가 물었다. 「이 사람은 차 필요 없어. 손님이 아니잖아. 정보 요원도 아니고. 내가 와달라고 한 적도 없어.」그가 스마일리에게 말했다. 「일주일 내내 묵으시든가. 원하면 이사라도 들어와요. 저 사람 침대를 쓰면 되겠군. 〈불리언 유니버설 보안 자문 회사〉라, 헛소리군.」

「리지에 대해서 이야기하고 싶대, 여보.」펠링 부인이 남편을 위해 쟁반을 차리며 말했다. 「한 번쯤은 아버지

노릇을 해봐.」

「저 여자 침대에 들어가면 아주 좋을 거야, 〈당신〉.」펠링 씨가 『데일리 텔레그래프』를 다시 들며 말했다.

「칭찬 정말 고마워.」펠링 부인이 이렇게 말하고 웃었다. 새소리처럼 두 가지 음이 섞인 웃음소리였지만 재미있으라고 내는 소리는 아니었다. 혼란스러운 침묵이 뒤따랐다.

펠링 부인이 스마일리에게 차를 한 잔 건넸다. 그가 차를 받으면서 펠링 씨의 신문 뒷면에 대고 말했다. 「선생님, 따님이신 엘리자베스 씨가 해외 대기업에서 중요한 직책 후보에 올랐습니다. 우리 회사는 영국에 있는 친구와 친인척 들에게 조용히 — 요즘은 평범하고 꼭 필요한 형식이지요 — 접근해서 인물 조회를 해달라는 의뢰를 받았습니다.」

「그게 바로 〈우리〉야, 여보.」남편이 이해하지 못했을까 봐 펠링 부인이 설명했다.

신문이 탁 내려왔다.

「내 딸한테 의심스러운 점이라도 있다는 거요? 여기 앉아서 내가 주는 차를 마시면서 하는 말이 그거요?」

「아닙니다.」스마일리가 말했다.

「아니래요.」펠링 부인이 별 도움도 되지 않는 말을 했다.

긴 침묵이 뒤따랐지만 스마일리는 침묵을 끝내려고

딱히 애를 쓰지도 않았다.

「펠링 씨.」 그가 마침내 단호하고 끈질긴 목소리로 말했다. 「우체국에서 오랫동안 근무하시면서 높은 직책까지 올라가셨다고 알고 있는데요.」

「오래, 〈아주 오래〉 했죠.」 펠링 부인이 인정했다.

「나는 일을 했지.」 펠링 씨가 다시 신문 뒤에서 말했다. 「세상 사람들은 말만 너무 많아. 일은 제대로 하지도 않으면서 말이야.」

「범죄자를 채용하신 적이 있습니까?」

신문이 부스럭거리더니 가만히 멈췄다.

「아니면 공산주의자라든지요.」 스마일리가 변함없이 온화하게 말했다.

「만약에 그랬어도 금방 해고했겠지.」 펠링 씨가 말했는데, 이번에는 신문이 다시 올라가지 않았다.

펠링 부인이 손가락을 딱 울리며 말했다. 「〈순식간에〉 말이죠.」

「펠링 씨.」 스마일리가 여전히 환자를 대하는 의사처럼 말했다. 「따님은 동양 대기업의 중요한 직책 후보에 올랐습니다. 항공 운송 부문을 담당할 예정인데, 업무상 우리 나라로 들어오거나 나가는 대량의 금뿐만 아니라 외교 행낭이나 기밀 우편의 움직임까지 미리 알게 됩니다. 급료도 무척 많지요. 그 정도로 큰 책임이 따르는, 그만큼 매력 있는 직책이니 따님을 대상으로 다른 후보들과 똑같은 절차를 밟는 것이 부당하다고는 생각하지 않습니다 ― 선생님도 그렇게 생각하지 않으시겠지요.」

「누가 〈당신〉을 고용했지?」 펠링 씨가 물었다. 「내가 궁금한 건 그거요. 〈당신〉이 책임자라고 누가 그래?」

「눙크.」 펠링 부인이 애원했다. 「누가 무슨 말을 해?」

「눙크 눙크 부르지 마! 차나 더 드려. 당신이 여주인이 잖아, 안 그래? 그럼 여주인답게 대접을 하라고. 이제 리지도 보상을 받을 때가 됐어. 그동안 리지가 한 일을 생각하면 솔직히 난 지금까지 보상을 못 받은 게 기분 나쁘지만 말이야.」

펠링 씨가 스마일리의 인상적인 초록색 명함을 다시 읽었다. 「〈아시아, 미국, 중동 주재원.〉 펜팔 같은 건가 보군. 사우스몰턴 스트리트 본부. 문의 사항이 있으면 전화를 통해서 어쩌고저쩌고. 전화를 걸면 누가 받는데? 당신 공범이겠지.」

「사우스몰턴 스트리트라면 〈분명히〉 틀림없어.」 펠링 부인이 말했다.

「책임 없는 권위겠지.」 펠링 씨가 다이얼을 돌리며 말했다. 그는 누군가에게 코를 꽉 잡힌 것처럼 말했다. 「난 그런 거 안 믿어.」

「책임 〈있는〉 권위입니다.」 스마일리가 그의 말을 고쳐 주었다. 「우리 회사는 우리가 추천한 직원에게 거짓이 있었다면 고객에게 그에 대한 배상을 약속합니다. 보험도 들어 있지요.」

전화가 다섯 번 울리자 서커스 교환수가 전화를 받았고, 스마일리는 제발 혼선이 생기지 않기만을 바랐다.

「상무 이사 바꿔 주시오.」 펠링 씨가 명령했다. 「회의 중이든 아니든 〈나는〉 상관 안 해! 그 사람 이름은 있나? 음, 뭐요? 음, 그럼 앤드루 포브스라일 씨한테 험프리 펠링 씨가 직접 통화하고 싶어한다고 전해 주시오. 지금 당장.」 기다림은 길었다. 〈잘하고 있군.〉 스마일리가 생각했다. 〈좋은 한 수야.〉 「펠링이오. 오츠라는 사람이 내 앞에 앉아 있소만. 키가 작고 뚱뚱하고 근심이 가득하군. 이 사람을 내가 어쩌면 좋겠소?」

수화기 너머로 피터 길럼의 낭랑한 목소리가 스마일리에게까지 들려왔다. 길럼은 마치 자기가 말을 할 때는 일어나서 들으라고 펠링에게 명령하는 장교 같았다. 펠링 씨가 누그러져서 전화를 끊었다.

「당신이 여기 온 걸 리지도 압니까?」 그가 물었다.

「알면 아마 미친 듯이 웃을 거야.」 그의 아내가 말했다.

「그녀는 자신이 후보에 올랐다는 사실도 모를 겁니다.」 스마일리가 말했다. 「요즘은 신원 조회가 끝난 다음에 접근하는 추세거든요.」

「리지를 위해서야, 눙크.」 펠링 부인이 상기시켰다. 「1년 동안 소식이 없었지만 당신은 그 애를 사랑하잖아.」

「편지를 전혀 안 보내십니까?」 스마일리가 안됐다는

듯 물었다.

「걔가 싫어해요.」 펠링 부인이 남편을 흘끔 보며 말했다.

스마일리의 입에서 아주 작은 신음 소리가 새어 나왔다. 안타까움처럼 들렸겠지만 사실은 안도였다.

「차를 더 드려.」 그녀의 남편이 명령했다. 「벌써 다 마셨군.」

펠링이 알쏭달쏭하다는 눈빛으로 스마일리를 다시 보았다. 「난 이 사람이 비밀 정보 요원이 아니라고 아직 〈확신〉 못 하겠어.」 그가 말했다. 「겉모습이 대단치 않을지는 모르지만 일부러 그렇게 꾸몄을지도 모르니까.」

스마일리는 조사 용지를 가져왔다. 어젯밤에 서커스의 인쇄부가 담황색 종이에 인쇄해서 부랴부랴 만들었는데, 참 다행이었다. 알고 보니 펠링 씨의 세상에서 서식은 모든 것을 정당화했고, 담황색은 훌륭한 색이었기 때문이다. 그렇게 해서 두 남자는 십자말풀이를 같이 푸는 사이좋은 친구들처럼 공동 작업에 들어갔다. 펠링 씨가 연필로 기입하고 스마일리는 옆에 앉아 있었다. 그동안 펠링 부인은 담배를 물고 자리에 앉아서 회색 레이스 커튼 바깥을 바라보며 결혼반지를 계속 빙빙 돌렸다. 먼저 생년월일과 출생 장소 ―「저 위쪽 알렉산드라 양로원 쪽에 있었지. 지금은 닫았지, 세스? 아이스크림 가게로 바뀌었어.」― 를 적었다. 그런 다음 학력란을 채울 때 펠링 씨가 자기 의견을 내놓았다.

「한 학교에 오래 보낸 적이 없었지. 안 그래 세스? 방심하면 안 되니까 말이야. 관성에 젖으면 안 돼. 나는 한 번의 변화가 하루의 휴일보다 낫다고 말했지. 안 그래, 세스?」

「남편이 교육에 대한 책을 많이 읽거든요.」펠링 부인이 말했다.

「우리는 늦게 결혼했소.」펠링이 그녀의 존재를 설명하듯 말했다.

「우리는 리지가 무대에 서길 바랐어요.」그녀가 말했다. 「남편은 무엇보다도 리지의 매니저가 되고 싶어 했죠.」

그가 다른 날짜들을 적었다. 연극 학교도 있고 비서 과정도 있었다.

「가꾸는 거지.」펠링 씨가 말했다. 「내가 믿는 건 교육이 아니라 준비니까. 뭐든 조금씩 던져 주는 거지. 세상을 살아가는 지혜를 가르치는 거야. 품행을 말이야.」

「아, 품행을 아주 잘 배웠죠.」펠링 부인이 동의했고, 목 안쪽을 울리며 담배 연기를 내뿜었다. 「세상을 사는 지혜도 그렇고요.」

「하지만 비서 대학을 〈졸업〉하지는 않았지요?」스마일리가 칸을 가리키며 물었다. 「연극 학교도 그렇고요.」

「그럴 필요가 없었소.」펠링 씨가 말했다.

이제 근무 경력 차례였다. 펠링 씨가 런던 회사 여섯 군데를 적었는데, 근무 기간이 전부 18개월 이내였다.

「다 지루한 일이었거든요.」 펠링 부인이 경쾌하게 말했다.

「리지는 탐색 중이었소.」 그녀의 남편이 쾌활하게 말했다. 「어딘가에 투신하기 전에 맛을 보고 있었지. 내가 그렇게 만들었어. 안 그래, 세스? 다들 리지를 원했지만 난 넘어가지 않았지.」 그가 아내에게 팔을 쑥 뻗었다. 「결국 보람이 없었다고는 절대 말 못 하지!」 그가 소리쳤다. 「여기서 자세히 말할 수는 없지만 말이야!」

「걘 발레를 제일 좋아했어요.」 펠링 부인이 말했다. 「아이들을 가르쳤죠. 아이들을 〈정말 사랑〉했어요. 〈사랑〉했죠.」

이 말에 펠링 씨가 크게 화를 냈다. 「걘 지금 〈경력〉을 쌓고 있어, 세스.」 그가 무릎에 놓인 서류를 탁 치며 외쳤다. 「멍청한 여자 같으니, 당신은 리지가 그 남자한테 돌아가면 좋겠어?」

「자, 중동에서 정확히 뭘 했습니까?」 스마일리가 물었다.

「수업을 들었지. 경영 대학원에서. 아랍어도 배우고.」 펠링 씨가 갑자기 시야를 넓히며 말했다. 스마일리로서는 놀랍게도 펠링 씨는 심지어 자리에서 일어나서 고압적인 손짓을 하면서 방 안을 돌아다녔다. 「애초에 걔가 거길 간 건 불행한 결혼 생활 때문이었소, 숨길 것도 없지.」

「세상에.」펠링 부인이 말했다.

똑바로 선 그는 악력이 대단했고, 그래서 만만찮아 보였다. 「하지만 우리가 다시 데려왔어. 아, 그럼. 리지의 방은 언제든지 준비되어 있지. 내 방 바로 옆이야. 언제든 나를 찾아올 수 있게 말이야. 아, 그럼. 우린 그 애가 극복하도록 도와줬지, 안 그래 세스? 어느 날 내가 리지한테 말했어 ─」

「리지는 귀여운 곱슬머리 영어 교사랑 같이 왔어요.」그의 아내가 끼어들었다. 「앤드루.」

「스코틀랜드인이야.」펠링 씨가 바로 덧붙였다.

「앤드루는 〈착한〉 남자였지만 눙크한테는 상대가 안 됐죠, 안 그래, 여보?」

「리지에게는 부족했어. 요가라던가 요기베어[75]라던가. 내가 보기엔 꼬리라도 흔드는 것 같더만. 그러다가 어느 날 내가 리지에게 말했지. 〈리지, 아랍이다. 거기 네 미래가 있어.〉」그가 손가락을 딱 울리며 상상 속 딸을 가리켰다. 「〈석유. 돈. 권력. 가라. 짐을 싸. 티켓을 끊고 떠나.〉」

「나이트클럽에서 리지의 푯값을 내줬어요.」펠링 부인이 말했다. 「그것 때문에 또 얼마나 난리였는지.」

75 〈톰과 제리〉로도 널리 알려져 있는 해나 바버라 프로덕션에서 제작한 의인화된 곰 캐릭터.

「그런 거 아니었어!」펠링 씨가 쏘아붙였다. 그가 넓은 어깨를 구부리고 아내에게 소리를 질렀지만 펠링 부인은 남편이 그 자리에 없다는 듯이 말을 이었다.

「리지가 광고를 보고 연락을 했거든요. 말을 아주 그 럴듯하게 하는 브래드퍼드의 어떤 여자였죠. 포주 말이 에요. 그 여자가 그러더군요. 〈호스티스가 필요하지만, 당신이 생각하는 그런 건 아니에요.〉 그쪽에서 리지에게 비행기값을 줬고, 리지가 바레인에 착륙하자마자 월급을 전부 아파트 월세로 내는 계약서에 서명을 시켰어요. 그 때부터 그쪽에 붙들릴 수밖에요, 안 그래요? 어디 갈 데 가 없잖아요, 네? 대사관은 도와줄 수 없었어요, 아무도 도울 수 없었죠. 아시겠지만 리지는 아름답잖아요.」

「멍청한 할망구 같으니. 우리 지금 〈커리어〉 얘기하고 있잖아! 당신은 리지를 사랑하지 않아? 당신 딸을? 당신 은 극악무도한 엄마야! 세상에!」

「커리어가 있죠.」펠링 부인이 만족스럽게 말했다.「세 계 최고의 커리어가.」

펠링 씨가 필사적으로 스마일리를 향했다.「〈접대 업 무를 하며 어학 공부〉라고 적으시죠, 그리고 또 ―」

「궁금한 게 있는데요.」스마일리가 살짝 끼어들며 엄 지를 핥아 종이를 넘겼다.「이렇게 하면 되겠군요. 따님 이 운송 업계에 경험이 있습니까?」

「그리고 이렇게 적어요.」펠링 씨가 두 주먹을 꽉 쥐고 아내와 스마일리를 차례로 보았는데, 계속할지 말지 망설이는 듯했다. 「〈영국 비밀 정보 기관에서 중요한 직책을 맡음.〉비밀 요원이지. 어서! 적어요! 자. 드디어 말했군.」그가 다시 아내를 보았다. 「이 사람도 보안 쪽이라잖아, 그렇게 말했어. 그러니까 알 권리가 있고, 리지는 자신에 대해서 알릴 권리가 있어. 내 딸이 〈무명의 영웅〉으로 남을 순 없지! 무급의 영웅도 그렇고! 내 딸은 조지 훈장을 받고 말 거요, 내 말 명심하시오!」

「아, 대단하시네.」펠링 부인이 지겹다는 듯 말했다. 「그것도 걔가 꾸며 낸 〈이야기〉예요. 당신도 알잖아.」

「하나씩 차근차근 짚어 볼 수 있을까요?」스마일리가 인내심을 잃지 않고 부드러운 말투로 물었다. 「운송업 경험에 대해서 이야기하고 있었던 것 같은데요.」

펠링 씨가 현자처럼 엄지와 검지를 턱에 가져갔다.

「리지의 첫 번째 〈민간 부문〉경험이었지.」그가 회상에 잠겨 말을 시작했다. 「완전히 혼자 맡아서 했어요. 모든 일이 한꺼번에 들어와서 구체화됐고, 성과가 나타나기 시작했지. 정보부 쪽은 빼고 말이오. 직원을 채용하고 다량의 현금을 다루고 자기 재량껏 일을 했지. 그 발음이 뭐였지?」

「비-엔-티안.」그의 부인이 완벽한 영국식 발음으로 말했다.

「레이아스의 수도지.」펠링 씨는 라오스를 레이아스라

고 발음했다.

「회사 이름은 뭐였습니까?」스마일리가 해당 칸에 연필을 대고 물었다.

「증류주 회사였지.」펠링 씨가 당당하게 말했다. 「내 딸 엘리자베스는 전쟁으로 피폐해진 나라에서 커다란 주조 회사를 소유하고 운영했어.」

「이름은요?」

「상표 없는 위스키를 게으른 미국인들한테 통째로 팔았어요.」펠링 부인이 창문을 보며 말했다. 「수수료로 20퍼센트를 받았죠. 그들은 위스키를 사서 스코틀랜드에서 숙성시켰어요. 나중에 팔려고 투자한 거예요.」

「여기서 〈그들〉이……?」스마일리가 물었다.

「그러다가 걔 애인이 돈을 훔쳤어요.」펠링 부인이 말했다. 「소동이 벌어졌죠. 잘된 일이었어요.」

「순 헛소리!」펠링 씨가 외쳤다. 「이 여잔 미쳤어. 무시해.」

「그 당시 주소가 뭐였지요?」스마일리가 물었다.

「〈대표〉라고 적어요.」펠링 씨가 이제 어쩔 수 없다는 듯이 고개를 저으며 말했다. 「증류주 회사 대표 겸 비밀요원.」

「걘 조종사랑 살았어요.」펠링 부인이 말했다. 「타이니라고 불렀죠. 타이니가 아니었으면 걘 굶어 죽었을 거예요. 그 남자는 근사했지만 전쟁 때문에 미쳐 버렸죠. 뭐,

그야 〈당연〉하죠! 〈우리〉 조종사들도 마찬가지잖아요, 안 그래요? 매일같이 밤낮으로 임무가 있으니.」 그녀가 고개를 젖히고 아주 크게 외쳤다. 「〈긴급 발진!〉」

「저 여잔 미쳤소.」 펠링 씨가 설명했다.

「그중에서 반은 열여덟에 신경증에 걸렸죠. 하지만 계속했어요. 조종사들은 처칠을 아주 좋아했거든요, 아시잖아요. 그 사람 〈배짱〉을 아주 좋아했어요.」

「완전히 미쳤군.」 펠링 씨가 되풀이했다. 「헛소리야. 제정신이 아니야.」

「죄송합니다만, 타이니 뭐죠?」 스마일리가 바쁘게 적으며 말했다. 「그 조종사 말입니다. 이름이 뭐였지요?」

「리카르도. 타이니 리카르도. 아주 〈순했어요〉. 죽었죠.」 그녀가 남편을 똑바로 보며 말했다. 「리지는 무척 〈상심〉했어요. 안 그래, 눙크? 하지만 그게 최선이었을지도 몰라요.」

「걘 아무랑도 안 살았어, 이 원숭이야! 위장이었어, 전부 다. 리지는 영국 비밀 정보부에서 일했다고!」

「하느님 맙소사.」 펠링 부인이 한탄했다.

「하느님 맙소사가 〈아니야〉. 멜론이지. 적어요, 오츠. 내가 보는 데서 적어요. 멜론. 영국 정보부 지휘관 이름이 M-E-L-L-O-N이었소. 과일 이름이랑 똑같지만 L이 두 개지. 멜론. 처음에는 평범하고 단순한 무역업자인 척했어. 그것도 아주 그럴듯하게 말이야. 당연히 똑똑한 남자였을 거요. 하지만 그 밑에서 —」펠링 씨가 한 손으로 주먹을 쥐고 쫙 편 손바닥을 때려서 깜짝 놀랄 만큼 큰 소리를 냈다. 「하지만 상냥하고 붙임성 좋은 영국 사업가라는 가면 밑에서, L이 두 개 들어가는 멜론 씨는 여왕 폐하의 적들과 맞서 외롭고 은밀한 싸움을 하고 있었고, 우리 리지가 그를 도왔지. 마약상, 중국인, 동성애자, 우리 섬나라를 멸망시키려고 작정한 모든 외국 분자들에 맞서서 내 용맹한 딸 리지가 친구 멜론 대령이랑 둘이서 그 교활한 행진을 막았다고! 그게 진실이야.」

「이제 걔가 어디서 그런 이야기를 주워섬겼는지는 나한테 물어보세요.」펠링 부인이 이렇게 말하더니 문을 열어 둔 채 혼자 투덜거리며 복도를 터벅터벅 걸어갔다. 스마일리는 그녀가 잠시 멈춰 고개를 갸웃거리며 어둠 속에서 그를 부르는 듯한 모습을 흘끔 보았다. 멀리서 문이 쾅 닫히는 소리가 들렸다.

「진실이지.」펠링이 완강하게, 하지만 더 조용하게 말했다. 「정말, 정말로 그 애가 다 했어. 내 딸은 영국 정보부에서 존경받는 고위 공작원이었어.」

스마일리는 너무 열심히 적고 있었기 때문에 처음에는 아무 대답도 하지 않았다. 한동안 펜이 종이를 천천히 긁는 소리와 그가 부스럭부스럭 종이를 넘기는 소리밖에 들리지 않았다.

「좋습니다. 음, 괜찮으시다면 그러한 세부 사항도 적겠습니다. 당연히 기밀은 유지될 겁니다. 분명히 말씀드리지만 우리가 일을 하다 보면 이런 경우가 꽤 많습니다.」

「〈그렇지.〉」 펠링 씨가 이렇게 말하고 등받이 없는 비닐 의자에 힘차게 앉더니 지갑에서 종이를 한 장 꺼내서 스마일리의 손에 불쑥 쥐여 주었다. 손으로 쓴 편지였고, 길이는 한 장 반이었다. 웅장하면서도 아이가 쓴 듯한 서체였는데, 일인칭을 가리키는 철자 I는 높고 굴곡이 있었지만 나머지 글자는 더욱 신중해 보였다. 편지는 〈더없이 사랑하는 아빠에게〉로 시작해서 〈하나뿐인 진정한 딸 엘리자베스〉로 끝났고, 스마일리가 외운 그 사이의 내용은 다음과 같았다. 〈저는 비엔티안에 도착했어요. 단조로운 도시인데 약간 프랑스 같고 황량해요. 하지만 제 걱정은 마세요. 아빠한테 바로 전해야 할 중요한 소식이 있어요. 당분간 제 소식을 못 들으실 수도 있는데, 혹시 나쁜 이야기가 들려도 걱정하지 마세요. 저는 괜찮고, 돌봐 주는 사람도 있고, 아버지가 자랑스러워하실 좋은 대의를 위해서 일하고 있어요. 여기 도착해서 영국 무역 영사 매커부어 씨에게 연락을 하자마자 그 사람이 저를 멜론에게 보냈어요. 아빠한테 말씀드리면 안 되기 때문에 저를 믿으셔야 해요. 멜론은 그 사람 이름이고 여기서 잘나가는 영국인 무역상이지만 그게 다는 아니에요. 멜론이 저에게 임무를 맡겨 홍콩으로 보내기로 했고, 저는 비밀리에 금괴와 마약을 조사할 거예요. 저를 보살펴 줄 멜론의 부하늘이 사방에 있고, 그 사람의 본명은 멜론이 아니에요. 매커부어 씨가 관련된 것도 비밀이에요. 저에게 만약 무슨 일이 생긴다 해도 그럴 만한 가치가 있을 거예요. 조국이 중요하다는 걸 나도 아빠도 잘 알잖아요, 그리고 어차피 사람의 생명이 아무 가치도 없는 아시아에서 한 사람 더 죽는다고 해서 뭐가 달라지겠어요? 이건 좋은 일이에요, 아빠. 우리가 꿈꾸던 그런 일이에요. 특히 아빠가 가족과 사랑하는 사람들을 위해 전쟁에 나가 싸웠을 때처럼요. 저를 위해 기도해 주시고, 엄마를 잘 돌봐 주세요. 저는 감옥에 가더라도 항상 아빠를 사랑할 거예요.〉

스마일리가 편지를 돌려주었다. 「날짜가 없군요.」 그가 딱 잘라서 말했다. 「날짜를 알려 주실 수 있습니까, 펠링 씨? 대략적으로라도요?」

펠링은 대략적으로가 아니라 정확히 알려 주었다. 괜히 우체국에서 오래 일한 것이 아니었다.

「그때 이후로 편지가 없었소.」 펠링 씨가 자랑스럽게 말하며 편지를 다시 접어서 지갑에 넣었다. 「그날부터 지금까지 단 한 마디도 없었고, 어떻게 지내는지 전혀 모르지. 알 필요도 전혀 없소. 우린 하나니까. 나도 그 아이도 그런 말을 한 적은 없지만 당연한 일이지. 리지가 나한테 신호를 보낸 거요. 나는 알아차렸지. 걔도 내가 안다는 것을 알았고. 우리보다 서로를 더 잘 이해하는 부녀는 없을 거요. 그 뒤에 일어난 일은 전부, 리카르도인지 뭔지

하는 놈이 죽었든 살았든 무슨 상관이겠소? 리지가 말하는 중국인도 잊어버려요. 남자 친구들, 여자 친구들, 사업, 무슨 말이든 다 무시해요. 그건 위장이오. 그들이 리지를 손에 넣고 전적으로 통제하고 있어. 갠 멜론을 위해서 일하고 자기 아빠를 사랑하지. 그게 전부요.」

「친절한 도움 감사드립니다.」 스마일리가 서류를 챙기며 말했다. 「제가 알아서 나가겠습니다.」

「나가든 들어오든 마음대로 하시지.」 펠링 씨가 낡은 재치를 언뜻 드러내며 말했다.

스마일리가 문을 닫을 때 그는 안락의자에 다시 앉아서 보란 듯이 『데일리 텔레그래프』의 읽다 만 곳을 찾고 있었다.

어두운 복도로 나오니 술 냄새가 더 짙어졌다. 스마일리의 셈에 따르면 아홉 걸음 뒤에 문이 닫혔으니 왼쪽 마지막 문, 펠링 씨 방에서 가장 먼 방이 분명했다. 화장실일 수도 있었지만, 실제 화장실에는 〈버킹엄 궁전 뒷문〉이라는 표지판이 붙어 있었다. 스마일리가 그녀의 이름을 아주 조용히 부르자 그녀가 〈꺼져요〉라고 외치는 소리가 들렸다. 방 안으로 들어가 보니 그녀의 침실이었고, 펠링 부인은 유리잔을 들고 침대에 누워서 그림엽서들을 대충 넘겨보고 있었다. 방은 남편의 방처럼 혼자 지내기 알맞도록 가스레인지와 싱크대가 갖춰져 있었고, 더러운 접시가 잔뜩 쌓여 있었다. 벽에는 키가 크고 무척 예쁜 여자의 사진들이 온통 붙어 있었는데, 배경은 주로 동양이었고 남자 친구와 찍은 사진도 있고, 혼자 찍은 사진도 있었다. 진과 고양이 냄새가 났다.

「저 사람은 애를 가만 내버려 두지를 않아요.」펠링 부인이 말했다. 「눙크는 절대 안 그래요. 그럴 수가 없죠. 노력했지만 그럴 수가 없었어요. 아시겠지만 리지는 아름답잖아요.」그녀가 한 번 더 설명하더니 몸을 굴려 똑바로 누워서 머리 위로 엽서를 들고 읽었다.

「남편분께서 이 방에 들어오실까요?」

「당신이 질질 끌고 와도 안 들어올 거예요.」

스마일리가 문을 닫고 의자에 앉아서 공책을 다시 꺼냈다.

「리지는 정말 친절하고 다정한 중국인을 만났어요.」그녀가 여전히 엽서를 거꾸로 보면서 말했다. 「리카르도를 구하려고 그 사람한테 갔다가 그와 사랑에 빠졌죠. 리지한테 그 남자는 진짜 아버지, 난생처음 가져 보는 아버지예요. 어쨌든 결국 다 잘된 거예요. 나쁜 일도 많았지만 이제 다 끝났어요. 그 남자는 그 애를 〈리제〉라고 불러요. 그 이름이 더 예쁘다고 생각하죠. 참 웃겨요. 우린 독일인을 싫어하는데. 우린 애국자거든요. 이제 그 남자가 리지를 잘 돌봐 주고 있어요, 안 그래요?」

「따님은 워딩턴이 아니라 워스라는 이름을 선호한다

고 알고 있는데요. 특별한 이유가 있을까요? 아십니까?」

「그 지긋지긋한 학교 선생을 조금이라도 줄이고 싶은 가 보죠.」

「따님이 리카르도를 〈구하려〉 했다고 하셨는데, 당연 히 그 말씀은 ─」

펠링 부인이 짐짓 아픈 척 신음을 냈다.

「아, 남자들은 정말이지 참. 언제? 누가? 왜? 어떻게? 풀숲에서요. 전화 부스에서요. 갠 리카르도의 목숨을 사 줬어요, 자기가 가진 유일한 화폐로 말이에요. 체면을 세 워 준 다음 리카르도를 떠났죠. 뭐 어때요, 그 남자는 너무 굼떴으니까.」그녀가 다른 엽서를 집어 들고 야자수와 텅 빈 해변 사진을 유심히 보았다. 「내 귀여운 리지는 아시아 절반을 구석구석 돌아다닌 다음에야 드레이크를 찾았어 요. 하지만 찾아냈죠.」그녀가 무슨 소리라도 들린 것처럼 벌떡 일어나 앉아서 스마일리를 강렬하게 바라보며 머리 를 가다듬었다. 「이제 그만 가시는 게 좋겠어요.」그녀가 여전히 낮은 목소리로 말하며 거울을 향했다. 「솔직히 당 신을 보면 아주 섬뜩해요. 난 믿을 만한 얼굴들에 둘러싸 이는 걸 견딜 수가 없어요. 미안해요, 내 말 알겠어요?」

서커스로 돌아온 스마일리는 이미 알고 있는 것을 몇 분 만에 확인했다. 펠링 씨의 주장대로 정확히 L을 두 개 쓰는 멜론은 샘 콜린스의 암호명이자 가명으로 등록되어 있었다.

11
상하이 특급

  사건의 흐름을 편리하게 정리해서 돌아보면 바로 이 시점에 여러 가지 사건이 응축되는 듯한 착각이 생긴다. 이즈음 제리는 외신 기자 클럽에서 목적도 없는 술자리를 연이어 갖다가 밤새 호랑가시나무 무늬 포장지로 서툴게 싼 선물들을 캣에게 겨우 보냈다. 그러고 나니 크리스마스가 지나갔다. 또 사촌들에게 리카르도 추적 요청서 수정본을 정식으로 제출했고, 스마일리는 마텔로에게 더 자세히 설명하기 위해서 요청서를 들고 직접 별관으로 찾아갔다. 그러나 크리스마스 러시 때문에 — 물론 베트남과 캄보디아의 몰락이 임박했기 때문도 있었다 — 일이 엉키는 바람에 돌핀 파일의 날짜들을 보면 알 수 있듯이 요청서는 해가 바뀌고 한참 지난 다음에야 미국 부서 순례를 끝냈다. 사실, 마텔로와 그의 마약 단속국 친구들이 모인 〈중요한〉 회의는 2월 초가 되어서야 열렸다. 서커스 내부에서는 작전이 이렇게 오래 연기되면 제리가 얼마나 초조할지 머리로는 잘 알았지만, 아슬아슬한 분위기가 계속 이어졌기 때문에 그것을 실감하지 못했고 그에 대한 조치를 취하지도 않았다. 각자의 입장에 따라 이 역시 스마일리의 탓으로 돌릴 수 있겠지만, 그가 제리를 영국으로 다시 불러들이는 것 외에 무엇을 할 수 있었을지는 알 수 없다. 특히 크로가 제리의 심경에 대해 열정적인 보고서를 계속 보내왔기 때문에 더욱 그랬다. 5층은 계속 전력을 다해 일했고, 크리스마스를 알리는 것이라고는 25일 한낮에 열린 초라한 셰리 파티 그리고 코니와 마더들이 길럼과 몰리 미킨 같은 이교도들에게 창피를 주려고 일부러 여왕의 연설을 크게 틀었던 휴식 시간밖에 없었다. 길럼과 몰리 미킨은 연설이 아주 재미있다고 생각했고 복도에서 그것을 형편없이 흉내 냈다.

샘 콜린스를 얼마 안 남은 서커스 대열에 정식으로 받아들인 것은 1월 중순의 아주 추운 날이었고, 여기에는 밝은 면과 어두운 면이 있었다. 밝은 면은 그를 구금한 것이었다. 샘 콜린스는 월요일 아침 10시 정각에 도착했는데, 디너 재킷이 아닌 말쑥한 회색 외투를 입고 단춧구멍에 장미를 꽂았기 때문에 추위 속에서 놀랄 만큼 젊어 보였다. 그러나 스마일리와 길럼은 자리에 없었다. 두 사람은 사촌들과 함께 어딘가에 틀어박혀 있었고, 문지기도 하우스키퍼도 그를 맞이하라는 지시를 받지 못했기 때문에 샘을 세 시간 동안 지하실에 가둬 놓았다. 스마일리가 돌아와서 샘 콜린스를 만나기로 약속한 것이 맞다고 확인해 줄 때까지 그는 덜덜 떨면서 화를 내고 있었다. 샘의 사무실과 관련해서는 더한 코미디가 벌어졌다. 스마일리는 4층 코니와 디샐리스의 옆방을 주었지만 샘 콜린스는 이를 거부하며 5층 방을 원했다. 그는 조정 담당자라는 대리직에 5층 방이 더욱 적절하다고 생각했다. 불쌍한 문지기들은 쿨리처럼 가구를 지고 계단을 오르내렸다.

어두운 면은 설명하기가 더욱 어려웠지만, 여러 명이 시도했다. 코니는 샘이 〈냉담하다〉고 말했는데, 신경 쓰이는 형용사 선택이었다. 길럼은 그가 〈굶주렸다〉고 했고 마더들은 〈교활하다〉고 했으며 버로어들은 〈지나치게 붙임성이 좋다〉고 했다. 배경을 모르는 사람들이 보기에 가장 이상한 것은 그의 자족이었다. 그는 파일을 가져가지 않았고, 무슨 일을 하겠다고 나서지도 않았고, 경기에 돈을 걸거나 클럽 운영을 감독할 때를 빼면 전화도 거의 쓰지 않았다. 그러나 그는 어딜 가든 항상 미소를 띠고 있었다. 타자수들은 그가 잘 때도 그 미소를 입고 자고 주말에는 손빨래로 빨 것이라고 단언했다. 스마일리는 닫힌 문 너머에서 그를 만났고, 만남의 결과는 팀에게 조금씩 조금씩 전해졌다.

맞다, 그 여자는 카트만두에 넘쳐 나던 히피 몇 명과 함께 비엔티안에 도착했다. 맞다, 히피들에게 버림받은 그녀가 매클보어에게 일자리를 찾아 달라고 부탁했다. 맞다, 매클보어는 외모만 봐도 쓸모가 있겠다고 생각해서 샘에게 넘겼다. 행간을 읽자면 그 여자가 아빠에게 보낸 편지에서 설명한 그대로였다. 당시 샘은 장부에서 시들어 가는 하찮은 마약 사건 몇 개를 제외하면 헤이든 덕분에 한가했기 때문에 여자를 조종사들에게 접근시켜서 그 경과를 봐야겠다고 생각했다. 당시 런던 본부는 모든 계획을 취소하고 있었기 때문에 샘은 런던에 알리지 않았다. 그는 여자를 시험해 보면서 자기 활동 자금에서 돈을 지불했다. 그러자 리카르도가 등장했다. 샘은 그녀에게 홍콩의 금괴 사업으로 이어지는 이미 오래된 단서를 쫓으라고도 했다. 그러나 전부 그녀가 구제 불능임을 깨닫기 전의 일이었다. 샘은 리카르도가 그녀를 인도차터로 데려가서 일을 시켰을 때 솔직히 크게 안도했다고 말했다.

「그것 말고 또 뭘 알죠?」길럼이 화를 내며 물었다. 「서열을 망가뜨리면서 우리 회의에 끼어들기에 좀 약한데요.」

「〈그 여자〉를 알지.」스마일리는 인내심을 발휘하며 이렇게 말한 다음 제리 웨스터비의 파일을 다시 자세히 살폈다. 요즘 그는 주로 그것만 읽고 있었다. 「때로는 우리도 협박을 당할 수밖에 없어.」스마일리가 사람을 미치게 만들 정도로 너그럽게 덧붙였다. 「가끔은 협박에 굴복하는 것도 지극히 합리적이지.」한편 코니는 드물게도 거친 표현을 써서 모두를 깜짝 놀라게 했다. J. 에드거 후버에 대한 존슨 대통령의 말을 — 아마도 — 인용한 것 같았다. 「조지는 샘 콜린스가 텐트 밖에서 안으로 오줌을 싸는 것보다 텐트 안에서 밖으로 오줌을 싸는 게 낫다고 생각할 거야.」 그녀는 이렇게 딱 잘라 말한 다음 자신의 뻔뻔함에 만족하며 여학생처럼 깔깔 웃었다.

그리고 무엇보다도 1월 중순이 되어서야 코의 배경을 샅샅이 살피던 독 디샐리스가 히버트 씨라는 중국 침례교 선교사가 아직 생존해 있다는 놀라운 발견을 공표했다. 코가 런던 법학원에 지원했을 때 신원 보증인으로 적은 인물이었다.

현재 남아 있는 편리한 기억 외에도 당시에는 훨씬 더 많은 일들이 벌어지고 있었고, 따라서 제리의 중압감은 더욱 커졌다.

「기사 작위를 받을 가능성이 있어요.」 코니 색스가 말했다. 이미 전화로 했던 이야기였다.

무척 진지한 광경이었다. 코니는 머리를 보브 스타일로 잘랐다. 짙은 갈색 모자에 짙은 갈색 정장 차림이었고, 무선 마이크를 넣기 위해서 짙은 갈색 핸드백을 들었다. 바깥의 작은 진입로에는 엔진과 히터를 켠 파란 택시가 서 있었고 헝가리인 거리의 예술가 토비 이스터헤이스가 그 안에서 정모를 쓰고 앉아 조는 척하면서 좌석 아래 감취진 장치로 대화를 수신하여 기록했다. 코니의 거대한 몸이 깔끔해졌다. 그녀는 정부 출판국 공책을 들고 관절염에 걸린 손가락으로 정부 출판국 볼펜을 쥐고 있었다. 세상과 동떨어진 디샐리스는 약간 현대적으로 바뀌었다. 그는 마지못해 길럼의 줄무늬 셔츠를 입고 그와 어울리는 검은색 타이를 했다. 그 결과물은 약간 놀랍게도 꽤 그럴싸했다.

「〈정말〉 극비예요.」코니가 히버트 씨에게 크고 똑똑하게 말했다. 그녀는 전화상으로도 똑같은 말을 했다.

「어마어마한 극비죠.」디샐리스가 중얼거리며 한 번 더 말했고, 양팔을 어색하게 휘두르더니 한쪽 팔꿈치를 울퉁불퉁한 무릎에 얹고 괴팍한 손으로 턱을 감싼 다음 긁었다.

그녀는 홍콩 총독이 추천했고 이제 〈궁〉으로 넘길지 말지 위원회에서 결정할 것이라고 말했다. 코니가 〈궁〉이라고 말하면서 차분한 태도로 디샐리스를 흘긋 보자 그는 즉시 토크쇼에 출연한 유명인사처럼 환하지만 절제된 미소를 지었다. 회색 머리는 크림을 발라 매끈하게 넘겼는데, (코니가 나중에 한 말에 따르면) 오븐에 넣으려고 기름을 발라 둔 것 같았다.

「그러니 이해하시겠죠.」코니가 여자 아나운서처럼 정확한 억양으로 말했다. 「우리 나라의 가장 고귀한 기관이 당황하지 않도록 〈보호〉하기 위해서 아주 철저한 조사가 이뤄져야 합니다.」

「〈궁〉이라고요.」 히버트 씨가 디샐리스에게 눈을 찡긋
하며 따라 말했다. 「어리벙벙하군요. 궁이라는구나. 들었
니, 도리스?」 그는 나이가 무척 많았다. 기록에 따르면 여
든한 살이었지만 이목구비는 이제 더 이상 풍화되지 않
는 나이에 다다랐다. 목에 성직자용 칼라를 끼우고 팔꿈
치 부분을 가죽으로 덧댄 황갈색 카디건을 입었고 어깨
에 숄을 걸치고 있었다. 배경의 회색 바다가 그의 흰머리
주변에 후광을 만들었다. 「〈드레이크 코 경〉이라.」 그가
말했다. 「생각도 못 했습니다.」 그의 북부 억양이 너무나
순수했기 때문에 눈이 내린 듯한 흰 머리카락과 마찬가
지로 일부러 꾸며 냈다고 해도 믿을 정도였다. 「〈드레이
크 경〉이라.」 그가 다시 말했다. 「정말 어리벙벙하군요.
응, 도리스?」

그의 딸이 같이 앉아 있었다. 그녀는 서른에서 마흔몇
살 정도 되어 보였고, 금발 머리에, 노란 원피스를 입고
파우더를 발랐지만 립스틱은 바르지 않았다. 그녀의 얼
굴은 희망이 꾸준히 사라진 것만 빼면 소녀 시절과 달라
진 것이 없는 듯했다. 무슨 말을 할 때면 얼굴을 붉혔지
만 말을 거의 하지 않았다. 그녀는 페이스트리, 손수건처
럼 얇은 샌드위치, 도일리[76]에 얹은 시드 케이크[77]를 만들

76 음식을 담은 접시에 까는 장식용 종이.
77 캐러웨이 씨앗을 넣은 케이크.

어 놓았고, 가장자리에 구슬을 달아 묵직하게 만든 모슬린 조각으로 차를 걸렀다. 별 모양의 양피지 전등갓이 천장에 매달려 있었다. 업라이트 피아노가 한쪽 벽에 붙어서 있고 악보대에 「이끌어 주소서」의 악보가 펼쳐져 있었다. 키플링의 시 「만약에」의 자수 견본이 빈 난로의 쇠살대에 걸려 있고, 바다가 내다보이는 창문 양쪽의 벨벳 커튼은 어찌나 무거워 보이는지, 일상의 무용한 부분을 가리기 위한 것 같았다. 책은 없었다, 성경조차 없었다. 아주 커다란 컬러텔레비전 세트가 있었고, 긴 줄에 크리스마스카드 여러 장이 날개를 아래로 향한 채 가로로 걸려 있었다. 총에 맞아서 땅으로 추락하기 직전의 새들 같았다. 겨울 바다의 그림자만 빼면 중국 해안을 떠올리게 할 만한 것은 하나도 없었다. 비도 바람도 없는 날이었다. 정원에는 선인장과 관목이 추위를 견디며 멍하니 기다리고 있었다. 행인들이 산책길을 재빨리 지나갔다.

코니는 메모를 하고 싶다고 덧붙였다. 도청을 할 때에는 대비 겸 은폐를 위해서 메모를 하는 것이 서커스의 전통이기 때문이었다.

「아, 쓰세요.」 히버트 씨가 권하듯 말했다. 「우리 모두 기억력이 그렇게 좋은 건 아니니까요. 안 그러니, 도리스? 도리스는 기억력이 아주 좋습니다, 제 엄마만큼 좋죠.」

「그래서, 제일 먼저 여쭤보고 싶은 것은요.」 코니가 노

인의 속도에 맞춰 신중하게 말했다. 「모든 성격 증인에게
여쭤보는 것인데요 — 이런 걸 성격 증인이라고 하거든
요 — 괜찮으시다면 코 씨를 정확히 얼마 동안 알았는지,
두 사람 관계의 배경은 무엇인지 알고 싶습니다.」

코니의 말은, 표현은 달랐지만, 돌핀에게 어떻게 접근
했는지 설명해 보라는 뜻이었다.

타인에 대해서 이야기할 때, 노인들은 사라진 거울에
비친 자기 이미지를 열심히 살피면서 자기 자신에 대해
서 이야기한다.

「그 일은 제 천성에 딱 맞았습니다.」 히버트 씨가 말했
다. 「조부님의 소명도 저와 같았지요. 제 아버지는 매클
스필드에 〈커다란〉 교구를 가지고 계셨습니다. 숙부님은
열두 살에 돌아가셨지만 이미 서원을 하셨지요. 그렇지,
도리스? 저는 스무 살 때 선교사 학교에 들어갔습니다.
스물네 살에는 주님의 생명 선교회에 들어가려고 상하이
로 가는 배에 올랐지요. 배 이름은 〈엠파이어 퀸〉이었어
요. 제 기억에 따르면 우리는 승객보다 급사에 가까웠습
니다. 아, 세상에.」

그는 상하이에서 몇 년 동안 언어를 배우고 가르치다
가 운이 좋으면 중국 내륙 선교단으로 옮겨서 오지로 들
어갈 계획이었다.

「저는 좋았습니다. 도전이 좋았지요. 저는 늘 중국인이

좋았습니다. 주님의 생명 선교회는 근사하지는 않았지만 해야 할 일을 했습니다. 로마 가톨릭 학교들은 수도원이랑 더 비슷했고, 수도원과 같은 규칙이 있었지요.」 히버트 씨가 말했다.

한때 예수회 소속이었던 디샐리스가 흐릿한 미소를 지었다.

「〈우리〉 아이들은 거리에서 데려왔습니다.」 그가 말했다. 「상하이는 보기 드물게 뒤죽박죽 엉킨 곳이었지요. 온갖 것들과 온갖 사람들이 다 있었어요. 폭력단, 부정부패, 매춘이 있었고, 정치와 돈과 탐욕과 비참함이 있었지요. 인간 삶의 모든 것이 거기 있었어요. 안 그러니, 도리스? 사실 도리스는 기억 못 할 겁니다. 우리는 전쟁이 끝난 뒤에 상하이로 돌아갔지만 금방 쫓겨났어요, 그렇지? 그때도 도리스는 열한 살이 될까 말까 했을 겁니다. 그렇지? 그 뒤로는 상하이 같은 곳이 없었기 때문에 우리는 여기로 돌아왔습니다. 하지만 우린 상하이를 〈좋아〉합니다. 그렇지, 도리스?」 히버트 씨는 두 사람을 대표해서 말하고 있음을 무척 의식하며 이야기했다. 「그 〈공기〉가 좋아요. 우리는 그 공기를 좋아하지요.」

「무척 좋아해요.」 도리스가 이렇게 말하더니 커다란 주먹에 대고 기침을 하며 목을 가다듬었다.

「우리는 누구든 닥치는 대로 데려왔습니다.」 그가 말을 이었다. 「우리에겐 미스 퐁이 있었어요. 데이지 퐁 기억하니, 도리스? 당연히 기억하겠지? 데이지와 종 말이다. 음, 사실은 기억 못 할 겁니다. 세상에, 시간은 정말 빨리 가죠. 데이지는 피리 부는 사나이였어요. 피리 대신 종이었고, 남자가 아니라 여자였지만요. 그리고 데이지는 나중에 타락하기는 하지만 하느님의 사업을 하고 있었습니다. 최고의 개종자였죠, 일본 놈들이 들어오기 전까지는요. 데이지는 거리를 돌아다니면서 종이 망가질 때까지 흔들었습니다. 가끔 찰리 완이나 제가 같이 갔는데, 우리는 부두나 나이트클럽 골목을 —때로는 해안 거리 뒤쪽을— 선택했습니다. 피의 골목이라고 불렀지, 기억나니, 도리스? 사실은 기억 못 할 겁니다. 데이지가 종을 울리곤 했지요. 땡땡!」그가 기억을 떠올리며 웃음을 터뜨렸다. 데이지가 눈앞에 있는 것처럼 또렷하게 보이는 것이 분명했다. 그의 손이 자기도 모르게 종의 활기찬 움직임을 흉내 내고 있었다. 디샐리스와 코니는 예의 바르게 같이 웃었지만 도리스는 얼굴을 찌푸릴 뿐이었다. 「뤼드자프가 최악이었습니다. 놀랄 것도 없이 프랑스 거류지였고, 사창가가 있었어요. 뭐, 사실 사창가는 어디에나 있었습니다, 상하이에는 사창가가 빽빽하게 들어차 있었죠. 사람들은 상하이를 죄악의 도시라고 불렀어요. 그 말이 옳았지요. 데이지가 아이들에게 물었습니다. 〈엄마 잃어버린 사람 없니?〉그러면 두어 명이 나왔어요. 한꺼번에 나서진 않았고, 여기서 한 명, 저기서 한 명, 그런 식이었죠. 저녁을 얻어먹으려고 엄마가 없는 척하다가 한 대 맞고 돌아가는 아이들도 있었습니다. 하지만 항상 진짜 고아를 〈몇 명〉 찾았어요, 그렇지 도리스? 우리는 점차 학교를 시작했고 결국에는 마흔네 명이 되었습니다, 그렇지? 기숙생도 몇 명 있었지만 전부는 아니었어요. 성경 교실, 읽기와 쓰기와 셈, 지리와 역사 약간. 우리가 할 수 있는 건 그 정도였습니다.」

디셀리스는 초조함을 억누르며 회색 바다에 시선을 고정했다. 그러나 코니는 꾸준히 감탄하는 미소를 지었고 노인의 얼굴에서 절대 시선을 떼지 않았다.

「코 형제도 데이지가 그런 식으로 발견했지요.」 그는 하던 이야기에서 벗어난 것을 깨닫지 못하고 말을 이었다. 「부두에서요, 그렇지 도리스? 엄마를 찾고 있었지요. 두 아이는 산터우에서 왔습니다. 언제였더라? 1936년이었을 거예요. 드레이크는 열 살이나 열한 살이었고, 동생 넬슨은 여덟 살이었는데 둘 다 꼬챙이처럼 말랐었지요. 몇 주 동안 제대로 된 식사를 못 했어요. 두 아이는 하룻밤 사이에 라이스 크리스천[78]이 되었지요, 암요! 그때 그애들은 이름이 없었습니다, 물론 영어 이름 말이죠. 코 형제는 보트피플이었어요, 차오저우 출신이죠. 엄마에 대해서는 알아내지 못했습니다, 그렇지 도리스? 〈총에 맞아 죽었어요〉라고 말했지요. 〈총에 맞아 죽었어요.〉 일

---

78 종교적 이유가 아니라 물질적인 혜택을 위해 개종한 기독교인.

본인이 그랬을지도 모르고, 국민당이 그랬을지도 모릅니다. 진짜 원인은 알아내지 못했어요. 알아내야 할 이유가 어디 있겠습니까? 주님께서 형제의 어머니를 데려가셨으니 그뿐이지요. 모든 질문을 멈추고 현실을 받아들이는 게 나아요. 넬슨은 팔이 엉망이었습니다. 정말 충격적이었죠. 부러진 뼈가 소매 밖으로 튀어나와 있었어요, 역시 총에 맞았던 것 같습니다. 드레이크는 넬슨의 멀쩡한 손을 꼭 잡고서 처음에는 무슨 일이 있어도 절대 놓지 않으려 했어요, 넬슨이 식사를 해야 하는데도요. 우리는 사람은 둘인데 멀쩡한 팔은 하나밖에 없다고 말했었죠, 기억하니 도리스? 드레이크는 식탁 앞에 앉아서 넬슨을 꼭 잡고 입에 밥을 죽어라고 퍼 넣었지요. 우리가 의사를 불렀지만 그 사람도 두 아이를 떼어 놓지 못했습니다. 그냥 그대로 둬야 했어요. 〈이제부터 너는 드레이크다.〉제가 말했죠. 〈그리고 너는 넬슨이야. 너희 둘 다 용감한 뱃사람이니까. 어떠냐?〉네 엄마 생각이었지, 도리스? 아내는 항상 아들을 원했었지요.」

도리스가 아버지를 보면서 무슨 말을 하려다가 생각을 바꿨다.

「그 애들은 아내의 머리카락을 만지작거리곤 했습니다.」노인이 약간 어리둥절한 목소리로 말했다.「네 엄마의 머리카락을 만지작거리고 데이지의 종을 울리는 걸 좋아했었지. 걔들은 금발을 본 적이 없었어요. 도리스,

〈소우〉를 조금 더 내올까? 내 게 차갑게 식은 걸 보니 손님들 것도 식었겠구나. 상하이에서 소우는 차라는 뜻이지요.」 그가 설명했다. 「광저우에서는 〈차〉라고 하지만요. 우리는 그때 쓰던 단어 몇 개를 아직도 쓴답니다, 왠지는 모르겠지만요.」

도리스가 화난 사람처럼 씩씩거리며 방에서 나가자 코니가 기회를 잡아서 이렇게 말했다.

「히버트 씨, 아직 〈동생〉에 대한 정보가 없는데요.」 그녀가 약간 나무라는 듯한 어조로 말했다. 「더 어렸다고 하셨죠. 두 살 정도 어렸나요? 세 살?」

「〈넬슨〉에 대한 정보가 없다고요?」 노인이 놀랐다. 「음, 드레이크가 동생을 얼마나 아꼈는데요! 드레이크에게 넬슨은 자기 목숨과도 같았습니다. 넬슨을 위해서라면 뭐든 했지요. 〈넬슨〉에 대한 정보가 없다니, 무슨 소리냐, 도리스?」

그러나 도리스는 부엌에서 차를 끓이고 있었다.

코니가 공책을 보면서 엄격한 미소를 지었다.

「우리 잘못인 것 같군요, 히버트 씨. 총독 관저에서 〈형제자매〉란을 비워놨네요. 곧 홍콩에서 한두 명이 겸연쩍은 표정을 짓게 될 겁니다, 그건 분명히 말씀드릴 수 있어요. 넬슨의 생년월일까지는 기억 못 하시겠죠? 그러면 일이 간단해질 텐데 말이에요.」

「아니, 그건 모르지요! 물론 데이지 퐁은 기억하겠지

만 이미 오래전에 죽었습니다. 자기 생일을 모르는 아이들에게도 데이지가 생일을 다 정해 줬지요.」

디샐리스가 귓불을 잡아당기며 머리를 숙였다. 「혹시 중국 이름은 아십니까?」 그가 높은 목소리로 불쑥 말했다. 「조사해 보면 도움이 될 텐데요.」

히버트 씨가 고개를 저었다. 「넬슨의 기록이 없다니! 세상에나! 꼬마 넬슨을 옆에 끼고 있지 않은 드레이크는 상상도 할 수 없습니다. 우리는 형제가 빵과 치즈처럼 같이 다닌다고 말했었지요. 고아니까 당연하지만요.」

복도에서 전화벨이 울렸다. 그러자 부엌에 있던 도리스가 황급히 전화를 받으러 가면서 〈이런《젠장》〉이라고 말하는 소리가 똑똑히 들려서 코니와 디샐리스 모두 속으로 깜짝 놀랐다. 점점 커지는 물 끓는 소리를 배경으로 성난 대화가 드문드문 들렸다. 「글쎄, 왜 안 된다는 거죠? 빌어먹을 브레이크 때문이라면 〈왜〉 클러치가 문제라고 말씀하시는 거죠? 아뇨 우리는 새 차를 사고 싶지 〈않아요〉. 원래 가지고 있던 차를 고치고 싶다고요, 맙소사.」 그녀는 큰 소리로 〈하느님 맙소사〉라고 외치며 전화를 끊었고, 부엌에서 비명을 지르는 주전자에게 돌아갔다.

「넬슨의 중국 이름 말이에요.」 코니가 미소를 지으며 부드럽게 재촉했지만 노인은 고개를 저었다.

「그건 데이지가 알아요.」 그가 말했다. 「하지만 이미 오래전에 하늘나라로 갔지요, 하느님의 축복이 함께하

길.」디샐리스가 모른다는 노인의 말에 반박하려는 것 같
았지만 코니가 표정으로 그의 입을 다물게 했다. 〈가만히
놔둬.〉 그녀가 설득했다. 〈다그쳤다가는 말짱 꽝이야.〉

노인의 의자는 회전식이었다. 그가 자기도 모르게 시
계 방향으로 돌았고, 이제 바다를 향해 말했다.

「둘은 전혀 달랐지요.」히버트 씨가 말했다.「그렇게
다른 형제는 처음 봤어요. 그렇게 의좋은 형제도 처음 봤
지만요, 그건 사실입니다.」

「어떤 〈면〉에서 달랐지요?」코니가 유혹적으로 물
었다.

「꼬마 넬슨은 바퀴벌레를 무서워했습니다. 우선 그게
다르죠. 당연한 일이지만, 그때는 지금처럼 현대적인 위
생 설비가 없었습니다. 애들을 화장실로 보냈는데, 세상
에, 바퀴벌레가 어찌나 대단했던지, 화장실에서 총알처
럼 날아다녔죠! 넬슨은 가까이 가려고 하질 않았어요. 팔
은 잘 낫고 있었고 싸움닭처럼 먹어 댔지만 화장실에 들
어가지 않으려고 며칠이고 버텼습니다. 네 엄마가 넬슨
에게 화장실에 가면 뭐든 해주겠다고 지키지 못할 약속
을 했었지. 결국 데이지 퐁이 넬슨에게 매를 들었는데,
저는 그 애의 눈빛이 아직도 기억납니다. 가끔 넬슨이 사
람을 빤히 보면서 멀쩡한 손으로 주먹을 쥐면 그 애의 눈
빛에 돌이 될 것 같다는 생각이 들었지요, 넬슨은 타고난
반항아였어요. 그러던 어느 날 창밖을 보니 두 아이가 있

었습니다. 드레이크가 꼬마 넬슨의 어깨를 감싸 안고 동생이 볼일을 보는 동안 곁을 지켜 주려고 길을 따라 걸어가고 있었지요. 그 애들이 얼마나 다르게 걷는지 아십니까? 보트피플 아이들 말입니다.」 그가 바로 지금 눈앞에 그들이 보이는 것처럼 명랑하게 물었다. 「경련 때문에 안짱다리로 걷죠.」

문이 벌컥 열리더니 도리스가 새로 끓인 차를 쟁반에 얹고 들어와서 달그락거리며 내려놓았다.

「노래를 부를 때도 마찬가지였죠.」 그가 이렇게 말하고 다시 바다를 물끄러미 바라보며 침묵에 잠겼다.

「〈찬송가〉를 부를 때 말씀이신가요?」 코니가 빈 촛대가 놓인 윤이 나는 피아노를 흘끔거리며 명랑하게 물었다.

「드레이크는 네 엄마가 피아노 앞에 앉아 있으면 뭐든지 힘차게 불렀지. 캐럴도 부르고. 〈저 멀리 푸른 언덕에.〉 네 엄마를 위해서라면 자기 목이라도 뺐을 거야, 드레이크는 그랬어. 하지만 꼬마 넬슨의 노래는 한 번도 들어 본 적이 없지.」

「나중에는 들으셨잖아요.」 도리스가 거칠게 상기시켰지만 그는 못 알아듣고 싶은 듯했다.

「점심을 빼앗아도, 저녁을 빼앗아도, 그 애는 기도조차 하지 않았습니다. 처음부터 주님과 다퉜지요.」 그가 새삼스럽게 웃음을 터뜨렸다. 「음, 저는 그런 사람들이야말로 진짜 믿는 자라고 항상 말하지요. 다른 사람들은 그저 예의를 지킬 뿐이고요. 다툼이 없으면 진정한 개종이라고 할 수 없습니다.」

「빌어먹을 카센터.」 도리스가 시드 케이크를 난도질하며 아까의 통화 때문에 아직도 열이 올라 중얼거렸다.

「참! 운전기사분은 괜찮으십니까?」 히버트 씨가 외쳤다. 「도리스에게 모셔 오라고 할까요? 바깥은 무척 추울 텐데요! 모셔 와라, 어서!」 그러나 누가 대답을 하기도 전에 히버트 씨가 자신이 겪은 전쟁 이야기를 늘어놓기 시작했다. 드레이크의 전쟁 이야기도, 넬슨의 전쟁 이야기도 아닌 그 자신의 이야기였고, 조각조각 난 기억의 단편들이었다. 「우습게도, 일본군이 때맞춰 들어왔다고 생각하는 사람이 많았습니다. 이제 막 출범한 중국 국민당에게 방향을 알려 준다고 말이죠. 공산당에게도 물론이고요. 아, 콩깍지가 벗겨질 때까지 시간이 좀 걸렸습니다. 폭격이 시작된 뒤에도 말입니다. 유럽인이 운영하는 가게들이 문을 닫고, 〈타이팬〉[79]들은 가족을 대피시키고, 컨트리클럽은 병원이 되었지요. 그런데도 걱정하지 말라는 사람들이 있었습니다. 그러다 어느 날, 〈탕〉, 그들이 우리를 가두었습니다. 그렇지, 도리스? 그리고 네 엄마도 죽였지. 네 엄마는 힘이 없었어, 결핵을 앓고 난 뒤였으니 말이다. 안 그러니? 하지만 그 모든 일에도 불구하고

79 중국이나 홍콩에 있는 대규모 외국 회사의 중역을 가리키는 말.

코 형제는 대부분의 사람들보다 나은 상황이었습니다.」

「아. 왜일까요?」 코니가 무척 흥미로워하며 물었다.

「자기들을 인도하고 위로해 주실 예수님을 알았으니까요, 안 그러냐?」

「물론 그렇겠지요.」 코니가 말했다.

「당연하지요.」 디셸리스가 손가락을 엮어서 끌어당기며 되풀이해 말했다. 「〈정말로〉 그랬을 겁니다.」 그가 지나치게 상냥하게 말했다.

잽 ─ 그는 일본군을 이렇게 불렀다 ─ 이 들어오자 선교원은 문을 닫았고, 데이지 퐁은 종을 들고 아이들과 함께 피난민 대열에 합류했다. 몇몇은 손수레나 버스, 기차를 탔지만 대부분은 걸어서 상라오로 향했고, 결국 장 제스의 국민당이 임시 수도를 건설한 충칭까지 갔다.

「너무 오래 이야기하시긴 힘들어요.」 도중에 도리스가 코니에게 따로 경고했다. 「정신이 흐려지실 거예요.」

「오, 아니야, 할 수 있다.」 히버트 씨가 다정한 미소를 지으며 도리스의 말을 정정했다. 「이제 나는 충분히 살았다. 이제 내 마음대로 할 테다.」

그들은 차를 마시면서 정원에 대해서 이야기를 나누었다. 이곳에 정착한 이후 정원이 줄곧 골칫거리였다.

「사람들은 잎이 은백색인 식물을 심으라더군요, 소금기를 잘 견딘다고요. 나는 잘 모르겠습니다. 안 그러니 도리스? 잘 견디는 것 같지가 않아, 안 그러니?」

히버트 씨는 아내가 죽으면서 자기 삶도 끝났다고 말했다. 아내와 다시 만날 때까지 시간을 보내고 있을 뿐이라고 말이다. 그는 한동안 잉글랜드 북부에서 살다가 런던으로 이주해서 성경을 전파하는 일을 했다.

「그런 다음 남부로 옮겼지요. 안 그러니 도리스? 왜 그랬는지는 나도 모르겠습니다.」

「공기 때문에요.」 그녀가 말했다.

「궁에서 파티가 열리겠군요, 그렇지요?」 히버트 씨가 물었다. 「드레이크가 우리를 초대할지도 모르겠군요. 생각해 보렴, 도리스. 너도 좋아할 거다. 왕족의 가든파티야. 모자도 써야 하겠지.」

「하지만 상하이로 돌아가셨었죠.」 코니가 결국 그의 주의를 환기하려고 공책을 넘기며 그에게 상기시켰다. 「일본이 패배하고 상하이가 다시 개방되자 그곳으로 돌아가셨어요. 물론 아내분은 안 계셨지만, 그래도 돌아가셨죠.」

「아, 그래요, 우린 돌아갔습니다.」

「그리고 코 형제를 다시 만나셨지요. 다 같이 만나서 재미있는 이야기를 나누셨겠군요. 그랬나요, 히버트 씨?」

그가 잠시 질문을 못 알아듣는 듯하더니 갑자기 한 박자 늦게 웃었다. 「세상에, 그때는 이미 어엿한 청년이 되

어 있었지요. 얼마나 명민했던지! 〈게다가〉 도리스 네 앞
에서 말하긴 좀 그렇지만, 여자를 쫓아다녔죠. 내가 항상
말했잖니, 네가 드레이크에게 여지를 조금만 줬으면 그
는 너랑 결혼했을 거라고 말이다.」

「아, 아버지도 참.」 도리스가 중얼거리며 음울한 표정
으로 바닥을 노려보았다.

「그리고 넬슨은, 세상에 넬슨은 정말 열정적이었지
요!」 그가 새에게 물이라도 먹이는 것처럼 스푼으로 조
심스럽게 차를 마셨다. 「〈미시 어디?〉 그게 드레이크의
첫 질문이었습니다. 걘 네 엄마를 보고 싶어 했지. 〈미시
어디?〉 영어를 다 까먹었더군요, 넬슨도 마찬가지였고
요. 제가 나중에 다시 가르쳤지요. 저는 무슨 일이 있었
는지 말해 주었습니다. 그때쯤 되자 그 애는 죽음을 너무
많이 봤어요, 〈그건〉 확실하죠. 믿지 못하는 것 같지는
않았습니다. 제가 말했습니다. 〈미시 죽었어.〉 그 외에는
할 말이 없었어요. 〈죽었단다, 드레이크. 주님 곁에 있
어.〉 저는 그 전에도 그 후에도 드레이크가 우는 모습을
한 번도 못 봤지만, 그때는 엉엉 울었어요. 정말 사랑스
러웠습니다. 드레이크가 저에게 말했지요. 〈나 엄마 두
번 잃었어. 엄마 죽고, 이제 미시 죽었어.〉 우리는 그녀를
위해 기도를 드렸지요. 달리 뭘 할 수 있었겠습니까? 꼬
마 넬슨은 울지도 않고 기도를 드리지도 않았어요. 넬슨
은 달랐어요. 그 애는 드레이크만큼 제 아내를 좋아한 적

이 없었습니다. 개인적인 감정은 아니었지요. 그녀는 적이었습니다. 우리 모두가 적이었죠.」

「〈우리〉가 정확히 누구지요, 히버트 씨?」 디셀리스가 구슬리듯 물었다.

「유럽인, 자본주의자, 선교사. 그들의 영혼을, 노동력을, 돈을 노리고 온 이주민 전부 말입니다. 우리 모두요.」 히버트 씨가 아무런 원망도 없이 되풀이해서 말했다. 「착취자. 넬슨은 우리를 그렇게 보았지요. 어떤 면에서는 맞는 말이기도 했습니다.」 대화가 잠시 어색하게 멈추었고, 결국 코니가 조심스레 다시 시작했다.

「그러면 아무튼 선교원을 다시 열고 1949년에 공산주의자들에게 탈취당할 때까지 머무셨겠군요. 4년 동안 적어도 드레이크와 넬슨을 아버지처럼 지켜보실 수 있었을 겁니다. 그랬나요, 히버트 씨?」 그녀가 펜을 들고 물었다.

「아, 우리는 문에 램프를 다시 내걸었습니다, 맞아요. 1945년에 우리는 다른 사람들과 마찬가지로 무척 기뻤지요. 전쟁이 멈췄고, 일본군이 패배했고, 피난민들이 집으로 돌아올 수 있었으니까요. 다들 거리에서 서로 끌어안는 것이 일상이었습니다. 우리는 돈도 받았습니다. 배상금이었겠지요. 데이지 퐁도 돌아왔지만 오래 머물지는 않았습니다. 1, 2년 동안 겉으로는 괜찮아 보였지만, 사실은 그때도 멀쩡하지는 않았지요. 우리는 장제스가 통치하는 동안 상하이에 머물렀는데 — 음, 장제스가 대단

히 뛰어난 통치자는 아니었지요, 안 그렇습니까? 1947년
이 되자 공산주의가 거리로 나왔고, 1949년에는 완전히
뿌리를 내렸습니다. 물론 국제 거류지는 이미 오래전에
사라졌고, 조계[80]도 마찬가지였는데, 잘된 일이었지요.
나머지는 천천히 사라졌습니다. 늘 그렇듯 옛 상하이가
영원히 계속될 거라고 말하는 눈먼 사람들이 있었지요.
일본군이 들어왔을 때도 그랬던 것처럼 말입니다. 그 사
람들은 상하이가 만주를 부패시켰다고 했지요. 군벌, 국
민당, 일본인, 영국인도요. 이제 상하이가 공산주의자들
도 부패시킬 것이라고 했습니다. 물론 그들이 틀렸지요.
도리스와 저는 ― 음, 우리는 부패가 중국의 문제를 해결
해 줄 거라고 믿지 않았습니다. 안 그러니? 네 엄마도 마
찬가지였어. 그래서 우리는 돌아왔습니다.」

「코 형제는 어떻게 됐죠?」코니가 물었고, 도리스는 갈
색 종이봉투에서 뜨개질감을 소란스럽게 꺼냈다.

노인은 주저했는데, 이번에는 노쇠함이 아니라 의구
심 때문에 이야기가 느려진 듯했다. 「음, 그래요.」어색한
간격을 두었다가 그가 인정했다. 「두 사람이 보기 드문
모험을 했던 것만은 사실이지요.」

「〈모험〉이라니요.」도리스가 뜨개바늘을 찰칵거리며
화가 난 듯이 말했다. 「광란에 가깝죠.」

---

80 제국주의 국가들이 식민지 침략 근거지로 삼았던 개항 도시의 외
국인 거주지.

바다에는 빛이 아직 남아 있었지만 방 안의 빛은 죽어 가고 있었고, 가스 불이 저 멀리에서 들려오는 모터 같은 소리를 냈다.

노인의 말에 따르면 드레이크와 넬슨은 상하이에서 도망치다가 여러 번 헤어졌고, 서로를 찾지 못할 때면 가슴이 찢어지도록 슬퍼했다. 꼬마 넬슨은 굶주림과 극도의 피로, 민간인 수천 명을 죽인 지옥 같은 공습 속에서 살아남아 상처 하나 없이 충칭에 도착했다. 그러나 나이가 더 많았던 드레이크는 장제스의 군대에 징집되었다. 장제스는 공산당과 일본군이 서로 죽이기를 바라면서 도망만 쳤지만 말이다.

「드레이크는 전선을 찾아가려 애쓰고 넬슨을 죽을 만큼 걱정하면서 사방팔방으로 돌아다녔습니다. 물론 넬슨은, 음, 충칭에서 빈들거리고 있었지요, 사상 서적을 닥치는 대로 읽으면서요. 나중에 넬슨에게 들었는데, 충칭에는 『뉴 차이나 데일리』도 있었답니다. 장제스의 허가를 받아서 발행하고 있었다는군요. 생각해 보세요! 주변에 생각이 비슷한 사람들이 몇 명 있어서 다 같이 충칭에서 머리를 모아 전쟁이 끝났을 때 세상을 어떻게 재건할지 고민했는데, 어느 날 정말 전쟁이 끝난 겁니다.」

히버트 씨는 1945년에 형제의 이별이 기적적으로 끝났다고만 말했다. 「수천 분의 일, 수백만 분의 일의 확률이었지요. 상하이로 돌아오는 길에서 트럭과 손수레, 군

461

대, 총기가 해안을 향해 끝없이 밀려들었고, 드레이크는 미친 사람처럼 이리저리 뛰어다녔습니다. 〈제 동생 못 보셨어요?〉라고 외치면서요.」

그 순간의 드라마가 갑자기 노인 안의 설교자를 깨우면서 그의 목소리가 높아졌다.

「그때 자그맣고 더러운 사람이 자기 팔로 드레이크의 팔꿈치를 감더니 이렇게 말했습니다. 〈어이, 너. 코.〉 담뱃불이라도 빌리려는 것 같았지요. 〈네 동생은 다음다음 트럭에서 하카 공산당원들에게 열렬하게 연설을 하는 중이야.〉 어느새 형제는 얼싸안고 있었고, 드레이크는 상하이로 돌아올 때까지 넬슨에게서 눈을 떼지 않았습니다. 상하이에 도착한 뒤에도 마찬가지였지요!」

「그런 다음 둘이서 당신을 만나러 왔군요.」 코니가 편안하게 말했다.

「상하이로 돌아왔을 때 드레이크의 마음속에는 한 가지 생각밖에 없었습니다. 넬슨이 정식 교육을 받아야 한다는 것이었죠. 이 좋은 세상에서 드레이크에게 넬슨의 교육보다 더 중요한 것은 아무것도 없었습니다. 〈아무것도요.〉 넬슨은 학교에 다녀야 했습니다.」 노인의 손이 의자 팔걸이에 탁 떨어졌다. 「형제 중에서 적어도 〈한 명〉은 성공해야 했지요. 아, 드레이크는 정말 단호했어요! 그는 해냈습니다.」 노인이 말했다. 「멋지게 해냈지요. 암요. 이제 드레이크는 진짜 해결사였습니다. 전쟁이 끝나고 돌아왔을 때 드레이크는 열아홉 살이었습니다. 넬슨은 열일곱 살이 되었고, 역시 밤낮으로 노력했지요 — 물론 공부 말입니다. 드레이크와 마찬가지였지만 드레이크는 몸을 써서 일을 했지요.」

「사기꾼이었어요.」 도리스가 작게 말했다. 「폭력단에 들어가서 도둑질을 했죠. 그렇지 않을 때는 〈나〉를 괴롭혔고요.」

히버트 씨가 도리스의 이 말을 들은 것인지, 아니면 도리스의 전체적인 반감에 대해서 대답했던 것인지는 분명하지 않다.

「도리스, 삼합회 같은 건 멀리서 봐야 해.」 그가 도리스의 말을 정정했다. 「상하이는 도시 국가였어. 대상인들과 벼락부자 그리고 더 나쁜 사람들이 운영했지. 노동조합도 법과 질서도 없고 사는 게 비천하고 고달팠어. 지금의 홍콩도 껍데기를 벗겨 내면 크게 다르지 않을 거야. 당시 소위 말하는 영국 신사들에 비하면 랭커셔의 공장 경영자들은 자애 넘치는 기독교도의 모범처럼 보일 정도지.」 그는 가볍게 훈계한 다음 코니와 하던 이야기로 돌아갔다. 그는 코니 같은 사람이 익숙했다. 신도석 맨 첫줄에 앉는 여성의 전형이었다. 모자를 쓰고 열심히 집중하면서 노인의 말을 한마디도 놓치지 않고 너그럽게 듣는다.

「두 사람은 5시에 차를 마시러 오곤 했습니다. 코 형제 말입니다. 제가 모두 준비해 두었지요. 식탁에 음식을 차려 놓고, 둘이서 소다라고 부르면서 좋아하던 레모네이드도 준비하고요. 드레이크는 부두에서 일을 하다가, 넬슨은 공부를 하다가 왔고 거의 아무 말도 없이 먹은 다음 다시 일하러 갔습니다. 안 그러냐, 도리스? 두 사람이 전설적인 영웅 이야기를 해주었는데, 바로 차윤이라는 학자 이야기였습니다. 차윤은 너무 가난했기 때문에 반딧불이를 잡아다가 그 불빛으로 혼자서 읽기와 쓰기를 공부했지요. 그러더니 넬슨이 그 못지않다고 하더군요. 제가 말했습니다. 〈그래, 차윤, 빵을 하나 더 먹고 힘을 내렴.〉 형제는 살짝 웃고는 돌아갔습니다. 〈잘 가라, 차윤, 잘 가.〉 가끔 넬슨은 입 안에 음식이 가득하지 않을 때면 저에게 정치 이야기를 늘어놓았습니다. 세상에, 이미 대단한 사상을 가지고 있더군요! 〈우리〉는 넬슨을 가르칠 수 없었습니다, 우리도 잘 몰랐으니까요. 네, 돈은 만악의 근원이지요, 〈그것〉만큼은 부정하지 않을 겁니다! 저도 몇 년 동안이나 그렇게 설교를 했었으니까요! 형제애, 동지애, 인민의 아편 종교, 그렇게까지는 동의하지 못하겠지만 교권주의, 고교회파[81]라는 말도 안 되는 소리, 로마 가톨릭, 우상 숭배에 대해서는 넬슨의 생각이 그렇게 틀렸다고 할 수 없었습니다. 넬슨은 우리 영국인에 대해서도 어느 정도 나쁘게 말을 했지만, 그럴 만도 했지요.」

81 종교 개혁 뒤에 생긴 영국 국교회의 한 파. 예배와 성직의 중요성을 강조하였으며 로마 가톨릭과 유사한 성격을 띤다.

「그런 주제에 아버지가 주는 음식은 잘만 먹었잖아요?」 도리스가 다시 낮은 목소리로 소곤거렸다. 「그러면서 종교적인 배경은 부인하고. 선교원을 산산조각 내고.」

그러나 노인은 참을성 있게 미소 지을 뿐이었다. 「도리스, 애야, 전에도 말했지만 다시 말하마. 주님은 여러 방법으로 모습을 드러내신단다. 선한 사람들이 진실과 정의와 형제애를 찾으러 나가려고 하면 주님은 문밖에서 오래 기다리실 필요가 없단다.」

도리스는 얼굴을 붉히며 뜨개질에 몰두했다.

「물론 도리스 말이 맞습니다. 넬슨은 〈정말로〉 선교원을 산산조각 냈지요. 종교도 부인했습니다.」 그의 늙은 얼굴에 슬픈 구름이 잠시 드리워졌지만 갑자기 웃음이 이겼다. 「하지만 드레이크가 혼쭐을 내줬지요! 호되게 꾸짖었습니다! 세상에! 드레이크가 말했지요. 〈정치가 다 뭐냐. 정치는 먹을 수도 없고, 팔 수도 없고, 도리스 앞에서 미안한 말이지만, 같이 잘 수도 없어! 정치가 할 수 있는 건 사원을 부수고 죄 없는 사람을 죽이는 것뿐이야!〉 저는 드레이크가 그렇게 화를 내는 모습은 처음 봤습니다. 그런 다음 넬슨을 흠씬 두드려 팼지 뭡니까! 드레이크가 부두에서 일하면서 뭔가를 배운 게 분명하다는 말씀만은 드릴 수 있습니다!」

「네, 말씀하셔야지요.」 어둠 속에서 디샐리스가 뱀처럼 쉿쉿거리며 말했다. 「우리에게 〈전부 다〉 말씀하셔야 합니다. 그게 당신의 의무니까요.」

「학생 행렬이었습니다.」 히버트 씨가 말을 이었다. 「야
간 통행금지 시간이었지만 공산당원들이 횃불을 들고 거
리로 나와서 소란을 피웠지요. 1949년 초, 아마 봄이었을
겁니다. 점차 끓어오르기 시작했습니다.」 지금까지는 두
서없이 중얼거렸지만 이제 히버트 씨는 뜻밖에도 간결하
게 말하기 시작했다. 「우리는 불가에 앉아 있었지요, 그
렇지 도리스? 도리스는 열네 살인가 열다섯 살이었습니
다. 우리는 불을 좋아했지요, 딱히 필요 없을 때에도 불
을 피우면 고향인 매클스필드로 돌아간 것 같았으니까
요. 그때 밖에서 덜거덕거리는 소리와 반복되는 구호가
들렸습니다. 심벌즈, 휘파람, 징, 종, 북, 정말 충격적인
소음이었죠. 저는 그런 일이 일어나고 있을 거라고 생각
은 하고 있었습니다. 영어 수업을 할 때마다 넬슨이 항상
경고했으니까요. 〈돌아가세요, 히버트 씨. 당신은 착한
사람이에요.〉 그 애는 이렇게 말하곤 했습니다. 〈당신은
착한 사람이지만 수문이 터지면 물살이 착한 사람도 나
쁜 사람도 똑같이 덮칠 거예요.〉 넬슨은 마음만 먹으면
무척 사랑스럽게 말할 수 있었지요. 그의 믿음과 마찬가
지였어요. 꾸며 낸 것이 아니었지요. 〈느끼는〉 것이었습
니다. 〈데이지.〉 제가 말했습니다. 네, 데이지 퐁이 같이
앉아 있었어요, 종을 울리던 데이지 말입니다. 〈데이지,

도리스랑 안뜰로 가요, 누가 올 것 같군요.〉갑자기 〈쿵〉
소리가 났습니다, 누가 창문에 돌을 던졌지요. 물론 뭐라
고 외치는 목소리들도 들렸는데, 저는 목소리만 듣고도
그중에 넬슨이 있다는 것을 알았습니다. 넬슨은 차오저
우 말과 상하이 말을 〈모두〉 썼지만, 친구들에게는 당연
히 상하이 말을 했지요. 〈제국주의의 주구(走狗)를 혼내
주자!〉 넬슨이 외치고 있었습니다. 〈종교 하이에나를 쓰
러뜨리자!〉 아, 그 구호도 참! 중국어로는 그럴싸하게 들
리지만 영어로 바꾸면 헛소리였죠. 그러다가 문이 열리
고 그들이 들어왔습니다.」

「그 사람들이 십자가를 부쉈어요.」 도리스가 손을 멈
추고 뜨개질감을 노려보며 말했다.

이번에는 딸이 아닌 히버트 씨가 저속한 표현을 써서
듣는 사람을 놀라게 했다.

「빌어먹을, 십자가만이 아니라 훨씬 더 많이 부쉈지,
도리스!」 히버트 씨가 다시 명랑하게 말했다.「정말 많이
부수었습니다. 신자석, 탁자, 피아노, 의자, 램프, 성가집,
성서. 아, 그 사람들은 정말 힘이 넘치더군요. 정말 지독
했습니다. 제가 말했지요. 〈계속하시오. 마음대로 해요.
인간이 만든 것은 소멸하겠지만, 이곳을 산산조각 내서
불쏘시개로 만든다 해도 하느님의 말씀은 파괴하지 못할
겁니다.〉 넬슨은 불쌍하게도 나를 보려고 하지 않았어요.
저는 넬슨을 위해서 눈물도 흘릴 수 있었습니다. 폭도들

이 돌아가고 나서 주변을 둘러보니 문 앞에 데이지 퐁이 서 있고 도리스가 그 뒤에 있었지요. 데이지는 전부 다 봤던 겁니다. 즐기고 있었어요. 눈빛을 보면 알 수 있었지요. 마음속으로는 자신도 폭도였던 거죠. 기분이 좋았던 겁니다. 제가 말했습니다. 〈데이지. 짐을 싸서 나가세요. 이 세상을 살면서 자신을 온전히 내어 주든 내어 주지 않든 마음이 가는 대로 할 수 있지만, 절대 자신을 빌려줘서는 안 됩니다. 그건 스파이보다 더 나빠요.〉」

코니는 동의한다는 듯 얼굴을 빛냈지만 디샐리스는 기분이 나쁘다는 듯 씩씩거리며 한숨을 쉬었다. 그러나 노인은 정말로 즐기고 있었다.

「그런 다음 우리는, 나와 도리스는 자리에 앉아서 같이 조금 울었습니다, 뭘 숨기겠습니까. 안 그러니, 도리스? 저는 눈물을 부끄러워하지 않습니다, 한 번도 그런 적 없지요. 우리 둘 다 네 어머니가 몹시 보고 싶었지. 우리는 무릎을 꿇고 기도를 드린 다음 치우기 시작했습니다. 어디서부터 시작해야 할지 알 수가 없었어요. 그때 드레이크가 들어왔습니다!」 그가 놀라며 고개를 저었다. 「〈안녕하세요, 히버트 씨.〉 드레이크가 특유의 낮은 목소리로, 저에게서 배운 북부 억양으로 말했지요, 우리는 그 억양 때문에 항상 웃었습니다. 그의 뒤에는 꼬마 넬슨이 빗자루와 쓰레받기를 들고 서 있었어요. 어렸을 때 폭격을 당한 팔이 아직도 휘어 있었지요, 아마 지금도 그럴 겁니다. 하지만 그런 팔로 비질을 했어요. 그때 드레이크가 넬슨을 크게 혼내더군요, 공사장 인부처럼 심하게 욕을 퍼부으면서요! 저는 드레이크가 그렇게 심하게 말하는 것을 들어 본 적이 없었습니다. 음, 말하는 것만 들으면 꼭 공사장 인부 같았지, 안 그러냐?」 그가 딸을 보며 차분하게 미소지었다. 「드레이크가 차오저우 말을 해서 다행 아니냐, 도리스? 저는 그 말을 반밖에 못 알아들었지만 세상에! 정말 심하게 욕을 했지요.」

그가 말을 멈추고 기도를 드리느라 그런지 피곤해서인지 잠시 눈을 감았다.

「물론 넬슨의 잘못은 아니었습니다. 음, 우리도 알고 있었어요. 넬슨이 리더였으니 체면이 달려 있었죠. 학생들은 딱히 어디로 가야겠다는 생각 없이 행진을 시작했는데, 그때 누군가가 넬슨에게 이렇게 말했던 겁니다. 〈어이! 선교원 출신! 네가 무엇에 충성하는지 우리한테 증명해 봐!〉 그래서 그랬던 거예요. 그럴 수밖에 없었지요. 그래도 드레이크는 넬슨을 혼내지 않을 수 없었습니다. 두 사람이 선교원을 말끔하게 치운 다음 우리는 침실로 들어갔습니다. 두 아이는 폭도들이 돌아올 경우에 대비해서 예배당 바닥에서 잤지요. 아침에 내려가 보니 멀쩡한 성가집을 전부 모아서 깔끔하게 쌓아 놓았더군요, 성경도 그렇고요. 둘이서 나름대로 십자가도 고쳐 놓았습니다. 심지어는 피아노까지 고쳤지요, 당연히 음은 맞지 않았지만요.」

디샐리스가 몸을 다시 꼬아서 다른 자세를 취하며 질문을 던졌다. 그는 코니와 마찬가지로 공책을 펼쳐 놓았지만 아직 아무것도 쓰지 않았다.

「당시 넬슨의 분야는 뭐였습니까?」 그가 특유의 성난 콧소리로 물었고, 펜으로 받아 적을 준비를 했다.

히버트 씨가 모르겠다는 듯 얼굴을 찌푸렸다.

「뭐, 공산당이지요, 당연히.」

도리스가 뜨개질감에 대고 〈아, 아빠〉라고 속삭였고 코니가 얼른 설명했다.

「히버트 씨, 그때 넬슨이 뭘 공부하고 있었지요? 어디에서요?」

「아, 〈분야〉. 〈그〉 분야 말씀이시군요!」 히버트 씨가 다시 간결한 이야기를 시작했다.

그는 대답을 정확하게 알았다. 영어 시간에 히버트 씨와 넬슨이 ― 공산주의 복음을 빼면 ― 넬슨의 야망 외에 달리 무엇에 대해 이야기를 했겠는가? 넬슨은 엔지니어링에 열정을 불태우고 있었다. 그는 성경이 아니라 기술이 중국을 인도하여 봉건주의에서 벗어나리라 믿었다.

「조선, 도로, 철도, 공장. 그게 넬슨이었지요. 계산자를 들고 학위를 가진 화이트칼라의 가브리엘 대천사. 넬슨의 마음속에서 그는 그런 모습이었습니다.」

히버트 씨는 넬슨이 그 행복한 목표를 달성하는 모습을 보기 전에 상하이를 떠났다고 말했다. 넬슨은 1951년에야 졸업했기 때문이다.

디샐리스의 펜이 공책을 거칠게 긁었다.

「……하지만 드레이크는 그 6년 동안 넬슨을 위해서 열심히 돈을 모았습니다.」 히버트 씨가 말했고, 도리스가 삼합회를 다시 언급했지만 못 들은 척했다. 「드레이크는 끝까지 해냈고, 넬슨과 마찬가지로 보상을 받았습니다. 드레이크는 귀중한 종이가 넬슨의 손에 들린 것을 보았고, 이제 자기 일이 다 끝났음을 알았습니다. 이제 항상 계획했던 것처럼 그만둘 수 있었지요.」

흥분한 디샐리스가 눈에 띄게 탐욕스러워졌다. 못생긴 얼굴이 얼룩덜룩해지고, 의자에 앉은 채 심하게 꼼지락거렸다.

「졸업한 〈다음〉, 그다음엔 어떻게 됐죠?」 그가 다급하게 말했다. 「뭘 했습니까? 뭐가 되었죠? 계속하세요. 계속해요.」

히버트 씨가 그의 대단한 열의에 놀라서 미소를 지었다. 드레이크에게 들은 바에 따르면 넬슨은 제도공으로 조선소에 들어가서 청사진을 만들거나 프로젝트를 계획했고, 마오쩌둥이 승리를 거둔 이후 중국으로 쏟아져 들어온 러시아 기술자들에게서 배울 수 있는 것은 무엇이든 미친 듯이 배웠다. 그러다가, 히버트 씨의 기억이 맞

471

다면, 1953년에 넬슨은 영광스럽게도 러시아의 레닌그라드 대학 유학생에 선발되어 1950년대 후반까지 그곳에서 공부했다.

「아, 드레이크가 어찌나 기뻐했는지, 꼬리 둘 달린 강아지 같았지요!」히버트 씨는 친아들 이야기라도 하는 것처럼 더없이 자랑스러워 보였다.

디샐리스가 갑자기 몸을 숙이더니 코니가 조심하라는 눈빛을 보내는데도 아랑곳하지 않고 노인을 향해 펜을 찌르는 듯한 손짓까지 했다. 「그래서, 레닌그라드〈다음〉에는요,〈그 뒤에는〉어떻게 됐습니까?」

「음, 당연히 상하이로 돌아왔지요.」히버트 씨가 웃으며 말했다. 「그리고 승진도 했습니다, 많은 것을 배웠으니까요. 러시아에서 공부한 조선 기사이자 공학자, 관리자가 되었지요! 아, 넬슨은 러시아 사람들을 정말 좋아했습니다! 한국 전쟁 이후에는 더욱 그랬지요. 러시아에는 기계, 힘, 사상, 철학이 있었습니다. 그에게 러시아는 약속의 땅이었어요. 넬슨은 러시아인들을 존경했지요, 마치 ─」그의 목소리와 열의가 동시에 가라앉았다. 「이런.」그가 중얼거리면서 말을 멈추었다. 그가 이야기를 시작한 후 자신 없는 모습을 보인 것은 이번이 두 번째였다. 「하지만 영원할 순 없지요, 안 그렇습니까? 러시아를 우러러보는 것 말입니다. 마오쩌둥이 새로 세운 동화의 나라에서 그게 얼마나 지속될 수 있었겠습니까? 도리스,

「애야, 숄을 가져다 다오.」

「걸치고 계시잖아요.」도리스가 말했다.

디샐리스는 요령도 없이 집요하게 밀어붙였다. 이제 그는 대답 외에는 아무것도, 무릎에 펼쳐 놓은 공책조차 도 신경 쓰지 않았다.

「넬슨이 돌아왔군요.」그가 새된 목소리로 말했다.「아 주 좋습니다. 그런 다음 출세를 했고요. 넬슨은 러시아에 서 공부했고, 친러시아파였군요. 아주 좋아요. 〈그다음엔 어떻게 됐지요?〉」

히버트 씨가 디샐리스를 한참 바라보았다. 그의 얼굴 에도 시선에도 음흉함은 없었다. 그는 똑똑한 아이처럼, 세상 물정을 전혀 모른다는 듯이 디샐리스를 보았다. 히 버트 씨가 디샐리스를 더 이상 믿지 않는다는 것이, 그리 고 그를 좋아하지 않는다는 것이 갑자기 분명해졌다.

「그는 죽었소, 젊은이.」마침내 히버트 씨가 이렇게 말 하더니 의자를 돌려 바다 쪽을 보았다. 방 안은 이미 반 쯤 어두웠고 빛은 대부분 가스난로에서 나왔다. 회색 해 변은 텅 비었다. 쪽문에 앉은 검고 거대한 갈매기 한 마 리가 저녁 하늘에 마지막 남은 빛을 받고 있었다.

「아직도 팔이 굽었을 거라고 하지 않았습니까.」디샐 리스가 곧바로 쏘아붙였다.「지금도 그럴 거라고 말씀하 셨습니다. 〈지금〉이라고 하셨다고요! 당신 목소리로 똑 똑히 말했습니다!」

「그럼, 히버트 씨를 더 이상 괴롭히면 안 될 것 같네요.」코니가 밝게 말한 다음 디샐리스를 날카롭게 노려보면서 몸을 숙여 가방을 집었다. 그러나 디샐리스는 물러서려 하지 않았다.

「못 믿겠어!」그가 새된 목소리로 외쳤다. 「어떻게요? 넬슨이 언제 죽었습니까? 날짜를 알려 주시죠!」

그러나 노인은 숄을 조금 더 여미고 바다를 물끄러미 바라볼 뿐이었다.

「그때 우린 더럼에 살고 있었어요.」너무 어두워서 뜨개질을 할 수 없을 정도였지만 도리스는 여전히 뜨개질감에서 눈을 떼지 않은 채 말했다. 「드레이크가 기사 딸린 커다란 자동차를 타고 우리를 만나러 왔죠. 티우라는 부하와 함께였어요. 상하이에서 같이 나쁜 짓을 하던 동료였죠. 그는 과시하고 싶어 했어요. 저에게는 백금 라이터를, 아빠에게는 교회에 쓰라며 현금 천 파운드를 주었고 케이스에 든 훈장을 자랑했어요. 그런 다음 저를 한쪽 구석으로 데려가더니 홍콩으로 와서 자기 애인이 되라더군요. 아빠가 바로 코앞에 있는데 말이에요. 어찌나 건방지던지! 드레이크는 아버지에게 서명을 해달라고 했어요. 보증인이 되어 달라고요. 그레이스인 법학원에서 공부할 거라더군요. 그 나이에 말이에요! 마흔두 살에! 정말 대단한 만학도 아니겠어요? 물론 그럴 생각도 없었겠지만요. 늘 그렇듯 허세를 부리면서 말로만 그런 거예요. 아버지가 물었죠. 〈넬슨은 어떻게 지내지?〉 그랬더니 —」

「잠깐만요.」 디샐리스가 또다시 무분별하게 끼어들었다. 「날짜는? 그게 〈언제〉였지요? 〈날짜〉가 있어야 합니다!」

「1967년. 아빠가 은퇴하기 직전이었어요. 그렇죠, 아빠?」

노인은 꿈쩍도 하지 않았다.

「좋아요, 1967년. 몇 월이었죠? 정확히 말해 주세요!」

그는 하마터면 〈정확히 말해,《이 여자야》!〉라고 할 뻔했고, 코니는 디샐리스 때문에 무척 조마조마했다. 코니가 다시 한번 말리려고 했지만 그는 무시했다.

「4월.」 도리스가 잠시 생각한 다음 말했다. 「아빠 생신이 막 지났을 때였어요. 그래서 교회에 쓰라며 천 파운드를 가져온 거예요. 아빠가 본인을 위해서는 돈을 받지 않을 걸 알았으니까요. 아빠는 드레이크가 돈 버는 방식을 좋아하지 않았거든요.」

「좋아요. 좋아. 잘했습니다. 4월. 1967년 4월 이전에 넬슨이 죽었다는 거군요. 드레이크가 뭐라고 설명하던가요? 기억납니까?」

「아무 설명도 없었어요. 자세한 이야기는 전혀 하지 않았어요. 말했잖아요. 아빠가 묻자 그는 넬슨이 개라도 되는 것처럼 〈죽었습니다〉라고만 말했어요. 참 대단한 우애죠. 아빠는 어찌할 바를 몰랐죠. 아빠는 가슴이 찢어질 듯 슬펐지만 드레이크는 전혀 개의치 않았어요. 〈이제 저에게는 형제가 없습니다. 넬슨은 죽었어요.〉아빠는 아직도 넬슨을 위해서 기도하세요. 그렇죠, 아빠?」

이번에는 노인이 입을 열었다. 황혼이 내리자 그의 목소리가 상당히 힘차게 바뀌었다.

「나는 넬슨을 위해서 기도했고 아직도 기도합니다.」그가 불쑥 말했다. 「넬슨이 살아 있을 때는 어떻게든 그가 이 세상에서 하느님의 일을 하게 해달라고 기도했지요. 저는 넬슨에게 위대한 일을 할 힘이 있다고 믿었습니다. 드레이크는 어딜 가든 걱정이 없습니다. 드레이크는 강해요. 하지만 저는 넬슨 코가 중국에 공정한 사회의 기반을 닦을 수 있다면 우리가 주님의 생명 선교원 문 앞에 내건 램프가 헛되이 타오른 것은 아니라고 생각했습니다. 넬슨은 그것을 공산주의라고 〈부를지도〉 모릅니다. 뭐라든 원하는 대로 부르면 되지요. 하지만 도리스, 네 엄마와 나는 3년이라는 긴 시간 동안 넬슨에게 기독교인로서의 사랑을 주었고, 하느님이 주시는 사랑의 빛이 영원히 꺼질 수 있다는 말은 너에게도, 그 누구에게도 듣지 않을 거다. 정치도 칼도 그럴 순 없지.」그가 긴 한숨을 내쉬었다. 「이제 넬슨이 죽었으니 나는 그의 영혼을 위해 기도한단다, 네 어머니의 영혼을 위해서 기도하는 것처럼 말이다.」그가 이렇게 말했는데, 이상하게도 자신감이 별로 없었다. 「형식적인 교리라 해도 나는 상관없다.」

코니가 이제 그만 가려고 일어섰다. 그녀는 한계를 알

았고, 알아보는 눈이 있었으며, 디샐리스가 밀어붙이는
방식이 두려웠다. 그러나 냄새를 맡은 디샐리스는 한계
를 몰랐다.

「〈폭력적인〉 죽음이었군요, 그렇죠? 정치와 칼이라고
하셨으니까요. 〈어떤〉 정치입니까? 드레이크가 말하던
가요? 아시겠지만 진짜 〈살인〉은 비교적 드뭅니다. 뭔가
숨기고 계시는 것 같군요!」

디샐리스 역시 자리에서 일어났지만 히버트 씨의 옆
에 서서 새러트에서 모의 심문을 하듯이 노인의 흰머리
위로 이런 질문을 퍼부었다.

「〈정말〉 친절하게 대해 주셔서 감사합니다.」 코니가
도리스에게 칭찬의 말을 마구 쏟아냈다. 「정말이지, 우리
에게 필요한 것뿐만 아니라 그 이상을 알려 주셨어요. 기
사 작위 수여에 아무 문제도 없을 거예요.」 그녀가 디샐
리스에게 보내는 메시지가 담아 이렇게 말했다. 「저희는
그만 가보겠습니다. 두 분 모두에게 〈진심으로〉 감사드
려요.」

그러나 이번에는 노인이 그녀를 방해했다.

「다음 해에 드레이크는 또 다른 넬슨을, 어린 아들을
잃었습니다.」 그가 말했다. 「외로운 남자가 될 겁니다, 드
레이크는. 그게 바로 드레이크가 우리에게 보낸 마지막
편지였지요. 그렇지, 도리스? 〈저의 꼬마 넬슨을 위해 기
도해 주세요, 히버트 씨.〉 그렇게 썼습니다. 우린 그렇게

했지요. 드레이크는 내가 비행기를 타고 가서 장례식을 치러 주길 바랐지만, 저는 그럴 수 없었습니다. 이유는 모르겠어요. 솔직히 말해서 저는 장례식에 돈을 많이 쓰는 것을 늘 못마땅하게 생각했지요.」

그러자 디샐리스가 기뻐서 어쩔 줄 몰라 하며 말 그대로 덤벼들었다. 그가 노인의 바로 위로 몸을 숙였는데, 어찌나 힘이 넘쳤는지 흥분한 작은 손으로 숄을 움켜잡았다.

「아! 〈드디어!〉 드레이크가 자기 동생 넬슨을 위해서도 기도해 달라고 한 적 있습니까? 대답하세요.」

「없소.」 노인이 간단히 말했다. 「그런 적은 없습니다.」

「왜일까요? 진짜로 죽은 게 아니니까 그랬겠지요! 중국에서는 죽는 방법이 여러 가지니까요, 안 그렇습니까? 그게 전부 목숨을 잃는다는 뜻은 아니지요! 〈실각〉이 더 나은 표현 아닙니까?」

불이 타오르는 방 안에서 그의 끽끽거리는 말이 추한 영혼처럼 날아다녔다.

「그만 가신다는구나, 도리스.」 노인이 바다를 보며 침착하게 말했다. 「기사님은 괜찮으신가 가보렴, 그래 주겠니? 진작에 들여다봤어야 하는 건데. 아니다, 신경 쓰지 마라.」

그들은 복도에 서서 작별 인사를 나누었다. 노인은 의자에 그대로 앉아 있었고 도리스가 그를 안에 남겨 두고 문을 닫았다. 가끔 코니는 무시무시한 육감을 발휘했다.

「혹시, 〈리제〉라는 이름에 특별한 뜻이 있을까요, 히버트 양?」그녀가 거대한 비닐 외투의 버클을 잠그며 물었다.「코 씨를 조사하다 보니 〈리제〉에 대한 언급이 있어서요.」

도리스의 화장기 없는 얼굴이 화난 것처럼 찌푸려졌다.

「엄마 이름이에요.」그녀가 말했다.「독일 루터파였죠. 그 자식이 엄마 이름까지 훔쳤군요, 그렇죠?」

토비 이스터헤이스가 운전을 했고, 코니 색스와 독 디샐리스는 놀라운 소식을 가지고 조지에게 서둘러 돌아갔다. 돌아가는 차 안에서 그들은 디샐리스가 자제력이 부족했다며 말다툼을 했다. 토비 이스터헤이스는 특히 충격을 받았고, 코니는 노인이 코에게 편지를 쓰지는 않을까 진심으로 걱정했다. 그러나 곧 그들이 알아낸 사실의 중요성이 우려를 압도했고, 세 사람은 자기들의 비밀 도시 입구에 당당하게 도착했다.

안전한 건물 안으로 들어간 다음부터는 디샐리스가 영광을 누릴 시간이었다. 그는 황화 가족을 다시 불러 모아서 각종 조사를 명령했고, 팀원들은 이런저런 구실로 런던 전역으로, 심지어 케임브리지로 황급히 흩어졌다. 사실 디샐리스는 독불장군이었다. 아마도 코니를 제외하

면 아무도 그를 잘 몰랐고, 코니가 그를 좋아하지 않는다
면 그를 좋아할 사람은 아무도 없었다. 디샐리스는 인간
관계에서 불화를 일으켰고 종종 불합리하게 굴었다. 그
러나 그의 사냥꾼 정신을 의심하는 사람은 아무도 없
었다.

디샐리스는 상하이 교통 대학, 중국어로는 자오퉁 대
학 — 1939년부터 1945년까지의 전쟁 이후 공산당원 학
생들의 호전성으로 유명했다 — 의 옛 기록을 파헤치면
서 해양학과에 관심을 집중했는데, 학과 과정에 행정과
조선술이 모두 포함되어 있었다. 그는 1949년 이전과 이
후의 공산당 간부회 명단을 작성했고, 기술적인 노하우
가 필요한 대기업 인수를 담당했던 사람들의 얼마 안 되
는 상세 정보를 열심히 들여다보았다. 특히 장난 조선소
를 유심히 살폈는데, 국민당 분자가 여러 차례 숙청된 대
기업이었다. 수천 명의 명단을 뽑아낸 그는 레닌그라드
대학에서 유학한 다음 더 높은 지위를 맡아 조선소에 다
시 등장했다고 알려진 모든 사람들의 파일을 열람했다.
레닌그라드 대학의 조선학과는 3년 과정이었다. 디샐리
스의 계산에 의하면 넬슨은 1953년부터 1956년까지 레
닌그라드 대학에 다닌 후 상하이의 해양 공학부에 정식
으로 임명되어 장난으로 돌아갔을 것이다. 넬슨이 아직
알려지지 않은 중국 이름을 여러 개 가지고 있었을 뿐 아
니라 새로운 성을 썼을지도 모른다는 사실을 고려해서

디샐리스는 조력자들에게 넬슨의 경력이 각기 다른 이름
하에 둘로 나뉘어 있을지도 모른다고 경고했다. 그 이음
매를 찾아야 했다. 디샐리스는 자오퉁 대학과 레닌그라
드 대학의 졸업생 명단과 등록 학생 명단을 모두 입수하
여 나란히 놓았다. 중국 관측통들은 독특한 동지 의식을
가지고 있고, 그들 공통의 관심사는 의례와 국가적 차이
를 초월한다. 디샐리스는 케임브리지와 모든 동양 자료
보관실뿐만 아니라 로마, 도쿄, 뮌헨에도 연줄이 있었다.
그는 자신의 목적을 뒤죽박죽 섞인 질문들 사이에 숨겨
넣은 다음 모두에게 편지를 보냈다. 나중에 밝혀진 바에
따르면 심지어 사촌들 역시 자기도 모르게 디샐리스에게
파일을 열어 주었다. 그는 그 외의 조사를 더욱 모호하게
만들었다. 디샐리스는 만에 하나 넬슨의 중국 이름이 기
록되어 있을지도 모른다는 가능성 때문에 침례교에 버로
어를 보내 미션 스쿨의 옛날 학생 기록을 파헤쳤다. 또
상하이 조선 산업 중견급 관리의 사망 기록은 무엇이든
추적했다.

여기까지가 그의 작업 첫 단계였다. 두 번째 단계는
1960년대 중반의 — 코니의 표현에 따르자면 — 잔인한
문화 혁명으로, 또 범죄와 다를 바 없는 친러시아 성향
때문에 공식 숙청되거나, 굴욕을 당하거나, 농업의 미덕
을 재발견하기 위해 오칠 간부 학교[82]에 보내진 상하이

82 문화 대혁명 시기에 간부의 훈련과 교육을 위해 설립된 기관.

관리들의 이름으로 시작했다. 디샐리스는 노동 교화소로 보내진 사람들의 명단도 살펴보았지만 이렇다 할 성과는 없었다. 그는 홍위병의 열변 중에서 실각한 관리를 거론하며 침례교의 부도덕한 영향에 대해 언급한 것은 없는지 찾아보았고, 〈코〉라는 이름을 가지고 복잡한 게임을 했다. 디샐리스는 마음 깊은 곳에서 넬슨이 이름을 바꾸면서 원래의 이름과 동음이든 유사음이든 내재적 유사성을 가진 다른 글자를 우연히 생각해 냈을지도 모른다고 생각했다. 그는 이 생각을 코니에게 설명하려고 했지만 그녀는 알아듣지 못했다.

코니 색스는 전혀 다른 노선을 따라가고 있었다. 그녀의 관심이 쏠린 곳은 카를라가 키웠다고 알려진 신인 발굴 담당자들이 1950년대 레닌그라드 대학의 외국 유학생들 사이에서 펼쳤던 활동과 젊은 코민테른 요원이었던 카를라가 전후 상하이 공산당의 비밀 기구 재건을 돕기 위해서 파견된 적이 있다는 증명되지 않은 소문이었다.

이처럼 새로운 조사가 한창 진행되고 있을 때 그로브너 광장으로부터 작은 폭탄이 도착했다. 사실 히버트 씨의 정보가 이제 막 들어와서 양 팀 조사원들이 미친 듯이 작업 중일 때 피터 길럼이 긴급 메시지를 들고 스마일리를 찾아갔다. 그는 평소처럼 무언가를 열중해서 읽고 있다가 길럼이 들어오자 파일을 서랍에 넣고 닫았다.

「사촌입니다.」 길럼이 부드럽게 말했다. 「제일 좋아하시는 조종사 리카르도 형제에 관한 거예요. 최대한 빨리 별관에서 같이 만나자는군요. 신속하게 답변해 주겠다고 했습니다.」

「〈뭘〉 하자고?」

「만나고 싶대요. 그런데 미국인들은 〈같이 만난다〉고 말하는군요.」

「그래? 정말인가? 이런. 독일어의 영향인가 보군. 아니면, 고대 영어? 〈같이〉 만나다라. 글쎄.」 그런 다음 스마일리는 면도를 하려고 화장실로 느릿느릿 움직였다.

길럼이 자기 방으로 돌아와 보니 샘 콜린스가 부드러운 의자에 앉아서 고약한 갈색 담배를 피우며 손빨래가 가능한 미소를 짓고 있었다.

「무슨 일 있나?」 샘이 아주 느긋하게 물었다.

「여기서 썩 꺼져.」 길럼이 쏘아붙였다.

길럼은 여기저기 냄새를 맡고 다니는 샘을 원래 썩 좋아하지 않았지만, 그날은 그를 믿지 못할 확실한 이유가 있었다. 감사를 받기 위해 서커스의 월간 전도금 계정을 제출하러 국무 조정실로 레이컨을 찾아갔다가 레이컨, 외무부의 솔 엔더비와 가벼운 농담을 주고받으며 그의 집무실에서 나오는 샘을 보고 깜짝 놀랐던 것이다.

12
리카르도의 부활

몰락 이전에는 특수 관계상 파트너인 양국 정보부끼리 어디까지나 비공식적인 회의가 거의 매달 열렸고, 회의가 끝난 후에는 스마일리의 전임자 앨럴라인이 〈한잔〉이라고 부르던 자리로 이어졌다. 미국이 대접할 차례가 되면 유명한 빌 헤이든이 포함된 앨럴라인 군단은 서커스 쪽에서는 천체 투영관이라 부르는 널찍한 루프톱 바에 올라가서 다른 곳에서는 즐길 수 없는 웨스트런던의 풍경을 보며 드라이 마티니를 마셨다. 영국의 차례가 되면 오락실에 가대식 테이블을 놓은 다음 터무니없는 다마스크 식탁보를 깔았고, 미국 대표단은 클럽랜드[83] 첩보 활동의 마지막 성채이자 자기들 정보부의 출생지이기도 한 곳에 경의를 표하면서 차이를 모를 것이라는 이유로 컷글라스 디캔터로 위장된 남아프리카산 셰리를 홀짝거렸다. 토론 의제는 없었고 전통에 따라 메모도 하지 않았

83 영국 세인트제임스 궁 일대의 신사 클럽이 모여 있는 거리.

다. 오랜 친구 사이였으니 그런 장치는 필요 없었고, 특히 숨겨진 마이크는 술에 취하지도 않고 일도 더 잘했기 때문에 더욱 그랬다.

몰락 이후 한동안 이 우아한 의례가 중지되었다. 버지니아주 랭글리에 위치한 마텔로의 본부에서 내려온 명령에 따라 그들이 〈영국 연락계〉라고 부르는 서커스는 유고슬라비아나 레바논과 똑같이 어느 정도 거리를 두는 기관 목록에 올랐고, 한동안 두 센터는 사실상 맞은편 보도를 걸어가면서 거의 시선도 들지 않았다. 그들은 한창 이혼 절차를 밟고 있는 소원해진 부부와 마찬가지였다. 그러나 스마일리와 길럼이 급한 걸음으로 그로브너 광장의 법무 보좌관 별관 정문에 모습을 드러냈던 회색 겨울 아침에는 이미 어디에서든 해빙의 징후를 알아볼 수 있었고, 두 사람의 몸을 수색하는 해병대 두 명의 굳은 얼굴에서도 마찬가지였다.

정문은 양쪽으로 여닫는, 검은색 쇠창살이 달린 검은색 철문이었는데, 창살은 금빛 깃털로 장식되어 있었다. 이 문에 들어간 비용만 해도 서커스 전체를 적어도 며칠 더 유지할 수 있을 정도의 금액이었다. 정문 안으로 들어가자 시골에서 대도시로 올라온 느낌이었다.

마텔로의 방은 무척 컸다. 창문이 없어서 한밤중이라고 해도 믿을 정도였다. 텅 빈 책상 위로 바람을 맞은 듯 펼쳐진 미국 국기가 제일 안쪽 벽의 절반을 차지했다. 바

닥 한가운데에는 자단 테이블을 중심으로 항공사 의자가
둥글게 모여 있었고 그중 하나에 마텔로가 앉아 있었는
데, 그는 우람하고 쾌활해 보이는 예일대 출신으로, 항상
계절과 맞지 않아 보이는 트위드 양복을 입었다. 그의 양
옆에 남자 두 명이 말 없이 앉아 있었는데, 각각 상대방
만큼이나 창백하고 성실해 보였다.

「조지, 잘 왔네.」 마텔로가 재빨리 다가와 그들을 맞이
하면서 따뜻하고 신뢰하는 목소리로 진심을 담아 말했
다. 「말할 것도 없지. 자네가 얼마나 바쁜지 나도 〈안다
네〉.〈알고〉말고. 솔.」 그가 방 저쪽 편에 앉아서 지금까
지 눈에 띄지 않았던 낯선 남자 두 명을 향해 돌아섰다.
한 명은 마텔로의 말 없는 부하들과 비슷하게 젊었지만
그만큼 세련되지는 않았고, 또 한 명은 땅딸막하고 다부
지고 나이가 훨씬 많았으며 얼굴에 흉터가 있고 머리가
짧았다. 무언가의 베테랑 같았다. 「솔.」 마텔로가 다시 말
했다. 「우리 업계의 진정한 전설을 소개하고 싶군, 솔. 조
지 스마일리 씨네. 조지, 이쪽은 솔 에클랜드, 마약 단속
국의 고위직이지. 원래 마약 및 위험 약물국이었는데 이
름을 바꿨네, 그렇지 솔? 솔, 이쪽은 피터 길럼, 인사
하게.」

두 남자 중에서 나이가 더 많은 쪽이 손을 내밀어 스마
일리와 길럼과 각각 악수를 나누었다. 손이 마른 나무껍
질 같았다.

「자.」 마텔로가 중매쟁이처럼 만족스러운 표정으로 말했다. 「조지, 아, 역시 마약국 소속이었던 에드 리스토 기억하나? 몇 달 전 자네에게 인사하러 갔던? 음, 솔이 리스토의 후임으로 동남아시아 지역을 맡게 됐네. 여기 사이와 한 팀이지.」

미국인들만큼 이름을 잘 외우는 사람도 없다니까. 길럼이 생각했다.

두 남자 중 젊은 쪽이 사이였다. 그는 구레나룻을 기르고 금시계를 차고 있었고, 성실하지만 방어적인 것이 꼭 모르몬교 선교사 같았다. 사이는 그것이 방침의 일부라도 되는 것처럼 미소를 지었기 때문에 길럼도 답례로 미소를 지었다.

「리스토는 어떻게 됐지?」 다들 자리에 앉을 때 스마일리가 물었다.

「심근 경색입니다.」 베테랑 솔이 자기 손만큼이나 건조한 목소리로 으르렁거리며 말했다. 그의 머리카락은 쇠 수세미처럼 곱슬곱슬 뭉쳐서 머리에 작은 도랑들을 만들었다. 머리를 긁으면 — 자주 긁었다 — 부스럭거리는 소리가 났다.

「유감이군요.」 스마일리가 말했다.

「안 나을지도 모릅니다.」 솔이 그를 보지도 않고 말한 다음 담배를 빨아들였다.

이때 분위기가 심상치 않다는 생각이 처음으로 길럼

의 머리를 스쳤다. 그는 미국의 두 캠프 사이에서 심각한 긴장의 기미를 포착했다. 길럼이 지금까지 미국을 겪은 바에 따르면 질병처럼 진부한 이유로 예고도 없이 교체되는 경우는 극히 드물었다. 그는 솔의 전임자가 어떤 방식으로 자기 이력을 더럽혔을까 하는 생각까지 했다.

「음, 단속국은 물론 우리의 작은 합작 투자에 큰 관심을 가지고 있네, 조지.」 마텔로가 말했다. 이 미심쩍은 팡파르가 울림과 동시에 리카르도와 관련 있는 일이라는 사실이 간접적으로 드러났지만 길럼은 미국 측에 이 회의의 안건이 다른 문제인 척하려는 이상한 충동이 아직 남아 있음을 감지했다. 다음과 같은 마텔로의 공허한 모두 발언이 그 증거였다.

「조지, 랭글리는 마약국의 친구들과 긴밀하게 협동하기를 바라네.」 그가 외교 문서처럼 따뜻하게 선언했다.

「우리도 마찬가지입니다.」 노병 솔이 으르렁거리는 목소리로 동의한 다음 담배 연기를 뿜으며 진회색 머리카락을 긁었다. 길럼이 보기에 그는 사실 부끄러움을 많이 타는 남자였고 이 자리가 전혀 편하지 않았다. 젊은 동료 사이가 훨씬 더 편안해 보였다.

「중요한 건 한계입니다, 스마일리 씨. 이런 일에서는 각자 어떤 영역을 맡게 되는데 그게 완전히 겹치지요.」 사이의 목소리는 그의 체구에 비해서 약간 높았다.

「사이와 솔은 전에도 우리와 같이 일한 적이 있네, 조지.」마텔로가 거듭 강조했다. 「사이와 솔은 가족이나 마찬가지야, 정말이네. 랭글리는 단속국의 도움을 받고, 단속국은 랭글리의 도움을 받지. 원래 그렇다네. 안 그런가, 솔?」

「그렇지.」솔이 말했다.

곧 동침하거나 서로의 눈알을 파내거나 둘 중 하나겠군. 길럼이 생각했다. 스마일리를 흘끔 보니 그 역시 긴장된 분위기를 의식하고 있었다. 스마일리는 양쪽 무릎에 각각 손을 올리고 조각상처럼 앉아서 평소처럼 눈을 감다시피 했다. 미국 측이 그를 위해 설명하고 있었지만 그는 자기 모습을 지우려는 듯했다.

「먼저 모두 최신 정보를 확인하는 게 좋겠군.」마텔로가 모두에게 씻고 오라고 말하는 것처럼 제안했다.

뭐보다 먼저라는 거지? 길럼이 생각했다.

말 없는 부하 중 한 명은 머피라는 암호명을 썼는데, 알비노에 가까울 만큼 피부가 희었다. 머피가 자단 탁자에서 폴더를 집어 들더니 존경이 가득한 목소리로 소리 내어 읽기 시작했다. 그는 깨끗한 손가락으로 종이를 한 장씩 집었다.

「월요일에 피감시인은 캐세이 항공사의 비행기를 타고 ─ 항공편 세부 정보는 나와 있습니다 ─ 방콕으로 갔고, 탠 리 ─ 참조 문서에 있습니다 ─ 가 공항에서 개인 리무진에 태워 갔습니다. 두 사람은 에라완 호텔의 에어시 전용 스위트룸으로 직행했습니다.」 그가 솔을 흘깃 보았다. 「탠은 아시안 라이스 앤드 제너럴의 상무 이사입니다. 에어시의 방콕 자회사인데, 참조 파일이 첨부되어 있습니다. 두 사람은 스위트룸에서 세 시간을 보냈고 ―」

「아, 머피.」 마텔로가 끼어들어 말했다.

「네?」

「〈참조 문서에 나와 있다〉느니 〈참조 문서가 첨부되어 있다〉 같은 설명 말이야. 그건 다 빼자고, 응? 이 사람들에 대한 파일이 있다는 건 우리 모두 아니까. 알겠나?」

「알겠습니다.」

「코 혼자였나?」 솔이 물었다.

「관리인 티우를 데리고 갔습니다. 티우는 거의 어디든 코를 따라갑니다.」

이때 우연히 스마일리를 다시 본 길럼은 그가 마텔로에게 뭔가 묻는 듯한 시선을 보내는 것을 알아차렸다. 길럼은 그가 여자를 떠올리고 있다고 ― 〈그녀〉도 같이 갔나? ― 생각했지만 마텔로의 너그러운 미소는 아무런 흔들림도 없었고, 잠시 후 스마일리도 포기했는지 다시 주의 깊은 자세를 취했다.

그동안 솔이 조수에게 고개를 돌리더니 잠깐 개인적인 대화를 나누었다.

「왜 빌어먹을 스위트룸을 도청하지 않았지, 사이? 왜 다들 몸을 사린 거야?」

「방콕 쪽에 도청을 제안했지만 경계 벽 문제가 있었어요. 적당한 빈 공간이 없었습니다.」

「쓸모없는 방콕 놈들은 핑계만 늘어놓고 느려 터졌어. 저 탠이라는 자가 작년에 우리가 헤로인 때문에 잡으려던 자인가?」

「아, 그건 탠 〈하〉였어요, 솔. 이 사람은 탠 〈리〉예요. 탠이라는 이름은 아주 흔합니다. 탠 리는 앞잡이일 뿐이에요. 치앙마이 패티 홍과의 연락책이죠. 재배자랑 거대 브로커를 이어 주는 사람이 홍입니다.」

「누가 가서 그놈을 쏴버려야 돼.」솔이 말했다. 어느 놈인지는 확실하지 않았다.

마텔로가 창백한 머피에게 계속하라며 고개를 끄덕였다.

「네, 그런 다음 세 사람 — 코와 탠 리와 티우 — 은 차를 타고 방콕항으로 가서 둑에 정박 중인 소형 연안 무역선을 20척에서 30척 정도 살펴봤습니다. 그런 다음 다시 방콕 공항으로 갔고, 피감시인은 필리핀 마닐라의 에덴 앤드 발리 호텔에서 열리는 시멘트 콘퍼런스에 참석하러 갔습니다.」

「티우는 마닐라에 가지 않았고?」마텔로가 이렇게 물으며 시간을 벌었다.

「네. 집으로 돌아갔습니다.」머피가 대답했고, 다시 한 번 스마일리가 마텔로를 흘깃 보았다.

「시멘트 같은 소리 하네.」솔이 외쳤다.「무역선이라면 홍콩을 오가는 배들인가, 머피?」

「네, 그렇습니다.」

「어떤 선박인지 잘 알지.」솔이 말했다.「우린 그런 선박을 몇 년이나 쫓고 있으니까. 그렇지, 사이?」

「맞아요.」

솔이 마텔로의 잘못이라는 듯 그를 닦달했다.「항구를 떠날 때는 깨끗해. 바다에 나가기 전까지는 물건을 싣지 않는다고. 어느 배가 실어 나를지는 아무도 몰라, 실어 나를 선박의 선장도 모르지. 대형 보트가 옆에 서서 약을 건네줄 때까지는 말이야. 홍콩 해역에 도착하면 약에 표지를 달아서 밖으로 던지고, 정크선이 와서 건져 가지.」그는 말을 할 때마다 아프다는 듯이 쉰 목소리로 한 단어 한 단어를 억지로 내뱉으며 천천히 말했다.「그런 정크선들을 좀 털어 보라고 몇 년째 우리가 영국 측에 강하게 건의하고 있지만, 그 빌어먹을 놈들은 전부 뇌물을 받아 먹고 있지.」

「이상입니다.」머피가 이렇게 말하고 보고서를 내려놓았다.

그들은 다시 어색한 침묵에 빠졌다. 커피와 비스킷이 담긴 쟁반으로 무장한 예쁜 여자가 들어와서 잠시 분위기가 누그러졌지만 그녀가 나가자 침묵은 더욱 무거워졌다.

「그냥 말해 버려.」 마침내 솔이 쏘아붙였다. 「아니면 내가 할까?」

바로 이때부터 본격적인 논쟁에 들어갔다고 마텔로가 나중에 말했다.

마텔로의 태도가 진지하면서도 친밀해졌다. 마치 상속인들에게 유언장을 읽어 주는 집안 변호사 같았다. 「조지, 우리의 요청에 따라서 단속국 측이 실종된 조종사 리카르도의 배경과 기록을 다시 살펴봤네. 뭐, 우리도 어느 정도 짐작하고 있었듯이 진작 밝혀졌어야 했지만 여러 가지 이유로 밝혀지지 못했던 상당한 정보가 나왔어. 내 생각에는 누굴 탓해 봐야 얻을 것도 없고, 게다가 에드 리스토는 아픈 몸일세. 어찌 됐든 리카르도 건은 단속국과 우리 팀 사이의 작은 틈새에 빠진 것으로 생각하세. 이제 그 틈새는 메웠고, 우리는 자네를 위해서 정보를 정정하고자 하네.」

「고맙네, 마티.」 스마일리가 참을성 있게 말했다.

「아무튼 리카르도는 살아 있는 것으로 보입니다.」 솔이 선언했다. 「중대한 스내푸인 것 같군요.」

「〈뭐〉라고요?」 솔이 한 발언이 얼마나 중대한지 이해되기도 전에 스마일리가 날카롭게 물었다.

마텔로가 얼른 바꿔 말했다. 「실수라고, 조지. 인간적인 실수 말일세. 우리 모두에게 일어나는 일이지. 〈스내 푸.〉 자네한테도 말이야, 됐나?」

길럼은 고무처럼 광택이 나고 두꺼운 대다리가 덧대 어진 사이의 구두를 유심히 보았다. 스마일리의 시선이 옆 벽으로 올라갔다. 닉슨 대통령의 인정 넘치는 얼굴이 세 팀의 연합을 격려하듯 내려다보고 있었다. 닉슨이 사 임한 지 6개월은 족히 지났지만 마텔로는 감동적이게도 그의 램프가 꺼지지 않도록 보살피겠다고 결심한 듯했 다. 머피와 말 없는 동료는 견진 성사를 받으려고 주교 앞에 선 신자처럼 가만히 앉아 있었다. 움직이는 사람은 솔밖에 없었는데, 그는 곱슬곱슬한 머리를 긁거나 건장 한 버전의 디샐리스처럼 담배를 빨아 댔다. 저 사람은 절 대 미소를 짓지 않는군. 길럼이 문득 아무 상관 없는 생 각을 했다. 미소 짓는 법을 잊었어.

마텔로가 말을 이었다. 「우리 파일에 리카르도의 죽음 은 8월 21일 즈음이라고 공식적으로 기록되어 있네, 조 지. 맞나?」

「맞네.」 스마일리가 말했다.

마텔로가 한숨을 쉬더니 고개를 반대편으로 기울이고 메모를 읽었다. 「하지만 9월, 음, 9월 2일에 ─ 그가 죽고 나서 몇 주 뒤네, 그렇지? ─ 음, 리카르도가 아시아 지역 단속국 중 어느 지국에 개인적으로 연락을 한 것 같네. 그 당시에는 마약 및 위험 약물국이었지만 본질적으로는 같은 기관이지, 맞나? 솔은, 음, 〈어느〉 지국인지 언급되지 않기를 바라고, 나는 그의 뜻을 존중하네.」〈음〉이라는 말버릇은 마텔로가 말을 하면서 계속 생각을 하기 위한 방법이라고 길럼은 결론을 내렸다. 「리카르도는 음, 아편 수송 작전에 대한 정보를 팔겠다고 했다는군, 국경을 넘어서 음, 중공 본토로 날아 달라고 의뢰받았다고 했네.」

그 순간 길럼은 차가운 손이 그의 배 속을 움켜쥐고 놓지 않는 듯한 기분이 들었다. 아무 상관 없는 얘기가 세세히 오가느라 서론이 너무 길었기 때문에 더욱 놀라웠다. 그는 나중에 몰리에게 〈사건의 모든 실마리가 갑자기 하나의 타래로 감겨드는〉 느낌이었다고 말했다. 그러나 그것은 나중에 든 생각이고 과장이 약간 섞여 있었다. 그럼에도 불구하고 그 충격은 — 지금까지 계속 눈치를 보면서 추측하고 서류를 추적한 뒤였기 때문에 — 마치 중국 본토에 직접 내던져진 것처럼 어마어마했다. 그리고 사실이었으므로 아무런 과장도 필요 없었다.

마텔로는 다시 뛰어난 변호사를 연기하고 있었다.

「조지, 여기서 우리 내부 배경을 좀 알려 줘야겠군. 우리 회사는 라오스에서 활동할 때 전투 목적을 위해서 북부 산지 부족들을 일부 이용했네, 그건 자네도 알고 있겠지. 버마의 그 지역, 알지? 샨족 말일세. 지원병이었지,

무슨 말인지 알겠지? 그 지역 부족은 대부분 단일 작물을 재배하는 공동체야, 음, 아편 공동체지. 그런데 우리 회사는 전쟁 때문에, 음, 우리가 손쓸 수 없는 부분은 모르는 척해야 했네, 무슨 말인지 알겠지? 그 선량한 사람들도 먹고살아야 하는데 할 줄 아는 거라곤 그 작물을 재배하는 것밖에 없고, 대부분 그게 잘못이라는 인식도 전혀 없었거든. 무슨 말인지 알겠나?」

「이런 세상에.」 솔이 작은 소리로 말했다. 「들었나, 사이?」

「들었어요, 솔.」

스마일리는 무슨 말인지 알겠다고 말했다.

「우리 회사가, 음, 실시한 이러한 정책 때문에 음, 당시 마약국이었던 이쪽 단속국이랑 아주 잠깐 일시적으로 사이가 틀어졌네. 왜냐하면, 음, 솔의 부하들은 아주 마땅하게도 약물 남용을 억제하기 위해서, 음, 유통을 막았지. 조지, 그게 그들의 일이자 의무였네. 당시에 우리 회사의 최선은 — 그러니까 전쟁이라는 관점에서의 최선은 — 음, 무슨 말인지 알겠나 조지, 음, 못 본 척하는 것이었지.」

「회사가 산지 부족들의 대부 노릇을 했지.」 솔이 으르렁거리며 말했다. 「남자들은 전부 전쟁에 나가 싸울 때 회사 사람들이 산지 마을로 가서 양귀비를 재배하게 만들고 여자들을 범하고 아편을 날랐지.」

마텔로는 쉽게 쓰러지지 않았다. 「솔, 그건 좀 과장이라고 생각하네만, 음, 아무튼 사이가 좀 틀어졌었던 것은 사실이고 우리 친구 조지에게 중요한 사실은 그걸세. 리카르도는, 음, 자신만만한 남자야. 라오스에서 우리 회사를 위해 여러 임무를 수행했는데 전쟁이 끝나자 회사는 그를 다른 곳으로 보내고 작별 인사를 한 다음 사다리를 치워 버렸지. 전쟁이 없으면 아무도 그런 놈들이랑 어울리지 않는 법이거든. 그래서, 음, 아마 그것 때문에 음, 사냥터지기 리카르도가, 음, 밀렵꾼 리카르도가 되었네, 무슨 말인지 알겠지 ─」

「〈완전히〉는 모르겠군.」 스마일리가 유순하게 고백했다.

그와 달리 솔은 불쾌한 사실에 대한 거리낌이 없었다. 「전쟁 기간 동안 리카르도는 회사를 위해 마약을 날라서 산지 마을 사람들이 먹고 살 수 있게 해주었지. 전쟁이 끝나자 단독으로 날랐고. 그는 연줄도 있고 비밀도 알았지. 그래서 독립한 것뿐이야.」

「고맙소.」 스마일리가 이렇게 말하자 솔이 짧은 머리를 다시 긁었다.

마텔로는 생각지도 못한 리카르도의 부활 이야기를 다시 시작했다.

거래를 한 게 분명해. 길럼이 생각했다. 이야기는 마텔로가 하기로 했나 보군. 마텔로는 이렇게 말했을 것이다. 「스마일리는 우리 쪽 협력자이니 우리 방식으로 다루겠네.」

　마텔로의 말에 따르면 1973년 9월 2일 한밤중에 〈동남아시아 지역 성명 미상의 마약국 요원〉 ― 「현장에 막 투입된 신참이었네, 조지.」 ― 의 집으로 자칭 캡틴 타이니 리카르도라는 자에게서 전화가 걸려왔다. 캡틴 로키와 함께 라오스 용병으로 일했고 그 당시까지 죽었다고 알려진 자였다. 리카르도는 상당량의 생아편을 표준 매입가로 팔겠다고 제안했다. 게다가 본인의 표현에 따르면 신속한 매각을 위해 아편뿐만 아니라 민감한 정보도 할인가에, 즉 미화 소액권 5만 달러와 단수 여행용 서독 여권에 넘기겠다고 제안했다. 성명 미상의 마약국 요원은 그날 밤 주차장에서 리카르도를 만났고, 두 사람은 아편 거래에 금방 합의했다.

　「〈샀다〉는 말인가?」 스마일리가 크게 놀라 물었다.

　「솔의 말에 따르면, 음, 그런 거래에는 정해진 요금이 있다는군 ― 그렇지, 솔? ― 조지, 그쪽 사람이라면 누구나 알고 있고, 시가의 일정 퍼센티지를 기본으로 한다는군. 그렇지?」 솔이 으르렁거리며 그렇다고 대답했다. 「그, 음, 성명 미상의 요원은 해당 요금으로 매입할 권한이 있었기 때문에 그 권한을 행사했네. 아무 문제도 없지. 요원은 또, 아, 윗선에서 동의하면 리카르도에게 기한이 짧은 서류를 제공하겠다고 했네, 조지.」 유효 기간이 며칠밖에 남지 않은 서독 여권이라는 뜻이었다. 「단, 리카르도의 정보가 적당한 가격이라고 증명되었을 경우에 말일세, 조지 — 아직 증명되지 않은 상태였지, 알겠나 — 무슨 일이 있어도 정보 제공자에게 적극적으로 응대하라는 방침이 있었기 때문이지. 하지만 그는, 그러니까 그 요원은 모든 거래에 대해서 — 여권과 정보에 대한 보상금 건에 대해서 — 승인을 받아야 한다고 확실히 말했네, 본부에 있는 솔의 동료들에게 말일세. 즉, 그는 아편은 샀지만 정보는 보류했네. 맞나, 솔?」

「정확해.」 솔이 으르렁거리며 말했다.

「솔, 음, 이 부분은 자네가 말하는 게 좋겠군.」 마텔로가 말했다.

이야기를 시작한 솔은 이번만큼은 몸의 다른 부분을 전혀 움직이지 않았다. 그의 입만 움직였다.

「우리 요원은 리카르도에게 본부가 정보를 평가할 수 있도록 맛보기를 달라고 요구했습니다. 우리는 그것을 1루 진출이라고 부르지요. 리카르도는 중국 국경으로 마약을 운반한 다음 그 대가로 모종의 짐을 실어 돌아오라는 명령을 받았다고 하더군요. 그렇게 말했습니다. 그게 맛보기였죠. 그는 거래의 배후에 누가 있는지 안다고, 거물 중의 거물을 안다고 했지만 그런 사람들은 다 그렇게 말합니다. 리카르도는 하나부터 열까지 다 안다고 말했지만, 역시 누구나 하는 말입니다. 그는 본토를 향해 출발했지만 겁을 먹고 도망쳐 초저공비행으로 레이더를 피해서 라오스를 지나 돌아왔다고 말했지요. 그게 전부입니다. 어디서 출발했는지는 말하지 않았습니다. 그는 일을 의뢰한 사람들에게 빚이 있다고, 그들이 사실을 알아내면 이빨이 목구멍까지 쑥 들어가도록 걷어차일 거라고 말했소. 프로토콜에 있는 표현 그대로입니다. 이빨이 목구멍까지 쑥 들어가도록, 말입니다. 그래서 서두르는 거라고, 따라서 5만이라는 저렴한 가격에 넘기는 거라고 했습니다. 의뢰한 사람들이 누군지는 말하지 않았소. 아편 외에 구체적인 증거는 하나도 제시하지 않았지만 비치크래프트 비행기를 숨겨 놓았다고 했고, 우리 본부에서 진지한 관심을 보이면 다음에 만났을 때 우리 요원에게 비행기를 보여 주겠다고 했소. 우리가 가진 정보는 이게 답니다.」 솔이 이렇게 말하고 담배를 열심히 피웠다. 「아편은 2백 킬로 정도였소. 상품(上品)이었죠.」

마텔로가 능숙하게 공을 넘겨받았다.

「그래서 성명 미상의 단속국 요원은 이 건을 접수했네, 조지. 그런 다음 우리 모두가 할 법한 행동을 취했어. 맛보기를 적어서 본부로 보냈고, 리카르도에게는 연락이 올 때까지 은신하고 있으라 지시했지. 열흘, 또는 2주 안에 보자고 말이야. 아편 대금은 주겠지만 정보의 대가는 조금 기다리라고. 규칙이 있다고. 무슨 말인지 알겠나?」

스마일리가 알겠다는 듯 고개를 끄덕이자 마텔로가 같이 고개를 끄덕이며 말을 이었다.

「자. 여기서 인간적인 실수가 일어나네. 더 심할 수도 있었지만 큰 차이는 없었을 거야. 우리 일에서는 역사를 보는 두 가지 관점이 있네. 바로 음모와 멍청한 짓이지. 이 경우에는 멍청한 짓이었네, 의문의 여지가 전혀 없어. 지금 와병 중인 전임자 에드는 이 건을 평가한 다음 — 조지, 자네도 만난 적 있지만 에드 리스토는 분별력 있는 사람이지 — 증거에 따라서, 그가 입수한 증거를 바탕으로 일을 진행하지 않기로 결정했네. 이해할 수는 있지만 잘못된 결정이었지. 리카르도는 5만 달러를 요구했네. 음, 큰 건치고는 푼돈이지. 하지만 리카르도는 그 자리에서 돈을 받으려고 했어. 한 번에 담판을 짓고 빠져나가려 했지. 그리고 에드는 — 음, 에드에게는 책임이 있었고, 내부 문제도 많았고, 수확이 보장된 것도 아닌데 리카르도 같은 인물에게 그렇게 큰 액수의 공급을 투자하는 것이 썩 내키지 않았네. 리카르도는 어디든 통과할 수 있고, 빠른 길도 다 알고, 아직 젊은 현장 요원에게 덤벼들어서 빠져나갈지도 몰랐지. 그래서 에드는 허가를 내리지 않았네. 더 이상 움직이지 말라고 명령했어. 기록을 정리하고 잊었지. 다 끝났어. 아편만 구매하고 나머지는 구매하지 않았네.」

어쩌면 진짜 심근 경색일 수도 있겠군. 길럼이 깜짝 놀라며 생각했다. 그러나 마음 한구석으로는 이런 일이 자신에게 일어날 수도 있음을, 어쩌면 이미 일어났을지도 모름을 알고 있었다. 큰 건을 들고 찾아온 장사꾼을 놓쳐 버리는 것 말이다.

스마일리는 비난으로 시간을 낭비하는 대신 아직 남아 있는 가능성을 향해 조용히 움직였다.

「리카르도는 지금 어디 있나, 마티?」 그가 물었다.

「모른다네.」

그의 다음 질문은 한참 뒤에야 나왔고, 질문이라기보다는 생각을 소리 내어 말하는 것에 가까웠다.

「〈그 대가로 모종의 짐〉을 실어 돌아오라고 했단 말이지.」 그가 되풀이해 말했다. 「어떤 짐이었을지 가설이 있나?」

「우리는 금이 아닐까 추측했습니다. 우리도 당신과 마찬가지로 제2의 눈은 없어서 말입니다.」 솔이 거칠게 말했다.

여기서 스마일리는 잠시 대화에 참여하는 것을 멈춰 버렸다. 얼굴이 굳고 표정이 초조해졌는데, 그를 아는 사람은 그것이 생각에 잠긴 표정임을 잘 알았다. 이제 갑작스럽지만 길럼이 이야기를 진행해야 했다. 그래서 길럼은 스마일리와 마찬가지로 마텔로를 향해 말했다.

「리카르도가 거기서 받아온 짐을 어디로 배달해야 하는지 언질을 주진 않았겠군요.」

「말했잖나, 피트. 우리가 아는 건 이게 전부일세.」

스마일리는 여전히 전투에 끼어들지 않았다. 그는 가

502

만히 앉아서 포개어 놓은 자기 손을 음산하게 바라보았다. 길럼이 또 다른 질문을 찾아냈다.

「수하물의 예상 〈무게〉에 대한 실마리도 없고요?」 그가 물었다.

「세상에.」 솔이 말했다. 그는 스마일리의 태도를 오해하고서 이렇게 의욕 없는 기관을 상대해야 한다는 사실에 놀라 고개를 천천히 저었다.

「당신 요원에게 접근한 사람이 리카르도라는 것은 확실합니까?」 길럼이 여전히 펀치를 날리며 물었다.

「백 퍼센트.」 솔이 말했다.

「솔.」 마텔로가 그를 향해 몸을 숙이며 말했다. 「솔, 조지에게 현장 보고서 원본의 비공식 사본을 주는 게 어떤가? 그러면 우리가 아는 내용을 그대로 알려 줄 수 있네.」

솔은 망설이면서 동료를 흘깃 보더니 어깨를 으쓱했고, 결국 약간 주저하면서 옆 탁자에 놓인 폴더에서 아주 얇은 인도산 종이를 한 장 꺼내서 서명 부분을 엄숙하게 찢었다.

「오프 더 레코드입니다.」 그가 으르렁거리며 말하자 스마일리가 갑자기 되살아나서 보고서를 받더니 한동안 말없이 앞뒤를 열심히 살폈다.

「이 문서를 작성한 성명 미상의 마약국 요원이 어디 있는지 꼭 알고 싶군.」 그가 처음에는 마텔로를, 그다음에는 솔을 보며 마침내 물었다.

솔이 머리를 긁었다. 사이는 용납할 수 없다는 듯 고개를 저었다. 반면에 마텔로의 조용한 부하 두 명은 어떤 호기심도 드러내지 않았다. 창백한 머피는 자기 메모를 계속 읽었고, 그의 동료는 전 대통령을 멍하니 바라보았다.

「카트만두 북부의 히피 공동체에 들어갔소.」 솔이 뿜어져 나오는 담배 연기 사이로 으르렁거리며 말했다. 「빌어먹을 놈이 반대파에 들어가 버렸지.」

마텔로의 쾌활한 결론은 놀라울 만큼 아무 관련도 없었다. 「그러니까, 음, 조지, 따라서 〈우리〉 컴퓨터에는 리카르도가 죽어서 매장되었다고 기록되어 있지만 마약 단속국에서 재심의를 한 결과 종합 기록에는 그, 음, 그러한 가정에 대한 근거가 없다네.」

지금까지 길럼은 주도권이 마텔로에게 있다고 생각했다. 그는 솔의 동료들이 멍청한 짓을 저질렀다고 말하고 있었지만 관대함 빼면 시체나 다름없는 사촌들은 화해할 준비가 되어 있었다. 마텔로가 사실을 폭로하고 나자 섹스가 끝난 뒤와 같은 침묵이 흘렀고, 이 잘못된 인상이 조금 더 오래 퍼졌다.

「그러니까, 음, 조지, 이제부터 우리는 ── 자네, 우리, 그리고 솔은 ── 각자의 기관으로부터 최대의 협력을 받아야 하네. 여기에는 아주 긍정적인 측면이 있어. 그렇지 않은가, 조지? 아주 건설적이야.」

그러나 이번에도 다른 생각에 정신이 팔린 스마일리는 눈을 크게 뜨고 입을 꾹 다물 뿐이었다.

「신경 쓰이는 것이 있나, 조지?」 마텔로가 물었다. 「신경 쓰이는 것이 있냐고 물었네.」

「아. 고맙네. 〈비치크래프트〉라.」 스마일리가 말했다. 「단발 비행기인가?」

「세상에.」 솔이 작은 소리로 말했다.

「쌍발일세, 조지. 쌍발이야.」 마텔로가 말했다. 「중역 비행기 같은 거지.」

「아편은 4백 킬로그램이라고 했지, 보고서에서.」

「반 톤이 조금 안 되네, 조지.」 마텔로가 더없이 간절하게 말했다. 「〈미터법〉의 톤이야.」 그가 스마일리의 그늘진 얼굴에 대고 미심쩍은 듯 덧붙였다. 「영국식 톤이 아니네, 조지, 당연하지만. 미터법이야.」[84]

「그걸 〈어디〉에 실으려고 한 건가 — 아편 말일세.」

「객실입니다.」 솔이 말했다. 「아마 여분의 좌석을 떼어 냈겠지요. 비치크래프트는 여러 형태로 나옵니다. 어떤 형태인지는 우리도 모릅니다, 못 봤으니까요.」

스마일리가 포동포동한 손에 들고 있던 얇은 종이를 다시 한번 보았다. 「그렇군요.」 그가 중얼거렸다. 「그래, 그렇게 했겠군.」 그런 다음 여백에 금색 납연필로 작고 읽기

84 영국식 톤은 1016.0416킬로그램에 해당한다.

어려운 글자를 쓰더니 자기만의 공상에 다시 빠져들었다.

「음.」마텔로가 밝게 말했다. 「우리 일벌들은 각자의 벌집으로 돌아가서 이제 어떻게 될지 두고 보는 게 좋겠군, 그렇지, 피트?」

길럼이 일어서려는데 솔이 이야기를 시작했다. 솔은 타고난 무례함이라는 드물고도 끔찍한 재능을 가지고 있었다. 그의 내면은 전혀 바뀌지 않았다. 절대 통제 불능이 아니었다. 솔은 원래 이렇게 말했고, 원래 이런 방식으로 일을 했으며, 다른 방식은 지루하게 여겼다.

「이런 〈세상에〉, 마텔로, 우리 지금 여기서 뭘 하는 거지? 이번 일은 큰 건이야, 안 그래? 우린 지금 아마도 동남아시아 전체에서 제일 중요한 마약 타깃을 파악했어. 그래, 연락 체계가 생겼지. 자네 회사는 산악 부족 문제로 우리를 회유해야 하니까 결국 단속국이랑 한 침대에 들었어. 그렇다고 해서 〈내가〉 꿀릴 거라고 생각하진 마. 그래, 홍콩에 대해서는 손을 떼기로 영국과 합의했지. 하지만 태국은 우리 거고, 필리핀도 우리 거고, 대만도 우리 거고, 빌어먹을 그 지역 전체가 우리 거고, 전쟁도 우리 거고, 영국은 아무것도 없어. 그런데 넉 달 전에 영국인들이 와서 우릴 설득했지. 좋아, 이참에 영국 쪽에 확실히 말하자고. 지금까지 뭘 한 거지? 예쁜 얼굴에 비누칠이나 하고 있었지. 그래서 대체 면도는 언제 한다는 거야? 여기 우리 돈이 달려 있어. 우리 조직 전체가 북반구 전역에서 코의 유통 루트를 탈탈 털 준비를 마치고 대기 중이야. 우리는 〈몇 년〉이나 이런 놈을 기다렸어. 잡을 수 있다고. 그놈에게 10년에서 30년, 아니, 그보다 몇 년 더 때릴 수 있는 법도 있어 — 있고말고! 마약도 있고, 무기도 있고, 수출입 금지 물품도 있어. 게다가 그놈이 받은 빨갱이 금은 모스크바가 한 사람한테 넘겨준 것으로는 우리 〈평생〉 처음 보는 큰 액수야. 리카르도의 말이 사실이라면 모스크바가 원조하는 마약을 이용한 국가 전복 프로그램의 최초의 증거인 셈이라고. 모스크바는 중공을 상대로 전투를 벌이려 하고 있어. 중공도 우리 꼴로 만들려고 말이야.」

솔이 이렇게 퍼붓자 스마일리가 찬물을 뒤집어쓴 것처럼 깨어났다. 그는 마약국 요원의 보고서를 움켜쥐고 의자 끄트머리에 똑바로 앉아 있다가 깜짝 놀라서 처음에는 솔을, 마침내는 마텔로를 멍하니 보았다.

「마티.」 그가 중얼거렸다. 「아, 세상에. 〈안 돼.〉」

길럼이 훨씬 침착하게 반응했다. 적어도 그는 이의라도 제기했다.

「중국인 8억 명을 엮으려면 반 톤을 말도 안 되게 〈얇게〉 퍼뜨려야겠군요. 안 그런가요, 솔?」

그러나 솔은 유머도 이의도 싫어했다, 특히 예쁘장한 영국인의 입에서 나온 말이라면 더욱 그랬다.

「그런데 우리가 지금 그놈의 급소를 찌르고 있나?」 솔이 하던 이야기에서 벗어나지 않으며 물었다. 「급소는 무슨. 우린 관망 중이지. 옆으로 비켜 서 있다고. 〈신중하게 굴어. 이건 영국의 일이야. 그들의 영역이고, 그들의 인간이고, 그들의 파티야.〉 그래서 우리는 비틀비틀 주변을 맴돌지. 우린 나비처럼 날아서 나비처럼 쏜다고. 세상에, 〈우리〉가 이 일을 맡았으면 벌써 몇 달 전에 그 자식을 잡았을 거야.」 그가 손바닥으로 탁자를 쾅 치면서 자신의 논점을 다른 말로 반복하는 수사적인 트릭을 썼다. 「무시무시한 송곳니를 가진 더러운 소비에트 공산주의 유포자가 처음으로 우리 눈앞에 나타났어. 그놈은 마약을 팔아 그 지역을 엉망으로 만들면서 러시아의 돈을 받고 있고, 우린 그걸 〈증명〉할 수 있다고!」 전부 마텔로에게 하는 말이었다. 스마일리와 길럼은 그 자리에 없는 것과 마찬가지였다. 「그리고 하나 더.」 그가 마지막으로 마텔로에게 충고했다. 「대단하신 분들께서 크게 기대하고 있다는 걸 잊지 마. 참을성 없는 사람들이지. 영향력 있는 사람들. 자네 회사가 베트남의 미군들에게 마약을 공급하고 판매하는 데 간접적인 역할을 했기 때문에 무척 화가 난 사람들이지. 애초에 자네들이 우리를 이 일에 끼워 준 게 그것 때문이고. 그러니까 버지니아 랭글리에서 리무진이나 타고 다니는 자유주의자들에게 말해두는 게 좋을 거야, 빨리 똥을 싸든가 변기에서 떨어지든가 하라고. 〈두 가지 의미〉[85] 모두에서 말이야.」 그가 재미없는 말장난으로 끝을 맺었다.

스마일리의 얼굴이 너무 창백하게 질렸기 때문에 길럼은 정말로 그가 걱정되었다. 길럼은 스마일리가 심장 마비를 일으킨 것은 아닌가, 아니면 당장이라도 기절하는 것은 아닌가 싶었다. 길럼의 자리에서 보니 스마일리의 뺨과 얼굴색이 갑자기 노인처럼 변했고 마텔로만 바라보고 있는 눈 역시 노인과 같은 열기를 띠었다.

「하지만 협정이 있어. 협정이 살아 있는 한 자네도 그걸 지킬 거라고 믿어도 되겠지. 일반적으로 자네들은 우리가 허가하지 않는 이상 영국 영토 내 작전에 끼어들지 않기로 했네. 또 이번 건 전체에 대해서 〈어떻게 진행되든 상관없이〉 감시와 연락 외에는 전부 우리에게 맡기겠다고 구체적인 약속도 했고. 그게 거래였지. 결과를 전부 알려 주는 대신 완전히 손을 떼기로 말이야. 나는 그 거래를 이런 의미로 받아들이네. 랭글리도 행동하지 〈않고〉 기타 미국의 어떤 기관도 행동하지 〈않는다〉고 말이야. 나는 그것을 자네들의 확언으로 받아들이겠네. 또 자네들의 약속은 아직 유효하다고 생각하고, 그러한 상호 이해는 중간에 되돌릴 수 없다고 간주하겠네.」

「이제 저들에게 말해 주게.」 솔이 이렇게 말한 다음 걸어 나갔고, 혈색 나쁜 모르몬교도 동료 사이가 그 뒤를 따랐다. 그가 문 앞에서 돌아서더니 손가락으로 스마일

85 변기를 뜻하는 영어 단어 〈pot〉에는 마리화나라는 뜻도 있다.

리 쪽을 가리켰다.

「우리 짐마차에 탔으니 당신이 어디서 내리고 어디서 탈지는 우리가 정하겠소.」그가 말했다.

모르몬교도 같은 동료가 고개를 끄덕였다. 「물론이죠.」그는 이렇게 말한 다음 도발하듯 길럼을 향해 미소를 지었다. 마텔로가 고개를 끄덕이자 머피와 말 없는 동료가 두 사람을 따라 밖으로 나갔다.

마텔로는 술을 따르고 있었다. 그의 사무실 벽 역시 자단 ── 길럼은 진짜가 아니라 가짜 합판임을 알아보았다 ── 이었는데 마텔로가 손잡이를 잡아당기자 제빙기가 나와서 럭비공 모양의 얼음을 계속 토해 냈다. 그는 뭘 마시겠느냐고 묻지도 않고 위스키를 세 잔 따랐다. 스마일리는 이 모든 것을 지켜보았다. 통통한 손은 아직도 항공사 의자 끄트머리를 둥글게 말아 쥐고 있었지만 한 라운드를 끝내고 다음 라운드를 시작하기 전의 지친 권투 선수처럼 뒤로 기대어 앉아서 천장을 바라보았다. 군데군데 반짝이는 조명이 천장을 뚫었다. 마텔로가 탁자에 잔을 내려놓았다.

「감사합니다, 지부장님.」길럼이 말했다. 마텔로는 〈지부장님〉이라고 부르는 것을 좋아했다.

「뭘.」마텔로가 말했다.

「자네 본부에서 또 누구에게 말했나?」스마일리가 별

들을 향해 말했다. 「국세청? 관세청? 시카고 시장? 그 사람들의 제일 친한 친구 열두 명? 우리가 자네와 협력한다는 것을 내 윗사람들도 모른다는 건 아나? 세상에.」

「왜 이러나 조지. 자네들도 그렇겠지만 우리에게도 정치가 있다네. 지켜야 할 약속이 있어. 매수해야 할 입들도 있고. 단속국이 우리한테 복수를 하려고 호시탐탐 노리고 있거든. 그 마약 이야기가 국회에서 한참 퍼졌어. 상원, 하원 분과 위원회, 그 밖에 온갖 쓸데없는 곳에서 말이야. 젊은이들이 전쟁에서 마약 중독자가 돼서 돌아오면 아버지들은 제일 먼저 의회에 편지를 쓰지. 우리 회사는 그런 좋지 않은 소문을 달가워하지 않아. 자기 친구를 자기편에 두고 싶어 하지. 그게 바로 쇼 비즈니스야, 조지.」

「무슨 거래를 했는지 알려 주지 않겠나?」 스마일리가 물었다. 「확실하게 설명해 주지 않겠나?」

「아, 〈거래〉 같은 건 없네, 조지. 랭글리가 자기 소유도 아닌 거로 거래를 할 순 없지. 이건 〈자네〉 사건이고, 자네 재산이고, 자네의…… 우리가 그를 낚았지 — 아니, 우리의 도움을 조금 받아서 자네가 낚은 거지 — 우리가 최선을 다해도 아무 성과도 없으면, 음, 단속국이 작전에 살짝 끼어들 거고, 아주 호의적이고 통제 가능한 방식으로 자기들 기술을 써보겠지.」

「그때부터는 해금이군.」 스마일리가 말했다. 「세상에,

작전을 이런 식으로 진행하다니.」

마텔로는 사람을 달래는 일에 아주 능숙했다.

「조지. 〈조지.〉 그들이 드레이크 코를 잡는다고 생각해 보게. 그가 다음에 홍콩을 떠나려고 할 때 급습한다고 생각해 보라고. 코가 싱싱 교도소[86]에서 10년에서 30년 썩게 되면, 음, 우리 마음대로 탈탈 털 수 있지. 그게 갑자기 그렇게 끔찍한 일이 됐나?」

당연히 끔찍하지. 길럼이 생각했다. 그러나 갑자기 어떤 생각이 서서히 떠올라 심술궂은 기쁨을 느꼈다. 마텔로는 남동생 넬슨의 존재를 아직 모르고 있고 조지는 제일 좋은 패를 품에 숨기고 있다.

스마일리는 여전히 똑바로 앉아 있었다. 위스키 속 얼음 때문에 유리잔 겉면에 축축한 서리가 내렸고, 그는 자단 탁자로 미끄러져 떨어지는 유리잔의 눈물을 잠시 지켜보았다.

「그래서, 우리한테 시간이 얼마나 있지?」 스마일리가 물었다. 「마약국 사람들이 쳐들어올 때까지 얼마나 남았나?」

「엄밀하게 정해진 건 아닐세, 조지. 〈그런〉 식은 아니야! 사이가 말했듯이 대략적이네.」

86 뉴욕주 교정 및 지역 사회 관리국에서 운영하는 최대 보안 등급 교도소.

「석 달?」

「그건 너무 관대하지, 지나치게 관대해.」

「석 달도 안 되나?」

「석 달, 석 달 안쪽, 10주에서 12주 ─ 그 〈근방〉일세, 조지. 유동적이야. 친구 사이잖나. 최대 석 달로 해 두지.」

스마일리가 길고 느릿한 한숨을 내쉬었다. 「어제만 해도 온 세상 시간이 다 있었는데.」

마텔로가 베일을 살짝 내렸다. 「솔은 그렇게까지 신경을 쓰지 않아, 조지.」 그가 일부러 자기네 은어가 아니라 서커스 은어를 쓰며 말했다. 「아, 솔에게는 공백 구역이 있어서 말이야.」 그가 반쯤 자백하듯 말했다. 「우린 그에게 먹잇감을 통째로 던져 주지 않네, 무슨 말인지 알 겠나?」

마텔로가 잠시 멈췄다가 다시 말했다. 「솔은 첫 단계까지만이야. 그 이상은 못 가. 날 믿어.」

「첫 단계라니 무슨 뜻이지?」

「코가 모스크바 자금과 관련이 있다는 걸 알아. 아편을 움직인다는 것도 알고. 그게 전부네.」

「여자에 대해서도 아나?」

「바로 그 여자 말이야, 조지. 그 여자. 방콕에 같이 갔어. 머피가 방콕 여행 설명했던 거 기억나나? 여자는 코와 함께 스위트룸에 묵었지. 마닐라에도 같이 갔고. 그때

내 표정을 읽으려는 자네를 봤네. 자네 눈을 봤어. 하지만 머피를 시켜 보고서에서 그 부분을 지웠네. 술 때문이었지.」 스마일리가 아주 약간 되살아나는 듯했다. 「거래는 그대로야, 조지.」 마텔로가 아주 너그럽게 그를 안심시켰다. 「더한 것도 뺀 것도 없어. 물고기는 자네가 낚게. 자네들이 물고기를 먹도록 우리가 돕겠네. 중간에 도움이 필요하면 초록색 전화기를 들어서 말만 해.」 마텔로는 심지어 스마일리를 위로하듯 어깨에 손까지 올렸지만, 그가 싫어하는 것을 알고 얼른 손을 뗐다. 「하지만 노를 우리에게 넘기고 〈싶다면〉, 음, 협정을 반대로 바꿔서 —」

「우리의 계획을 가로채고 홍콩에서 물러나겠다는 거군.」 스마일리가 마텔로 대신 문장을 끝맺었다. 「하나 더 확실히 해두고 싶은 게 있네. 서면으로 작성해 주게. 우리 교환 서신의 주제로 삼아 주면 좋겠군.」

「자네의 파티니까 게임도 자네가 정해야지.」 마텔로가 관대하게 말했다.

「우리가 물고기를 낚겠네.」 스마일리가 역시 직접적인 어조로 말했다. 「끌어 올리는 것도 우리가 하겠네. 낚시 용어가 맞는지 모르겠군. 나는 낚시를 즐기지 않아서.」

「끌어 올린다고 하든 낚아 올린다고 하든 다 괜찮아.」

길럼이 의심 가득한 눈으로 보니 마텔로의 지극한 호의도 슬슬 모서리가 닳아 가고 있었다.

「어디까지나 〈우리〉의 작전이네. 우리의 사냥감이야.

514

우선권은 우리에게 있어. 우리가 그만 넘겨도 되겠다고 판단할 때까지는 우리가 데리고 있겠네.」

「문제없네, 조지, 아무 문제도 없어. 자네가 낚아 올리면 자네 거지. 넘겨주고 싶어지면 연락하게. 간단한 문제야.」

「아침에 확인 서류를 보내겠네.」

「아, 번거롭게 그럴 필요 없어, 조지. 우리도 일손은 많으니까. 사람을 보내 받아오도록 하지.」

「내가 보내지.」 스마일리가 말했다.

마텔로가 일어섰다. 「조지, 그럼 약속한 거네.」

「약속은 이미 있었지.」 스마일리가 말했다. 「랭글리가 깨뜨렸지만.」 두 사람은 악수를 나누었다.

이 사건의 역사에서 이런 순간은 또 없었다. 업계에서는 여러 가지 기발한 이름으로 불렸다. 〈조지가 조종간을 180도 회전시킨 날〉도 그중 하나이다. 그렇게 하기까지 하루가 아니라 일주일은 족히 걸렸으므로 마텔로가 정한 최종 기한이 그만큼 더 가까워졌지만 말이다. 그러나 길럼에게 있어서 이 과정에는 훨씬 더 장엄한 무언가, 단순한 기술적 개편 이상의 훨씬 더 아름다운 무언가가 있었다. 길럼은 스마일리가 계획을 세우고, 이런저런 협력자를 소환하고, 여기에 낚싯바늘을 내놓고 저기에 밧줄걸이를 설치하는 모습을 넋 놓고 보면서 그의 의도를 서서히 이해하게 되었는데, 그것은 마치 대양을 오가는 거대한 선박을 천천히 조심스럽고 정교하게 조종하여 한 바퀴 돌아서 기존 경로로 복귀시키는 모습을 보는 것과 같았다.

그렇게 해서 — 맞다 — 사건 전체를 뒤집었다, 조종간을 180도 회전시켰다.

두 사람은 한마디 대화도 없이 서커스로 돌아왔다. 스마일리가 마지막 층계를 너무 천천히 올라가서 새삼 그의 건강이 걱정된 길럼은 기회가 닿자마자 서커스 전담 의사에게 전화를 걸어 어떤 증상을 보았는지 설명했지만, 의사는 며칠 전 스마일리가 다른 일로 찾아왔었는데 아주 멀쩡했다고 말할 뿐이었다. 알현실의 문이 닫히고, 베이비시터 폰이 사랑하는 국장을 다시 독차지했다. 조금씩 스며 나오는 스마일리의 요구는 어딘가 연금술 같은 느낌이 있었다. 그는 비치크래프트 비행기의 설계도와 카탈로그를 가져오라고 했고, 또 — 눈에 띄지 않게 구할 수 있다면 — 동남아시아 지역 비치크래프트 판매와 구매 기록, 소유주의 상세 정보를 원했다. 토비 이스터헤이스가 깜깜한 잡목림과 같은 항공기 판매 업계로 당당하게 사라졌고, 곧 폰은 몰리 미킨에게 잡지『트랜스포트 월드』과월 호를 무더기로 넘겨주었다. 스마일리의 사무실에서 늘 사용하는 초록색 잉크로, 그의 글씨체로 지시가 적혀 있었다. 리카르도가, 결국 불발로 돌아갔지

만, 중공으로 아편을 운반하는 임무를 맡기 전 6개월 동
안 잠재적인 구매자의 눈길을 끌었을 가능성이 있는 비
치크래프트 비행기 광고를 찾아보라는 것이었다.

스마일리가 역시 서면으로 내린 지시에 따라 길럼은
신경질적인 디샐리스 몰래 그의 버로어 몇 명을 조심스
럽게 찾아가서 넬슨 코의 흔적을 전혀 발견하지 못했음
을 확인했다. 어떤 나이 많은 버로어는 드레이크 코가 히
버트 노인을 마지막으로 만났을 때 사실을 말한 것이 아
니겠냐고, 남동생 넬슨이 죽은 게 아니겠냐고도 말했다.
그러나 길럼이 이 소식을 가져가자 스마일리는 초조하게
고개를 저었고, 크로에게 보낼 암호문을 건넸다. 현지 경
찰 정보원에게서 가능하다면 다른 구실을 붙여서 코의
관리인 티우가 중국 본토를 출입한 상세 기록을 전부 입
수하라는 지시였다.

48시간 뒤 크로의 긴 답장이 책상에 놓이자 스마일리
는 드물게도 즐거워 보였다. 그는 운전기사를 불러 햄프
스테드로 가서 햇빛 비치는 햄프스테드 히스 공원을 혼
자서 한 시간 동안 산책했고, 폰의 말에 따르면 붉은 다
람쥐들을 빤히 바라보다가 알현실로 돌아왔다.

「정말 모르겠나?」 그날 밤 역시 드물게도 흥분한 스마
일리가 길럼에게 말했다. 「〈이해〉가 안 가나, 피터?」 그
는 크로가 보낸 날짜 목록을 그의 코앞에 들이밀고 손가
락으로 한 항목을 가리키며 말했다. 「리카르도가 임무를

517

실시하기 6주 전에 티우가 상하이에 갔어. 거기 얼마나 머물렀을까? 48시간이야. 아, 자네는 천치로군!」

「저는 천치가 아닙니다.」 길럼이 쏘아붙였다. 「신과 연결되는 직통 전화가 없을 뿐이죠.」

지하실로 내려간 스마일리는 감청부장 밀리 매크레이그와 함께 틀어박혀서 히버트 노인의 독백을 들으면서 가끔 — 밀리의 말에 따르면 — 디샐리스의 서툰 다그침에 얼굴을 찌푸렸다. 그 외에도 무언가를 읽고, 산책하고, 샘 콜린스에게 짧고 강렬한 말을 쏟아냈다. 길럼이 보니 스마일리는 샘 콜린스와 만날 때마다 기력을 소모했고, 가끔 짜증을 내는 것도 — 그 정도 짐을 짊어진 사람치고는 정말 몇 번 안 됐다 — 항상 샘이 그의 사무실을 나선 직후였다. 짜증이 가라앉은 후에도 긴 밤 산책을 나가기 전까지는 그는 그 어느 때보다 더욱 지치고 외로워 보였다.

길럼에게는 왠지 위기의 날 — 아마도 크로에게 보너스를 지급하는 것에 분개한 재무부와 언쟁을 벌였기 때문이었을 것이다 — 이었던 넷째 날, 토비 이스터헤이스가 무슨 수를 썼는지 폰과 길럼의 그물망을 빠져나가 눈에 띄지 않게 알현실로 들어가서 좌석 네 개짜리 신형 비치크래프트 한 대를 판매한 계약서의 복사본 한 뭉치를 스마일리에게 제출했다. 구매자는 취리히에 등록된 방콕 회사 에어로스위스였고, 세부 사항은 아직 조사 중이었다. 스마일리는 좌석이 네 개라는 사실에 특히 기뻐했다. 뒤쪽의 두 좌석은 탈착 가능했지만 조종석과 부조종석은 고정식이었다. 비행기 판매는 7월 20일에 완료되었다. 그로부터 한 달도 지나지 않아 광인 리카르도가 중공의 영공을 침범하러 떠났다가 마음을 바꿨던 것이다.

「아무리 자네라도 〈이 정도〉 연관성은 알아보겠지.」 스마일리가 무척 쾌활하게 선언했다. 「연속성이야, 피터. 연속성이 중요해, 안 그런가?」

「티우가 상하이에서 돌아오고 2주 뒤에 비행기가 팔렸 군요.」 길럼이 마지못해 대답했다.

「그래서?」 스마일리가 물었다. 「그래서? 이젠 뭘 알아 봐야 하지?」

「에어로스위스가 누구 소유인지 자문해야 합니다.」 길 럼이 짜증을 내며 쏘아붙였다.

「정확해. 고맙군.」 스마일리가 안도하는 척하며 말했 다. 「자네에 대한 믿음을 회복시켜 줬군, 피터. 자 그럼. 자네 생각에는 에어로스위스 꼭대기에 누가 있을 것 같 나? 방콕 대표 말일세.」

길럼이 책상에 놓인 메모를 흘끔 보았지만 스마일리 가 재빨리 메모에 손을 얹었다.

「티우.」 길럼이 실제로 얼굴을 붉히며 말했다.

「만세. 그래. 티우야. 잘했네.」

그러나 그날 저녁 샘 콜린스를 부르러 사람을 보낼 때

에는 스마일리의 오락가락하는 얼굴에 그늘이 돌아와 있었다.

  아직도 계획을 계속 세우는 중이었다. 토비 이스터헤이스는 항공기 업계 조사에서 성과를 거둔 후 주조 업계 조사에 다시 배치되었다. 그는 부가 가치세 조사관으로 위장하여 스코틀랜드 웨스턴아일스로 갔고, 미숙성주 선물 판매를 전문으로 하는 위스키 증류소의 장부를 사흘 동안 무작위 검사했다. 토비는 — 코니의 말을 인용하자면 — 중혼에 성공한 사람처럼 싱글거리며 돌아왔다.

  이 모든 활동의 복합적인 클라이맥스는 크로에게 보내는 아주 긴 암호문이었는데, 작전 지도부 — 역시 코니의 말을 인용하자면 골든 올디스에 샘 콜린스가 추가되었다 — 의 공식 회의를 거쳐 초안을 작성했다. 이 회의를 하기 전에 장기간에 걸쳐 사촌들과 수단과 방법을 논의했는데, 이때 스마일리는 좀처럼 손에 잡히지 않는 넬슨 코를 전혀 언급하지 않은 채 현지의 감시와 통신 시설 추가를 요청했다. 스마일리는 부하들에게 자기 계획을 다음과 같이 설명했다.

  지금까지의 작전은 코와 소비에트 금의 분맥에 대한 정보를 얻는 것으로 한정되어 왔다. 서커스의 관심을 코가 알아차리지 못하도록 무척 주의를 기울였다.

  그런 다음 그는 넬슨, 리카르도, 티우, 비치크래프트,

날짜들, 추측들, 스위스에 등록된 항공기 회사 — 사무실도 다른 비행기도 소유하지 않은 것으로 밝혀졌다 — 등지금까지 수집한 정보를 정리했다. 그는 넬슨의 신원이 확실히 밝혀질 때까지 기다리고 싶지만 모든 작전에는 타협점이 있고, 사촌들 때문에 시간이 부족하다고 말했다.

그는 여자를 전혀 언급하지 않았고, 말하는 내내 샘 콜린스를 한 번도 보지 않았다.

그런 다음 스마일리는 〈다음 단계〉라고 조심스럽게 부르는 것으로 넘어갔다.

「문제는 교착 상태에서 벗어나는 거야. 작전 중에는 해결되지 않는 것이 유리한 것도 있고 해결되지 않으면 무의미한 것도 있는데, 돌핀 작전은 후자다.」 그는 열심히 얼굴을 찌푸리면서 눈을 깜빡였다. 그다음 안경을 벗고 무심결에 넥타이의 넓은 끝부분으로 안경을 닦으며 자신의 전설적인 행동을 재현했기에 다들 속으로 기뻐했다. 「이제 전술을 180도 바꾸자고 제안하고 싶군. 다시 말해서, 코에게 우리가 그의 사업에 관심이 있음을 드러내는 거지.」

이어진 끔찍한 침묵을 끝낸 사람은 언제나 그렇듯 코니였다. 또한 그녀의 미소가 가장 빨랐다 — 또 가장 의기양양했다.

「연기를 피워서 끌어내려는 거야.」 코니가 모두를 향

해 황홀하게 속삭였다. 「빌한테 그랬던 것처럼 말이야. 정말 영리한 사냥개라니까! 문 앞에 불을 피우려는 거지, 안 그래요? 그런 다음 어느 쪽으로 달아나는지 보려고. 아, 〈조지〉, 당신은 정말, 정말 사랑스러운 남자예요. 감히 말하지만 내 남자들 중에 최고라니까!」

스마일리가 크로에게 보내는 암호문에서는 현장 요원들이 선호하는 다른 비유로 계획을 설명했다. 그는 〈코의 나무를 흔든다〉는 표현을 썼다. 또한 나머지 암호문을 통해 상당히 위험하긴 하지만 제리 웨스터비의 넓은 등을 이용하자고 꽤 명확하게 제안했다.

이에 덧붙여 며칠 뒤 샘 콜린스가 사라졌다. 다들 무척 기뻐했다. 이제 샘은 서커스에 모습을 드러내지 않았고, 스마일리도 그의 이야기를 꺼내지 않았다. 길럼이 샘의 사무실에 몰래 들어가 살펴보니 뜯지 않은 카드 몇 팩과 웨스트엔드 나이트클럽을 선전하는 요란한 종이 성냥 몇 개뿐, 개인 소지품은 없었다. 하우스키퍼들에게 슬쩍 떠봤더니 드물게도 확실히 알려 주었다. 그가 받기로 한 것은 퇴직금 그리고 연금 수급권을 재고하겠다는 약속이었다. 샘은 딱히 팔아먹을 것이 없었다. 그들은 용두사미라고, 두 번 다시 오지 않을 거라고 말했다. 속 시원하다고 했다.

그럼에도 길럼은 샘에 대한 불안을 떨칠 수 없었고, 그 뒤 몇 주 동안 종종 몰리 미킨에게 우려를 털어놓았다. 레이컨의 사무실에서 마주친 것 때문만은 아니었다. 마텔로와 스마일리가 구두로 합의한 사항을 서신으로 교환했던 것이 마음에 걸렸다. 사촌들이 서신을 가지러 오면 케임브리지 서커스에서 오토바이를 앞세운 리무진 퍼레이드가 펼쳐질 것이 분명했으므로 스마일리는 길럼에게 폰을 베이비시터로 대동하고 그로브너 광장에 가서 직접 주라고 명령했다. 그러나 길럼은 할 일이 함박눈처럼 쌓이고 있었고 샘은 언제나처럼 한가했다. 그래서 샘이 대신 전달하겠다고 제안하자 그에게 맡겼고, 나중에 크게 후회했다. 아직도 진심으로 후회스러웠다.

왜냐하면, 폰에게 전해들은 바에 따르면 샘은 조지의 편지를 머피나 그의 특징 없는 동료에게 넘기는 대신 마텔로를 직접 만나겠다고 고집했기 때문이다. 그런 다음 단둘이서 한 시간 넘게 보냈다.

제2권에 계속

옮긴이 **허진** 서강대학교 영어영문학과와 이화여자대학교 통번역 대학원 번역학과를 졸업했다. 옮긴 책으로는 엘리너 와크텔의 인 터뷰집 『작가라는 사람』(전2권), 지넷 윈터슨의 『시간의 틈』, 도나 타트의 『황금방울새』, 마틴 에이미스의 『런던 필즈』와 『누가 개를 들여놓았나』, 할레드 알하미시의 『택시』, 나기브 마푸즈의 『미라 마르』, 아모스 오즈의 『지하실의 검은 표범』, 수잔 브릴랜드의 『델 프트 이야기』 등이 있다.

오너러블 스쿨보이 1

발행일 2022년 7월 20일 초판 1쇄

지은이 존 르카레
옮긴이 허진
발행인 홍예빈 · 홍유진
발행처 주식회사 열린책들

경기도 파주시 문발로 253 파주출판도시
전화 031-955-4000 팩스 031-955-4004
www.openbooks.co.kr